Corina Bomann
Die Farben der Schönheit – Sophias Triumph

CORINA BOMANN

SOPHIAS TRIUMPH

Die Farben der Schönheit

Ullstein

ISBN: 978-3-86493-118-5

© 2020 by Ullstein Buchverlage GmbH, Berlin
Alle Rechte vorbehalten
Gesetzt aus Quadraat Pro
Satz: LVD GmbH, Berlin
Druck und Bindearbeiten: CPI books GmbH, Leck

1. Kapitel

Juli 1934

Das Ticken der Uhr machte mich schläfrig. In diesem reizlosen weiß gestrichenen Raum, wo es außer ein paar braunen Sitzbänken keine weiteren Möbel gab, war ich die einzige Wartende. Gelangweilt spielte ich mit der alten Münze, die Darren mir bei einem unserer ersten Ausflüge geschenkt hatte und die ich an einer Silberkette bei mir trug. Als ich das Metall an meiner Haut spürte, dachte ich zurück an die Insel, die einmal die Heimat eines Piratenkapitäns gewesen war, und sehnte mich nach dem Duft der Meeresbrise und den Rufen der Möwen.

Doch hier im Hospital gab es nur den Geruch von Desinfektionsmitteln, ferne Schritte und das zeitweilige Klappen von Türen.

Mein Blick wanderte durch den Raum.

Die Zeitung auf der Bank neben dem Fenster war von gestern. Die Artikel darin waren mir vertraut, denn Darren hatte das Blatt abonniert. An einer der Wände hing ein kleines Bild, das ein Segelboot zeigte. Ich hatte es in den vergangenen Tagen so oft angeschaut, dass ich jeden Pinselstrich auswendig kannte.

Schließlich blickte ich zum Fenster. Ein Regenschauer hatte

den Staub an den Scheiben in dunkle Schlieren verwandelt. Gerade versuchte das Sonnenlicht, sich seine Bahn durch die Wolkenberge zu brechen.

Ich hatte schon hübschere Dinge durch ein Krankenhausfenster gesehen. Das Bettenhaus gegenüber wirkte grau und deprimierend. Große Fetzen Farbe waren von der Fassade abgeblättert. Die Feuerleiter, die es hier an fast jedem höheren Gebäude gab, war rostig.

In Paris hatte es immerhin einen Garten gegeben, der um diese Jahreszeit in voller Blüte stand. Jeden Tag, an dem ich hier saß, dachte ich mindestens einmal an das Hôpital Lariboisière, wahrscheinlich, weil Henny mich dort besucht hatte.

Nie hätte ich mir träumen lassen, dass sich unsere Lage einmal umkehren würde. Henny war immer die Starke gewesen, die sich in allen Situationen zurechtfinden konnte. Sie hatte in Paris sofort Erfolg gehabt, hatte einen Geliebten gefunden und war aufgestiegen, während ich die arme Kirchenmaus war, die froh sein konnte, dass ihre Freundin sie unterstützte.

Nun lag sie schon seit fast zwei Wochen hier, eine verarmte, kranke Frau, fern ihrer Heimat, die im Flur vor Darrens Wohnung zusammengebrochen war.

Wie leicht hätte ich damals an ihrer Stelle sein können, damals, als mein Vater sich von mir losgesagt hatte. Wäre Henny nicht gewesen, hätte sie mich nicht bei sich in ihrer Berliner Wohnung aufgenommen, wäre ich möglicherweise irgendwo elend gestorben. Nun war es an mir, ihr zu helfen.

»Miss Krohn?«, riss mich eine Stimme aus meinen Gedanken. Sie klang dunkel und beruhigend, genau das Richtige, um Patienten die Angst zu nehmen.

Langsam wandte ich mich zu der weiß gekleideten Gestalt um, die im Türrahmen stand. »Ja, Herr Doktor?« Er hatte mir bei unserem ersten Zusammentreffen seinen Namen genannt, aber der war mir entfallen.

»Ihre Freundin ist jetzt wach. Wenn Sie möchten, können Sie gern zu ihr.«

»Vielen Dank.«

Ich erhob mich und griff nach meiner Handtasche. In meinem blauen Kostüm mit den dazu passenden Pumps wirkte ich wie eine Geschäftsfrau. Während meiner Besuche hatte ich festgestellt, dass ich zuvorkommender behandelt wurde, wenn ich förmlich gekleidet war.

Ich schloss mich dem Arzt an und verließ den Warteraum.

Higgins, fiel es mir ein, als wir die Stationstür durchqueren. Der Mann, dem ich folgte, hieß Dr. Higgins. Er hatte Dr. Miller abgelöst und war seit Anfang dieser Woche für Henny verantwortlich. Sein hellblonder Haarschopf war dicht und gepflegt, doch die dunklen Ringe unter seinen blauen Augen erzählten von der Mühsal seiner Arbeit, den langen Stunden an irgendwelchen Krankenbetten, den Begegnungen mit verzweifelten Patienten und deren Angehörigen.

Vor der Tür von Hennys Zimmer machten wir halt. Sie hatte Glück gehabt, in einem Zweibettzimmer untergebracht zu werden. Dieses war eigentlich nur besser situierten Patientinnen vorbehalten. Doch ihre Krankheit verlangte eine gewisse Isolierung, außerdem waren die Krankensäle vollständig belegt.

»Sie werden sich freuen zu hören, dass es Ihrer Freundin wieder etwas besser geht«, sagte Dr. Higgins. »Die Lungenentzündung zieht sich glücklicherweise weiter zurück. Zunehmende Sorgen macht uns allerdings die Opiumsucht. Wir dürfen ihr wegen der Lunge kein medizinisches Opiat geben, sonst würde die Gefahr bestehen, dass sie einen Atemstillstand erleidet. Allerdings kommt es als Folge des Entzugs immer wieder zu Angstzuständen und starken Schweißausbrüchen.«

Ich starrte den Arzt an. »Wie wird es denn weitergehen?«, fragte ich. »Ich meine, sie muss doch von dem Zeug weg, nicht wahr?«

»Natürlich muss sie das.« Eine Sorgenfalte zeigte sich auf der Stirn des Arztes. Er schien kurz mit sich zu ringen, dann antwortete er: »Es wird nicht ganz einfach werden. Opiate wirken auf das Gehirn. Angst, Wahnvorstellungen und Depressionen sind denkbar. Jetzt geben wir ihr Beruhigungsmittel, deshalb sind die Symptome nicht ganz so stark ausgeprägt. Sie sollte den Entzug unbedingt unter ärztlicher Aufsicht durchführen. Besser noch in einer Klinik. Es gibt Sanatorien, die speziell darauf ausgerichtet sind, Sucht zu bekämpfen. Ich könnte Ihnen einige Adressen geben. Allerdings ist der Aufenthalt dort nicht ganz billig.«

Ein Schauer durchzog mich. Und gleichzeitig auch Wut auf Jouelle. Hätte er sie nicht mit dem Opium in Berührung gebracht ...

»Das wäre sehr freundlich von Ihnen«, gab ich zurück und verdrängte schnell den Gedanken. Über Hennys Geliebten und die Kosten für ihre Genesung konnte ich mir später noch Sorgen machen. »Danke.«

»Okay, dann werde ich sehen, was ich tun kann. Ansonsten sehen wir uns morgen, nehme ich an?«

Ich nickte. »Ja, wir sehen uns morgen. Vielen Dank, Dr. Higgins.«

Der Arzt lächelte mir zu, wandte sich um und verschwand mit wehendem Kittel im Gang.

Ich atmete tief durch, zog ein kleines buntes Tuch aus der Tasche und band es mir, wie es eine Krankenschwester mir geraten hatte, vors Gesicht. Dann klopfte ich.

Ich wusste, dass Henny nur flüsternd antworten konnte, also wartete ich einen Atemzug und drückte die Klinke hinunter.

An den Geruch der Desinfektionsmittel hatte ich mich bereits gewöhnt, doch der Minzduft überraschte mich jedes Mal ein wenig. Die Schwestern tropften etwas japanisches Minzöl auf Tücher, die sie neben Hennys Kopf legten. Das sollte ihr helfen, etwas besser durchzuatmen.

Mich führte der Duft gedanklich sofort in die Fabrik von Madame Rubinstein zurück, an die langen Tische, an denen ich mit den anderen Frauen Kräuter zupfte und auslas. Seltsamerweise war mir das im Moment besser in Erinnerung als meine Zeit bei Miss Arden. Dass die Schönheitsfarm, die ich aufgebaut hatte, jetzt ohne mich lief, verletzte mich doch ziemlich, sodass ich es vermied, daran zu denken.

»Hallo, Henny, wie geht es dir?«, fragte ich, während ich näher an sie herantrat. Nachdem ihre Nachbarin ausgezogen war, hatte man Hennys Bett ans Fenster geschoben. Die Aussicht war nicht besonders reizvoll, aber sie konnte wenigstens den Himmel sehen.

Unter der Bettdecke wirkte meine Freundin zart und verletzlich. Ihre Wangen waren bleich, ihre Lippen rau, und ihre Augen wurden von rötlich blauen Ringen umgeben. Die Sucht hatte ihren Körper schon vor der Reise hierher ausgezehrt. Es war den Ärzten ebenso wie mir ein Rätsel gewesen, wie sie die Überfahrt überstehen konnte.

Immerhin war der fiebrige Glanz aus ihren Augen verschwunden.

Als sie mich sah, lächelte Henny. »Sophia«, brachte sie krächzend hervor. »Mir geht es furchtbar. Aber ich lebe noch, wie du siehst.«

Sie lachte auf und begann sogleich zu husten. Zitternd angelte sie ein Tuch vom Nachttisch und presste es sich vors Gesicht.

Ich trat vom Bett zurück, wie immer mit einem hilflosen Gefühl. Wie ich gelernt hatte, blieb mir nichts anderes übrig, als abzuwarten, bis der Anfall vorüber war. Mir zerriss es das Herz, sie so zu sehen. Früher hatte sie vor Lebensfreude gesprüht, doch nun war die strahlende junge Frau kaum noch zu erkennen. Am liebsten hätte ich sie in die Arme gezogen, aber die Ärzte hatten mir von Umarmungen abgeraten.

Nach einer Weile beruhigte sie sich wieder und lehnte sich erschöpft zurück. Ich zog mir einen Stuhl heran, blieb aber auf Abstand.

»Weißt du noch, damals, als diese Spanische Grippe in der Stadt war?«, keuchte sie und ließ das Tuch langsam wieder sinken. »Das muss genauso gewesen sein.«

»Es ist keine Grippe, die du hast«, gab ich zurück. »Außerdem meinte Dr. Miller, dass man nach einer Weile nicht mehr ansteckend ist. Und ich habe ja etwas vor dem Gesicht.«

Damals, als die Seuche in Berlin grassierte, ließen uns unsere Mütter auch nur mit einem vorgebundenen Tuch aus dem Haus. Wir hörten die Nachbarinnen davon reden, dass wieder diese oder jene Familie betroffen sei, und draußen sahen wir, wie Leute mit Tüchern in die Straßenbahnen einstiegen. Unsere Lehrer sprachen in der Schule davon, und ab und zu belauschte ich meine Eltern dabei, wie sie sich über die Gestorbenen unterhielten.

»Ich will nicht, dass du krank wirst«, sagte Henny.

»Das werde ich nicht, versprochen.«

Einen Moment lang schwiegen wir. Ich beobachtete, wie Henny versuchte, ihre Kräfte zu sammeln. »Hast du mal wieder etwas von deinen Eltern gehört?«, wollte sie dann wissen.

Überrascht von ihren Worten, schwieg ich. Ich hatte ihr nichts von dem erzählt, was geschehen war. Und mir selbst fiel es nicht leicht, an Mutter zu denken. Ihr Tod lag nicht lange zurück. Die Wunden, die der Verlust geschlagen hatte, schmerzten noch immer.

Doch belügen wollte ich Henny auch nicht.

»Meine Mutter ist im Frühjahr gestorben«, gab ich zurück. »Ich hätte es nicht erfahren, wenn sich unser Notar nicht bei mir gemeldet hätte.«

Henny zog die Augenbrauen hoch. Bevor sie fragen konnte, fuhr ich fort: »Vater hatte es nicht für nötig gehalten, mich zu informieren. Auch nicht davon, dass sie beide nach Zehlendorf umgezogen sind. Die ganze Geschichte erzähle ich dir, wenn du wieder mehr bei Kräften bist. Mutter hat mir eine kleine Erbschaft hinterlassen. Und einige Briefe. Jene Briefe, die sie mir wegen meines Vaters nicht schicken konnte.«

Henny presste die Lippen zusammen. Ich sah, wie sie mit einem weiteren Hustenanfall rang. Doch dieser blieb glücklicherweise aus.

»Was ist mit deinen Eltern?«, fragte ich. »Bist du mit ihnen in Kontakt geblieben?«

Henny senkte den Blick und schüttelte den Kopf. »Nein. Sie ... sie hätten es nicht verstanden.«

»Was hätten sie nicht verstanden?«, fragte ich. »Sie wussten doch, dass du Tänzerin bist.« Der Zusatz, dass sie sich vielleicht auch über die Verlobung gefreut hätten, blieb mir im Hals stecken. Jouelle anzusprechen fühlte sich an, wie die Lunte eines Pulverfasses anzuzünden. Ich wollte warten, bis Henny mit diesem Thema anfing.

»Ich habe ihnen nicht mehr geschrieben.« Sie wandte den Kopf zur Seite und blickte aus dem Fenster.

Ich sah ein, dass es besser war, nicht weiter daran zu rühren. Bisher waren die Gespräche mit Henny den Umständen entsprechend leicht gewesen, wir hatten schwierige Themen vermieden. Dass sie auf meine Eltern kam, war vielleicht ein Zeichen dafür, dass es ihr besser ging. Aber ich ahnte auch, dass dann noch weitere Dinge aufbrechen konnten.

Eine ganze Weile schwiegen wir, während Hennys Blick auf die vorbeiziehenden Wolken gerichtet blieb. Sollte ich sie vielleicht lieber allein lassen?

»Ich wünschte, wir wären nie nach Paris gegangen«, sagte sie plötzlich. Eine Träne lief über ihre Wange, ihre Miene wurde hart. »All das wäre nicht passiert, wenn wir nicht dorthin gegangen wären.«

Eine Antwort darauf zu geben fiel mir schwer. Wenn ich mich betrachtete, hatte Paris mir großes Unglück gebracht, doch mir war durch die Begegnung mit Madame Rubinstein auch vergönnt gewesen, ein neues Leben anzufangen. Das Leben, das ich jetzt führte.

»Vielleicht«, antwortete ich. »Aber daran solltest du jetzt nicht denken. Du bist hier, bei mir. Und du wirst wieder gesund, das verspreche ich dir.«

Tränen traten in ihre Augen. »Ich bin schlecht zu dir gewesen. Ich hätte auf dich hören sollen …«

Mehr denn je wünschte ich mir, dass ich sie umarmen könnte. Fast war ich versucht, es zu tun, da klopfte es, und wenig später erschien eine junge Frau in Schwesterntracht. Es war die Schwester, die Deutsch sprach.

»Es wird Zeit für Ihre Medikamente«, sagte sie mit leichtem Akzent und reichte Henny ein paar Tabletten und ein Glas Wasser. Zitternd beförderte Henny die Medikamente hinunter.

»Denken Sie bitte daran, dass Fräulein Wegstein sich noch schonen muss«, sprach die Schwester mich an.

Ich hätte beinahe angemerkt, dass ich erst zehn Minuten da war, doch ich nickte. »Ich habe die Zeit im Blick.«

Die Schwester lächelte mir zu und verschwand wieder.

Henny schaute erneut aus dem Fenster. Ich hatte Angst, sie nach ihren Gedanken zu fragen.

2. Kapitel

Zu Hause angekommen, schloss ich die Tür zu unserer Wohnung auf und trat ein.

Kaffeeduft, der noch vom Frühstück in der Luft schwebte, vertrieb ein wenig die Anspannung, die ich aus dem Hospital mitgebracht hatte.

Für einen Moment blieb ich einfach nur stehen und lauschte der Stille des Apartments. Glücklicherweise hatten wir keine tickenden Uhren an den Wänden und auch sonst nichts, was an das Krankenhaus erinnerte.

Der Besuch bei Henny war unerwartet intensiv gewesen. Auf dem Rückweg war mir klar geworden, dass wir das, was geschehen war, nicht einfach abschütteln konnten. Wir mussten es aufarbeiten, Schritt für Schritt. Wenn Henny wieder genesen war und das Gift aus ihren Adern herausgeschwemmt, würden wir von vorn anfangen.

Ich schälte mich aus meiner Kostümjacke und hängte sie an den Kleiderständer.

Darren war heute bei einer Besprechung mit seinem neuen Auftraggeber. Wie gern hätte ich mich jetzt von ihm in den Arm nehmen lassen!

Als ich die Küche betrat, entdeckte ich einen Umschlag auf

dem Küchentisch. Darren musste ihn dorthin gelegt haben, bevor er gegangen war.

Ich hielt es zunächst für Material, das er für seine Arbeit erhalten hatte, doch dann sah ich, dass er an mich adressiert war.

Ich erwartete eigentlich keine Post. Nach Hennys Ankunft hier hatte ich Monsieur Martin, dem Detektiv aus Paris, auf seinen Brief geantwortet. Eine Reaktion von ihm würde sicher noch dauern. Außerdem würde sie nicht in einem derart dicken Brief kommen.

Der Absender war das City College of New York. Irritiert hob ich den Umschlag an und merkte erst jetzt, wie schwer er war. Was hatte das zu bedeuten?

Mit pochendem Herzen riss ich ihn auf und zog wenig später einen Brief sowie ein paar Broschüren hervor. Eine von ihnen war ein Verzeichnis der Studienrichtungen.

Ich legte sie auf den Küchentisch und griff nach dem Anschreiben.

Sehr geehrte Miss Krohn,

vielen Dank für Ihr Interesse an unserem College. Anbei fügen wir wie gewünscht einige Broschüren mit Informationen über unsere Einrichtung bei. Scheuen Sie sich nicht, sich bei uns zu melden, falls Fragen auftreten.
In der Hoffnung, Sie bald bei uns begrüßen zu dürfen, verbleiben wir mit den besten Grüßen!

Ich ließ mich auf den Küchenstuhl sinken.

Darren. Wer sonst sollte für mich bei einem College nachfragen? Der Traum, mein Studium zu beenden, war in den vergangenen Tagen immer stärker geworden. Ich hatte mit Darren darüber gesprochen, jedoch nicht damit gerechnet, dass er bei einer Universität anfragen würde.

Mein Herz begann wild zu hämmern. Was, wenn ich es wirklich täte?

Dann konnte mich jemand wie Miss Arden nicht mehr so einfach in andere Abteilungen stecken. Mit einem Diplom würde ich in dem Bereich arbeiten können, der mir am Herzen lag.

Mit vor Aufregung eiskalten Fingern schlug ich die erste Broschüre auf. Schon nach wenigen Augenblicken verlor ich mich in dem Foto des Campus. Wie gut konnte ich mir vorstellen, dort entlangzugehen, auf dem Weg zu einer Vorlesung ... Sollte ich es wirklich wagen? Jetzt merkte ich erst, wie sehr alles in mir danach schrie, wieder in einem Hörsaal zu sitzen, wieder an einem Labortisch zu arbeiten. Wieder den Worten eines Professors zu lauschen. Ich begann zu blättern und erlaubte mir für einen Moment zu träumen.

Als Darren von der Arbeit heimkam, hatte ich den Großteil der Broschüren bereits durchgelesen. Die Liste der Fachrichtungen war beeindruckend. Am meisten freute mich natürlich, dass es eine Fakultät für Chemie gab. Außerdem stimmte es mich hoffnungsvoll, dass sich dort auch viele Studentinnen einschrieben. Die Zeiten schienen sich sehr geändert zu haben, seit ich mich an der Friedrich-Wilhelms-Universität in Berlin eingeschrieben hatte.

Als ich hörte, wie er die Schlüssel auf die Kommode legte, erhob ich mich.

»Hallo, Schatz«, begrüßte ich ihn, schlang meine Arme um seinen Hals und küsste ihn.

»Das ist ja mal eine Begrüßung!«, sagte er. »Wie geht es deiner Freundin?«

»Besser«, gab ich zurück. »Aber es war diesmal irgendwie anstrengender.«

»Wollte sie sich wieder mit dir streiten? Das würde ich als gutes Zeichen werten.«

»Nein«, entgegnete ich und schilderte ihm kurz, wie der Besuch verlaufen war. Dann schloss ich mit den Worten: »Ich fürchte, da wird noch eine harte Zeit auf uns zukommen. Nicht nur wegen des Entzuges. Es gibt so viele Dinge, über die wir nie geredet haben …«

»Ihr beide werdet es hinkriegen«, sagte er und küsste meine Schläfe. »Sie muss erst einmal gesund werden.«

»Das sage ich mir auch.« Ich seufzte schwer und schmiegte mich noch eine Weile an ihn.

»Hast du die Unterlagen gefunden?«, fragte er schließlich, als ich mich aus seiner Umarmung löste.

»Ja, wenngleich ich nicht weiß, welche gute Fee sie mir geschickt hat.«

Darren lächelte und strich mir eine Haarsträhne aus dem Gesicht. »Ich dachte mir, dass du vielleicht ein wenig Inspiration brauchen könntest. Jetzt, wo du frei wie ein Vogel bist, könntest du es doch noch mal mit einem Studium versuchen. Also habe ich ein paar Broschüren bei den Colleges angefordert, die Chemie als Studiengang anbieten.«

»Colleges?«, fragte ich verwundert. »Du hast gleich mehrere angeschrieben?«

»Nur die, die in der Nähe liegen und erschwinglich sind. Aber wenn du möchtest, besorge ich dir auch Unterlagen der Yale University. New Haven ist nicht allzu weit von New York entfernt.«

»Schon allein der Name klingt teuer. Wahrscheinlich studieren dort Leute wie die Vanderbilts.« Ich schüttelte den Kopf. »Das City College sieht gar nicht mal so schlecht aus. Vorausgesetzt, dass es nicht zu viel kostet.«

»Es ist ein staatliches College. Die Preise dürften geringer sein.«

Ich spürte, wie sich meine anfängliche Begeisterung langsam dämpfte. Ich hatte nicht daran gedacht, dass man für ein Studium Geld brauchte. Eine ganze Menge Geld.

In Berlin war mein Vater für meine Ausbildung aufgekommen. Hier musste ich die Kosten selbst tragen. Auch wenn wir bald heiraten würden, konnte ich nicht verlangen, dass Darren es tat.

»Aber bevor ich mich irgendwo einschreibe, sollte ich mir wohl einen Job suchen«, sprach ich meinen nächsten Gedanken laut aus.

Darrens Miene wurde ernst. Ich spürte, dass er etwas Aufmunterndes sagen wollte, aber genauso wie mich schien auch ihn jetzt die Realität einzuholen.

»Außerdem wird Henny wohl in ein Sanatorium gehen müssen wegen ihrer Sucht.« Ich senkte den Kopf. Das gute Gefühl, das ich vorhin beim Durchblättern gehabt hatte, zog sich immer mehr zurück.

Darren legte sanft seine Arme um meine Schultern. »Es wird sich alles finden, davon bin ich überzeugt. Ich werde dir so gut helfen, wie ich kann.«

»Aber ich kann nicht zulassen, dass alles auf deinen Schultern lastet.«

»Das tut es doch nicht«, gab er zurück. »Und schau, ich verdiene recht gut bei dem Lebensmittelhersteller. Das Treffen lief hervorragend. Möglicherweise melden sich noch andere Firmen bei mir. Ehe du dichs versiehst, mache ich Werbung für Kellogg's!«

»Trotzdem bleibt es ein Risiko.«

Darren zog mich an sich. »Für dich bin ich bereit, jedes Risiko einzugehen.«

3. Kapitel

Der Gedanke an das Studium und die Bilder vom Campus des City College hielten mich einen Großteil der Nacht wach. Das Verlangen, wieder zu studieren, zerrte wie ein Sturm an mir. Fast schon verzweifelt ging ich unsere Möglichkeiten durch. Ich hatte noch Ersparnisse, doch wie lange würden die reichen, wenn ich nichts dazuverdiente? So ein Studium dauerte ja nicht nur ein paar Monate.

Die Wirtschaftslage hatte sich nicht wesentlich gebessert, aber vielleicht konnte ich in irgendeinem Kosmetiksalon anfangen?

Es gab viele Unternehmerinnen, die auf den Zug aufgesprungen waren, den Madame Rubinstein und Miss Arden in Bewegung gesetzt hatten. Doch kaum eine war so erfolgreich wie die beiden. Und die Arbeitszeiten verboten ein Studium. Wenn ich nur stundenweise arbeitete, verdiente ich bei einem kleinen Unternehmen nicht genug.

Ein weiterer Gedanke kam mir. Was, wenn ich wieder bei Helena Rubinstein vorsprach? Zu Miss Arden zurückzukehren war ein Ding der Unmöglichkeit. Aber Madame hatte mir bei unserem letzten Treffen zu erkennen gegeben, dass ich wieder bei ihr anfangen konnte. Ja, sie hatte sogar wortwörtlich gesagt, dass sie sich freuen würde und wiedergutmachen wolle, dass mir von den Anwälten der Lehman-Brothers gekündigt worden war.

Doch das war jetzt einige Jahre her.

Außerdem, wie sollte meine Arbeit dort aussehen? Die Stelle in Rom, die sie mir angeboten hatte, war mittlerweile sicher besetzt. Und Paris ...

Ich wagte nicht mehr zu hoffen.

Obendrein erinnerte ich mich noch gut an die Zeit, in der ich mit meiner Kollegin Ray eine neue Produktlinie entwickelt hatte. Wir waren kaum zum Schlafen gekommen. Wie sollte ich nebenbei studieren?

Wenn, dann würde ich nur halbtags für Madame arbeiten können. Aber würde sie das tolerieren?

Ich wusste, dass es für sie keine Rolle spielte, ob ich fertig studiert hatte oder nicht. Aber mich würde es in meinem Bestreben weiterbringen, mich selbstständig zu machen.

Am Morgen fühlte ich mich wie gerädert. Es war, als läge ein großer Stein auf meiner Seele. Beinahe wünschte ich mir, Darren hätte die Broschüren nicht angefordert. So war ein Wunsch in mir geweckt worden, den ich mir wohl kaum erfüllen konnte.

»Du bist heute so still«, bemerkte Darren beim Frühstück. Eigentlich war alles wie immer, und doch fühlte es sich ganz anders an.

»Ich habe nicht gut geschlafen«, gab ich zurück.

»Du grübelst wegen des Studiums.«

»Mir ist in den Sinn gekommen, bei Madame anzufragen«, antwortete ich.

Darrens Kaffeetasse stockte auf halbem Weg. »Bei Helena Rubinstein?«

»Ich bin ihr nach der Beerdigung von Miss Marbury begegnet. Sie sagte, dass sie sich freuen würde. Sie bot mir sogar eine Anstellung in Rom an.«

Darren blickte mich überrascht an. »Rom? Nun ja, damals warst du bei ihrer großen Konkurrentin. Es liegt sicher schon einige Zeit zurück, nicht wahr?«

»Ja. Die Stelle in Rom wird nicht mehr frei sein, aber vielleicht könnte ich ins Labor.«

Er griff über den Tisch nach meiner Hand. »Willst du das wirklich? Nach allem, was du erzählt hast, war es dort auch nicht immer leicht.«

Ich nickte.

»Und wie war das noch mal mit dieser Heiratsklausel?« Ich hatte Darren davon erzählt, dass Madame von mir verlangt hatte, für zehn Jahre unverheiratet zu bleiben.

»Nun, dann stelle ich mich bei ihr vor, sobald wir verheiratet sind. Noch einmal lasse ich mir solch eine Bedingung nicht aufzwingen.«

Darren atmete tief durch. »Überlege es dir bitte gut, ob du dich wieder in die Höhle dieser Löwin begibst. Sie wird sich nicht geändert haben. Und möglicherweise spannt sie dich dermaßen ein, dass du gar nicht die Zeit fürs Studium hast.«

»Das werde ich zu verhindern wissen«, gab ich zurück. »Ich werde ihr klipp und klar sagen, was ich möchte.«

»Denk dran, dass es Madame ist. Sie stimmt nur Dingen zu, von denen sie auch einen Nutzen hat. Du müsstest ihr schon Informationen über Arden liefern, damit sie interessiert ist. Oder sehe ich das falsch?«

»Madame hasst Illoyalität«, erwiderte ich. »Wenn ich es auf diese Weise versuche, werde ich mein Ansehen bei ihr verspielen. Sie mag vielleicht Dinge über Miss Arden wissen wollen, aber ich bin sicher, dass sie Spione verabscheut. Außerdem ist es nicht meine Art. Auch bei Miss Arden wollte man mich über Rubinstein ausfragen, aber ich habe nichts gesagt. Und ich glaube, gerade deshalb hatte sie mich mit dem Aufbau der Farm betraut. Weil sie wusste, dass ich keine Verräterin bin.«

»Du hast recht, entschuldige«, sagte Darren.

Ich schüttelte den Kopf und atmete tief durch. Es musste sich doch irgendein Weg finden!

»Ich fahre nachher zum Hospital«, sagte ich, mehr zu mir selbst als zu Darren. »Vielleicht bringt mir der Weg ein bisschen Klarheit.«

Darren streichelte mir über die Wange. »Ich werde dich unterstützen, so gut ich kann.«

»Danke.« Ich griff nach seiner Hand, küsste sie und behielt sie noch eine Weile an meinem Gesicht. Dann gab ich ihn wieder frei und wandte mich meinem Kaffee zu. Für das, was auch heute wieder vor mir lag, brauchte ich dringend einen Wachmacher.

Diesmal erwartete mich Henny in ihrem Bett sitzend. Die Schwestern hatten ihr offenbar die Haare gewaschen und sie gleichzeitig ein wenig frisiert.

»Hallo, Henny«, grüßte ich und zog mein Tuch hervor. Ich wusste nicht, ob es noch nötig war, aber ich wollte sie nicht mit etwas anstecken, das ich von draußen mitbrachte.

»Hallo«, antwortete sie lächelnd. »Allmählich fange ich wieder an, wie ein Mensch auszusehen.«

»Das ist schön«, antwortete ich. »Wie geht es dir?«

»Nicht viel anders als gestern. Aber ich fühle mich ein wenig frischer.« Sie hob kurz die Arme, ließ sie dann aber kraftlos sinken. »Und das Essen schmeckt etwas besser.«

»Geben sie dir denn schon was anderes als diesen Haferbrei?«

»Ja, ich bekomme jetzt vieles mit Butter, weil sie glauben, das sei gut für die Lunge. Ich bin es nicht mehr gewohnt, so viel zu frühstücken.« Sie senkte den Blick. »Genau genommen habe ich in Paris kaum gegessen.«

Wie hatte sie es nur hierher geschafft? Sie hatte so viel Glück gehabt.

»Ich habe gestern Post erhalten«, sagte ich, um sie ein wenig aufzumuntern, und zog eine der Broschüren aus meiner Umhängetasche. »Vom City College.«

»College?«, fragte Henny.

»Das ist eine Universität hier in New York.« Ich musste Henny unbedingt Englisch beibringen, wenn sie wieder genesen war. Durch den Kontakt mit den Ärzten konnte sie ein paar Brocken, ansonsten übersetzte die deutsche Schwester für sie.

»Ich habe Darren davon erzählt, dass ich mit dem Gedanken spiele, wieder zu studieren, jetzt, wo ich bei Miss Arden gekündigt habe. Das hat er zum Anlass genommen, ein paar Universitäten anzuschreiben.«

»Er scheint ein sehr guter Mann zu sein«, sagte Henny. Sie lächelte, doch in ihren Blick trat beinahe ein wehmütiger Ausdruck. »Ich erinnere mich allerdings nicht mehr so richtig daran, wie er aussieht.«

»Du wirst noch Gelegenheit haben, ihn genau in Augenschein zu nehmen, wenn du wieder zu Hause bist«, gab ich zurück. »Wir möchten, dass du bei uns wohnst.«

»Wirklich?« Hennys Augen wurden feucht. »Aber störe ich denn nicht?«

»Davon, dass du störst, möchte ich nichts hören!«, entgegnete ich. »Du bist uns aufs Herzlichste willkommen.«

»Aber ihr beide wollt heiraten.«

Das hatte ich Henny ganz am Anfang erzählt, in den ersten Tagen, als sie wieder wach war. Es überraschte mich, dass sie sich das gemerkt hatte.

»Das wollen und werden wir. Und ich freue mich, dass du da bist und meine Brautjungfer sein kannst. Wenn du das möchtest.«

»Ich möchte«, sagte sie. »Es ist so schön, dass du nach allem, was du erlebt hast, endlich dein Glück findest.«

»Das wirst du auch, das verspreche ich dir.«

Wir unterhielten uns eine ganze Weile über die Universität und den Campus. Meine Begeisterung schien ansteckend zu wirken, denn der müde Schatten, der Henny begleitet hatte, zog sich ein wenig zurück. Sie wirkte regelrecht aufgeputscht von dem Gedanken, dass ich vielleicht schon bald die Gelegenheit erhielt, eine richtige Chemikerin zu sein.

»Dann kannst du dein eigenes Geschäft eröffnen«, sagte sie. »Oder du wirst Professorin und lehrst selbst.«

»Ich fürchte, die Arbeit an der Universität ist nichts für mich. Während der letzten Tage auf der Schönheitsfarm habe ich immer wieder an ein eigenes Labor gedacht. Möglicherweise könnte ich mich auf bestimmte Produkte spezialisieren.« Ich spürte, wie der Gedanke daran den Stein, der mir seit einiger Zeit auf der Brust lag, ein wenig leichter machte.

»Das wirst du schaffen«, sagte sie und wirkte jetzt wieder ein wenig melancholisch. »Und wer weiß, vielleicht hat die Stadt auch Verwendung für eine zu alt gewordene Tänzerin.«

»Zu alt?«, fragte ich. »Du bist doch erst achtundzwanzig!«

Henny schnaubte spöttisch. »Das ist in gewissen Kreisen viel zu alt ...«

War sie Jouelle zu alt geworden? Ich wagte nicht zu fragen.

»Josephine Baker tanzt noch heute, soweit ich weiß.«

»Aber auch sie ist nicht mehr der helle Stern von damals. Manchmal wünschte ich, ich wäre ihr nie begegnet. Wir beide hätten in Berlin bleiben können ...«

Sollte ich ihr vom Schicksal des Varietédirektors Nelson berichten? Ich spürte, wie das Gewicht des Steins wieder zu mir zurückkehrte.

»Hast du denn in letzter Zeit etwas aus Deutschland gehört?«, fragte ich vorsichtig.

»Nein«, gab sie zurück.

Offenbar hatte sie sich bisher keine Gedanken darum gemacht, wie es ihren Eltern ergangen war. Ich war mir dessen bewusst, dass das ein gefährliches Thema war, das leicht dazu führen konnte, dass sie sich aufregte. Doch sie durfte auf keinen Fall glauben, dass es besser gewesen wäre, an Ort und Stelle zu bleiben.

»Herr Nelson ist in die Schweiz gegangen«, sagte ich. »Das Theater gibt es nicht mehr.«

Hennys Augen wurden groß. »Herr Nelson hat das Theater aufgegeben?«

»Er hatte keine andere Wahl. Die Nazis haben ihn gezwungen. Jetzt wird dort ein Kino eingerichtet.«

Hennys Miene wurde betroffen. »Dann sind alle arbeitslos geworden?«

»Ich weiß es nicht. Es wäre denkbar, dass der Kinobetreiber einige übernommen hat. Die Mädchen von den Kassen vielleicht oder manche der Bühnenarbeiter.«

»Aber die Tänzerinnen ...«, wisperte sie traurig.

»Die werden andere Engagements gefunden haben. Du brauchst dich nicht darum zu sorgen.«

Ich fragte mich, ob die Mädchen und die Tanzmeisterin tatsächlich eine neue Stelle gefunden hatten. Darüber hatte der alte Mann, den wir im Frühjahr vor dem Theater getroffen hatten, keine Auskunft gegeben.

»Und du brauchst auch nicht zu glauben, dass es damals ein Fehler war, aus Berlin fortzugehen«, fügte ich hinzu. »Ich bin sicher, die wirklich gute Zeit kommt schon bald. Manchmal muss man eben Umwege gehen, aber das Ziel ist dann umso schöner.«

Ein Klopfen riss uns aus dem Gespräch, und Dr. Higgins trat

ein. In seiner Kitteltasche steckte ein Stethoskop, und in den Händen hielt er wieder das Klemmbrett.

»Miss Krohn, dürfte ich Sie kurz sprechen?«, fragte er zu meiner Überraschung.

»Natürlich, Herr Doktor.« Ich blickte zu Henny, die wieder schläfrig wirkte. »Ich wollte mich ohnehin verabschieden.«

»Gut, ich warte draußen.«

Ich trat zu Henny und griff nach ihrer Hand. »Ich komme morgen wieder, ja? Dann erzähle ich dir, was der Doktor zu mir gesagt hat.«

»Ist gut«, sagte Henny müde. Unser Gespräch schien sie angestrengt zu haben.

Ich nickte ihr zu und wandte mich zur Tür. Draußen zog ich mir das Tuch vom Gesicht. Dr. Higgins bedeutete mir, mit ihm zu kommen.

Die Wartestühle vor dem Arztzimmer waren leer, im Hintergrund schob eine Schwester einen Servierwagen über den Gang.

Das Sprechzimmer war mir schon von dem ersten Besuch hier vertraut. Das Knochengerippe neben dem Fenster grinste mich an und erinnerte mich an die Biologiestunden am Gymnasium.

Dr. Higgins bot mir einen Platz an und begab sich dann hinter seinen Schreibtisch. »Es gibt gute Nachrichten. Wir hätten für Ihre Freundin einen Platz in einem Sanatorium.«

»Ist das nicht ein bisschen früh?«, wunderte ich mich. »Miss Wegstein wirkt auf mich immer noch ziemlich schwach.«

»Wir gehen davon aus, dass sie in einer Woche entlassen werden kann. Ihr Zustand ist wieder recht gut, jedenfalls was die Lunge angeht. Wenn sie noch weiter zu Kräften gekommen ist, könnte sie die Kur bereits antreten.«

Sollte er nicht mit Henny darüber sprechen?

»Und wo liegt das Sanatorium?«, fragte ich.

»In der Nähe von New Haven. Dort gibt es eine Stiftung, die sich um Suchtkranke bemüht. Ich kenne den Leiter der Anstalt, Professor Hendricks, er ist ein anerkannter Experte auf dem Gebiet. Er hat viel Erfahrung mit Opium- und Alkoholsucht. Diese sind in New York leider weitverbreitet, auch in prominenten Kreisen.« Dr. Higgins machte eine Pause, dann fuhr er fort: »Allerdings würde die Kur dort gut neunhundert Dollar kosten.«

»Neunhundert!«, platzte ich heraus. Ich fühlte mich, als hätte mir jemand einen Schlag versetzt. »Das ist ein kleines Vermögen!«

»Es ist eines der besten Häuser für die Entwöhnung von Suchtkranken. Man führt dort spezielle Kuren und Diäten durch, die alle darauf ausgerichtet sind, die Entzugserscheinungen zu lindern.«

Nur lautete mein Name nicht gerade Vanderbilt oder Rockefeller.

»Außerdem wäre es vielleicht angebracht, wenn Sie sie begleiten würden. Die Nähe einer vertrauten Person könnte ihren Heilungsprozess beschleunigen.«

Allmählich glaubte ich, dass meine elegante Erscheinung den Arzt zu dem Glauben verleitete, ich hätte Geld. Doch allein der Gedanke, ihm zu widersprechen oder abzulehnen, verursachte ein schlechtes Gewissen bei mir. Henny sollte die beste Behandlung bekommen. Auch wenn ich keine Ahnung von Opiumsucht hatte, wollte ich doch, dass es ihr gelang, vom Rücken des »Drachen« abzuspringen.

»Was würde es denn kosten, wenn ich meine Freundin begleitete? Oder meinen Sie, ich sollte mir ein Zimmer in einer nahe gelegenen Pension nehmen?«

»Nun, Patienten der Klasse eins haben das Anrecht darauf, dass ihre Begleitpersonen in einem benachbarten Raum untergebracht werden. Es sind ganz reizende Zimmer mit guter Ausstattung. Es würden für Sie weitere sechshundert Dollar Kosten anfallen, was mir allerdings angesichts der Tatsache, dass Sie Vollverpflegung erhalten, günstig erscheint.«

Tausendfünfhundert Dollar! Ich war froh, dass ich bereits saß.

Ich gestattete mir einen Moment, diese Nachricht zu verdauen, dann fragte ich: »Und Sie sind sicher, dass Miss Wegstein für diese Kur bereit sein wird? Jemanden von einer Droge zu entwöhnen, stelle ich mir schwierig vor.«

Dr. Higgins faltete die Hände vor sich auf der ledernen Schreibtischunterlage. »Es wird nicht einfach sein. Bei manchen Patienten ist die Rückfallquote sehr hoch. Und leider gibt es besonders in New York Mittel und Wege, an Opium zu kommen. Umso wichtiger ist es, dass Ihre Freundin eine gute Behandlung erhält. Ich bin sicher, dass sich die Investition lohnen wird.«

Dass er betreffend Hennys Gesundheit von einer Investition sprach, mutete mich ein wenig seltsam an.

»Haben Sie Miss Wegstein schon in Kenntnis gesetzt von der Kur?«, fragte ich.

»Ich dachte, ich spreche erst einmal mit Ihnen. In Anbetracht der Umstände sind wohl Sie diejenige, die für die Kosten aufkommt, nicht wahr?«

Ich nickte.

»Sollten Sie bereit sein, den Aufenthalt von Miss Wegstein im Sanatorium zu bezahlen, werde ich sie umgehend darüber informieren. Sie müssen wissen, dass Plätze dort sehr rar und begehrt sind.«

Ich war mir nicht bewusst gewesen, dass es so viele süchtige Reiche in New York gab.

»Muss ich das sofort entscheiden?«, fragte ich und begann zu rechnen. Meine Ersparnisse fielen mir wieder ein. Für die

Kur würden sie reichen, aber danach wurde die Notwendigkeit eines Jobs noch größer, wenn ich studieren wollte.

»Wie ich schon sagte, das Sanatorium ist begehrt, und der eine Platz könnte recht schnell besetzt sein. Ich habe mit Professor Hendricks besprochen, ihn für die nächsten Stunden zu reservieren, aber ...«

»In Ordnung«, sagte ich. Hennys Gesundheit ging vor. Um den Job würde ich mich kümmern. »Ich werde die Kosten tragen.«

Der Arzt nickte mir lächelnd zu. »Dann werde ich gleich dort Bescheid geben lassen.«

»Und was machen wir, wenn Miss Wegstein die Kur nicht antreten möchte?«, fragte ich. Dass Henny bei der Entscheidung übergangen werden sollte, gefiel mir nicht.

»Ich bin sicher, dass wir beide sie schon überzeugen können.« Dr. Higgins lächelte mich aufmunternd an und erhob sich dann. »Ihre Freundin hat großes Glück gehabt. Wäre sie irgendwo in der Wildnis zusammengebrochen, wäre sie vielleicht tot. Sie hat es Ihnen zu verdanken, dass sie lebt. Und eine zweite Chance erhält.«

»Danke, Dr. Higgins«, entgegnete ich, reichte ihm die Hand und verließ das Sprechzimmer.

Während der Fahrt mit der Subway nahm ich kaum etwas von meiner Umgebung wahr. Wieder überlegte ich wegen eines Jobs, der auch mein Studium finanzieren konnte. Doch außer bei Madame Rubinstein wollte mir keine Anstellung einfallen, die wirklich genug einbrachte.

Als ich wieder zu Hause ankam, fühlte ich mich gleichzeitig aufgewühlt und niedergeschlagen. Beinahe sehnte ich mich zurück in die Zeit, als ich täglich in Madames Labor fuhr oder für Miss Arden die Schönheitsfarm einrichtete. Jetzt war alles in der Schwebe. Einziger Ankerpunkt in meinem Leben war

Darren. Und Henny, doch im Moment war sie angeschlagen und musste ihre eigenen Dämonen bekämpfen.

Ich ging in die Küche und machte mir einen Kaffee. Dann setzte ich mich an den Küchentisch. Die Broschüren lagen in Reichweite auf der Anrichte. Unwillkürlich wanderte mein Blick zu ihnen. Gleichzeitig erinnerte ich mich daran, wie ich damals in Paris vor dem Schaufenster gestanden und mir geschworen hatte, es zu schaffen. Für mein Kind. Für mich.

Ich hatte es aus tiefstem Elend herausgeschafft – mit der Hilfe von Helena Rubinstein. Würde sie mir noch einmal helfen? Würde der Preis, den sie dafür verlangte, akzeptabel sein?

Plötzlich kam mir eine Eingebung. Und nun wusste ich, was ich tun musste.

Die Zeit bis zu Darrens Rückkehr saß ich wie auf Kohlen. Wenn mein Plan funktionieren sollte, brauchte ich sein Einverständnis.

Als sich die Tür öffnete, sprang ich von meinem Stuhl auf und trat in den Flur.

Darren blickte mich verwundert an. »Hallo, Schatz, was ist los?«

»Lass uns heiraten«, antwortete ich.

Darren sah mich verständnislos an. »Aber natürlich heiraten wir! Darüber waren wir uns doch einig, nicht?«

»Lass uns jetzt heiraten«, präzisierte ich. »An diesem Wochenende. Oder gleich morgen, egal.«

»Wie kommst du denn darauf?«, fragte er und stellte seine Tasche ab. »Ist etwas passiert?«

Ich lehnte mich gegen die Wand. »Der Doktor hat mit mir gesprochen. Er möchte, dass ich Henny ins Sanatorium begleite.«

»Dazu musst du doch nicht verheiratet sein.«

»Nein, aber ich möchte den Sanatoriumsaufenthalt finanzieren. Er wird etwa tausendfünfhundert Dollar kosten, wenn ich sie begleite. Und das muss ich unter den gegebenen Umständen.«

»Nun, das ist nicht gerade wenig!«

»Sie war damals da für mich, hat mich vor der Gosse bewahrt. Ich bin es ihr schuldig.« Ich blickte auf meine Schuhspitzen. »Ich habe eine ganze Weile überlegt, doch ich komme immer zu ein und demselben Schluss: Ich muss es bei Helena Rubinstein versuchen.« Ich gab ihm einen Moment, diese Information sacken zu lassen. »In dem Augenblick, wo ich die Tür von Madame durchquere, möchte ich deine Frau sein. Ich darf nicht zulassen, dass sie mir wieder eine Klausel aufhalst. Ich möchte ihr als verheiratete Frau gegenübertreten.«

Darren sah mich prüfend an. »Ist das dein Ernst?«

Ich konnte nicht genau erkennen, ob er die Heirat meinte oder meine Absicht, wieder für Rubinstein zu arbeiten.

»Ich dachte, wir würden meine Freunde einladen«, fuhr er dann fort. »Und Henny wird sicher auf deiner Hochzeit tanzen wollen. Außerdem warst du doch der Meinung, dass es für uns keine Hochzeit ohne Feier geben sollte.«

»Wir können feiern«, gab ich zurück. »Wenn Henny aus dem Sanatorium zurück ist. Wenn ich einen Job habe. Wenn ich am College eingeschrieben bin.« Ich ballte entschlossen die Fäuste.

»Das kann ja noch eine Weile dauern.« Darren atmete tief ein, blies die Backen auf und ließ die Luft dann wieder entweichen.

»Bitte, Darren. Das hier ist wichtig. Für unsere Zukunft und auch für mich.«

»Nun, es kommt etwas überraschend.« Der Blick, den er mir zuwarf, war allerdings so liebevoll, dass sich mein Herz mit Wärme füllte und meine Nervosität sich legte. »Aber warum nicht? Es hat auch etwas für sich.«

»Ich möchte dich zu nichts zwingen …«

»Stopp!«, sagte er und küsste mich. »Ich heirate dich sehr gern sofort. Gib mir nur ein bisschen Zeit, um einen Reverend zu finden, der uns auf die Schnelle traut. Und um Eheringe zu kaufen. Wenn wir auch sonst nichts brauchen, das schon.«

»Danke!« Ich fiel ihm um den Hals und küsste ihn, so fest und leidenschaftlich, dass er sich auch nicht wehrte, als ich ihn in unser Schlafzimmer zog.

4. Kapitel

Am folgenden Sonntag machten wir uns in aller Frühe auf den Weg nach Woodbridge. Es war nicht einfach gewesen, einen Reverend zu finden, der uns spontan trauen würde. In der kleinen Stadt nahe Hartford war Darren fündig geworden.

»Pfarrer Brown scheint ein netter Bursche zu sein«, erklärte er mir, während er mir das Kirchengebäude zeigte. »Er freut sich, uns zu trauen. Vorausgesetzt, du hast kein Problem damit, dass es eine katholische Trauung wird.«

»Habe ich nicht«, gab ich zurück, froh darüber, dass mein Plan in die Tat umgesetzt werden konnte. »Und beim nächsten Mal wirst du evangelisch heiraten, vergiss das nicht.«

Darren umarmte mich. »Das vergesse ich nicht. Und es macht mir auch nichts aus. Schließlich glauben wir alle an die Bibel, nicht wahr?«

Ich hatte nie gesehen, dass Darren eine Bibel aufgeschlagen hatte. Ich war mir sogar sicher, dass sich in seinem unordentlichen Bücherregal keine befand. Und wenn, stand sie irgendwo ganz hinten. Aber er hatte im Grunde genommen recht.

Die Eheringe musste er auch besorgt haben, gezeigt hatte er sie mir allerdings nicht.

»Die wirst du noch früh genug zu Gesicht bekommen und

lange genug tragen«, hatte er erklärt, als er mit dem Schächtelchen in der Tasche im Schlafzimmer verschwunden war.

Möglicherweise hätte ich sie aufspüren können, wenn ich mir die Mühe gemacht hätte, aber ich wollte mich überraschen lassen.

New York wirkte um diese Uhrzeit weitaus weniger hektisch als sonst. Es fühlte sich beinahe wie damals an, wenn wir morgens zu einer unserer Spritztouren losfuhren.

In meinem Bauch flatterten tausend Schmetterlinge. Unruhig nestelte ich an meinem beigefarbenen Kleid herum. Es war das Kleidungsstück, das einem Brautkleid am nächsten kam. Eigentlich hatte ich nie ohne eine große Feier heiraten wollen, aber dies war ein Notfall. Und wir würden die Feier nachholen.

Wichtiger war, dass ich schon bald Sophia O'Connor sein würde!

Dann könnten mir Frauen wie Madame oder Miss Arden nicht mehr vorschreiben, wie ich mein Privatleben gestalten sollte. Und mit meinem abgelegten Mädchennamen würde ich endgültig die Verbindung zu meinem Vater kappen.

Ein schlechtes Gewissen hatte ich Henny gegenüber. Wir hatten bei meinem letzten Besuch viel über die Kur gesprochen, der sie sehr positiv gegenüberstand. Dass Darren und ich heiraten wollten, hatte ich nicht erwähnt. Ich hoffte, sie würde meine Gründe verstehen, wenn ich es ihr beichtete.

»Bist du sicher, dass Billy Lucy überreden konnte?«, fragte ich unruhig.

Billy Holmes war einer von Darrens Freunden aus seiner Anfangszeit in New York. Die beiden hatten sich während seiner Ausbildung kennengelernt.

Ich hatte von ihm bisher nur gehört, denn er arbeitete in Boston und hatte nur selten Gelegenheit, sich mit Darren zu treffen. Seine Ehefrau Lucy sollte als meine Brautjungfer fungieren – jedenfalls wenn es nach Billy ging.

»Sie wird sich freuen«, gab Darren zurück. »Sie ist vielleicht ein wenig still, aber sehr nett. Und sie kann Billy einfach keine Bitte abschlagen.«

Das beruhigte mich ein wenig.

»Ansonsten holen wir uns einfach jemanden von der Straße«, witzelte Darren. »Könnte lustig werden.«

»Um Gottes willen! Es ist schon schlimm genug, dass ich Henny nicht dabeihabe. Aber sie durch eine Unbekannte zu ersetzen geht gar nicht.«

»Lucy kennst du auch nicht.«

»Sie ist die Frau deines Freundes. Somit gibt es immerhin eine Verbindung.«

Darren brachte den Wagen abrupt am Straßenrand zum Stehen. »Bist du dir auch wirklich sicher? Wir können immer noch umkehren.«

Ich schüttelte den Kopf. »Nein. Wir werden nicht umkehren. Es sei denn, du möchtest.«

»Ich möchte nur eines, Sophia Krohn. Dich heiraten!«

»Dann sind wir uns einig.« Ich streichelte über seine Wange, beugte mich vor und küsste ihn. Er ließ den Motor wieder an und fädelte sich in den Verkehr ein.

Woodbridge hatte die Ausmaße eines etwas größeren Dorfes und wirkte so beschaulich und gemütlich, dass es sich gut als Motiv auf einer Ansichtskarte gemacht hätte.

Besonders die weiß gestrichenen Holzhäuser mit ihren ordentlichen Vorgärten und ihren Rosengeländern fielen mir auf. Könnte ich in einem Ort wie diesem wohnen? Eines der Anwesen erinnerte mich ein wenig an Maine Chance, die Schönheitsfarm von Miss Arden. Es war kleiner und verfügte nicht über so viele Nebengebäude, aber dennoch war eine Ähnlichkeit da.

Nein, sagte ich mir. So hübsch es hier auch ist, ich bin ein Stadtmädchen. Ich liebte die Energie der Leute, die hohen

Hausfassaden und die Art, wie sich die Sonne am Morgen und am Abend in den Fenstern der Wolkenkratzer spiegelte.

Wir fuhren bis zu einem etwas größeren weißen Gebäude, das ich im ersten Moment nicht für eine Kirche gehalten hätte. Es hatte ein Satteldach und recht kleine Fenster, neben der Tür rankte sich Efeu nach oben. Dann sah ich den Glockenstuhl nebenan.

Vor dem schlichten Eisenzaun wartete ein dunkler Wagen, der unserem sehr ähnlich sah. Darren riss die Hand hoch und winkte aus dem heruntergelassenen Seitenfenster.

»Das sind sie«, erklärte er. »Auf sie ist wirklich Verlass!«

Kaum hatten die Insassen des Wagens realisiert, dass wir es waren, stiegen sie aus. Der Mann hatte dunkle, glatt gekämmte Haare und trug einen etwas weiten braunen Tweedanzug. Die Frau, die Lucy sein musste, trug ein blassgelbes Kleid, das ihre leicht gebräunte Haut schön zur Geltung brachte.

»Sie sieht reizend aus«, sagte ich zu Darren.

»Siehst du, sie gibt eine gute Brautjungfer ab.«

»Sie sieht fast strahlender aus als die Braut.«

Darren zog mich an sich und küsste mich. »Das bildest du dir ein. Du bist die Strahlendste!«

»Ich hoffe, das sagst du nach der Hochzeit auch noch.«

»Das werde ich immer sagen!«, entgegnete er, zog den Schlüssel ab und stieg aus. Ich folgte ihm.

»Der Gottesdienst ist seit einer Stunde vorbei«, meinte Billy schmunzelnd, während er auf uns zukam. »Ihr hättet ihn euch ansehen sollen, der Reverend hat es echt drauf.«

»Wir sind nicht deswegen hier, wie du weißt«, sagte Darren augenzwinkernd und wandte sich dann mir zu. »Das ist meine Verlobte Sophia Krohn. Sophia, das sind mein alter Freund Billy Holmes und seine wunderbare Ehefrau Lucy.«

»Du Charmeur«, sagte sie sichtlich geschmeichelt und reichte mir die Hand. »Freut mich, Sie kennenzulernen, Sophia!«

»Mich auch«, gab ich zurück und schüttelte Lucy die Hand. Ihr Ehemann betrachtete Darren und mich eine Weile, dann sagte er: »Ihr beide seid ein sehr hübsches Paar. Ich wusste gar nicht, dass Darren so einen guten Geschmack hat.«

»Wir haben alle unsere Irrungen hinter uns«, erwiderte Darren und legte die Hand um meine Taille. »Aber irgendwann treffen wir die Eine und wissen, das ist die Richtige.«

»Das kannst du laut sagen.« Billy zog Lucy an sich und küsste sie.

Unwillkürlich trat ein Lächeln auf mein Gesicht. Würden wir beide nach ein paar Jahren Ehe auch noch so verliebt sein?

»Da ist der Reverend«, sagte Billy und deutete mit dem Kopf auf den Mann im schwarzen Anzug, der auf uns zueilte.

Zu meiner großen Überraschung war Reverend Brown recht jung. Er mochte vielleicht gerade die vierzig überschritten haben. Aus der Kirche, in die wir in Berlin gegangen waren, kannte ich nur Pastoren mit schlohweißen Haaren.

Freundlich reichte er uns die Hand. »Willkommen in meiner kleinen Gemeinde. Die Kirche ist nicht besonders groß, aber ich hoffe, sie gefällt Ihnen. Es ist ein geschichtsträchtiger Ort. An dieser Stelle haben die Pilgerväter ihre ersten Gottesdienste abgehalten. Mittlerweile haben einige Umbauten stattgefunden, aber den Geist des Vergangenen spürt man noch immer.«

»Sie haben eine sehr schöne Kirche«, erwiderte ich. »Vielen Dank, dass Sie sich bereit erklärt haben, uns so kurzfristig zu trauen.«

»Keine Ursache. Besser, Sie lassen sich hier trauen als auf irgendeinem Kahn vor der Küste. Das soll jetzt langsam Mode werden, habe ich gehört.«

Darren lächelte mich verschmitzt an, als wäre genau das ebenfalls eine gute Idee gewesen.

»Kommen Sie, sprechen wir kurz miteinander, damit ich erfahre, wer die Glücklichen sind.«

Wir begleiteten den Pfarrer in sein Haus neben der Kirche. Es war ein für die Gegend typischer holzverkleideter Bau mit Veranda und zwei Stockwerken.

Die Haushälterin des Pfarrers hatte offenbar gerade Kaffee gekocht, der aromatische Duft folgte uns bis ins Arbeitszimmer.

»Mary, würden Sie bitte unseren Gästen einen Kaffee bringen?«, fragte der Pfarrer in den Flur hinein.

»Ja, Sir!«, antwortete eine Frauenstimme, dann schloss er die Tür hinter sich.

»Nehmen Sie doch bitte Platz«, sagte er und deutete auf die beiden Stühle vor seinem Schreibtisch. Beinahe mutete das Zimmer wie das eines Notars an. Die Wände waren mit rotem Holz getäfelt, und in den hohen Regalen reihten sich Bücher und zahlreiche Aktenordner.

Brown ließ sich auf seinem Platz hinter dem schweren, ebenfalls rotbraunen Schreibtisch nieder.

»Man sagt, dass dieser Schreibtisch einem Mann gehört hat, der als Spion für George Washington gearbeitet hat«, bemerkte er, während er andächtig über die Tischplatte strich. »Mein Vorgänger hatte etliche solcher Geschichten auf Lager. Manchmal komme ich mir vor, als würde ich in einem Museum leben.«

»Dürfen Sie das Haus denn nicht ein wenig … modernisieren?«, fragte ich.

Er lachte auf. »Ich dürfte es, aber was soll dann die Gemeinde sagen? Die Leute sind dieses Haus gewohnt. Sie würden wahrscheinlich glauben, dass ich den Verstand verloren hätte, wenn ich hier plötzlich moderne Kunst an die Wände hängen würde.«

»Wollen Sie das denn?«, fragte ich.

»Hier geht es nur um das, was die Gemeinde möchte«, gab er zurück, und ich meinte eine Spur Wehmut in seinen Worten zu hören. »Aber kommen wir doch zu dem Grund Ihrer Anwesenheit.«

In dem Augenblick klopfte es an die Tür, und die Haushälterin erschien mit einem Tablett. Der Kaffeeduft intensivierte sich.

»Danke, Mary«, sagte er, nachdem die Haushälterin, eine junge Frau Mitte zwanzig mit zum Dutt gestecktem braunem Haar, die Tassen und eine Kaffeekanne vor uns abgestellt hatte.

»Gibt es einen Grund für diese rasche Heirat?«, fragte Brown, als die Haushälterin fort war. Während er mir einschenkte, entging mir nicht, dass er für einen Moment verstohlen auf meinen Bauch schaute.

Ich verstand. Offenbar glaubte er, dass ich schwanger sei.

»Keinen, der gegen die Moral der Kirche verstieße«, gab ich zurück. »Es wird in der nächsten Zeit nicht möglich sein zu heiraten. Familiäre Gründe. Deshalb wollen wir es jetzt.«

Ich konnte ihm unmöglich erzählen, dass mein wahrer Grund für die schnelle Heirat die Absicht war, mir von einer potenziellen neuen Chefin keine Heiratsklausel aufzwingen zu lassen.

»Müssen Sie zur Armee, Mr O'Connor?«, wandte er sich jetzt an Darren.

»So jung bin ich nun auch wieder nicht«, sagte der schmunzelnd. »Nein, es ist, wie meine Verlobte sagt. Wir wollen den Bund fürs Leben schließen, damit wir den Herausforderungen der kommenden Monate als Einheit gegenüberstehen können.«

Besser hätte ich es nicht sagen können. Und auch der Pfarrer schien damit zufrieden zu sein, denn er nickte. »Nun gut, dann wollen wir die Formalitäten klären.«

Zunächst ließ er sich von uns die Personalien zeigen. Dabei fiel ihm auf, dass ich gebürtige Deutsche war. Und evangelisch.

»Haben Sie vor, zur Konfession Ihres Mannes überzutreten?«, fragte er, worauf ich den Kopf schüttelte.

»Nein«, gab ich zurück.

Er nahm es mit einem Nicken hin.

Es folgten jetzt Fragen zum Glauben und der Bibel. Es beeindruckte mich, dass Darren wie aus der Pistole geschossen antworten konnte. Mir sah der Pastor zum Glück nach, dass ich meist keine Antwort wusste.

Nachdem Brown uns den Ablauf erklärt hatte, begab er sich mit Darren in die Kirche, während wir am Eingang warteten. Auch wenn er mich schon gesehen hatte, sollte ich, gefolgt von der Brautjungfer, erst beim Orgelklang eintreten.

Lucy zupfte nervös an ihrer Jacke herum. Es schien beinahe, als wäre sie die Braut und nicht ich.

»Haben Sie sich das auch gut überlegt?«, fragte sie.

»Was denn?«, fragte ich zurück. »Die Hochzeit?«

»Wenn ich könnte, würde ich es rückgängig machen.«

Ich blickte sie verwundert an. Sie hatte nicht unglücklich gewirkt, als sie neben Billy gestanden hatte. Ganz im Gegenteil.

»Und wieso? Gibt's Probleme?«

»Die Ehe an sich ist das Problem. Sie bindet uns Frauen an Kind und Küche. Auch wenn der Mann kein Problem damit hat, seine Gattin selbstständig sein zu lassen, bleibt die Hausarbeit an der Frau hängen. Sie werden es noch sehen.«

Ich wollte schon entgegnen, dass das bei mir nicht der Fall sein würde, da kam plötzlich die Haushälterin auf uns zugelaufen. In ihren Händen hielt sie einen Strauß, der aussah, als hätte sie ihn gerade im Garten gepflückt.

»Hier«, sagte sie ein wenig atemlos. »Eine Braut braucht einen Strauß. Alles Gute für Sie!«

»Danke, das ist wirklich sehr freundlich von Ihnen!«, gab ich zurück und blickte auf den Strauß. Er enthielt einige pinkfarbene Astern, weißes Schleierkraut und purpurfarbene Nelken. Nicht gerade der typische Brautstrauß, aber er gefiel mir sehr. Ob der Pfarrer die Blumen wiedererkennen würde?

Im nächsten Augenblick ertönten die ersten Takte des Hochzeitsmarsches auf einem Harmonium. Der Pfarrer mochte vielleicht einen Schreibtisch aus Washingtons Zeiten haben, aber über eine Orgel verfügte die Kirche nicht. Doch das war nebensächlich. Wer auch immer am Harmonium saß, spielte gut.

Die Haushälterin winkte mir noch einmal aufmunternd zu, dann wandte sie sich um und lief zum Haus zurück.

»Wollen wir?«, fragte ich mit Blick auf Lucy. Diese nickte und strich sich das Kleid glatt. Als ich mich in Bewegung setzen wollte, legte sie mir die Hand auf den Arm.

»Verstehen Sie mich bitte nicht falsch. Meine Ehe mit Billy hat auch ihre guten Seiten. Ich glaube, ich hätte keinen Besseren finden können als ihn. Nur manchmal kommen mir so Gedanken, dass ich auch etwas anderes aus meinem Leben hätte machen können.«

»Das können Sie immer noch«, sagte ich, worauf sie ein trauriges Lächeln aufsetzte.

»Vielleicht. Aber jetzt sollten Sie Ihren Bräutigam nicht mehr länger warten lassen.«

Nachdenklich setzte ich mich in Bewegung. Glaubte Lucy, dass ich es überstürzte? Dass ich mir damit meine Zukunft verbaute?

Ich schob den Gedanken an ihre Worte beiseite. Ich war davon überzeugt, das Richtige zu tun. Darren war ein guter Mann. Ich konnte mir seiner Unterstützung gewiss sein, egal, was mir als Ziel in den Sinn kam. Das bewies allein schon, dass er die Colleges für mich angeschrieben hatte.

Auf dem Weg an den Kirchenbänken vorbei überkam mich doch ein wenig Traurigkeit. Wie schön wäre es gewesen, wenn Mutter das miterlebt hätte! Wenn wir bei einem rauschenden Fest gemeinsam hätten feiern können, wie es alle taten.

Doch wann war schon einmal etwas in meinem Leben normal gewesen? Seit dem schicksalhaften Tag, als ich feststellte, von meinem Dozenten schwanger zu sein, war jedenfalls nichts mehr normal. Und vielleicht war das auch besser so.

Darren stand neben seinem Trauzeugen und wirkte so gerührt, wie ich ihn noch nie erlebt hatte. Billy warf seiner Frau, die hinter mir ging, einen liebevollen Blick zu.

Ich verstand wirklich nicht, warum Lucy davon gesprochen hatte, ihre Ehe rückgängig machen zu wollen. Doch wer konnte schon in die Herzen der Menschen schauen? Ich kannte Lucy nicht gut genug, um zu wissen, welche Wünsche und Träume ihr während der Ehe verloren gegangen waren.

Als ich endlich neben Darren stand, rückten alle negativen Gedanken von mir ab. Der Pfarrer erklärte uns die Pflichten der Ehe und wies darauf hin, dass der Bund fürs Leben gemacht sei, durch alle Höhen und Tiefen.

Als wir unsere Ehegelübde sprachen und die Ringe tauschten, als wir uns versicherten, immer füreinander da zu sein, egal, ob in guten oder schlechten Zeiten, fühlte ich tiefe Liebe in mir und auch die Gewissheit, dass ich jetzt am richtigen Ort angekommen war. Dass ich endlich wieder einen Halt haben und zu Hause sein würde.

»Sie dürfen die Braut nun küssen«, schloss der Pfarrer schließlich, und wir kamen dem nach, während Billy in Jubel ausbrach und Lucy klatschte.

Wir feierten unsere Hochzeit mit einem Essen in einem Restaurant in Hartford, wo ich ein bisschen mehr über Billy und Lucy erfuhr. Die beiden hatten zwei Kinder, die derzeit bei Billys Mutter waren. Lucy erzählte, dass sie früher einmal Literatur studiert und geplant hatte, Bücher zu schreiben. Doch das Familienleben hatte ihr bisher keine Zeit dazu gelassen.

Jetzt verstand ich ihre Worte vor der Kirche ein wenig besser. Gleichzeitig fragte ich mich jedoch, ob es wirklich keine Möglichkeit für sie gab, ihren Traum zu verfolgen. Wusste ihr Mann von ihrem Wunsch, ihren Gedanken? Oder wagte sie nicht, darüber zu sprechen?

Als wir uns verabschiedeten, luden wir die beiden zu unserer großen Hochzeitsfeier ein.

»Das nächste Mal kommst du aber mit Kummerbund!«, witzelte Darren zum Abschied.

»Nur wenn du französischen Champagner servierst!«

»Die Bestellung geht nächste Woche raus!« Lachend umarmten sich die beiden, dann schüttelte Billy meine Hand.

»Alles Glück der Welt, Sophia. Und passen Sie gut auf ihn auf.«

»Das werde ich.«

»Genießt euren Honeymoon«, sagte Lucy und umarmte uns beide. Dann stieg sie in ihren Wagen, und wenig später fuhren sie davon.

»Und jetzt?«, fragte ich Darren. Obwohl es ein schöner Tag gewesen war, fühlte er sich irgendwie unvollständig an. Ich wollte mit Darren noch nicht nach Hause. Am liebsten hätte ich uns in einer Blase eingeschlossen, in die niemand hineinkonnte. Wir hatten doch unseren »Honeymoon«, unsere Hochzeitsnacht, verdient, oder nicht?

»Ich habe eine Idee«, sagte Darren, fasste mich bei der Hand und zog mich mit sich zum Auto.

»Wohin willst du?«, fragte ich.

»Das wirst du gleich sehen.«

Mein Herz begann freudig zu pochen. Wenn er eine Idee hatte, konnte ich darauf bauen, dass etwas ungewöhnlich Schönes passieren würde.

Wir fuhren zu einer hübschen Bed-and-Breakfast-Pension am Rand von Woodbridge. Im Garten plätscherte ein kleiner Brunnen, und Vögel zwitscherten in den Bäumen. Es wirkte wie ein Haus aus einem Märchen. Diesen Eindruck verstärkte die Katze, die wie ein Zaubertier auf dem Geländer der Veranda saß und uns zublinzelte.

Die Besitzerin, eine Frau in den mittleren Jahren mit hochgestecktem blondem Haar, war glücklich, Gäste zu haben. »Ich bin Maggie Moon«, stellte sie sich vor.

Ich biss mir auf die Lippen. Eine Frau in einem Hexenhäuschen mit Katze und solch einem Namen!

»Wir haben gesehen, dass Sie Zimmer vermieten«, sagte Darren. Mir kam der Gedanke, dass er sich bei der Recherche zu der Kirche und dem Pastor gleichzeitig auch um einen Ort für unsere Hochzeitsnacht gekümmert haben musste. Warum hatte er mir davon nichts erzählt?

»Das tue ich«, gab Maggie Moon zurück. Sie strahlte uns breit an, als wüsste sie, dass wir gerade geheiratet hatten.

»Nun, hätten Sie dann noch ein Zimmer für Mrs O'Connor und mich?« Darren blickte mich so stolz an, als hätte er einen Pokal gewonnen.

»Aber sicher doch! Gibt es einen besonderen Grund für Ihren Aufenthalt hier?«, fragte sie.

Brauchten wir diesen?

»Irgendwie strahlen Sie beide«, erklärte sie. »Ich spüre sehr viel positive Energie bei Ihnen.« Sie blickte uns abwartend an. »Das kommt von meinem Großvater«, fuhr sie fort, als wir nicht gleich wussten, worauf sie hinauswollte. »Er war ein Cherokee. Daher auch der Name. Seine Vorfahren sollen Medizinmänner gewesen sein, die eine besondere Verbindung zur Natur hatten.« Sie lächelte stolz. »Wahrscheinlich hat sich das bei mir erhalten. Ich kann sehen, wenn Menschen glücklich sind oder traurig, selbst wenn man es ihnen nicht vom Gesicht ablesen kann.«

Uns beiden musste sie das Glück ansehen, denn Darren und ich grinsten, wie meine ehemalige Kollegin Ray Bellows es ausdrücken würde, »wie zwei Honigkuchenpferde«.

»Wir haben gerade geheiratet«, sagte Darren und legte sanft den Arm um meine Schultern.

»Oh, meinen herzlichen Glückwunsch!« Maggie Moon klatschte in die Hände. »Dann weiß ich auch, welches Zimmer Sie bekommen!«

Sie bedeutete uns, ihr zu folgen. Über eine knarzende Treppe gelangten wir hinauf in das erste Stockwerk des Hauses.

Das Zimmer, das sie uns aufschloss, war ein Traum in Rosa. Miss Arden wäre begeistert gewesen. Und wahrscheinlich auch Madame, denn sie hatte nichts gegen die Farbe Rosa. Sie wollte nur nicht, dass ihre Produkte genauso aussahen wie die ihrer Konkurrentin.

Die Tapeten waren aus einem zartrosa Seidendamast, in den feine Rosen eingewebt waren. Entweder handelte es sich um ein gut erhaltenes Erbstück aus alten Zeiten oder sie hatten ein Vermögen gekostet.

»Es war gerade Vollmond«, erklärte Maggie Moon. »Da herrschen in diesem Zimmer die besten Schwingungen. Möglicherweise ...« Sie stockte und setzte ein vielsagendes Lächeln auf. »Möglicherweise werden Sie nach einer Nacht hier bald schon mehr als zu zweit sein.«

Darren runzelte ein wenig verständnislos die Stirn, doch ich verstand. Sie hoffte darauf, dass wir hier ein Kind zeugten.

Ich blickte zu Darren. Würden wir das tun? Wollte er das?

Ich wusste nicht, was ich wollte. Da war immer noch ein Loch in meinem Herzen, die Stelle, an der mein Sohn Louis hätte sein sollen. Doch sie mit einem anderen Kind füllen? Jetzt, wo ich so viel vorhatte? Wo so viel getan werden musste?

»Wir werden sehen«, sagte ich ausweichend und hakte mich bei Darren ein. Das sollte für unsere Zimmerwirtin das Zeichen sein, dass wir allein sein wollten.

Tatsächlich begriff sie es. »Nun, dann werde ich Sie allein lassen. Wenn Sie etwas brauchen, rufen Sie mich einfach unten an. Die Haustelefonanlage habe ich vor Kurzem installieren lassen. Sie glauben nicht, wie viel Arbeit einem das abnimmt. Frühstück gibt es zwischen sechs und zehn.«

Wir bedankten uns, und sie verschwand aus der Tür.

Wir sahen uns an. Mr und Mrs O'Connor. Es fühlte sich noch ein wenig unwirklich an, aber ich wusste, dass wir das Richtige getan hatten.

Obwohl die Wände hier hellhörig waren, liebten wir uns leidenschaftlich. Ob Maggie Moon etwas davon mitbekam, war uns egal.

»Na, wie fühlt sich die frischgebackene Mrs O'Connor?«, fragte Darren, als wir später in der Nacht eng umschlungen im Bett lagen.

»Sehr gut«, antwortete ich. »Glücklich. Unbesiegbar!«

Darren lachte auf und küsste mich auf die Stirn. »So eine Antwort kann nur von dir kommen.«

»Aber so ist es.« Ich drückte seine Hand an mein Herz. Nie zuvor hatte ich mich so warm und so geborgen gefühlt. »Ich komme mir vor, als könnte ich Bäume ausreißen.«

»Ich mir auch«, antwortete er und streichelte meine Schulter.

Wir sahen uns in die Augen, und ich versuchte mir vorzustellen, wie unser weiteres Leben sein würde. Es gab einige Variablen wie die Jobs, die wir annehmen, die Ziele, die wir verfolgen würden, aber das alles außen vor gelassen, konnte ich mir gut vorstellen, jeden Tag mit ihm aufzuwachen und neben ihm einzuschlafen. Jeden Tag mit ihm zu scherzen oder Probleme zu bereden. Ihn jeden Tag zu küssen und mich bei ihm gut aufgehoben zu fühlen.

Am nächsten Morgen empfing uns Maggie Moon mit einem breiten Lächeln. Hatte sie mitbekommen, was wir in der Nacht getrieben hatten? Sicher. Aber von Frischverheirateten erwartete sie sicher nichts anderes. Mit den besten Wünschen für unser weiteres Leben verabschiedete sie uns, und wir machten uns auf den Weg zurück nach New York. Mein Bauch kribbelte vor Erwartung.

Der Weg war nun frei, niemand würde mich mehr zwingen können, für einen Job auf privates Glück zu verzichten.

5. Kapitel

Ein wenig ängstlich war mir doch zumute, als ich am Montagnachmittag ins Hospital ging. Wie würde Henny es aufnehmen, dass Darren und ich geheiratet hatten und ich ihr erst jetzt Bescheid gab?
Je näher ich ihrem Krankenzimmer kam, desto stärker klopfte mein Herz.
Würde sie verstehen, dass ich wegen Madame so entschieden hatte? Immerhin wusste ich noch nicht einmal, ob sie mich wieder einstellen würde ...
Nervös die Hände knetend, blieb ich schließlich vor der Tür stehen. Sonst wäre ich sofort hineingestürmt, doch jetzt zögerte ich.
Erst als eine Schwester den Gang entlangschritt, gab ich mir einen Ruck und klopfte.
Hennys Stimme ertönte, und ich trat ein. Dabei bemerkte ich, dass das Bett nebenan zerwühlt war. Sie hatte also Gesellschaft bekommen.
»Hallo, Henny!«, grüßte ich sie.
Meine Freundin saß aufrecht im Bett, neben sich auf dem Tischchen eine Kaffeetasse und einen Teller, auf dem nur noch ein paar Krümel lagen. In den vergangenen Tagen hatte sie sich

weiter erholt. So gut, dass ich ab sofort kein Tuch mehr vor dem Mund tragen musste.

»Hallo!«, rief sie ungewohnt fröhlich. »Du wirst nicht glauben, was heute passiert ist.«

»Was denn?«, fragte ich und blickte mich um. Von ihrer Nachbarin war nichts zu sehen.

»Wir haben so etwas wie Kuchen bekommen! Ich weiß nicht, was es genau war, aber es war sehr gut!«

»Das freut mich für dich«, gab ich zurück. »Und wie ich sehe, hast du jetzt auch eine Zimmergenossin.«

Henny nickte. »Sie ist schon etwas älter und schwerhörig, aber eigentlich recht nett. Gerade ist sie beim Arzt. Keine Ahnung, was sie hat. Sie spricht nur Englisch. Ich habe es mit Deutsch und Französisch versucht, half aber nichts.«

Das schien sie allerdings nicht zu bekümmern. Allein die Anwesenheit eines weiteren Menschen an diesem Ort schien sie zu beleben.

Umso schwerer wurde mir das Herz. Vielleicht sollte ich meine Beichte für ein anderes Mal aufsparen? Ich entschied mich dagegen. Wenn ich es ihr noch später erzählte, würde sie wahrscheinlich noch wütender sein.

»Henny, ich muss dir etwas sagen«, begann ich mit einem klammen Gefühl in der Brust. »Du erinnerst dich doch sicher noch, was Madame Rubinstein damals von mir gefordert hat.«

Henny blickte mich ein wenig verständnislos an.

»Die Heiratsklausel«, präzisierte ich. »Das war die Bedingung dafür, dass ich bei ihr anfangen konnte.«

Jetzt schien es ihr wieder einzufallen. »Was ist damit?«, fragte sie.

»Nun, ich …« Ich atmete tief durch und klammerte meine Finger um meine Handtasche. »Darren und ich haben am Wochenende geheiratet.«

Für einen Moment wurde es so still, dass man eine Stecknadel hätte fallen hören können.

»Aber ich schwöre, das war nur deswegen, damit ich Madame als verheiratete Frau begegnen kann, wenn ich mich wieder bei ihr bewerbe, und diese Klausel gar nicht erst infrage kommt«, fuhr ich fort. »Außerdem werden wir noch einmal standesamtlich heiraten, und dann wünsche ich mir, dass du meine Brautjungfer bist. Daran hat sich nichts geändert.«

Henny wirkte auf einmal starr wie eine Marmorsäule. »Ihr habt also geheiratet.«

»Ja, und ich schwöre dir, es musste so schnell gehen. Und ich möchte wirklich, dass du dann meine Brautjungfer bist.«

Sie blickte mich traurig an. »Und wer war bei dir? Man braucht doch auch hier eine Trauzeugin?«

Ich nickte beklommen. »Darren hat einen Freund gefragt. Dessen Frau war meine Trauzeugin.«

Henny schwieg lange, und mit jedem Moment sank mein Herz mehr. Alles in mir schrie: Nun sag doch was. Schrei mich an, wenn es sein muss, aber sag irgendetwas!

Doch ich brachte keinen Ton hervor. Und Henny schien eine Weile zu benötigen, um diese Information zu verdauen.

»Bitte versteh, dass ich dich nicht fragen konnte«, fuhr ich nach einer Weile fort, wobei ich kaum Hoffnung hatte, dass meine Worte etwas ändern würden. »Die Ärzte hätten dich nicht rausgelassen ...«

Noch immer sagte sie nichts, sondern starrte nur leer an mir vorbei.

»Du hättest es mir dennoch vorher erzählen können«, sagte sie dann leise. Die Enttäuschung in ihrer Stimme war nicht zu überhören. »Schließlich bin ich doch noch deine Freundin, oder etwa nicht?«

»Das bist du!«, versicherte ich ihr schnell. »Und es hat auch nichts mit dir zu tun. Ich ...«

Hennys Blick unterbrach mich. »Ich ... ich hätte nichts dagegen gehabt«, sagte sie. »Ich meine, es ist dein Leben und deine Entscheidung. Und wenn ich es gewusst hätte, was hätte es ausgemacht?«

»Ich dachte, es würde dich aufregen. Bitte verzeih mir.« Wenn ich ehrlich war, hatte ich nur das Studium und Madame vor Augen gehabt. Nun fühlte ich mich ungemein schlecht deswegen.

Sie blickte mich an. »Du weißt, dass ich für dich immer nur das Beste möchte. Und wenn dieser Darren das Beste ist ...«

»Das ist er«, gab ich zurück. »Ich dachte in dem Augenblick wirklich nur daran, dass mich Madame nicht wieder mit einer Heiratsklausel belegen kann. Natürlich abgesehen davon, dass ich Darren liebe und mir kaum etwas Besseres vorstellen kann, als seine Frau zu sein.«

»Dein Studium natürlich ausgenommen, stimmt's?« Ein zögerliches Lächeln huschte über ihr Gesicht.

»Das kommt dem etwa gleich.« Ich machte eine kurze Pause und sah Henny prüfend an. Würde sie mir verzeihen? Oder mir sagen, dass ich gehen sollte?

»Henny?«, fragte ich, nachdem sie wieder eine Weile geschwiegen hatte. »Kannst du mir verzeihen?«

Sie zögerte noch eine Weile, dann nickte sie. »Aber beim nächsten Mal weihst du mich ein, ja? Ich bin die Letzte, die dir etwas ausredet. Und so etwas wie eine Hochzeit ist wichtig, auch wenn ich nicht daran teilnehmen kann.«

»Du wirst daran teilnehmen!« Ich griff nach ihrer Hand. »Ich verspreche, das hier war nur eine Notlösung. Ich möchte schon morgen zu Madame Rubinstein, denn ich brauche das Geld fürs Studium.«

»Und für meine Kur, nicht wahr?«, fragte sie. Als ich sie ein wenig erschrocken ansah, fügte sie hinzu: »Der Doktor hat es mir erzählt. Ich weiß gar nicht ... wie ich es zurückzahlen soll.«

»Das brauchst du nicht«, entgegnete ich. »Wir beide haben einander doch schon früher geholfen. Jetzt bin ich mal dran, okay?«

»Okay«, wiederholte sie. Das Wort, an das ich mich bereits so sehr gewöhnt hatte, dass ich gar nicht mehr darauf achtete, hörte sich bei ihr ein wenig seltsam an.

Ich lächelte sie an. »Wir beide werden eine schöne Zeit dort haben.«

6. Kapitel

Am folgenden Morgen schaute ich an der Fassade des Bürogebäudes hinauf, in dem die Rubinstein Inc. ihr Büro hatte. Dort oben, wo sich die Wolken in den Fenstern spiegelten, saß Madame und leitete die Geschicke ihres Kosmetikimperiums. Dieses war, wie ich den Zeitungsartikeln der letzten Zeit entnommen hatte, weiter im Wachstum begriffen, und das, obwohl die Wirtschaftskrise immer noch nicht überwunden war. Auch in der Krise wollten die Frauen schön sein.

Während der Fahrt hierher hatte ich ein wenig Unruhe verspürt, doch jetzt setzte sich bei mir die Entschlossenheit durch.

Ich durchquerte die gläserne Tür und schritt auf den Tresen zu. Die Anmeldedame von damals war nicht mehr hier. Stattdessen begrüßte mich eine junge Frau mit onduliertem kastanienbraunem Haar und knallrotem Lippenstift, der wunderbar zu der rot geblümten Bluse passte, die sie trug.

»Ich würde gern zu Madame Rubinstein«, sagte ich. »Mein Name ist Sophia O'Connor.«

»Haben Sie einen Termin?«, fragte die Empfangsdame.

»Nein, ich ... ich möchte sie in einer dringenden Angelegenheit sprechen.«

»Tut mir leid, aber Mrs Rubinstein ist derzeit nicht im Haus.«

Warum fragte sie mich nach einem Termin, wenn Madame nicht da war?

Ich unterdrückte meine Enttäuschung. »Wann kommt sie denn wieder?« Mein Blick schweifte zum Fahrstuhl. Und wenn ich nun einfach nach oben fuhr und in Madames Büro fragte?

»Sie ist gerade in London. Das kann eine Weile dauern. Die Dauer ihres Besuches richtet sich nach den Erfordernissen der Filiale.«

Frustriert seufzte ich auf. Da kam mir eine Idee.

»Ist es denn möglich, ihr eine Nachricht zu hinterlassen? Damit sie sich bei mir melden kann, wenn sie möchte?«

Die Empfangsdame sah mich an, als wäre dies das Vermessenste, was sie je gehört hatte. Doch dann reichte sie mir Papier, Stift und einen kleinen Briefumschlag. Damit zog ich mich auf eines der Wartesofas zurück.

Das Papier auf meine Handtasche legend, schrieb ich:

Verehrte Madame Rubinstein,

zu gern hätte ich Sie persönlich gesprochen, doch ich erfuhr, dass Sie gerade in Europa weilen, und deshalb wende ich mich mit diesem kurzen Schreiben an Sie.
Ohne zu viel vorwegzunehmen, möchte ich Ihnen mitteilen, dass ich mein Arbeitsverhältnis bei E. Arden gelöst habe. Ich frage mich nun, ob Sie noch immer Interesse an meiner Mitarbeit haben. Sollte das der Fall sein, würde ich mich sehr gern mit Ihnen zu einem Gespräch treffen.

Mit freundlichen Grüßen
Sophia O'Connor (vormals Krohn)

Mit einem tiefen Atemzug betrachtete ich das Schreiben. Ich war erstaunt über mich selbst. Sollte ich nicht vielleicht etwas unterwürfiger klingen? Sollte ich sie nicht besser um eine Stelle bitten?

Doch mein Bauchgefühl sagte mir, dass ich das Schreiben so lassen sollte, wie es war. Madame liebte es, respektiert und hofiert zu werden, aber ich erinnerte mich auch noch gut daran, wie abfällig sie über manche, die es mit der Speichelleckerei übertrieben, gesprochen hatte. Wenn sie Interesse an mir hatte, würde sie sich melden. Und wenn nicht, so würde auch eine unterwürfige Bitte nichts daran ändern.

Mit zitternden Händen schob ich den Brief in den Umschlag und klebte ihn zu. Dann erhob ich mich, straffte mich und trat wieder an den Empfangstresen.

»Bitte sorgen Sie dafür, dass es auf Madames Schreibtisch landet. Es ist sehr wichtig.«

»Geht in Ordnung, Miss O'Connor«, gab sie zurück.

Ich hätte sie am liebsten korrigiert, dass es Mrs hieß, aber ich schwieg und bedankte mich lediglich.

Draußen vor der Tür bemerkte ich, dass meine Knie vor Anspannung zitterten. Enttäuschung überkam mich. Ich hatte so gehofft, die Sache noch vor der Abreise ins Sanatorium erledigen zu können. Doch jetzt hieß es wieder einmal warten und mit bangen Fragen leben: Würde sich Madame bei mir melden? Wie lange würde es dauern, bis sie von ihrer Reise zurückkehrte?

Schon damals hatten ihre Angestellten nie mit Bestimmtheit sagen können, wann sie wieder in New York war. Es konnte passieren, dass sie ihre Pläne spontan änderte und nach Paris oder sogar nach Australien reiste, um nach dem Rechten zu sehen.

Etwas niedergeschlagen kam ich zu Hause an. Darren arbeitete diesmal am heimischen Schreibtisch.

»Und, wie ist es gelaufen?«, fragte er, kaum dass ich durch die Tür war.

»Madame Rubinstein war nicht da«, gab ich ein wenig missmutig zurück. »Sie ist in Europa. Da kann es dauern, bis sie zurück ist.«

Darren kam zu mir und küsste mich. »Mach dir nichts draus, Liebling. Sie kommt wieder.«

»Fragt sich nur, wann.« Ich seufzte schwer, während ich mich an ihn schmiegte.

»Bald«, sagte er. »Sehr bald.«

Am folgenden Vormittag rief Dr. Higgins an und teilte mir mit, dass wir schon in der kommenden Woche ins Lakeview-Sanatorium reisen könnten. Er versicherte mir, dass Henny es schaffen würde, und bot seine Hilfe an für den Fall, dass wir noch Fragen hatten.

Am Nachmittag besuchte ich Henny, um ihr die gute Neuigkeit zu bringen. Doch Dr. Higgins hatte sie natürlich bereits eingeweiht.

»Ich werde eine neue Garderobe brauchen«, sagte Henny und zupfte an ihrem Krankenhausnachthemd. »Ich fürchte, in meinen alten Kleidern kann ich mich dort nicht sehen lassen.«

Ich hatte Hennys alte Kleider mit nach Hause genommen und gewaschen. Doch selbst eines der Waschmittel, die in der Reklame strahlende Reinheit versprachen, hatte gegen die Flecken nichts ausrichten können.

»Könntest du mir ein paar von deinen Sachen leihen?«, fragte sie.

Ich schüttelte den Kopf. »Auf keinen Fall. Du bekommst deine eigene Garderobe. Wenn ich dir etwas leihe, dann nur, damit du mich beim Einkaufen begleiten kannst.«

»Dazu werden wir keine Zeit haben. Dr. Higgins sagte, dass es am Dienstag losgeht. Ich weiß nicht, ob ich einen Bummel schon durchhalte.«

»Dann werde ich für dich gehen. Die Kaufhäuser sind voller

schöner Kleider, du musst mir nur sagen, was du haben möchtest.«

Henny wirkte auf einmal verlegen. »Aber das ist doch teuer.«

»Unsinn! Die Sachen sollen doch eine Weile halten, nicht wahr?«

Wenn ich ehrlich war, freute ich mich darauf, sie neu einzukleiden. Sie würde ein neues Leben beginnen können, ohne die Schatten, die ihr aus Paris gefolgt waren. Ohne Jouelle, der beinahe ihr Leben und ihre Gesundheit ruiniert hätte.

»Na gut«, sagte sie schwach und senkte den Blick. Ich wusste, dass es ihr ein wenig peinlich war. Doch in ihrem Zustand, vor ihrem Neuanfang, war Scham unnötig. Schon als Kinder hatten wir uns gegenseitig geholfen, und ich war froh, dass ich beginnen konnte, meine Schuld bei ihr abzuzahlen.

Bei Macy's war bereits die neue Herbstkollektion eingetroffen, aber noch war es zu warm für Mäntel und Wollröcke.

Ich hatte gemeinsam mit Henny eine Liste all dessen erstellt, was sie brauchte – von der Unterwäsche über Nacht- und Oberbekleidung bis hin zu einer Reisetasche.

Ich fühlte eine leichte Genugtuung gegenüber Jouelle. Auch wenn es kindisch war, das zu denken: Er hatte verloren, ich gewonnen. Henny war bei mir. Jetzt konnte sie noch einmal neu anfangen und eine neue Liebe finden. Doch dann zwang ich mich zur Ruhe. Geduld, sagte ich mir. Vor der neuen Liebe brauchte sie erst einmal ihre Gesundheit zurück. Ohne die würde jeder Versuch, ein anderes Glück zu finden, scheitern.

Am Abend kehrte ich mit Taschen voller Kleidungsstücke zurück, Blusen, Röcke, Blazer in Farben, von denen ich glaubte, dass sie Henny gefallen würden.

»Du meine Güte, was ist denn das?«, fragte Darren, als er meine Beute sah. »Gab es einen Ausverkauf?«

Ich schüttelte den Kopf. »Nein, das sind die Sachen für

Henny. Sie braucht ja in dem Sanatorium völlig neue Kleidung. Das Personal und die Ärzte sollen nicht denken, dass sie eine Landstreicherin ist.«

»Allein die Tatsache, dass sie bei solch einer teuren Kur dabei sein kann, wird sie überzeugen.« Darren lächelte mich an, erhob sich und kam zu mir. Er nahm mir die Taschen ab, stellte sie sorgsam auf die kleine Bank unter dem Küchenfenster und küsste mich. »Du bist ein Engel, weißt du das?«

»Ich bemühe mich redlich«, gab ich zurück.

Wieder trafen sich unsere Lippen, und Darrens Hände strichen begehrlich über meinen Rücken. Mir wurde klar, dass dies einer der letzten Abende war, an denen wir allein waren und auf nichts achten mussten.

Die Lust auf ihn packte mich. Ich ließ meine Hände in seinen Hosenbund gleiten und unter sein Hemd. »He, was machst du denn da?«, fragte er gespielt überrascht, doch auf seinem Gesicht lag ein sehr breites Grinsen.

Ich zerrte sein Hemd aus dem Hosenbund und küsste ihn hungrig. Der Gedanke, mich schnell auf dem Küchentisch von ihm lieben zu lassen, durchzog mich und fachte meine Lust an.

Das Klingeln des Telefons in diesem Augenblick kam so ungelegen wie noch nie.

»Oh nein«, stöhnte ich auf, während das Blut in meinen Ohren pulsierte.

»Ignorieren wir es«, sagte Darren, während er weiterhin meinen Hals küsste.

Doch das Klingeln setzte sich fort und schien drängender zu werden.

Murrend machte ich mich von ihm los, trat hinaus in den Gang und hob ab.

Der Anruf kam aus der Klinik. Kurz durchfuhr mich ein Schreck, aber es war nur die Sprechstundenhilfe von Dr. Higgins, die mir mitteilte, dass Henny morgen entlassen werden würde.

Das überraschte mich ein wenig, denn eigentlich hätte sie noch bleiben sollen. Ging es ihr schlagartig so gut? Doch dann erklärte mir die Schwester, dass sie das Bett bräuchten. »Es wäre uns lieb, wenn Sie die Patientin am Vormittag abholen könnten.«

»Das machen wir. Danke«, sagte ich und legte auf.

»Was gibt es?«, fragte Darren, als ich zurückkehrte. Die Stimmung zwischen uns schien verflogen zu sein.

»Wir können Henny holen. Morgen Vormittag.«

»Schon?«, fragte er. »Ich dachte, sie bleibt noch übers Wochenende.«

»Das Hospital braucht offenbar das Bett, und ihr geht es so weit gut.« Ich hielt kurz inne. Bisher hatte ich von den Nebenwirkungen ihres Entzugs nicht viel mitbekommen. Was, wenn sich ihr Zustand hier verschlechterte? Würde man mir Hinweise geben, wie ich reagieren sollte?

Darren trat hinter mich. Ich spürte seine Wärme, seine Lippen senkten sich auf meinen Nacken und küssten sanft die zarte Haut.

»Komm mit«, raunte er mir zu, und seine Hände umfassten mich. Sie glitten hinauf zu meinem Busen, streichelten ihn sanft durch den Stoff. Das Feuer erwachte wieder. Ich wandte mich in unserer Umarmung um, drängte mich fest gegen ihn und ließ mich dann auf den Küchentisch heben.

7. Kapitel

Unsicher wie ein Kind, das ein Gebäude zum ersten Mal betrat, schritt Henny über unsere Türschwelle und blickte sich um. Auf der Treppe, die zu unserer Wohnungstür führte, keuchte sie wie eine alte Frau. Der Gedanke, dass sie früher wie ein Wirbelwind über die Bühne tanzte, ohne auch nur einen Anflug von Atemlosigkeit zu zeigen, betrübte mich ein wenig. Aber ich hoffte von ganzem Herzen, dass sie eines Tages wieder tanzen würde.

Wir hatten alles vorbereitet, um es ihr so bequem wie möglich zu machen. Das Wohnzimmer hatten wir mit einem Paravent geteilt, damit sie dahinter so viel Privatsphäre wie möglich hatte. Ich hatte einen Schrank freigeräumt, in dem sie ihre Sachen unterbringen konnte. Auch die Tasche, mit der sie hier angekommen war, stand da. Ich hatte sie unberührt gelassen, denn sie selbst sollte entscheiden, was sie davon behalten wollte. Nur die Kleider, die man mir aus dem Krankenhaus mitgegeben hatte, hatte ich gereinigt.

Henny blickte sich um. »Ihr habt so eine schöne Wohnung«, sagte sie dann. »Ich ... ich kann mich gar nicht erinnern.«

»Du bist mir an der Tür in die Arme gefallen«, erklärte ich. »Du hast sie gar nicht gesehen.«

Ich geleitete sie zu dem Sofa, das nun ihre Schlafstelle sein würde. Der Arzt hatte uns geraten, sie viel ausruhen zu lassen, bevor wir uns auf den Weg machten.

Um die Nebenwirkungen des Entzugs ein wenig abzumildern, hatte man mir Tropfen mitgegeben, die Henny nehmen sollte. Sie enthielten, wenn auch in weitaus abgeschwächter Form, Opium.

»Nicht mehr als in handelsüblichen Schmerzmitteln«, hatte mir der Arzt erklärt. »Es durchbricht zwar nicht die Sucht, doch es lindert die Beschwerden ein wenig, wenn sie sehr stark auftreten.«

Ich war skeptisch. Die Sucht sollte im Sanatorium geheilt werden, so viel war mir klar. Aber wäre es nicht besser gewesen, sie ganz von dem Zeug herunterzunehmen? Während sie mit der Lungenentzündung gekämpft hatte, hatte sie doch auch nichts bekommen ... Doch das war auch die Zeit gewesen, in der sie kaum bei Bewusstsein war. Wie würde es jetzt sein?

Ich hatte mit Henny verabredet, dass sie die Tropfen wirklich nur dann bekam, wenn ihr Zustand unerträglich wurde. Daran wollte ich jetzt aber nicht denken.

»Mach es dir bequem«, sagte ich. »Und scheu dich nicht, einen Wunsch auszusprechen. Wir haben beinahe alles da.«

Sie ergriff meine Hand. »Danke«, sagte sie, und Tränen begannen in ihren Augen zu schimmern. »Es ist schon beinahe zu viel, dass ihr mich bei euch aufnehmt.«

»Aber wo solltest du denn sonst hin?«, gab ich zurück und zog sie in meine Arme.

Die Reisevorbereitungen bestimmten beinahe das gesamte Wochenende. Unterschwellig hoffte ich darauf, dass am Samstag doch ein Anruf von Madame kommen würde, dann rief ich mich zur Ordnung und sagte mir, dass es dafür noch zu früh war. Daran, dass es diesen Anruf vielleicht nie geben würde, wollte ich nicht denken.

Als ich Henny in ihrem Zimmer aufsuchte, stand sie mit gedankenverlorenem Blick am Fenster. In den Händen hielt sie etwas, das ich erst beim Näherkommen als Kette erkannte. Was auf den ersten Blick wie ein einfacher Anhänger wirkte, entpuppte sich als eine Art Medaillon.

»Was hast du da?«, fragte ich, worauf Henny aus ihren Gedanken zu schrecken schien.

»Maurice hat es mir geschenkt. Damals, als noch alles gut war.«

Ich biss mir auf die Lippe. Mein Beschützerinstinkt drängte mich, ihr diese Kette aus der Hand zu reißen und weit über die Straße zu werfen, am besten in den Hudson River hinein, auch wenn dieser ein ganzes Stück entfernt war.

Doch Henny war eine erwachsene Frau und Jouelle ihre Angelegenheit. Also machte ich nicht mal Anstalten, neben sie zu treten und das Bild, was auch immer es war, zu betrachten.

»Ich weiß, was du denkst«, sagte sie plötzlich, und ich fühlte mich ertappt. »Ich sollte ihn besser ganz aus meinem Leben streichen.«

»Ich fürchte, ich weiß nicht so recht, was ich dir raten soll«, gab ich zurück. »Du hast ihn geliebt. Aber ich bin der Meinung, dass du das Richtige getan hast, indem du ihn verlassen hast.«

Henny nickte. »Ja. Es war das Richtige. Ich hätte mir nur gewünscht, ich wäre früher aufgewacht.« Sie strich mit dem Finger über das Medaillon. »Aber es ist, wie es ist, nicht wahr?«

Ich ließ mir einen Moment Zeit mit meiner Antwort, dann entgegnete ich: »Wenn ich hier eines gelernt habe, dann, dass es nie zu spät für einen Neuanfang ist. Mit der Zeit treten die Erinnerungen zurück, und es wird leichter. Und manchmal findet man das Glück.«

Henny blickte mich an, so intensiv, wie ich es nie zuvor gesehen hatte. »Ich war schwanger von ihm.«

Die Erinnerung an die Gerüchte, von denen mir das Mädchen im Theater erzählt hatte, hatte ich beinahe schon verdrängt.

»Ich habe das Kind verloren«, fuhr sie fort. »Im Theater munkelte man, dass ich bei einer Engelmacherin gewesen sei, aber das stimmt nicht. Es ist von ganz allein aus mir herausgeblutet. Ich nehme an, wegen des Opiums …«

Meine Knie wurden plötzlich so weich, dass ich mir einen Stuhl heranziehen und mich setzen musste. Die Worte vertrockneten in meiner Kehle.

»Ich hätte Nein sagen sollen. Nein zu der Droge. Nein zu Jouelle.« Sie stieß ein verzweifeltes Lachen aus. »Ich hätte daraus lernen sollen, wie es dir ergangen ist. Wie dich dieser Mann fallen gelassen hat.«

»Das war etwas anderes«, brachte ich leise hervor. Der Schock über Hennys Beichte saß tief in mir. »Jouelle wollte dich heiraten. Ihr wart verlobt.«

»Ja«, stieß sie spöttisch hervor. »Das waren wir. Aber wie du siehst, hat er mich nicht geheiratet. Ich war ein Experiment für ihn, nichts weiter. Er wollte sehen, wie es ist, einen Menschen zugrunde zu richten. Er hat es geschafft.«

Ich ging zu ihr und legte ihr sanft meinen Arm um die Schultern. »Er hat es nicht geschafft«, sagte ich. »Du bist hier und am Leben. Du hast die Chance, wieder neu anzufangen.«

»Aber es wäre besser gewesen, wenn ich es nicht so weit hätte kommen lassen!«

Ich warf einen Blick über ihre Schulter auf das Medaillon. Tatsächlich zeigte es Jouelles Abbild. Wie gern hätte ich das Foto jetzt mit einer Nadel bis zur Unkenntlichkeit zerkratzt! Es zerquetscht, es zertreten! Doch ich durfte es ihr nicht aus der Hand reißen. Und es trieb mir die Tränen in die Augen zu sehen, wie zart und liebevoll sie es immer noch hielt – auch wenn sie etwas anderes sagte.

»Weiß er, dass du hier bist?«, fragte ich stattdessen.

Henny schüttelte den Kopf. »Nein. Er hätte wahrscheinlich versucht, mich wieder zurückzuholen.«

Diese Befürchtung hatte ich auch gehabt. Wie konnte ein Mann wie er solch ein Ansehen in dem Theater genießen? Die nächste Frau, auf die er seine Aufmerksamkeit richtete, tat mir jetzt schon leid.

»Und was machen wir, wenn er doch hier auftaucht? Wenn er es irgendwie herausfindet?«

»Wie sollte er?« Sie wandte sich um. Ihr Blick war hart, und ihre Faust schloss sich um das Medaillon, als wollte sie es zerdrücken. »Er weiß nicht, dass ich an Bord des Schiffes gegangen bin. Er kennt deinen neuen Namen nicht. Und ich bin ihm egal, das weiß ich. Er wird froh sein, dass ich weg bin.«

Ich zog sie in meine Arme und küsste sie auf die Stirn. »Du solltest froh sein, dass er weg ist. Und jetzt denken wir lieber an die Reise. Es wird ein Abenteuer für uns zwei, da bin ich sicher.«

Henny nickte, doch hinter dem Schleier, der ihren Blick überzog, sah ich, dass er immer noch da war und uns auch noch eine Weile begleiten würde.

Hennys Beichte ließ mich den ganzen Tag nicht los. Am Abend, beim Essen mit Darren, versuchte ich, meine Gedanken wegzulächeln, doch in der Nacht, während ich Darrens Atem lauschte, kehrten sie mit voller Wucht zu mir zurück. Es war beinahe wie damals, nachdem Henny in meinen Armen zusammengebrochen war. Wieder und wieder fragte ich mich, ob ich etwas hätte tun können, um das, was sie erlebt hatte, zu verhindern. Die Antwort war ein klares Nein.

Es tat mir weh, dass meine Freundin nun eine ähnliche

Narbe wie ich trug, jedenfalls auf der Seele. Ihr Körper war oberflächlich besehen unversehrt geblieben, aber niemand konnte abschätzen, welche Nachwirkungen das Erlebte und die Droge haben würden.

Ich war schon eingeschlafen, als ein Ruf mich aufschrecken ließ. Für einen Moment glaubte ich, ein fernes Echo aus meinem Traum wahrgenommen zu haben. Da hörte ich ein Wimmern.

»Nein!«, tönte es aus dem Wohnzimmer. »Bitte nicht!«

Ich schoss in die Höhe, strampelte die Bettdecke zur Seite und lief los. Darren hinter mir regte sich ebenfalls.

»Was ist?«, murrte er, doch ich antwortete nicht.

Henny saß aufrecht im Bett, die Knie an die Brust gezogen. Sie zitterte am ganzen Leib.

»Henny!«, rief ich, doch sie reagierte nicht. Ich machte Licht. Kurz darauf sah ich, dass Hennys Nachthemd schweißdurchtränkt an ihrem Körper klebte. Ihr Blick wirkte wirr und ging ins Leere.

»Ich habe dir doch gesagt, dass ich das nicht machen will«, murmelte sie weinerlich. Sie wirkte wie eine Schlafwandlerin.

»Henny«, versuchte ich erneut, ihre Aufmerksamkeit auf mich zu lenken. Der Arzt hatte mir geraten, ihr im ersten Moment nicht zu nahe zu kommen, wenn sie einen Anfall hatte. Es bestünde sonst die Gefahr, dass sie um sich schlüge. »Hörst du mich? Ich bin es, Sophia. Hab keine Angst.«

Hennys Kopf schnellte zur Seite. Sie blickte mich an, schien mich aber nicht richtig wahrzunehmen.

Ich näherte mich vorsichtig, ging ein Stück vor ihrem Bett in die Hocke und versuchte, ihren Blick zu fixieren. Sie wirkte wie ein gehetztes Reh.

»Sophia?«, fragte sie dann zwischen abgehackt wirkenden Atemzügen. »Sophia, hilf mir! Er will mich holen!«

»Niemand will dich holen«, gab ich zurück, in der Annahme, dass sie Jouelle meinte.

»Doch, da ist er!«, sagte sie und deutete nach vorn auf die Tür, die zur Küche führte. »Der schwarze Mann. Er will mich mitnehmen.«

Da sie mich erkannt hatte, war es wohl unwahrscheinlich, dass sie nach mir schlug. Ich robbte mich vor zu ihrer Bettkante, dann ergriff ich den Stoff ihres Nachthemdes. Ohne sie zu berühren, spürte ich, dass sie zitterte.

»Henny«, flüsterte ich. »Hab keine Angst. Er wird dir nichts tun.« Zu behaupten, dass der Schatten neben der Tür kein Wesen war, hätte in diesem Augenblick wohl keinen Zweck gehabt.

»Aber wenn er nun näher kommt?«, keuchte sie. Ihre Muskeln waren hart, als würde sie einen Krampfanfall erleiden.

»Was ist los?«, fragte Darren, der hinter uns aufgetaucht war.

Ich bedeutete ihm, dass er stehen bleiben sollte. Henny könnte sich möglicherweise noch mehr aufregen, wenn sie ihn für ihren »schwarzen Mann« hielt.

»Hol die Tropfen, bitte«, sagte ich im Flüsterton. »Gib sie auf einen Zuckerwürfel. Der Arzt meinte, das sei das beste Mittel.«

Henny zitterte jetzt wieder heftiger. »Alles ist gut«, sagte ich in ihr Haar. »Er wird gleich weg sein, das verspreche ich. Ich habe eine Medizin, die macht, dass er geht.«

Als Darren zurück war, erhob ich mich und nahm ihm den getränkten Zuckerwürfel ab. »Hier, iss das«, sagte ich. »Es ist Zucker. Zucker mit Medizin. Danach wirst du dich besser fühlen.«

Ich schob ihr den Würfel zwischen die Lippen. Gehorsam kaute sie. Wie lange mochte es dauern, bis das Mittel anschlug?

»Schsch«, machte ich und begann sie leicht zu wiegen. Zunächst hielt sie dagegen, doch dann stimmte sie in meinen Rhythmus ein.

»Es wird alles gut«, redete ich sanft auf sie ein. »Der schwarze Mann ist bald weg. Er wird gleich gehen, pass auf. Er ist gleich weg.«

Es dauerte ein paar Minuten, bis ihr Körper sich entspannte und das Zittern aufhörte. Ihre kalten Arme wurden allmählich wieder wärmer.

»Was ist los?«, fragte sie nach einer Weile. Ihre Stimme war nun nicht mehr die eines verängstigten Kindes. »Habe ich wieder geträumt?«

Ich ließ sie los und setzte mich so, dass sie mich sehen konnte.

»Anscheinend, ja«, antwortete ich. »Hast du solche Träume oft?« Ich strich ihr eine Haarsträhne aus der Stirn.

»Manchmal«, antwortete sie und blickte auf ihre Hände. »Es beginnt mit einem Zittern. Ich ... Es ist das Opium, nicht wahr? Der Drache ...«

»Ja«, antwortete ich. »Das ist er wohl. Aber schon bald wirst du ihn loswerden.«

Henny sagte darauf erst einmal nichts. Es schien, als versuchte sie, Traumbilder von der Wirklichkeit zu unterscheiden.

»Der schwarze Mann«, sagte sie wieder, und für einen Moment fürchtete ich, sie könnte einen Rückfall haben. »Er kommt immer wieder zu mir. In diesen Augenblicken habe ich Angst, dass ich sterben könnte. Ob es der Tod ist?«

Ich schaute sie erschüttert an. Am Nachmittag, wenn ich bei ihr in der Klinik gewesen war, hatte sie immer so normal gewirkt. Aber was passierte in der Nacht? Schlimm war es für mich, mir vorzustellen, dass niemand ihr bei ihren Ängsten beigestanden hatte ...

»Er ist nicht der Tod«, gab ich zurück. »Er ist der Schatten deiner Sucht. Er merkt, dass du ihn loswerden willst, also erscheint er dir und versucht, dich weiter bei sich zu halten.«

»Ich dachte, er wird mich hier nicht finden«, sagte sie und zog sich die Bettdecke bis zum Kinn hoch.

»Das hat er getan. Trotzdem bist du hier sicher.«

Sie hatte noch ein paar Zuckerkrümel am Mundwinkel. Ich spürte, wie Rührung mein Herz erfüllte. Sie tat mir so leid. Gleichzeitig regte sich mein Kampfeswille. Ich würde sie diesem Ungetüm nicht überlassen!

Nach einer Weile wurde Henny müde. Das Mittel schien jetzt seine volle Wirkung zu entfalten. »Versuche, ein wenig zu schlafen«, sagte ich, worauf sie widerspruchslos nickte. »Und wenn er wiederkommt, ruf mich jederzeit. Ich vertreibe ihn.«

»Gute Nacht«, wisperte Henny mit Kleinmädchenstimme. Ich streichelte ihr noch einmal übers Haar und ließ sie allein.

Zurück im Schlafzimmer, schlug Darren wortlos das Bett auf und lud mich ein, mich gegen seinen Bauch zu kuscheln. Ich wusste nicht, was ich erwartet hatte, doch diese Manifestation von Hennys Entzugserscheinungen hatte mich zutiefst erschüttert.

»Sie werden ihr helfen«, sagte Darren, als könnte er meine Gedanken lesen. »Sie wird es schaffen, da bin ich mir sicher.«

8. Kapitel

Darrens Wagen trug uns sicher durch die Straßen, und da wir recht früh gestartet waren, umgingen wir den chaotischen Morgenverkehr. Ich freute mich auf das Lakeview-Sanatorium und fragte mich, ob es dort tatsächlich auch einen See gab, an dem wir ein wenig spazieren gehen konnten.

Henny wirkte sehr still, als würde sie das, was in der Nacht geschehen war, gedanklich noch einmal durchgehen.

Der schwarze Mann war eine Kindervorstellung. Schon als wir noch viel jünger waren, hatten wir nicht mehr daran geglaubt. Aber das Opium schien diese Angst wieder in ihr hervorgeholt zu haben. Die Angst vor dem Tod. Ich wollte gar nicht daran denken, welche Gespenster sie auf der Überfahrt nach Amerika gemartert hatten.

Hin und wieder versuchte Darren, das Schweigen zu brechen, die Stimmung ein wenig aufzulockern und sie zum Lachen zu bringen. Aber das gelang ihm nur für wenige Augenblicke.

Nach zwei Stunden Fahrt und einer kurzen Rast waren wir endlich am Ziel.

Das Sanatorium wirkte auf den ersten Blick wie ein Adelspalais. Das zweistöckige Gebäude aus hellem Sandstein war mit zahlreichen Ornamenten und Säulen geschmückt. Eine große Rotunde mit Springbrunnen in der Mitte empfing die Gäste. Die Blumenrabatten an den Seiten prangten in den schönsten Farben.

»Du meine Güte, das ist ein Bau!«, platzte es aus Darren heraus. »Diesen Landsitz traut man eher jemandem wie Helena Rubinstein zu. Sogar Miss Ardens Schönheitsfarm wirkt dagegen klein.«

Die Erwähnung von Maine Chance versetzte mir wie immer einen Stich. Ich ließ mir allerdings nichts anmerken. Es war sehr nett von Darren, uns hier rauszufahren. Ich war nicht sicher, ob Henny stark genug gewesen wäre, eine Zugfahrt auszuhalten. Abgesehen davon hatten wir eine Menge Gepäck, obwohl ich der Ansicht war, nur das Nötigste eingepackt zu haben.

Kaum hatten wir den Wagen verlassen, trat uns eine Schwester in blau-weißer Tracht entgegen. Auf ihren halblangen dunklen Haaren trug sie ein Häubchen, der Kragen ihrer Bluse wurde von einer runden Brosche zusammengehalten, die das Signet der Anstalt trug.

»Willkommen im Lakeview-Sanatorium«, sagte sie. »Ich bin Schwester Lizzy. Darf ich Ihre Namen erfahren?«

Wir stellten uns vor, und ich erklärte ihr, dass Henny die Patientin war, die sie erwarteten.

»Folgen Sie mir bitte«, sagte die Schwester und führte uns ins Foyer. Dort wurden unsere Personalien aufgenommen, und ein junger Mann in einem beigefarbenen Anzug, der offenbar ein Pfleger war, trug uns die Taschen hinterher.

»Ihre Zimmer haben eine Verbindungstür. Man sagte mir, dass es vonnöten ist, dass Sie neben Miss Wegstein wohnen.« Schwester Lizzy blickte mich an.

»Ja«, antwortete ich. »Es ist besser so.«

»Wir haben für alles gesorgt.«

In einem hellblau gestrichenen Flur hielten wir an. Zahlreiche Türen gingen von hier ab. Unsere hatten die Nummern 9 und 10.

Der Fußboden war mit einem dunkelblauen Teppich bedeckt, der die Schritte dämpfte. Alles machte einen sehr ruhigen Eindruck. Selbst die kleinen Bilder an den Wänden strahlten Frieden aus.

»Hier finden Sie alles, was Sie brauchen. Nachher wird Dr. Welsh mit Ihnen das Einführungsgespräch abhalten. Die meisten Behandlungen haben Sie bei Professor Hendricks.«

Sie wandte sich nun an Henny. »Wir werden dafür sorgen, dass es Ihnen bald schon wieder besser geht.« Damit öffnete sie die Tür. Ein leichter Duft nach Rosenöl und Bergamotte strömte uns entgegen. Das hatte ich nicht erwartet.

Das Zimmer war spärlich möbliert, es gab neben einem Bett einen Tisch mit Stuhl und einen Kleiderschrank. Auf dem Boden lag ein beige-brauner Teppich. Die Kargheit und auch das hohe Fenster trugen dazu bei, dass der Raum größer wirkte, als er in Wirklichkeit war. Gleißendes Sonnenlicht strömte herein, sodass man die Aussicht auf den Garten erst wahrnahm, wenn man direkt davorstand.

Die Schwester strebte der Verbindungstür zu. »Und hier werden Sie wohnen, Mrs O'Connor.«

Die Möblierung meines Raumes war beinahe identisch mit der von Hennys Zimmer. Doch die rosafarbenen Tapeten ließen ihn etwas gemütlicher wirken. Ob es vielleicht möglich war zu tauschen?

»Danke«, sagte ich, und die Schwester verließ uns.

Bevor wir begannen, uns häuslich einzurichten, gingen wir zu Darren, der am Auto wartete.

»Na, wie sieht es aus?«, fragte er. »Ist der Laden sein Geld wert?«

»Das wird sich zeigen«, sagte ich. »Die Zimmer sind jedenfalls sehr schön.«

»Entschuldigst du uns bitte einen Moment?«, fragte er Henny und zog mich ein Stück zur Seite. »Schau, dass du diese Wochen gut überstehst«, sagte er, während er mich in seine Arme nahm. »Ich kann mir denken, dass es harte Tage werden.«
»Das werden sie sicher. Aber wir schaffen das.«
»Du weißt, dass du mich jederzeit anrufen kannst.«
»Sofern du zu Hause bist.«
»Nein, jederzeit. Ruf mich ruhig auch in der Firma an. Du hast immer Vorrang. Und wenn du es nicht mehr aushältst, komme ich sofort zu dir. In New Haven gibt es nette Hotels, in denen ich übernachten kann.«

Ich küsste ihn. »Das wird nicht nötig sein. Aber danke für das Angebot. Wenn es zu schlimm wird, werde ich nach dir rufen.«

Noch einmal saugte ich seinen Anblick in meine Seele ein, während ich gedankenverloren mit seinem Kettenanhänger spielte. Dann ließ ich ihn gehen und wandte mich Henny zu.

»Wollen wir?« Ich hakte sie unter und kehrte mit ihr ins Haus zurück.

Der Stationsarzt empfing uns sehr freundlich. Dr. Martin Welsh war ein Mann Anfang vierzig mit sehr kurz geschnittenem Haar und grauen Augen, der mit Henny über ihre Symptome sprechen und wissen wollte, wie lange sie Opium genommen hatte.

Ich übersetzte alles, und Henny erhielt einen Plan, auf dem ihre täglichen Sitzungen und Behandlungen eingetragen waren.

»Die Therapie wird in zwei Phasen gegliedert«, erklärte Dr. Welsh. »Die Entgiftung hat ja bereits begonnen. Die Tropfen, die sie im Krankenhaus erhalten hat, dienten zur Beruhigung bei Angstzuständen. Wir werden diese Phase weiterführen, indem wir sie von jeglichen Medikamenten befreien.«

Als ich Henny das erklärte, runzelte sie ein wenig missmutig die Stirn. Ich ahnte, was ihr durch den Sinn ging. Und ich selbst fühlte mich unwohl. Der schwarze Mann war mit den Tropfen recht schnell verschwunden. Wie würde es hier werden?

»Die zweite Phase besteht aus einer Psychotherapie. Wir wollen der Frage auf den Grund gehen, woher der Wunsch zur Sucht kommt. Das wird nicht ganz einfach sein, aber die neuen Ansätze, die Professor Hendricks verfolgt, sind sehr vielversprechend. Begleiten werden wir diese Phase mit gesunder Ernährung und viel Bewegung im Freien.«

Nach dem Gespräch drehten wir eine Runde durch den Park. Die Schwester hatte uns empfohlen, einen Rollstuhl zu verwenden, weil Henny durch die Lungenentzündung noch ein wenig geschwächt war.

Meine Freundin protestierte, aber nachdem wir eine Weile gegangen waren, sah sie ein, dass ihre Lunge doch noch nicht so gut erholt war, wie sie es sich wünschte. Ich machte kehrt und holte den Stuhl, während sie sich auf einer Bank niederließ.

Sonnenlicht fiel durch die Baumkronen, und Vogelgezwitscher tönte über uns. Der Rollstuhl quietschte ein wenig, ließ sich jedoch recht leicht schieben.

»Ich weiß nicht, ob ich das alles schaffen werde«, sagte sie, während sie etwas abwesend auf eine Rosenhecke schaute.

»Warum solltest du nicht?«

Henny schwieg einen Moment nachdenklich, dann sagte sie: »Ich bin nicht so stark wie du.«

»Das bist du!«, gab ich zurück. »Du warst es immer. Schau doch mal, was wir beide zusammen geschafft haben!«

»Aber jetzt sitze ich hier und kann nicht mal auf meinen eigenen Beinen laufen.«

»Du warst ziemlich schwer krank und bist noch schwach.

Denk dran, du wurdest doch gerade erst aus dem Hospital entlassen.«

»Das stimmt, aber da ist noch etwas anderes.« Sie blickte verlegen auf ihre Hände. »Ich habe nach wie vor dieses Verlangen«, gestand sie dann. »Auf dem Schiff war es die Hölle. Ich hatte nichts mehr dabei, Maurice hatte es versteckt und gab mir davon, wenn ich es brauchte. Nach der Trennung hatte ich kein Geld, mir etwas zu kaufen.« Ihr Blick schweifte in die Ferne. »Ich dachte, ich sterbe. Nur der Gedanke, dass ich dir das nicht antun kann, hat mich aufrecht gehalten.«

»Und du hast es geschafft, mich zu finden.«

»Darüber wundere ich mich am allermeisten.« Sie sah mich an. Ihr Blick wirkte leidend. Verspürte sie auch jetzt das Verlangen, in die Arme des Drachen zu fliehen?

9. Kapitel

Das erste Treffen mit Professor Hendricks verlief freundlich, wenngleich dieser Arzt auf den ersten Blick kein sonderlich warmherziges Wesen hatte. Er hatte silbergraues Haar und einen schmalen Schnurrbart, dazu Augen dunkel wie Kohle.

»Nun, Miss Wegstein, lassen Sie uns schauen, wie Sie die Sucht hinter sich lassen können. Indem Sie hergekommen sind, haben Sie einen wichtigen Schritt zur Entgiftung Ihres Körpers getan.« Er musterte Henny, dann wanderte sein Blick zu mir. Ich übersetzte seine Worte. »Vorerst werden wir uns daranmachen, Ihren körperlichen Zustand zu verbessern. Mein Kollege wird Sie unter seine Fittiche nehmen. Wenn in Ihrem Körper die Grundlage gelegt ist, kümmern wir uns um die seelischen Aspekte der Sucht.«

Ich war froh darüber, dass wir erst in Phase zwei richtig mit ihm zu tun bekamen. Seine Augen wirkten, als könnten sie einem glatt ins Innere blicken. Eine gute Voraussetzung für einen Psychiater vielleicht, aber unangenehm für jenen, der sich nicht in die Seele schauen lassen wollte.

»Es ist schon lange her, dass ich Deutsch gehört habe«, sagte Hendricks plötzlich. »Ich hatte einen Kommilitonen, der aus Deutschland kam.«

»Ich hoffe, Sie denken gern an diese Begegnung zurück«, sagte ich.

»Durchaus. Wenngleich Sie ... weniger zackig sprechen als er. Das muss daran liegen, dass Sie eine Frau sind. Frauen haben die Fähigkeit, selbst die harschesten Sprachen sanft klingen zu lassen.«

Ich schaute ihn verständnislos an. Was tat das jetzt zur Sache?

Ihm schien ebenfalls aufzugehen, dass diese Bemerkung zum Thema des Gesprächs nicht passte, denn er schob die Worte mit einem Kopfschütteln beiseite. Dann wandte er sich wieder Henny zu. »Sagen Sie, sehen Sie Dinge, die nicht da sein sollten? Haben Sie Albträume?«

Henny bejahte. »Ich meine, die Albträume«, setzte sie hinzu. »Die habe ich.«

Und manchmal sah sie einen schwarzen Mann. Aber davon sprach sie nicht.

»Ich möchte nicht vorgreifen, aber sollten diese Träume zu schlimm werden oder sich Wahnvorstellungen zeigen, zögern Sie nicht, mich aufzusuchen. Das gilt auch für Sie als Begleitperson, Mrs O'Connor. Sollten Sie etwas in der Richtung bemerken, suchen Sie mich umgehend auf.«

»Natürlich«, antwortete ich.

»Gut, dann freue ich mich auf unsere Sitzungen demnächst.« Er erhob sich und reichte uns die Hand.

»Ein seltsamer Mann, nicht wahr?«, fragte Henny, als wir das Sprechzimmer hinter uns gelassen hatten. »Er erinnert mich ein wenig an einen Zauberer, der mal im Folies aufgetreten ist.«

Ich lachte auf. »Das lass ihn besser nicht hören.« Sie wirkte jetzt ein wenig lebendiger als am Morgen. Konnte es sein, dass allein die Anwesenheit des Professors einen positiven Einfluss auf sie hatte?

»Dann lass uns hoffen, dass die Fähigkeiten von Professor Hendricks kein Budenzauber sind.« Ich hakte mich bei ihr unter und zog sie hinaus auf den Gang. Eine Untersuchung bei Dr. Welsh stand an, anschließend noch eine Wasserbehandlung. Nach dem Mittagessen hatten wir frei und konnten hinaus an die frische Luft.

In den nächsten Tagen hatten wir beinahe ausschließlich mit Dr. Welsh zu tun, der Henny untersuchte, jeden Tag ihren Puls und ihren Blutdruck maß, ihre Augen anschaute und von Zeit zu Zeit etwas Blut abnahm, das im Labor untersucht wurde. Er zeigte sich zufrieden und verordnete Henny vorerst lediglich frische Luft.

Diese und auch das reichhaltige Essen päppelten sie sichtlich auf. Ihre Wangen rundeten sich, und ihre Haut streifte nach und nach das kränkliche Grau ab.

Um sie ein wenig abzulenken und ihr Mut zu machen, schminkte ich Henny jeden Morgen, damit sie, wenn sie sich im Spiegel anschaute, in ein frisches Gesicht blickte und die Spuren der vergangenen Wochen nicht so sehr bemerkte.

Während wir durch den Park spazierten – Henny schaffte es schon bald, die Strecke auf ihren eigenen Beinen hinter sich zu bringen –, spekulierten wir, wer hier wohl die Gattin eines Industriellen oder Politikers sei und ob einige der Herren nicht selbst hohe Posten hatten.

Die Stationen waren durch die Stockwerke getrennt, und tagsüber lief man sich nur selten über den Weg, doch am Nachmittag im Park sah man all unsere Mitbewohner.

Einer der Herren, die hier versuchten, ihre Sucht loszuwerden, war, wenn man den Gerüchten glauben konnte, ein Schriftsteller. Ein wenig erinnerte er mich an diesen Mr Joyce, der mich damals auf dem Schiff angesprochen hatte. Doch er war es nicht, wie ich bei näherer Betrachtung herausfand.

Seinen Namen konnte ich leider nicht in Erfahrung bringen, denn wie man mir erklärte, bestanden einige Patienten auf ihrer Privatsphäre oder benutzten sogar Decknamen, damit nichts über ihren Zustand lautbar wurde.

Gegen die Sucht schien niemand gefeit zu sein. Ich hatte das Gefühl, dass Henny diese Tatsache ein wenig beruhigte.

Doch auch wenn sich ihr Körper langsam erholte, so verhielt es sich mit Hennys Geist ganz anders. Tagsüber blieb sie weitgehend von Panikanfällen verschont, doch die Nächte wurden anstrengend.

Da das Medikament, das ihr aus dem Krankenhaus mitgegeben worden war, nicht mehr zur Anwendung kommen sollte, wurde sie nachts immer wieder von Angst übermannt. Der schwarze Mann wurde zu einem nächtlichen Begleiter, vor dem ich sie beschützen musste. Ohne die Tropfen beruhigte sie sich wesentlich schlechter, manchmal dauerte es die ganze Nacht, bis sie vor Erschöpfung einschlief, und am Morgen war sie dann nur sehr schwer wach zu bekommen.

Nach einigen Tagen spürte ich, dass ihr Zustand auch mir an die Substanz ging.

Ich sprach mit Dr. Welsh, der mich beruhigte und ankündigte, dass schon bald mit der Psychotherapie begonnen werden konnte. Mir blieb also nichts anderes übrig, als weiterhin für sie stark zu bleiben.

Nachmittags versuchte ich Henny damit abzulenken, dass ich ihr englische Vokabeln und Redewendungen beibrachte. Solange die Sonne hoch über uns stand, wirkte sie klar und manchmal sogar etwas fröhlich. Doch sobald der Abend hereinbrach, wurde sie melancholisch. Sie wusste genau, was ihr blühte, wenn die Schlafenszeit kam.

Ich hoffte jedes Mal, dass die Angst fortbleiben würde, doch meine Hoffnungen wurden enttäuscht. Nacht für Nacht saß ich bei ihr, hielt sie, während sie in meinen Armen zitterte. Am Morgen waren wir beide wie gerädert, und nur der gute Kaffee beim Frühstück konnte unsere Lebensgeister wieder etwas wecken.

Ich wünschte mir Darren herbei, um mich von ihm halten und trösten zu lassen. Henny Nacht für Nacht so zu erleben, ging mir sehr nahe. Ich spielte mit dem Gedanken, ihn anzurufen, doch ich sah davon ab, denn ich wollte nicht, dass er sich sorgte. Ich habe schon einige schlimme Dinge durchgestanden, sagte ich mir, auch das hier werde ich durchstehen.

»Wenn ich sterbe«, begann sie nach der sechsten Nacht, die die übelste von allen bisherigen war. »Sagst du dann meinen Eltern, dass es mir leidtut?«

Die Angstzustände hatten bis in den Morgen angedauert, und ich war versucht, die Termine am folgenden Tag abzusagen, denn wie wir uns aus dem Zimmer bewegen sollten, wusste ich nicht.

Ich starrte sie erschrocken an. »Du wirst nicht sterben«, sagte ich schnell. »Das werde ich nicht zulassen.«

Henny sah mich gequält an. »Aber wenn es passiert? Schreibst du ihnen dann von mir?«

Die Frage, warum sie sich nicht selbst bei ihren Eltern meldete, blieb mir im Hals stecken. Doch ich nickte. »Ja, das mache ich. Aber du wirst nicht sterben. Die Angst ist für dich bestimmt schrecklich, aber dein Herz ist stark. Es wird nicht stehen bleiben, das weiß ich. Du kommst aus dieser Sache raus und kannst neu anfangen, so wie ich neu angefangen habe. Wer weiß, wen du kennenlernst.«

Ein trauriges Lächeln erschien auf ihrem Gesicht. »Ich wünschte, ich hätte etwas anderes aus meinem Leben gemacht«, sagte sie. »Ich wünschte, ich wäre studieren gegangen so wie du. Ich wäre nie an Maurice geraten.«

»Das nicht, aber schau, wie es bei mir gewesen ist. Und was nützt mir mein Studium, wenn ich es nicht abgeschlossen habe! Aber um mich brauchst du dir keine Sorgen zu machen.

Ich werde schon irgendwie mein Ziel erreichen. Und das gilt auch für dich! Du kannst alles tun, sobald du den Drachen endgültig los bist. Sogar studieren, wenn du es willst.«

»Dazu bräuchte ich erst einmal einen höheren Schulabschluss.«

»Es gibt Abendschulen. In New York ist alles möglich.«

Ein seltsamer Ausdruck trat in ihren Blick. »Wenn du das sagst, werde ich es versuchen.« Den Zusatz »falls ich denn hier rauskomme« sprach sie zwar nicht laut aus, doch er schwang für mich unüberhörbar mit.

10. Kapitel

In dieser Nacht hatte ich einen seltsamen Traum. Wir waren wieder in Berlin, genau genommen im Botanischen Garten, den meine Familie ein paarmal im Jahr zur Erholung aufsuchte. In einem der riesigen Glaskuppel-Gewächshäuser spazierte ich mit Henny an wunderschön blühenden tropischen Pflanzen vorbei.

Wie liebte ich die orange-blauen Strelitzien! Auf einmal war Henny jedoch verschwunden. Ich suchte überall nach ihr, doch ich konnte sie im dichten Blattgewirr nicht finden.

Zwitschern tönte an mein Ohr. Irgendwelche Vögel flatterten über meinen Kopf hinweg und verwirrten mich. War ich in diesem Gang schon gewesen?

»Henny!«, rief ich. »Wo bist du?«

Doch ich erhielt keine Antwort. Die Vögel zogen ihre Kreise immer dichter um mich herum, beinahe gefährlich nah kamen mir ihre Schwingen und Schnäbel und Krallen.

Da tauchte vor mir plötzlich eine weiße Gestalt auf. Es war meine Mutter! Sie trug das alte weiße Nachmittagskleid, das sie so geliebt hatte und das mittlerweile vollkommen unmodern geworden war.

»Mama, was machst du denn hier?«, fragte ich erstaunt.

»Ich bin hier, um Henny abzuholen«, sagte sie in einem traurigen Singsang, den ich nicht von ihr erwartet hatte. Und warum war sie überhaupt da? Sie war doch tot. »Henny will mit mir gehen«, behauptete sie und zog sich dann zurück.

Mit einem lauten Stöhnen schreckte ich hoch. Mein Herz pochte mir bis zum Hals, und ungewöhnlich schnell kehrte ich in die Wirklichkeit zurück.

Ein Traum, es war nur ein Traum, sagte ich mir.

Der Mond schien hell durch das Fenster, und erst jetzt wurde mir klar, dass ich am vergangenen Abend die Vorhänge nicht geschlossen hatte. Ich erhob mich, um das Versäumnis nachzuholen, und eher zufällig schaute ich zur Seite durch die offene Tür. Hennys Bett, ebenfalls vom Mondlicht hell erleuchtet, war leer. Ich stutzte kurz, dann wandte ich mich der Tür zu. Hatte ich ihren Ruf verpasst? Hatte sie wieder eine Angstepisode, die sie in eine der Zimmerecken trieb?

»Henny?«, sagte ich und schaute mich um. In den Ecken war es dunkel. Gleichzeitig spürte ich die Leere des Raumes wie einen Schlag. Henny war fort!

Während mein Herz zu rasen begann, rannte ich zur Tür. Diese war unverschlossen, sie musste also hinausgegangen sein. Aber warum?

Die Fragen hämmerten auf mich ein. Hatte die Angst sie aus dem Zimmer getrieben? Warum war sie nicht zu mir gekommen? Schnappte sie vielleicht nur ein wenig frische Luft?

Ich wollte schon nach ihr rufen, da fiel mir ein, dass ich jetzt, mitten in der Nacht, nicht einfach auf dem Gang herumschreien konnte. Fieberhaft überlegte ich, was ich tun sollte.

Die Nachtwache!, schoss es mir durch den Kopf. Ich rannte den Gang entlang, die Treppe hinunter.

Im Glaskasten der Nachtwache saß ein Pfleger in einem beigefarbenen Anzug. Im Schein seiner Schreibtischlampe las er in einem Buch.

»Miss Wegstein ist verschwunden«, rief ich. »Wir müssen sie suchen!«

Der Mann blickte mich zunächst ungläubig an, dann schien es klick bei ihm zu machen. Er griff nach seinem Telefon und benachrichtigte einige seiner Kollegen und den Nachtwächter.

Ich rannte derweil nach draußen. Mein Herz hämmerte. Offenbar hatte die Therapie bei Professor Hendricks alles schlimmer gemacht! Zorn auf ihn wallte in mir auf. Dann sagte ich mir, dass es jetzt wichtiger war, Henny aufzuspüren.

Ich rief ihren Namen über den Platz, lauschte dem Echo und rief sie erneut. Doch außer einem Rascheln im Gebüsch bekam ich keine Antwort. Panisch überlegte ich, an welche Orte sie hätte gehen können. Die Rosenlaube? Sie hatte ihr gefallen. Ich setzte mich in Bewegung und ignorierte, dass ich noch immer in meinem Nachthemd steckte und Hausschuhe an den Füßen hatte.

Warum war sie fortgelaufen? War sie auf der Suche nach einem sicheren Ort? Wer konnte schon sagen, wozu Angst und Wahnvorstellungen einen Menschen trieben? Vielleicht bildete sie sich sogar ein, in ihre Berliner Wohnung zurückzumüssen!

Bei der Rosenlaube war sie nicht, das spürte ich. Zur Sicherheit schaute ich hinein, aber ich entdeckte sie nicht. Was hätte sie hier auch tun sollen? Hier draußen, wohin ihr die Schatten leicht folgen konnten, weil sie in ihrem Kopf waren, würde sie noch ungeschützter sein als drinnen!

Plötzlich hatte ich wieder die Traumgestalt meiner Mutter vor mir. Ihre Worte: Ich bin hier, um Henny abzuholen ...

Die Angst schwappte in mir hoch wie eine Welle aus heißem Wasser. Obwohl meine Lunge vom Rennen bereits schmerzte, machte ich kehrt und rannte erneut. Wenn meine Vermutung stimmte, brauchte sie etwas, mit dem sie sich das Leben nehmen konnte. Mein Blick fiel auf das Sanatorium. Es wirkte ruhig. Nur ein paar Lampen leuchteten im Untergeschoss. Aus der Ferne hörte ich die Stimmen der Männer.

Ich setzte meinen Weg fort, an dem Wäldchen vorbei, durch das wir vor einigen Stunden noch gewandert waren. Würde ich sie dort von einem Baum hängend vorfinden? Ängstlich spähte ich zwischen die Stämme.

Dann überkam mich plötzlich die Ahnung, wo sie sein konnte.

Ich rannte weiter, stolperte ein paarmal beinahe über abgebrochene Äste oder Grassoden und erreichte schließlich den See. Wie wunderschön sich der Mond in dem glitzernden Wasser spiegelte.

Da sah ich sie. Sie stand auf dem kleinen Steg, eine bleiche Gestalt wie ein Geist.

»Henny!«, rief ich erneut. »Henny, nicht!«

Zunächst rührte sie sich nicht. Doch als ich mich näherte, wirbelte sie herum. Der Blick, den sie mir zuwarf, ließ mein Blut gefrieren. Es war der Blick eines Menschen, der nur noch Erlösung wollte, der vollkommen aufgegeben hatte.

»Henny, komm bitte vom Wasser weg«, sagte ich, meine Panik unterdrückend. »Egal, was es ist, wir können darüber reden.«

»Ich habe es nicht verdient zu leben«, sagte sie wie benommen. »Ich war so schlecht zu dir. Ich habe so schlechte Dinge getan.«

»Das hast du nicht!«, widersprach ich ihr. Eine Gänsehaut überlief mich. Mein Eindruck täuschte mich also nicht, sie wollte sich umbringen. »Henny, du hast so viel Gutes für mich getan. Und so viel Gutes liegt vor dir. Wirf das nicht weg!«

Im Hintergrund hörte ich es rascheln. Das mussten die Pfleger sein. Ich wollte nicht, dass die Männer Henny grob packten und wegzerrten.

Vorsichtig näherte ich mich ihr. »Henny, bitte glaub mir. Du bist ein guter Mensch. Wenn jemand an allem Schuld hat, dann dieser Jouelle, aber nicht du.«

»Ich hätte es nicht zulassen dürfen! Ich war schwach.« Hennys Stimme zitterte. Im Mondlicht sah ich, dass ihre Augen glasig wirkten. »Und jetzt sind diese Monster hinter mir her. Sie werden mich verschlingen. Sie sagen mir, dass ich es verdient habe.«

»Sie lügen! Glaub ihnen nicht!« Meine Stimme überschlug sich. Noch nie hatte ich solch eine Angst verspürt. Henny redete eindeutig im Wahn. Wie sollte ich sie davon abbringen?

Ich streckte ihr meine Hand entgegen. »Bitte, Henny, nimm meine Hand. Es wird alles wieder gut, das verspreche ich dir.«

Mehr denn je durften die Pfleger nicht auf sie zulaufen. Sonst glaubte sie womöglich noch, die Monster aus ihrer Wahnvorstellung seien echt.

»Und wenn sie dich auch kriegen?«

»Sie kriegen mich nicht«, gab ich zurück. »Nimm meine Hand, dann werden sie uns beiden nichts mehr antun können. Zusammen sind wir stark, ja? Wir schaffen das.«

Henny wirkte einen Moment lang unschlüssig, schließlich hob sie zitternd die Hand.

Im nächsten Augenblick brachen die Männer durchs Gebüsch.

Henny zuckte zusammen. »Da sind sie.«

Doch ehe sie mir ihre Hand entziehen konnte, griff ich nach ihr und riss sie mit aller Kraft, die ich aufbringen konnte, an mich.

»Bleiben Sie zurück!«, schrie ich den Pflegern zu. »Ich habe sie! Fassen Sie sie nicht an!«

Henny zitterte heftig in meinen Armen. Ich hielt sie so fest, wie ich konnte, denn ich wollte auf keinen Fall, dass sie sich meinem Griff entwand und ins Wasser sprang. Glücklicherweise hörten die Männer auf mich. Wir hockten eine Weile am

Steg, bis die Zuckungen ihres Körpers weniger wurden und sich ihre von Gänsehaut überzogene Haut wieder leicht erwärmte.

Dann half ich ihr auf, und gemeinsam kehrten wir ins Haus zurück.

Inzwischen war auch der Professor benachrichtigt worden. Da er im Gegensatz zu Dr. Welsh auf dem Gelände wohnte, war er sofort zur Stelle. Er war hemdsärmelig und wirkte ein wenig unordentlich, offenbar hatte er sich rasch etwas übergestreift.

Er hörte sich an, was geschehen war, untersuchte Henny und gab sie in den Gewahrsam der Pfleger. Mich nahm er für einen Moment beiseite.

»Sie hatte Wahnvorstellungen«, sagte ich. »Warum wollte sie sich umbringen?« Ich zitterte am ganzen Leib. Das war das Schlimmste, was hätte passieren können!

»Während des Entzugsprozesses kann es zu akuten Psychosen kommen«, erklärte er. »Möglicherweise wäre die Unterbringung in einer Heilanstalt angeraten.«

»Nein!«, platzte ich heraus. Henny in eine Irrenanstalt zu schicken war das Letzte, was ich wollte. Und sicher auch das Letzte, was sie wollte. »Sie fühlt sich bei mir sicher.«

Die Kiefer des Professors mahlten.

»Bitte!«, flehte ich. »Lassen Sie sie in unserem Zimmer. Ich werde auf sie achtgeben. Und morgen können Sie mit ihr besprechen, was zu tun ist.«

»Sie könnte Ihnen etwas antun.«

Ich schüttelte den Kopf. »Wir sind Freundinnen seit Kindertagen. Ich bin jede Nacht wach und versuche, ihr durch die Angst zu helfen. Sie vertraut mir. Wäre das nicht der Fall, hätten wir sie aus dem Wasser ziehen müssen.«

Der Professor schnaufte. »Also gut«, sagte er schließlich. »Aber Sie müssen mir versprechen, dass Sie abschließen und den Schlüssel sicher an sich nehmen. Am besten tragen Sie ihn am Körper. Lassen Sie Miss Wegstein auf keinen Fall aus dem Raum. Für alle Fälle werde ich einen Wächter vor Ihre Tür setzen.«

»In Ordnung«, sagte ich und fügte hinzu: »Außerdem sollten Sie das alles noch mal in ihrem Beisein sagen. Sie darf nicht das Gefühl haben, wie eine Schwachsinnige behandelt zu werden.«

Der Professor blickte mich fast schon überrascht an, dann nickte er. »Also gut.« Er ging hinaus, um Henny hereinzuholen. Wie immer nach einem Angstzustand wirkte sie sehr erschöpft und müde.

Zurück in ihrem Zimmer, versperrte ich meine und auch ihre Tür. Die Verbindungstür zwischen den Räumen ließ ich offen.

»Du musst versuchen, ein wenig zu schlafen«, sagte ich, während ich sie zudeckte. »Und wenn du wieder Angst hast, komm gleich zu mir. Ich werde versuchen, dir zu helfen.«

Ich küsste sie auf die Stirn und wünschte ihr eine gute Nacht. Sie hatte die Augen geschlossen, die Atemzüge gingen regelmäßig. Sie schlief.

Kurz schaute ich noch mal nach den Schlüsseln, dann ging ich in mein eigenes Bett. Mein Körper fühlte sich schwer an wie ein Stein, und wie ein Stein im Wasser versank ich wenig später in Kissen und Bettdecken.

Als ich am folgenden Morgen erwachte, spürte ich jemanden neben mir.

Benommen sah ich mich um und realisierte nur einen Moment später, dass Henny zu mir ins Bett gekrochen war. Wie damals, als wir uns die winzige Wohnung in Paris teilen mussten. Ich wandte mich um. Henny schlief tief und fest. Wann war sie in mein Bett geschlüpft?

Erleichterung durchzog mich. Auch wenn der Albtraum zurückgekehrt war, hatte sich Henny entschieden, zu mir zu kommen, anstatt einen weiteren Versuch zu starten, sich das Leben zu nehmen.

Ich strich ihr vorsichtig übers Haar. Glück durchströmte meinen Körper. Wenn wir das hier überstanden haben, sagte ich mir, dann schaffen wir auch alles Weitere.

Vorsichtig erhob ich mich und ging in das kleine Badezimmer. Dort wusch ich mich und wechselte meine Kleidung. Als ich zurückkehrte, war Henny wach. Aufrecht und mit untergeschlagenen Beinen saß sie auf dem Bett.

»Was war gestern los?«, fragte sie mich. »Ich hatte ... ganz seltsame Träume.«

Ich ging zu ihr und setzte mich auf die Bettkante. »Das waren keine Träume«, sagte ich und griff nach ihrer Hand. »Jedenfalls nicht alle. Du warst am See, erinnerst du dich?«

Henny nickte.

»Weißt du auch noch, was du da tun wolltest?«

Offenbar, denn sie presste verlegen die Lippen zusammen. »Ich wollte sterben.«

Ihre Worte hingen eine Weile zwischen uns in der Luft, dann fügte sie hinzu: »Du weißt nicht, wie es ist. Diese Schatten ... Ich spüre sie in meinem Körper, in meinem Herzen. Alles schmerzt. Ich will, dass sie gehen, aber ich habe nichts, was ich dagegen tun kann. Also dachte ich, dass es das Beste wäre, Schluss zu machen.«

Ich nickte und versuchte, mir meine tiefe Erschütterung nicht anmerken zu lassen. Wenn ich diesen Traum nicht gehabt hätte, wäre sie wohl heute Morgen im See treibend gefunden worden.

Wie oft mochte das hier vorkommen?

»Du solltest genau das dem Arzt erzählen«, sagte ich.

Henny schaute mich traurig an. »Das würde ich so gern tun. Aber ich ... ich kann es ihm nicht selbst sagen.«

Hatte sie Hemmungen, mich sprechen zu lassen? Und wie würde es mir gehen, wäre ich an ihrer Stelle?

»Ich schreibe dir auf, was du sagen sollst«, schlug ich vor. »Du liest es ab. Dabei lernst du gleich ein bisschen.« Ich blickte sie an. »Das sollten wir ohnehin tun. Ich werde dir weiter Englisch beibringen. Das brauchst du, damit du hier eine Arbeit annehmen kannst.«

»Werde ich denn jemals wieder tanzen können?«, fragte sie mich traurig.

»Warum solltest du nicht?«, gab ich zurück. »Wenn wir Dr. Welsh glauben können, ist dein Körper in guter Verfassung. Nur muss das Gift raus, aus deinen Venen und auch deinem Kopf. Danach kannst du alles tun, was du möchtest!«

Henny sah mich zunächst zweifelnd an, dann nickte sie.

»Gut!«, sagte ich. »Lass uns den Tag beginnen!«

So gut wie möglich zurechtgemacht verließen wir schließlich unsere Zimmer. Auf dem Stuhl zwischen den beiden Türen saß ein älterer Pfleger mit einem mächtigen Schnurrbart, der seine Lippen vollständig verdeckte.

»Guten Morgen«, grüßte ich ihn. Er nickte mit dem Kopf. Ob er mein Lächeln erwiderte, war schwerlich zu erkennen. Wir ließen unseren Wächter hinter uns und folgten dem Geruch von warmer Milch und Kaffee.

Als sie später am Vormittag dem Professor gegenübertrat, wirkte Henny verlegen. Sie war sich darüber im Klaren, was sie versucht hatte.

»Es tut mir leid«, brachte sie hervor. »Ich wollte Ihnen keine Umstände machen.«

Hendricks blickte zu mir, dann wieder zu ihr. »Manchmal lässt es sich nicht vermeiden, dass Umstände entstehen. Aber ich bin froh, dass Sie Ihr Vorhaben nicht in die Tat umgesetzt haben. Ich hoffe, Sie sind Ihrer aufmerksamen Freundin dankbar.«

Diese Worte musste ich übersetzen, und es war mir unangenehm, mich selbst zu erwähnen.

Henny nickte daraufhin und blickte zu mir. »Das bin ich. Und ich versichere Ihnen, dass ich es nicht noch einmal versuche. Ich ... ich weiß nicht mal, ob ich gesprungen wäre. Aber meine Angst war so groß. Ich wusste nicht, wie ich sie anders loswerden sollte.«

Der Professor begann nun, sich in ihre Psyche vorzuarbeiten, indem er sie nach allen möglichen Dingen fragte. Er fing bei ihrer Kindheit an, und innerhalb der für sie vorgesehenen Sprechzeit erreichten wir ihre Jugend.

Durch ihre Worte erlebte ich auch meine Kindheit noch einmal neu. Die Zeit, in der meine Eltern der Mittelpunkt meiner Welt waren. Die Zeit, in der mein Aussehen mein größtes Problem gewesen war. Wie weit entfernt schien doch alles.

Als wir uns verabschiedeten, wirkte Henny erleichtert.

Draußen vor dem Sprechzimmer wurde mir jedoch schlagartig klar, dass die wirklich schlimmen Dinge noch nicht zur Sprache gekommen waren. Was, wenn Jouelle sie misshandelt oder zu irgendwelchen Dingen gezwungen hatte, die sie nicht wollte? Mehr und mehr hatte ich den Verdacht, dass der schwarze Mann eigentlich ihr früherer Geliebter war, dessen Rache sie fürchtete.

Der Gedanke ließ mein Innerstes zusammenkrampfen. Als ich mich angeboten hatte, während der Behandlung zu übersetzen, hatte ich nicht im Sinn gehabt, worüber sie sprechen würden. Jetzt wurde mir klar, dass die Gründe, weshalb Henny dem »Drachen« verfallen war, viel tiefer gingen. Und dass es möglicherweise nicht gut war, wenn ich mit in diesen Abgrund schaute.

»Vielleicht sollten wir für die weiteren Gespräche mit Professor Hendricks einen Dolmetscher anfordern«, schlug ich beim Lunch vor.

Henny sah mich mit großen Augen an. »Warum denn das? Du bist meine Freundin.«

»Schon, aber die Fragen, die auf dich zukommen könnten, sind doch ziemlich intim. Ich möchte, dass du dich dem Professor gegenüber nicht zurückhalten musst.«

Henny schüttelte den Kopf. »Das würde ich nicht tun.«

»Er wird dich nach Jouelle fragen. Es ist möglich, dass der Professor aus dir Dinge hervorholt, die du selbst mir nicht erzählen möchtest.« Ich griff nach ihrer Hand. »Du weißt, dass du mir alles erzählen kannst, was du magst. Aber frage dich ehrlich, wären dir einige Aspekte nicht doch peinlich, wenn ich davon erführe?«

Henny zögerte. Ich konnte ihr ansehen, dass es genau so war.

»Ich möchte dich nicht in Verlegenheit bringen, und ich will auch nicht, dass du etwas vor dem Arzt zurückhältst«, sagte ich. »Er ist an die Schweigepflicht gebunden, und dasselbe wird für den Übersetzer gelten.« Ich machte eine Pause und suchte nach Verständnis in ihrem Blick. Schließlich fand ich es, aber gleichzeitig auch Verunsicherung.

»Aber zu Dr. Welsh kommst du doch mit?«

»Wenn du es möchtest.« Ich lächelte sie an, und Henny nickte mir zu.

11. Kapitel

Am Nachmittag saßen wir im Garten, in Sichtweite der Schwestern, die für das Wohl der Patienten sorgten. Auch andere Gäste waren draußen. Blasse Frauen mit Sonnenhüten und hellen Kleidern, ein Mann im Anzug, der nervös an einem Zigarettenetui herumfummelte und nicht zu wissen schien, ob er rauchen sollte oder nicht.

Um uns abzulenken, versuchte ich, Henny ein paar grundlegende englische Redewendungen beizubringen. Wie schon damals in Paris das Französisch lernte sie zwar schnell, schaffte es aber nur selten, sich richtig zu konzentrieren. Außerdem kam hier die Erschöpfung durch die nächtlichen Eskapaden hinzu.

Als Henny sich zur Mittagsruhe hingelegt hatte, hatte ich mit dem Professor über den Dolmetscher gesprochen. Ich schilderte meine Bedenken, und Hendricks zeigte dafür Verständnis.

Auf unseren Gartenliegen konnte man sich beinahe einbilden, auf Urlaubsreise zu sein. Alles wirkte so friedlich und ruhig, als wäre nichts geschehen. Doch ich ertappte mich dabei, dass ich Henny genau beobachtete. Sie wirkte, als würde es ihr besser gehen, aber ich wusste nun, dass das immer noch schnell umschlagen konnte. Solange die Sonne am Himmel stand, war alles in Ordnung, doch nachts kam das Böse.

Immerhin war es ihr tatsächlich gelungen, dem Doktor mithilfe des Zettels klarzumachen, was sie fühlte: die Angst, die Schmerzen, das Blankliegen der Nerven, die einer offenen Wunde ähnelten, auf die man Zitronensaft oder Alkohol träufelte.

Ich war sehr stolz auf sie, während sie die englischen Worte sprach. Die Antwort musste ich ihr natürlich übersetzen, aber es war ein Schritt voran.

»Mrs O'Connor?«, fragte eine Frauenstimme. Als ich mich umwandte, erkannte ich eine der jüngeren Schwestern. »Myrna« stand auf dem Namensschild. »Da ist ein Anruf für Sie. Ich nehme an, dass es Ihr Ehemann ist.«

»Oh!«, sagte ich und erhob mich. Dann blickte ich zu Henny. »Ich gehe nur kurz mal telefonieren, ja?«

Henny nickte. »Richte Darren meine Grüße aus.«

»Das werde ich.«

Das Telefon befand sich im Schwesternzimmer. Ich griff nach dem Telefonhörer, der neben dem Apparat auf dem Tisch lag.

»Hallo, hier ist Sophia.«

»Hi, mein Liebes!«, sagte Darren. Seine Stimme war wie ein Streicheln, und ich musste mich zwingen, nicht schwelgend die Augen zu schließen.

»Hi«, sagte ich und blickte rüber zu den Schwestern, die so taten, als wären sie in ihre Unterlagen vertieft. Aber ich wusste nur zu gut, dass sie zuhörten.

»Wie geht es dir und Henny?«, fragte er.

»Gut«, antwortete ich, denn ich wollte nicht, dass er sich Sorgen machte. Von Hennys Ausbruch konnte ich ihm noch zu Hause erzählen.

»Gut?«, fragte er etwas argwöhnisch. »Ist etwas passiert? Du klingst ein wenig mitgenommen.«

»Es ist nicht einfach«, gab ich zurück. »Und du kannst mir glauben, dass ich froh bin, wenn das alles hinter uns liegt. Aber sag mir doch, warum rufst du an? Ist bei dir alles in Ordnung?«

»Das ist es. Und vielleicht noch ein bisschen mehr als das.«

»Hast du einen Saal für unsere Feier gefunden?«, fragte ich.

»Viel besser. Hier ist ein Brief für dich angekommen.«

»Schon wieder eine Universitätsbroschüre?«

»Nein, ein Brief von Helena Rubinstein.«

Ich sog scharf die Luft ein. Madame hatte sich gemeldet! Sogleich erwachte ein unruhiges Kribbeln in mir und verdrängte die unterschwellige Sorge um Henny.

»Was schreibt sie?«, fragte ich.

»Weiß ich nicht«, sagte Darren. »Ich schnüffle doch nicht in deiner Post herum.«

»Dann mach dieses Mal eine Ausnahme. Mit meiner Erlaubnis.«

»Bist du sicher?«

»Ja«, antwortete ich. Keine Sekunde länger wollte ich die Ungewissheit aushalten. Auch wenn es womöglich eine Absage war, die Madame mir erteilte.

»Okay, warte einen Moment.«

Ich hörte, wie Darren in der Besteckschublade herumkramte. Er suchte wohl ein Messer, um den Umschlag zu öffnen.

»Nun mach schon«, murmelte ich leise vor mich hin, während ich unruhig von einem Bein auf das andere trat.

Wenig später war er wieder am Hörer. Es raschelte, dann begann Darren zu lesen:

»Sehr geehrte Mrs O'Connor,

vorab meinen herzlichen Glückwunsch zu Ihrer Eheschließung. Ich wünsche Ihnen alles erdenklich Gute und hoffe, dass Sie Ihr Glück gefunden haben. Wie Sie wissen, kann ich mir Namen nicht besonders

gut merken, aber ich nehme an, dass der Glückliche mein ehemaliger
›Verpackungsmann‹ ist.«

Darren hielt inne. »Erstaunlich. Sie erinnert sich an mich.«
»Im Gegensatz zu Miss Arden hat sie dich nicht gefeuert«,
gab ich zurück.
»Aber sie hat dich vor mir gewarnt.«
Ich lachte. »Und du siehst, wozu es geführt hat.«
Darren stimmte kurz in mein Gelächter ein, dann las er weiter.

»Wie alle Kreationen, die mein Haus verlassen, habe ich auch ›Glory‹ nie vergessen. Es war ein Jammer, dass diesem Produkt durch die Umstände kein Erfolg vergönnt war.
Umso mehr freut es mich, dass Sie auf mein Angebot, auch wenn es schon eine Weile zurückliegt, zurückkommen. Die Stelle in Rom, die ich Ihnen damals anbot, ist, wie Sie sicher verstehen, bereits besetzt. Doch das ist kein Grund, uns nicht zu einem Gespräch zu treffen, nicht wahr? Wenn es Ihnen möglich ist, so kommen Sie doch am 25. in mein Büro. Vielleicht um zehn Uhr? Wir plaudern über alte Zeiten und schauen dann, was wir in Ihrem Fall tun können.

Mit besten Grüßen
Helena Rubinstein«

Darren stieß einen Pfiff aus. »Du scheinst tatsächlich Eindruck gemacht zu haben.«
»Ich hätte nicht gedacht, dass sie sich melden würde. Ich habe es gehofft, aber ...«
»Nun, wie es aussieht, hat sie etwas für dich.«
»Meinst du? Ich bin nicht sicher.«
»Sie würde dich doch sonst nicht zu einem Gespräch bitten, stimmt's?«

»Da hast du recht.«

Es war möglich, dass sie mich nur sehen wollte, um mich über Miss Arden auszuhorchen. Doch dann vertrieb ich diesen pessimistischen Gedanken.

»Geht es dir wirklich gut?«, fragte Darren, nachdem wir beide kurz dem Rauschen des Äthers gelauscht hatten.

»Ja, das tut es. Ich setze mich nachher an den Schreibtisch und schreibe dir einen Brief. Es hier zu erzählen würde zu viel Zeit beanspruchen.«

»Muss ich mir Sorgen machen?«

Genau das hatte ich zu vermeiden versucht.

»Nein. Warte, bis du den Brief hast. Wir schaffen das alles. Versprochen.« Ich hauchte einen Kuss in den Hörer, dann verabschiedete ich mich.

Nachdem ich aufgelegt hatte, verharrte ich noch eine Weile vor dem Gerät. Madame hatte sich gemeldet! Sie hatte mich eingeladen. Das war die Nachricht, die ich nach der vergangenen Nacht gebraucht hatte! Das Lächeln auf meinem Gesicht war so breit, dass meine Wangen beinahe schmerzten.

»Alles in Ordnung, Ma'am?«, fragte eine der Schwestern.

Ich wandte mich um und nickte. »Ja. Danke. Es ist alles in bester Ordnung.«

Beinahe musste ich mich zwingen, nicht durch den Gang zu rennen. Einer der Patienten kam mir entgegen, der Mann mit dem Zigarettenetui. Offenbar hatte er genug von der frischen Luft. Draußen beschleunigte ich meinen Schritt und rannte schließlich zur Sonnenterrasse.

»Du glaubst nicht, was passiert ist!«, rief ich, bei Henny angekommen, und ignorierte die Blicke der anderen Patienten auf den Liegen. »Madame hat mich zu einem Gespräch eingeladen!«

Henny blickte mich zunächst ein wenig verwirrt an, dann

schien der Groschen bei ihr zu fallen. »Das ist ja wunderbar! Hat sie angerufen?«

»Nein, sie hat mir einen Brief geschickt. Darren hat ihn mir vorgelesen.«

Henny lächelte mich an, nicht so unbeschwert wie früher, aber es war etwas anderes als ihre brütende Miene, in die sie zuweilen verfiel.

»Das ist schön! Fast wie damals, als du das erste Mal zu ihr musstest.« Sie griff nach meiner Hand. Ihre Finger waren eiskalt, aber kräftig. »Ich bin sicher, dass sie eine Stelle für dich hat. Vielleicht auch wieder in einem Labor, wie du es dir gewünscht hast.«

Ich lächelte. »Das wäre wundervoll.«

Wir fielen uns in die Arme, und ich war froh, dass ich diesen Moment mit ihr teilen konnte.

12. Kapitel

In den folgenden Tagen unseres Aufenthalts im Sanatorium wurde ich meine innere Anspannung kaum los. Wieder und wieder fürchtete ich, dass ein Umschwung in Hennys Gemütslage eintreten würde. Diese schwankte sehr.

Was sie dem Professor mithilfe des Dolmetschers erzählte, wusste ich nicht, noch immer zog sie mich nicht ins Vertrauen. Aber nach manchen Gesprächen schlief sie länger, und hin und wieder verging ihr der Appetit.

Doch sie folgte brav den Therapien, und wir beide spazierten am Nachmittag lange durch den Park. Auch wenn die Schatten noch nicht ganz fort waren, spürte ich, wie ich langsam die alte Henny wiederbekam. Meine Freundin, mit der ich durch dick und dünn gehen konnte. Die Henny, die immer fröhlicher war als ich.

»Denkst du manchmal noch an ihn?«, fragte sie mich, als wir durch einen der belaubten Bogengänge schritten.

»An wen?«, fragte ich.

»Deinen Sohn. Louis.«

Unwillkürlich erstarrte ich.

»Verzeih, ich wollte nicht …«, sagte Henny, als sie es merkte.

»Schon gut.« Ich hakte mich bei ihr ein und ging weiter. »Ich denke oft an ihn. Nicht mehr jeden Tag wie früher, aber doch oft.«

»Der Detektiv hat es also nicht geschafft.«

»Bisher nicht«, gab ich zurück. »Und wenn ich ehrlich bin, frage ich mich manchmal, ob es nicht besser wäre, es ruhen zu lassen. Wenn Louis noch lebt ...« Ich hielt inne. »Es gibt nach wie vor keinen Beweis, dass stimmt, was in dem Brief behauptet wurde. Die Hebamme, die bei der Geburt dabei war, hat sich ...« Angesichts der Tatsache, dass Henny erst vor Kurzem dasselbe versucht hatte, wagte ich kaum, es auszusprechen. »Sie ... sie hat sich das Leben genommen.«

Ich suchte nach einer Reaktion in Hennys Miene, doch mehr als leichtes Bedauern fand ich glücklicherweise nicht.

»Dann gibt es also keine Zeugen mehr«, sagte sie.

»Wenn sie denn überhaupt eine Zeugin war«, erwiderte ich. »Möglicherweise hat sie den Brief verfasst, das kann niemand mehr feststellen. Aber es wäre denkbar, dass sie von einem Wahn besessen war. Dass sie ihren früheren Arbeitgeber in Misskredit bringen wollte.«

Jetzt betrachtete Henny mich prüfend. »Und was meinst du dazu? Was sagt dein Herz?«

Mein Herz klammerte sich tatsächlich noch immer an die Möglichkeit, dass Louis lebte. Doch allmählich gewann mein Verstand die Oberhand.

»Ich glaube, ich beginne zu akzeptieren, dass er nicht mehr auf der Welt ist. Hin und wieder überwältigt mich die Sehnsucht, und ich wünsche mir so sehr, dass es wahr wäre und ich ihn eines Tages wiedersehen könnte. Aber dann komme ich wieder zu mir und muss einsehen, dass die Realität möglicherweise eine andere ist.«

»Sucht der Detektiv denn noch nach ihm?«, fragte Henny weiter. »Er machte auf mich einen ziemlich hartnäckigen Eindruck. Gott, was habe ich mich über ihn geärgert, als er bei mir

auftauchte! Jetzt ärgere ich mich nur über mich selbst, dass ich nicht auf ihn gehört habe. Er scheint ein guter Mann zu sein.«
»Möglicherweise ist er das«, gab ich zurück. »Ich kenne Monsieur Martin nicht gut genug, um zu beurteilen, wie er wirklich ist. Aber er hat mir versprochen, mich zu benachrichtigen, sollte er irgendeine Spur finden.« Ich machte eine kurze Pause und fügte leise hinzu: »Manchmal findet man gerade das, was man nicht sucht.«

Am Abend vor unserer Abreise schreckte ich aus dem Schlaf, als ich eine Berührung an der Schulter spürte. Benommen blickte ich in die Dunkelheit. Für einen Moment wusste ich nicht, wo ich war. Dann sah ich Hennys Gesicht über mir, bleich angeleuchtet vom Mondlicht.

Schlagartig fiel die Müdigkeit von mir ab, und ich schreckte hoch. »Was ist?«, fragte ich, während mein Herz zu rasen begann. »Geht es dir nicht gut?«

Henny schüttelte den Kopf. »Sei unbesorgt, es geht mir gut. Ich wollte fragen, ob du mich begleitest.«

»Wohin?« Auch wenn Henny mittlerweile nicht mehr als selbstmordgefährdet galt und Professor Hendricks zufrieden war mit ihrem Fortschritt, saß noch immer der Wächter vor unserer Tür.

»Zum See.«

Ich zuckte zusammen. »Du willst doch nicht ...« Unwillkürlich griff ich nach ihrem Arm.

»Nein, keine Sorge«, entgegnete sie. »Ich will nur etwas erledigen, bevor wir diesen Ort verlassen.«

Besorgt erhob ich mich. Was wollte sie tun? Hatte sie wieder einen Rückfall? Während ich in meine Kleider schlüpfte, beobachtete ich Henny. Sie wirkte so ruhig und gesetzt wie schon lange nicht mehr. Eine seltsame Energie schien von ihr auszugehen.

Henny wartete an der Tür. Den Schlüssel trug ich noch immer bei mir. Mit einem mulmigen Gefühl schloss ich auf. Als wir das Zimmer verließen, fand ich den Stuhl leer vor. War der Wächter nur kurz auf der Toilette? Oder saß er schon seit einer Weile nicht mehr auf seinem Platz? Hatte er es vielleicht nie getan?

Henny eilte voraus, und mir blieb nichts anderes übrig, als ihr zu folgen.

In den Gängen war es still, das Licht war gedimmt. Hinter einigen Zimmertüren schnarchte es leise. Ich hoffte darauf, unserem Türwächter zu begegnen, doch der ließ sich nicht blicken. Gemeinsam verließen wir das Sanatorium.

Draußen war es stockfinster. Die Hauptwege wurden von Laternen beleuchtet, die die Schatten an den Seiten noch gespenstischer wirken ließen. Als ich neulich nach Henny gesuchte hatte, hatte ich nicht darauf geachtet, aber jetzt bemerkte ich die seltsame Atmosphäre.

Henny schien auch heute kein Licht zu benötigen. Mit traumwandlerischer Sicherheit fand sie den Weg zum See. Das Quaken der Frösche war leiser geworden, schon bald würde es ganz verstummen.

An dem kleinen Steg angekommen, von dem aus sie noch in der vergangenen Woche ins Wasser springen wollte, blieb sie stehen und griff in ihre Rocktasche. Was sie daraus hervorholte, sah ich erst einen Augenblick später. Es war die Kette mit dem Bild von Maurice Jouelle.

»Ich weiß, was du denkst«, sagte sie, ohne sich umzudrehen. »Vor ein paar Tagen noch war ich der Meinung, dass es das Beste wäre, mich vom Antlitz dieser Welt wegzuwischen. Doch ich weiß jetzt, dass das ein Irrtum war. Ich muss ihn wegwischen. Aus meinem Herzen.«

Einen Moment lang betrachtete sie das Medaillon noch, dann holte sie aus und warf es in hohem Bogen in den See.

Ich war wie erstarrt. Alles hätte ich erwartet, aber nicht das. Und ich erkannte, dass sie Jouelle trotz allem, was er ihr angetan hatte, immer noch geliebt hatte. Erst jetzt begriff ich die Bedeutsamkeit ihrer Entscheidung.

Ich ging auf sie zu und zog sie in meine Arme. Henny wehrte sich nicht, und sie weinte auch nicht. Sie schmiegte sich einfach nur an mich, und ich spürte, wie die Ruhe, die sie ausstrahlte, nun auch in mich eindrang und mein Herz weniger schnell schlagen ließ.

»Wir sollten wieder zurück«, sagte ich nach einer Weile. »Nicht dass unser Wächter uns vermisst.«

»Ich glaube, der sitzt schon seit einer Weile nicht mehr dort«, gab Henny schmunzelnd zurück. »Aber du hast recht, gehen wir. Ich will jetzt nach vorn schauen, nicht mehr zurück.«

Bei unserer Rückkehr zum Zimmer war der Stuhl immer noch leer. Ob ich den Professor darauf ansprechen sollte? Ich entschied mich dagegen und beschloss nach vorne zu schauen, genauso wie Henny.

Es gab einige Formalitäten zu erledigen, auch musste Henny noch einmal zu Professor Hendricks. Doch dann hielt sie endlich den Entlassungsbrief in den Händen, zusammen mit der Empfehlung, in den kommenden Monaten unter ärztlicher Kontrolle zu bleiben. Ein wenig Zeit hatte ich bis zum Gespräch mit Madame noch, um mit ihr einen geeigneten Arzt zu finden.

Darren verspätete sich etwas, sodass wir auf einer der Bänke warten mussten, die das Rondell umrahmten. Wir beobachteten neue Patientinnen, die eintrafen, und sahen andere, die wie Henny entlassen wurden. Welche Dämonen mochten sie in die Sucht getrieben haben? Und wie hatten sie herausgefunden?

Schließlich sah ich Darrens Wagen die Auffahrt heraufkommen. Mein Herz begann freudig zu pochen. Die Zeit hier war wichtig gewesen, für Henny und auch für mich. Doch ich freute mich so sehr darauf, wieder zu Hause zu sein. Und ich freute mich auf das Gespräch mit Madame – egal, welchen Ausgang es nehmen würde.

»Na, ihr beiden?«, fragte Darren, als er ausgestiegen war. »Wie geht es euch?«

»Sehr gut«, antwortete Henny auf Englisch, worauf Darren überrascht dreinschaute. »Du verstehst mich?«

Henny nickte. »Ja. Noch nicht viel, aber ich lerne.«

»Wahnsinn!«, rief Darren aus, zog mich in seine Arme und küsste mich. »Du hast das Talent zur Lehrerin.«

»Henny hat vielmehr das Talent, Sprachen zu lernen. Vielleicht könnte sie später Dolmetscherin werden.« Ich übersetzte ihr das, worauf sie lachte.

»Ich möchte lieber tanzen.«

»Und wenn nun etwas anderes deine Begabung ist, wie Sophia sagt?«, fragte Darren, worauf sie errötete. »Also, ich würde darauf wetten, dass man dich als Dolmetscherin einstellen würde, wenn du erst einmal eine Ausbildung hinter dir hast.«

Ich lächelte in mich hinein. Ich war ein wenig besorgt gewesen wegen der Tatsache, dass sie fürs Erste bei uns wohnen sollte, doch jetzt war ich sicher, dass die beiden sich blendend vertragen würden.

13. Kapitel

Es war seltsam, unsere Wohnung zu betreten. Das Sanatorium war eine Welt für sich gewesen, losgelöst von der Realität. Es würde eine Weile dauern, bis wir uns wieder an den normalen Tagesablauf gewöhnt hatten.

Doch die Tatsache, dass Madame mich eingeladen hatte, half. Henny war vorerst in Sicherheit, und ich hatte eine Perspektive. Ich gestattete mir vorsichtigen Optimismus.

Dieser nahm mich so ein, dass ich bereits beim Abendessen anfing, Pläne für die standesamtliche Hochzeit zu machen, die wir schon bald nachholen wollten.

»Wir sollten in einem kleinen Hotel feiern«, schlug ich vor. »Und deine Freunde sollten unbedingt kommen.«

»Du meinst Lucy und Billy?«

»Auf jeden Fall! Und wenn du magst, lade doch auch noch ein paar von deinen Kollegen oder gute Kunden ein.«

»Du weißt aber, dass wir uns eine Hochzeit wie bei den Vanderbilts nicht leisten können?«

»Diese Ausmaße muss es auch nicht annehmen«, gab ich zurück. »Aber eine hübsche Feier ist doch bestimmt möglich. Es muss ja nicht das Ritz sein.«

Ich blickte zu Henny, die uns genau beobachtete, um das

Gesagte mitzuverfolgen. Ich hatte sie gebeten, sich zu melden, wenn sie etwas nicht verstand.

Darren lächelte schelmisch. »Und wenn ich das Ritz möchte?«

Ich versetzte ihm einen kleinen Knuff. »Ich wusste ja noch gar nicht, dass du auf einmal ein höheres Honorar bekommst.«

»Bekomme ich nicht.« Er beugte sich vor und gab mir einen Kuss. »Aber man kann ja mal träumen, nicht wahr?«

Er machte eine Pause, dann fragte er: »Vielleicht sollten wir erst mal schauen, wie viele Gäste es überhaupt werden, bevor wir uns für den Ort entscheiden.«

»Okay, rechnen wir mal.« Ich kannte bei Weitem nicht alle seine Bekannten, und die Verwandten schon gar nicht, denn er redete kaum über seine Familie.

»Was ist mit deinem Vater?«, begann ich, weil es das Naheliegendste war. Seine Mutter war verstorben und sein Verhältnis zum Vater angespannt, aber vielleicht machte er bei der Hochzeit eine Ausnahme.

Darren schüttelte jedoch sofort den Kopf. »Auf keinen Fall! An einem meiner glücklichsten Tage möchte ich nicht an die düstersten Tage erinnert werden.«

»Aber irgendwann wirst du es ihm sagen müssen«, wandte ich ein. Ich fragte mich, wer der Mann war, der trotz all seiner Fehler so einen wunderbaren Sohn hervorgebracht hatte.

»Irgendwann klingt gut für mich«, sagte er ein wenig gereizt. »Bitte, Sophia, lass ihn da raus, ja? Ich würde ihn ebenso wenig sehen wollen wie du deinen Vater.«

Allein schon seine Erwähnung gab mir das Gefühl, dass Wolken über unseren Köpfen aufzogen. Die Probleme mit unseren Vätern unterschieden sich, und doch liefen sie auf dasselbe hinaus. Ich erkannte, dass es ein Fehler war, Darren darauf anzusprechen.

»Tut mir leid«, sagte er.

Ich schüttelte den Kopf. »Nein, mir tut es leid, ich hätte nicht damit anfangen sollen.«

Eine Pause entstand, und ich spürte, dass meine Begeisterung für die Hochzeitsfeier schwand. Vielleicht sollten wir es auch ganz lassen?

Aber da sah ich in Hennys Augen. Nachdem sie bei der ersten Trauung schon nicht meine Brautjungfer gewesen war, sollte sie wenigstens Gelegenheit haben, bei der großen Feier zu glänzen. Ich hatte es ihr versprochen.

»Was ist mit dir?«, fragte Darren nach einer Weile. »Wen möchtest du einladen?«

Ich blickte zu Henny, dann griff ich nach ihrem Arm und zerrte sie näher an mich heran.

»He!«, sagte sie protestierend und lachte auf.

»Ich glaube, ich habe hier alles an Gästen, was ich brauche.«

»Was ist mit diesem Mädchen aus Madame Rubinsteins Fabrik, mit dem du gearbeitet hast?«

Ray Bellows. Seit sie aus dem Kaufhaus verschwunden war, hatte ich sie nicht wiedergesehen.

»Einen Versuch wäre es wert«, sagte ich. »Immerhin stehen wir jetzt nicht mehr an unterschiedlichen Fronten.«

»Glaubst du wirklich, es wäre ihr darauf angekommen?«

»Nein«, gab ich zu. »Ray hat sich für mich gefreut, als ich meine Stelle bei Miss Arden angetreten habe. Okay, ich versuche, sie ausfindig zu machen. Ach ja, und dann sollten wir unbedingt Kate einladen, die Haushälterin meines früheren Vermieters.«

Drei Personen von meiner Seite waren nicht viel, und mir wurde klar, dass ich es in den vergangenen Jahren sträflich vernachlässigt hatte, Kontakte zu knüpfen.

»Und was ist mit den Mädchen aus Miss Ardens Salon?«, fragte Darren weiter. »Und mit der Köchin auf der Schönheitsfarm bist du doch auch prima ausgekommen, stimmt's?«

Peg. Ja, mit ihr war ich sehr gut ausgekommen. Und nur ihr hatte ich es zu verdanken, dass Henny mich aufspüren konnte.

»Ich werde sie anrufen«, sagte ich und setzte ihren Namen auf die Liste. Dazu schrieb ich auch Sabrina, mit der ich mich im Salon immer gut verstanden hatte.

Darren überlegte eine Weile, dann setzte er einen verschmitzten Blick auf. »Ich habe noch eine andere Idee. Lade doch Madame Rubinstein ein. Vorausgesetzt, sie macht dir ein gutes Angebot.«

Vor Staunen bekam ich den Mund nicht mehr zu. Hatte er das ernst gemeint?

Ich fragte nach.

»Natürlich meine ich das ernst. Ist doch nicht ungewöhnlich, seine Chefin einzuladen. Ich werde Mr Hooper auch einladen.«

»Mr Hooper ist der Geschäftsführer einer Lebensmittelfirma.«

»Wo ist der Unterschied? Gut, Helena Rubinstein wird ein paar Millionen mehr auf dem Konto haben, aber auch sie ist eine Geschäftsführerin.«

»Sie wird nicht kommen«, sagte ich. »Außerdem weißt du doch gar nicht, ob sie mich wieder bei sich aufnimmt.«

»In dem Fall hätte sie dir absagen können.« Darren lächelte mich vielsagend an. »Ich sage dir, sie wird anbeißen. Die Verhandlungen werden sicher anspruchsvoll werden, aber gegen eine Herausforderung hattest du doch noch nie etwas, nicht wahr?«

Das stimmte. Ich mochte Herausforderungen, besonders negativer Art, zwar nicht so gern, aber ich stellte mich ihnen.

»In Ordnung, ich versuche es«, sagte ich, worauf Darren begeistert in die Hände klatschte.

»Das ist meine Frau!«

»Aber ich mache es nur, wenn sie mir eine Zusage für eine Stelle gibt!«

»In einem anderen Fall wäre es wohl auch etwas seltsam.« Er nahm mein Gesicht in die Hände und drückte mir einen feuchten Kuss auf die Lippen.

»Ihr beide seid so süß miteinander«, sagte Henny, als ich ihr Gute Nacht sagte. Ein wenig kam ich mir vor, als würde ich eine kleine Schwester zu Bett bringen, aber wir hatten es uns im Sanatorium so angewöhnt. »Ich wünschte, ich hätte auch einen Mann wie deinen Darren.«

»Auf der Hochzeitsfeier findest du vielleicht einen wie ihn. Unter seinen Kollegen ist sicher etwas Nettes dabei.«

»Aber sie halten mich vielleicht für minderbemittelt, wenn ich mich mit ihnen nicht richtig unterhalten kann.«

»Also ich finde, dass du schon sehr gut Englisch verstehst«, entgegnete ich. »Und sie werden hören, dass du nicht von hier bist. Das gibt dir einen gewissen Reiz. Ein Mädchen aus Deutschland haben sicher noch nicht viele getroffen.«

»Das ist lieb von dir. Aber erst einmal muss ich gesund werden.«

»Das wirst du. Und die Liebe wird sich eh nicht aufhalten lassen. Wenn es jemanden gibt, dem du ins Auge fällst, wird er über alles hinwegsehen und dich so nehmen, wie du bist.«

Ich küsste ihr die Stirn und wünschte ihr angenehme Träume.

In der Nacht vor dem Treffen mit Madame kam ich nicht zur Ruhe. Einerseits lauschte ich wie sonst auch darauf, was Henny machte, andererseits fragte ich mich, wie das Gespräch ablaufen würde. Irgendwann dämmerte ich doch weg, nur um kurz darauf hochzuschrecken, weil mein Unterbewusstsein mir sagte, dass ich nicht verschlafen durfte. Ich fischte meine Armbanduhr vom Nachtschränkchen und sah, dass es erst Viertel nach vier war. Seufzend drehte ich mich herum, schmiegte mich an Darrens Rücken und schlief endlich ein.

Als der Wecker klingelte, lag ich quer im Bett – allein. Darren war bereits aufgestanden. Ich erhob mich, versuchte mir den Schlaf aus den Augen zu reiben und vor allem der Versuchung zu widerstehen, mich wieder hinzulegen.

Nach zehn weiteren Minuten schaffte ich es, mich aus dem wohligen Sog des Bettes zu erheben. Ich verschwand im Bad und schlüpfte bei meiner Rückkehr in mein bereitgelegtes Kostüm.

Mein Abbild im Spiegel gefiel mir. Das Grün schmeichelte meinem Haar und meinen Augen. Außerdem wusste ich, dass Madame Grün liebte. Auch wenn sie auf offiziellen Fotos meist knalligeren Tönen den Vorzug gab.

Das Morgenlicht fiel ins Schlafzimmer, und in der Küche hörte ich Darren rumoren. Henny schlief noch. Sie hatte ihren Termin bei Dr. Rosenbaum erst am Nachmittag. Dorthin würde ich sie begleiten, jedenfalls bis ins Wartezimmer. Kaum zu glauben, dass der Sanatoriumsaufenthalt nun schon wieder einige Tage hinter uns lag!

Dr. Rosenbaum war, wie ich von der Sprechstundenhilfe erfahren hatte, vor zehn Jahren nach Amerika immigriert und versorgte vornehmlich Patienten der kleinen deutschen Community der Stadt. Bei ihm einen Termin für Henny bekommen zu haben erleichterte mich ungemein. Dank der Vokabeln, die ich ihr beigebracht hatte, würde sie es sicher schaffen, sich auf der Straße und in der Subway zurechtzufinden. Jemandem sein Herz ausschütten und über seine gesundheitlichen Befindlichkeiten sprechen ging allerdings besser in der eigenen Muttersprache.

Ein Klappern ertönte, gefolgt von einem leisen Fluch. Alarmiert wollte ich mich schon der Tür zuwenden, dann jedoch wurde mir klar, dass Darren lediglich das Messer von der Tischplatte gerutscht sein musste.

Liebenswürdigerweise hatte er sich angeboten, mir ein Frühstück zu machen, mit dem ich für die Begegnung mit Madame gerüstet war. Doch ich fürchtete, dass ich keinen Bissen hinunterbekommen würde. Mein Herz pochte wie damals, als ich das erste Mal ihren Salon in Paris betreten hatte.

Dann rief ich mich zur Ordnung. Ich war nicht mehr das naive Mädchen von damals. Es gab keinen Grund, vor Madame auf die Knie zu fallen. Ich hatte etwas zu bieten, das sie brauchte. Ich war keine Bittstellerin.

Nervös war ich aber dennoch. Wie würde das Gespräch ausgehen? Ließ sie mich vielleicht doch nur kommen, um mir persönlich eine Absage zu erteilen?

Ich atmete tief durch, strich mein Kostüm glatt und trat dann in die Küche.

Wenn Darren irgendein Chaos angerichtet hatte, so hatte er es bereits beseitigt. Ein betörender Duft nach Kaffee und Pancakes strömte in meine Nase. Er hatte kanadischen Ahornsirup besorgt. Zunächst war mir der Geschmack ein wenig fremd gewesen, doch nun liebte ich ihn und konnte nicht genug davon bekommen.

»Guten Morgen, Liebling«, grüßte ich ihn und küsste ihn auf die Wange.

Er unterbrach seine Arbeit für einen Moment und blickte mich an.

»Du siehst fantastisch aus. Bist du sicher, dass du nicht zu einem Rendezvous willst?«

»Mit Madame?«, fragte ich zurück.

»Würde es sich um einen Monsieur handeln, wäre ich eifersüchtig.«

Wir küssten uns, dann erinnerte ihn ein scharfes Brutzeln aus der Pfanne wieder an sein Vorhaben.

Eine Stunde später war ich bereit, mich der Löwin zu stellen. Henny war inzwischen ebenfalls aufgestanden und vertilgte mit gutem Appetit die Pancakes, was mich wirklich freute.

»Du hast kaum gegessen«, bemerkte Darren ein wenig enttäuscht, als er meinen Teller sah.

»Heb die restlichen Pancakes auf«, bat ich ihn. »Wenn ich zurückkomme und alles so gelaufen ist, wie ich es mir wünsche, werde ich einen Bärenhunger haben.«

»Und wenn nicht?«

»Dann erst recht!« Ich umarmte und küsste ihn. »Hab einen guten Tag, mein Schatz.«

»Du auch. Und viel Erfolg mit Madame. Wenn du magst, ruf mich doch einfach im Büro an.«

»Das werde ich.« Ich wandte mich an Henny. »Ich bin pünktlich zurück und begleite dich, ja? Mach es dir einfach gemütlich.«

Henny nickte kauend. »Viel Glück!«, rief sie mir zu. Ich atmete tief durch und verließ die Wohnung.

14. Kapitel

In Madames Firmenzentrale in Manhattan ging es immer noch zu wie in einem Bienenstock. Eine Sardine in einer Büchse hatte sicher mehr Platz als ich zwischen den Geschäftsleuten im Fahrstuhl. Erleichtert atmete ich auf, als die Tür auf meinem Stockwerk geöffnet wurde. Ich glättete noch einmal meine Kleider und strich über meine Frisur, dann trat ich ein.

Die Sekretärin war eine junge Frau mit rotblondem Haar, das sie in eine kunstvolle Welle gelegt hatte. Ich stellte mich vor und erklärte mein Anliegen.

»Ich werde Madame Bescheid sagen.« Damit erhob sie sich hinter dem Empfangstresen und verschwand im Gang.

Ich blickte mich um. Seit meinem letzten Besuch hatte Madame umdekoriert. Neue Bilder und Skulpturen schmückten das Entree. An einem Bild blieb mein Blick hängen. Es war ein Porträt von Madame, das sie mit großen weißen Ohrringen und einer zweireihigen Perlenkette zeigte. Um die Schultern trug sie ein gelbes Tuch mit grünen Akzenten, an den Handgelenken silberne Armreife mit blauen und roten Edelsteinen. An der rechten Hand steckte ein Ring mit rotem Stein, an der linken einer mit blauem. Sie wirkte sehr jung im Gesicht, und unter dem Tuch ... War sie da etwa nackt?

Ich kniff die Augen zusammen. Der Stil des Bildes wirkte beinahe etwas naiv, der Körper wies dieselbe Farbe wie das Gesicht auf. Letzteres war nur mit ein wenig Rouge akzentuiert.

»Meine Freundin Marie Laurencin hat es gemalt«, ertönte neben mir das altbekannte Timbre von Helena Rubinstein. »Ich habe es von meiner Reise mitgebracht und muss zugeben, dass sie mir schmeichelt. So jung sehe ich nun wirklich nicht mehr aus.«

»Es ist ein sehr treffendes Porträt, finde ich«, gab ich zurück. Auch wenn ich mir vorgenommen hatte, ihr selbstbewusst gegenüberzutreten, spürte ich nun unverkennbar den Respekt, den mir allein ihre Erscheinung einflößte.

»Marie ist eine talentierte Frau, auch wenn ich die Sitzungen bei ihr recht unbequem fand. Ihr Geliebter war der Dichter Apollinaire, haben Sie schon mal etwas von ihm gehört?«

Ich schüttelte den Kopf.

»Nun, Sie sollten etwas von ihm lesen. Ich werde Ihnen einen Gedichtband zukommen lassen.«

Ich brachte es nicht über mich abzulehnen. Stattdessen starrte ich Madame an wie eine mythische Gestalt, die plötzlich vor mir erschienen war.

Unser letztes Zusammentreffen war eine Weile her, doch sie schien keinen Tag älter geworden zu sein.

»Es ist schon bemerkenswert, dass Marie Laurencin nicht der Versuchung erlegen ist, wie viele ihrer Kollegen dem Kubismus zu folgen. Sie hat ihren ganz eigenen Stil. So wie ich.«

Lächelnd streckte sie mir die Hand entgegen. »Willkommen in meinem Haus, Mrs O'Connor. Wie ich sehe, hat Ihnen die Zeit bei Mrs Jenkins nicht geschadet.«

»Ich freue mich, Sie wiederzusehen, Madame«, gab ich zurück, ohne auf ihre Bemerkung einzugehen.

Helena Rubinstein musterte mich kurz, dann bedeutete sie

mir, ihr in ihr Büro zu folgen. Dass sie es überhaupt verlassen hatte, um mich zu begrüßen, war eine Geste, derer ich mir erst jetzt bewusst wurde.

Auch ihr Büro hatte eine neue Dekoration erfahren. Die Wände waren in einem blassen Sonnengelb gestrichen, das dem Besucher wahrscheinlich sofort gute Laune machte, wenn er eintrat. Die Wände waren voller Bilder, die ich bisher noch nicht gesehen hatte. Ein buntes Sammelsurium realistischer und abstrakter Motive, das die Atmosphäre des Raumes regelrecht vibrieren ließ.

»Nehmen Sie doch Platz. Ich habe Maude angewiesen, uns einen Kaffee zu bringen.«

Ich kam ihrer Aufforderung nach, und der Ledersessel ächzte leise.

»Wie ich hörte, haben Sie grandiose Arbeit geleistet bei dem Aufbau von Maine Chance.« Es war mir klar gewesen, dass sie darauf kommen würde. »Es ist ein Jammer, dass den Ruhm dafür andere ernten.«

»Es macht mir nichts aus«, sagte ich so kühl wie möglich.

»Sie lügen«, gab Madame zurück. »Wenn man etwas so Großes aufbaut, macht es einem etwas aus. Jedenfalls würde es mir so gehen. Oder besser gesagt, es ist mir so ergangen.« Sie machte eine Pause, dann fügte sie hinzu: »Der Verkauf der amerikanischen Anteile von Rubinstein Inc., um meine Ehe zu retten, war ein großer Fehler. Nichts hat sich geändert. Titus ist nach wie vor in Paris und geht seinen eigenen Weg. Und ich bin hier.«

»Ich hörte, dass Sie die Anteile mit großem Gewinn zurückgekauft haben.«

»Das ist wahr. Diese Trottel von der Bank hatten keine Ahnung vom Business. Sie haben mein Unternehmen gegen die Wand gefahren. Zum Glück habe ich es noch rechtzeitig gemerkt und konnte dank meiner Kleinaktionäre die Oberhand gewinnen und sie zum Verkauf zwingen. Sonst hätte es schwarz ausgesehen für die Marke Rubinstein.« Sie atmete tief durch, als wäre eine schwere Last von ihr abgefallen. »Aber reden wir doch nicht von Vergangenem. Sie sind hier, um die Zukunft anzugehen, nicht wahr?«

Sie beugte sich vor und musterte mich. »Sie sind noch immer eine begabte Frau, Sophia. Ich darf Sie doch so nennen?«

»Wenn Sie möchten«, erwiderte ich.

»Nun, als ich Sie damals in New York wiedertraf, hatte ich geglaubt, Sie endgültig verloren zu haben. Die Aussicht, ein Schönheitsinstitut wie dieses in Maine zu führen, ist einfach zu reizvoll. Als ich den Namen der neuen Leiterin las, wollte ich es gar nicht glauben, dass nicht Sie die Führung übertragen bekommen haben. Ich fragte mich, ob Sie sich das bieten lassen würden. Und dann gab mir Cecily Ihren Brief.«

»Das war nicht der Grund, weshalb ich gegangen bin«, gab ich zurück. »Eher war es die Folge.«

Madame hob die noch immer zu einem zarten Bogen gezupften Augenbrauen.

»Und was hat Sie dazu geführt, sich von ihr zu lösen?«

»Sie wollte mir verbieten zu heiraten«, sagte ich stark verkürzt. Ich wusste, dass ich Madame damit treffen würde, denn die Heiratsklausel hatte auch sie sicher nicht vergessen. »Zuvor hatte sie Mr O'Connor rausgeworfen, nachdem er die Werbekampagne des Hauses erstellt hatte. Das wollte ich mir nicht bieten lassen.«

Madame gluckste vergnügt auf. »Ich schätze, dasselbe wäre mir passiert, wenn die Lehman Brothers Sie nicht entlassen hätten.«

Wenn die Lehman Brothers mich nicht entlassen hätten, wäre ich vielleicht nicht wieder auf Darren getroffen, dachte ich. Wir hätten vielleicht nie klären können, was passiert war.

Insofern sollte ich, auch wenn mich die Kündigung erzürnt hatte, wohl dafür dankbar sein.

»Die Heiratsklausel war ein Fehler«, fuhr sie fort, als ich mich nicht dazu äußerte. »Man kann keine Frau davor bewahren, diese Erfahrung zu machen. Und sie auch nicht dazu zwingen zu bleiben. Das habe ich in den vergangenen Jahren gelernt.«

Würde sie auch so reden, wenn ich noch immer Miss Krohn wäre? Auf jeden Fall freute es sie sichtlich, dass Miss Arden bei mir in diese Falle getappt war.

»Sie sind also verheiratet.« Sie betrachtete mich, als müsste sie prüfen, ob das überhaupt möglich war. »Ich erinnere mich nicht gut an Namen und Gesichter, muss ich gestehen, doch Mr O'Connors Verpackung von Glory ist mir noch gut im Gedächtnis.« Sie machte eine Pause, dann sagte sie: »Nun, lassen Sie uns doch darüber sprechen, was wir für Sie tun können.«

Für mich tun. Was, wenn ich diejenige war, die etwas für sie tun konnte? Das schien sie nicht in Betracht zu ziehen.

»Ich möchte als Chemikerin für Sie arbeiten«, wagte ich einen Vorstoß und versuchte, meine Stimme fest und selbstbewusst klingen zu lassen. »Außerdem habe ich vor, mein Studium zu beenden.«

Stille folgte meinen Worten. Irgendwie kam es mir vor, als hätte sich etwas in der Atmosphäre des Raumes verschoben.

»Als Chemikerin will ich Sie nicht einstellen«, entgegnete Madame nach einigen Momenten der Überlegung. »Ich möchte, dass Sie hier arbeiten, in diesem Büro. Ich möchte, dass Sie mit mir darüber nachdenken, wie wir die Marke Rubinstein zu weiterem Wachstum bringen können.«

Ich starrte sie überrumpelt an. »Warum nicht das Labor?«, fragte ich. »Es ist das, was ich am besten kann.«

»Sie haben doch diese Schönheitsfarm aufgebaut. Da brauchten Sie auch keine chemischen Kenntnisse.«

»Da haben Sie recht, aber ich kann nicht sagen, dass ich damit ... vollkommen zufrieden war.«

»Sie haben also nicht gern für diese Frau gearbeitet?«, fragte sie.

Allmählich kam ich mir vor wie bei einem Polizeiverhör.

»Ich hatte die Hoffnung, eines Tages wieder dort sein zu können, wo ich sein möchte – in einem Labor. Aber dafür war sie nicht zugänglich. Und die andere Tätigkeit ...«

»Die Schönheitsfarm scheint ziemlich gut geraten zu sein«, bemerkte Madame.

»Ja, das ist sie wohl. Aber glauben Sie mir, ich wäre in der Zeit lieber als Chemikerin tätig gewesen.«

Helena Rubinstein ließ die Worte auf sich wirken.

Nach einer Weile beugte sie sich vor.

»Sie wissen, dass Sie kein abgeschlossenes Studium benötigen, um für mich zu arbeiten.«

Mir wurde klar, dass sie mich in der Hand hatte. Wenn ich nicht auf ihren Vorschlag eingänge, würde sie mich dann überhaupt anstellen?

»Unter diesen Umständen ...«, sagte ich. »Natürlich benötige ich das Studium dafür nicht. Aber ... ich möchte es zu Ende bringen. Ich möchte einen Abschluss haben. Erst dann, so habe ich das Gefühl, kann ich etwas Neues beginnen.«

Madame lehnte sich zurück. Ihre Augen, dunkel wie Kohle, bohrten sich in mein Gesicht. Sie mochte es nicht, wenn ihr widersprochen wurde. Und ich war nicht in der Position, Forderungen zu stellen. Mit einer lässigen Geste konnte sie mich hinauswinken.

Aber ich wollte nicht klein beigeben. Ich sah Henny vor mir, wie sie das Medaillon von Jouelle in den See geschleudert hatte.

Es war ihr gut bekommen, diese Sache damit abzuschließen. Jedenfalls schien es so.

Und für mich würde es gut sein, wenn ich mein Studium abschloss.

»Ich weiß es zu schätzen, wenn eine Frau Dinge in ihrem Leben zu Ende bringt«, sagte sie. »Aber warum gerade Chemie? Und wenn Sie nun ein Wirtschaftsstudium begännen? Ich würde es Ihnen finanzieren.«

Jetzt überrumpelte sie mich zum zweiten Mal. Sie wollte mir ein Studium finanzieren?

»Das ist sehr großzügig von Ihnen«, presste ich hervor. »Aber ich fürchte, das kann ich nicht annehmen.«

»Ach, papperlapapp!«, sagte sie und winkte mit ihrer beringten Hand, dass die Edelsteine mich für einen kurzen Augenblick blendeten. »Sie können es annehmen. Die Frage ist nur: Würden Sie sich auf ein Wirtschaftsstudium einlassen?«

»Ich fürchte, Wirtschaft ist nicht mein Metier«, gab ich zurück.

»Und wenn ich es zur Bedingung machte dafür, Sie wieder bei mir arbeiten zu lassen?«

Schlagartig wurde mein Mund trocken. Ich hatte mich für schlau gehalten, indem ich geheiratet hatte. Doch Madame kannte offenbar viele Wege, einen an die Kette zu legen. Das alte Sprichwort von »Zuckerbrot und Peitsche« kam mir wieder in den Sinn. Dass sie mir das Studium bezahlen wollte, war ein Zuckerstück, das die Bedingung versüßte. Gleichzeitig bedeutete es alles oder nichts.

Ich rang mit mir. Als ich Miss Arden verlassen hatte, hatte ich mir vorgenommen, wieder meinen alten Weg zu verfolgen. Doch auf Wirtschaft zu wechseln würde mich noch weiter davon abbringen.

»Bitte, Madame«, sagte ich, so ruhig ich es vermochte. »Lassen Sie mich mein Studium der Chemie abschließen. Danach kann ich mich immer noch der Wirtschaft zuwenden.«

»Was Sie neben der Wirtschaft studieren, ist mir egal«, erwiderte sie eisig. »Studieren Sie Chemie, wenn Sie die Zeit dazu haben! Aber an den Nachmittagen, wenn Sie keine Vorlesungen haben, erwarte ich Sie hier. Sie werden mir helfen, Arden und jeden anderen, der meine Position gefährdet, aus dem Rennen zu werfen. Dafür finanziere ich Ihr Studium. Sie mögen es vielleicht noch nicht sehen, aber ich weiß, dass Sie dazu das Zeug haben.«

Tränen stiegen in mir auf. Ich konnte unmöglich zwei Studiengänge auf einmal belegen! Das Lernpensum war viel zu hoch, besonders wenn ich nebenbei auch noch arbeiten sollte. Ich wusste, wie fordernd Madame sein konnte. Wer konnte schon wissen, mit welchen Aufgaben sie mich betraute?

Aber dann fasste ich mich. Ich war kein kleines Mädchen mehr, das weinte, wenn Schwierigkeiten vor ihm auftauchten. Ich würde eine Lösung finden.

»Wie viel Zeit geben Sie mir, um darüber nachzudenken?«, fragte ich und reckte mein Kinn ein wenig in die Höhe. Madame schien davon überrascht.

»So viel Sie wollen. Aber ich würde Ihnen raten, rasch zu handeln. Studienplätze sind sehr begehrt, und das neue Semester beginnt bald. Wenn Sie sich noch in diesem Jahr einschreiben wollen, müssen Sie das schnell tun.«

»Ich habe verstanden«, gab ich zurück und erhob mich.

Madame faltete die Hände vor dem Gesicht und betrachtete mich eine Weile. Sie überlegte, dann sagte sie überraschend versöhnlich: »Nehmen Sie mein Angebot nicht als Affront, Sophia. Ich möchte nur, dass Sie Ihre kostbare Zeit nicht verschwenden. In Ihnen steckt viel mehr als eine Laborantin. Ich will Ihnen die Möglichkeit geben, sich zu entwickeln, nichts weiter. Und wenn Ihnen die Chemie so am Herzen liegt, schreiben Sie sich dafür ein. Solange Sie Ihr Arbeitspensum schaffen, bezahle ich auch das.«

Genau das war aber der Haken. Würde ich es schaffen?

»Danke«, entgegnete ich. »Ich melde mich. Auf Wiedersehen.«

So aufrecht es mir möglich war, verließ ich das Büro. Dabei wurde mir klar, dass ich sie, entgegen Darrens Vorschlag, nicht zu meiner Hochzeitsfeier eingeladen hatte.

15. Kapitel

Während ich aus dem Fenster der Subway in die Dunkelheit starrte, ging ich wieder und wieder das Gespräch mit Madame durch. Wie kam sie nur darauf, dass ich ein Talent für Wirtschaft besaß? Nur weil ich eine Schönheitsfarm aufgebaut hatte?
In Ihnen steckt viel mehr als eine Laborantin.
Das konnte vieles bedeuten. Auch, dass ich vielleicht selbst mein Geschick in die Hand nehmen konnte.
Aber mit welchem Geld? Ich atmete tief durch. Chemie zu studieren würde kein Problem sein, besonders nicht in der ersten Zeit. Natürlich hatte es in den zurückliegenden Jahren Fortschritte in der Wissenschaft gegeben. Doch die Basis, auf der sie gründeten, war dieselbe geblieben, denn die Grundlagen der Chemie änderten sich nicht. Ich würde in diesen Vorlesungen sicher nicht viele neue Erkenntnisse gewinnen.
Wirtschaft war da schon etwas anderes. Ja, mein Vater hatte mich in seinem Laden arbeiten lassen, und ja, ich wusste, wie eine Buchführung aussah. Aber ein Studium wäre mir nie in den Sinn gekommen. Auch mein Vater hatte es nicht für notwendig gehalten.
Ich schüttelte den Kopf. Ich hatte mich von ihm losgesagt. Er sollte aus meinen Gedanken verschwinden!

An meiner Haltestelle stieg ich aus und eilte zu unserem Haus zurück.

Eigentlich wäre ich gern in den Park gegangen, aber Henny wartete auf mich. Noch war ein bisschen Zeit bis zu ihrem Arzttermin, doch ich konnte mir vorstellen, dass sie beim ersten Mal sehr pünktlich sein wollte.

Tatsächlich saß sie bereits fertig in der Küche, vor sich eine Tasse Kaffee.

»Und, wie ist es gelaufen?«, fragte sie, sichtlich unruhig.

»Nicht so, wie ich es erhofft hatte«, gab ich zu und berichtete ihr von der Forderung Helena Rubinsteins. Und dem Angebot, dass sie mein Studium bezahlen würde, wenn ich mich auf das Wirtschaftsfach einließ.

»Eigentlich ziemlich großzügig«, sagte Henny und fügte nach kurzem Nachdenken hinzu: »Aber es wird sehr viel Arbeit.«

Ich seufzte. »Ja, und ich habe keine Ahnung, wie ich das anstellen oder schaffen soll.«

»Du schaffst das«, sagte sie. »Du bist klug.«

»Das schon, aber ich kann mich nicht teilen. Und Wirtschaft liegt mir nicht, sonst hätte ich schon in Berlin damit angefangen.«

»Woher willst du das denn wissen?«, fragte sie. »Versuch es doch erst einmal.«

»Madame will mich dazu bringen, das zu tun, was sie möchte.«

»Und wäre es denn so schlimm, wenn du es trotzdem tätest?« Henny schaute mich prüfend an. »Ich habe vielleicht keine Ahnung vom Studieren, aber ich kann mir vorstellen, dass es eine Menge Kosten verursacht. Damals hat dein Vater bezahlt, aber nun ... Ich glaube nicht, dass allein der Lohn, den du von Madame bekommst, reichen wird.«

Ich presste die Lippen zusammen. Ich hatte mich nicht mehr

abhängig machen wollen und mir eingebildet, dass ich es schon schaffen würde. Offenbar hatte ich keine andere Wahl.

Unter meinem Unmut darüber spürte ich plötzlich eine andere Regung: Ehrgeiz. Ich wollte es allen zeigen. Ich wollte mein Studium beenden.

Was hätte die alte Sophia gesagt, jene, die dazu ausersehen war, die Drogerie ihres Vaters zu übernehmen? Wenn mein Vater nun von mir gefordert hätte, zusätzlich ein Wirtschaftsstudium zu absolvieren … Ich hätte es wahrscheinlich auf mich genommen.

Doch die alte Sophia gab es jetzt nicht mehr. Mein Vater würde einen anderen Erben für seine Drogerie finden. Ihm war egal, was passierte.

»Wenn ich einknicke und auf Chemie verzichte«, gab ich zurück, »wird Madame glauben, ich sei schwach.«

»Dann zeige es ihr doch! Ziehe es durch! Lass sie bezahlen. Zwei Abschlüsse sind besser als einer, nicht wahr?« Henny nahm noch einen Schluck von ihrem Kaffee, dann erhob sie sich. »Aber jetzt müssen wir los!«

Ich blickte auf die Uhr. Sie hatte recht.

Ich erhob mich und schob meine Grübelei beiseite. Jetzt musste ich mich um Henny kümmern.

Die Praxis von Dr. Rosenbaum lag in einer Gegend, die Charlottenburg ein wenig ähnlich sah. Die Häuser, die sicher schon um die hundert Jahre auf dem Buckel hatten, waren ein wenig höher, doch die stuckverzierten Fassaden ließen ein Gefühl von Heimweh bei mir aufkommen. Dieses verging rasch, als wir das Gebäude betraten und uns eine fröhlich plappernde Meute junger Frauen begegnete. In dem Haus war auch ein Büro untergebracht, und die leuchtend geschminkten Sekretärinnen wirkten auf mich wie ein Regenbogen nach einem Gewitterschauer.

Alle waren jünger als Henny und ich, und auf einmal kam ich mir furchtbar alt vor. Ich schaute ihnen hinterher, als sie lachend um die nächste Hausecke verschwanden, und wünschte mir, nur einmal wieder so unbeschwert zu sein.

Um mich abzulenken, während Henny in der Praxis war, schlenderte ich zu einem nahe gelegenen Kiosk und begann mir die Zeitschriften anzusehen.

Ich erfuhr etwas über die neue Herbstmode und las, dass irgendein Filmstar seine zweite Ehe mit einer jungen Kollegin einging.

Ich blätterte weiter, und da sah ich sie. Madame. Sie stand inmitten von Lavendelbüschen auf einem Anwesen in Frankreich, das sie sich offenbar vor Kurzem zulegt hatte. Neben ihr ragte einer ihrer Söhne auf, Roy, wie der Text unter dem Bild besagte. Er ähnelte seinem Vater sehr, und es hieß, dass er mittlerweile in Madames Firma mitarbeitete. Madame hatte ihm den Arm um die Taille gelegt und lächelte stolz in die Kamera.

Etwas klumpte sich in meinem Magen zusammen. Sollte ich ihr Angebot annehmen? Wann hatte man schon die Gelegenheit, zwei Studien finanziert zu bekommen? Doch der Druck und die Arbeitslast ... Würde ich dem standhalten können?

Ich klappte die Zeitschrift zu.

Um das Bild von Madame und Roy Titus zu vertreiben, griff ich zu einer Tageszeitung und erfuhr, dass sich der amerikanische Außenminister mit seinem deutschen Kollegen getroffen hatte. Das dazugehörige Bild war auf den ersten Blick nur eine Aufnahme zweier Männer, die sich die Hand reichten. Doch im Hintergrund standen wieder die Uniformierten, die ich auch schon in Berlin gesehen hatte.

Unruhe stieg in mir auf, besonders wegen des Kommentars neben dem Artikel. Der Verfasser fragte sich, ob Deutschland früher oder später einen Krieg planen würde. Er schrieb auch davon, dass es in Deutschland möglicherweise geheime Lager gebe, in denen Juden und Staatsfeinde interniert wurden. Und dass viele Juden, von den Rassengesetzen der Möglichkeit beraubt, im öffentlichen Dienst zu arbeiten, das Land verließen und in die USA und andere Überseeländer einwanderten.

Diese Informationen vertrieben das Bild von Madame sehr schnell aus meinem Kopf. Meine Sorgen waren eigentlich lässlich gegenüber dem, was die Juden in Deutschland durchmachten. Und wer konnte schon sagen, welche Kreise es noch ziehen würde? Wann würden die Herrschenden in Deutschland Anstoß an anderen Gruppen finden? Den Künstlern? An Männern wie dem alten Herrn Breisky, der uns von seinem Geliebten erzählt hatte? Oder Leuten, die mit der Regierung nicht einverstanden waren? Was war mit Hennys Eltern, falls sie sich despektierlich gegenüber der Obrigkeit äußerten?

Mir wurde auf einmal dermaßen übel, dass ich mich umwenden und an eine nahe Hauswand pressen musste. Glücklicherweise war der Mann im Kiosk unaufmerksam und bemerkte nicht, was mit mir los war.

Der Herzschlag wummerte in meinen Ohren, und mein Blickfeld engte sich ein. Ich kniff die Augen zu und versuchte, mich aufs Atmen zu konzentrieren. Ein und aus, ein und aus ...

Schon lange hatte ich so etwas nicht mehr gehabt. Zuletzt war es in Paris geschehen, in der Zeit, während mich Genevieves Ärztin behandelt hatte.

Erst nach einer gefühlten Ewigkeit ließ es wieder nach.

Lust auf die Zeitschriften hatte ich nicht mehr, ich suchte mir eine Bank in einem nahe gelegenen Park. Nur ein paar Momente sitzen, dachte ich mir.

Als Henny die Praxis verließ, hatte ich mich wieder gefangen. Es gelang mir sogar, sie mit einem Lächeln zu begrüßen.

Doch die Zweifel und Gedanken wurde ich nicht los.

Ich griff nach Hennys Händen und blickte sie an. »Du musst deinen Eltern schreiben.«

Henny zog verwundert die Augenbrauen hoch. »Wie kommst du denn auf meine Eltern?«

»Ich hab gerade etwas Beunruhigendes über Deutschland in der Zeitung gelesen. Bitte schreib ihnen!«

Henny blickte mich verwirrt an. »Was ist denn los?« Sie schüttelte den Kopf. »Du bist ja ganz aufgelöst.«

Da hätte sie mich mal vor einigen Minuten sehen sollen!

»Es wird vermutet, dass Deutschland wieder einen Krieg vom Zaun brechen könnte. Die Rassengesetze verschärfen sich, und immer mehr Juden wandern aus.«

»Meine Eltern sind keine Juden«, gab Henny zurück.

»Aber wenn ein Krieg kommt ... Du solltest ihnen schreiben, dass du in Amerika bist. Möglicherweise brauchen sie irgendwann einen Zufluchtsort.«

Ich hatte auch keine Ahnung, warum mich plötzlich eine derartige Panik überkam. Aber etwas sagte mir, dass es wichtig war, dass sich Henny endlich bei den Wegsteins meldete.

Ich rechnete damit, dass sie abwehren würde, doch dann sagte sie: »Na gut.«

»Na gut?«, echote ich. »Du schreibst ihnen?«

Henny nickte und senkte ein wenig verlegen den Kopf. »In dem Gespräch mit Dr. Rosenbaum drehte sich vieles um meine Eltern. Er war der Meinung, dass ich ihnen erzählen sollte, was ich durchgemacht habe. Ich sollte keine Angst davor haben, dass sie mich ablehnen würden. Das würde in mir Blockaden hervorrufen, die dazu führen, dass ich mich zu Süchten hingezogen fühle.«

Offenbar war Dr. Rosenbaum eine gute Wahl gewesen.

»Wie ist er denn so?«, fragte ich und versuchte, mich wieder ein wenig zu beruhigen.

»Er ist sehr freundlich, und es hilft ungemein, dass er mich versteht. Und dass niemand dabei sein muss.« Sie hielt kurz inne, dann setzte sie hinzu: »Nicht, dass du mich gestört hättest ...«

»Ich verstehe dich schon«, gab ich lächelnd zurück. »Und ich bin froh, dass er dir helfen kann.«

»Ich hoffe es«, entgegnete sie und hakte sich bei mir ein.

16. Kapitel

Sobald Darren zu Hause war, erkundigte er sich nach dem Gespräch mit Madame. Henny hatte sich nach dem Arztbesuch ein wenig hingelegt. Mir war genug Zeit geblieben, mich erneut von Selbstzweifeln über Madames Angebot plagen zu lassen.

»Die Studiengänge hier sind etwas anders als bei euch«, sagte Darren, nachdem ich geendet hatte. »Für einen Abschluss in Chemie brauchst du auf dem College zwei, vielleicht drei Jahre. Ähnlich verhält es sich mit Wirtschaftswissenschaft. Die Rubinstein wird kein Vertiefungsstudium verlangen.«

»Und was, wenn doch?«, fragte ich.

Darren schüttelte den Kopf. »Das glaube ich nicht. Und wer weiß ...« Er machte eine Pause und sah mich prüfend an. »Ich nehme an, dass du den Wunsch, ein eigenes Geschäft zu eröffnen, nicht aufgegeben hast, richtig?«

Das hatte ich in der Tat nicht. Aber der Berg, vor dem ich stand, erschien so unüberwindbar hoch!

»Natürlich nicht«, gab ich zurück.

»Denk mal dran, was dir ein Wirtschaftsstudium dabei nützen könnte!«, fuhr Darren fort. »Du glaubst, dass Wirtschaft dir nicht liegt, aber möglicherweise erlebst du eine Überraschung. Und mit beiden Abschlüssen hast du ideale Voraussetzungen, dich selbstständig zu machen.«

Ich blickte ihn an. Ich hätte nicht geglaubt, ihn noch mehr lieben zu können, doch in diesem Augenblick war das der Fall.

Aber was war mit der Familie, die wir gründen wollten? Ich wusste, dass er Kinder haben wollte. Wie sollte das alles gehen?

Ich seufzte schwer. Dann sagte ich mir, dass ich mit achtundzwanzig noch jung genug war. Ich würde auch in zwei Jahren noch Kinder bekommen können. Und wenn ich zwischendurch schwanger wurde ...

Ich wusste genau, wenn ich damals, als ich schwanger war, weiterstudiert hätte, wäre es mir nicht unmöglich gemacht worden. Ich hatte ja auch an der Garderobe gearbeitet.

»Und du solltest nicht vergessen, dass die Finanzierung durch Madame eine einmalige Gelegenheit ist«, fuhr Darren fort. »Auch am City College ist ein Studium teuer.«

»Aber ich mache mich damit von Madame abhängig«, gab ich zu bedenken. Wenn jemand gesehen hatte, welchen Schaden Anhängigkeit anrichten konnte, dann ich.

»Ansonsten müsstest du ein Darlehen aufnehmen und bist von der Bank abhängig und davon, dass du deinen Job behältst.«

Das klang logisch. Plötzlich verschob sich etwas in mir, und ich fühlte eine Energie, wie ich sie schon lange nicht mehr erlebt hatte. Wenn ich nun beides schaffte? Würde ich es Madame damit nicht zeigen?

»Du hast recht«, sagte ich. »Ich werde es tun. Aber beschwer dich nicht, wenn du mich in zwei Fächern für die Prüfungen abfragen musst.«

Darren lächelte breit. »Das tue ich sehr gern!« Damit zog er mich in seine Arme.

Am Abend saß Henny am Schreibtisch und schrieb einen Brief. Ich war sicher, dass er an ihre Eltern gerichtet war. Das freute mich, denn ich mochte die Wegsteins.

Wahrscheinlich machten sie sich Sorgen, weil sie so lange nichts von Henny gehört hatten. Im Gegensatz zu meinen Eltern waren sie von Henny nicht in Unfrieden geschieden.

In der Nacht dachte ich über meinen Entschluss nach und stellte fest, dass sich Zufriedenheit in mir ausbreitete. Es würde viel Arbeit auf mich zukommen, aber ich würde es schaffen.

Mein Herz pochte wie wild, als ich am folgenden Vormittag zum Telefonhörer griff. Kurz tauchte das Gespenst des Zweifels vor mir auf, doch ich vertrieb es mit einem Kopfschütteln. In diesem Augenblick bot sich mir eine Gelegenheit, wie ich sie noch nie zuvor erhalten hatte.

Die Sekretärin versprach, mich umgehend durchzustellen, und nach kurzer Wartezeit meldete sich die Stimme von Madame. Ich konnte hören, dass jemand bei ihr war.

»Mrs O'Connor!«, sagte sie. »Ich freue mich über Ihren Anruf!«

»Ganz meinerseits«, gab ich zurück.

»Nun, wie ist Ihre Entscheidung ausgefallen?«, kam Madame ohne Umschweife zur Sache.

»Ich werde Ihr Angebot annehmen«, sagte ich.

Stille am anderen Ende. Hatte sie mit solch einer Antwort nicht gerechnet?

»Das ist schön, meine Liebe!«, entgegnete sie kurz darauf mit unverhohlener Freude. »Ich vermute, dass Sie die Chemie nicht aufgeben werden, habe ich recht? Ich möchte nicht, dass Sie irgendwelche Geheimnisse vor mir haben.«

»Nein, die Chemie gebe ich nicht auf«, erwiderte ich. »Ich werde beides versuchen. Und ich verspreche Ihnen, ich werde es schaffen. Ich werde beide Abschlüsse machen und gleichzeitig, so gut es mir möglich ist, für Sie arbeiten.«

Sie stieß ein Glucksen aus wie ein fröhliches Kind, das einen Schmetterling gefangen hatte. »Sie sind eine Frau ganz nach meinem Geschmack! Eine Frau, die bereit ist, sich voll und ganz ihrem Ziel zu widmen.«

War ich das? Ich wusste, dass sie mich in diesem Augenblick mit sich selbst verglich. Sie hatte nie studiert, aber ein Imperium aufgebaut. Sie hatte ihren persönlichen Berg überwunden.

Allerdings wollte ich nicht, dass mein Privatleben wie ihres ablief. Sie hatte Söhne, aber keinen Mann. Und ich wollte alles. Ich wollte Darren, ich wollte Kinder, und ich wollte meinen Traum. Auch wenn mir ein langer Marsch bevorstand.

»Kommen Sie morgen vorbei, damit wir alles Weitere besprechen können«, fuhr Madame fort. »Ich nehme an, dass Sie Geld brauchen für die Einschreibung am College. Ich werde meinen Anwälten Bescheid geben, dass wir alles vertraglich festlegen. Sagen wir zehn Uhr?«

Ich stimmte zu. Zehn Uhr. Dass ein Anwalt den Vertrag aufsetzte, jagte mir ein wenig Angst ein. Doch es kam nicht überraschend. Das große Geschenk, das ich erhielt, musste natürlich abgesichert werden. Es war die Fessel, die sie mir anlegte, eingepackt in glänzendes Papier. Aber eine Fessel konnte unter bestimmten Bedingungen auch wieder abgestreift werden.

Als ich mich im Firmensitz einfand, war der Vertrag ebenso da wie der Anwalt, der ihn aufgesetzt hatte. Madame lächelte die ganze Zeit über. Sie gefiel sich in der Rolle der gönnerhaften Herrscherin.

Natürlich wurde in diesem Vertrag eine Verpflichtung festgeschrieben. Im Gegenzug für die Finanzierung meines Studiums verpflichtete ich mich, mindestens zehn Jahre für sie zu arbeiten. Zehn Jahre. Offenbar liebte sie diese Zahl. Doch was waren schon zehn Jahre? Ich war jetzt achtundzwanzig. In zehn Jahren würde ich immer noch mein eigenes Geschäft eröffnen können.

Und da war noch etwas: Es gab keine Klausel, die mich dazu verpflichtete, in diesen zehn Jahren keine Kinder zu bekommen. Zehn Jahre bedeuteten auch eine Verpflichtung für sie. Würde sie mich einfach so hinauswerfen können? Der Vertrag sagte anderes. Aufgehoben wurde er nur, wenn ich das Studium abbrach oder die Prüfungen nicht bestand.

»Ich hoffe, das gibt Ihnen ausreichende Sicherheit«, sagte sie, nachdem ich den Federhalter niedergelegt hatte. Meine Unterschrift trocknete langsam auf dem Papier.

»Danke, Madame, das tut es«, antwortete ich.

Als wir uns verabschiedeten, fiel mir Darrens Vorschlag wieder ein. Ich zögerte ein wenig. Nach dem Hin und Her mit dem Studium verspürte ich nur wenig Neigung, sie auch in meiner privaten Zeit zu sehen, erst recht nicht am hoffentlich schönsten Tag meines Lebens. Aber sie hatte mir eine Möglichkeit gegeben, und es war nur höflich, ihr mit einer Einladung zu danken.

»Madame, darf ich Sie etwas fragen?«, begann ich, nachdem ich mich von meinem Stuhl erhoben hatte.

Madame zog ihre Augenbrauen hoch. Neben mir spürte ich den Blick des Anwalts. Die Art, wie er den Mund verzog, ließ mich darauf schließen, dass er mit einer Vertragsänderung rechnete.

»Ja bitte, Sophia?«, antwortete Helena Rubinstein.

»Ich würde Sie gern zu meiner Hochzeitsfeier einladen. Einen genauen Termin haben wir noch nicht, aber es wird irgendwann im September sein.«

Madame blickte mich erstaunt an. »Ich denke, Sie sind längst verheiratet?«

»Das bin ich auch. Aber unsere Heirat war recht ... spontan. Jetzt wollen wir die Feier nachholen.«

Ihre rechte Augenbraue hob sich kurz. Dann lächelte sie, doch ohne etwas zu sagen. Ging ihr auf, was meine Strategie gewesen war?

»In Ordnung!«, sagte sie schließlich und klatschte mit beiden Händen auf den Schreibtisch. Der Anwalt neben mir zuckte zusammen. »Ich komme sehr gern, wenn Sie mich wissen lassen, wann und wo die Feierlichkeiten stattfinden.«

»Das werde ich. Danke, Madame.«

Erst als ich das Büro verlassen hatte, wurde mir klar, dass sie wirklich zugesagt hatte. Auch wenn sie ahnte, dass ich nur wegen ihrer Heiratsklausel so kurzfristig geheiratet hatte.

Anstatt gleich nach Hause zu fahren, machte ich noch einen Abstecher zu Madames Fabrik. Ich hoffte, dass eine der Frauen dort vielleicht wusste, wo ich Ray finden konnte. Sie hatte mir nie erzählt, wo sie wohnte. Möglicherweise war in der Fabrik noch eine Adresse vorhanden, an die ich mich wenden konnte.

Sabrina und Peg würden bestimmt zu meiner Hochzeitsfeier kommen, auch wenn ich bei Miss Arden mittlerweile als so etwas wie eine Landesverräterin galt. Kate, die immer noch als Hausdame arbeitete, hatte sich ebenfalls umgehend angemeldet. Ich freute mich sehr, sie alle wiederzusehen und zu hören, wie es ihnen ergangen war.

Nur Ray fehlte mir noch. Und sie war mir wichtig genug, um sie zu suchen.

Die Fahrt nach Long Island ließ in mir ein wenig Nostalgie aufsteigen. Ich dachte daran, wie ich zum ersten Mal mit Madame hierhergefahren war. Auch mein täglicher Arbeitsweg war mir noch in guter Erinnerung. Ich dachte wieder an die Freude, die ich empfunden hatte, als ich endlich von den Schnitttischen mit der Petersilie wegkonnte, und an meine Verzweiflung nach dem Attentat auf meine Laborproben. Manchmal hatte ich Mühe gehabt, in der Subway meine Augen offen zu halten, so überarbeitet war ich damals.

Ich erinnerte mich auch an meinen letzten Tag dort. Ich hatte nicht gedacht, dass ich die Fabrik je wiedersehen würde.

Am Tor blieb ich stehen und betrachtete das Firmengebäude. In den vergangenen Jahren waren Erweiterungsbauten entstanden, der alte bauliche Kern war aber noch erkennbar, zwar in die Jahre gekommen, aber dennoch imposant.

Der Pförtner in dem Häuschen neben der Schranke war ein anderer als damals. Ich stellte mich ihm vor und fragte, ob Ray Bellows hier arbeitete.

Er blickte mich zunächst an, als hätte er mich nicht verstanden, doch dann schien es ihm einzufallen. »Ah, Ray, ja, die arbeitet hier. Sind Sie eine Freundin?«

»Ja, und ich würde ihr gern etwas mitteilen.«

»Um zwölf ist Mittagspause«, entgegnete der Pförtner. »Dann kommt sie meist raus.«

»Könnte ich nicht vielleicht schnell hinein?«, fragte ich. Ich dürstete danach, das Labor zu sehen. Den Duft der Petersilie, den ich nach einer Weile verabscheut hatte, zu riechen.

Der Mann musterte mich von Kopf bis Fuß.

»Ich habe gerade einen Vertrag mit Madame unterschrieben«, sagte ich. »Ich werde ohnehin irgendwann die Fabrik betreten. Außerdem habe ich schon einmal hier gearbeitet.«

Der Pförtner blickte mich skeptisch an, doch dann schnaufte er. Offenbar hatte er keine Lust, mit mir zu diskutieren. »Also gut, gehen Sie. Aber lassen Sie sich nicht dabei erwischen, dass Sie Ihre Freundin länger von der Arbeit abhalten. Die Vorarbeiterin kann das nicht leiden.«

Ich bedankte mich, eilte am Pförtnerhäuschen vorbei und lief auf die Fabrik zu. Kräuterduft strömte mir aus den leicht geöffneten Hallenfenstern entgegen. Zuletzt hatte ich ihn nicht mehr wahrgenommen, doch jetzt erschien er mir stärker denn je. Auch das Rattern der Maschinen schien lauter geworden zu sein. Natürlich, wo Madame es doch verstanden hatte, ihr Unternehmen weiter zu expandieren.

Ich öffnete die Tür und ließ mich von Duft und Lärm einhüllen. Wie in einem Traum schritt ich voran. Wie war ich stolz gewesen, in diesen Hallen arbeiten zu dürfen. Ich blickte die Treppe hinauf, die ich so oft erklommen hatte, um in mein Labor zu gehen. Damals hatte ich geglaubt, dass sich nie etwas ändern würde. Wie fern erschien mir diese Zeit nun!

»Kann ich Ihnen helfen?«, fragte eine Frauenstimme. Als ich mich umwandte, sah ich eine Frau, die ein Klemmbrett unter dem Arm trug. Sie hatte ihr dunkelblondes Haar ähnlich wie Madame zu einem Dutt gedreht und musterte mich misstrauisch.

»Mein Name ist Sophia O'Connor«, sagte ich. »Wenn es Ihnen nichts ausmacht, würde ich gern fragen, ob Sie wissen, wo ich Miss Bellows finden kann. Ray Bellows.«

Die Frau blickte mich ein wenig verständnislos an. »In welcher Angelegenheit wollen Sie sie sprechen?«

»Es ... ist etwas Privates«, antwortete ich.

»Miss Bellows hat in einer halben Stunde Mittagspause«, erwiderte die Frau schroff. Ihr strenger Blick gab mir das Gefühl zu schrumpfen. Doch dann straffte ich mich.

»Bitte, es ist dringend. Nur fünf Minuten.«

Die Frau bedachte mich mit einem Blick, der wohl herausfinden wollte, ob es wirklich dringend war. Dann sagte sie: »Warten Sie hier.«

Ich nickte, und während sie verschwand, sah ich mich um. Auch im Foyer hatte es einige Änderungen gegeben. Früher war hier kaum Kunst zu finden gewesen, doch jetzt entdeckte ich überall etwas. Kleine Bilder, Skulpturen in den Nischen. Sicher wollte Madame damit glänzen, wenn sie mit Geschäftspartnern die Fabrik besuchte. Oder brauchte sie nur einen

Platz, um die Dinge, die ihr nicht ganz so lieb waren, unterzubringen? Was würde allein die Bronzeskulptur von einem sich aufbäumenden Pferd kosten? Fürchtete sie nicht, dass die Kunstgegenstände gestohlen werden könnten?

»Sophia!«

Ich wandte mich um. Ray kam die Treppe herunter, der weiße Kittel wehte um ihre schlanke Gestalt. Sie arbeitete also nicht bei den Rohstoffen. Das machte mich froh.

»Dich habe ich ja schon seit Ewigkeiten nicht mehr gesehen!« Wir fielen uns in die Arme.

»Mrs Blake sagte mir, dass eine Mrs O'Connor mich sprechen wollte. Benutzt du wegen der Arden ein Pseudonym?«

Ich lachte kurz auf. »Nein, das ist jetzt mein Name. Ich habe geheiratet.«

Ray überlegte einen Moment lang, dann schien ihr etwas einzufallen. »Hieß so nicht auch dieser Verpackungsmann, der für Madame gearbeitet hat? Mit dem du eine Weile zusammen warst?«

Ich lächelte sie an und nickte. »Er ist es.«

»Ach was!«, rief sie aus. »Ihr seid wieder zusammen? Seit wann denn?«

»Miss Arden hatte ihn für ihre Schönheitsfarm angeheuert. Da traf ich ihn wieder.«

»Du warst auf der Arden-Schönheitsfarm?«, fragte Ray.

Ich verkniff mir anzumerken, dass ich die Farm aufgebaut hatte. »Ja, eine Weile. Genug, um ihm wieder näherzukommen.« Ich machte eine Pause, dann fügte ich hinzu: »Ich würde dich gern zu meiner Hochzeitsfeier einladen.«

Ray runzelte die Stirn. »Ich dachte, du bist schon verheiratet.«

»Ja, aber das musste schnell gehen.« Ihr zu erzählen, aus welchem Grund, wäre hier wohl gefährlich gewesen, also fügte ich hinzu: »Jetzt wollen wir die Feier nachholen. Ach ja, und ich werde wieder für Madame arbeiten.«

Ray schüttelte ungläubig den Kopf. »Du bist also von der Arden weg? Und das, obwohl du auf der Schönheitsfarm warst?«

Schritte ertönten. Ich hätte wetten können, dass die Frau mit dem Klemmbrett, die möglicherweise die strenge Vorarbeiterin war, zurückkehrte, um Ray wieder an ihren Platz zu scheuchen.

»Ich erzähle dir alles auf der Hochzeitsfeier. Du kommst doch?«

Ray grinste breit. »Natürlich komme ich! So was kann ich mir doch nicht entgehen lassen!«

»Gut. Gib mir doch bitte deine Adresse, damit ich dir die Einladung schicken kann.« Ich griff in meine Handtasche, in der ich aus Gewohnheit immer einen kleinen Notizblock und einen Stift mit mir herumtrug. Ray notierte fix ihre Adresse und reichte mir das Schreibzeug zurück. Im nächsten Augenblick erschien die Frau mit dem Klemmbrett. Die Zeit war abgelaufen.

»Ich muss wieder los«, sagte ich, bevor sie eine Anmerkung machen konnte, und steckte den Block in meine Handtasche. »Ich schreibe dir!«

»Bis dann!«, rief Ray und warf mir eine Kusshand zu.

Ich blickte Ray hinterher, wie sie die Treppe erklomm, dann schaute ich zu der Vorarbeiterin. »Vielen Dank!«, sagte ich und verabschiedete mich.

Draußen vor der Fabrik nahm ich mir noch einen Moment Zeit, um das Gebäude zu umrunden und nach den Gärten zu sehen, in denen Ray und ich manchmal Mittagspause gemacht hatten. Tatsächlich gab es sie noch, aber sie wirkten verändert. Jetzt dienten sie wohl nicht mehr dazu, Rohstoffe für die Firma zu liefern, obwohl der Rosenduft berauschend war.

Henny saß in der Küche, über die Zeitung gebeugt. Zunächst dachte ich, dass sie die Artikel las, um ihr Englisch zu üben, doch dann erkannte ich die Anzeigenseite.

Als sie mich wahrnahm, blickte sie auf.

»Kannst du mir sagen, was das hier heißt?«, fragte sie und tippte mit dem Finger auf eine der Annoncen.

»Maschinenbauer«, übersetzte ich. »Bist du auf der Suche nach einer Stelle?«

»Ich kann euch nicht immer auf der Tasche liegen«, gab sie zurück. »Aber als Maschinenbauer kann ich nicht arbeiten. Das hier heißt Sekretärin, nicht wahr?«

Ich schaute über ihre Schulter. »Ja. Aber sie verlangen, dass du Steno kannst. Erinnerst du dich an das Mädchen im Theater, das Sekretärin werden wollte?«

Henny nickte und ließ dann die Schultern sinken. »Ich sehe keine Angebote für Tänzerinnen.« Die englischen Wörter für Tanz, tanzen und Tänzerin waren die ersten Vokabeln gewesen, die ich ihr beigebracht hatte. Allerdings waren ihre Englischkenntnisse noch nicht gut genug, um ein Bewerbungsgespräch durchzuhalten.

»Tänzerinnen werden sicher nicht in der Zeitung gesucht. Und wenn, ist das möglicherweise etwas Unseriöses. Vielleicht solltest du einen Spaziergang über den Broadway machen. Dort gibt es viele Theater und möglicherweise Aushänge, falls jemand gesucht wird.«

Es schadete sicher nicht, wenn sie sich in der Gegend ein wenig umsah und die Wege in der Stadt erkundete.

Henny blickte mich zunächst zweifelnd an, doch dann schien sich etwas in ihr zu verändern. »Eine gute Idee!«, rief sie aus und raffte die Zeitung zusammen. Ein kleiner Funke erschien in ihren Augen, und er stimmte mich hoffnungsvoll. Wenn Henny wieder an das Tanzen denken konnte, wenn sie selbst davon überzeugt war, hier ein Engagement zu bekommen, stand sie ihrer Heilung näher denn je.

17. Kapitel

Mit dem Absenden der College-Bewerbung kam für mich eine bange Zeit des Wartens. War es nicht vielleicht doch zu spät gewesen? Immerhin waren es nur noch wenige Wochen bis zum Semesterbeginn! Und wollte man überhaupt eine so alte Bewerberin wie mich?
Diese Gedanken überfielen mich Nacht für Nacht und begleiteten mich auch dann, wenn ich gerade nichts zu tun hatte.
Bei Rubinstein wurde ich herzlich empfangen. Die Gesichter waren mir allesamt fremd, von den Leuten, die 1927 in der Büroetage gearbeitet hatten, war niemand mehr da. Doch ich war ohnehin nur dann hier gewesen, wenn es etwas mit Madame zu besprechen gab.
Mit stolzgeschwellter Brust stellte Madame mich der Belegschaft als Heimkehrerin vor, als die verlorene Tochter, die endlich wieder an den Ort ihrer Bestimmung zurückgefunden hatte. Das war mir doch ein wenig peinlich, doch ich nahm es mit einem Lächeln hin und versuchte, mir wenigstens ein paar Namen zu merken. Die Sekretärin, die ich bei meinem Bewerbungsgespräch kennengelernt hatte, hieß Gladys, sie hatte noch eine Kollegin namens Blanka.
Die Assistentinnen von Madame waren allesamt gut geklei-

dete, sehr hübsche Frauen zwischen zwanzig und dreißig. Maude, Nicole, Iris und Jane waren ihre Namen.

Daneben arbeiteten auch einige Frauen in der Werbung. Die männlichen Mitarbeiter waren älter, die meisten waren Vertreter, die Madames Produkte landesweit in die Geschäfte und den Versandhandel brachten.

Natürlich gab es auch »Verpackungsmänner« und »Werbemänner«. Madame überließ es ihnen, sich vorzustellen. Harry, Peter, Jack und so weiter.

Der Name, den ich mir merkte, war der des Geschäftsführers, der ebenfalls zugegen war. Mr Johnston war mit seinem Anzug, der korrekt gebundenen Krawatte und der Brille auf seiner Nase der Inbegriff eines Buchhalters. Er war freundlich und hatte einen kräftigen Händedruck. Nach Madame war er der wichtigste Mensch bei der Rubinstein Inc.

Im Anschluss an meine Begrüßung, bei der ich allerdings nur einen Bruchteil der Belegschaft kennengelernt hatte, wies Helena Rubinstein mir persönlich ein kleines Büro im Korridor der Assistentinnen zu, von dem aus ich, wie sie es ausdrückte, »meinen Zauber verbreiten« sollte. Es war ein schlicht, aber hübsch eingerichteter, heller Raum mit großem Fenster, von dem aus ich einen atemberaubenden Blick auf die Straße unter uns hatte. Auf dem modernen Schreibtisch, dessen eckige Formen sich in dem gemusterten Teppich darunter wiederfanden, stand ein nagelneuer Telefonapparat. Die Schreibtischunterlage war mit dem Schriftzug von Helena Rubinstein versehen und schien nur darauf zu warten, dass ich mit der Arbeit begann.

Ich bedankte mich und fing an, mich einzurichten. Sämtliche Büromaterialien befanden sich in einer Kommode an der Wand neben dem Fenster. Ich fand Mappen darin, Stifte, Papier, Notizhefte. Ich nahm mir, was ich brauchen würde, ohne so recht zu wissen, was ich auf die leeren Blätter schreiben sollte.

»Sie haben eines der schönsten Büros bekommen«, überraschte mich Gladys eine Stunde später, als sie mit einer Kaffeetasse zur Tür hereinkam. Sie stellte die Tasse vor mir ab und betrachtete mich erwartungsvoll. »Hier, für Sie. Sie können vielleicht eine kleine Erfrischung brauchen.«

»Danke«, sagte ich.

»Sie waren also bei Arden?«, fragte sie, und mir wurde klar, dass mehr hinter der netten Geste steckte. Sie wollte wissen, wer ich war.

»Ja«, antwortete ich. »Ich habe fünf Jahre dort gearbeitet. Zuvor war ich allerdings eine Weile bei Rubinstein.«

Gladys nahm meine Worte mit einem Nicken hin. »Sie sind die Erste, die von dort kommt«, erklärte sie. »Bisher war es immer so, dass Arden Rubinstein die Leute abspenstig gemacht hat.«

Ich versuchte, die Sekretärin einzuschätzen. Konnte man ihr ein Geheimnis anvertrauen oder würde sie es herumerzählen? Äußerlich wirkte sie sehr sympathisch mit ihrem goldblonden Haar, das sie in weiche Wellen gelegt trug.

»Ich habe nicht viel davon bemerkt. Ich war die meiste Zeit auf der Schönheitsfarm.«

Gladys nickte. »Ich habe davon gehört. Es soll schön dort sein.«

»Ja, das ist es. Die gesamte Gegend ist sehr hübsch.«

»Ich würde gern mal Urlaub auf solch einer Farm machen«, fuhr sie fort. »Allerdings müsste ich dazu noch eine ganze Weile sparen.« Ein Lächeln huschte über ihr Gesicht.

»Ich glaube nicht, dass Madame es mögen würde, wenn wir dort Urlaub machten«, sagte ich.

»Solange man Madame hinterher erzählt, was man gesehen hat …« Gladys zuckte mit den Schultern.

»Ich gehe lieber kein Risiko ein«, gab ich zurück. »Danke für den Kaffee!«

»Gern geschehen«, entgegnete Gladys und zog sich zurück. Als sie fort war, blickte ich zur Tür. Was hatte das zu bedeuten? Wollte sie mich prüfen?

Ich seufzte und wandte mich dem Fenster zu. Der Dschungel der Fassaden war dicht, und das Büro lag nicht hoch genug, um die Dächer zu überblicken. Doch meine Gedanken wanderten zu der Fabrik, in der ich gern wieder gearbeitet hätte. Würde ich meine Entscheidung bereuen?

Die folgenden Tage verbrachte ich damit, in die Funktionsweise des Unternehmens Rubinstein einzutauchen. Auf meinem Schreibtisch stapelten sich Ordner von Marketing und Vertrieb, und bald schon schwirrte mir der Kopf von all den Informationen über Verkaufszahlen, Vertriebsgebiete und Strategien, die in den Sitzungsprotokollen dargelegt wurden. Ich erfuhr, wie man herausfand, welches Produkt in einem Gebiet besonders gut lief und welche Bedürfnisse einzelne Käufergruppen hatten.

Manches zu verstehen fiel mir noch schwer, aber mir wurde allmählich klar, warum sich die Marke Rubinstein über die ganze Welt ausbreiten konnte. Und ich war entschlossen, meinen Teil beizutragen, dass der Erfolg fortgesetzt werden konnte.

An meine Kolleginnen gewöhnte ich mich allmählich. Gladys brachte mir hin und wieder einen Kaffee, und mir wurde klar, dass sie es sich zur Aufgabe gemacht hatte, mich unter ihre Fittiche zu nehmen.

Sie sorgte dafür, dass ich mit den anderen ins Gespräch kam. Wir unterhielten uns meist über Belanglosigkeiten. Einige der Frauen waren verheiratet, andere auf der Suche. Dass ich bereits unter der Haube war, stimmte jene freundlich, die noch nach einem Mann Ausschau hielten, denn so war ich für sie keine Konkurrenz. Die Verheirateten dagegen sahen mich als natürliche Verbündete.

Auf Maine Chance hatte ich auch Kolleginnen gehabt, genauso im Salon von Miss Hodgson und in der Rubinstein-Fabrik. Doch nie hatte ich so viele Frauen auf einem Haufen erlebt. Ab und zu gesellte sich ein Mann zu uns, aber abgesehen von einem lustigen Spruch hatte er meist nichts beizutragen.

Neben meiner Arbeit hielt mich auch die Organisation der Hochzeitsfeier in Trab, die Ende September stattfinden sollte. Sobald ich das Büro hinter mir gelassen hatte, ging ich meine innere Liste an Besorgungen durch.

Wir hatten eine Weile suchen müssen, doch schließlich hatten wir ein nettes Hotel ganz in der Nähe gefunden, das die Feierlichkeiten ausrichten würde.

An diesem Samstag hatte ich einen Termin mit der Managerin des Hotels.

Das Haus war recht klein, hatte aber einen schönen Garten, den wir bei gutem Wetter nutzen konnten.

Am Hoteleingang wurde ich von einer Frau in einem burgunderroten Kostüm begrüßt. Sie hatte ihre leicht gewellten Haare nach neuester Mode an den Seiten eingeschlagen, und das Rot auf ihren Lippen wirkte samtig und sinnlich.

»Mrs O'Connor?«, fragte sie, und ich nickte. »Ich bin Mathilda Chatwell. Wir freuen uns alle schon sehr auf Ihre Hochzeitsfeier.«

Sie führte mich durch das holzvertäfelte Foyer in den hinteren Teil des Hotels. Zu meiner Überraschung befand sich dort ein großer Wintergarten mit hohen Glastüren und einer üppigen Pflanzenpracht in Terrakottakübeln.

»Wir können die Türen öffnen, sodass Ihnen und Ihren Gästen auch der Außenbereich zur Verfügung steht«, erklärte Miss Chatwell und zog einen der bodentiefen Türflügel auf. Frische Luft strömte herein, zusammen mit einem berauschenden Duft nach Rosen. »Sollte das Wetter schlecht sein, richten wir die Feier natürlich vollkommen drinnen aus.«

Ich war fasziniert von dem Ort. Er strahlte geradezu etwas Magisches aus. Wenn man in die Bäume Lampions hängte, würde man glauben, an einem Feenplatz zu sein.

»Es ist wunderschön«, sagte ich. »Kaum zu glauben, dass Sie für unsere Feier noch Platz haben.«

»Sie haben Glück«, flötete Miss Chatwell. »Normalerweise sind wir um diese Zeit ausgebucht.«

Glück, echote es durch meinen Verstand. Ja, dessen war ich mir bewusst. Gleichzeitig überkam mich eine gewisse Traurigkeit. Wenn meine Mutter das hier noch hätte sehen können ... Ich hätte sie nach Amerika geholt und meinen Vater auch, wenn er eine andere Einstellung mir gegenüber an den Tag gelegt hätte.

Warum war mein Leben nur so kompliziert? Warum konnte ich nicht ein Mal Glück spüren ohne die Traurigkeit dahinter?

Bei meiner Rückkehr saß Henny über einem großen Stapel von Notizen und paukte sich Vokabeln in den Kopf. Sie überraschte mich mit den Worten: »Ich werde als Garderobiere arbeiten! An einem der Theater habe ich einen Aushang gesehen und werde mich bewerben.«

So wie sie strahlte, konnte ich kaum etwas dagegen sagen. Doch traute sie sich das wirklich schon zu?

»Garderobiere?«, fragte ich laut. Eigentlich wollte sie doch nach Engagements als Tänzerin schauen!

Henny nickte. »Ja. Warum nicht? Du hast auch als Garderobiere gearbeitet.«

»Aber was ist mit deinem Traum, dem Tanz?«

»Ich habe alle Theater abgeklappert, aber nirgendwo scheinen sie wen zu suchen.« Henny seufzte. »Hier«, sagte sie dann und zeigte mir ein Flugblatt. Das Theater war klein und das, was man in Kennerkreisen hier »Off-Broadway« nannte. Aber da stand es, es wurde eine Garderobiere gesucht.

Doch würde sie dort eine Chance haben? Die Arbeitslosigkeit war groß, und die Frauen mussten sich wie Geier auf so eine Gelegenheit stürzen! Diese Stelle war möglicherweise gar nicht mehr auf dem Markt.

Aber Henny wirkte so motiviert, so strahlend. Ich hatte sie schon lange nicht mehr so gesehen.

»Gut«, sagte ich und reichte ihr den Zettel zurück. »Dann leg los! Ich drücke dir die Daumen!«

Henny lächelte breit. »Meine erste Stelle hier in Amerika! Wäre das nicht toll?«

Es gab einiges, was dagegen sprach: Sie hatte bisher nur eine begrenzte Aufenthaltsgenehmigung. Sie war noch weit entfernt davon, fließend Englisch zu sprechen. Auch ihre Gesundheit war immer noch ein Faktor.

Dennoch wünschte ich ihr von Herzen, dass es klappte.

18. Kapitel

Inzwischen war es September geworden, und unsere Hochzeitsfeier stand nun unmittelbar bevor. Die meisten Gäste waren unserer Einladung gefolgt.

Kate hatte gleich einen Tag nach Erhalt der Karte angerufen, Sabrina und Peg hatten sich ebenfalls gemeldet, und Ray hatte ihre Zusage noch einmal schriftlich geschickt. Ich freute mich, sie alle wiederzusehen.

Gleichzeitig hatte ich ein schlechtes Gewissen. Hätte ich Gladys und die anderen Kolleginnen nicht auch einladen müssen? Wir kannten uns erst ein paar Wochen, aber wäre es nicht eine nette Geste gewesen?

Lediglich Madame hatte ich eine Karte geschickt, doch ich erhielt keine Antwort von ihr.

Einen Moment lang hatte ich mit dem Gedanken gespielt, es anzusprechen. Sie hatte bei unserem Gespräch zugestimmt, aber passten Termin und Ort? Ich beschloss, es dem Schicksal zu überlassen. Auch ohne Madame würde es eine wunderbare Feier werden.

Am Morgen der Hochzeitsfeier war ich so aufgeregt, als würde ich zum ersten Mal vor den Altar treten. Die Sonne strahlte auf

New York herab, und es freute mich sehr, dass somit auch der Garten für die Feier genutzt werden konnte.

Miss Chatwell hatte mir angeboten, die standesamtliche Trauung im Haus durchführen zu lassen. Zu diesem Zweck könne sie einen Pavillon mit Blüten und Schleiern herrichten lassen.

»Es wird ganz wunderbar auf Ihrem Hochzeitsfoto aussehen«, erklärte sie mir.

Natürlich hatten wir auch einen Fotografen engagiert, der diesen wichtigen Moment festhalten würde. Allerdings war es keiner aus den schicken Fotoläden der Stadt, sondern ein Kollege von Darren, den er immer anrief, wenn es galt, gute Werbefotos zu machen.

»Wenn du willst, können wir das Bild anschließend einem Brautmodeladen zur Verfügung stellen«, meinte Darren scherzhaft.

»Ich heirate ja nicht in Weiß«, gab ich zurück.

Die Frage nach dem Brautkleid hatte ich mit Henny diskutiert. Sie war der Meinung, da es meine erste Hochzeit sei, solle es unbedingt weiß sein, aber ich war dagegen. Nicht weil wir ja schon verheiratet waren, sondern aus praktischen Gründen. Wann sollte ich ein schneeweißes Kleid sonst noch tragen?

»Aber das Hochzeitskleid soll man doch auch nur einmal tragen und dann an seine Tochter weitervererben. Oder Schwiegertochter, wie auch immer.«

Diese Bemerkung machte mich nachdenklich. Würde ich noch eine Tochter oder einen Sohn haben? Irgendwann?

Ich ließ mich also davon überzeugen, dass es nicht gerade ein Kleid sein musste, das ich wieder und wieder trug. Doch Schneeweiß schmeichelte meinem Teint nicht und ließ mich wächsern aussehen, auch wenn ich Make-up trug.

Also entschied ich mich für ein schlichtes, geradliniges Modell aus champagnerfarbenem Satin und einen dazu passenden mit Spitze verzierten Schleier.

In diesem Kleid stand ich nun vor dem Spiegel und betrachtete mich. Henny hatte mir versprochen, mir meine mittlerweile wieder recht langen Haare hochzustecken und den Schleier zu befestigen. Doch jetzt genoss ich erst einmal den zarten Stoff des Kleides und seine schlichte, aber elegante Linienführung. Der Champagnerton ließ meine Haut strahlen und würde auch das Make-up sehr gut zur Geltung bringen. Beinahe wirkte ich wie eine Märchenprinzessin.

Mein Blick fiel auf die Brille. Sollte ich sie abnehmen? Vielleicht für das Foto? Eine Weile rang ich mit mir. Soweit ich es beurteilen konnte, sah man selten Bräute mit Brille. Wenn ich ehrlich war, fand ich mein Gesicht viel schöner ohne.

Doch mitten in der Bewegung, sie mir vom Gesicht zu nehmen, stockte ich. Darren liebte mich, wie ich war. Mit Brille hatte er mich kennengelernt, und seitdem hatte es keinen Tag gegeben, an dem ich sie abgenommen hätte. Die Brille war immer ein wenig der Ausdruck meiner Klugheit gewesen. Wenn ich jetzt darauf verzichtete, lief ich nicht nur Gefahr, auf dem Weg zum Hochzeitspavillon über den Saum meines Kleides zu stolpern. Ich würde auch ein wichtiges Detail meiner Person verleugnen. Wie um meine Gedanken zu bekräftigen, schob ich die Brille an meiner Nase hinauf.

Nachdem ich mich noch eine Weile betrachtet hatte, fiel mir ein, dass etwas an meinem Aufzug fehlte. Ich ging zur Kommode, wo ich Darrens Anhänger aufbewahrte. Eine Piratenmünze war vielleicht nicht das schönste Accessoire für ein Hochzeitskleid, aber ich wollte sie bei mir haben. Sie hatte mir im Krankenhaus geholfen, während ich darauf wartete, zu Henny zu dürfen, und hatte mir auch während der Kur das Gefühl gegeben, dass Darren bei mir war. Ich legte mir die Kette um und ließ den Anhänger im Ausschnitt verschwinden, wo er sich langsam auf meiner Haut erwärmte.

Plötzlich klopfte es an die Schlafzimmertür.

»Es bringt Unglück, die Braut vor der Trauung im Hochzeitskleid zu sehen!«, rief ich in der Annahme, dass es Darren war, aber dann schaute Henny um die Ecke.

»Da besteht wohl keine Gefahr«, sagte sie und kam herein. »Dein Mann ist gerade dabei, sich selbst in Schale zu werfen.«

Sie trug ein zartblaues Kleid aus Satin und Spitze mit passender Schleife im Haar. Ich wusste nicht genau, welche von Darrens Freunden noch Junggesellen waren, aber möglicherweise würde sich an diesem Nachmittag jemand sehr für sie interessieren.

Im nächsten Augenblick nahm Henny hinter ihrem Rücken eine kleine Brosche hervor, die ich zuvor noch nie gesehen hatte. In die Fassung war ein blauer Stein eingelassen.

Dass ich meine Hochzeitsfeier nachholen würde, war bei meinen neuen Kolleginnen auf große Begeisterung gestoßen. Sie hatten mich auf einen alten Brauch aufmerksam gemacht, den es im englischsprachigen Raum gab: Etwas Altes, etwas Neues, etwas Geborgtes und etwas Blaues sollte eine Braut demnach tragen.

Ich hatte Henny davon erzählt, dass ich wohl spätestens an dem Blauen und dem Geborgten scheitern würde. Sie hatte darauf nur gesagt, dass es wohl nichts ausmachen würde.

»Was ist das?«, fragte ich halb verwirrt, halb ahnungsvoll.

»Eine Brosche meiner Großmutter«, erklärte sie. »Ich habe sie immer unter Verschluss gehalten und irgendwann vergessen. Trotz meines Drogenrausches habe ich es geschafft, sie nicht zu verlieren, und jetzt ... Als ich das mit dem Blauen und dem Geborgten hörte, fiel sie mir wieder ein, und ich habe sie rausgesucht.«

Tränen stiegen mir in die Augen. »Warum hast du nichts gesagt?«, fragte ich und wischte mir die kleinen Bäche, die einfach so flossen, ohne dass ich sie aufhalten konnte, von den Wangen.

»Weil ich dich überraschen wollte«, gab sie mit einem Lächeln zurück, und auch in ihren Augen glitzerte es verräterisch.

»Darf ich sie dir anstecken?«

»Ja«, antwortete ich und überließ ihr die Wahl des Ortes. Henny fand treffsicher einen Platz an meinem Dekolleté, wo sie nicht nur sehr gut zu sehen war, sondern auch hervorragend passte.

»So!«, sagte sie und legte die Hände auf meine Arme. »Dann wollen wir dich mal hübsch machen!«

Bevor sie zur Tat schreiten konnte, zog ich sie an mich und drückte sie. »Danke! Ich bin so froh, dass es dich gibt!«

Damit Darren auch weiterhin nichts von meinem Kleid sah, verließ ich das Schlafzimmer in einem weiten Trenchcoat, den ich mir von ihm geliehen hatte. Henny hatte mir die Haare so gerichtet, dass ich den Schleier nur noch anzustecken brauchte.

»Ein Glück, dass diese Quallenschleier aus der Mode gekommen sind.«

»Quallenschleier?«, fragte ich verwundert.

»Na, diese Schleier mit dem Häubchen, das über die Stirn geht. Die fand ich grässlich.«

Vielleicht hätte ich mich schon viel eher mit ihr über Schleier unterhalten sollen.

Darren sah umwerfend aus in seinem Frack mit blau seidenem Einstecktuch. Ich hatte ihm die Wahl gelassen, ob er Anzug oder Frack tragen wollte, und er hatte sich für Letzteres entschieden. »Du glaubst doch nicht, dass ich mir die Chance nehmen lasse, einmal in meinem Leben einen Zylinder aufzusetzen«, hatte er seine Wahl begründet und dann die Kopfbedeckung aufklappen lassen. »Denn ich werde nur einmal heiraten, damit du das weißt!«

Als er mich sah, lächelte er breit. Außer einem Stück vom Saum schaute nichts unter dem Trenchcoat hervor.

»Weißt du, dass es ungerecht ist, dass der Bräutigam die Braut nicht sehen darf, bevor sie am Altar steht?«

»Ja, das ist ungerecht. Aber wir wollen doch kein Unglück in unserer Ehe, nicht wahr?« Ich war eigentlich nicht abergläubisch, aber dieser Brauch gefiel mir allein schon deshalb, um Darren zu necken.

»Aber bedenke, wir sind bereits verheiratet! Du bist, soweit ich weiß, nicht nackt mit mir zu Reverend Brown gefahren. Was soll da noch passieren?« Er musterte mich von Kopf bis Fuß. »Gerade wirkt es, als würde ich den Typen heiraten, der sich letzte Woche vor ein paar Damen im Central Park entblößt hat.«

»Du hast Glück, dass ich kein Exhibitionist bin«, gab ich lachend zurück. »Außerdem ist es dein Mantel.«

»Da sollte ich wohl aufpassen, dass die Polizei mich nicht verhaftet.« Darren zog mich in seine Arme und küsste mich.

»He, ist das nicht erst erlaubt, nachdem der Pastor es gesagt hat?«, fragte ich.

»Das hat er doch schon getan.« Wieder küsste er mich, dann fasste er mich bei der Hand und zog mich aus der Wohnung.

Wir bekamen unsere Nachbarn nur selten zu sehen, doch an diesem Vormittag standen einige am Fenster und sahen zu, wie wir in unser Auto einstiegen. Da Darren sie kaum kannte, hatten wir ihnen keine Einladung übermittelt, was ich in diesem Augenblick für einen Fehler hielt. Vielleicht hätte es dazu beigetragen, Beziehungen zu knüpfen?

Doch dann schlängelten wir uns auch schon in Richtung Hotel durch den Verkehr. Mit den Gästen hatten wir verabredet, uns dort zu treffen. Ich war gespannt, zum einen auf meine alten Kolleginnen, zum anderen auf Darrens Freunde, von denen ich bisher nur wenigen begegnet war, da die meisten außerhalb von New York lebten.

Am Hotel wurden wir von einer Kaskade rosafarbener Rosen und silberner Bänder erwartet. Die Veranda des Hauses verschwand beinahe unter der Blütenpracht, davor stand eine Gruppe feierlich gekleideter Menschen. Mein Herz hüpfte, als ich Ray Bellows sah. Sie war in Begleitung eines gut aussehenden blonden Mannes in einem cremefarbenen Anzug. Sie selbst trug ein elegantes dunkelrotes Kleid.

Auch Sabrina war da. Ihr Kleid war in einem gedämpften Rosaton gehalten. Sie hatte ebenfalls einen Mann mitgebracht, der mit seinem kleinen Schnurrbart und in dem Nadelstreifenanzug ziemlich verwegen wirkte.

Ich griff nach Hennys Hand. »Endlich kann ich dir die Leute zeigen, mit denen ich gearbeitet habe«, sagte ich, dann ließ ich meinen Blick schweifen. Zu erwarten, dass Madame bereits hier sein würde, war vermessen, das wusste ich. Allein schon um Aufmerksamkeit zu erregen, kam sie immer etwas später. Dennoch hoffte ich insgeheim, sie auszumachen. Leider konnte ich sie nicht entdecken.

Darren hielt auf dem Rondell. Sogleich kam ein livrierter Bursche zu uns und bot sich an, den Wagen zu parken. Als wir ausstiegen, applaudierten einige der Gäste.

»Na, na!«, rief Darren ihnen scherzhaft zu. »Noch ist es nicht so weit!«

Wir gingen zu ihnen und stellten uns einander vor. Ray und Sabrina umarmten mich herzlich, dann Henny, dasselbe war bei Billy und Lucy der Fall, die ebenfalls bereits da waren.

»Und?«, fragte mich Lucy lächelnd. »Haben Sie es schon bereut, geheiratet zu haben?«

»Kein Stück«, gab ich zurück und drückte sie herzlich an mich.

Als wir alle begrüßt hatten, gingen wir ins Innere. Auch hier warteten einige Freunde von Darren. Dann stürmte Peg, die Köchin, auf mich zu.

»Miss Krohn!«, rief sie und schloss mich wenig später in die Arme. »Ich bin ja so glücklich, dass Sie den Mann fürs Leben gefunden haben. Und dann noch Mr O'Connor!«

»Hallo, Peg«, sagte er und reichte ihr die Hand. »Freut mich, Sie wiederzusehen. Ich hoffe, Ihnen geht es gut auf der Schönheitsfarm.«

»Nun ja, wie man es nimmt. Die neuen Köche lassen mich kaum noch an den Herd, ich bin eigentlich nur noch eine Küchenhilfe. Aber was soll's, in ein paar Jahren gehe ich ohnehin in den Ruhestand.«

Peg hatte die Herrschaft über die Küche verloren? Ich hatte ja gewusst, dass Miss Arden bestimmte Ernährungspläne einführen wollte. Aber warum glaubte sie, dass Peg diese nicht umsetzen konnte? Beim Gedanken an ihre Pancakes, die natürlich alles andere als gesund waren, lief mir das Wasser im Mund zusammen.

»Das tut mir leid«, sagte ich, doch Peg winkte ab.

»Ach was! Ich verdiene gut, und auf der Farm ist es zuweilen ganz lustig. Und wenn die Köche Feierabend haben, koche ich etwas für die Angestellten. Das traut Miss Arden mir ja nach wie vor zu.«

Ich fragte mich, wie es gelaufen wäre, hätte ich nicht gekündigt. Hätte mich Miss Arden schalten und walten lassen, wie ich wollte? Oder wären trotzdem andere Köche gekommen?

Ein wenig abseits am Rand, bescheiden wie immer, entdeckte ich Kate. Ich verabschiedete mich erst einmal von Peg.

Kate war wesentlich dünner, als ich sie in Erinnerung hatte. War sie etwa krank?

»Kate, ich freue mich, dich zu sehen!«, rief ich aus, als ich bei ihr angekommen war.

»Sophia!«, entgegnete sie. »Du siehst wundervoll aus. Wie eine Prinzessin!«

»So fühle ich mich auch«, gab ich zurück. »Wie geht es dir? Bist du noch im Haus von Miss Morgan?«

»Ja, das bin ich. Leider ging es mir im vergangenen Jahr nicht so gut.« Sie musste die Besorgnis in meinem Blick gesehen haben. »Ich hatte eine Operation, aber mittlerweile bin ich wieder auf dem aufsteigenden Ast.«

Ich wollte sie fragen, was das für eine Operation war, doch da sah ich, dass unser Standesbeamter zu Darren getreten war.

»Wir reden nachher, ja?«, sagte ich. »Ich freue mich so sehr, dich zu sehen!«

»Und ich mich erst!«, gab Kate lächelnd zurück.

Ich begann allmählich unter dem Mantel zu schwitzen, doch glücklicherweise dauerte es nun nicht mehr lange.

Mit seinem dichten grauen Haarschopf und dem dunklen Anzug wirkte Mr Michaels wie ein Professor. Wir hatten ihn einige Tage zuvor bereits aufgesucht und mit ihm gesprochen, deshalb war er für uns kein Fremder mehr. Er begrüßte uns herzlich, dann fiel sein Blick auf den Trenchcoat.

»Keine Sorge, ich habe nicht vor, in einer Geschichte von Raymond Chandler mitzuspielen«, sagte ich schnell und mit einem nervösen Lächeln. Vor einer Weile hatte ich ein Magazin in die Hand bekommen, in dem eine Kurzgeschichte von ihm abgedruckt gewesen war. Aus irgendeinem Grund hatte sich der Name des Autors in mir festgesetzt.

Michaels lachte auf. »Ihre Frau hat Humor!«

»Das weiß ich«, gab Darren zurück. »Und genau das schätze ich so an ihr.«

Während sich Darren und Mr Michaels in Richtung Pavillon verzogen, geleitete mich Miss Chatwell in den Vorbereitungsraum. Auch Henny war bei mir und half mir aus dem Mantel. Mein Kleid saß noch immer tadellos.

Während ich mich im Spiegel betrachtete, schoss mir ein Gedanke durch den Kopf.

»Es ist doch seltsam, nicht wahr?«, begann ich, worauf Henny mich verwundert ansah.

»Was ist seltsam?«, fragte sie, während sie den Schleier befestigte.

»Damals, in Berlin, hatte ich nur dich. Es gab außer dir und meinen Eltern kaum jemanden, mit dem ich näher zu tun hatte. Außer Georg vielleicht, aber ... wir wissen ja, wie die Geschichte geendet ist.«

Henny nickte betroffen.

»Aber nun, schau mal. All diese Leute! Viele gehören zu Darren, aber auch ich habe es geschafft, einige aus den vergangenen Jahren mitzunehmen. Ray zum Beispiel, Sabrina, Kate und Peg ...«

»Ray finde ich sehr nett«, sagte Henny. »Ich könnte mir vorstellen, dass wir drei mal einen Ausflug machen. Oder in eine Bar gehen.«

Ich dachte zurück an das letzte Mal, als ich mit Ray in einer Bar gewesen war. Dass wir beinahe verhaftet worden wären, verschwieg ich allerdings.

Schließlich erschien Miss Chatwell wieder. »Wir wären nun so weit«, verkündete sie mit einem breiten Lächeln.

»Wir auch«, gab ich nach einem kurzen Blick auf Henny zurück. Dann strich ich noch einmal über mein Kleid und griff nach meinem Brautstrauß. Er bestand aus rosafarbenen Rosen, die so perfekt waren, als hätte man sie aus Seide gefertigt.

Henny hatte ein weißes Sträußchen in der Hand, mit dem sie mir folgte.

Im Foyer des Hotels, das wir auf dem Weg zum Wintergarten durchquerten, richteten sich alle Blicke auf uns. Ich lächelte, ein wenig nervös, aber auch stolz.

Die Gäste hatten bereits auf den Stühlen vor dem Pavillon Platz genommen.

Unwillkürlich schaute ich mich nach Madame um, doch ich konnte sie auch jetzt nicht entdecken. Sie hätte ganz sicher nicht schweigend am Rand gestanden, dazu war sie zu strahlend. Dafür waren mittlerweile auch alle anderen Gäste, vorwiegend Kollegen aus Darrens Firma, eingetroffen. Ich hatte zunächst befürchtet, dass der Wintergarten zu groß sein würde, doch jetzt war ich froh, dass wir ihn bekommen hatten.

Schließlich war der Zeitpunkt unserer zweiten Trauung gekommen.

Miss Chatwell hatte eine kleine Kapelle engagiert, die zum Tanzen aufspielen und meinen Weg zum Altar untermalen sollte.

Der Pavillon war ebenfalls mit rosafarbenen Rosen geschmückt, dazu kamen Tüllbänder, die den weißen Säulen einen beinahe ätherischen Eindruck verliehen. Als ich, mit Blumen in der Hand und gefolgt von Henny, den Weg entlangschritt, kam ich mir vor wie in einem Märchen. Der Blick, den Darren mir zuwarf, war derselbe wie damals in der Kirche. Dabei waren wir schon eine Weile Mann und Frau. Aber wahrscheinlich rührte es ihn, mich in dem Kleid zu sehen.

Lächelnd trat er neben mich, und nachdem die Musik verklungen war, begann Mr Michaels mit seiner Rede. Er rief uns noch einmal den Sinn der Ehe ins Gedächtnis und mahnte, nie zu vergessen, welch ein Geschenk die Liebe sei.

Anschließend tauschten wir erneut die Ringe und küssten uns unter dem Jubel der Anwesenden.

Nach der Zeremonie wurden wir mit Glückwünschen und Geschenken überhäuft. Es rührte mich, dass auch Peg und Kate von ihren schmalen Gehältern etwas gekauft hatten, und ich konnte es kaum abwarten zu sehen, was es war.

Als das Essen aufgetragen wurde, machte sich ein wenig Unruhe in mir breit. Madame war immer noch nicht aufgetaucht.

Bedeutete das, dass sie nicht erscheinen würde? An diesem Samstag war sie sicher im Büro, aber was gab es denn so Wichtiges, dass sie nicht kommen konnte? Und warum machte ich mir eigentlich Gedanken darüber?

Am späten Nachmittag hatte ich die Abwesenheit von Madame beinahe vergessen. Die Gäste amüsierten sich, das Essen war hervorragend, und dank der Aufhebung der Prohibition vor einem Jahr floss der Champagner in Strömen. Henny unterhielt sich ganz angeregt mit ihrem Tischherrn, Darrens Freund Joel, während ich Lucy, die sich bei meiner ersten Trauung so skeptisch über die Ehe geäußert hatte, nun fröhlich mit ihrem Mann lachen sah. Die Stimmung war schöner, als ich es mir hätte erträumen können. Der einzige Wermutstropfen war, dass meine Mutter sich über diese Hochzeit so sehr gefreut hätte.

»Wenn es einen Himmel gibt«, sagte Henny, die meine Gedanken treffsicher erraten hatte, »dann wird deine Mutter dich sehen und sich freuen.«

Wenn, wäre es mir beinahe rausgerutscht, aber ich hielt mich zurück. Vielleicht war es gar nicht verkehrt, daran zu glauben.

»Was hält meine wunderschöne Ehefrau denn von einem kleinen Tanz?«, fragte Darren, während seine Lippen beinahe mein Ohr berührten.

»Wenn du mich über die Tanzfläche trägst«, gab ich lächelnd zurück. Meine Füße brannten bereits, und ich schwor mir, nie wieder hochhackige Pumps anzuziehen.

»Das sollte doch kein Problem sein.« Er erhob sich, und mit einer galanten Verbeugung streckte er die Hand nach mir aus. »Darf ich bitten?«

Ich legte meine Hand in seine und folgte ihm zur Tanzfläche. Als wäre es verabredet gewesen, spielte die Kapelle nun eine langsame Melodie, beinahe einen Walzer, aber etwas moderner. Zärtlich schmiegte ich mich an ihn und spürte seine Hand fest und beschützend an meiner Taille.

»Du hast keine Ahnung, wie ich mich auf unsere Hochzeitsnacht freue«, raunte er mir wieder ins Ohr.

»Nun, ich fürchte, ich muss dir was gestehen«, sagte ich, worauf er mich für einen Sekundenbruchteil erschrocken ansah. »Ich bin keine Jungfrau mehr.«

»Zum Glück«, entgegnete er scherzhaft. »Das würde uns doch den ganzen Spaß verderben.«

Im nächsten Augenblick sah ich sie.

»Oh mein Gott!«, murmelte ich.

»Was ist?« Darrens Kopf flog herum. Nun erblickte auch er die kleine Frau in ihrem kanariengelben Kleid an der Saaltür. Helena Rubinstein. Und wie es bei einem Anlass wie diesem angebracht war, trug sie einige ihrer schönsten Juwelen. Ich war sicher, dass keiner der Anwesenden bisher so viele Karat auf einmal gesehen hatte.

»Sie ist gekommen!«, sagte ich, unterbrach den Tanz, nahm Darren bei der Hand und zog ihn mit mir.

»Madame!«, sagte ich, als ich bei ihr ankam. »Wie schön, dass Sie da sind! Sie haben es also geschafft!«

Helena Rubinstein streckte mir die Hand entgegen. »Natürlich! Wenn ich zusage, komme ich auch. Herzlichen Glückwunsch, Sophia.«

Kaum hatte ich ihre Hand ergriffen, zog sie mich an sich, umarmte mich und hauchte mir links und rechts ein Küsschen auf die Wange.

»Mr O'Connor!«, sagte sie dann und reichte Darren die Hand wie einem alten Geschäftsfreund. Die beiden waren immerhin nicht im Streit auseinandergegangen.

Darren machte eine Verbeugung und gab ihr einen Handkuss, eine Geste, von der ich wusste, dass sie sie sehr schätzte. Ich war richtig stolz auf meinen Ehemann!

»Ihnen beiden alles Gute, Sie sind ein wirklich reizendes Paar!«, sagte Madame nun, griff dann in ihre riesige Handtasche und zog ein wunderhübsch verpacktes Geschenk hervor. »Mit den besten Wünschen. Ich hoffe, es bringt Ihnen Glück.«

»Danke«, sagte ich und fragte mich gleichzeitig, wie etwas so Kleines so schwer sein konnte. Handelte es sich um einen Briefbeschwerer? Eine Skulptur?

Nur schwerlich konnte ich meine Neugier bezwingen. Da dies hier keine Geburtstagsfeier war, beschloss ich jedoch, Madame erst einmal zu platzieren und mit Essen und Trinken zu versorgen.

»Kommen Sie bitte, Madame, wir haben Ihnen einen Platz frei gehalten.«

Das stimmte, und zwar direkt am Brauttisch.

Während sie neben mir herschritt, bemerkte ich ihre aufmerksamen Blicke. Diesen war auch bei der Vanderbilt-Party damals nichts entgangen. Allerdings hatte ich ihr kein bisschen Prominenz zu bieten.

»Es ist vielleicht alles kleiner und einfacher, als Sie es gewohnt sind«, sagte ich.

»Entspannen Sie sich, meine Liebe«, sagte sie und tätschelte meine Hand. »Ich bin nicht hier, um Geschäfte zu machen. Ich möchte ganz einfach nur einen netten Abend verbringen und mich ein wenig amüsieren. Auch wenn ich eine der reichsten Frauen der Stadt bin, brauche ich hin und wieder etwas Schönes, bei dem ich einfach nur ich sein kann.«

Und das war sie. Leuchtend wie ein Edelstein, der alle Blicke anzog. Eigentlich war es Brauch, dass man der Braut nicht die Aufmerksamkeit durch ein auffälliges Kleid stahl, aber in diesem Fall konnte ich darüber hinwegsehen.

Darren bot sich an, ihr etwas vom Büfett zu bringen, was sie dankend annahm. Ich hätte ihm am liebsten zugerufen, dass er ihr welche von den köstlichen Hühnerbeinchen holen sollte, von denen ich wusste, dass sie sie liebte.

»Ah, Sie haben da ja auch eine *Chuppa*!«, sagte sie, nachdem sie einen kurzen Blick nach draußen geworfen hatte.

»*Chuppa*?«, wiederholte ich ein wenig verständnislos. Daraufhin deutete sie auf den Pavillon.

»Ah, der Pavillon.«

»Bei uns nennt man das *Chuppa*. Ein Hochzeitsbaldachin. Er gehört zu jeder jüdischen Hochzeit. Da zeigt sich doch wieder, dass New York alle Zutaten zu einer guten Suppe zusammenkocht.«

»Davon hat mir die Hotelmanagerin nichts erzählt, aber es ist gut zu wissen.«

»Nun, bei Ihnen hat es vielleicht eine ganz andere Bedeutung, aber bei uns bedeutet die *Chuppa* Schutz für das Brautpaar, und sie symbolisiert das Heim des Ehemannes, in das die Ehefrau eintritt.«

»Eine schöne Bedeutung«, entgegnete ich. »Ich freue mich wirklich sehr, dass Sie es einrichten konnten.«

»Hochzeiten sind für mich immer etwas Besonderes«, sagte sie, wenn auch ein bisschen wehmütig. »Es tut mir beinahe leid, dass Titus und ich unsere Hochzeit nicht groß gefeiert haben. Und jetzt ...« Sie schüttelte den Kopf und versagte sich selbst den Rest des Satzes. »Nein, ich möchte Sie nicht mit Geschichten meiner Ehe langweilen. Lieber möchte ich den Tag genießen.«

In dem Moment erschien Darren mit einer Auswahl an Köstlichkeiten von unserem Büfett.

»Ah, Sie wissen, was ich mag!«, rief sie angesichts der Hühnerbeinchen aus und machte sich sogleich darüber her.

Während ich weiterzog, begann Madame sich angeregt mit Billy und seiner Frau zu unterhalten. Unterwegs traf ich auf Henny und nahm sie beiseite. »Ich kann es noch immer nicht glauben!«, sagte ich.

Henny, die verstand, was ich meinte, fügte hinzu: »Und ich glaube es nicht, dass ihr nicht eine Traube von Reportern gefolgt ist.«

»Das ist in diesem Augenblick unwichtig. Schau mal, die große Helena Rubinstein isst an meiner Hochzeitstafel Hühnerbeinchen!«

»Und das mit Genuss, wie es scheint.« Henny grinste. »Es ist gut zu sehen, dass Millionärinnen auch Menschen sind.«

Ray kam zu uns. Ihren Freund konnte ich nirgendwo ausmachen, wahrscheinlich war er zu den anderen Männern gegangen. »Könnt ihr das glauben?«, fragte sie. »Madame ist hier! Ich dachte, mich trifft der Schlag!«

»Ich habe sie eingeladen, aber nicht wirklich damit gerechnet, dass sie kommen würde.«

Ray schob bewundernd die Unterlippe vor. »Sie scheint dich wirklich zu mögen. Aber du bist ja auch die gloriose Rückkehrerin!«

»Wer sagt das denn?«, fragte ich.

»Ich!«, gab sie zurück. »Die Mädels werden es nicht glauben, wenn ich es ihnen erzähle. Damals, als Marcy Johnston behauptet hat, dass sie auf ihrer Geburtstagsfeier aufgekreuzt sei, habe ich das für erfunden gehalten.«

»Madame geht zu Geburtstagsfeiern ihrer Angestellten?«

»Ja, jedenfalls hat Marcy das erzählt, aber das hat ihr natürlich niemand geglaubt.«

»Hat sie sie denn eingeladen?«

Ray nickte. »Aber es war eher eine Wette. Ich dachte, sie spinnt, aber wie man sieht … Ich glaube, ich muss mich bei Marcy entschuldigen.«

Ich lächelte. »Das solltest du!« Ich blickte zu Henny, die Ray ganz fasziniert betrachtete.

»Es wäre so schön, wenn du wieder ins Labor kommen würdest. Ich habe den anderen, die aus der alten Zeit noch da sind, erzählt, dass du wieder für Madame arbeitest. Sie waren aus dem Häuschen.«

»Ach wirklich?«, fragte ich. »Ich hatte nie den Eindruck, als hätten sie großes Interesse an mir.«

»Na, du weißt ja, wie es so ist: Wenn jemand da ist, glaubt man, seine Anwesenheit ist selbstverständlich. Wenn derjenige dann weg ist, merkt man erst, was man an ihm hatte. Einige haben es bedauert, dass du gehen musstest.« Ray wandte sich an Henny. »Was ist mit dir? Was hast du so vor in New York?«

Henny zuckte mit einer Schulter. »Weiß noch nicht. Ich will irgendwas am Theater machen.«

»Henny ist Tänzerin«, sagte ich.

»Ich war es«, gab sie zurück.

»Du wirst es auch wieder sein, warte es ab.«

»Es gibt in der Stadt Theater wie Sand am Meer«, sagte Ray. »Du musst mir unbedingt Bescheid sagen, wenn du irgendwo mitspielst.«

Henny und ich wechselten einen verschwörerischen Blick. Dass sie an der Garderobe arbeiten wollte, brauchte niemand zu wissen.

»Das werde ich«, sagte sie. »Wer weiß, wohin es mich treibt.«

»Solltest du jedoch umsatteln wollen, kann ich mich im Labor umhören.«

»Danke, das ist sehr nett«, erwiderte Henny. »Vorerst möchte ich es beim Theater versuchen.«

In diesem Augenblick kehrte Rays Beau zurück.

»So viele schöne Damen auf einem Haufen«, sagte er mit einem Lächeln.

»Vorsicht, ich bin vergeben!«, warnte ich ihn.

»Das ist Rob«, stellte Ray ihren Begleiter vor. »Wir sind seit drei Monaten zusammen. Drei wunderbare Monate.«

»Freut mich, Sie kennenzulernen«, sagte Rob. »Ich wollte

fragen, ob ich euch Ray mal zum Tanzen entführen darf. Nach dem guten Essen brauche ich ein wenig Bewegung.«

»Und ob du darfst!«, entgegnete sie lächelnd und fasste ihn bei der Hand. »Bis später!«

Da Henny ein wenig erschöpft war, kehrte sie zu ihrem Platz zurück. Ich machte mich derweil auf die Suche nach weiteren bekannten Gesichtern.

Nach einer Weile fand ich Sabrina, die ungläubig in den Saal starrte.

»Was sucht denn Helena Rubinstein hier?«, fragte sie ein wenig verstört.

Ihre Worte durchfuhren mich siedend heiß. In meiner Freude und dem Verlangen, meine alten Kolleginnen wiederzusehen, hatte ich nicht daran gedacht, dass das Auftauchen von Madame ein Affront für jemanden, der für Miss Arden arbeitete, sein könnte.

»Ich ... habe sie eingeladen«, gab ich zurück, und mein Herz begann zu rasen. Einer Braut verzieh man beinahe alles, doch was war mit dem Treffen einer geschäftlichen Rivalin?

Sabrina reagierte nicht. Dass sie die Feier nicht fluchtartig verlassen hatte, rechnete ich ihr hoch an, aber sie machte nicht den Eindruck, als würde sie sich wohlfühlen.

»Ich habe nicht wirklich damit gerechnet, dass sie kommt«, versuchte ich mich zu rechtfertigen, obwohl es nicht stimmte. Ich hatte es gehofft und nicht an Sabrina und Peg gedacht.

»Wenn Miss Arden davon erfährt ...«, sagte Sabrina und blickte in Richtung von Madame, die sich nun lebhaft mit Darrens Kollegen unterhielt. »Ich hätte nicht gedacht, dass ich sie jemals zu Gesicht bekomme ...«

»Es tut mir leid, ich wollte dich nicht in Schwierigkeiten bringen. Ich wollte dich so gern wiedersehen.«

Jetzt erschien ein Lächeln auf Sabrinas Gesicht. »Nun, Miss

Arden ist ja nicht hier, nicht wahr? Ein Glück, dass du sie nicht auch noch eingeladen hast.« Sabrina betrachtete mein bekümmertes Gesicht, dann griff sie nach meiner Hand. »Schon gut. Es hat mich nur überrascht. Miss Arden sieht es nicht gern, wenn wir mit Leuten von Rubinstein zu tun haben, aber wir haben doch mit dem Krieg, den die beiden führen, nichts zu schaffen, richtig? Wir können immerhin selbst entscheiden, ob wir uns zu Fußsoldaten machen lassen oder nicht.«

Für diese Äußerung hätte sie von Miss Arden sicher gleich die Kündigung erhalten. Aber jetzt beruhigte ich mich wieder.

»Wenigstens bin ich nicht interessant genug, als dass die Presse ihr gefolgt wäre«, sagte ich.

Sabrina stieß ein erleichtertes Lachen aus. »Ja, darüber bin ich auch froh.« Sie überlegte kurz, dann fügte sie hinzu: »Sie sieht eigentlich gar nicht so furchterregend aus, wie Miss Arden sie immer darstellt. Einfach eine ältere Frau in bunten Kleidern mit gefärbten Haaren.«

»Wie Miss Arden«, gab ich zurück. Es konnte unmöglich sein, dass das leuchtende Rot in Elizabeth Ardens Haaren echt war.

»Da hast du allerdings recht. Äußerlich haben sie nichts gemeinsam, aber wenn man bedenkt, wie sie sich verhalten ... Miss Arden ist nur sie selbst wichtig. Sie wäre nie und nimmer auf die Hochzeit einer Angestellten gegangen. Es sei denn, sie hätte etwas davon.«

War das der wahre Grund für ihre Reaktion auf Madames Anwesenheit?

Ich beschloss, nicht zu fragen, und umarmte sie einfach nur.

Zwei Stunden später verabschiedete sich Madame wieder von uns. »Es war eine reizende Feier«, sagte sie, während wir sie durchs Foyer begleiteten. »Ich gehe gern auf Hochzeiten, sie bringen Glück.« Sie bedachte mich mit einem strahlenden

Blick. »Und es wird Ihr Glück sein, wieder bei mir zu arbeiten, das verspreche ich Ihnen.«

Mit diesen Worten umarmte sie uns noch einmal, und einen Duft nach Rose und Bergamotte hinterlassend, verschwand sie in die Nacht.

»Wahrscheinlich wollte sie dir sagen, dass du jetzt ihr gehörst, aber da habe ich ein Wörtchen mitzureden«, sagte Darren scherzhaft und küsste mich.

Erst weit nach Mitternacht verließen die anderen Gäste nach und nach die Feier. Ray und Sabrina gingen als Letzte. Die beiden hatten sich eine Zeit lang sehr intensiv unterhalten, und ich fragte mich, ob ihnen klar war, dass sie eigentlich Hochverrat begingen, indem sie mit der Gegenseite fraternisierten.

Doch wir alle waren nur Figuren auf einem Schachbrett, und wie man sehen konnte, war ein Wechsel der Seiten manchmal nur eine Frage der Zeit.

Nachdem wir alle Formalitäten geklärt hatten, bedankten wir uns bei Miss Chatwell für die wunderbare Feier und verabschiedeten uns. Da Darren ein wenig angeheitert war und ich es noch immer nicht geschafft hatte, den Führerschein zu machen, blieb uns nichts anderes übrig, als ein Taxi bestellen zu lassen.

Während wir auf den Wagen warteten, fiel mein Blick auf eine junge Frau im Foyer. Sie trug ein taubenblaues Kleid, und ihre Haare waren zuvor sicher ordentlich onduliert worden, doch jetzt hingen einige Strähnen wirr um ihren Kopf. Auf dem breiten Chesterfield-Sofa wirkte sie ein wenig verloren. Immer wieder schnäuzte sie sich in ein Taschentuch. Sie weinte, und es war eigentlich nicht besonders taktvoll, sie anzustarren. Dennoch konnte ich den Blick nicht von ihr lassen. Ich fragte mich, was der Grund für ihre Tränen war. Hatte sie sich mit ihrem Ehemann oder Freund gestritten? War sie verlassen worden?

Plötzlich, als hätte sie meinen Blick gespürt, sah sie auf. Beinahe anklagend wirkte ihr Blick, besonders als sie mein

Hochzeitskleid bemerkte, das halb unter dem Trenchcoat hervorschaute. Ihre Mascara war vollkommen verlaufen, sodass es wirkte, als wären ihre Augen dunkle, an den Rändern zerfaserte Flecke.

Schnell wandte ich den Blick ab. Doch während ich zu Darren und Henny schaute, schoss mir ein Gedanke durch den Kopf. War es nicht eine Schande, dass Frauen, wenn sie weinten, gleich ihr Augen-Make-up einbüßten?

Da ich gewusst hatte, dass mir die Tränen kommen würden, hatte ich auf Wimperntusche verzichtet. Auch schminkte ich meine Augen wegen meiner Brille nur selten. Doch für andere Frauen konnte das durchaus ein Problem sein.

Der Taxifahrer erschien und fragte nach uns.

Darren ließ Henny und mir den Vortritt. Während wir hinausgingen, warf ich noch einen verstohlenen Blick auf die Frau. Als hätte sie meinen Gedanken erahnt, tupfte sie sich über die Augen. Damit verschmierte sie die Wimperntusche noch mehr.

Der Gedanke, der immer noch in meinem Kopf nachhallte, wurde zu einer Frage: War es möglich, eine Wimperntusche zu entwerfen, die wasserfest war? Die Weinen und Regenwetter überstand?

Ich griff nach Darrens Hand. Der deutete diese Geste sicher anders, doch ich war auf einmal wie elektrisiert. Wenn Madame mich zum nächsten Rapport beorderte, würde ich wissen, was ich ihr vorschlagen konnte.

Als wir zu Hause eintrafen, war ich todmüde, hatte jedoch gleichzeitig ein Prickeln in der Magengrube, das mich an Brausebonbons erinnerte.

Ich wünschte Henny eine gute Nacht, worauf sie fragte: »Brauchst du Hilfe, um aus deinem Kleid zu kommen?«

Ich verneinte und verschwand mit Darren im Schlafzimmer. Wenn mir in dieser Nacht jemand aus dem Kleid helfen sollte, dann er.

19. Kapitel

Am folgenden Montag wurde ich von den Frauen im Büro bestürmt, ihnen von der Feier zu erzählen. Ich berichtete ihnen, so gut ich konnte, erwähnte allerdings nicht, dass Madame mir tatsächlich eine kleine Skulptur in der Form einer stilisierten Blüte geschenkt hatte, denn ich wollte keinen Neid erwecken. Dafür erzählte ich von den Hochzeitsgeschenken, die Peg und Kate mir gemacht hatten. Kate hatte mir zwei hübsche Kissenbezüge genäht, und Peg hatte kleine Gäbelchen gekauft, mit denen man Hummer essen konnte. Davon war ich mehr gerührt als von Madames sicher nicht ganz preiswertem Geschenk.

Dann wollten meine Kolleginnen wissen, wohin ich mit Darren in die Flitterwochen fahren würde. Ich antwortete ausweichend, dass ich das noch nicht wüsste und es mir ohnehin für die Zeit aufheben müsste, wenn Madame mir Urlaub gewährte. Das hielt sie allerdings nicht davon ab, mir Tipps für Reiseziele zu geben.

»Fahrt doch nach Hawaii, da ist es traumhaft.«

»In Kalifornien sollen die Strände wunderschön sein, auch um diese Jahreszeit noch.«

»Warst du schon mal in Hollywood? Ich würde meine Seele geben, um dort zu wohnen, wo all die Filmstars sind!«

Ich versprach, es mir zu überlegen.

Allerdings verflog die Vorstellung von einer Reise schnell, als ich mein Büro betrat. Wieder wartete ein Haufen Ordner auf mich. Außerdem hatte der Gedanke an eine Wimperntusche, die es mit Tränen und Regen aufnehmen konnte, in den vergangenen Stunden in mir gearbeitet. Ich war sogar so weit gegangen, eine mögliche chemische Formel zu entwickeln. Dazu hatte ich tief in meinen Büchern graben müssen, und sicher war ich nicht, ob es funktionieren konnte, ohne dass den Frauen die Wimpern ausfielen. Aber die Idee ließ mich einfach nicht los.

Ich war schon versucht, zu Madame zu gehen, als Gladys verkündete, dass es eine außerplanmäßige Sitzung geben würde.

»Die Nichte von Madame ist hier, wahrscheinlich soll sie uns heute vorgestellt werden«, mutmaßte Gladys. Bedeutete dies etwa, dass Madame sich zur Ruhe setzen wollte? Ich war ein wenig beunruhigt, denn ein neuer Inhaber würde über die Besetzung von Jobs womöglich wieder neu entscheiden.

Doch als wir uns im Versammlungsraum einfanden, ging es erst einmal um etwas anderes. Die Presseleute waren anwesend. Offenbar gab es Probleme.

Der Krieg zwischen Rubinstein und Arden war natürlich nach wie vor im Gange. Befeuert wurde er hauptsächlich von Journalisten, die es sich nicht nehmen ließen, die Lästereien der beiden Chefinnen übereinander in ihren Artikeln genüsslich breitzutreten.

Madame winkte ab. »Wie sie über dich reden, ist beinahe egal, Hauptsache, sie tun es!«, behauptete sie.

Ich wusste allerdings auch schon aus meiner ersten Zeit bei Rubinstein, dass sie sehr darauf bedacht war, ein gutes Verhältnis zu den Blättern zu haben.

Eigens für den Zweck, die Firma ins rechte Licht zu setzen, hatte sie ein paar Leute abgestellt, die nichts anderes taten, als die Presse zu überwachen. Beim kleinsten Anzeichen, dass die Sympathien in Richtung Elizabeth Arden kippten, mussten sie mit einem Anruf gegensteuern.

Und manchmal beschenkte sie eine Reporterin auch »spontan« mit einem Schmuckstück, was ihr die Dankbarkeit und eine gute Berichterstattung sicherte.

Offenbar hatte sie eine Journalistin nicht bedacht, die behauptete, Madame würde mit ihrer Creme Schindluder betreiben, indem sie sie als »Futter« für die Haut bezeichnete.

Sie trug den Presseleuten auf, sich um den Artikel zu kümmern und eine Gegendarstellung in die Zeitschrift zu bringen.

Dann war Mala Rubinstein an der Reihe. Madames Nichte war ihrer Tante wie aus dem Gesicht geschnitten, und genauso wie sie sprach sie hervorragendes Englisch mit polnischem Akzent. Man plante ein paar kleine Filmaufnahmen, in denen sie Frauen zeigte, wie sie einzelne Pflegeprodukte anwenden und Massageübungen durchführen sollten.

Als wir schließlich entlassen wurden, verpasste ich die Gelegenheit, Madame unter vier Augen zu sprechen. Schnell verschwand sie mit Mala aus dem Konferenzraum.

Enttäuscht kehrte ich in mein Büro zurück. Dort wartete bereits ein Stapel Papier auf mich. Lieber hätte ich jetzt darüber nachgedacht, wie die Zusammensetzung der Wimperntusche aussehen müsste, doch die Analysen der Werbekampagnen warteten, und auch wenn ich das Gefühl hatte, allein beim Studieren der Tabellen Staub anzusetzen, machte ich mich an die Arbeit.

Müde und ein wenig niedergeschlagen kehrte ich am Abend heim. Madame hatte ich nicht mehr zu Gesicht bekommen. Ich war hin und wieder an ihrem Büro vorbeigegangen, in der Hoffnung, dass die Tür offen stehen würde. Als das schließlich der Fall war, war der Raum leer, und es hieß, Madame hätte mit ihrer Nichte das Haus verlassen.

Es ärgerte mich, dass ich nicht die Gelegenheit gehabt hatte, ihr von meiner Idee zu erzählen. Ob es morgen klappen würde?

Als ich die Wohnung betrat, fand ich Darren am Küchentisch. Er war allein.

»Wo ist Henny?«, fragte ich.

»Sie hat einen Zettel hinterlassen, dass sie zu dem Theater wollte.«

Jetzt fiel es mir wieder ein. »Sie möchte sich als Garderobiere bewerben. Ich nehme an, das meint sie.«

Darren nahm es mit einem Nicken hin. Nun erst merkte ich, dass er einen großen Briefumschlag vor sich hatte. Seine Firma hatte ihm offenbar wieder Arbeit nach Hause mitgegeben. Das geschah in der letzten Zeit recht häufig.

»Hallo, Schatz«, begrüßte ich ihn erst einmal richtig, beugte mich zu ihm hinunter und gab ihm einen Kuss.

»Hattest du einen guten Tag?«, fragte er.

»Er war langweilig. Aber ich werde lernen müssen, damit umzugehen. Es war beinahe wie bei Miss Arden, nur dass ich mich da zwischendurch noch mit Bauarbeitern herumärgern musste.«

»Vielleicht wird dir das hier darüber hinweghelfen.« Darren nahm den Umschlag und drehte ihn herum.

Noch bevor ich den Absender entziffern konnte, sah ich den Stempel mit dem Wappen.

Das College hatte mir geschrieben!

Ich ließ mich schwer auf den Küchenstuhl neben Darren fallen, denn meine Knie waren plötzlich weich wie Butter. Der Brief schien in meiner Hand zu glühen.

»Nun mach schon, willst du nicht wissen, was sie schreiben?«, fragte Darren ungeduldig, während ich noch zu realisieren versuchte, dass endlich die lang ersehnte Antwort gekommen war.

»Wenn sie mich nun ablehnen?«, fragte ich. Mein Herz pochte wild, und das Blut rauschte nur so in meinen Ohren.

Darren schüttelte den Kopf. »Es ist ein großer Umschlag. Sie lehnen dich nicht ab. Schau einfach rein, ich platze hier schon seit Stunden fast vor Spannung.« Er langte hinter sich, zog die Schublade der Anrichte auf und fischte ein Messer heraus.

Zitternd nahm ich es an mich. Dann schlitzte ich den Brief entschlossen auf und kniff für einen Moment die Augen zusammen.

»Wenn du die Augen nicht öffnest, wirst du nie erfahren, was da steht«, spottete Darren.

Ich öffnete meine Augen und zog mit einem Ruck das Anschreiben aus dem Kuvert heraus.

Auf dem Briefkopf prangte das Wappen der Universität.

Darunter hieß es förmlich:

Sehr geehrte Mrs O'Connor,

wir freuen uns, Ihnen mitteilen zu können, dass Sie am New York City College aufgenommen werden …

Der Brief ging natürlich noch weiter, doch darauf schaute ich erst einmal nicht. Ich stieß einen Jubelschrei aus und fiel Darren um den Hals.

»Sie haben mich genommen!« Ich küsste ihn und zeigte ihm die Zeilen.

»Und wie es aussieht, sogar in beiden Fachrichtungen. Wirtschaft und Chemie.«

»Ich kann es gar nicht fassen!«

Darren zog mich auf seinen Schoß. »Du wirst es wunderbar machen. Und eines Tages hast du dann dein eigenes Geschäft.«

Ich atmete tief und überglücklich durch. »Endlich wieder studieren. Endlich werde ich zu Ende bringen, was ich angefangen habe!«

»Das wirst du ganz sicher. Und ich bin stolz auf meine kluge Frau!«

Die Tür klappte hinter uns. Ich hatte Henny einen Schlüssel gegeben, damit sie sich frei bewegen konnte. Ich sprang auf und presste den Brief an die Brust. Eigentlich wollte ich sofort zu ihr stürmen, doch dann fiel mir wieder ein, dass sie sich heute im Theater vorstellen wollte.

»Hallo!«, rief sie, schälte sich aus ihrer Jacke und kam in die Küche.

»Und?«, fragte ich. »Wie ist es gelaufen?« Mein Herz pochte noch immer heftig, teils vor Freude, teils vor Spannung.

»Was meinst du?«, fragte Henny ernst, dann flammte ein Lächeln auf. »Ich habe den Job!«

»Wirklich? Das ist ja wunderbar!« Wir fielen uns in die Arme.

»Und ich habe die Zusage zum Studium erhalten.«

»Dann sind wir ja beide Glückspilze!« Wieder herzten wir uns.

Darren beobachtete uns lächelnd. »Wie wäre es denn, wenn ich die beiden Damen ausführe?«, schlug er vor. »Zweimal Erfolg im Business, das ist doch ein Grund zu feiern, oder nicht?«

Henny klatschte begeistert in die Hände. »Ja!«

Ich nickte. »Ja, wir sollten unbedingt feiern. Es ist beinahe nicht zu glauben!«

»Du wirst bald eine Studentin sein«, sagte Darren, als wir später dicht aneinandergekuschelt im Bett lagen. Ich hatte meinen Kopf an seine Brust gelegt und lauschte seinem Herzschlag.

»Ja«, sagte ich und fühlte ein selten gekanntes Glück in meiner Brust. Sollte doch alles gut werden? »Ich hoffe, ich kann das mit dem Lernen noch.«

»Natürlich«, gab er zurück. »Ich glaube fest an dich.« Er blickte mich an. »Und vielleicht brauchst du dann auch nicht mehr an diesen anstrengenden Sitzungen teilzunehmen.«

Ich fürchtete, das würde nicht der Fall sein, doch ich würde mich gedanklich in meinen Lernstoff flüchten können. Ich konnte förmlich schon hören, wie Henny oder Ray darüber gähnen würden, aber für mich bedeutete es sehr viel.

20. Kapitel

Madame war ebenfalls entzückt von der Zusage. Kurz nach meinem Eintreffen im Büro ließ ich ihr mitteilen, dass ich Neuigkeiten hätte. Neugierig, wie sie war, rief sie mich sofort zu sich.

»Das hätte auch mit dem Teufel zugehen müssen!«, rief sie aus und klatschte in die Hände.

Ich zog die Augenbrauen hoch. »Wie meinen Sie das, Madame?«

»Ein tüchtiges Mädchen wie Sie! Die konnten Sie nur annehmen!«

»Nun, es wird aber auch ebenso tüchtige jüngere Leute gegeben haben«, sagte ich.

»Jugend ist nicht alles!«, gab sie zurück, was ein wenig seltsam klang, denn sie tat alles, um auf ewig jung zu erscheinen. »Wenn man es genau nimmt, ist der Glaube, dass nur in der Jugend etwas bewegt werden kann, ein Trugschluss. Schauen Sie mich an! Ich versuche, mich immer wieder neu zu erfinden. Mit Erfolg.«

Da hatte sie allerdings recht.

»Ich bin sicher, dass Sie mit Ihren Zeugnissen beeindruckt haben«, fuhr Madame fort. Von ihrer Miene war nicht abzulesen, ob sie etwas mit der Annahme zu tun hatte. Dann sagte ich mir, dass es doch egal sei. Ich würde wieder studieren. Auch wenn jetzt drei anstrengende Jahre vor mir lagen, würde ich einen Abschluss bekommen.

»Ja, vielleicht«, antwortete ich bescheiden.

»Ganz sicher! Wie ich schon in meiner Jugend erfahren habe, bietet dieses Land den Tüchtigen eine Chance. Und Sie sind tüchtig!«

»Vielen Dank, Madame, ich werde Sie nicht enttäuschen. Ich hatte übrigens eine Idee für ein neues Produkt«, brachte ich an, bevor sie mich entlassen konnte.

Madames sorgsam gezupfte Brauenbögen hoben sich. »Ein neues Produkt.«

»Etwas, das Miss ... ich meine, Elizabeth Arden noch nicht hat.«

»Und das wäre?« Die Erwähnung ihrer Konkurrentin missfiel ihr, aber sie war neugierig.

»Wasserfeste Wimperntusche.«

Die beiden Worte hingen eine Weile im Raum, ohne dass Madame darauf reagierte. Sie blickte mich an, als hätte sie mich nicht richtig verstanden.

»Was sagen Sie da?«, fragte sie.

»Wasserfeste Wimperntusche«, wiederholte ich. »Möglicherweise auch wasserfestes Kajal.«

Wieder Schweigen. Ich war sicher, dass sie mich gehört und die Worte erfasst hatte. Gefiel es ihr nicht?

»Und Sie glauben, diese ... Frau arbeitet noch nicht daran?«, fragte sie nach einer Weile.

»Nein, ganz bestimmt nicht. Ich meine, ich kann es natürlich nicht mit Gewissheit sagen, aber solange ich dort war, ist mir etwas Vergleichbares nicht zu Ohren gekommen.«

Madame nickte, und hinter ihrer Stirn begann es zu arbeiten. War das ein gutes Zeichen?

»Was hat Sie darauf gebracht?«, fragte sie dann.

»Auf der Hochzeit habe ich eine weinende Frau im Hotelfoyer gesehen. Ihr Make-up war vollständig verschmiert. Wenig später wusste ich, was wir brauchen. Eine Wimperntusche, die sich unter dem Einfluss von Wasser nicht abwaschen lässt.«

Madame lehnte sich zurück. Sie wirkte, als hätte der Blitz eingeschlagen. »Meine Liebe, das ist eine sehr gute Idee!«

»Wirklich?«

Madame nickte. »Die beste, die ich seit Langem gehört habe. Allerdings müssen wir sehr überlegt vorgehen. Das Produkt muss sicher sein, darf weder Haut noch Haare schädigen und muss sich restlos ablösen lassen. Das alles muss gut entwickelt und erprobt werden.«

Mein Herz machte einen freudigen Satz. »Ich könnte ins Labor gehen und …«

Eine Handbewegung brachte mich zum Schweigen.

»Sie gehen nicht ins Labor«, gab sie zurück. »Ich brauche Sie hier im Haus. Aber ich versichere Ihnen, dass ich mich um Ihre Idee kümmern werde.«

Ich blickte sie ein wenig fassungslos an. Sie würde sich um meine Idee kümmern … Das stellte mich alles andere als zufrieden.

Bevor sich die Enttäuschung zu einem dicken Kloß zusammenballen konnte, rief ich mir in den Sinn, warum ich eigentlich zu Madame gekommen war. Ich würde studieren gehen! Genau genommen hatte ich gar keine Zeit, um Tage und Wochen mit Versuchsreihen im Labor zu verbringen. Das hatte ich in meinem Eifer nicht bedacht.

»In Ordnung, Madame«, sagte ich.

Helena Rubinstein musterte mich noch eine Weile, offenbar nicht überzeugt davon, dass ich klein beigab. Aber was sollte ich sonst tun?

Auf der Heimfahrt grübelte ich in der Subway vor mich hin. Die Sache mit der Wimperntusche ging mir nicht aus dem Sinn. Eigentlich hatte ich getan, was von mir erwartet worden war. Doch war es zu früh gewesen? Hatte ich mein Pulver bereits verschossen, bevor es mir etwas nützen konnte?

Die Idee mit der wasserfesten Wimperntusche war genial! Die Kundinnen würden dieses Produkt jedem, der es anbot, aus den Händen reißen. Hätte ich noch warten sollen? Hätte ich es für mich behalten sollen, bis ich ein eigenes Labor besaß?

Auch wenn ich mit Madame selbst noch keine schlechten Erfahrungen gemacht hatte, so stand mir deutlich vor Augen, wie es bei Maine Chance gelaufen war. Was würde Madame davon abhalten, dasselbe zu tun und den Ruhm für sich einzustreichen? Selbst Sabrina war auf meiner Hochzeitsfeier aufgefallen, dass sich Elizabeth Arden und Helena Rubinstein sehr ähnlich verhielten.

Voller Gewissensbisse mir selbst gegenüber kehrte ich nach Hause zurück.

Darren merkte sofort, dass etwas nicht stimmte.

»Sieh es mal so«, sagte er, nachdem ich ihm meine Bedenken geschildert hatte. »Mittlerweile leben wir Menschen, jedenfalls in diesem Teil der Welt, alle nach dem gleichen Schema. Wir sehen die gleichen Filme, tragen die gleichen Kleider, essen die gleichen Dinge. Nur so kann es funktionieren, dass Werbung tatsächlich dazu beiträgt, dass viele Menschen ein Produkt kaufen.«

»Du meinst, dass angesichts der gleichen Bedingungen Menschen auch die gleichen Ideen entwickeln?«

»Exakt!«, entgegnete Darren. »Ich bin sicher, das werden sie dir im College auch sagen. Unser Wohlstand bedeutet auch Gleichschaltung. Was sagt dir, dass Miss Arden nicht ebenfalls ein weinendes Mädchen in einem Hotel gesehen hat?«

Ich hätte lästerlich antworten können, dass in den Pferdeställen, für die sie sich interessierte, keine Wimperntusche getragen wurde, aber ich schwieg, denn er hatte recht. Was sagte mir, dass ihre Chemiker nicht bereits an einer Lösung arbeiteten? Möglicherweise stand sie kurz vor dem Durchbruch!

Mir wurde klar, dass nur Madame die Experten und das nötige Geld besaß, um meine Idee in die Tat umzusetzen, möglicherweise noch früher als Miss Arden. Die Welt würde nicht darauf warten, dass ich ein eigenes Labor hatte und mich selbst an die Arbeit machte.

Dann kam mir noch ein anderer Gedanke.

»Möglicherweise will sie aber auch nicht, dass ich es mitentwickle, weil sie fürchtet, dass ich zu Arden zurückgehen könnte. Mit einem Geschenk wie diesem würde Miss Arden mich sicher wieder aufnehmen.«

»Nur dass du keine Intentionen hast, dorthin zurückzukehren, oder etwa doch?«

»Nein, die habe ich nicht, aber das kann sie nicht mit Sicherheit wissen.«

Da erschien Henny in der Küche.

»He, worüber diskutiert ihr?«, fragte sie fröhlich, während sie an einem Ohrring nestelte. Für ihren ersten Tag am Theater hatte sie sich regelrecht schick gemacht. Sie trug ein burgunderrotes, eng anliegendes Kleid mit weißem Kragen, dazu flache Schuhe. Ihr Haar war im Nacken zusammengesteckt, und wie ich im nächsten Augenblick erkannte, funkelte in den Ohrringen ein blutroter Stein, der sehr gut zur Kleiderfarbe passte.

»Darüber, ob Sophia ihre Ideen zu früh verpulvert«, antwortete Darren lächelnd.

»Warum das denn?«, fragte sie.

»Ich hatte gehofft, dass Madame mich für eine recht gute Idee wieder ins Labor lässt, aber das tut sie nicht. Wahrscheinlich, weil sie Angst hat, ich könnte mit der Idee stiften gehen.«

»Ich bin ja der Meinung, dass sie das Richtige getan hat«, fügte Darren hinzu.

»Sophia war schon immer so. Sie zweifelt an allem und merkt gar nicht, wie gut ihr innerer Kompass ist.« Henny kicherte und traf damit genau ins Schwarze.

»Sag mal, gibt es an deinem Theater keine Uniform für die Garderobieren?«, neckte ich sie. »Du siehst aus, als wärst du mit Mr Vanderbilt verabredet.«

Henny lachte auf. »Nein, nur Schürzen. Die kann ich bequem drüberziehen. Oder aus, falls mich ein Mann zum Essen einladen möchte. Vielleicht ist es ja sogar dieser Mr Vanderbilt.«

Ich lächelte in mich hinein. Es war das erste Mal, dass sie wieder von einem Mann sprach.

»Nun denn, ich muss los!«, flötete Henny und verschwand wieder im Flur. Nachdem sie sich ihren Mantel übergeworfen hatte, verließ sie die Wohnung.

»Viel Glück!«, rief ich ihr hinterher.

»Danke!«, tönte es aus dem Flur, dann klappte die Tür zu.

Einerseits war ich stolz, dass sie sich ihren Weg im Leben und einen Platz in der Welt zurückzuerkämpfen begann, andererseits aber auch ein wenig besorgt. Ich erinnerte mich noch gut an meine eigenen Erlebnisse in der nächtlichen Subway. Henny war wehrhaft, aber dennoch konnte sie in ihrem immer noch ein wenig geschwächten Zustand leicht überrumpelt werden.

Dann sagte ich mir, dass sie eine erwachsene Frau war und ich kein Recht hatte, sie wie ein Kind zu behandeln.

Darren berührte meinen Arm.

»Es ist schön, sie so zu sehen, nicht wahr?«, sagte ich.

»Sie wird ihr Glück finden«, sagte Darren. »Lass sie machen. Ich bin sicher, dass sie nach der Sache in Paris ihre Schritte sorgsamer wählt.«

Das hoffte ich sehr für sie.

21. Kapitel

Mit einer Mischung aus Freude und Aufregung blickte ich zum Universitätsgebäude auf. Der Oktobertag war ungewöhnlich warm und sonnig, so als wollte mir der Himmel ein Zeichen schicken.

Es war schon so lange her, dass ich in den heiligen Hallen der Bildung gewandelt war. Beinahe kam ich mir in die Zeit zurückversetzt vor, als ich mit klopfendem Herzen vor dem Eingang der Friedrich-Wilhelms-Universität gestanden hatte.

Die Mode hatte sich geändert und das Verhalten der jungen Leute auch. Es gab wesentlich mehr Mädchen hier als damals in Deutschland. Aber das war auch eine andere Zeit gewesen.

Ich schob den Gurt meiner Umhängetasche etwas bequemer auf die Schulter und machte mich dann auf den Weg. Blicke streiften mich, einige nur flüchtig, andere verharrten länger. Manche von ihnen erwiderte ich und lächelte. Es fiel mir nicht schwer, denn ich war voller Glück. In meinem Herzen und meinem Bauch fühlte es sich an wie Blasen, die in einem Sodaglas aufstiegen. Wie Kohlensäure in Wasser. Ich konnte es kaum erwarten, wieder in den Reihen der Hörsäle zu sitzen.

Meine erste Vorlesung hatte ich in Wirtschaft, danach folgte

Chemie. Ich hatte etwas Zeit dazwischen, vielleicht würde ich den Campus erkunden.

Ich war die Erste, die den Hörsaal betrat. Ein junger Mann war gerade damit beschäftigt, ein paar Blätter auszulegen. Informationen oder Lernmaterial.

Ein Gefühl der Ehrfurcht überkam mich. Auch wenn es in diesem Moment nicht das Fach war, das ich eigentlich hatte studieren wollen, spürte ich diese besondere Atmosphäre, die jeder Lehranstalt innewohnte: Wissen, zum Greifen nah. Man brauchte nur die Hand danach auszustrecken.

Ich hatte keine Ahnung, ob es hier eine Sitzordnung gab. Ich begab mich einfach zu einem Platz in der Mitte. An ähnlicher Position hatte ich auch in meinem alten Hörsaal gesessen. Und doch war hier alles anders. Es wirkte moderner als damals in Berlin, und meine Kommilitonen …

Als die ersten von ihnen zur Tür hereinkamen, fühlte ich mich beinahe alt. Sie mussten gerade erst ihr Abitur abgelegt haben. Frische, faltenlose Gesichter blickten mich an, sprühend vor Leben. Ich dagegen war mit meinen neunundzwanzig Jahren fern dieser Zeit, dieser Sorglosigkeit.

Ich war erstaunt, wie viele junge Frauen unter den Studenten waren. Sie trugen ihr Haar an den Seiten eingeschlagen oder onduliert. Die Bubiköpfe meiner Jugend waren verschwunden. Viele der Mädchen hatten Make-up aufgelegt, rote Lippen, betonte Augen. Auch das hatte es zu meinen Zeiten in der Universität nicht gegeben.

Eines dieser Mädchen setzte sich neben mich. »Hi!«, sagte sie schüchtern und ließ sich dann auf ihrem Platz nieder. Ich erwiderte ihren Gruß, doch ich spürte, dass sie zu sehr mit sich selbst beschäftigt war, um mit mir ein Gespräch anzufangen.

»Ich bin Sophia«, stellte ich mich vor.

»Claire«, erwiderte sie, lächelte und schlug ein dickes Schreibheft auf.

Wie alt mochte sie sein? Achtzehn? Ich wusste nicht so recht, was ich mit einer Achtzehnjährigen reden sollte, also schwieg ich.

Der Professor, der wenig später im Hörsaal erschien, hatte dichtes dunkelblondes Haar, das an den Schläfen schon ein wenig grau wirkte. Er ließ den Blick über die Anwesenden schweifen, bemerkte mich und setzte ein Lächeln auf.

Die Studentinnen neben mir hätten sich sicher darüber gefreut, aber für mich war dieses Lächeln eine Warnung. Georg hatte auch gelächelt.

Er stellte sich kurz vor. Sein Name war Professor Murray, ein Experte für Wirtschaftsrecht. Er hatte bereits an anderen Universitäten gearbeitet und hier nun seine Professur erhalten.

Ich blickte zu Claire, die bei seinem Anblick regelrecht dahinschmolz. Ich konnte mich selbst in ihr erkennen, als ich in Berlin meinen ersten Tag an der Universität hatte. Was war es nur, was jungen Frauen an gelehrten Männern gefiel? Die Erfahrung? Die Ausstrahlung von Wissen und Würde?

Die Einführung, die er uns in sein Fach gab, war, wie ich es erwartet hatte, recht trocken, aber ich schrieb tapfer mit. Und ich merkte, dass seine Worte mich erreichten. Auch wenn ich sicher weit entfernt davon war, viel über Wirtschaft zu wissen, verstand ich, was er sagte. Das war eine gute Voraussetzung.

Nach Ende der Vorlesung verließ ich als eine der Letzten die Bankreihen. Der Professor war damit beschäftigt, seine Unterlagen zusammenzuklauben. Als er mich sah, sprach er mich an.

»Entschuldigen Sie, Miss«, sagte er. »Hätten Sie vielleicht einen Moment Zeit?«

Unwillkürlich versteifte ich mich. Mit Georg hatte es auch so angefangen. Dieser Mann war nicht mein ehemaliger Geliebter, aber unterbewusst schrillten meine Alarmglocken.

Dann dachte ich an den Ring an meinem Finger. Betont hielt ich meine Unterlagen so, dass er ihn sehen konnte.

»Ja, Professor?«, sagte ich und versuchte, ihn so kühl und ruhig wie möglich zu mustern. Er war tatsächlich ein attraktiver Mann. Sicher der Schwarm vieler seiner Studentinnen. Doch er würde lernen müssen, dass ich keines dieser leicht zu beeindruckenden Mädchen war.

»Sie sind Miss O'Connor, nicht wahr?«

»Mrs O'Connor«, berichtigte ich ihn.

Beinahe erschrocken schaute er mich an. Würde jetzt ein Kompliment folgen à la »Sie können unmöglich verheiratet sein, so jung, wie Sie aussehen«?

Das wäre die Art von Georg gewesen.

Ich hob die Augenbrauen und blickte ihn direkt an. Er sollte merken, dass er bei mir auf Granit biss mit den üblichen Schmeicheleien, die übrigens ziemlich unpassend waren.

»Ich kam nicht umhin, Sie zu bemerken, Mrs O'Connor«, sagte er. »Normalerweise sind die Studenten gerade der Schule entkommen.«

»Sie finden, dass ich zu alt für ein Studium bin?«, fragte ich herausfordernd.

»Nein, auf keinen Fall!«, gab er zurück und wurde dabei ein wenig rot. Gut so! »Sie sind nur etwas Besonderes.«

»Inwiefern?«, fragte ich. »Ich meine, es gibt doch sicher einige Studentinnen, die mehr als ein Fach belegen.«

Er sah mich verwirrt an. Natürlich hatte er nicht darauf hinausgewollt.

»Sie belegen zwei Fächer?«, fragte er. Damit wurde noch deutlicher, dass er eigentlich keine fachliche Frage an mich gehabt hatte. Er wollte mich nur kennenlernen, war neugierig auf mich. Wollte vielleicht auch sehen, welche Möglichkeiten er bei mir hatte.

»Ja, Chemie und Wirtschaft. Meine Chefin ermöglicht es mir glücklicherweise, das zu tun.«

»Chefin?« Er schien aus der Verwirrung gar nicht mehr herauszufinden.

»Madame Rubinstein«, erwiderte ich.

Darauf wusste er erst einmal nichts zu sagen.

»Gibt es sonst noch etwas, was Sie gern über mich wüssten, Professor?«, fragte ich freundlich, aber kühl.

»Nein, ich ...« Er schob die Hände in die Hosentaschen und wirkte beinahe ein wenig verlegen. Möglicherweise schätzte ich ihn falsch ein, und er wollte nur freundlich sein. Aber diesmal sollte mich nichts von meinem Ziel abbringen.

»Wenn Sie irgendwas benötigen oder Hilfe brauchen ...«

»Dann melde ich mich bei Ihnen«, vollendete ich seinen Satz. »Danke, Professor Murray.«

Mit diesen Worten wandte ich mich um. Ich spürte seinen Blick zwischen meinen Schulterblättern. So nicht, Freundchen, dachte ich. Ich bin eine verheiratete Frau. Und wenn ich Hilfe brauchte, würde ich sie mir woanders holen.

Der Rest des Vormittags kam mir wie ein Aufenthalt im Paradies vor. Chemie! Professor Hayes, ein Mann Ende fünfzig mit wallendem weißem Haar, hielt die Einführung in das Fach ab, und obwohl es Stoff war, den ich schon kannte und über den ich eigentlich weit hinaus war, hing ich an seinen Lippen wie an denen eines Geschichtenerzählers. Nur dass es keine Geschichten waren, sondern Wissenschaft.

Mit ihm hätte ich mich auch nach dem Unterricht unterhalten können, nicht aus schwärmerischen Gründen, sondern aus fachlichen. Ich spürte das Wissen, seine wissenschaftliche Erfahrung, und wollte all das in mich hineinsaugen wie ein Schwamm. Ich freute mich sehr auf die Vorlesungen mit ihm.

Viel zu früh ging dieser erste Tag an der Universität zu Ende. Der Rest der Woche würde mehr Veranstaltungen bringen, doch für heute bekamen wir frei, hauptsächlich dafür, die ganzen Bücher zu besorgen, die auf unseren Leselisten standen.

Ich war erstaunt, wie leicht es mir fiel, mich wieder in den Universitätsbetrieb einzufinden. Natürlich war hier einiges anders als in Deutschland. Und natürlich kam ich mir unter den blutjungen Leuten immer noch etwas seltsam vor.

Einige von ihnen schienen mich für eine Dozentin zu halten, jedenfalls schloss ich das aus ihren Blicken. Umso erstaunter waren sie, als ich dann im Hörsaal zwischen ihnen saß. Ich musste zugeben, es gefiel mir hier. Und es hätte mir noch mehr gefallen, wenn ich nicht am Nachmittag zu Madame hätte fahren müssen.

Auf meinem Schreibtisch stapelten sich die Geschäftsberichte. Bevor ich mich daransetzen konnte, rief mich Madame an diesem Nachmittag zu sich.

Mit Klemmbrett und Stift bewaffnet, eilte ich zu ihrem Büro.

Würde es wieder ein Gespräch mit Werbeleuten sein wie schon einige Male zuvor? Oder wollte sie einfach nur wissen, wie mein erster Tag am College gelaufen war?

Ich atmete tief durch und klopfte. Der Ruf von Madame folgte unverzüglich, und ich trat ein.

Wie eine Königin thronte sie hinter ihrem Schreibtisch. Das war ich schon gewohnt, doch heute wirkte sie noch majestätischer als sonst.

»Sie hatten Ihren ersten Tag am College«, sagte sie. »Ist alles so gelaufen, wie Sie es sich vorgestellt haben?«

»Ja«, antwortete ich. »Die Vorlesungen waren sehr interessant.«

Madame nickte, dann flammte ein Lächeln auf. »Nun, wie es aussieht, haben wir die richtige Entscheidung getroffen, nicht wahr?«

Ich biss mir auf die Zunge. Es war drollig, wie sie von »uns« sprach. Natürlich ermöglichte sie mir das Studium, aber entschieden hatte sie nicht für mich.

»Ich bin Ihnen sehr dankbar, Madame«, sagte ich. »Ohne Sie hätte ich diese Gelegenheit nicht.«

»Ich bin sicher, dass sich das Studium für uns beide auszahlen wird. Aber lassen Sie uns doch zum Tagesgeschäft kommen«, bemerkte sie unternehmungslustig und lehnte sich auf ihrem Stuhl zurück. »Wenn ich ehrlich bin, habe auch ich große Lust auf etwas Neues! Die Zeit eilt voran, und die Konkurrenz schläft nicht.« Sie warf mir einen prüfenden Blick zu, dann fragte sie: »Was halten Sie davon, wenn auch wir eine Schönheitsfarm errichten?«

Ich schaute sie ein wenig erschrocken an. War das die Gegenleistung, die sie für das Studium erwartete?

»Wäre das wirklich klug, Madame?«, fragte ich zurück. »Jedermann würde glauben, Sie kopieren Arden.«

Madame schnaufte. »Wenn jemand etwas kopiert, dann ist sie es!«

Das stimmte nicht so ganz. Ich konnte die Szene beinahe vor mir sehen: Miss Arden würde zunächst explodieren und sich anschließend ins Fäustchen lachen, dass ihrer Konkurrentin nichts Besseres eingefallen war.

»Denken Sie daran, was die Zeitungen schreiben würden«, fuhr ich fort. »Die würden sich die Mäuler über Sie zerreißen.«

»Die Presse ist in dieser Stadt eindeutig auf meiner Seite!«, entgegnete sie. »Habe ich Ihnen von der Reporterin erzählt, der ich einen meiner Ringe geschenkt habe? Der Artikel war beinahe schon ein Loblied auf mich.« Sie kicherte in sich hinein. »Sie sind so leicht zu fangen, diese Schreiberlinge.«

»Und was ist mit Ihren Beratern? Ihren Aktionären? Was würden die von der Idee halten?«

Madames Miene verdunkelte sich.

Ich überlegte einen Moment lang, denn ich wusste, dass sie eine Lösung wünschte. Auch wenn sie sie vielleicht gleich wieder verwarf. Sie brauchte Bälle, die man ihr zuspielte.

»Wie wäre es mit einem neuen Salon in der Stadt?«, fragte ich. Wenn es etwas gab, das sie liebte, dann die Eröffnung eines Salons. Im vergangenen Jahr waren Filialen in Toronto und Wien hinzugekommen. »Vielleicht in Queens?«

»Das ist nichts Neues und kann nicht wirklich mit dieser …« Sie stockte. Es fiel ihr sichtlich schwer zuzugeben, dass Miss Arden diese Schlacht gewonnen hatte.

»Sie könnten den Salon ähnlich wie Maine Chance bestücken. Vielleicht sogar mit moderneren Methoden.« Es war ein furchtbarer Eiertanz, den Namen von Miss Arden nicht zu erwähnen. Ich weigerte mich innerlich, sie »diese Frau« zu nennen, denn auch wenn ich für Madame arbeitete, war der Krieg zwischen den beiden Frauen nicht meiner.

Madames Augen funkelten angriffslustig. »Arbeiten Sie ein Konzept aus«, sagte sie dann. »Etwas, von dem Sie meinen, dass es ihr das Wasser reichen kann. Immerhin haben Sie den Vorteil, bereits in diesem Haus gewesen zu sein.«

Ich hatte dieses Haus aufgebaut. Aber ich verzichtete darauf, sie zu berichtigen.

»In Ordnung, Madame«, sagte ich. Gleichzeitig wurde mir klar, dass ich nicht umhinkam, Miss Arden nun doch zu verraten, auch wenn ich die Inneneinrichtung mit keinem Wort erwähnen würde. Madame mochte dunkles Haar haben, doch tief in ihrem Herzen war sie eine Füchsin.

Aber hatte Miss Arden etwas anderes verdient, nachdem sie Darren gefeuert und mich gehen lassen hatte? Nachdem sie nicht ein Wort darüber verloren hatte, dass die Farm mein Verdienst war?

22. Kapitel

In den folgenden Wochen verbesserten sich Hennys Englischkenntnisse ziemlich, was vor allem dem Umgang mit den vielen Theatergästen geschuldet war.

Ich konnte es mir gut vorstellen: Henny, wie sie fröhlich mit den Leuten schwatzte, hin und wieder eine lustige Bemerkung machte und so zum Liebling der Gäste wurde. Nun, da sie nicht mehr von einer zerstörerischen Beziehung abgelenkt wurde, schien ihr Geist zu erblühen, und sie sprühte wieder vor Lebensfreude. Begeistert erzählte sie von den Abenden, den Kleidern, der Musik, der sie lauschte. Offenbar hielt sie es so wie ich damals und lugte ab und zu durch die Saaltür.

Ich war glücklich, dass sie mehr und mehr ihren Platz fand – und dass sie bereits wieder Pläne zu machen begann. Das Gehalt, das sie bekam, reichte noch nicht für eine eigene Wohnung, doch wir gaben die Hoffnung nicht auf.

Auch Darren streckte seine Fühler aus. Er ließ es sich nicht anmerken, aber ich spürte, dass er gern wieder mit mir allein gewesen wäre. Ich sehnte mich auch nach Zweisamkeit, doch ich war auch sehr glücklich darüber, dass Henny da war. Bei ihr konnte ich mich beschweren, wenn es auf der Arbeit und im Studium nicht so lief, wie ich wollte, und ihr konnte ich von meinen Erfolgen erzählen.

Beides hielt sich besonders im Studium die Waage. Während Chemie ein Klacks für mich war, gestaltete sich Wirtschaft schwierig. Ich ertappte mich dabei, dass ich, wenn es langweilig wurde, nach meinen Chemiebüchern griff. Im nächsten Augenblick musste ich mich dann zur Ordnung rufen, denn wenn ich Wirtschaft nicht schaffte, verlor ich meine Anstellung und damit auch das Chemiestudium. Manchmal verfluchte ich die Klauseln in meinem Vertrag, doch ich sagte mir, dass dies der einzige Weg war, eines Tages mein eigenes Geschäft zu haben.

Als der Winter Einzug hielt, hatte ich immerhin das Gefühl, in Wirtschaft etwas besser zurechtzukommen. Ich unterhielt mich auch mehr mit meinen Kommilitonen, doch die Beziehungen blieben sehr oberflächlich. Ich wusste, dass ich diese jungen Leute nicht lange in meinem Leben haben würde, und jemand Besonderes stach nicht heraus.

Das Weihnachtsfest verbrachten wir gemeinsam gemütlich in der Wohnung. Ich schickte Kate, Ray und Sabrina kleine Geschenke und freute mich über ihre Anrufe.

Henny telefonierte mit ihren Eltern, und ich spürte, wie sie sich nach den Weihnachtsfesten ihrer Kindheit und Jugend sehnte. Es war das erste Weihnachten, das sie außerhalb von Berlin und Paris verbrachte, und ich fragte mich, wie es in den Jahren zuvor bei Jouelle gewesen war. Hatte es ein Fest gegeben oder nur gemeinsamen Drogenrausch?

An Silvester lud uns Darren in ein Hotel ein, in dem wir bei Musik und gutem Essen beisammensaßen und tanzten, bis uns die Füße schmerzten. Henny und mir tat es gut, uns endlich mal wieder hübsch machen zu können. Mit Herzen voller Wünsche begrüßten wir das neue Jahr 1935.

Kurz nach Neujahr traf ich mich mit Ray in einem Café. Ich hatte mir ohnehin vorgenommen, den Kontakt zu ihr wieder zu intensivieren. Ein wenig schäbig kam ich mir schon vor, sie auszuhorchen, aber wenn ein neues Produkt entwickelt wurde, erfuhr sie es als Erste.

Von süßem Zuckerduft und dem würzigen Aroma von Kaffee umweht, schauten wir hinaus auf die winterlichen Straßen.

»Wie geht es deiner Beziehung mit Rob?«, fragte ich, während ich die Sahne in meinem Kaffee verrührte.

»Der ist nicht mehr aktuell«, antwortete sie mit einem Schulterzucken.

»Aber ihr beide habt doch so ein schönes Paar abgegeben!« Das stimmte, und ich war sehr glücklich gewesen, dass Ray jemanden gefunden hatte.

»Das habe ich auch geglaubt. Aber an Weihnachten ... wurde uns klar, dass wir nicht zueinandergepasst haben.«

Was mochte passiert sein? Ich dachte wieder an den Augenblick, als Darren die Narbe an meinem Bauch entdeckt und begriffen hatte, dass ich bereits ein Kind gehabt hatte.

»Das ist schade«, sagte ich nur, denn die Gründe gingen mich nichts an.

»Ach was!« Ray winkte ab. »Mach dir keine Sorgen um mich. Ich finde schon wieder einen Neuen. Und vielleicht ist es dann der Richtige. Außerdem habe ich ja zu tun, nicht wahr?«

Dasselbe hatte ich damals auch immer gesagt. Aber mittlerweile wusste ich, dass ein Leben ohne Darren nur halb so schön sein würde.

»Wie läuft es denn in der Fabrik?«, fragte ich. »Gibt es irgendwelche Neuigkeiten?«

»Nein, bisher nicht«, antwortete sie und schaufelte sich eine Gabel voll Sahnetorte in den Mund. »Zum Glück. In den letzten Jahren hatten wir genug Unruhe.«

»Und im Labor? Arbeitet ihr an neuen Produkten?«

»Oh ja!«, rief sie aus. »Ich meine, ich darf es in der Öffentlichkeit nicht sagen, aber Madame plant, etwas mit Haarpflege zu machen.«

»Haarpflege?« Sollte das etwa wichtiger sein als Wimperntusche?

»Mich wundert, dass du nichts davon weißt«, entgegnete sie erstaunt. »Immerhin sitzt du ja praktisch im Büro neben Madame.«

»Ein bisschen weiter ab ist es schon«, gab ich zurück. »Und sie erzählt auch nicht allen alles. Wahrscheinlich wissen die Werbeleute besser darüber Bescheid.«

»Nun, bei uns hieß es, dass Madame in den Salons auch Haarpflege anbieten möchte. Eigentlich ist das nichts Weltbewegendes, ein bisschen Shampoo, Haarwasser und Pomade sollten ja eigentlich nicht schlimm sein.«

Aus irgendeinem Grund hatte ich die Regale im Laden meines Vaters vor Augen. Er hatte das Birkenwasser, das für die Haare gedacht war, immer in riesigen Bottichen aufbewahrt und es dann in kleine braune Flaschen abgefüllt. Ich hatte neben ihm gesessen und die Etiketten beschriftet.

Ich vertrieb den Gedanken, bevor er sich in mir festsetzen und mich traurig machen konnte.

»Aber erzähl doch mal, wie es bei dir und Darren so läuft. Noch immer Honeymoon?«, fragte Ray glücklicherweise.

»Kommt drauf an, wie man Honeymoon definiert. Wir haben jedenfalls eine schöne Zeit miteinander und verstehen uns prächtig.« Die Vorstellung, dass alles wie in einem Film laufen müsste, hatte ich noch nie wirklich gehabt, ganz im Gegensatz zu Ray.

»Ich wünschte, ein Mann würde es mit mir so lange aushalten«, sagte sie. »Hast du vor, Kinder zu bekommen?«

Die Frage traf mich wie ein Nadelstich.

»Ja, sicher. Wenn es sich denn ergibt.« In diesem Augenblick wurde mir klar, dass Darren und ich nicht wirklich daran dachten zu verhüten. Wir schliefen häufig miteinander, und eigentlich hätte ich schon mehrfach schwanger sein müssen. Aber nichts war geschehen. »Momentan würde es nicht wirklich passen. Wie sollte ich mich um das Kind kümmern, wenn ich zum College gehe oder arbeite?«

»Stimmt auch wieder.« Sie nahm einen Schluck Kaffee, dann sagte sie: »Also ich hätte gern Kinder. Ein ganzes Haus voll. Allerdings werde ich mich sputen müssen, einen Mann zu finden. Immerhin bleibt man nicht so jung.«

Da hatte sie recht, man blieb nicht so jung. Ich war jetzt neunundzwanzig Jahre alt. Wie viele Jahre würden mir bleiben, um schwanger zu werden? Zehn? Und was, wenn es nicht klappte?

Ich hatte nicht daran gedacht, doch jetzt, da Ray es sagte ...

Wir unterhielten uns noch eine Weile, und nach einer halben Stunde sah ich ein, dass es keinen Zweck hatte, rausbekommen zu wollen, ob Madame etwas in Sachen Wimperntusche unternehmen wollte. Ich lauschte wieder Rays Erzählungen und gab selbst einige zum Besten, obwohl die meisten Geschichten, die ich kannte, nicht gerade sehr fröhlich waren.

Als ich mich schließlich von ihr verabschiedete, war ich, was die Wimperntusche anging, so schlau wie vorher. Hatte Madame die Idee vielleicht doch verworfen? Ich beschloss, dennoch die Ohren offen zu halten.

Der Gedanke an die Wimperntusche schwächte sich in den folgenden Wochen ein wenig ab. Dafür ging mir immer wieder durch den Sinn, was es bedeuten könnte, jetzt schwanger zu werden. Wir ließen Vorsicht walten, hielten uns aber nicht zurück. Hätte ich nicht schon längst schwanger sein müssen? Konnte ich es überhaupt noch werden? Oder lag es am Stress, dass es nicht klappte?

Doch auch das Nachdenken darüber versiegte, denn College und Arbeit nahmen mich voll ein.

Mit meinem Studium ging es gut voran, wenngleich ich zugeben musste, dass Wirtschaft wohl nie meine Leidenschaft werden würde. Aber mein Verstand schaffte es, das Wissen, das ich abends in mich hineinfraß, zu behalten, und auch wenn ich nicht zu den besten Studenten gehörte, waren meine Fortschritte zufriedenstellend, sodass Madame schließlich auf den täglichen Rapport verzichtete und mich nur dann rief, wenn etwas zu meiner Arbeit besprochen werden musste.

»Schau mal, was wir heute ins Theater reinbekommen haben!«, rief Henny an einem Tag im Februar begeistert und wedelte mit einem Zettel vor meiner Nase herum.

»Was ist das?«, fragte ich und erkannte gleichzeitig, dass es kein Zettel war, sondern ein Prospekt.

»Meine Zukunft!«, sagte Henny, und nun wirkte sie wie damals, als sie erfahren hatte, dass sie Josephine Baker begleiten würde.

Ich faltete das Blatt auseinander. »Eine Tanzschule!«, platzte ich heraus. »Willst du da Unterricht nehmen?«

»Dazu wäre ich wohl zu alt. Nein, ich werde mich dort bewerben. Als Lehrerin.«

Ich zog überrascht die Augenbrauen hoch. Natürlich war der Job an der Garderobe nichts auf Dauer für sie. Doch als Lehrerin an einer Tanzschule konnte ich sie mir nicht so recht vorstellen, sie hatte überhaupt nichts Lehrerinnenhaftes an sich.

»Denkst du denn, dass sie dich ohne eine Ausbildung unterrichten lassen?«, fragte ich. »Ich meine, man kann Tanz doch auch studieren, oder nicht?«

»Natürlich. Aber hier steht nichts von Studium.« Sie tippte mit dem Finger auf das Papier. »Sie sagen, man soll vorsprechen, und man würde die Eignung dort feststellen.«

»Du möchtest also kleinen Mädchen das Tanzen beibringen?«

»Nicht nur denen«, gab sie zurück. »Einige Frauen sehen das Tanzen offenbar als Sportübung an. Denen könnte ich zeigen, wie es richtig geht.«

Ich schaute Henny an. War das nur eine fixe Idee? Andererseits hatte auch sie mich in einer Zeit unterstützt, in der meine Vorhaben als fixe Ideen gegolten hatten. Es war das erste Mal, dass sie wieder so begeistert wie damals wirkte. Das wollte ich ihr nicht durch meine Zweifel kaputtmachen.

»Ich möchte nicht, dass du enttäuscht bist, falls es nachher nicht klappt«, sagte ich.

Hennys Blick zeigte mir, dass sie meine Fürsorge nicht mehr länger brauchte.

»Egal, ob sie mich nehmen oder nicht«, sagte sie. »Ich muss es versuchen. Ich habe viel praktische Erfahrung, besonders was neue Tänze angeht. Ich könnte ihnen einiges vorführen.«

Ihr Enthusiasmus war entwaffnend. Wenn es danach ging, wie sie tanzte, würde sie bestimmt die Anstellung bekommen.

»Das Vorsprechen ist am Samstag«, fuhr sie fort. »Nachmittags um drei. Würdest du mich dorthin begleiten?«

Eigentlich hätte ich am Samstag lernen müssen. Madame gab mir den Tag großzügigerweise dafür frei. Aber ich wusste auch, dass ich als Freundin versagte, wenn ich jetzt ablehnte.

»Natürlich begleite ich dich«, antwortete ich. »Und sollte es nicht so ausgehen, wie du es dir wünschst, dann können wir uns in einem Café mit einem Stück Kuchen trösten. Okay?«

»Okay.« Henny strahlte einen Moment lang vor sich hin, dann sagte sie: »Wäre das nicht schön? Wieder mit Tanz zu tun haben, aber endlich nicht mehr selbst auftreten zu müssen?«

Ich runzelte die Stirn. »Seit wann hat dir das Auftreten Probleme bereitet?« Ich hatte nie den Eindruck gehabt, dass sie es nicht mochte.

»Probleme hatte ich nie damit. Aber wenn du den ganzen Tag über mit jüngeren Mädchen zu tun hast, mit ihren perfekten, geschmeidigen Körpern ...«

»Dein Körper ist auch perfekt. Und geschmeidig«, gab ich zurück.

»Das sagst du, weil du meine Freundin bist. Aber wenn ich da oben auf der Bühne gestanden habe ...« Sie schüttelte den Kopf.

»Ich glaube nicht, dass irgendwer hier ein Problem damit hätte, dass du auftrittst«, sagte ich. »Aber wenn es dich glücklich machen würde zu unterrichten, dann versuchen wir es.« Ich griff nach ihrer Hand und drückte sie.

23. Kapitel

Nach nächtelangen Schneefällen bekamen wir zum Wochenende plötzlich etwas milderes Wetter. Die Sonne schien, und am Himmel zeigten sich nur vereinzelt kleine Wölkchen.

Am Samstagnachmittag machten wir uns auf den Weg zum Vorsprechen für die Tanzlehrerinnenstelle. Den gesamten Vormittag hatte Henny dafür verwendet, sich, wie sie es nannte, »in Form zu bringen« für ihren Auftritt. Während ich versuchte, mir den Stoff aus der vergangenen Wirtschaftsvorlesung einzuprägen, tanzte sie im Hintergrund, oder besser gesagt, sie vollführte Bewegungen, wie sie ein Schlangenmensch nicht besser hinbekommen würde.

Die Luft roch nach aufgebrochenem Boden und feuchtem Gras. Drüben im Park spielten ein paar Kinder ausgelassen. Der Frühling schien nicht mehr weit.

Wir fuhren mit der Subway nach Harlem und legten das letzte Stück zu Fuß zurück. Nicht nur, dass uns das Wasser von den Dächern auf den Kopf tropfte, auch mussten wir hin und wieder einem herabfallenden Schneeklumpen oder Eiszapfen ausweichen. Doch das schien Henny nichts auszumachen. Fröhlich lief sie neben mir, die Mappe mit ihren Unterlagen gegen die Brust gepresst. Ich spürte, dass sie davon überzeugt war, die Stelle zu bekommen, also drängte ich meine Zweifel zurück und überlegte, in welches Café wir gehen konnten, um entweder zu feiern oder die Enttäuschung zu versüßen.

Am Hintereingang der Tanzschule, die im Nebengebäude eines Theaters untergebracht war, warteten schon einige Frauen. Das entmutigte mich ein wenig. Etliche von ihnen trugen Mappen bei sich wie Henny. Ich fragte mich, was sie vorzuweisen hatten. Sicher Ausbildungen in Tanz, Zeugnisse, die sie zum Unterricht befähigten. Henny hingegen hatte nur die wenigen Papiere, die sie aus Jouelles Wohnung mitgenommen hatte. Zeitungsausschnitte über ihre Auftritte, die Arbeitsverträge mit dem Nelson-Theater und dem Folies Bergère. Das alles würde ihr vielleicht Chancen bei einem Vorsprechen für eine Rolle in einer Revue bringen. Aber mir fehlte immer noch der Glaube, dass es reichte, um Lehrerin zu werden.

Henny jedoch taxierte ihre Konkurrentinnen nur und ging dann schnurstracks an ihnen vorbei zur Tür.

»Das kannst du nicht machen!«, rief ich und versuchte, sie am Arm festzuhalten. Doch sie sah mich verwundert an.

»Warum nicht?«, fragte sie. »Da stand nirgends was davon, dass man sich anstellen muss.«

Das stimmte, aber warum warteten die Frauen draußen?

Da kein Protest hinter uns laut wurde, schien sie wohl recht zu haben.

Im Innern der Tanzschule roch es nach Linoleum und Putzmittel. Spinde reihten sich an den Wänden auf wie stumme Wachsoldaten. Irgendwo klimperte ein Klavier.

Nach einer Weile des Umherirrens entdeckten wir einen Zettel.

»Vorstellung Tanzlehrerinnen 1. Stock.«

Wir erklommen die Treppe, unter immer lauter werdenden Klavierakkorden. Fand gerade eine Tanzstunde statt?

Hier oben waren wir nicht mehr allein. Drei Frauen saßen

auf offenbar eilig hingestellten Stühlen. Keiner passte zum anderen. Einige hatten Armlehnen, andere nicht. Das Licht, das durch ein paar kleine Fenster fiel, hinterließ helle Flecken auf dem abgewetzten Linoleum.

Wir grüßten die Anwesenden, die uns mit teils misstrauischen, teils abschätzigen Blicken bedachten, und ließen uns auf zwei der noch freien Stühle nieder.

Wir brauchten nicht nachzufragen, die Mappen in den Händen der anderen deuteten darauf hin, weshalb sie hier waren.

Eine der Frauen war recht beleibt und trug einen schwarzen Kaftan mit großen rosa Blumen. Die zweite erinnerte mich mit ihrem streng zum Dutt gebundenen dunkelblonden Haar ein wenig an die Tanzmeisterin aus dem Nelson-Theater. Die dritte war offenbar noch jünger als Henny. Warum wollte sie schon unterrichten? War es ihr Traum, hatte sie eine entsprechende Ausbildung, oder trieb sie der fehlende Erfolg dazu? Dem Aussehen nach hätte sie eine Ballerina sein können, rank und schlank mit einem hübschen Gesicht.

»Ich will es so sehr!«, flüsterte Henny, instinktiv in ihrer Muttersprache, damit die anderen uns nicht verstanden. In New York war das manchmal eine vergebliche Hoffnung, denn es gab etliche Deutsche hier.

»Ich werde dir die Daumen drücken«, entgegnete ich. »Wenn sie dich wirklich tanzen lassen …«

Hatte eine der Frauen uns verstanden? Die Tanzmeisterin drehte uns jedenfalls den Kopf zu, als könnte sie unseren Worten einen Sinn entnehmen. Ich hoffte nur, dass Henny sich nicht dazu hinreißen ließ, ihre Konkurrentinnen laut zu bewerten.

Im nächsten Augenblick öffnete sich eine Tür zwischen uns. Eine Frau kam heraus, mit gerötetem Gesicht. Sie schien aufgebracht zu sein. War das Gespräch nicht so gelaufen, wie sie es sich vorgestellt hatte?

Ich blickte ihr hinterher. Mit ihren eleganten Schuhen, den Nahtstrümpfen und dem Tweedkostüm wirkte sie irgendwie deplatziert. Ein wenig erinnerte sie mich an Miss Arden. Nur dass diese wahrscheinlich die Stelle bekommen hätte, wenn sie eine Tanzlehrerin gewesen wäre.

»Die Nächste!«, rief eine Männerstimme.

Die Jüngste erhob sich und ging mit leicht zitternden Schritten hinein.

»Pah!«, machte die Rundliche zu der Tanzmeisterin. »Was die Kleine da will! Sie ist doch noch grün hinter den Ohren.«

Die Tanzmeisterin stimmte ihr mit einem Nicken zu.

»Was ist mit euch beiden?«, wandte sich die Frau im Kaftan an uns. »Wo habt ihr bisher unterrichtet?«

»Paris!«, antwortete Henny frech und sah die beiden Frauen herausfordernd an.

Die Lüge überraschte mich ein wenig, doch was ging es die beiden auch an. Außerdem würde es vielleicht nicht schaden, sie ein wenig zu verunsichern.

Hennys Konkurrentinnen sahen sich an. Der Name der Stadt schien ihnen zu genügen, denn sie richteten den Blick auf mich.

»Ich bin keine Tanzlehrerin«, antwortete ich. »Ich begleite nur meine Freundin.«

»Aha«, machte die Kaftanträgerin. Es war ein Laut mit Hintergedanken. Glaubte sie, dass ich mit Henny zusammen war wie Miss Marbury mit Miss de Wolfe?

»Und was ist mit Ihnen?«, fragte ich.

»Ich habe an der Moskauer Oper unterrichtet«, antwortete die Kaftanträgerin. »Zuvor war ich in England.«

Was machte eine Frau, die in England und Russland gewesen war, hier?

Ich betrachtete sie ein wenig genauer. Ihre dunklen Haare waren mit feinen silbernen Strähnen durchzogen. Sie sah bei Weitem nicht mehr wie eine Tänzerin aus.

»Ich war Tanzmeisterin am Broadway«, antwortete die andere derweil. »Genau genommen am Lyceum Theatre.«

Entsprach das der Wahrheit? Ich kannte das Lyceum dem Namen nach. Darren war kein großer Theaterfreund, aber vielleicht sollte ich ihn bitten, mit mir mal dorthin zu gehen ...

»Kannten Sie vielleicht Miss Marbury?«, fragte ich. Ich wusste nicht, ob einer der Theaterautoren, die Miss Marbury förderte, dort ein Stück aufgeführt hatte. Doch es erschien mir richtig, diesen Namen einzuwerfen. Auch wenn die beiden dann erst recht glaubten, Henny und ich seien ein Paar.

»Nein«, antwortete sie. »Nicht persönlich. Aber gehört habe ich von ihr. Sie ist ja schon seit einigen Jahren tot.«

Das stimmte. Das Gespräch war damit beendet, wie abgesprochen verstummten die beiden.

Es dauerte nicht lange, bis die junge Frau wieder herauskam. Beinahe hektisch eilte sie an uns vorbei, ihre Jacke unordentlich unter dem Arm zusammengeknüllt. Es sah nach Niederlage aus. Das Schluchzen, das sie am Ende des Ganges ausstieß, schien meine Vermutung zu bestätigen.

Nun war die Kaftanträgerin an der Reihe. Schwerfällig erhob sie sich und trat dann mit der Mappe unter dem Arm in den Vorstellungsraum. Die Tanzmeisterin sah ihr nach, und auf ihrem Gesicht entdeckte ich eine leichte Häme. Keine gönnte der anderen hier irgendwas.

Über sie ließ sich die Tanzmeisterin nicht aus. Angestrengt schaute sie an die Wand gegenüber, als wollte sie bei dem Anstrich die Nasen zählen, die die Farbe gezogen hatte.

Das Lächeln auf dem Gesicht der Kaftanfrau wirkte siegesgewiss, als sie nach einigen Minuten wieder durch die Tür trat.

»Und?«, wollte die Tanzmeisterin wissen.

»Ich fange nächste Woche an. Ballett.«

Das Lächeln der Tanzmeisterin wurde starr. »Das ist ... schön für Sie«, gab sie gezwungen zurück.

Bevor sie noch etwas sagen konnte, wurde sie bereits aufgerufen.

»Glückwunsch!«, rief ich der Frau zu, wissend, dass sich Henny nicht fürs Ballett bewerben wollte.

»Danke«, sagte die Kaftanträgerin huldvoll und schwebte dann mit ungeahnter Leichtigkeit davon.

Als die Tanzmeisterin hinter der Tür verschwunden war, sagte Henny: »Ich frage mich, wie sie den Balletttänzerinnen die Bewegungen vormachen möchte.«

»Sie wird jemanden anweisen, es für sie zu tun«, gab ich zurück. »Und jetzt sei nicht neidisch, du willst kein Ballett unterrichten. Im Gegensatz zu der Dame vom Lyceum Theatre.«

»Die Nächste!«, rief die Männerstimme, noch bevor ich mitbekommen hatte, dass sich die Tür wieder geöffnet hatte. Die Tanzmeisterin tippelte mit nervösen Schritten nach draußen. Ich hätte sie gern gefragt, wie es gelaufen sei, aber da war sie auch schon weg. Indem ich ihr nachsah, verpasste ich es beinahe, Henny Glück zu wünschen.

»Alles Gute!«, rief ich schnell und streichelte ihr noch kurz über den Arm, dann folgte sie dem Mann in den Raum.

Die Minuten vergingen. Nach einer Weile kamen drei weitere Frauen herein. Sie waren allesamt schlank und allesamt ein wenig älter als Henny und ich. In ihren leuchtend bunten Kleidern wirkten sie wie eine Schar kostbarer Tropenvögel. Ich betrachtete sie fasziniert, und mein geschultes Auge erfasste sogleich das Make-up. Mindestens eine von ihnen trug Arden-Pink auf ihren Lippen, das war unverkennbar. Den dramatischen Lidschatten, der wie Pfauengefieder schillerte, konnte ich nicht zuordnen, aber das tiefe Rot auf den Lippen der dritten war eindeutig Rubinstein zuzuordnen. Es gab mittlerweile einige Firmen, die die Farben zu kopieren versuchten, doch die Anwälte von Madame waren sehr klagefreudig, wenn die Ähnlichkeit zu groß wurde.

Es war ein erhebendes Gefühl, die Schminke, an deren Produktion man beteiligt war, auf den Gesichtern der Kundinnen zu sehen, besonders außerhalb eines Salons. So ähnlich mussten sich Schriftsteller fühlen, wenn sie im Zug saßen und das Gegenüber packte das Buch aus, das sie geschrieben hatten.

Versunken in den Anblick der Frauen, bemerkte ich nicht, wie die Zeit verging.

Als die Tür sich wieder öffnete, schreckte ich aus meiner Betrachtung. Hennys Gesicht war hochrot. Was hatte das zu bedeuten? Sogleich schnellte ich von meinem Sitz auf. Die jungen Frauen blickten nun neugierig zu uns rüber.

»Und?«, fragte ich.

»Lass uns gehen«, sagte Henny und fasste mich am Arm.

Ein ungutes Gefühl machte sich in mir breit. Hatte ich mit meiner Vermutung recht gehabt, dass ihre Qualifikation nicht ausreiche?

Sie zerrte mich den Gang entlang und die Treppe hinunter, als könnte sie gar nicht schnell genug aus dem Haus kommen. Ich spürte deutlich eine Niederlage.

Im Erdgeschoss machte sie plötzlich halt. Ihre Miene veränderte sich schlagartig so, als würde Sonnenschein durch Wolken brechen.

»Ich kann in einer Woche anfangen«, strahlte sie. »Jedenfalls probeweise.«

»Nein!«, platzte es aus mir heraus. Aber es war kein zweifelndes Nein, es war ein überraschtes. Wann hatte sie gelernt, so zu schauspielern und mich an der Nase herumzuführen?

Henny nickte. »Doch! Ich unterrichte erst mal eine Laienklasse, Frauen, die sich einfach nur bewegen wollen. Ballett habe ich ja noch nie gekonnt ...«

Ich schnappte nach Luft. Das alles schien zu schön, um wahr zu sein!

»Dann hast du es geschafft!«

»Ja!«, rief sie aus und streckte die Hände in die Luft. »Zumindest fürs Erste. Aber ich werde alles tun, damit sie mich fest anstellen.«

Das stimmte. So war Henny. Wenn man ihr eine Chance gab, ergriff sie sie.

Wir fielen uns in die Arme, und während ich sie fest an mich drückte, kamen mir die Tränen. Endlich, dachte ich. Endlich wieder Glück für sie!

Auf dem Weg nach Hause gingen wir in ein Deli und holten nicht nur ein paar Köstlichkeiten für den Abend, sondern auch etwas Champagner zum Anstoßen. Ich hatte keine Ahnung, ob es eine gute Marke war und ob es stimmte, dass er aus Frankreich stammte. Aber das war egal.

Zu Hause begannen wir, ein kleines Festmahl herzurichten. Dabei erzählte Henny noch einmal ausführlich, was sich bei dem Vorstellungsgespräch abgespielt hatte.

»Als ich sagte, dass ich im Folies Bergère getanzt habe, zusammen mit der Baker, haben sie mich angeschaut, als hätte der Blitz eingeschlagen. Ich musste ihnen etwas über die Auftritte erzählen, und das habe ich getan. Dann fragten sie mich, ob ich etwas mit modernem Tanz anfangen könnte, und da habe ich darum gebeten, es ihnen zeigen zu dürfen. Danach haben denen die Münder soooo weit offen gestanden!« Sie machte die Mimik ihrer Gesprächspartner nach, was so albern aussah, dass ich lachen musste.

»Und sie haben keinen Anstoß daran genommen, dass du noch nie unterrichtet hast?«, fragte ich.

»Nein. Ich habe sie sogar darauf hingewiesen, dass es das erste Mal wäre, dass ich unterrichte. Aber welche Tanzlehrerin hier kann schon von sich behaupten, mit Josephine Baker aufgetreten zu sein!«

Jetzt erstaunte es mich noch mehr, dass sie die Stelle bekommen hatte. Es rührte mich an, dass Henny so gnadenlos ehrlich war, aber es hätte auch sehr leicht nach hinten losgehen können.

Doch offenbar hatte man etwas Besonderes in ihr gesehen. Ich war so stolz, als wäre Henny meine eigene Tochter! Spontan zog ich sie in die Arme und drückte ihr einen Kuss auf die Wange.

»Du weißt gar nicht, wie froh ich bin, dass du hier bist!«, sagte ich mit Tränen in den Augen.

»Ach, nun komm schon!«, gab sie zurück. »Auf Regen folgt Sonne, oder etwa nicht? Nach allem, was in Paris geschehen ist, habe ich doch ein bisschen Glück verdient, nicht wahr?«

»Das hast du. Alles Glück der Welt!«

Im nächsten Augenblick trat Darren herein.

»Was ist denn hier los?«, wunderte er sich.

»Henny hat die Stelle bekommen!«, antwortete ich. »In einer Woche wird sie Tanzlehrerin sein!«

»Vorerst probeweise«, fügte sie hinzu.

»Das ist ja großartig!«, entgegnete er mit einem breiten Lächeln. »Gratuliere!«

»Wenn sie mit mir zufrieden sind, übertragen sie mir feste Klassen, die ich dann betreue. Außerdem habe ich die Gelegenheit, mich weiterzubilden. Eine Ballettlehrerin wird aus mir vielleicht nicht, aber es gibt so viele neue, aufregende Tänze!«

So wie ihre Augen leuchteten, wurde mir klar, dass meine Zweifel unangebracht waren. Sie würde die Gelegenheit haben, ihre Leidenschaft weiterzuverfolgen, ohne auf das Wohlwollen von Theaterdirektoren angewiesen zu sein.

24. Kapitel

Während Henny begann, ihre ersten Tanzstunden zu geben, wartete auf mich weiterhin nach den Vorlesungen das Büro. Der Frühling brachte die Stadt zum Blühen, und es sah ganz so aus, als würden wir einen wunderbaren Sommer erleben.

An diesem Nachmittag Anfang Juni war jedoch etwas anders, das spürte ich bereits, als ich die Tür zum Bürogebäude durchschritt. Eine gedrückte Stimmung lag auf dem Gebäude und hing in der Luft wie ein schal gewordenes Parfüm. Die Sekretärin hinter dem Empfang telefonierte. Es hätte auch keinen Zweck gehabt, sie zu fragen. Ich betrat den Fahrstuhl und ließ mich ins Stockwerk der Rubinstein Inc. fahren.

Dort verstärkte sich der Eindruck noch. Ich ging zu Gladys, die käseweiß um die Nase war.

»Etwas Schreckliches ist passiert«, vertraute sie mir im Flüsterton an. »Madames Vater ist gestorben. Vorhin kam die Nachricht ...«

Ich wusste nicht viel über Madames Familie, außer dass sie wichtige Posten gern mit engsten und liebsten Verwandten besetzte. Über ihre Eltern hatte sie nie gesprochen. Genauso wenig darüber, warum sie einst nach Australien auswandern musste.

»Du meine Güte«, sagte ich mitleidig. »Das muss sie schwer getroffen haben.« Ich war sicher, dass der heutige Arbeitstag schwierig werden würde. Wenn Madame etwas Schlechtes widerfuhr, reagierte sie manchmal unwirsch. Ich hoffte sehr, dass auf meinem Schreibtisch nur eine Mappe lag und kein Anruf erfolgte.

Ich hatte meine Bürotür noch nicht erreicht, da hörte ich es bereits klingeln. Ich atmete tief durch. Das Klingeln war zwar immer gleich, doch irgendwie schwang Madames Ungeduld jedes Mal mit.

Ich ging hinein und nahm ab. Gladys bat mich in Madames Büro.

Nachdem ich den Hörer aufgelegt hatte, straffte ich mich und machte mich auf den Weg. Eine Kondolenz war angebracht. Wenn sie es mir denn erzählte. Persönliches wurde bei den Gesprächen meist ausgeklammert.

»Mein Vater ist gestorben«, erklärte sie mir kurz, nachdem ich das Büro betreten und Platz genommen hatte. Die übliche Frage, wie mein Studientag gewesen sei, blieb aus.

Ich versuchte, überrascht auszusehen. »Das tut mir sehr leid. Gibt es etwas, das ich für Sie tun kann?«

Ich hatte schon mitbekommen, dass sie es mochte, wenn man ihr seine Dienste anbot.

Sie schüttelte den Kopf. »Da gibt es nichts zu tun.« Ihre Stimme klang traurig, und ich bemerkte die dunklen Ringe unter ihren Augen. Nicht einmal ihr sorgfältig aufgetragenes Make-up konnte die Schatten verbergen.

»Soll ich irgendwelche Arrangements machen?« Eigentlich war das die Aufgabe der Sekretärinnen, doch es schadete nicht, danach zu fragen.

»Arrangements?« Sie blickte mich verwundert an.

»Sie werden sicher zur Beerdigung fahren wollen.« Ich erinnerte mich an den Anruf bei Miss Arden. Sie war mir so gütig erschienen, als sie mir erlaubte, nach Berlin zu reisen, um das Grab meiner Mutter zu besuchen. Danach war alles bergab gegangen.

»Ich kann nicht fahren«, entgegnete Madame, während sich ihre Gesichtszüge immer mehr verschlossen. »Ich bin hier unabkömmlich.«

»Aber Madame, es ...« Ich stockte. War ich in der Position, sie darauf hinzuweisen, dass es ihr Vater gewesen war? Ich wusste ja nicht einmal, wie das Verhältnis zwischen den beiden ausgesehen hatte. Ich wusste lediglich, dass Madame auf die Weisung ihres Vaters hin nach Australien gehen musste. Man munkelte, weil sie den Mann, den ihre Eltern ihr ausgesucht hatten, nicht heiraten wollte. Möglicherweise stand es um ihre Beziehung genauso schlecht wie bei mir.

Ich drängte den Gedanken an meinen Vater beiseite. Ich hatte mit ihm abgeschlossen und wollte ihm auf keinen Fall erlauben, wieder in mein Bewusstsein zu treten.

»Meine Schwester kann fahren«, sagte sie plötzlich. »Sie ist besser geeignet, sich darum zu kümmern.« Ich sah ein ängstliches Flackern in ihren Augen. Ich verstand diese Regung zunächst nicht, doch dann fiel bei mir der Groschen.

Sie fürchtete sich vor ihren Verwandten. Davor, dem Sarg ihres toten Vaters gegenüberzustehen.

»Madame, glauben Sie nicht, dass es besser wäre, wenn Sie selbst Abschied nähmen? Immerhin war es Ihr Vater ...«

Sie brachte mich mit einer Handbewegung zum Schweigen. Im Gegensatz zu Miss Arden verzieh sie mir ein gewisses Maß an Widerspruch. Doch ich erkannte, dass ich nicht weiter vordringen durfte.

»Meine Schwester wird alles Nötige unternehmen. Und jetzt lassen Sie uns wieder zu geschäftlichen Angelegenheiten kommen.«

Gerade rechtzeitig, bevor ein unangenehmes Schweigen

zwischen uns entstehen konnte, erschienen einige Kollegen. Doch ich war nicht so recht bei der Sache, denn die Weigerung von Madame, der Trauerfeier ihres Vaters beizuwohnen, erschütterte mich und warf Fragen in mir auf. Fragen, die wahrscheinlich nie beantwortet werden würden.

In den nächsten Wochen vergrub sich Madame immer weiter. Wir waren alle vorsichtig mit Spekulationen, doch hin und wieder flammten sie auf.

»Ihre Mutter soll auch gestorben sein«, wusste eine der Sekretärinnen, Blanka, zu berichten, deren Eltern ebenfalls aus Polen stammten. Sie hatte zufällig belauscht, wie Madame mit ihrer Schwester am Telefon gesprochen hatte. »Die Schwester ist dort eingetroffen, und als hätte die Mutter darauf gewartet, gab auch sie den Geist auf.«

»Wie hat sie reagiert?«, fragte Gladys.

»Am Telefon wohl noch sehr gefasst, und danach hatte sie ein Meeting. Doch dann ...« Sie seufzte. »Man sieht es doch, es geht ihr schlecht. Wahrscheinlich hat sie ein schlechtes Gewissen. Schließlich war es ihre Mutter, die ihr die Cremedosen geschickt hat.«

Wir alle kannten die Geschichte. Als sie nach Australien gehen musste, auf die Farm ihres Onkels, stellte sie fest, dass ihre Haut unter der heißen, trockenen Witterung litt. Ihre Mutter, die davon überzeugt war, dass ihre Tochter einen guten Ehemann bekommen musste, schickte ihr zehn Döschen einer Creme, die sie später kopierte und als Crème Valaze verkaufte: der legendäre Beginn der Rubinstein Inc.

Ich wusste nicht, was ich dazu sagen sollte. Wieder kam mir der Gedanke, dass Madame ihrer Mutter nähergestanden haben mochte als ihrem Vater, ebenso wie es bei mir der Fall war.

Als hätte mir Blanka den Gedanken von meinem Gesicht abgelesen, fügte sie hinzu: »Sie ist natürlich auch nicht zur Beerdigung der Mutter gefahren. Aber es scheint ihr jetzt im Nachhinein etwas auszumachen. Sie ist seitdem nicht mehr dieselbe.«

Das beunruhigte mich. Wie würde sie auf diese emotionale Belastung reagieren?

Die Gefahr, dass sie ihr Unternehmen erneut veräußerte, bestand wohl nicht, aber ich hatte bereits mitbekommen, dass Madame hin und wieder zu furchtbaren Wutausbrüchen neigte, bei denen sie manchmal sogar Angestellte schlug. Die Betroffenen schwiegen darüber, doch ich hörte den einen oder anderen in seinem Büro weinen. Was machte die Trauer nur aus Madame?

Je mehr ich über ihre Wutausbrüche hörte, desto größer wurde meine Angst, zu ihr gerufen zu werden. Seit meiner Idee mit der Wimperntusche hatte ich das Gefühl, nichts Brauchbares zutage zu fördern. Der Unterrichtsstoff, den ich aus dem College mitnahm, füllte meinen Kopf vollständig aus.

Als das Telefon an einem Freitagnachmittag klingelte, zuckte ich zusammen. Ich wusste, was das bedeutete. Nachdem ich aufgelegt hatte, machte ich mich auf den Weg zu Madames Büro.

Ich erschrak, als ich eintrat. Nie zuvor hatte ich Madame in einem derart derangierten Zustand gesehen! Ihr Chignon war nicht so ordentlich gesteckt wie sonst, auf ihrem graubraunen Blazer hatte sie einen kleinen Fleck, von dem man nicht sagen konnte, ob es Fett oder Tränen waren. Alles in allem wirkte sie nicht wie die strahlende Königin aus den Modemagazinen, sondern wie eine enttäuschte und sehr traurige alte Frau.

»Ah, Sophia, setzen Sie sich«, begrüßte sie mich mit einiger Verzögerung. »Und lassen Sie hören, was Sie für mich haben.«

Mir brach der Schweiß aus, und ich war froh, mich heute für einen dunklen Blazer entschieden zu haben.

»Nun, Madame, ich …« Die Worte stockten mir in der Kehle. Was sollte ich sagen? Dass mir nichts eingefallen war? Dass es vielleicht eine gute Idee wäre, ein paar neue Lippenstiftfarben herauszubringen, wie Arden es momentan tat? Oder neue Bürsten für die Gesichtsmassage?

Ich erkannte, dass Madame anstatt einer Innovation Trost brauchte. Wirklichen Trost, den sie offenbar von niemandem bekam.

»Darf ich mit Ihnen über etwas Persönliches sprechen?«, fragte ich.

Madame lehnte sich zurück und sah mich an. »Bitte«, antwortete sie zu meiner großen Überraschung.

Ich holte kurz Luft, dann begann ich.

»Meine Mutter starb vor einem Jahr. Mein Vater hatte mich nicht benachrichtigt. Nicht aus Rücksicht, sondern weil er mich …« Ich stockte. Hasste er mich? Verabscheute er mich? War ich ihm peinlich? »Er und ich sind schon eine Weile nicht mehr gut miteinander ausgekommen, und das war offenbar seine Rache. Ich war nicht bei ihrer Beerdigung, von ihrem Tod erfuhr ich erst durch unseren Notar. Sie wissen ja, wie lange es dauert, den Ozean zu überqueren.«

Ich blickte zu Madame. Sie schaute mich wie versteinert an, und mir wurde klar, dass der Tod der Mutter und ihr schlechtes Gewissen tatsächlich die Ursache für ihre Ausbrüche waren. Wahrscheinlich wusste sie nicht, wohin mit ihrer Trauer. Das entschuldigte die Schläge natürlich nicht. Jeder hatte die Möglichkeit, sich zu beherrschen. Doch wenn sie sich nicht noch eine Klage von einem ihrer Mitarbeiter einhandeln wollte, musste sie einen Ausweg aus dem Trauerkreislauf finden, der sie tiefer und tiefer hinabzuziehen schien.

»Ich bin also zum Notar gefahren, voller Zorn auf meinen Vater. Und dort erfuhr ich, dass meine Mutter mir geschrieben hatte. Nicht auf jeden Brief, den sie von mir bekommen hatte, eine Antwort, aber auf viele. Sie hatte alle Briefe aufbewahrt. Und als ich dann vor ihrem Grab stand, war es, als wäre sie bei mir. Als würde sie mir sagen, dass ich weitermachen soll.«

Dass ich danach meinen Vater zur Hölle gewünscht hatte, verschwieg ich. Doch vielleicht sah Madame ein, dass es von Nutzen wäre, wenn sie ihre Mutter besuchte. Wenigstens ihr Grab.

Eine Weile hingen meine Worte in der Luft. Hatten sie sie überhaupt erreicht? Würde jetzt sogar ein Donnerwetter folgen, weil ich ihr etwas erzählt hatte, das nicht zur Firma gehörte?

»Die Tatsache ist«, begann sie mit einer leisen Stimme, die ich so nicht von ihr kannte, »ich habe meiner Mutter so viel zu verdanken. Zu meinem Vater hatte ich kein sonderlich gutes Verhältnis, der wollte mich nur so schnell wie möglich verheiraten und hat mich dann zu diesem furchtbaren Onkel nach Australien geschickt. Aber meine *Mame* habe ich geliebt. Sie wollte immer nur mein Bestes. Und jetzt musste sie gehen, ohne dass ich sie noch einmal gesehen habe. Ohne dass ich bei ihr sitzen und beten konnte.«

Tränen kullerten aus ihren Augen. Es war das erste Mal, dass ich Madame weinen sah. Rasch zog sie ein Taschentuch hervor und wischte sich die Rinnsale von den Wangen.

»Und wenn Sie sie aufsuchen? Bei Ihrer nächsten Reise nach Europa vielleicht?«

»Ich kann nicht«, sagte sie, und wieder schlich sich Härte in ihre Stimme. »Ich habe nicht die Zeit.«

»Aber wenn Sie wieder eine Reise nach Europa machen, lässt sich vielleicht ein Tag erübrigen oder zwei«, gab ich zurück. »Ihre Mutter wird Ihnen vergeben, wenn Sie später kommen. Schließlich konnten Sie nicht wissen, dass es geschehen würde.«

Madame nickte. »Trotzdem, ich war nicht respektvoll. Ich

hätte zum Begräbnis meines Vaters fahren müssen, egal, was zwischen uns vorgefallen war. Und ich hätte wissen müssen, dass Mame ihn sehr geliebt hat, so sehr, dass sie ihm gefolgt ist.«

Der Drang, sie in den Arm zu nehmen, überkam mich. Doch dann rief ich mich zur Ordnung. Sie war meine Chefin, keine nette Tante oder Freundin. Dass sie auf meiner Hochzeitsfeier erschienen war und sich mir nun ein wenig geöffnet hatte, bedeutete noch gar nichts. Und ich wusste nur zu gut, was mir blühte, sollte ich auch nur ein Wort über unser Gespräch verlieren.

Aber immerhin hatte ich erreicht, dass sie sich mit dem Tod ihrer Eltern beschäftigte.

»Madame, ich bin sicher, dass Ihre Mutter Ihnen vergeben wird. Oder es sogar schon getan hat«, sagte ich. Ich wusste nichts über jüdische Trauerbräuche, aber ich hoffe, dass es auch für sie eine Art Himmel gab.

»Das ist nett von Ihnen, Sophia.«

Ich spürte, dass sie sich allmählich wieder fasste. Der Schutzpanzer um sie herum, der kurz durchlässig geworden war, verhärtete sich wieder, und auch wenn sie immer noch nicht weniger derangiert aussah, wirkte ihre Miene wieder herrschaftlicher.

»Und, was haben Sie sonst für mich?«, fragte sie, als hätte es unser vorheriges Gespräch nicht gegeben.

»Leider nicht viel«, gab ich ehrlich zu. »Derzeit sind die Vorlesungen sehr anstrengend. Doch ich habe in einer Zeitschrift gesehen, dass Arden neue Lippenstiftfarben anbieten wird.«

Die Erwähnung ihrer Konkurrentin brachte nun vollends die Geschäftsfrau zurück.

»Dann machen Sie sich Gedanken, welche Farben für uns infrage kommen!«, antwortete sie. »Und nicht dass wir zu nahe an den Farben dieser Person dran sind. Rubinstein könnte tatsächlich eine Auffrischung vertragen. Legen Sie mir doch nächste Woche eine Farbpalette vor!«

Überrumpelt starrte ich sie an. Eine neue Farbpalette bis nächste Woche? Vielleicht hätte ich doch eher die Bürsten ansprechen sollen.

In diesem Augenblick klingelte das Telefon, und bevor ich sie fragen konnte, wie viele Farben sie wünschte, entließ sie mich mit einer Handbewegung.

Als wäre die Audienz bei Madame nicht aufreibend genug gewesen, erwartete mich zu Hause eine aufgelöst wirkende Henny.

»Wie gut, dass du da bist!«, sagte sie, während sie nervös von einem Bein aufs andere trat. »Ich muss dir etwas sagen.«

Oh nein, nicht das auch noch, ging es mir durch den Sinn. Hatte die Tanzschule ihr wieder gekündigt?

»Muss ich mich setzen?«, fragte ich müde, schälte mich aus meinem Blazer und versuchte mich an einem Lächeln.

»Ich möchte nicht, dass du mir böse bist«, fuhr sie fort.

»Jetzt machst du mir aber Angst«, sagte ich. »Worum geht es denn?«

»Ich ... ich habe eine Wohnung gefunden!«

Ich zog die Augenbrauen hoch. Sollte das die schlechte Nachricht sein?

»Aber ... das ist ja wundervoll!« Ich ging zu ihr, um sie in meine Arme zu ziehen. »Warum sollte ich dir deshalb böse sein?«

»Nun ja, du hast so viel getan, und ich wollte nicht undankbar erscheinen ... Und die Wohnung ist wirklich wunderbar. Ganz in der Nähe des Tanzstudios. Ich weiß, das ist ein gutes Stück von hier entfernt, aber wir können uns ja gegenseitig besuchen.«

Ich drückte sie an mein Herz, und Tränen stiegen mir in die Augen. »Das ist großartig!«, sagte ich. »Deine erste eigene Wohnung in New York! Jetzt hast du es wirklich geschafft!«

»Bist du nicht böse?«, fragte sie zweifelnd, doch ich schüttelte den Kopf.

»Nein, keineswegs«, sagte ich, gab sie frei und wischte mir die Tränen aus dem Gesicht. »Ich freue mich so sehr für dich. Nach allem, was du hinter dir hast.«

»Dann wirst du nicht traurig sein, wenn ich ausziehe?«

»Ein bisschen. Aber das war doch unser Ziel, dass du wieder auf eigenen Füßen stehst, nicht wahr? Und wie du schon sagtest, wir können uns doch gegenseitig besuchen.«

Ich nahm sie bei den Händen und zog sie zum Küchentisch. Eigentlich hätten wir ihre neue Wohnung feiern müssen, doch wir hatten nichts dafür im Schrank.

»Ich laufe schnell zum Deli«, sagte Henny. »Wenn ich euch schon verlasse, dann will ich euch wenigstens noch etwas verwöhnen.« Bevor ich sie zurückhalten konnte, sprang sie auf, schnappte sich ihre Jacke und verschwand.

Ich schaute ihr hinterher, und erst nach einigen Minuten realisierte ich, was ihre Worte bedeuteten. Ich hatte ihr Mut zugesprochen, aber ich war tatsächlich ein wenig traurig.

Sicher, es war umständlich, wenn Darren und ich intim werden wollten. Aber es hatte den Vorteil gehabt, dass, wann immer ich nach Hause kam, jemand da war. Und dass ich mich nicht um sie zu sorgen brauchte.

Eine Viertelstunde später kehrte Darren von der Arbeit zurück.

»Henny wird ausziehen«, eröffnete ich ihm, als er durch die Schlafzimmertür trat, wo ich gerade anfangen wollte, die Betten neu zu beziehen. »Sie hat sich eine Wohnung gesucht.«

»Na wunderbar!«, gab Darren zurück. »Dann haben wir die Wohnung wieder für uns!«

Das stimmte, dennoch fühlte sich mein Herz schwer wie ein Stein an.

»Du wirkst nicht besonders glücklich«, stellte Darren fest und kam zu mir. »Ist die Bude etwa ein Rattenloch?«

Ich schüttelte den Kopf. »Keine Ahnung. Es ist nur ... Sie hat mir nicht gesagt, dass sie sucht.«

»Sie ist eine erwachsene Frau, Sophia. Auch wenn du sie in den vergangenen Monaten wie ein kleines Mädchen bemuttert hast.«

Hatte ich das? Ich blickte Darren fragend an. »Ich wollte nur, dass es ihr gut geht. Dass sie nach allem, was sie in Paris erlebt hat, wieder auf die Beine kommt.«

»Und das hat sie auch geschafft, nicht wahr? Sie hat einen tollen Job, verdient recht gut, und irgendwann wird sie auch wieder eine Beziehung haben wollen. Das geht nicht in unserer Wohnung.« Er kam zu mir und legte mir seinen Arm um die Schultern. »Sie ist ja nicht aus der Welt, du wirst sie bestimmt häufig besuchen.« Er lächelte mich vielsagend an. »Außerdem brauchen wir jetzt nicht mehr leise zu sein, wenn wir miteinander schlafen, stimmt's?«

Ich erwiderte sein Lächeln. Wir küssten uns vorfreudig, und ich fühlte mich schon viel besser.

»Ach übrigens«, sagte ich, denn ein Gedanke schoss mir durch den Kopf. »Gibt es eine Farbe, die du auf meinen Lippen sehen möchtest?«

Darren zog verwundert die Augenbrauen hoch. »Na ja, Rot. Aber am schönsten sind deine Lippen in Natur.« Er drückte mir einen schmatzenden Kuss auf den Mund.

»Nicht hilfreich«, gab ich zurück, holte mir dann aber noch einen weiteren Kuss von ihm.

»Warum fragst du das eigentlich?«, wollte Darren wissen. »Du weißt doch, du brauchst dich nicht zu schminken, um mich auf Touren zu bringen.« Seine Hand wanderte unter meine Bluse. Ich spürte deutlich sein Verlangen, und ich selbst hätte jetzt auch nichts dagegen gehabt, mit ihm im Bett zu verschwinden.

»Ich soll mir Farben für Lippenstifte ausdenken. Und ich habe keine Ahnung, wo ich ansetzen soll.«

»Besorg dir einen Farbkasten« war Darrens Ratschlag. »Dann mischst du die Farben zusammen, bis du Töne findest, die Madame gefallen.«

War es so einfach?

»Was meinst du, wie viel Zeit haben wir, bis Henny zurück ist?«, fragte er, und ich spürte seine Hand an meiner Brust.

»Ich weiß nicht, das Deli ist um die Ecke.«

Im nächsten Augenblick drehte sich der Schlüssel im Schloss. Offenbar war Henny schneller als gedacht. Seufzend zog Darren seine Hand wieder zurück.

»Nur noch ein bisschen warten«, murmelte er in sich hinein. Ich küsste seine Schläfe, dann erhob ich mich, um Henny entgegenzugehen.

25. Kapitel

Nicht nur einmal ging mir in den folgenden Tagen durch den Kopf, dass das Leben von Männern hinsichtlich ihres Äußeren einfacher war als das der meisten Frauen. Sie brauchten sich keine Gedanken darüber zu machen, welches Make-up zu ihrer Kleidung passte oder welches Parfüm für welchen Anlass angemessen war.

Die Suche nach neuen Farben für Rubinstein-Lippenstifte gestaltete sich für mich genauso schwierig, wie ich es erwartet hatte. Hatte ich einen Farbton gefunden, stellte sich heraus, dass es Vergleichbares bereits gab. Auch Henny konnte nicht viel für mich tun. Legte ich ihr eine Farbe vor, war sie meist begeistert und sagte, dass sie sich vorstellen könnte, sie zu tragen. Nur vor Lilatönen schreckte sie zurück und meinte, damit würde sie aussehen, als bekäme sie keine Luft. Das reichte immerhin, um Lila zu verwerfen.

Wie sollte ich Madame nur zufriedenstellen?

Ich versuchte es mit der Beobachtung meiner Kommilitoninnen. Aber die meisten von ihnen waren nur dezent oder überhaupt nicht geschminkt. Selten traf man das eine oder andere Mädchen, das blutrote Lippen hatte. Das College war wohl nicht das richtige Umfeld. Ich merkte es an mir selbst.

Ich schminkte mich so, dass es für das College nicht zu viel und für Madame ausreichend war, wenn ich ihr zufällig auf dem Flur begegnete.

Schließlich griff ich auf Darrens Ratschlag mit dem Farbkasten zurück. Schon in der Schule war ich keine besonders gute Malerin gewesen, doch ich erinnerte mich noch an die Farbenlehre, die wir im Unterricht gehabt hatten. Dementsprechend mischte ich einige Töne und versuchte mir zu merken, wie viel von jeder Farbe ich genommen hatte. Die Pigmente, die man für Lippenstifte verwendete, waren ein wenig anders. Aber letztlich konnten geübte Hände jeden Ton ebenso zusammenmischen, wie ich ihn zeichnete.

Nach Verstreichen der Wochenfrist, die Madame mir gegeben hatte, rechnete ich damit, dass das Telefon schrillen würde, sobald ich im Büro erschienen war.

Ich machte mich auf das Schlimmste gefasst, puderte noch einmal sorgfältig meine Nase und trug den Lippenstift neu auf. Dann holte ich die Palette hervor.

Ich hatte schließlich einfach Proben aller Farbflecken aufgeklebt, die ich mit meinem Malkasten zusammengemischt hatte. Seltsamerweise waren ein paar Töne dabei, die sich als Lidschattenfarbe sehr gut machen würden. Bei den Lippen war ich mir nicht sicher. Nach einer Weile hatten die Rot- und Pinktöne angefangen, gleich auszusehen.

Besser, ich wappnete mich gegen Madames Ablehnung.

Doch auch nach einer Stunde klingelte das Telefon nicht. Ich schaute von meinen Unterlagen auf und ging in Richtung Küche. Der Kaffeeduft war dort in die Wände eingesickert. Allein schon, wenn man sich dort eine Weile aufhielt, wurde man wacher.

Ein Klappern sagte mir, dass ich nicht allein sein würde. Als ich um die Ecke bog, sah ich eine von Madames Assistentinnen. Sie war sonst dafür zuständig, ihre Termine abzuklären. Manchmal wurde sie auch aus dem Haus gescheucht, um Blumen zu kaufen. Besonders wenn es Pfingstrosen gab, war sie sehr viel unterwegs. Madame nannte sie ihre »Blumenfrau«. Aufgrund meiner begrenzten Arbeitszeit hier unterhielt ich mich nur selten mit den Assistentinnen und Sekretärinnen.

Die Blumenfrau zuckte zusammen, als ich durch die Tür trat.

»Hi«, sagte ich und setzte ein Lächeln auf.

»Hi«, entgegnete sie, dann wandte sie sich wieder der Kaffeekanne zu und schenkte sich eine Tasse ein.

Ich biss mir auf die Lippe. Wie konnte ich mit ihr ins Gespräch kommen?

Es wäre wesentlich leichter, mit den Frauen zu sprechen, die sich hin und wieder auf einem der Balkone trafen, um zu rauchen. Doch ich rauchte nicht, und so hatte ich auf dem »Schwatzbalkon« auch nichts zu suchen.

»Ist Madame gar nicht im Büro?«, versuchte ich es direkt, bevor die Blumenfrau auf die Idee kam, wieder in ihr Büro zu verschwinden.

»Oh, haben Sie es nicht gehört?«, fragte sie. »Madame ist in die Schweiz gereist.«

Die Schweiz? Ich schüttelte verständnislos den Kopf.

»Wussten Sie davon?«, fragte ich und schenkte mir etwas aus der Kaffeekanne ein.

»Nein, sie muss es am Wochenende beschlossen haben. Wahrscheinlich ist sie jetzt schon auf dem Schiff.«

»Könnte es sein, dass sie einen Abstecher in die Heimat machen will?«

Die Assistentin zuckte mit den Schultern. »Keine Ahnung, was sie vorhat. Marcia vermutet, dass sie zu einem Wunderdoktor will.«

Ein Wunderdoktor? Hatte sich Madame denn krank gefühlt?

»Wir sollten froh darüber sein«, sagte die Blumenfrau. »Jetzt scheucht sie uns erst einmal nicht herum oder lässt ihre Wut an uns aus.«

Ich nippte an meiner Kaffeetasse, um nichts darauf erwidern zu müssen.

Als sie fort war, fragte ich mich, ob Madames Reise wohl eine Reaktion auf meine Geschichte war. Und angesichts der Tatsache, dass ich ihr meine Farben noch nicht zeigen musste, konnte ich fürs Erste aufatmen.

»Was meinst du?«, fragte mich Henny, während sie die Farbmuster, die wir uns aus einem kleinen Farbenladen geholt hatten, an die Wand hielt. »Beige oder eher ein Rosaton?«

Der Sonntag war noch jung, und das Haus wirkte sehr ruhig, doch ich wusste von Henny, dass es unter ihr einen Musikliebhaber gab, der sich, sobald er aus den Federn heraus war, an sein Klavier setzte und spielte. Das erinnerte mich ein wenig an den Kommerzienrat aus dem Wohnhaus meiner Eltern. Ich war gespannt, was er heute zum Besten geben würde.

»Die sind beide hübsch«, entgegnete ich und ertappte mich dabei, dass ich nicht so recht wusste, was ich ihr bezüglich der Wohnungseinrichtung raten sollte.

Bei der Schönheitsfarm hatten wir Anweisungen von Miss Arden und deren Innenarchitektinnen erhalten. Ich selbst hatte noch nie eine Wohnung eingerichtet. Die Gestaltung meines Mädchenzimmers in der Wohnung meiner Eltern hatte meine Mutter übernommen. Ich hinterfragte sie nie. Mein Zimmer bei Mr Parker war bereits eingerichtet gewesen, ebenso meine Unterkunft auf der Farm. Auch bei Darren war ich ins gemachte Nest gefallen.

»In Berlin hätte man mir nicht erlaubt, die Wände zu streichen«, bemerkte Henny, die ebenso wie ich von den Auswahlmöglichkeiten ein klein wenig überfordert war. Sie seufzte. »Vielleicht sollte ich es lassen.«

Ich schüttelte den Kopf. »Nichts da! Wenn du die Möglichkeit hast, deine Wohnung selbst zu gestalten, dann tu das!«

Sie überlegte und fragte mich: »Wenn du eure Wohnung umgestalten würdest, welche Farbe würdest du wählen?«

»Ähm ...«, machte ich und überlegte fieberhaft, was ich sagen sollte. »Vielleicht in einem hellen Blau? Obwohl ich auch mit den weißen Wänden zufrieden bin.«

Ein schelmischer Ausdruck erschien in ihren Augen. »Möglicherweise mit weißen Kacheln, wie ein Labor?«

Ich wollte protestieren, aber dann erschien mir die Vorstellung, ein gekacheltes Wohnzimmer zu haben, so absurd, dass ich lachen musste. Henny stimmte mit ein, und unser gemeinsames Lachen wischte die Anspannung der vergangenen Tage hinfort.

Doch ich fragte mich immer wieder, ob ich das Richtige getan hatte. Ohne Madame hätte ich das Studium nicht wieder aufnehmen können, aber was, wenn sie mich nie dort arbeiten ließ, wo ich wollte?

Meine Zweifel und Gedanken hatte ich bislang mit niemandem geteilt. Ich wusste, dass Darren der Meinung war, dass ich diese Aufgabe stemmen konnte. Und Henny hatte mit ihrer Tanzschule und der neuen Wohnung zu tun. Ich wollte sie nicht belasten.

An diesem Sonntag schien das Drumherum nicht mehr zu existieren, hier galt es nur, eine Entscheidung zu treffen zwischen Farben und Stoffen für die Vorhänge. Dafür war ich sehr dankbar, auch wenn ich wahrscheinlich auch hier keine große Hilfe war.

Darren war es gelungen, ein paar gebrauchte Möbelstücke aufzutreiben. Gesehen hatten wir sie noch nicht, aber Darren versicherte, dass sie in allerbestem Zustand seien. Die dazugehörigen Jungs, die sie transportieren sollten, gab es als Bonus gleich mit.

»Solange ich die Würmer nicht knabbern höre, ist alles in Ordnung«, hatte Henny scherzhaft bemerkt. Ich hoffte inständig, dass das Holz nicht wurmstichig war.

»Ich kann es immer noch nicht fassen«, sagte sie jetzt und blickte sich um. »Wenn du mich vor einem Jahr gefragt hättest, ob ich das hier für möglich halten würde ...«

»Siehst du, so kann es gehen«, entgegnete ich. »Manchmal kommt das Glück schneller, als man denkt.«

Sie blickte mich an. »Danke für alles, was du getan hast.«

Ich zog die Augenbrauen hoch. »Warum sagst du das? Du hast doch wohl nicht vor, wieder jahrelang nicht mehr mit mir zu reden?«

»Nein, keineswegs!«, gab sie empört zurück, dann erkannte sie, dass ich scherzte.

»Ich bin immer für dich da, hörst du?«

»Ich weiß. Aber das hier ...«

»Ist nicht viel mehr als das, was du damals in Berlin für mich getan hast.« Ich zog sie in meine Arme und drückte sie.

Dann fiel mein Blick auf die Farbmuster. »Du solltest vielleicht den pudrigen Rosaton nehmen. Wenn ein Mann in diese Wohnung einzieht, kannst du es ja immer noch ändern, aber jetzt hast du das Prinzessinnenschloss verdient.«

In aller Frühe begaben wir uns am folgenden Sonntag zu Hennys Wohnung. In den vergangenen Tagen hatte Darren viel von seiner Freizeit aufgewandt, um beim Streichen der Wände mitzuhelfen. Hier und da hatte er auch ein paar Schäden ausgebessert, so gut, dass Henny scherzhaft bemerkt hatte, er würde einen perfekten Handwerker abgeben.

Ich war stolz auf meinen Mann und darauf, dass er mir in dieser Situation so gut beigestanden hatte. All die Monate hatte er Hennys Anwesenheit geduldet, ohne zu murren. Die beiden hatten sich besser verstanden, als ich es erwartet hatte.

Jetzt fehlte Henny nur noch eine neue Liebe, dann hatten wir alles erreicht, was ich mir für sie wünschte.

Es dauerte bis zum Mittag, bis die Möbel erschienen. Der etwas gequält wirkende Ton einer Hupe hallte durch die Straße, das Zeichen, dass unsere Mannschaft da war. Darren ging den Männern entgegen, nahm sie in Empfang, und wenig später wurden die Möbelstücke nach oben getragen. Wir begutachteten jedes einzelne, und ich musste zugeben, dass es eine schöne Auswahl war.

Besonders gut gefiel mir der mit magentafarbenem Samt bezogene Diwan, der früher einmal einer Wahrsagerin gehört haben sollte. Es war verwunderlich, dass er nicht in einem hochpreisigen Antiquitätengeschäft gestanden hatte. Bei der Vorstellung, wie Henny darauf lag, in einem zartrosa Kleid, musste ich lächeln. Ja, sie würde wirklich eine Prinzessin sein!

»Um diesen Diwan da würde dich Madame beneiden«, erklärte ich, während die Männer ihn in die Ecke bugsierten, die Henny dafür auserkoren hatte.

»Nicht nur sie«, gab sie zurück. »Was meinst du, was in Paris los gewesen wäre! Bei meinen Kolleginnen!«

Ich blickte sie an. Noch immer war ich mir unsicher, wie Henny zu den Erfahrungen in Paris stand. Seit dem Ende ihrer Therapie bei Dr. Rosenbaum hatten wir das Thema nicht mehr angeschnitten, ja nicht einmal den Namen der Stadt ausgesprochen.

Henny erwiderte meinen Blick, und offenbar las sie meinen Gedanken von meinen Augen ab.

»Es ist okay«, sagte sie. »Es macht mir nichts mehr aus. Und die schönen Erinnerungen daran kann ich mir doch bewahren, nicht? Es war nicht alles schlecht in und an Paris.«

»Nein, das war es nicht«, sagte ich und erinnerte mich wieder daran, wie wir hoffnungsvoll über den Bahnsteig geschritten waren, das erste Mal fern von unserem Zuhause. »Paris hatte so viele Träume für uns.«

»Und wie du siehst, haben sich einige erfüllt.«

Das stimmte. Auch wenn es zuweilen Umwege gekostet hatte.

Der einzige Traum, der sich nicht erfüllt hatte, war, meinen Sohn zu sehen. Doch ich drängte den Gedanken rasch beiseite. Er gehörte nicht hierher, nicht zu diesem neuen Anfang.

Spät am Abend, beim Abschied, lagen Henny und ich uns lange in den Armen. Auch wenn ich wusste, dass es nicht so war, kam es mir vor wie ein Abschied für immer, wie der Verlust einer Schwester. Gleichzeitig war ich glücklich. Jetzt würde ich endlich den Kopf wieder frei haben. Jetzt konnten wir die dunkle Zeit hinter uns lassen.

26. Kapitel

Madame kehrte einen Monat später genauso plötzlich in die Firma zurück, wie sie verschwunden war. Wir hatten uns so an ihre Abwesenheit gewöhnt, dass es wie ein kalter Guss war, festzustellen, dass der »General« wieder seinen Posten eingenommen hatte.

Gladys' Stimme wirkte beinahe ängstlich, als sie mir beim Hereinkommen ins Büro zuraunte, dass Madame mich unverzüglich sehen wolle.

Ich zog überrascht die Augenbrauen hoch. »Sie ist also wieder da?«

»Ja, und ich weiß nicht ... Irgendwie ist sie ganz anders.«

Was hatte das zu bedeuten? Gladys wirkte jedenfalls nicht so, als hätte sie seit Madames Auftauchen sonderlich viel Ruhe gehabt.

Ich ging in mein Büro, entledigte mich meines Mantels und griff nach meiner Mappe. Wenig später klopfte ich an Madames Tür.

»Kommen Sie rein!«, rief ihre Stimme, kraftvoll und fest, wie wir sie zuletzt gar nicht mehr von ihr gewöhnt waren.

Ich trat ein. »Guten Tag, Madame, wie geht es Ihnen?«

Es war ihr anzusehen, dass es ihr wesentlich besser ging.

Die tristen Kleider in gedeckten Farben hatte sie abgelegt, ein durchdringendes Königsblau strahlte mich an.

»Sophia, meine Liebe!«, rief sie aus und streckte mir die dick beringten Hände entgegen. Diesmal glitzerte es gelb und violett auf goldenem Untergrund. Die Schmuckstücke waren mir neu, offenbar hatte sie ihre alte Angewohnheit, sich mit Perlen und Edelsteinen zu trösten, wieder aufgenommen.

Auch in ihrem Gesicht hatte sich etwas getan. Sie wirkte wesentlich rosiger, und ihre Wangen waren tatsächlich schlanker. Letzteres galt auch für ihre gesamte Gestalt.

»Schön, dass Sie wieder da sind, Madame«, antwortete ich und reichte ihr die Hand.

Sie bedeutete mir, dass ich mich setzen sollte. Dabei bemerkte ich, dass es noch eine Veränderung gab.

Früher hatte sie stets eine Tüte mit fettigen Hühnerbeinen auf dem Tisch stehen gehabt, die sie zur Mittagszeit verzehrte. An ihre Stelle war ein Schälchen mit geraspeltem Apfel und Möhre gerückt. Der frische, saftige Geruch durchdrang sogar das ewig pudrige Odeur des Raumes und ließ mir das Wasser im Mund zusammenlaufen.

»Ein kleines Andenken an die Kur in der Schweiz«, erklärte sie. Zunächst glaubte ich, dass sie den üppigen Ring meinte, doch dann fiel ihr Blick auf das Schälchen mit der Rohkost. »Es hat mir dort gutgetan, warum es nicht hier fortführen?«

»Sie waren auf einer Kur?«, wunderte ich mich. Kein Wunder, dass die Schatten und auch die Traurigkeit aus ihren Augen verschwunden waren.

»Ja, und es war herrlich!«, sagte sie gut gelaunt. »Ich sollte vielleicht ein Buch darüber schreiben.«

Es war mir ein Rätsel, wie sie es fertigbringen wollte, neben all ihrer Arbeit noch ein Buch zu schreiben.

»Eine gute Idee«, sagte ich dennoch, denn ich wusste, dass man Madame einen Einfall schlecht ausreden konnte.

»Sie haben keine Ahnung, wie unglaublich positiv Rohkost und frische Bergluft auf einen Körper wirken«, fuhr sie fort. »Der liebe Doktor Bircher-Benner ist ein faszinierender, kluger Mann. Ich könnte mir vorstellen, dass sich seine Diät auch in meinen Salons hervorragend machen würde. Stellen Sie sich vor, was die Damen dazu sagen würden!«

Ich konnte mir denken, dass die Damen nicht gerade entzückt sein würden bei dem Anblick eines Schälchens Apfelraspel mit Möhren.

»Außerdem war ich in Paris und habe dort einen faszinierenden Mann getroffen.«

Jetzt wurde mir alles klar. Nicht nur die Rohkost und die Bergluft hatten ihr gutgetan.

»Prinz Artchil Gourielli-Techkonia«, fügte sie in schwärmerischem Ton hinzu. »Er stammt aus Georgien, lebt aber seit einiger Zeit in Paris. Ich glaube kaum, dass es einen zweiten Mann mit so viel Charme und Kunstverstand gibt.«

Ich lächelte in mich hinein. Der Name erinnerte mich an den Prinzen in der Puderfabrik von Miss Arden, der auf Maine Chance die Pferde in Bewegung gehalten hatte. Hatte dieser Prinz Gourielli-Techkonia auch etwas von einem wagemutigen Kosaken?

Ich wagte nicht zu fragen. Dennoch schoss mir eine andere Frage in den Sinn: Was würde Mr Titus dazu sagen, dass sie einen neuen Schwarm hatte?

Obwohl sie getrennt lebten, waren sie vor dem Gesetz immer noch verheiratet. Lag eine Scheidung in der Luft? Die Zeitschriften würden sich gar nicht mehr einkriegen, wenn Madame einen neuen Ehemann wählte.

Doch vielleicht war das alles auch ganz harmlos.

»Das freut mich sehr für Sie«, entgegnete ich und meinte es

von ganzem Herzen. Nach der Zeit des Leids hatte sie wieder etwas Glück verdient. Und eine verliebte Madame würde wahrscheinlich nicht mehr so wüst auf Tische schlagen und Werbemänner halb aus dem Anzug schütteln.

»Und, was machen die Lippenstifte?«, fragte sie im nächsten Atemzug.

Ertappt öffnete ich den Mund, wusste aber nicht, was ich sagen sollte. Warum hatte sie das Thema über Rohkost, Bergluft und dem georgischen Prinzen nicht vergessen?

»Ich ... ich habe einige Farben zusammengestellt«, presste ich schließlich hervor. »Ich hole sie, wenn Sie einen Blick darauf werfen möchten.«

»Und ob ich das möchte!«, gab sie zurück. Sie klatschte in die Hände. »Holen Sie sie! Ich bin gespannt, ob etwas Brauchbares dabei ist!«

Mit pochendem Herzen lief ich zu meinem Büro zurück.

»Und, wie ist sie gelaunt?«, fragte mich eine der Assistentinnen, die mir entgegenkamen. Offenbar hatte sich herumgesprochen, dass ich zum Rapport gerufen worden war.

»Eigentlich recht gut«, gab ich zurück. »Aber möglicherweise ändert sich das bald.«

In meinem Büro kramte ich die Mappe mit den Farbmustern hervor. Dann kehrte ich zu Madame zurück.

Diese runzelte die Stirn, als ich ihr die Blätter zeigte. Doch ich ließ mich nicht beirren. Mein Verstand lief auf Hochtouren, denn ich wusste, dass Madame zu den Farben eine Erklärung wünschte.

»Einen dieser Töne hier könnten wir Strandrose nennen«, sagte ich und deutete auf zwei zartrosa Töne und einen hellroten Ton. Tatsächlich erinnerte die Farbe an die wilden Rosen, die ich als Kind mal an der Ostsee gesehen hatte und die auch auf Martha's Vineyard zu finden waren.

»Dieses Rot hier lässt mich eher an einen Sonnenuntergang

denken. Ich weiß, dass Untergang kein besonders positives Wort ist, doch es suggeriert den Kundinnen, dass sie ihn für den Abend benutzen können.« Die beiden tief orangeroten Töne hatten Henny gut gefallen.

Ich fuhr fort und war erstaunt darüber, welche Bezeichnungen mein Kopf ausspuckte. Abendschein, Goldstunde, Morgenglanz und so weiter.

Während ich auf eine Reaktion von Madame wartete, hatte ich das Gefühl, mich um Kopf und Kragen zu reden.

»Was bedeuten die Blautöne?«, fragte Helena Rubinstein schließlich. Weder von ihrer Stimme noch von ihrer Miene konnte ich Ge- oder Missfallen ablesen.

»Diese Töne sind zufällig entstanden. Aber ich dachte, sie würden eine gute Farbe für einen Lidschatten abgeben. Sommerwind vielleicht.«

Madame ließ meine Worte eine Weile wirken. Ich spürte, wie mir der Schweiß am Rückgrat entlangrann.

»Ihre Vorgehensweise ist ein wenig abenteuerlich, aber letztlich zählt das Ergebnis, nicht wahr?«, sagte sie schließlich.

»Nun, ich bin keine Designerin«, gab ich zu bedenken. Eigentlich war das hier die Aufgabe der Produktentwicklung.

Madame warf mir noch einen skeptischen Blick zu, dann sagte sie: »Dafür haben Sie sich recht gut geschlagen.«

Hörte ich richtig? Verdutzt starrte ich sie an.

»Wirklich? Ich meine ...«

Madame hob die Hand, und ich verstummte sofort. »Ich werde die Farben an die Entwickler weitergeben, die können sich den Kopf darüber zerbrechen, wie sie sie ohne Zeichentusche realisieren können.«

Meine Wangen begannen zu glühen.

»Gute Arbeit, Sophia. Wie ich sehe, kann man Sie auch außerhalb des Labors gut gebrauchen.«

Diese Worte versetzten mir einen Stich. Und wenn ich nun

ins Labor möchte?, wäre es mir beinahe rausgerutscht, doch ich biss mir auf die Zunge und bedankte mich lediglich.

Das Leben kehrte in den folgenden Wochen mit Wucht in die Firmenzentrale zurück. Mit ihrer neuen Beschwingtheit verunsicherte Madame ihre Mitarbeiter und Mitarbeiterinnen zunächst, doch dann ließen wir uns von ihr mitreißen. Es gab nun mehr Sitzungen, und manchmal musste ich mich sehr beeilen, um vom College rechtzeitig im Büro zu sein.

Die Zeit reichte meist nicht, um meinen Kopf frei zu bekommen. Ich dachte an Marketing, an chemische Formeln und andere Dinge, während sie uns mit ihren Ideen beschoss, eine strahlender als die andere.

»Ein Tag der Schönheit!«, platzte ihre Stimme an einem warmen Herbstnachmittag wie ein Knallfrosch in mein Nachdenken. Auch die anderen Anwesenden wurden hellhörig. »Wir werden so etwas in den Salons einführen.« Sie klatschte sich selbst Beifall, dann fragte sie: »Was meinen Sie dazu?«

»Das klingt nach einer guten Idee«, sagte einer der Werbemänner. »Fragt sich nur, wie oft dieser stattfinden soll und auf welchen Tag wir ihn legen. An jedem Tag ist er ja nichts Besonderes mehr.«

»Und wir müssen auch sehen, in welchem Preissegment wir ihn unterbringen. Machen wir ihn zu teuer, kommen nur wenige Kundinnen, ist der Preis zu niedrig, glauben die gut betuchten Kundinnen, dass es nichts wert ist.«

Die Runde nickte einhellig. Wir kannten nur allzu gut den Drahtseilakt zwischen Qualität und Erschwinglichkeit.

»Es soll sich für die Kundinnen außerdem wie ein Feiertag anfühlen und nicht wie eine Ware«, fuhr Madame fort. Ihr Blick fiel auf mich. »Was sagen Sie dazu, Sophia?«

»Kommt ganz darauf an«, antwortete ich. »Wir müssen den

Kundinnen etwas Besonderes bieten. Etwas, das bisher noch nicht gemacht wurde.«

»Gesunde Ernährung!«, flötete Madame. Tatsächlich war sie dem Schälchen mit Rohkost treu geblieben. Hin und wieder schickte sie eines ihrer Mädchen für alles los, um Rohkost aus einem Deli zu holen. Sie schien regelrecht süchtig danach. »Würde man so etwas auch auf der Schönheitsfarm dieser Person machen?«

Die Frage schoss mir wie ein glühender Pfeil durch die Magengrube.

»Es gibt ein Ernährungskonzept auf Maine Chance«, antwortete ich. »Miss Arden hat eigens einen Experten angestellt, der es entwickelt hat.«

»Gayelord Hauser«, sagte Madame. Offenbar war sie informiert und hatte es nur aus meinem Mund hören wollen, um zu prüfen, wie loyal ich war. »Aber der ist nichts gegen Dr. Bircher. Nur weil man selbst in den Genuss einer Kur in den Bergen gekommen ist wie dieser Mr Hauser, kann man sich noch nicht Experte nennen.«

Ein mokantes Lächeln spielte um ihre Mundwinkel. Ich konnte mir Mr Hausers Gesicht lebhaft vorstellen, wenn ihm das zu Ohren käme. Doch in dieser Runde saß wohl niemand, der ihn persönlich kannte.

»Wir werden in unseren Salons einen wissenschaftlicheren Ansatz verfolgen.« Sie warf einen Blick in Richtung ihres Geschäftsführers Mr Johnston. Dieser wirkte immer ein wenig gequält, wenn Madame ihn ansprach, doch er war ein kluger Kopf, der sehr viel vom Geschäft verstand. Soweit ich es mitbekommen hatte, war er maßgeblich daran beteiligt, das Vertrauen in die Marke Rubinstein nach dem Absturz wieder zu festigen. »Dazu passend könnten wir auch mein Buch in die Salons stellen. Einige von Ihnen wissen bereits, dass ich daran schreibe. Die Verhandlungen mit den Verlagen laufen bereits.«

Ich zog überrascht die Augenbrauen hoch. Dass Madame tatsächlich an einem Buch arbeitete, war mir neu.

Mr Johnston meldete sich nun zu Wort und sprach über die Finanzierung des neuen Salons in Queens. Madame hatte eine Weile gebraucht, meinen Vorschlag aber schließlich doch aufgegriffen. Ich war erleichtert darüber, dass Madame keine eigene Schönheitsfarm mehr wollte.

Nach der Sitzung bat mich Madame Rubinstein in ihr Büro.

»Ich habe einen Auftrag für Sie!«, eröffnete sie mir gut gelaunt und ging schnurstracks zu ihrem Schreibtisch.

»Sie sind doch mit akademischem Schreiben vertraut«, begann Madame. Im nächsten Augenblick holte sie ein Papierbündel aus der Schublade und schob es zu mir rüber.

»*This Way to Beauty* by Helena Rubinstein« stand in Großbuchstaben auf dem Deckblatt. Das musste das Buch sein, von dem sie gesprochen hatte. Doch hatte sie nicht gesagt, dass sie noch daran arbeiten würde?

»Ja, natürlich.«

»Ich wäre Ihnen sehr dankbar, wenn Sie es vorab lesen und mir sagen könnten, wie es sich anhört.«

Ich blickte sie verwundert an. »Ich ... ich bin keine Lektorin.«

»Aber Sie sind Wissenschaftlerin, nicht wahr?«, fragte Madame zurück. »Erinnern Sie sich daran, wie ich Ihnen einmal sagte, dass meines Erachtens die Kosmetik zur Medizin gehören sollte?«

»Ja, daran erinnere ich mich«, gab ich zurück und hatte wieder die Szene vor Augen, als ich das erste Mal mit ihr den Ozean überquert und sie mir die Grundlagen der Schönheitsindustrie beigebracht hatte.

»Nun, wie Sie wissen, bin ich bei jeder meiner Unternehmungen genauer Beobachtung ausgesetzt. Ein Scheitern meines Buches würde diese Person dazu bringen, sich despektierlich über mich zu äußern.«

Legte sie wirklich so viel Wert auf die Meinung von Miss Arden?, fragte ich mich verwundert.

»Ich möchte Sie bitten, das Manuskript durchzulesen und gegebenenfalls Formulierungen, die nicht ganz so wissenschaftlich klingen, zu ersetzen. Bekommen Sie das hin?«

»Natürlich, Madame«, entgegnete ich, obwohl ich der Ansicht war, dass es Bessere für diesen Job gab.

»Gut!«, rief Madame aus und klatschte in die Hände. »Dann bin ich gespannt, was Sie dazu sagen.«

Ich wusste genau, dass sie Kritik nicht gern hören würde. Aber vielleicht war das Buch ja wirklich so gut, dass es Spaß machte, es zu lesen.

»Ich erwarte Ihre Meinung in einer Woche. Gegebenenfalls muss ich noch etwas umschreiben, und in zwei Wochen soll es zum Verlag.«

Nur eine Woche!, wäre es mir beinahe herausgeplatzt, doch glücklicherweise hatte ich heute meine Stimme gut im Zaum.

»Ich werde mich bemühen, es bis dahin fertig zu haben«, sagte ich, auch wenn das bedeutete, dass ich meine Freizeit dafür opfern musste.

Das Manuskript erschien mir schwer wie Blei, während ich es in meiner Tasche neben mir hertrug. Während der Bürozeiten war ich nicht dazu gekommen hineinzulesen, doch die Worte von Madame saßen mir im Nacken. Für gewöhnlich nahm ich nur sehr selten Arbeit mit nach Hause, weil dort meine Studienunterlagen auf mich warteten, aber heute musste ich eine Ausnahme machen.

Ich brühte mir einen starken Kaffee auf und setzte mich an den Schreibtisch.

»Was tust du da?«, fragte Darren, als er mich über den Blättern sitzen sah.

»Madame hat ein Buch geschrieben«, erklärte ich. »Sie möchte, dass ich es lese und verbessere. Sie möchte, dass ihre Ausführungen wissenschaftlich klingen.«

»Stand das in deiner Stellenbeschreibung?«

»Nein, aber in letzter Zeit fordert Madame öfter mal etwas von mir, das nicht dazugehört.«

Darren zog sich einen Stuhl heran.

»*This Way to Beauty*«, las er laut. »Und so was würde ein Verlag veröffentlichen?«

»Warum denn nicht?«, gab ich zurück. »Die Frauen dürsten danach, schön zu sein. Und Madames größte Sorge scheint es zu sein, dass Miss Arden etwas darin findet, worüber sie sich lustig machen kann.«

»Werden diese beiden Frauen jemals das Kriegsbeil begraben?«

Ich zuckte die Schultern. »Wer weiß ... Wenn eine von ihnen bankrott ist, vielleicht. Oder tot.«

Darren gab mir einen Kuss auf die Wange. »Lass dich nicht in diesen Krieg hineinziehen. Und vor allem, versuche zu vermeiden, Arbeit mit nach Hause zu nehmen.«

»Aber das machst du doch auch«, erwiderte ich.

»Das ist etwas anderes. Es gehört zu meiner Stellenbeschreibung. Aber das da ...« Darren tippte auf die Manuskriptseiten. »... nicht.«

»Es ist wirklich nicht viel zu tun. Nur ein paar Sätze hier und da umstellen und einige Begriffe ändern. Ich habe ihr klargemacht, dass ich keine Lektorin bin.«

»Dann sei nicht allzu genau und überlasse dem Verlag noch ein bisschen was. Du brauchst auch ein paar Pausen. Ich möchte nicht, dass du zusammenbrichst.«

Ich griff nach seinem Arm und barg meine Wange daran.

»Das werde ich nicht, keine Sorge. Nur dieses Buch, danach werde ich versuchen, solche Aufträge zu vermeiden.«

Wir küssten uns, und Darren verschwand in der Küche.

Ich wandte mich wieder den Seiten zu. Eine kleine Stimme flüsterte mir zu, dass Madame mich ausnutzte, doch was konnte ich tun? Sie bezahlte mein Studium, und solange das der Fall war, kam ich nicht umhin, auch mal Dinge zu tun, die nicht zu meiner eigentlichen Arbeit gehörten.

27. Kapitel

Der »Tag der Schönheit« wurde in den Salons ein großer Erfolg. Madame war glücklich, und ihre gute Laune strahlte auf die Angestellten im Büro ab. Davon konnten wir auch dringend eine große Portion brauchen, denn der November wurde grau und trüb. Die Wolkenkratzer schienen gar nicht mehr hinter den Nebelwänden hervorkommen zu wollen.

Die Regenstimmung machte mich müde.

Besonders bei den Vorlesungen konnte ich mich kaum wach halten. Das betraf die in Wirtschaft, aber leider auch die in Chemie. Bei einem Experiment, das eigentlich recht einfach war, schlief ich direkt am Tisch ein und wurde erst wach, als die Mischung, die ich fabriziert hatte, überzukochen drohte. Leider hatte Professor Hayes es schon gesehen, und ich konnte von seinem Gesicht ablesen, dass er alles andere als erfreut war.

»Mrs O'Connor, auf ein Wort!«, zitierte er mich nach Ende der Experimentierstunde in sein Büro.

Bei Eintreten kam ich mir vor, als wäre ich wieder neunzehn. Die vollgestopften Bücherregale, die sich bis zur Decke erhoben, schüchterten mich ein, und die Miene des Professors war finster.

»Was ist mit Ihnen los, Sophia?«, fragte mich der Professor. Die vertrauliche Anrede benutzte er bei seinen Studenten nur, wenn ihm etwas Kopfzerbrechen bereitete. »Ich beobachte schon seit einigen Wochen, dass Ihre Leistungen abfallen. Noch im Herbst vergangenen Jahres waren Sie eine meiner besten Studentinnen, aber nun wirken Sie ... überarbeitet.«

»Ich ... ich arbeite neben dem Studium noch und ...«

»Anscheinend bekommen Sie nicht genug Schlaf«, fuhr der Professor fort. »Ist es möglich, dass Sie sich ein bisschen zu viel vornehmen?«

Diesen Gedanken hatte ich bisher immer erfolgreich unterdrückt. Doch jetzt, wo es sogar dem Professor auffiel, wurde ich nachdenklich.

»Es ist nicht das einzige Studium, nicht wahr?« Bei dieser Frage wurde mir klar, dass er sich informiert hatte. Hatte er vielleicht mit seinem Wirtschaftskollegen gesprochen?

»Ich studiere auch noch Wirtschaft«, gab ich zu.

»Nun, das ist erstaunlich«, entgegnete er. »Zwei Fächer, und dann arbeiten Sie noch. Haben Sie eine Möglichkeit gefunden, die Tage länger werden zu lassen als vierundzwanzig Stunden? Das wäre eine wissenschaftliche Sensation!«

Ich wurde rot, und mein Herzklopfen vertrieb die Müdigkeit aus meinem Kopf. Ich wusste, worauf er hinauswollte.

»Nein, diese Möglichkeit habe ich natürlich nicht gefunden«, erwiderte ich, und jetzt kam ich mir erst recht kleiner vor.

»Nun, manchmal muss man Prioritäten setzen«, sagte der Professor. »Wenn Sie sich in einer Studienrichtung nicht gut aufgehoben fühlen, sollten Sie sie vielleicht hinter sich lassen.«

»Das geht nicht«, gab ich zurück. »Ich bin vertraglich dazu verpflichtet, das Studium beizubehalten, sonst verliere ich meinen Job. Außerdem ...«

Ich blickte dem Professor in die Augen. Er sollte nicht glauben, dass ich es nicht schaffen würde. Und er sollte mich auch nicht so behandeln wie eine frische Schulabgängerin, die noch nicht wusste, was sie wollte.

»Chemie ist mein Leben. Wenn ich gekonnt hätte, würde ich allein Chemie studieren. Aber ich habe niemanden sonst, der mir das Studium finanzieren könnte. Und die Person, die es tut, verlangt, dass ich auch Wirtschaft studiere. Und bei ihr arbeite.«

Professor Hayes überlegte eine Weile. Wahrscheinlich fragte er sich, was das für eine Person war, die solch eine Forderung stellte.

»Nehmen Sie sich zumindest eine Weile frei von Ihrem Job, und versuchen Sie, sich zwischen den Vorlesungen ein wenig auszuruhen. Ich fürchte, sonst setzen Sie alles aufs Spiel. Anwesend sein allein reicht nicht.«

Wie sollte ich ihm sagen, dass das nicht ohne Weiteres möglich war? Madame würde vielleicht auf die Idee kommen zu behaupten, dass das Chemiestudium zu viel für mich war. Dann würde sie versuchen, es mir auszureden. Wirtschaft würde ich nicht abwählen können, aber Chemie schon.

Doch das wollte ich nicht! Ich wollte meinen Traum nicht aufgeben!

Ich ballte die Fäuste und spürte, wie die letzten Reste von Müdigkeit verschwanden.

»Es tut mir leid, dass ich eingeschlafen bin, Professor«, sagte ich. »Es wird nicht wieder vorkommen. Und ich werde auch Ihren Rat mit den Ruhepausen beherzigen.«

Der Mann blickte mich zweifelnd an. Dann jedoch nickte er. »In Ordnung, Mrs O'Connor. Wir sehen uns übermorgen.«

»Ja«, sagte ich. »Vielen Dank, Professor Hayes.« Damit verabschiedete ich mich von ihm.

Niedergeschlagen erreichte ich die Rubinstein-Niederlassung. Die Worte des Professors gingen mir nicht mehr aus dem Sinn. Chemie war mein Traum, aber was, wenn ich es nicht schaffte?

Mehr und mehr wurde mir klar, dass sich die Fessel, die Madame mir angelegt hatte, immer weiter zusammenzog und mir nun die Luft abzuschnüren drohte. Aber konnte ich ihr gegenüber Schwäche zeigen? Konnte ich sie tatsächlich um ein paar freie Tage bitten?

Im Büro fühlte ich mich seltsam. Mir war irgendwie schwindelig, und während ich ging, hatte ich den Eindruck, auf einem Schiff unterwegs zu sein.

»Hallo, Lilly«, grüßte ich die Stenotypistin, die mir begegnete, und versuchte, mein Unwohlsein zu unterdrücken.

»Hallo, Sophia!«, grüßte sie zurück. Das war das Letzte, was ich hörte, bevor es um mich herum so schwarz wurde, als hätte jemand sämtliche Lampen ausgeknipst.

Als ich wieder zu mir kam, blickte ich in die Augen eines ernst dreinblickenden Mannes.

»Mrs O'Connor?«, sagte er. »Können Sie mich hören?«

Ich nickte, wusste aber nicht, wo ich war. Hatte ich die Uni schon verlassen? Eben noch hatte ich mit Professor Hayes gesprochen, und jetzt …

Nur langsam wich der Nebel aus meinem Kopf. Ich blickte mich um, erkannte Madame und fragte dann den älteren Mann im dunklen Anzug, der neben mir kniete: »Wer sind Sie?«

»Dr. Jefferson«, antwortete er. »Madame Rubinstein hat mich gerufen.«

Die Worte sickerten in meinen Verstand. Madame hatte einen Dr. Jefferson gerufen?

»Sie haben, wie es aussieht, einen Schwächeanfall erlitten. Nichts Ernstes, aber Sie sollten sich vielleicht noch ein wenig Ruhe gönnen.«

Er blickte hinauf zu Madame, die nickte. Dann holte er etwas aus der Tasche. In dem braunen Fläschchen schwappte eine klare Flüssigkeit.

»Hier, ein kleines Stärkungsmittel. Sollten Sie die Probleme weiterhin haben, rate ich Ihnen, zu Ihrem Hausarzt zu gehen.«

Ich nahm die Flasche, bedankte mich, und erst als er wieder fort war, fiel mir ein, dass ich hier noch gar keinen Hausarzt hatte.

Wenig später saß ich in Madames Büro. Ich fühlte mich immer noch ein wenig benommen, trotz des Mittels, von dem ich mittlerweile einen Löffel eingenommen hatte.

»Ich mache mir Sorgen um Sie, Sophia«, sagte sie ernst. »Offenbar ist die Belastung mit Studium und Arbeit zu viel für Sie.«

»Ich war nur ein wenig müde und schlafe in letzter Zeit schlecht«, antwortete ich.

Madame betrachtete mich mit nachdenklicher Miene. »Ich werde Sie für ein paar Tage freistellen«, sagte sie dann.

»Aber ich ...«, begann ich, obwohl es eigentlich die Worte waren, nach denen ich mich seit Tagen und Wochen sehnte. Endlich freihaben. Nirgendwo hinzumüssen und ausschlafen zu können. Natürlich würde ich mir für die Universität ein Attest vom Arzt holen müssen, aber das würde kein Problem sein.

»Keine Widerrede!«, schnarrte sie. »Mein Chauffeur wird Sie nach Hause bringen. Sie werden sich ausruhen und vielleicht noch einmal einen Arzt aufsuchen. Wenn Sie sich wieder wohlfühlen, melden Sie sich.«

»Es tut mir leid«, sagte ich, worauf sie den Kopf schüttelte.

»Ruhen Sie sich aus. Alles Weitere besprechen wir später.«

Im nächsten Moment klopfte es, und der Fahrer erschien. Auf etwas wackligen Beinen folgte ich ihm.

Der Chauffeur lenkte den Wagen sicher und ruhig durch die Straßen, während ich vom Rücksitz aus die vorbeiziehenden

Häuser betrachtete. Ich fühlte mich immer noch so müde. Hatte der Arzt recht, und ich war nur überarbeitet? Oder gab es vielleicht noch einen anderen Grund?

Möglicherweise bin ich schwanger, schoss es mir durch den Kopf, und eine Hitzewelle durchzog mich, die mich augenblicklich ein wenig wacher werden ließ. Was, wenn es wirklich so war?

Ich begann zu rechnen. Die Müdigkeit hatte ich schon länger verspürt, und meine letzte Periode war jetzt auch schon wie lange her? Vier Wochen? Sechs? Ich musste zugeben, dass ich vor lauter Arbeit nicht darauf geachtet hatte.

In diesen Gedanken mischte sich ein weiterer, allerdings kein guter. Die Frau in der Fabrik, die ihr Kind verloren hatte, weil sie bei großer Hitze zu lange arbeiten musste. Wie hieß sie noch? Linda?

Jetzt tauchte wieder ihr hasserfülltes Gesicht vor mir auf, als sie mich mit der Säure attackieren wollte, nachdem sie bereits einen Anschlag auf meine Arbeit verübt hatte. Was, wenn ich dabei war, mein Kind zu verlieren?

An unserem Haus angekommen, dankte ich dem Chauffeur und lehnte sein Angebot, mir nach oben zu helfen, ab. Dass ich schwanger sein könnte, versetzte meinen Blutdruck derart in Wallung, dass ich mich im Moment kraftvoller fühlte.

Ich wünschte mir, dass Henny da wäre, doch ich wollte sie nicht mit einem Anruf in der Tanzschule beunruhigen.

Eine Weile ging ich in der Wohnung auf und ab und überlegte, ob ich Darren anrufen sollte. Doch dann kehrte die Müdigkeit zurück, und die Erschöpfung zwang mich aufs Sofa.

Wenn ich nun wirklich schwanger war ... Ein Lächeln huschte über mein Gesicht. Das wäre der beste Grund, um zusammenzubrechen. Bei Louis war es damals nicht so gewesen, ich hatte, obwohl ich viel an der Universität zu tun hatte, nichts davon gemerkt. Aber möglicherweise war es beim zweiten Kind anders ...

Doch dazu, weiter darüber nachzudenken, kam ich nicht, denn wenig später schlief ich ein.

Darrens Berührung an meiner Schulter weckte mich. Als ich die Augen öffnete, sah ich, dass es inzwischen Abend geworden war. Der Nebel war der Dunkelheit gewichen.

»Du bist ja schon hier«, sagte er, und ich bemerkte, dass er das Fläschchen in der Hand hielt. »Ist alles in Ordnung?«

»Madame hat mich nach Hause geschickt«, berichtete ich, denn es hatte keinen Zweck, ihm etwas vorzumachen. »Ich bin in Ohnmacht gefallen. Der Arzt hat mir das Mittel zur Stärkung gegeben.«

»Was?« Darren schüttelte verwirrt den Kopf und stellte die Flasche wieder ab.

»Zuvor hatte ich noch ein etwas blödes Gespräch mit meinem Chemieprofessor, nachdem ich bei einem Experiment eingeschlafen bin.«

Das machte es nicht besser, aber als mein Mann hatte Darren das Recht, die ganze Geschichte zu erfahren.

Darren atmete tief durch und wischte sich übers Gesicht, wie immer, wenn er wütend war.

»Dieses Weib ...«, begann er, zügelte sich aber wieder. »Sie lässt dich viel zu viel arbeiten! Das Studium und dann noch im Büro. Am liebsten würde ich ...«

Ich griff nach seinem Arm und schüttelte den Kopf. »Beruhige dich bitte. Es ist nichts passiert. Sie hat mir fürs Erste freigegeben.«

»Als ob das etwas nützt!«, wetterte er weiter. »Sie überlastet dich! Wenn das so weitergeht ...«

»Darren«, unterbrach ich ihn sanft. »Möglicherweise gibt es einen anderen Grund für diese Ohnmacht.«

»Welchen Grund?« Darren sah mich fragend an.

»Überleg doch mal«, sagte ich, und ein Lächeln schlich sich auf mein Gesicht.

Darren brauchte eine Weile, doch schließlich sah ich ihm an, dass der Groschen fiel.

»Du meinst ...«

»Ich weiß es nicht«, erwiderte ich. »Und ich will mir auch keine zu frühen Hoffnungen machen, aber es könnte doch sein, nicht?«

Darren ließ sich neben mich auf das Sofa fallen. »Das ... das wäre wunderbar!«

»Das wäre es!« Ich lehnte mich an ihn und ließ mich von seiner Wärme umfangen. Er legte seinen Arm um mich, und ich spürte, wie mit dem Nachdenken über meine Schwangerschaft sein Ärger verflog.

Nachts, während ich Darrens Atem lauschte, erlaubte ich mir für einen Moment zu träumen. Ein Kind von ihm, in meinen Gedanken war es seltsamerweise ein Mädchen, würde unsere Familie komplett machen. Ich konnte es schon vor mir sehen: rote Locken, die fröhlich im Wind flatterten ... Vielleicht würde sie grüne Augen bekommen. Ihr Lachen würde ansteckend sein, und irgendwann würde sie meinen Experimentierkasten finden und fragen, was ich damit machte. Ich würde ihr davon erzählen. Von Berlin. Von ihrem Bruder. Von meinem Weg hierher.

Sie würde die Ungewissheit über Louis' Verbleib nicht vertreiben können, aber ein wenig die Leere ausfüllen, die ich von Zeit zu Zeit spürte. Mit den Bildern meiner Fantasie schlief ich schließlich ein.

Später wurde ich dann von einem ziehenden Bauchschmerz geweckt. Ich lief zur Toilette und sah nur wenige Augenblicke später, dass ich nicht schwanger sein konnte, denn die Blutung hatte eingesetzt. Enttäuscht starrte ich auf den Blutfleck in meiner Unterhose. Die Vorfreude fiel gänzlich von mir ab und wich einer finsteren Leere in meiner Brust. Tränen rannen mir übers Gesicht. Wie schön wäre es gewesen! Doch nichts ...

Ich raffte mich wieder auf und kehrte ins Bett zurück.

Am folgenden Morgen ging ich zu Darrens Hausarzt. An einen Frauenarzt wollte ich mich nicht wenden, denn ich hatte den Gedanken an die Schwangerschaft nun gänzlich verworfen.

Dr. Epstein untersuchte mich gründlich und sagte: »Wie ich es sehe, sind Sie zumindest körperlich gesund. Allerdings zeigen Sie Anzeichen von Überarbeitung. Nehmen Sie sich die Zeit und ruhen Sie sich eine Weile aus, ich stelle Ihnen ein Attest aus. Dann wird so etwas, wie Sie es erlebt haben, nicht mehr vorkommen.«

Ich dachte wieder an die Vorlesungen und daran, dass es bis zu den Semesterferien noch lange hin war. Was würden die Dozenten denken, wenn ich nicht auftauchte? Würde Professor Hayes glauben, dass ich nicht stark genug war, das Studium durchzuhalten?

Doch dann dachte ich an Darren. Wie wütend er geworden war, als er von meiner Ohnmacht erfuhr. Ich wollte gar nicht daran denken, wie Henny reagieren würde, wenn ich ihr davon erzählte.

War es denn nicht so, dass die Professoren und auch Madame nachrangig waren, wenn es um meine Gesundheit ging?

Zu Hause machte ich mir einen Tee und legte mich aufs Bett. Natürlich war da noch immer Enttäuschung, aber ich war froh, nicht wirklich krank zu sein. Doch es musste sich etwas ändern. Ich musste mit meiner Energie besser haushalten. Meine Probleme waren nach wie vor dieselben: zwei Studiengänge und die Arbeit bei Madame. Irgendwo musste ich Abstriche machen. Und da es im College nicht ging, beschloss ich, erst einmal in der Firma kürzerzutreten. Wenn ich die Abschlüsse in der Tasche hatte, würde Madame wieder meine volle Aufmerksamkeit bekommen, aber nicht so.

Und zum ersten Mal seit Langem schlief ich tief und fest.

28. Kapitel

Als der Winter kam und Weihnachten vor der Tür stand, war ich beinahe wieder die Alte. Obwohl ich mich wieder gut fühlte, tat ich im Büro so, als bräuchte ich Ruhe. Madame, die ein schlechtes Gewissen hatte, ließ mich gewähren. In den Sitzungen lieferte ich neue Ideen, doch wenn ich allein im Büro war, verbrachte ich viele Augenblicke damit, aus dem Fenster zu schauen.

Das gab mir die Möglichkeit, mich besser auf meine Vorlesungen zu konzentrieren. Professor Hayes, dem auffiel, das ich wieder viel wacher war, nickte mir bei einem der folgenden Experimente anerkennend zu.

Schließlich feierten wir in der Firma ausgelassen unter einem riesigen Weihnachtsbaum, den Madame eigens für uns besorgt hatte.

Darren und ich besuchten am ersten Feiertag Henny, die offenbar ihre häuslichen Fähigkeiten entdeckt hatte, denn auf den Tisch kam ein perfekt zubereiteter Truthahn.

»Ginny aus der Tanzschule hat mir das Rezept gegeben«, sagte sie errötend, nachdem wir sie überschwänglich gelobt hatten. »Ich dachte erst, ich schaffe es nicht, aber wie man sieht, ist er recht ordentlich geworden.«

»Mehr als ordentlich«, gab ich kauend zurück.

Berauscht vom Glühwein, lagen wir beide schließlich auf dem Sofa, während Darren auf dem Balkon frische Luft schnappte und eine Zigarette rauchte. Vor ein paar Wochen hatte er wieder damit angefangen, was ich sehr skeptisch sah, doch er war immerhin so freundlich, sich seines Glimmstängels vor der Tür zu erfreuen.

»Ich habe einen Mann kennengelernt«, gestand sie mir.

»Wirklich?« Ich wandte mich ihr zu.

»Ja. Er heißt John Petersen und ist Handwerker in dem Haus, wo die Tanzschule untergebracht ist. Neulich hatten wir einen Rohrschaden, und er kam, um ihn zu reparieren. Wir haben uns unterhalten, und eigentlich hätte das nichts bedeutet. Doch dann fragte er mich, ob wir beide nicht mal einen Kaffee trinken gehen könnten.«

»Und?«, fragte ich. »Wirst du es tun?«

»Ich weiß noch nicht. Er gefällt mir und ist sehr nett. Er hat breite Schultern und dunkles Haar und so kleine Grübchen vom Lachen in den Wangen.«

»Dann würde ich sagen, gib ihm eine Chance.«

»Aber er arbeitet bei uns. Was, wenn es den Inhabern der Tanzschule nicht gefällt?«

»Sie müssen doch nichts mitbekommen. Sich mit ihm zu einem Kaffee zu treffen wäre doch komplett harmlos, nicht?«

»Das schon, aber ...« Henny stockte einen Moment lang, doch welchen Gedanken auch immer sie gehabt hatte, sie vertrieb ihn mit einem Kopfschütteln. »Du hast recht, ich werde es tun.«

»Aber nur, wenn du es wirklich willst.«

»Ja, ich will es. John ist ein toller Mann.«

»Na, dann schau doch mal, ob hinter der hübschen Fassade mehr steckt. Du könntest wieder etwas fürs Herz gebrauchen.«

»Aber ich möchte jemanden, der so ist wie dein Darren. Er ist immer so lieb zu dir.«

Ich schaute nach draußen, wo ich Darrens Silhouette ausmachen konnte. »Ich hatte Glück«, sagte ich. »Und du wirst es auch haben.«

»Na, welche Geheimnisse teilt ihr gerade?«, fragte Darren, als er wieder zur Tür hereinkam. Ein leichter Hauch seiner Zigarette wehte herein, verflog glücklicherweise aber schon bald wieder.

Ich blickte fragend zu Henny. Diese bedeutete mir mit einem leichten Kopfschütteln, dass ich nichts erzählen solle.

»Ach, nur dies und das«, gab ich zurück, und wir beide lächelten uns verschwörerisch zu.

Das Erscheinen von Madames Buch im Frühjahr 1936, das nach einigem Ringen mit dem Verlag tatsächlich den Titel *This Way to Beauty* bekommen hatte, wurde mit einer großen Party gefeiert, zu der viele Prominente und Künstler eingeladen wurden. Der Einzige, der nicht erschien, war ihr Nochehemann, doch das verwunderte niemanden. Dafür präsentierte sie uns zum ersten Mal ihren Prinzen. Dem Aussehen nach war er gute dreißig Jahre jünger als Madame, doch der Blick, mit dem er sie bedachte, war erfüllt von echter Liebe. Das konnte ich einschätzen, denn Darren schaute mich genauso an.

Stolz stand ich an seiner Seite, während wir die Champagnergläser hoben und auf den Erfolg des Buches anstießen.

Wenig später erhielten wir gute Nachrichten von Henny. Sie hatte sich tatsächlich mit ihrem Handwerker getroffen, mit dem Resultat, dass sie sich wiedersehen wollten.

»Er ist so ein lieber Kerl!«, schwärmte sie. »So warmherzig und klug. Eigentlich hat er mal ein Studium angefangen, doch dann hat er gemerkt, dass er lieber mit seinen Händen arbeiten wollte. Also hat er einen kleinen Service für Handwerksdienstleistungen gegründet, mit dem er auch für unsere Tanzschule arbeitet. Ich habe ihn eingeladen, dass er mal bei einer Stunde Mäuschen spielen und durch den Türspalt schauen soll.«

»Und was hat er dazu gesagt?«, fragte ich, während wir draußen auf Hennys Balkon saßen. Ich hatte es mir zur Gewohnheit gemacht, sie jeden zweiten Sonntag zu besuchen, während Darren etwas mit seinen Freunden unternahm.

»Er freut sich darauf. Und er meinte, er hätte eine Überraschung für mich, wenn wir uns wiedersehen. Dieser Schuft! Lässt mich mit dieser Ankündigung wieder losziehen.«

Ich musste zugeben, dass ich neugierig auf diesen Mann war. So wie Henny strahlte, musste er ihr guttun. Und es war ermutigend, dass sie mir von ihm erzählte. Die Liaison mit Jouelle hatte sie mir aus welchen Gründen auch immer verschwiegen.

»Das klingt wirklich fein«, gab ich zurück. »Wenn du magst, kannst du ihn mal mitbringen. Ich würde ihn sehr gern kennenlernen, und Darren würde sich bestimmt auch freuen.«

»Okay, ich frage ihn«, sagte sie.

Ein anderer Gedanke kam mir. »Wirst du deinen Eltern von ihm schreiben?«, fragte ich.

»Wenn ich mir sicher bin, dass wir länger zusammenbleiben ...«

»Und, bist du sicher?«

»Ich weiß noch nicht«, erwiderte sie. »Und ich will nicht die Pferde scheu machen. Nach der Sache mit Jouelle habe ich Angst, dass sie fürchten, ich würde wieder den Kontakt zu ihnen abbrechen.«

»Das willst du doch nicht, stimmt's?«

»Nein, natürlich nicht. Aber ich halte es für besser, sie erst damit zu konfrontieren, wenn es wirklich ernst wird. Sonst beunruhige ich sie vielleicht umsonst.«

Das konnte ich verstehen. Und ein wenig tat es mir leid, dass meine Mutter nie die Gelegenheit gehabt hatte, Darren kennenzulernen. Wäre sie beunruhigt gewesen? Sicher, doch Darren hätte sie bestimmt von sich überzeugt.

29. Kapitel

Der Aufbau des neuen Salons in Queens ging in rasendem Tempo voran. Äußerlich hatte er natürlich nichts mit der Schönheitsfarm von Elizabeth Arden gemein, doch im Innern hatte Madame einige meiner Vorschläge, basierend auf meinen Erfahrungen bei Arden, aufgegriffen. So würde es einen Physiotherapeuten geben, einen Gymnastiklehrer und einen Arzt, der die Ernährung der Kundinnen optimieren sollte. Das alles in strahlenden Räumlichkeiten aus Glas, Chrom und Marmor. Man kam sich darin wie in einem Palast vor, und ich war sicher, dass er unserer Firma sehr viel Geld einbringen würde.

Der Sommer 1936 war geprägt von der Olympiade, die in Deutschland stattfand. Mitglieder unserer College-Mannschaft waren nach Berlin gefahren, und bei Helena Rubinstein bedeutete es, dass neue Farben mit Sommerflair herauskamen. Außerdem hatte sie eine neue, leichte Creme auf den Markt gebracht, perfekt für den Sommer und mit einem frischen Duft.

Angesichts der anstehenden Schwimmwettbewerbe fragte ich mich, ob sich Madame an die Idee mit der wasserfesten Wimperntusche erinnerte. Doch als ich sie darauf ansprach, reagierte sie nicht.

Dann sah ich eines Morgens an einem Zeitungskiosk eine Überschrift, in der Berlin vorkam, und beinahe automatisch steuerte ich auf das Blatt zu.

Ein riesiges Foto zeigte Adolf Hitler auf einer Tribüne, umgeben von Athleten aus aller Welt. Im Hintergrund sah man die olympische Flamme. Ich hatte mich nie wirklich für Sport interessiert, im Gegensatz zu meinem Vater. Er war sicher begeistert.

Das Foto des »Führers«, wie er auch hier genannt wurde, ließ einen eisigen Schauer über meinen Rücken laufen. Augenscheinlich war nichts besonders daran, doch zwischen den Athleten standen Soldaten in diesen hässlichen grauen Uniformen. Sie wirkten, als hätten sie die Leute in Gewahrsam genommen.

»Wollen Sie die Zeitung auch kaufen, Miss, oder stehen Sie sich lieber die Füße vor meinem Kiosk platt?«, fragte die Stimme des Kioskbesitzers.

»Sorry.« Rasch legte ich ihm den Kaufpreis auf den Tresen und nahm eine Ausgabe mit.

Obwohl ich Zeit gehabt hätte, den Artikel über die Olympiade in der Subway durchzulesen, konnte ich mich nicht dazu überwinden. Zum einen weil immer wieder irgendwelche Geschichten von jüdischen Flüchtlingen auftauchten. Zum anderen weil ich fürchtete, durch Fotos von Berlin an meinen Vater erinnert zu werden.

Schließlich ließ ich das Blatt wie zufällig auf meinem Sitz in der Subway liegen und stieg aus.

In den Semesterferien arbeitete ich den ganzen Tag für Madame und freute mich über den zusätzlichen Verdienst. Allerdings kam man in der Firmenzentrale beinahe um vor Hitze. Die Ventilatoren liefen heiß bei dem Versuch, für frische Luft zu sorgen. Gegen die Sonnenstrahlen, die unbarmherzig auf die Fensterscheiben prallten, konnten sie nichts ausrichten.

Die Stimmung in den Büros war gereizt. Madame schien aus irgendeinem Grund wieder unleidlicher geworden zu sein.

So zog ich unwillkürlich den Kopf ein, als sie mich an diesem Morgen in ihr Büro rief.

»Dieser Mistkerl!«, wetterte Madame und schlug mit der flachen Hand auf ihren Schreibtisch. Bei näherem Hinsehen erkannte ich, dass dort eine Ausgabe der Zeitung lag, die ich in der Subway zurückgelassen hatte. »Unglaublich, dass sich die Welt so von ihm an der Nase herumführen lässt!«

Ich blickte sie verwundert an.

»Die machen uns schon seit drei Jahren das Leben schwer, können es nicht haben, dass die Salons einer Jüdin gehören«, fuhr sie grimmig fort. »Glücklicherweise lassen sich die Nachbarländer nicht anstecken. In Frankreich laufen unsere Geschäfte immer noch sehr gut.«

So hatte ich Madame schon lange nicht mehr erlebt. Gab es noch eine andere Ursache? Stimmte etwas in ihrer neuen Beziehung nicht?

Seit sie den Prinzen Gourielli-Techkonia kennengelernt hatte, war sie wie ausgewechselt gewesen. Das Gerücht, dass sie ihn vielleicht sogar heiraten wollte, hatte im gesamten Büro die Runde gemacht.

Die Assistentinnen lästerten, dass dieser Mann, der immerhin siebenundzwanzig Jahre jünger war als Madame, sein Geld beim Backgammon in Spielcasinos verdienen würde. »Oder besser gesagt verlieren«, fügte Gladys hinzu.

Außerdem war man der Meinung, dass neben der verhältnismäßigen Jugend des Mannes auch sein Titel reizvoll für Madame wäre.

»Vor dem Recht ist sie aber immer noch verheiratet«, merkte ich an, worauf die »Blumenfrau« skeptisch die Unterlippe vorschob.

Noch weniger hielt eine der Werbetexterinnen von dem Prinzen. »Er ist ein Experte in Schnaps. Seit der Zar hingerichtet wurde, ist er aus dem Suff nicht mehr herausgekommen.«

Doch Madame schien das alles nicht zu stören. Entweder entsprach es nicht der Wahrheit oder es war ihr egal.

Doch jetzt war sie wieder wie vorher, sogar noch etwas wütender.

»Sie sind doch Deutsche«, sagte sie, ohne Rücksicht darauf zu nehmen, dass ich durch die Heirat mit Darren richtige Amerikanerin geworden war. »Wie schätzen Sie die Lage ein?«

Ich zog erstaunt die Augenbrauen hoch. »Inwiefern?«

»Na, dieser Hitler. Wie gefährlich ist er, was meinen Sie?«

Diese Frage überraschte mich.

»Nun, nach allem, was ich mitbekommen habe ...« Ich hielt inne und dachte an den Moment zurück, in dem ich Henny gebeten hatte, ihren Eltern zu schreiben. Und ich dachte auch wieder an den alten Herrn Breisky und an Herrn Nelson, der in die Schweiz geflohen war. »Ich finde, er stellt schon eine Gefahr für Deutschland dar, ja. Besonders für die Juden.«

Madame nickte. »Da haben Sie vollkommen recht. Aber nicht nur für die Juden. Auch unsereins, und das meine ich in geschäftlichem Sinne, wird Schwierigkeiten bekommen.« Sie schien die folgenden Worte gut abzuwägen, dann sagte sie: »Mir ist da eine Geschichte zu Ohren gekommen, die mich amüsieren würde, wenn ich sie nicht so ernst nehmen müsste.«

»Was für eine Geschichte?«, fragte ich.

»Nun, diese Frau ...«

Ich verkniff mir ein Augenrollen. Wann würde sie ihre Konkurrentin endlich richtig benennen?

»Sie meinen Miss Arden«, vergewisserte ich mich, auch auf die Gefahr hin, dass gleich ein Donnerwetter folgte. Doch Madame schien heute gegenüber ihrer Konkurrentin milde gestimmt zu sein.

»Natürlich, wen sonst?«, blaffte sie. »Also, sie hat vor Kurzem einen neuen Salon in Berlin eröffnet.«

Das Bild von Fräulein Rieker schoss mir durch den Sinn. Ich hatte nie erfahren, wo sie abgeblieben war.

»Zu der Eröffnung kamen auch Frauen führender Nazis. Dieser Göring, vielleicht haben Sie von ihm gehört, lud sie daraufhin zum Essen ein.« Sie stieß ein freudloses Lachen aus. »Nun ja, in seinen Augen ist sie arisch, da macht es auch nichts, dass sie aus Kanada stammt. Jedenfalls soll sie die Dummheit besessen haben, ihn ›dick‹ zu nennen. Um ihr zu beweisen, dass sie unrecht hat, machte er vor versammelter Mannschaft einen Handstand. Können Sie sich das vorstellen?«

Der Name Göring sagte mir tatsächlich etwas, und es war schwer vorstellbar, dass dieser Mensch in seiner Uniform sich vor Miss Arden zum Gespött machte. Dass sie seinen Körper kritisierte, war allerdings sehr leichtsinnig von ihr.

»Nun, zunächst sah es so aus, als würde sie mit diesem guten Lacher durchkommen. Doch dann erschienen am nächsten Tag Männer und holten das Trimmrad aus ihrem Salon. Sie konfiszierten es zum ›Ruhm des Dritten Reichs‹.«

Madame hatte recht, das hätte witzig sein können, zeigte aber auch, wie eitel dieser Göring war. Und wie nachtragend.

Helena Rubinstein hätte für so etwas sonst nur beißenden Spott übrig gehabt und dafür gesorgt, dass Miss Arden von ihrer Reaktion erfuhr. Doch jetzt wirkte sie nachdenklich.

Die Sorgenfalte zwischen ihren Augenbrauen, die sonst gut mit Make-up übertüncht war, wurde deutlich sichtbar.

»Es ist nicht nur die Sache mit unseren Salons. Eine meiner Schwestern ist noch in Polen. Sie weigert sich, das Haus meiner Eltern zu verlassen. Aber was wäre, wenn …«, sie stockte »… wenn Polen dieselbe Ideologie annähme? Juden werden immer weniger irgendwo gelitten, das gilt auch für Amerika. Glauben Sie nicht, dass ich stets das bekomme, was ich auch wirklich will. Es ist schon passiert, dass man mir Wohnungen und Salons nicht vermieten und Häuser nicht verkaufen wollte, weil ich jüdisch bin. Die Seuche breitet sich offenbar über die ganze Welt aus.«

»Können Sie Ihre Schwester denn nicht überzeugen, nach Amerika zu reisen?«, fragte ich. »Ich habe schon von vielen Leuten gehört, dass sie auswandern.«

»Meine Schwester ist sehr eigen. Und seit der Sache mit unseren Eltern ist sie nicht gut auf mich zu sprechen. Aber ich mache mir dennoch Sorgen. Immerhin bin ich die Älteste von uns, und auch wenn wir keine Kinder mehr sind, fühle ich mich verantwortlich.«

Ich wusste nicht, was ich ihr hätte raten können. Ich hatte keine Geschwister und auch keine Sorge um meinen Vater. Er würde schon irgendwie zurechtkommen. Weitere Verbindungen zu Deutschland hatte ich nicht mehr. Möglicherweise hätte ich mich für die Olympiade gar nicht weiter interessiert, wäre sie nicht hier und im College immer wieder thematisiert worden.

»Sie sollten es weiter versuchen, Madame«, sagte ich nur.

Das Gespräch mit Madame verfolgte mich noch eine Weile. In den *Fox Movietone News*, die wir uns im Kino anschauten, bekamen wir die Olympischen Spiele in aller Breite gezeigt. Ich interessierte mich nicht für Sport, aber Darren zuliebe ging ich mit. Ich betrachtete die Speerwerfer und Leichtathleten, die Schwimmer und Reiter. Obwohl man sich sehr auf die amerikanische Mannschaft fokussierte, blieben Seitenblicke auf deutsche Funktionäre nicht aus. Die steinfarbenen Uniformen waren überall.

Auch Göring tauchte zwischendurch auf, und ich erzählte Darren von der Sache mit Miss Arden. »Er ist dick«, bemerkte Darren, nachdem sein Bild über die Leinwand geflimmert war. »Möglicherweise bringt ihm das Rad etwas.«

»Aber bedenke mal, was das heißt. Jetzt mag es ein Trimmrad sein, und bei einer weiteren Frechheit nimmt er den Salon?« Meine Sympathie für Miss Arden hielt sich immer noch in Grenzen, doch das ging eindeutig zu weit.

»Wenn man sich diese Burschen so anschaut mit ihren Uniformen und dem ganzen militärischen Gehabe, dann können wir glücklich sein, wenn sie in den nächsten Jahren nicht wieder einen Krieg vom Zaun brechen«, murmelte Darren angesichts einer auf der Leinwand vorüberziehenden Marschkapelle. »Madame täte vielleicht gut daran, ihre Aktivitäten in Deutschland zurückzufahren.«

»Sie ist immerhin dort noch gelitten«, gab ich zurück und verstummte. Rubinsteins Schwierigkeiten gingen eventuelle Lauscher vor und hinter uns nichts an.

30. Kapitel

An einem Sonntag Ende August hatte ich endlich wieder Zeit, mich mit Henny zu treffen. Da das Wetter regnerisch war und nicht gerade zum Spazierengehen einlud, suchten wir uns ein hübsches Café, in dem wir uns Berge von Kuchen und kannenweise Kaffee kommen ließen. Umgeben von hübsch verzierten Cupcakes und Cremeschnittchen, berichteten wir einander unsere Erlebnisse der vergangenen Wochen.

»Und, wie läuft es mit John?«, fragte ich. Dass ich sie gebeten hatte, ihn mitzubringen, lag bereits einige Monate zurück. Da ich sie nicht drängen wollte, hatte ich sie nicht mehr darauf angesprochen.

Ein vielsagendes Lächeln trat auf ihr Gesicht. »Er hat mir einen Heiratsantrag gemacht.«

»Wie bitte?«, fragte ich verwirrt.

»Ja. Er hat mir einen Heiratsantrag gemacht.«

Ich lehnte mich zurück. Das hatte ich nicht kommen sehen. Hier und da hatte Henny darüber berichtet, was sie unternahmen und mit welch süßen Gesten er sie verwöhnte. Doch von einer Hochzeit war bisher nicht die Rede gewesen.

»Und ... hast du ihn angenommen?«

Hennys Augen leuchteten auf. »Ja!«

Ich schüttelte meine Verwirrung ab und schloss sie in meine Arme. »Das ist ja wunderbar!« Wir herzten uns, und ich drückte ihr einen Kuss auf die Wange.

»Okay, jetzt gibt es keine Ausflüchte mehr«, sagte ich. »Du bringst ihn kommendes Wochenende mit zu uns. Ich werde uns was Leckeres zu essen zaubern und ihn dann ganz gründlich in Augenschein nehmen.«

»Er ist ein wenig schüchtern«, sagte sie, doch das ließ ich nicht gelten.

»Wir werden ihm schon nicht den Kopf abreißen.«

Tatsächlich standen Henny und John am nächsten Sonntag vor unserer Wohnungstür. Beide wirkten sichtlich nervös. Wahrscheinlich um einen guten Eindruck zu machen, hatte sich John in einen Anzug gezwängt. Schon als ich ihm zum ersten Mal die Hand reichte, merkte ich, dass er es nicht gewohnt war, dieses Kleidungsstück zu tragen.

Auch Henny wirkte ein wenig fahrig. Dabei gab es doch keinen Grund dafür. John schien ein freundlicher, unaufgeregter Zeitgenosse zu sein. Außerdem sah er wirklich gut aus.

Wir bugsierten sie auf unser Sofa, und während ich in der Küche verschwand, übernahm Darren die Aufgabe, die beiden ein wenig zu unterhalten.

Wenig später redeten die beiden Männer lebhaft über Autos. Offenbar hatte John nur seinen Firmenwagen, doch er plante jetzt, da er schon bald Ehemann war, einen eigenen Wagen anzuschaffen.

Wenig später erschien Henny in der Küchentür. Sie kam zu mir und fragte im Flüsterton: »Und, wie findest du ihn?«

»Nun, ich habe ja noch nicht viel mit ihm gesprochen, aber Darren scheint bestens mit ihm auszukommen.«

»Ja, es ist schon beinahe gespenstisch. Wahrscheinlich liegt es am Thema.« Sie blickte zur Küchentür, dann fuhr sie fort: »Aber dein erster Eindruck, wie ist der?«

»Er scheint ein sehr netter Mann zu sein. Dass er ein wenig nervös war, macht ihn sofort sympathisch.«

»Du hättest ihn mal erleben sollen, als er mich um die Verabredung gebeten hat!« Ein verträumtes Lächeln huschte über ihr Gesicht. »Er war so süß! Und es ist besser so, als wenn der Kerl zu selbstsicher ist, nicht wahr?«

»Kommt ganz drauf an«, gab ich zurück. »Etwas Selbstsicherheit schadet gewiss nicht, aber ich weiß, worauf du hinauswillst.« Maurice Jouelle war sehr selbstsicher, beinahe ein wenig hochmütig. John ähnelte ihm nicht im Geringsten, was schon mal sehr positiv war. Und an ihm spürte ich nichts von der Kühle, die mir bei Jouelle entgegengeschlagen war.

»Er ist wirklich ein Schatz. Ich kann mir gar nicht vorstellen, ohne ihn zu sein.«

»Nun, das musst du ja bald nicht mehr.« Ich strahlte sie an. »Hast du schon eine Ahnung, was für ein Hochzeitskleid du möchtest? Wir beide könnten einen Ausflug ins Kaufhaus oder besser gleich in eine Brautboutique unternehmen.«

»Alles, was ich weiß, ist, dass das Kleid modern sein soll und vor allem schneeweiß.«

Ich nickte. Bei ihrer zarten Porzellanhaut konnte ich mir das gut vorstellen.

»In Ordnung. Wir machen uns gleich nächstes Wochenende auf den Weg. Schau mal, wie es bei deinen Tanzstunden aussieht.«

»Das wäre wunderbar!« Henny klatschte in die Hände.

»Darren könnte übrigens John unter seine Fittiche nehmen, was den Anzug angeht. Ich bin sicher, die beiden finden einen, in dem er sich wohlfühlt.«

»Es ist offensichtlich, dass er es nicht gewohnt ist, Anzug zu tragen, nicht wahr?«

»Er hätte heute gar keinen anzuziehen brauchen«, gab ich diplomatisch zurück. »Ihr seid doch unter Freunden.«

»Das habe ich ihm auch gesagt, aber er hat drauf bestanden.« Henny seufzte. »Eigentlich hasst er Anzüge. Zu unserer ersten Verabredung hat er auch einen getragen, dann, als ich ihm klarmachte, dass das nicht nötig sei, nicht mehr. Er sieht in Polohemd und hellen Chinos einfach umwerfend aus!«

»Sag ihm bitte, das reicht als Garderobe, wenn er noch mal zu uns kommt. Er macht auch so einen guten Eindruck.«

Ich lächelte Henny zu, dann fiel mir etwas ein.

»Hast du deine Eltern eigentlich schon benachrichtigt?«, fragte ich. »Ich meine, die haben sich doch sicher gefreut, von der Hochzeit zu hören, nicht wahr?«

»Ich habe Mutter angerufen«, sagte Henny. »Allerdings steht noch nicht fest, ob meine Eltern wirklich reisen dürfen.«

»Wieso denn nicht?«, fragte ich.

»Sie müssen ein Visum für Amerika beantragen. Aber niemand kann sagen, wie lange es dauert. Die deutschen Behörden sind nicht besonders hilfreich.«

Ich überlegte eine Weile. »Was, wenn Darren sich hier erkundigt?«, fragte ich. »Möglicherweise kannst du ihr ein Visum schicken. Eine Hochzeit ist doch ein triftiger Grund, um zu verreisen!«

Jetzt wurde ihr Blick wieder ein wenig hoffnungsvoller. »Das würde er tun?«

»Ganz sicher. Ich rede mit ihm. Aber jetzt solltest du dich noch ein bisschen entspannen. Wie wäre es mit einem Glas Limonade?«

Ich nahm das Tablett und folgte Henny zurück ins Wohnzimmer.

Hennys und Johns Hochzeit fand einen Monat später statt, an einem wunderschönen, noch immer warmen Oktobertag.

Schon einige Tage zuvor war John bei Henny eingezogen, weil sie die hübschere der beiden Wohnungen hatte.

Darren war es tatsächlich gelungen, die Sache mit dem Einreisevisum zu regeln. Nach nur zwei Wochen begaben sich die Wegsteins auf das Schiff, das sie in die Vereinigten Staaten brachte.

Am Vortag der Hochzeit traf ich Hennys Eltern endlich wieder, nach so langer Zeit.

Als sie mich sah, stiegen ihrer Mutter die Tränen in die Augen. »Wie du dich rausgemacht hast!«, sagte sie und tätschelte meine Wangen. »Wie schade, dass deine Mutter das nicht mehr erlebt hat.«

Offenbar hatte Henny ihr vom Schicksal meiner Mutter berichtet, was mich für einen kurzen Augenblick aus dem Konzept brachte. Doch dann fasste ich mich wieder.

»Ich freue mich sehr, Sie beide wiederzusehen. Wie geht es Ihnen denn in Berlin?«

Herrn Wegsteins Miene verschloss sich. »Nun, es ist nicht einfach. Beinahe jeden Tag scheint es eine neue Verfügung zu geben. Die Leute spielen verrückt. Seit Hitler an der Macht ist, benehmen sie sich, als hätten sie nie eine vernünftige Kinderstube genossen.«

»Karl«, sagte seine Frau und legte ihm die Hand auf den Arm.

»Sie kann es ruhig wissen«, gab er mürrisch zurück. »Alles dreht sich nur noch darum, arisch zu sein und wie man sich als echter Arier zu verhalten hat. Und wehe, man hat kein Parteibuch, weil man bei dem Verein nicht mitmachen will! Wir haben neuerdings einen Blockwart in unserem Haus, der peinlich genau aufpasst, wann wer kommt und mit wem man sich abgibt. Aus Angst gehen wir schon gar nicht mehr zu unserem alten Krämerladen oder in diverse Kaufhäuser.«

»Jüdische Kaufhäuser?«, fragte ich, dann erinnerte ich mich, dass auch der Krämerladen bei den Wegsteins um die Ecke einem Juden gehörte.

»Ja. Das habt ihr hier also schon gehört.«

Ich nickte.

»Erst neulich sind ein paar Leute aus der Nachbarschaft abgeholt worden. Die Piepers, wenn du dich erinnerst.«

Ich musste eine Weile überlegen, doch dann hatte ich ein Bild vor Augen. Johann und Hilde Pieper waren etwas jünger als die Wegsteins, ganz normale Leute, die einen Sohn hatten. Hans hieß er, wenn ich mich nicht irrte. Als Henny und ich auf dem Hinterhof gespielt hatten, hatte er uns immer mit großen Augen und mindestens zwei Fingern im Mund beobachtet, ein kleiner Junge, kaum dem Babyalter entwachsen.

»Es waren Männer in schwarzen Ledermänteln. Gestapo. Eine Nachbarin meinte, dass auch ihr Junge abgeholt worden sei. Angeblich, weil er mit einer Jüdin zusammen ist. Rassenschande nennen sie das.«

Offenbar war es tatsächlich so schlimm, wie ich schon damals befürchtet hatte, als ich der jungen Frau im Kaufhaus Wertheim gegenüberstand.

»Andere meinen, sie seien abgeholt worden, weil ihr Sohn Sodomie betrieben habe.«

»Sodomie?«, fragte ich verwundert.

»Sie beschuldigten ihn, dass er etwas mit einem Mann habe. Einem jüdischen noch dazu. Aber das glaube ich nicht. Der Hans ist ein guter Junge.«

Ich war wie erstarrt. Das Bild von Herrn Breisky trat mir wieder vor Augen. Ob sie ihn auch abgeholt hatten? Auf einmal wurde mir kalt.

»Karl«, sagte Frau Wegstein noch einmal, diesmal eindringlicher. »Solche Geschichten sind doch jetzt nicht angebracht. Schau mal, unsere Tochter heiratet morgen. Und du willst ihr doch nicht die Stimmung verderben.«

Herr Wegstein gab murrend klein bei und verstummte fürs Erste.

Später dann, beim Essen, wurde das Thema vermieden. John, der einige Brocken Deutsch gelernt hatte, zeigte sich von seiner besten Seite und schaffte es, die Wegsteins für sich einzunehmen, auch ohne dass sie viel verstanden von dem, was er sagte.

Nach dem Essen, als ich mir draußen ein wenig die Beine vertreten wollte, traf ich Herrn Wegstein wieder. Nervös rauchte er eine Zigarette.

»Na, Mädchen, brauchste frische Luft?«, fragte er.

Ich nickte und zog meinen Mantel vor meiner Brust zusammen. »Das, was Sie erzählt haben ...«, begann ich. »Die Sache mit den Piepers. Das ist einfach nur furchtbar.«

Karl Wegstein nickte. »Das kannst du laut sagen. Alles ist furchtbar dieser Tage. Auch wenn die Nazis glauben, dass die Welt wegen der Olympiade anders auf uns schaut.« Er betrachtete mich kurz, dann fuhr er fort: »Henny und du, ihr habt es richtig gemacht. Ihr seid gegangen, solange es noch ging.«

Ich schaute ihn verwirrt an. »Sie könnten auch herkommen. Ich habe von einigen Deutschen gehört, die ihre Eltern nachgeholt haben. Es ist nicht ganz einfach zu emigrieren, aber Deutsche sind hier immer gern gesehen.«

Wegstein schüttelte den Kopf. »Für uns ist es zu spät. Wir würden hier nicht mehr festwachsen.«

»Warum denn nicht?«, gab ich zurück. »Henny ist hier. Wir könnten Ihnen helfen, eine Wohnung zu finden.«

Doch Hennys Vater blieb dabei. Er starrte eine Weile brütend in die Nacht, dann sagte er: »Ich kann mir denken, was der wahre Grund ist, weshalb sie erst Hans und dann seine Eltern abgeholt haben.«

Ich zog fragend die Augenbrauen hoch, worauf er sagte: »Er ist beim Widerstand. Du musst nicht glauben, dass alle Leute in Deutschland einverstanden sind mit Hitler und seinen Kumpanen. Hans war in einem kommunistischen Ringerverein. Dort wurde offenbar nicht nur trainiert, sondern auch agitiert. Vereine wie dieser sind den Nazis ein Dorn im Auge. Sie lassen sie überwachen. Offenbar waren Hans und seine Freunde ein wenig unvorsichtig. Vielleicht wurden sie auch von einem unserer Blockwarte denunziert. Viele Leute wollen sich dieser Tage bei der Regierung beliebt machen. Ich bin sicher, dass wir sie nie wiedersehen werden. Es soll nahe Oranienburg ein Lager geben, wo sie diese Leute internieren. Keiner wagt, darüber zu sprechen, doch hier und da bekommt man etwas mit. Die Piepers können von Glück reden, wenn sie sie wieder laufen lassen, aber Hans ...«

Seine Worte erschütterten mich. Gleichzeitig stieg Sorge in mir auf. Wenn er von den Vorgängen um den Ringerverein wusste, war es vielleicht möglich, dass er auch ins Visier eines Denunzianten geriet?

»Sag Henny nichts davon, ja?«, bat er. »Dass ich dir von den Piepers erzählt habe, war schon fast zu viel. Paula wird mir heute Nacht wahrscheinlich den Kopf waschen deswegen.«

»Es ist wichtig, dass wir es wissen«, gab ich zurück. »Auch wenn wir weit weg sind.«

»Vielleicht, aber Henny könnte sich Sorgen machen und auf die Idee kommen, uns zu sich holen zu wollen. Und wie ich schon sagte, das geht nicht.«

Ich fragte mich, warum. Welche Bande hatten sie in Berlin, dass sie nicht die Koffer packen konnten?

»Kennen Sie ...« Ich räusperte mich, denn die Frage fühlte sich so sperrig an wie ein zu groß geratener Wandschrank. »Kennen Sie noch mehr Fälle wie die der Piepers?«

Wegstein schaute mich prüfend an. »Du vermutest, dass ich mit ihnen zu tun habe?«

»Sie klingen nicht so, als würden Sie die Regierung ... billigen.«

Hennys Vater prustete los. »Nein, weiß Gott, ich billige sie nicht, mit all dem Popanz, den sie veranstalten. Wenn sie einfach verschwinden würden, würde ich Hurra vom Balkon schreien. Doch ich bin nicht so leichtsinnig, unser Leben aufs Spiel zu setzen. Wir werden versuchen, es so gut wie möglich auszusitzen.«

Sagte er die Wahrheit? Würde er überhaupt freimütig zugeben, dass auch er ein Regimegegner war?

Ich beschloss, die Sache auf sich beruhen zu lassen.

In der Nacht jedoch kehrten die Worte von Herrn Wegstein als Traum zu mir zurück. Ich sah Hans vor mir, nicht als erwachsenen Mann, sondern als kleinen Jungen in einem winzigen Ringeranzug, wie er von gesichtslosen schwarzen Männern in ein Auto gezerrt wurde.

Als ich hochschreckte, weckte ich damit auch Darren. »Was ist los?«, fragte er. »Du hast im Schlaf aufgeschrien. Ist alles in Ordnung?«

»Ja«, antwortete ich, während mein Herzklopfen sich allmählich wieder beruhigte. »Ich habe nur schlecht geträumt.«

»Und das vor der Hochzeit deiner Freundin?«

Ich blickte Darren eine Weile an. Dann erzählte ich ihm, was ich von Hennys Vater erfahren hatte.

»Er hat recht«, sagte er in die Dunkelheit hinein. Auch wenn ich sein Gesicht nicht sah, hörte ich deutlich den Aufruhr in seiner Stimme. »Es würde nichts bringen, wenn er das Land verließe.«

»Aber warum nicht?«, fragte ich.

In der Dunkelheit spürte ich seine Hand auf meiner. »Hin und wieder müssen ein paar Aufrechte vor Ort bleiben. Wenn alle gehen würden, hieße das, das Land denen zu überlassen, die Schindluder damit treiben.«

»Aber was können die Wegsteins da schon ausrichten?«, fragte ich. »Sie sind ältere Leute!«

Jetzt spürte ich Darrens Gesicht ganz nah an meinem. »Auch ältere Leute können Widerstand leisten. Du weißt nicht, worin er involviert ist. Es muss einen Grund geben, warum er sich mit dem Schicksal dieses Jungen und seiner Familie so gut auskennt. Möglicherweise ist da mehr.«

Seine Worte schickten Feuerwellen durch meine Adern. »Du meinst, die Wegsteins gehören den Regimegegnern an?« Ich schüttelte den Kopf, auch wenn Darren es in der Dunkelheit nicht sehen konnte. »Aber er sagte doch, dass er es aussitzen will.«

»Du bist Hennys Freundin, nicht wahr?«, fragte er.

»Ja, natürlich!«

»Dann hast du die Antwort. Ihr Vater würde nicht wollen, dass du von seinen Aktivitäten weißt. Das Aussitzen könnte durchaus nur eine Behauptung sein, damit ihr beide nicht beunruhigt seid.«

»Das bin ich jetzt aber«, gab ich zurück.

»Hennys Eltern sind erwachsene Leute. Du kannst sie zu nichts zwingen. Es reicht schon, dass du ihnen angeboten hast herzukommen. Wenn die Lage zu brenzlig wird, werden sie sicher die Vernunft besitzen, das Land zu verlassen.«

Würden sie das? Ich hatte wieder die Entschlossenheit von Herrn Wegstein vor Augen. Möglicherweise war da tatsächlich mehr. Möglicherweise verschwieg er etwas. Nein, ich war mir sicher, dass er etwas verschwieg.

Darren zog mich an seine Brust. Seine Wärme umfing mich wie ein Schutzschild gegen die gefährliche, verrückte Welt da draußen.

»Du solltest jetzt schlafen. Henny braucht eine ausgeruhte Brautjungfer. Ich werde darauf achten, dass sich kein schlimmer Traum mehr an dich heranschleicht.«

»Okay«, sagte ich. »Danke.« Ich wusste, dass er die Träume nicht verscheuchen konnte, wenn sie kamen, aber in seinen Armen fühlte ich mich sicher, und es gelang mir zu glauben, dass sich alles schon richten würde.

Am nächsten Morgen begab ich mich zu Henny. Zusammen mit ihrer Mutter würde ich sie auf den großen Tag vorbereiten, genauso wie sie es bei meiner Feier mit mir getan hatte.

Schon vor einer Woche hatte ich ein kleines Diadem mit blauen Seidenrosen erstanden, welches das Blaue darstellen würde.

Ihre Mutter hatte ein spitzenverziertes Strumpfband dabei, das sie selbst schon bei der Hochzeit getragen hatte. Das war das Alte.

Außerdem lieh ich Henny meine weißen Pumps, die ich bislang nur einmal getragen hatte und für die Abschlussfeier des College aufgehoben hatte.

Beim Hochzeitskleid hatte sich Henny für ein schneeweißes Modell aus fließendem Stoff mit weiten Ärmeln entschieden. Der Rest der Silhouette war sehr schmal, die Ärmel der absolute Hingucker. Sie würde wie eine Prinzessin zum Altar schreiten.

Ich trug mein Kleid in einem Kleidersack über dem Arm, denn ich wollte es nicht dem Schmutz in der Subway aussetzen. Darren hatte angeboten, mich zu fahren, aber das hatte ich abgelehnt, denn er musste heute noch einen Entwurf bei seinem Boss abgeben, und es hätte einen ziemlichen Umweg bedeutet.

Schon beim Betreten des Hauses hörte ich den Betrieb in der Wohnung. Schritte eilten hektisch über den Boden, Stimmen ertönten.

Als ich klingelte, dauerte es eine Weile, bis jemand an der Tür erschien.

Wenig später blickte ich in Hennys vor Aufregung gerötetes Gesicht. »Gut, dass du kommst. Die sind alle verrückt geworden hier!«

Sie fasste mich bei der Hand und zog mich in die Wohnung. Dort sah ich John auf einem Stuhl sitzen, mit Handtüchern um den Hals, hinter ihm stand Herr Wegstein mit einem Rasiermesser.

»Ich schwöre, wenn mein Vater John auch nur ankratzt, werde ich ihm den Hals umdrehen!«, murmelte Henny finster.

»Warum will er ihn rasieren?«, fragte ich verwundert. »Dein Vater ist doch kein Barbier.«

»Aber mein Großvater war einer, und mein Vater scheint von seinem Geist heimgesucht worden zu sein. Anders kann ich mir das nicht erklären.«

»Guten Morgen, Sophia!«, tönte mir auch schon Herrn Wegsteins Stimme entgegen. John war offenbar vor Angst stocksteif und traute sich lediglich zu winken.

»Guten Morgen«, gab ich zurück, dann fügte ich auf Deutsch hinzu: »Lassen Sie noch etwas von ihm übrig, das Henny vor den Altar führen kann.«

»Keine Sorge!«, gab er lachend zurück, während ich John ansehen konnte, dass er sich fragte, was wir redeten.

Henny zog mich ins Schlafzimmer, wo ihr Kleid wartete. Es war auf einer Figurine drapiert, die ihr die Schneiderin mitgegeben hatte, damit es nicht zerknitterte.

Ich half ihr hinein und verschloss sorgfältig die vielen Knöpfe. Wenn John wegen der Hochzeitsnacht ungeduldig war, würde er Probleme bekommen. Aber Henny sah wunderschön aus.

»Wie ein Filmstar!«, bestätigte ich ihr. »Die Produzenten in Hollywood würden dich sofort engagieren!«

»Ich glaube nicht, dass ich mit denen etwas zu tun haben

will bei den ganzen Affären, die sie haben. Ich will einen Mann für mich.«

»Und den bekommst du, sofern dein Vater ihn nicht verletzt.« Ich streichelte ihr übers Haar und sah dann nach dem Rechten.

Eine Stunde später konnten wir das Haus in Richtung Kirche verlassen. Hennys Vater fuhr mit mir, während Darren John, der seine Bartstoppeln unbeschadet losgeworden war, begleitete. Als sein Trauzeuge fungierte einer von Johns Freunden.

Als wir an der Kirche ankamen, die zwischen den beiden viel größeren benachbarten Häusern ein wenig eingequetscht wirkte, erwartete uns ein riesiger Pulk von Menschen. Ich hatte nicht erwartet, dass John so viele Freunde und Bekannte hatte. Als wir ausstiegen, begannen einige davon zu jubeln, als würde eine Filmdiva über den roten Teppich wandeln.

»Das sind die Leute aus der Tanzschule«, sagte Henny lachend und winkte. »Und auch ein paar meiner Schülerinnen.«

Ich zog erstaunt die Augenbrauen hoch. Nicht John hatte so viele Freunde, sondern Henny! Im ersten Moment konnte ich es nicht glauben, doch dann fühlte ich unbändige Freude. Wenn die Leute aus Paris sie so sehen könnten! Am liebsten hätte ich Jouelle eine Fotografie dieses Augenblicks geschickt, um ihm zu zeigen, dass es ihm nicht gelungen war, Henny zu zerstören.

Zu den Klängen der Orgel schritten wir schließlich die Treppe hinauf. John stand neben seinem Freund und wirkte beim Anblick seiner Braut ähnlich gerührt wie damals Darren, als er mich erblickt hatte. Als Brautjungfer blieb ich die ganze Zeit bei Henny und war den Tränen nahe, als die beiden sich in ihrem Ehegelübde ewige Liebe und Treue versprachen.

Unter ähnlichem Jubel wie zuvor verließ das Paar schließlich die Kirche. Ich hakte mich bei Darren ein.

»Hast du solch einen Trubel bei unserer Hochzeit vermisst?«, fragte Darren.

Ich schüttelte den Kopf. »Nein. Aber ich freue mich sehr, dass Henny diese Zuwendung bekommt. Sie braucht sie mehr als ich.«

Später, während der Feier, lernte ich Hennys Kollegen aus der Tanzschule und auch Johns Familie kennen, die anscheinend über ganz Amerika verstreut war. Er hatte einen Onkel in Texas, der Rinder züchtete, eine Tante in Montana, die ein Gestüt hatte, einen weiteren Onkel in Washington, der für die Regierung arbeitete, und einen Bruder, der ein Hotel in Kalifornien leitete. Mit entsprechendem Anhang an Kindern, Cousins und Cousinen, dazu noch den Freunden, Arbeitskollegen und Tanzschülerinnen waren wir beinahe zweihundert Gäste. Es war unmöglich, sich alle Namen zu merken.

Wir aßen und tanzten, und ich genoss es, nicht die Gastgeberin zu sein. So hatte ich Zeit, mir alles in Ruhe anzusehen und mich zu unterhalten. Als die Feier schließlich vorbei war, überkam mich ein wenig die Traurigkeit. Falls ich nicht von irgendeiner Kollegin eingeladen wurde, was eher unwahrscheinlich war, würde dies vorerst die letzte Hochzeit sein, der ich beiwohnte. Wenn ich nun eine Tochter bekäme, wäre es vielleicht etwas anderes ...

Ich schüttelte den Kopf und verdrängte den Gedanken schnell. Ob ich je wieder ein Kind haben würde, stand in den Sternen.

31. Kapitel

1937

Berge von Büchern türmten sich auf dem Küchentisch. Ich hatte es geschafft, innerhalb weniger Tage unsere gesamte Wohnung in einen Ausnahmezustand zu versetzen.
Ich hatte die Fachgebiete in verschiedenen Räumen untergebracht. Seit Henny ihre eigene Wohnung hatte, hatten wir wieder mehr Platz. Meine Chemiebücher waren im Wohnzimmer, denn da machte es nichts aus, wenn ich beim Lernen auf dem Sofa lag. Das Wissen strömte von allein in meinen Kopf.
Wirtschaft war und blieb schwierig. Am besten konnte ich mich darauf konzentrieren, wenn ich in der Küche saß, wo es nach Kaffee duftete.
Da ich vor Kurzem in einer Zeitschrift gelesen hatte, dass sich Wissen am besten im Gedächtnis verfestigte, wenn man sich kurz vor dem Schlafengehen noch eine große Portion davon aneignete, hatte ich sogar Bücher neben dem Bett stehen.
Darren ertrug es mit Langmut, bis auf das eine Mal, als er mit dem nackten Fuß auf die Kante eines der dickeren Bücher trat.
»Verdammt!«, fluchte er, während er auf einem Bein herumhüpfte. »Müssen die Bücher hier überall herumliegen?«

»Die Prüfungen sind ja bald«, versuchte ich ihn zu beschwichtigen. »Dann kann ich sie endgültig einmotten.«

Ich ging zu ihm und gab ihm einen Kuss. »Heute Nachmittag habe ich übrigens einen Termin beim Frauenarzt.«

Darren sah mich an. »Du weißt, wie ich über die Sache denke. Wenn es nicht sein soll, soll es nicht sein. Du hast momentan mehr als genug zu tun.«

Das stimmte, und trotzdem war da diese Leere in mir. Die Leere, die Louis hinterlassen hatte. In letzter Zeit schien sie größer und größer zu werden.

Der Wunsch, noch einmal ein Kind zu haben, wuchs von Tag zu Tag. Ich hatte einen Ehemann, stand kurz vor meinem Examen, und bei Madame lief es gut. Es wäre der richtige Zeitpunkt.

Doch bisher hatte sich keine Schwangerschaft eingestellt, und das, obwohl ich mittlerweile nicht mehr darauf achtete, die unfruchtbaren Tage zu erwischen. Ja, hin und wieder legte ich es sogar darauf an, dass wir miteinander schliefen, wenn ich meinen Eisprung spürte. Vergeblich. Monat für Monat stellte sich meine Periode ein.

Darren meinte, dass es der Stress sei, dem ich ausgesetzt war. »Wenn du erst einmal dein Studium hinter dir hast, klappt es bestimmt. Außerdem sind wir noch jung.«

Ich wurde im August zweiunddreißig Jahre alt. Das war tatsächlich noch jung genug, doch ich spürte, dass mir die Zeit weglief. Und immer stärker wurde der Gedanke, dass etwas mit mir nicht in Ordnung sein könnte. Warum wurde ich nicht schwanger? Hin und wieder verzögerte sich meine Periode, doch jedes Mal wenn ich Hoffnung hatte, kam sie und zerstörte sie wieder.

Dr. Orwell behandelte seine Patientinnen nicht in einer niedergelassenen Praxis, sondern er hatte ein Sprechzimmer in einer kleinen Frauenklinik am Stadtrand. Hier wurden Frauen aller Klassen aufgenommen, und es gab die Möglichkeit, auch vor Ort zu operieren, wenn es notwendig war. Außerdem verfügte das Krankenhaus über ein Röntgengerät.

Im Wartezimmer saß ich wie auf Kohlen. Die Praxis war nicht gerade überfüllt, außer mir waren noch zwei weitere Patientinnen da. Eine von ihnen hatte einen schwellenden runden Bauch. Sie erinnerte mich ein wenig an mich selbst vor so vielen Jahren.

Louis wäre jetzt fast elf Jahre alt, ging es mir durch den Kopf, und der Gedanke ließ mich innerlich erzittern.

Die Schwangere wurde aufgerufen.

Die zweite Patientin war schon etwas älter, etwa um die sechzig, schätzte ich, und wirkte ähnlich beunruhigt wie ich. Immer wieder trafen sich unsere Blicke, und es schien, als wollte sie etwas sagen. Doch jedes Mal wenn sie den Mund aufklappte, schloss sie ihn auch gleich wieder. Dann schien sie zu überlegen.

»Es ist furchtbar stickig, nicht wahr?«, begann sie schließlich doch ein Gespräch.

»Ja, sehr«, sagte ich, obwohl ich das Wetter gar nicht richtig wahrgenommen hatte. Seit ich mich auf den Weg gemacht hatte, war mein Kopf voller Gedanken gewesen, die sich ums Kinderkriegen drehten. Ich hatte keine Erklärung für das Verhalten meines Körpers.

»Ich habe einen Tumor«, sagte sie unvermittelt. »Ich weiß es. Ich habe ihn gespürt. Es wäre wohl dumm, sich etwas vorzumachen, nicht?«

Diese Beichte überraschte und erschreckte mich. Gleichzeitig fragte ich mich, was sie dazu trieb, mir, einer Wildfremden, davon zu erzählen.

»Der Doktor wird Ihnen sicher helfen können«, antwortete ich ein wenig hilflos. Sie tat mir leid. Wie lange ahnte sie es schon? Wie lange hatte sie gezögert, zu einem Arzt zu gehen?

Ich betrachtete sie. Sie mochte früher einmal hübsch gewesen sein, doch jetzt wirkte sie irgendwie ausgezehrt.

Auf einmal war es mir, als würde ich keine Luft bekommen. Ich erhob mich, ging zum Fenster und öffnete es.

»Tut mir leid, wenn ich Sie erschreckt habe«, sagte die Frau beklommen. »Es ... es ist nur so, dass ich niemanden zum Reden habe. Mein Sohn wohnt am anderen Ende des Landes und würde es nicht verstehen. Ich wollte ihn auch nicht beunruhigen. Und mein Mann ist schon seit einigen Jahren tot.«

»Das macht nichts«, sagte ich, obwohl es mir den Hals zuschnürte. Gleichzeitig fragte ich mich, wie es sein konnte, dass ein Mensch so viel Unglück auf einmal haben konnte. Es hatte eine Zeit gegeben, in der ich von mir dachte, dass es schlimmer nicht kommen könnte. Aber was das Schicksal anging, gab es offenbar immer wieder eine Steigerung.

Glücklicherweise erschien wenig später die Sprechstundenhilfe und bat sie herein. Ich schloss die Augen und konzentrierte mich auf das Rauschen des Verkehrs. Die Worte der Frau beunruhigten mich zutiefst.

Als die Sprechstundenhilfe mich dann aufrief, war es wie ein Befreiungsschlag, und ich wurde wieder ruhiger. Sicher würde mir der Arzt gleich sagen können, was mit mir los war.

Dr. Orwell ähnelte in gewisser Weise dem alten Hausarzt unserer Familie in Berlin. Er hatte weißes Haar und einen weißen Bart. Er war nicht besonders groß, und sein weißer Kittel schlotterte ein wenig um seinen dünnen Körper. Seine blaugrauen Augen musterten mich wachsam, als ich eintrat.

»Ich grüße Sie«, sagte er mit ruhiger, dunkler Stimme.

Ich spürte eine leichte Hemmung, denn irgendwie hatte ich mir diesen Arzt jünger vorgestellt. Der Mann vor mir hätte mein Großvater sein können.

»Vielen Dank, dass Sie Zeit für mich haben«, sagte ich, was er mit einem Nicken hinnahm.

»Also, was fehlt Ihnen denn?«, fragte er und griff nach einem Stift, um etwas in die vor ihm liegende Karteikarte einzutragen. Einen Ehering sah ich an ihm nicht, wohl aber einen Silberring am kleinen Finger seiner linken Hand. Was hatte er zu bedeuten? War es so etwas wie ein Siegelring? Ein Siegel konnte ich allerdings nicht erkennen.

»Ich ... ich habe Probleme, schwanger zu werden«, erklärte ich. Es war mir beinahe peinlich. Damals, in Berlin, hatte ich Dr. Sahler zunächst nicht antworten können. Erst nach einigem Herumfragen war ich mit der Sprache rausgerückt, dass meine Periode ausgeblieben war. Und jetzt saß ich hier, weil ich sie regelmäßig bekam. Es war schon verrückt.

»Haben Sie bereits ein Kind geboren?«, fragte er, worauf ich nickte.

»Ja. 1926.«

»Also vor elf Jahren«, sagte er. Tat das etwas zur Sache?

»Mein Sohn ist gestorben«, setzte ich hinzu. »Ich war damals in Paris.«

Auch diese Informationen nickte er ab und machte sich einen Vermerk in der Kartei.

In der Zwischenzeit erschien die Sprechstundenhilfe und ließ sich auf einem Schemel neben der Tür nieder, bereit, den Anweisungen des Arztes zu folgen.

»Versuchen Sie es seitdem oder erst seit Kurzem wieder?«, fragte er weiter.

»Ich habe vor drei Jahren geheiratet«, erklärte ich. »Seitdem habe ich gehofft ...« Mir wurde klar, dass er sich jetzt fragen musste, wie mein erstes Kind zustande gekommen war. Die Zeitspanne dazwischen war enorm.

Doch er schrieb nur, sah mir forschend ins Gesicht und erhob sich. »Nun gut, dann werde ich mal schauen.«

Er deutete auf das Paravent, hinter dem ich mich frei machen musste. Wenig später stieg ich auf den Behandlungsstuhl. Dort, so gespreizt liegend, fühlte ich mich furchtbar schutzlos. Gleichzeitig schämte ich mich auch. Er würde nicht nur einen Blick auf mein Allerheiligstes werfen. Er würde auch die Narbe sehen. Das Mal meiner Schande.

»Sie haben eine Sectio gehabt?«, fragte er.

»Wie bitte?«, fragte ich verwirrt zurück.

»Einen Kaiserschnitt.«

»Ja«, antwortete ich. »Es gab Komplikationen, meine Fruchtblase war geplatzt.«

Streiflichtartig hatte ich es wieder vor mir: wie ich in der Bibliothek zusammengebrochen war, wie sich die fremde Frau um mich gekümmert hatte, wie sie mir einen Namensvorschlag für das Kind machte. Und wie ich von den Schwestern im Hôpital Lariboisière in Empfang genommen worden war.

Der Arzt brummte etwas, das ich nicht verstand, dann begann er mit der Untersuchung. Die Schwester reichte ihm hin und wieder ein Instrument, und obwohl er nicht grob war, war es mir unangenehm, das Metall in mir zu spüren.

Als er fertig war, schickte er mich, ohne viele Worte zu verlieren, zum Röntgen. Auch diese Prozedur war unangenehm, aber nicht ganz so wie die Untersuchung, denn ich brauchte meine Beine nicht zu spreizen.

Gut eine Stunde später, in der ich versucht hatte, mich durch einen Spaziergang im Park abzulenken, stand ich Dr. Orwell wieder gegenüber. Seine Miene wirkte ernst.

»Möglicherweise sollten wir besser Ihren Ehemann hinzuholen«, sagte er.

»Wie bitte?« Ich schüttelte verwirrt den Kopf. Hatte er doch etwas gefunden? Einen Tumor vielleicht?

»Da es Ihre Familienplanung angeht, sollte vielleicht der Gatte zugegen sein.«

Ich schüttelte den Kopf. Es war unmöglich, Darren zu erreichen. Außerdem wollte ich ihn nicht in Panik versetzen.

»Ich werde ihn einweihen«, sagte ich. »Bitte, Herr Doktor, sagen Sie mir, was mit mir los ist.«

Orwell sah mich an, nickte dann und senkte ein wenig den Kopf.

»Nun, ich fürchte, der Kaiserschnitt hat bei Ihnen zu Verwachsungen geführt, die eine neuerliche Schwangerschaft erschweren. Das passiert manchmal, und nicht immer führt es zu Unfruchtbarkeit. Aber bei Ihnen könnte es der Grund sein.« Er machte eine Pause und ließ mir Zeit, das Gesagte zu verarbeiten.

Die Worte, obwohl sanft und ruhig ausgesprochen, waren wie Hammerschläge auf einem Amboss für mich.

»Und es gibt nichts, was man da machen kann?«

»Man könnte eine Operation vornehmen, doch ich kann nicht garantieren, dass sie Erfolg haben wird. Außerdem haftet ihr ein nicht unerhebliches Risiko an.« Der Arzt machte eine Pause, dann fügte er hinzu: »Zur Sicherheit könnte sich auch Ihr Gatte einer Untersuchung unterziehen.«

Ich bezweifelte, dass es an Darren lag. Ich war die Person mit dem gesundheitlichen Makel.

»Und sollte es mir gelingen, schwanger zu werden?«, fragte ich.

Die Miene des Arztes wurde noch ernster als zuvor. »Diese Möglichkeit besteht natürlich. Doch die Gefahr, dass es dann zu einer Fehlgeburt kommt, ist hoch. Auch könnte das Narbengewebe für Komplikationen sorgen.« Er seufzte. »Auch wenn Sie es vielleicht nicht hören mögen, aber ich halte es für besser, wenn sich keine Schwangerschaft bei Ihnen einstellt.«

Die Sekunden dehnten sich um mich herum. Ich wusste

nicht, wie viele vergingen, während ich stumm dasaß und den Arzt anstarrte.

»Danke, Herr Doktor«, sagte ich schließlich, obwohl es schwerfiel, sich für etwas zu bedanken, was man gar nicht haben wollte.

Ich reichte dem Arzt die Hand und verabschiedete mich.

Verletzt und traurig taumelte ich aus der Frauenklinik. Die Nachmittagssonne spiegelte sich in den Fenstern eines der Nebengebäude und blendete mich. Die Schwere, die in meinen Knochen steckte, war mit jener zu vergleichen, die ich damals empfunden hatte, nachdem ich realisiert hatte, dass mein Sohn gestorben war.

Mein Sohn, der tot und doch nicht tot war. Der vielleicht irgendwo in Europa war und nichts von seiner wirklichen Mutter wusste. Mein Sohn, der vielleicht doch unter den Kieseln des Grabes tot geborener, namenloser Kinder ruhte.

Ich ließ mich in der Nähe auf eine Bank sinken.

Es war schon komisch. Damals war ich verrückt vor Sorge und Angst gewesen, weil ich schwanger war. Jetzt war ich traurig, weil ich es wohl nicht mehr werden konnte.

Wem sollte ich die Schuld geben? Mir selbst? Georg? Dem Arzt, der mich operiert hatte? Gab es vielleicht überhaupt niemanden, der Schuld hatte?

Die Gedanken wirbelten durch meinen Kopf.

Dann sah ich Darren vor mir. Wie sollte ich es ihm sagen? Wie würde er reagieren? Er zeigte eigentlich immer Verständnis für alles, und doch überkam mich eine große Angst. Was, wenn er mich nicht mehr liebte? Wenn er sich eine andere suchte, die noch Kinder bekommen konnte?

Schließlich erhob ich mich und begab mich zur Subway. Es brachte nichts, länger auf der Bank sitzen zu bleiben. Meine Gedanken wurden nicht besser. Ich brauchte jetzt jemanden, der mich in die Arme nahm. Der mir zuhörte. Der mir den Druck nahm und die Angst.

Anstatt nach Hause zu gehen, lief ich zu Hennys Tanzschule. Sie hatte an diesem Nachmittag zwei Kurse. Dazwischen konnte ich sie vielleicht abfangen und mit ihr reden. Meine Gliedmaßen fühlten sich bleiern an, und mein Verstand blendete die Menschen um mich herum weitgehend aus.

Irgendwie schaffte ich es, zu der Tür des Tanzstudios zu kommen. Aus den Fenstern drang Musik. Klavierakkorde, wahrscheinlich für die Elevinnen der Ballettklasse.

Ich öffnete die Tür. Niemand war zu sehen. Irgendwo klapperte eine Schreibmaschine. Ich drang weiter vor, durchquerte einen langen Gang und merkte schon an dem Geruch von Holz und Gummi, dass ich mich den Tanzsälen näherte.

»Und eins und zwei«, rief jemand. Henny.

Irgendwie klang sie fremd. Autorität war eine Eigenschaft, die ich bisher nicht mit ihr verbunden hatte, aber genau diese strahlte ihre Stimme jetzt aus.

Auf Zehenspitzen näherte ich mich der offen stehenden Tür.

In dem Raum waren einige Frauen unterschiedlichen Alters und studierten Tanzbewegungen ein. Ich hatte mich immer gefragt, wer den Reiz verspürte, Tanzen zu lernen. Also etwas anderes als die Paartänze, die man bei gesellschaftlichen Anlässen tanzte.

Henny ging vor den Frauen auf und ab, in der Hand einen Tanzmeisterstock. Sie trug ein beigefarbenes Dress und helle Strumpfhosen. Ein wenig erinnerte sie mich an die Elfen, die bei Macy's vor ein paar Monaten die Schaufenster geziert hatten. Doch dann bemerkte ich eine Selbstsicherheit an ihr, die ich zuvor nicht gekannt hatte. Für einen Moment vergaß ich, was der Arzt gesagt hatte, und beobachtete Henny mit einer Mischung aus Stolz und Faszination.

Eine ganze Weile blieb ich unbeobachtet, doch dann, als hätte sie meine Anwesenheit gespürt, schaute sie zur Tür. Ich winkte kurz, und sie lächelte, fiel aber sofort wieder in die Rolle der Lehrerin zurück.

Zehn Minuten später war die Unterrichtsstunde beendet. Die Tanzschülerinnen strebten an mir vorbei. Wenig später erschien Henny.

»He, was führt dich zu mir?«, fragte sie und griff nach meiner Hand. Ihr breites Lächeln verfinsterte sich, als sie den Schatten auf meiner Miene wahrnahm.

»Ich war eben beim Frauenarzt«, sagte ich.

»Du bist schwanger?«, fragte Henny begeistert, doch ich schüttelte den Kopf.

»Nein. Und das werde ich auch nicht mehr werden.«

»Wie bitte?« Ein ungläubiger Ausdruck trat auf das Gesicht meiner Freundin. Dann zog sie mich zur Seite in den kleinen Pausenraum, der in diesem Augenblick leer war.

Ich erzählte ihr von der Untersuchung, von dem Röntgenbild. Den Narben, die ich nicht nur außen, sondern auch innen trug. Und dem Urteil des Doktors.

Als ich fertig war, brach ich in Tränen aus. Während ich klagend vor mich hin schluchzte, erinnerte ich mich daran, wie wir schon einmal in einer ähnlichen Situation gewesen waren. Nur dass ich damals schwanger war und es nicht sein wollte. Jetzt wollte ich, würde es aber nie wieder sein können. Und das alles nur wegen dieses furchtbaren Kaiserschnitts in Paris!

Henny zog mich in ihre Arme und hielt mich eine ganze Weile. Irgendwer musste zwischendurch den Raum betreten haben, denn ich hörte sie sagen: »Gib uns einen Moment.« Der Störenfried zog daraufhin ab.

Als ich mich wieder aufrichtete, konnte ich kaum aus den Augen blicken. Ich fühlte mich geschwollen und elend und hatte keine Ahnung, wohin ich mit all dem Schmerz, den ich empfand, sollte. Niemand konnte mir helfen. Und es brachte auch nichts, den Arzt in Paris zu verfluchen. Was geschehen war, war geschehen. Nur, wie sollte ich damit leben?

»Ich traue mich gar nicht, es ihm zu sagen«, gestand ich, unterbrochen von kleinen Schluchzern, die wie Schluckauf aus meiner Kehle drangen. »Was, wenn er mich dann nicht mehr will?«

»Darren? Aber er liebt dich doch! Er wird es verstehen. Und soweit ich es mitbekommen habe, drängt er dich ja gar nicht, schwanger zu werden.«

Aber ich wusste, dass er sich Kinder wünschte. Und wie lange würde er diesen Wunsch meinetwegen unterdrücken können?

»Möglicherweise wird er unzufrieden«, sagte ich. »Irgendwann. So bestand wenigstens noch eine kleine Hoffnung.«

»Aber er weiß doch auch, dass du nichts dafür kannst. Damals musste dein Leben gerettet werden.«

Doch viele Jahre zuvor hätte ich die Wahl gehabt, Nein zu sagen. Ich hätte Georg abweisen, nicht seine Assistentin werden können. Ich hätte es vermeiden können, schwanger zu werden.

Doch wie hätte ich wissen sollen, wie alles kommen würde?

32. Kapitel

Es hatte bisher nur wenige Dinge in meinem Leben gegeben, die mir so schwergefallen waren, wie Darren zu beichten, dass ich wahrscheinlich unfruchtbar war, und das nur wegen des Kaiserschnitts, mit dem Louis geholt wurde.

Ein wenig fühlte ich mich wie damals, als ich mit der Gewissheit, schwanger zu sein, nach Hause gekommen war.

Ich war natürlich nicht mehr das junge Mädchen, das Angst vor einem Skandal hatte. Aber das machte es auch nicht leichter. Ich liebte Darren, und die Vorstellung, irgendwann mit ihm Kinder zu haben, hatte mich ein wenig darüber hinweggetröstet, dass ich wahrscheinlich nie erfahren würde, was wirklich mit meinem Sohn Louis passiert war.

Doch nun war es, als würde ich erneut in ein dunkles Loch fallen.

Darren war bereits zu Hause. Er saß vor dem Radio und hörte irgendeine Sendung an. Ich hängte meine Jacke an die Garderobe und trat zu ihm. Als er meine Gegenwart spürte, blickte er auf. Einen Moment lang sahen wir uns in die Augen. Wahrscheinlich bemerkte er dort die Spuren, die mein Weinen hinterlassen hatte.

»Was ist geschehen?«, fragte er und erhob sich.

Ich seufzte und senkte den Blick. Darren trat zu mir und zog mich in seine Arme. »Komm, sag es mir. Egal, was.«

Ich wäre beinahe wieder in Tränen ausgebrochen. Doch dann hörte ich mich sagen: »Ich werde keine Kinder mehr bekommen können. Die Operation ... der Kaiserschnitt ... er hat zu viele Schäden zurückgelassen. Ich habe Verwachsungen, die eine Schwangerschaft unwahrscheinlich machen.«

Darren sagte darauf nichts. Er zog mich nur fester an sich. Da brachen die Dämme in mir, und ich weinte erneut.

Einige Minuten später fand ich mich auf dem Sofa wieder. Ich hatte gar nicht mitbekommen, dass Darren mich dorthin bugsiert hatte.

»Vielleicht sollten wir noch einen anderen Arzt aufsuchen«, schlug er ein wenig hilflos vor. »Möglicherweise weiß der einen Rat.«

Ich schüttelte den Kopf. Die Klinik, in der ich gewesen war, war eine der besten in New York. Und an dem, was mir der Arzt auf dem Röntgenbild gezeigt hatte, gab es keinen Zweifel.

»Er hat gemeint, dass wir es versuchen könnten. Doch selbst wenn es klappen sollte, gibt es keine Garantie, dass das Kind lebend zur Welt kommt.«

Ich fragte mich, ob ich wohl schon eine Fehlgeburt erlitten hatte. Es hatte keine wesentlichen Abweichungen in meinem Zyklus gegeben. Seit meiner Schwangerschaft war er ohnehin etwas unregelmäßig. War ein mögliches Kind aus mir herausgeblutet? Nein, daran durfte ich nicht denken. Nicht jetzt.

Ich wischte mir die Tränen aus den Augen, dann ergriff ich Darrens Hände und brachte ihn dazu, mich anzusehen.

»Kannst du mich trotzdem lieben?«, fragte ich. »Auch ohne dass wir je Kinder bekommen?«

»Was?«, gab er verwirrt zurück. »Wieso sollte ich dich nicht lieben?«

Er wollte mir seine Hände entziehen, doch ich hielt ihn fest.

»Ich weiß, dass du dir Kinder wünschst. Ich möchte nicht, dass das zwischen uns steht.« Eine durchdringende Klarheit erfasste mich. Die Tränen brannten noch immer auf meinen Wangen, aber ich beachtete sie nicht.

»Nichts steht zwischen uns«, sagte er, beugte sich vor und küsste mich. »Wie lange sind wir jetzt zusammen?«

Ich brauchte nicht zu rechnen. »Drei Jahre.« Das war nicht viel Zeit, auch wenn ich das Gefühl hatte, dass wir uns schon ewig kannten.

»Habe ich dich in den drei Jahren gedrängt, schwanger zu werden?«

Ich schüttelte den Kopf.

»Na siehst du. Wir beide haben uns. Was brauchen wir mehr?«

Ein warmes Gefühl durchströmte mein Herz, aber mein Verstand wurde die Zweifel nicht los. Außerdem wollte ich Kinder. Nicht umsonst hatte ich mich damals für Louis entschieden, als Georg mir das Angebot machte, zu einer Engelmacherin zu gehen. Ich wollte meinen kleinen Sohn von ganzem Herzen, aber er war mir genommen worden. Und jetzt sollte ich nie wieder die Gelegenheit erhalten, ein Kind an mein Herz zu drücken ...

Wieder quollen Tränen aus meinen Augen, aber ich wollte Darren nicht damit belasten. Er schien es in Ordnung zu finden. Und er hatte recht: In all den Jahren hatte er nie von Kindern gesprochen. Vielleicht machte ich mich umsonst verrückt ...

Dennoch konnte ich es nicht vergessen. Der Gedanke, dass ich nie mehr Kinder haben würde, ließ meinen Verlust von Louis, die Ungewissheit, ob er noch lebte, noch schwerer wiegen.

Die Prüfungen am College lenkten mich immerhin ein wenig von meinem Kummer ab. Einerseits musste ich büffeln, andererseits konnte ich unter den hoffnungsvollen jungen Menschen vergessen, dass ich selbst alles andere als unbeschwert war.

Bei schwülwarmer Hitze schrieben wir unsere Examensarbeiten in Wirtschaft und an einem anderen Tag in Chemie. Danach folgte eine Versuchsreihe, die ich vor meinen Dozenten vorführen musste. Wie von allein huschte die Kreide über die Tafel, während ich die Formeln notierte. In diesen Augenblicken fühlte ich mich frei und dachte nicht daran, dass ich nie eine Familie haben würde. Die Chemie gab mir Kraft und Hoffnung.

In der Wartezeit bis zur Verkündung der Ergebnisse stürzte ich mich auf die Arbeit. Madame schickte mich jetzt öfter als ihre Repräsentantin in die Fabrik. Ich nahm Duftproben, ließ mir Produkte vorführen und berichtete in den Vorstandssitzungen davon, wie ich die Erfolgschancen einschätzte. Das letzte Wort hatte natürlich Madame, und nicht immer stimmte sie mit meinem Urteil überein.

Aber ich genoss die Wertschätzung, die ich durch sie erfuhr. Sie gab mir das Gefühl, wichtig zu sein, meinen Platz gefunden zu haben.

Als die Ergebnisse der Prüfungen eintrafen, war ich nervös. Mit zitternden Händen zog ich die Briefe aus den Fächern, die für Nachrichten der Dozenten an die Studierenden gedacht waren.

Nacheinander riss ich sie auf und stieß noch im Gang einen Jubelschrei aus, der die anderen Studenten, die an mir vorbeistrebten, für einen Moment innehalten ließ.

Wirtschaft hatte ich mit einem B bestanden, was einer Zwei in Deutschland gleichkam, doch in Chemie hatte ich ein A. Wenn das kein Zeichen dafür war, dass meine Bestimmung eher die Chemie war als die Wirtschaft!

Jubelnd und überglücklich kehrte ich zu Darren zurück.

»Was habe ich dir gesagt?«, fragte er. »Ich wusste, dass du es schaffst. Du triumphierst über alles, Sophia O'Connor!«

Ich küsste ihn und wollte nur zu gern glauben, was er sagte.

An diesem Abend gingen Darren und ich schick aus. Das Restaurant lag in der Nähe des Waldorf Astoria, in dem ich zu Miss Marburys Trauerfeier untergebracht gewesen war. Der Duft von Orangensoße und Gewürzen schwebte in der Luft, hin und wieder bereichert durch ein Aroma, das an Zuckerwatte erinnerte.

Wir gönnten uns Champagner und feierten, als wären wir das jungverliebte Paar, das wir eigentlich noch waren. »Auf die frischgebackene Chemikerin!«, sagte er und hob das Glas.

»Und Wirtschaftswissenschaftlerin!«, setzte ich hinzu.

»Jetzt steht dir eine große Karriere bevor! Warte ab, bald bist du ebenso reich und mächtig wie Madame.«

»Lieber nicht ganz so reich und mächtig«, gab ich zurück. »Ich möchte nicht in den Krieg zwischen ihr und Miss Arden hineingeraten.«

Darren nahm meine Hand und küsste sie. »Dazu bist du zu klug. Außerdem findet man immer wieder Nischen, um reich zu werden. Ich habe neulich etwas von den Brüdern Revson gelesen. Die machen sich mittlerweile ganz passabel.«

»Madame nennt Charles Revson den ›Nagelmann‹ und hat sich neulich darüber mokiert, dass seine Hände ungepflegt seien«, gab ich zurück.

»Aber geht sie auch gegen ihn vor?«

»Nicht dass ich wüsste. Wahrscheinlich sieht sie in ihm noch keine Gefahr.«

Revlon war bekannt für Haarpflege und hatte in diesem Jahr begonnen, Nagellack zu fabrizieren. Madame hatte daran nicht so ein großes Interesse, wenngleich auch sie in ihren Salons Haarpflege anbot.

»Möglicherweise versteht er es auch, unter ihrem Sichtfeld durchzurutschen. Solange Madame mit Miss Arden beschäftigt ist, kümmert sie sich nicht um ihn. Und wer weiß, welche Bündnisse er eingehen wird, wenn er erst einmal groß genug ist.«

Ich blickte Darren erstaunt an. Seit wann interessierten ihn Bündnisse in der Schönheitsbranche?

»Jedenfalls sehe ich für dich große Chancen, ein eigenes Geschäft aufzuziehen. Es würde dich unabhängig machen und ...«, er hielt kurz inne, dann fügte er hinzu: »... dir Frieden geben.«

Ich verstand, was er meinte. Er beobachtete meine Unrast schon eine Weile und erkannte den Grund dafür besser, als ich dachte.

Ein eigenes Geschäft würde mich vielleicht ausfüllen, die Gedanken an das, was ich nie haben konnte, verwischen. Frieden. Ja, den ersehnte ich, aber würde ein Geschäft ihn mir geben können? Jetzt, wo eigentlich alles recht gut lief?

»Ich muss darüber nachdenken«, antwortete ich.

Darren küsste meine Hand. »Natürlich. Denke darüber nach.«

Ich liebte ihn dafür, dass er versuchte, mir das Gefühl zu geben, dass alles wie früher war. Auch wenn das nicht mehr zutraf.

Beinahe bereute ich es, zum Arzt gegangen zu sein. Aber was hatte er mir schon gesagt, das ich nicht bereits ahnte? Die ganzen drei Jahre unserer Ehe hatten wir uns nicht sonderlich vorgesehen, wenn wir uns liebten. Damals, mit Georg, hatte bereits einmal gereicht. Und jetzt tat sich auch nach drei Jahren gar nichts.

»Wir sollten eine kleine Reise machen, bevor du gänzlich in den heiligen Hallen von Madame verschwindest. Was meinst du?«, sagte Darren an diesem Abend, als wir eng umschlungen im Bett lagen.

»Das wäre eine schöne Idee«, gab ich zurück und schmiegte mich an ihn.

»Vielleicht könnten wir wieder zu der Pirateninsel fahren. Erinnerst du dich?«

»Ja«, antwortete ich.

»Also?«

»Ich fahre überallhin, wohin du mich mitnimmst«, sagte ich und küsste ihn.

Aus Freude darüber, dass ich meinen Abschluss so wunderbar hinbekommen hatte, gewährte Madame mir einen zehntägigen Urlaub, und in ihrem Überschwang bot sie mir auch gleich eines ihrer Domizile an der Küste an.

Doch Darren und ich hatten andere Pläne. Wir wollten nach Cape Cod, um uns bei dem Rauschen des Meeres, langen Strandspaziergängen und gutem Essen zu erholen.

Die Aussicht, nicht mehr am College erscheinen zu dürfen, keinen Stoff mehr zu pauken, jagte mir ein wenig Angst ein, nachdem ich die vergangenen drei Jahre damit zugebracht hatte. Jetzt vollständig im Hauptgebäude der Rubinstein Inc. zu verschwinden machte mir allerdings noch mehr Angst.

Madame bezahlte mich gut, und mit meinen Abschlüssen konnte ich nun vielleicht eine andere Position aushandeln. Als studierte Chemikerin würde ich ohne Weiteres in der Fabrik arbeiten können. Aber ich spürte, dass Madame mich weiterhin im Büro halten wollte.

Darren stärkte mir den Rücken und sagte, dass er hinter jeder meiner Entscheidungen stehen würde. Ich liebte ihn so sehr, dass es beinahe wehtat, und gleichzeitig hatte ich ihm gegenüber solch ein schlechtes Gewissen wegen meiner Unfähigkeit, Kinder zu bekommen.

Wenn wir uns beim Rauschen des Meeres vor unserem Zimmerfenster liebten, spürte ich seine Hoffnung, dass der Arzt möglicherweise unrecht gehabt hatte. Er hoffte, dass der wegfallende Stress vielleicht etwas bewirken konnte.

Doch mein Gefühl war ein anderes. Auch wenn ich die Verwachsungen nicht bemerkte, wusste ich, dass sie da waren. Nicht der Stress war schuld, sondern die Narben in mir.

Aber wenn wir spazieren gingen, Arm in Arm den Wind spürten oder am Strand sitzend zu den Sternen hinaufblickten, konnte ich vergessen, was geschehen war, und auch, was nie sein würde. Dann zählte nur der Moment, und ich wünschte mir, dass dieser nie enden würde.

Doch auch die wunderbare Zeit am Strand konnte die Schatten nicht vertreiben, selbst wenn ich mich bemühte, es mir Darren gegenüber nicht anmerken zu lassen.

Wenn wir miteinander schliefen, versuchte ich so zu tun, als wäre alles in Ordnung, doch in Wirklichkeit war es das nicht. Ich spürte kaum Lust, auch wenn ich Darren nach wie vor liebte. Es war, als würde mein Körper keinen Sinn mehr in unserer Vereinigung sehen.

Zu Darren sagte ich nichts. Ich versuchte, die Tage so normal wie möglich zu verbringen, und während ich auf der Arbeit war, gelang es mir auch. Meine Kolleginnen bemerkten nichts. Doch nachts lag ich wach, dachte an das Gespräch mit dem Arzt und fühlte mich nutzlos, gescheitert, leer.

Ich machte mir Vorwürfe, dass ich die Suche nach Louis aufgegeben hatte, nur um mich im nächsten Moment zu fragen, was ich noch hätte tun können. Wenn der Detektiv, der mir versprochen hatte, ihn zu suchen, keine Spur fand, wie sollte ich es anstellen?

Darren mochte vielleicht nicht spüren, was mit mir los war, aber Henny sehr wohl. Ich hatte ihr berichtet, dass ich mit Darren gesprochen hatte und dass es für ihn in Ordnung war, dass wir wahrscheinlich keine Kinder haben würden.

»Irgendwas stimmt nicht mit dir«, stellte Henny fest, als ich an einem Sonntag bei ihr war. Darren war auf Geschäftsreise, und ich war froh, den eigenen vier Wänden für eine Weile zu entkommen. »Soll ich dir einen Termin bei Dr. Rosenbaum besorgen?«

Ich schaute sie erschrocken an. »Wieso das denn?«

»Du scheinst Kummer zu haben. Ich sehe es in deinen Augen. Du brauchst jemanden, mit dem du reden kannst.«

»Aber dafür habe ich doch dich!«, wiegelte ich ab.

»Ich kann dich nicht so unterstützen, wie es Dr. Rosenbaum kann«, gab sie zurück. »Die Sitzungen mit ihm haben mir sehr geholfen, über Jouelle hinwegzukommen und neu anzufangen. Ich glaube, dir könnte er auch helfen. Der Verlust deines Kindes und jetzt diese Diagnose … Ich kann mir gar nicht vorstellen, wie schwer es dir fallen muss.«

»Es ist nicht nur wegen des Kindes«, gestand ich. »Ich habe das Gefühl … nein, die Angst, dass es Darrens und meine Ehe belasten wird. Irgendwann.«

»Hat er denn so etwas verlauten lassen?«

»Nein, aber … ich komme einfach von dem Gedanken nicht los. Bisher war es so, dass ich mir gesagt habe, dass ich vielleicht schwanger werden könnte …« Ich seufzte. »Vielleicht mache ich mich auch nur selbst verrückt.«

»Rede mit Dr. Rosenbaum«, sagte sie. »Ich bin sicher, dass es dir guttun wird.«

Ich war mir nicht sicher, doch ich wusste auch, dass ich Hennys Vorschlag nicht ablehnen konnte. Als sie im tiefsten Tal wandelte, hatte der Arzt ihr herausgeholfen. Vielleicht gelang es ihm auch bei mir.

Also meldete ich mich schon am nächsten Tag in der Praxis von Dr. Rosenbaum. Darren erzählte ich nichts davon, denn ich wollte nicht, dass er sich Sorgen machte. Glücklicherweise hatte der Arzt noch an diesem Nachmittag einen Termin frei, weil ein anderer Patient ausgefallen war. Nach der Arbeit fuhr ich sofort hin.

Die Schwester lächelte mich freundlich an, nahm meine Personalien auf und schickte mich ins Wartezimmer. Ich blickte aus dem Fenster auf die kleine Grünfläche hinter dem Haus. Dort blühte ein großer Rosenbusch. Spiegelungen des Sonnenlichts in den Fenstern malten helle Flecken auf die abgeschabten Pflastersteine daneben. Kaum vorstellbar, dass es hier ein derartiges Kleinod gab.

»Mrs O'Connor?«, fragte die Stimme der Sprechstundenhilfe.

Ich zuckte zusammen. »Ja?«

»Kommen Sie bitte, der Doktor hat jetzt Zeit für Sie.«

Ich warf noch einen letzten Blick auf den Garten, dann schloss ich mich der Schwester an.

Dr. Rosenbaum war ein älterer Mann, der allerdings noch erstaunlich dichtes und dunkles Haar hatte. Eine dicke Hornbrille saß auf seiner Nase und verlieh ihm einen gelehrten Ausdruck, sein Kinn war breit und markant.

»Guten Tag, Mrs O'Connor«, sagte er in noch immer leicht akzentgefärbtem Englisch. »Nehmen Sie doch bitte Platz.« Er deutete auf den gepolsterten Sessel vor dem Schreibtisch. Unwillkürlich warf ich einen Blick in die Runde. Ein mit Büchern vollgestopftes Regal, die Skulptur einer auf den Zehenspitzen stehenden und sich dem Himmel entgegenreckenden Frau. Unter einem der Fenster stand ein gemütliches Sofa mit zwei Sesseln. Alles in allem machte der Raum eher den Eindruck eines Wohn- als den eines Sprechzimmers.

»Erzählen Sie mir doch bitte, was Sie auf dem Herzen haben«, sagte er.

Ich wusste nicht so recht, wo ich beginnen sollte. Bei meiner Diagnose? Dem Gefühl, unvollständig zu sein?

Von Hennys Sitzungen im Sanatorium wusste ich, dass es gut war, ganz von vorn anzufangen.

Also erzählte ich von Georg, der Schwangerschaft, meinem Rauswurf, der Reise nach Paris und der schicksalhaften Geburt von Louis. Seinem Verlust und der Frage, ob er vielleicht doch noch am Leben sein könnte. Die Jahre danach ließ ich aus und setzte wieder ein mit der Hochzeit, dem vergeblichen Versuch, schwanger zu werden, und meiner Diagnose.

Der Arzt hörte mir aufmerksam zu, machte sich zwischendurch Notizen. Schließlich nahm er seine Brille ab und schaute mich lange an.

»Ich kann Ihnen helfen«, sagte er. »Und ich glaube, Sie benötigen dringend Hilfe. Nach allem, was ich gehört habe, würde ich mir wünschen, Sie wären früher zu mir gekommen. Das, was Sie in Paris erlebt haben, ist ein Trauma, das kein Mensch einfach so hinter sich lassen könnte.«

»Ein Trauma?«, wunderte ich mich.

»Sie haben einen Verlust erlitten, und ich weiß nicht, inwiefern sie sich erlaubt haben zu trauern.«

»Aber es ist doch gar nicht klar, ob mein Sohn wirklich tot ist.«

»Dennoch ist da der Verlust, und er zieht sich immer weiter durch Ihr Leben. Sie haben eine gute Partnerschaft mit Ihrem Mann, doch jetzt hat sich ein neuer Verlust eingestellt, der mit dem ersten zusammenhängt.«

»Ich kann keine Kinder mehr bekommen.«

»Wahrscheinlich als Folge der ersten Geburt, ja.«

»Kann man denn etwas verlieren, das man nie haben wird?«

»Sie haben eine wichtige Funktion des Körpers verloren.«

Rosenbaum atmete tief durch, lehnte sich ein wenig vor und faltete die Hände über der Tischplatte. »Sie müssen verstehen, dass das, was Sie durchmachen, der Trauer um einen geliebten Menschen gleicht. Sie haben etwas verloren, das für Sie von großer Bedeutung ist. Auch wenn es sich nicht um eine Person handelt. Menschen, die erblinden, machen Ähnliches durch. Sie müssen erst die Trauer überwinden, ehe Sie Ihr Leben neu in Angriff nehmen. Ansonsten wird sie Ihr ganzes weiteres Leben überschatten. Ich würde Ihnen gern helfen, Mrs O'Connor. Und ich glaube, mit ein wenig Arbeit werden wir Sie schon wieder ins Gleichgewicht bringen können.«

Stimmte das? Ich war mir nicht sicher. Aber ich verstand, dass es nicht viele andere Möglichkeiten gab. Wenn er recht hatte, musste ich mich der Trauer stellen. Ansonsten würde ich möglicherweise zerbrechen.

Zurück in der Wohnung, rang ich mit mir. Sollte ich Darren davon erzählen? Beim Gynäkologen hatte ich ihn nicht dabeigehabt, obwohl es vielleicht besser gewesen wäre. Und jetzt? Die Sache mit dem Kind betraf auch ihn. Möglicherweise hatte er ebenfalls Probleme mit dieser Tatsache, selbst wenn er sich nichts anmerken ließ.

Als Darren schließlich die Tür öffnete, hatte ich bereits mehrere Tassen Kaffee getrunken und fühlte mich aufgedreht.

»Wir müssen reden«, sagte ich, während ich nervös meine Hände knetete.

Darren nahm seinen Hut ab und runzelte die Stirn.

»Ist etwas passiert?«, fragte er, dann kam er zu mir. Seine Tasche stellte er auf dem Küchenstuhl ab.

»Nein, ich … ich war bei Dr. Rosenbaum.«

»Ist das wieder so ein Frauenarzt?«, fragte er, doch ich schüttelte den Kopf.

»Weißt du nicht mehr? Der Arzt, bei dem Henny nach ihrem Sanatoriumsaufenthalt war.«

Ich sah, wie er mühsam seine Erinnerungen durchsuchte.

»Ich war jedenfalls bei ihm.«

Darren schüttelte verständnislos den Kopf. »Was willst du

bei einem Arzt, der sich mit Sucht auskennt? Du trinkst ja nicht mal.«

»Rosenbaum ist nicht nur Experte für Süchte, er ist ganz allgemein ein Psychotherapeut«, erklärte ich. »Er kennt sich mit der Seele aus und ... ich kann nicht sagen, dass ich mich in letzter Zeit seelisch sehr gesund gefühlt hätte.«

Darren blickte mich erschrocken an. Eine Weile schwiegen wir, dann fragte er: »Habe ich ... etwas übersehen? Du ... du erscheinst mir ziemlich normal.«

»Aber das bin ich nicht«, gab ich zurück. »Seit dem Tag, als ich erfuhr, dass ich keine Kinder kriegen kann ... Da ist ein Loch in meiner Brust, ein tiefes schwarzes Loch, und ich spüre, dass es größer wird. Der Gedanke, dass ich keine Kinder bekommen kann, lässt mich nicht mehr los.«

»Ach Schatz«, sagte Darren und zog mich in seine Arme. »Ich habe dir doch gesagt, dass es mir nichts ausmacht.«

»Ich weiß.« Tränen schnürten mir die Kehle zu. »Aber dennoch ... Es ist so, als wäre ich nicht mehr vollständig. Nicht mehr heil. Es ist ein ähnliches Gefühl wie damals, als ich meinen Sohn verloren habe ...«

Jetzt konnte ich mich nicht mehr halten. Ich schluchzte auf und begann zu weinen, so sehr wie schon lange nicht mehr. Darrens Arme hielten mich, warm und fest, und ich wusste nicht, was in seinem Gesicht vor sich ging, doch ich spürte, dass das, was er gesagt hatte, der Wahrheit entsprach. Und dass er für mich da sein würde, egal, wohin mich die Gespräche mit Dr. Rosenbaum führten.

33. Kapitel

1938

Die Monate gingen ins Land, und wieder nahte ein Weihnachtsfest. Der neue Rubinstein-Salon wurde eröffnet, und das Konzept, den Damen neben Pflege und Training auch Hinweise zur Ernährung zu geben, wurde ein großer Erfolg.

Einzig die Sache mit der Rohkost uferte ein wenig aus, worüber Madame nicht gerade glücklich war. Einige der Kundinnen ließen sich große Portionen geben, getreu dem Motto »Viel hilft viel«. Es schien sich herumzusprechen, dass man sich in einem Rubinstein-Salon satt essen konnte, und tatsächlich fuhren wir nach einer Weile Verluste ein. Madame reagierte und schränkte das Angebot ein. Schließlich wurde nur noch die Beratung, aber keine Kostproben mehr angeboten.

Die Arbeit gab mir immerhin etwas Halt. Auch wenn Darren die Liebenswürdigkeit in Person war, erinnerte er mich stets von Neuem an das, was ich nie haben würde.

Die Gespräche mit Dr. Rosenbaum fühlten sich zunächst nicht so an, als könnten sie mir Linderung verschaffen. Besonders um Weihnachten herum war es schlimm, wenn meine Kolleginnen darüber redeten, das Fest im Kreise ihrer Familie zu verbringen.

Doch dann, kurz nach Neujahr, fühlte ich mich seltsam leicht. Es war beinahe so wie damals, als ich Genevieves Ärztin erlaubte, mich nach dem vermeintlichen Tod von Louis zu behandeln. Die Trauer, dass ich wohl nie mehr ein Kind haben würde, war noch immer spürbar, doch sie lastete nicht mehr so schwer auf mir.

Als das Jahr 1938 begann, konnte ich ein klein wenig aufatmen, und auch mein inneres Verhältnis zu Darren besserte sich. Ich fand mich nach und nach damit ab, dass unsere Wohnung nie von Kinderlachen erfüllt sein würde.

Bei Madame war es sehr wechselhaft. Mal hatten wir das Gefühl, dass es aufwärtsging, dann wurde uns aus heiterem Himmel ein Schlag von der Konkurrenz verpasst. Madame war außer sich, als ihr Geschäftsführer Harry Johnston von Miss Arden abgeworben wurde.

»Fünfzigtausend!«, wetterte Helena Rubinstein. »Für fünfzigtausend Dollar im Jahr verkauft er seine Seele an diese Frau!«

Es folgte ein Schwall von Beschimpfungen, die uns erröten ließen. Doch das änderte nichts daran, dass Johnston uns verließ.

Ich musste mir sehr auf die Zunge beißen, um nicht zu äußern, dass das vielleicht ein Fehler war. Madame hätte meine Bemerkung sicher gefallen, aber es tat mir für Mr Johnston leid, der in das Netz von Miss Arden geraten war, nicht ahnend, dass die Rote Tür eine Drehtür war, die ihn vielleicht genauso schnell ausspucken würde, wie sie ihn aufnahm.

Bei seiner Kündigung blieb es nicht. Einige seiner Assistentinnen, darunter die Blumenfrau, wie Madame sie nannte, gingen mit ihm.

Ich erschrak über die Lücken, die in unsere Reihen gerissen wurden. Es hieß gar, einer der Chemiker sei zu Arden gewechselt.

»Dieses Weib stiehlt meine Angestellten!«, polterte Madame. »Ich werde mich rächen!«

Wir zogen die Köpfe ein, und ich blickte in die Runde. Dabei fragte ich mich, wer wohl als Nächstes den Verlockungen von Arden erliegen würde.

»Immerhin weiß ich, dass Sie mir treu bleiben«, sagte Madame später unter vier Augen zu mir. »Sie wissen, wie dieses Weib ist. Sie haben miterlebt, was sie mit den Leuten macht.«

Ich erinnerte mich wieder an Sabrina und unsere Einsicht, dass Madame und Miss Arden sich sehr ähnelten, doch diesen Gedanken verdrängte ich schnell, ehe er meinen Lippen noch entschlüpfte.

»Ich habe Ihnen viel zu verdanken, Madame«, sagte ich. »Und das werde ich Ihnen nie vergessen.«

Madame lächelte beinahe erleichtert.

Ich fragte mich jedoch beim Verlassen ihres Büros, wie es sein würde, wenn ich mein eigenes Geschäft aufzog. Sicher würde ich nicht noch einmal zu Miss Arden gehen, doch Madame würde es keinesfalls begrüßen, wenn ich ihr Konkurrenz machte.

Einige Wochen später wurde ich wieder zu einem Termin mit Madame gerufen. Inzwischen hatte sie sich über den Verlust ihrer Leute beruhigt und ihr zweites Buch vollendet. Erneut fungierte ich als Testleserin, »weil es ja beim ersten Mal so gut geklappt hat«.

Um das Konzept ihres neuen Salons zu unterstützen, ging sie diesmal mehr auf das Thema Ernährung ein. Dazu telefonierte sie häufig mit dem Schweizer Arzt, der sie behandelt hatte.

Ich war sicher, dass sie mich fragen wollte, wie mir das Buch gefiel, doch zu meiner großen Überraschung traf ich sie nicht allein an.

Ein Mann in graublauem Anzug war bei ihr. Zunächst sah ich nur seinen Hinterkopf, dann, als er sich umwandte, traf mich beinahe der Schlag.

Thomas Jenkins!

Wir alle wussten von dem Berufsverbot, mit dem ihn Miss Arden belegt hatte. War die Zeit schon herum? Ich rechnete nach. Nein, es war erst vier Jahre her, dass sich Miss Arden von ihm hatte scheiden lassen. Was suchte er also hier? War ihm die Strafe, die ihm seine Ex-Frau angedroht hatte, egal?

Auf jeden Fall wurde mir klar, wie die Rache von Madame, die sie im Frühjahr angekündigt hatte, aussehen würde.

»Mr Jenkins ist Ihnen sicher bekannt, nicht wahr?«, fragte Madame süßlich.

Als wäre das sein Stichwort, kam er auf mich zu und reichte mir die Hand. »Freut mich, Sie wiederzusehen. Mrs O'Connor ist es jetzt, richtig?«

Ich nickte. Madame hatte ihm also von meiner Heirat erzählt. »Freut mich ebenfalls«, presste ich hervor.

Jenkins lächelte mich an. »Wie ich sehe, haben auch Sie es geschafft, sich von Elizabeth zu lösen. Eine gute Entscheidung, würde ich sagen.«

Ich blickte zu Madame. Sollte das alles ein schlechter Scherz sein?

»Mr Jenkins hat sich erfreulicherweise bereit erklärt, für mich zu arbeiten – jedenfalls sobald er den vertraglichen Klauen dieser Person entkommen ist.«

»Nur noch ein Jahr«, fügte er schulterzuckend hinzu und lächelte erneut.

Ich war sprachlos. Natürlich hatten wir alle geahnt, dass Jenkins nicht die Füße still halten würde. Ich war der Meinung gewesen, dass er eher etwas Eigenes auf die Beine stellen würde. Mit Kosmetik selbst kannte er sich nicht aus, aber er war ein sehr guter Werbespezialist. Jetzt hatte Madame ihn eingefangen. Oder war er selbst zu ihr gekommen? Aus Rache dafür, wie ihn seine Frau behandelt hatte?

»Das ... das ist für die Marke Rubinstein sicher ein großer

Gewinn«, gab ich zurück und bemühte mich, meine Verwirrung abzuschütteln. Jenkins bei Madame! Wie klein doch die Welt war, und wie seltsam das Schicksal manchmal spielte.

»Und ob es das ist!«, sagte Madame und lächelte Mr Jenkins so strahlend an, als wäre er ein Heiratskandidat. Jenkins' Miene wiederum wirkte grimmig und entschlossen. Ich hatte keine Ahnung, wie er es geschafft hatte, sich, ohne arbeiten zu dürfen, über die Runden zu bringen, doch wahrscheinlich würde er alles daransetzen, Miss Arden die Hölle heißzumachen.

»Nun, aber jetzt möchte ich Sie gar nicht weiter aufhalten, Mr Jenkins«, fuhr sie dann fort und erhob sich. Es war vielleicht geplant gewesen, ihn und mich zusammentreffen zu lassen, doch die Besprechung zwischen ihnen war vorbei. Wie viel mochte sie ihm geboten haben? Sicher nicht so viel, wie Mr Johnston bekommen hatte, aber dafür bot sie Jenkins etwas, das unbezahlbar war: Rache.

Als er fort war, strahlte Madame übers ganze Gesicht. So ausgelassen hatte ich sie schon lange nicht mehr gesehen.

»Bald ist es so weit!«, sagte sie und klatschte in die Hände. »Bald kann ich es ihr heimzahlen. Er ist geradezu ein Schnäppchen, müssen Sie wissen. Und er ist voller Abscheu gegen diese Frau! Und was er für Geheimnisse kennen muss!« Sie atmete tief ein, als würde sie einen neuen, köstlichen Duft riechen. »Und allein schon, wie sie toben muss, wenn bekannt wird, dass er für mich arbeitet. Ich werde jede Zeitschrift mit dieser Information versorgen.«

Es stimmte, Miss Arden würde toben. Doch was die Geheimnisse anging ... Sicher, Jenkins wusste sehr viel über die Anfänge von Miss Arden. Doch wenn er antrat, würden fünf Jahre vergangen sein. Miss Arden war bestimmt nicht stehen geblieben. Und dank Mr Johnston würde sie jetzt schnell voranschreiten können, denn er kannte ebenfalls Geheimnisse, und ich hatte keine Ahnung, was Madame getan hatte, um ihm zu verbieten, diese auszusprechen.

»Es ist wirklich ein Coup«, gab ich zurück und versuchte, mir meine Skepsis nicht anmerken zu lassen. »Sie wird toben, das ist sicher.«

»Damit habe ich dann schon zwei ihrer Edelsteine!« Madame strahlte. »Dass Sie zu mir gekommen sind, war der erste Glücksfall! Und jetzt noch er. Das wird Arden in die Schranken weisen.«

Einen Moment noch schwelgte sie in ihren Siegesfantasien, dann wandte sie sich mir zu.

»Ich habe Sie gerufen, weil ich gute Neuigkeiten für Sie habe. Erinnern Sie sich an die Idee mit der wasserfesten Wimperntusche?«

»Ja, allerdings.« Ich musste zugeben, dass ich es beinahe selbst vergessen hätte.

»Nun, es hat ein wenig gedauert, aber wie es aussieht, ist diese Frau selbst noch nicht darauf gekommen. Ich habe Kontakt zu einer Chemikerin in Österreich aufgenommen, der es nun tatsächlich gelungen ist, Ihre Idee in die Tat umzusetzen.«

Meine kurz aufgeflammte Freude darüber, dass ich vielleicht endlich an die Entwicklung gehen konnte, verlosch augenblicklich wieder.

»Oh, wirklich«, gab ich zurück und versuchte, meine Enttäuschung zu verbergen. Meine Schläfe begann zu schmerzen. Es waren ein bisschen viele Emotionen auf einmal.

Madame schien es nicht zu bemerken. »Im kommenden Jahr wird die Weltausstellung hier in New York stattfinden. Bis dahin wird die Entwicklung abgeschlossen und das Produkt verkaufsreif sein. Ich möchte, dass Sie sich um die Vermarktung kümmern. Immerhin ist es ja Ihr Produkt.«

Das war es nicht, wenn eine österreichische Chemikerin die Entwicklung übernahm. Aber ich nickte dankbar und war zugleich neugierig, ob besagte Dame mich in die Geheimnisse der Formeln einweihen würde.

»Danke, Madame, das freut mich sehr.«

»Ich bin sicher, dass dies ein Riesenerfolg wird. Ein wenig ärgere ich mich, dass ich nicht schon früher auf das Fräulein ... wie hieß sie noch ...« Sie überlegte, schüttelte dann den Kopf. »Na ja, ich bin jedenfalls froh, dass ich sie gefunden habe. Und Sie beide zusammen werden für Rubinstein einen Triumph feiern.«

Ich lächelte und stimmte ihr zu, im Stillen allerdings wurmte es mich. Um die Idee früher umzusetzen, hätte sie die Österreicherin nicht gebraucht. Ich hätte ins Labor gehen und experimentieren können. Wozu hatte ich meinen Abschluss in Chemie, wenn Madame nichts daraus machen wollte?

Am Ende der Unterredung reichte Madame mir einen Umschlag. »Hier, meine Liebe, für Sie.«

Zunächst fragte ich mich, ob das vielleicht eine Prämie für meine Idee mit der Wimperntusche war. Dann spürte ich eine Karte darin.

»Ich hoffe, Sie haben an dem Wochenende noch nichts vor.«

Jetzt wurde mir klar, dass es eine Einladung war. Eine Einladung wozu?

Ich zog die Augenbrauen hoch, und da Madame offenbar selbst vor Freude beinahe platzte, sagte sie: »Artchil und ich würden uns freuen, wenn Sie auch Ihren bezaubernden Ehemann mitbrächten.«

Da wurde es mir klar. Es musste eine Einladung zur Hochzeit sein! Dass er in Paris um ihre Hand angehalten hatte, lag nun beinahe ein Jahr zurück. Ich hatte nicht mehr daran gedacht, weil ich mit meinen eigenen Problemen zu kämpfen hatte. Aber ja, etwas anderes konnte es gar nicht sein!

»Vielen Dank, Madame, er wird mich auf jeden Fall begleiten!«

Ich verabschiedete mich von Madame und verließ das Büro. Draußen musste ich mich erst einmal sammeln. Jenkins, Wimperntusche und eine Einladung zu ihrer Hochzeit. So viel erlebte ich normalerweise nicht auf einmal in Madames Büro.

34. Kapitel

»Du wirst nicht glauben, was heute alles passiert ist!«, rief ich aus, als ich schwungvoll meine Handtasche auf der Kommode abstellte. Darren war bereits zu Hause, wie ich an dem Duft nach Bratkartoffeln erkannte.

Ich lächelte in mich hinein. Nicht jede Frau hatte einen Ehemann, der gern kochte. Auf die meisten meiner Kolleginnen wartete nach der Arbeit noch der Herd.

»Was denn, Liebling?«, fragte Darren und kam mir aus der Küche entgegen. Wir küssten uns, dann berichtete ich: »Der Ehemann von Miss Arden war heute bei Madame.«

»Jenkins?«

»Ja. Sie hat ihn angeheuert.«

»Also sind seine fünf Jahre um?«

»Nicht ganz, aber nächstes Jahr.«

Darren zog eine skeptische Miene. »Das wird die Auseinandersetzung zwischen Madame und Miss Arden sicher noch anheizen.«

»Miss Arden hat Madame vor ein paar Monaten den Geschäftsführer abspenstig gemacht.« Ich zuckte mit den Schultern. »Ausgleichende Gerechtigkeit, würde ich sagen. Und wenn man bedenkt, wie Miss Arden Mr Jenkins behandelt hat ... Und was er getan hat, um Miss Arden nach oben zu helfen ...«

Ich war sicher, dass wir das bessere Geschäft gemacht hatten.

»Ich habe auch gute Neuigkeiten«, erklärte Darren, nachdem er sich kurz wieder dem Herd zugewandt hatte.

»Schieß los!«, sagte ich, denn ich brannte darauf, endlich wieder was Gutes zu hören.

»Ich hatte dir doch vor einigen Monaten von den Revson-Brüdern erzählt«, begann Darren geheimnisvoll.

Ich zog die Augenbrauen hoch. »Und?«

»Die Geschichte der beiden hat mich nicht losgelassen. Ich wollte wissen, wer sie sind und wie sich ihr Erfolg erklären lässt. Mitch Avery, einer meiner Klienten, ist Golfpartner eines ihrer Anwälte. Über ihn erfuhr ich, dass sie jemanden für ihre Werbekampagnen suchen. Ich habe mich eher aus Jux dort vorgestellt – und habe die Stelle bekommen.«

Ich starrte ihn überrascht an. Darren war von der Konkurrenz angeheuert worden!

»Weißt du, was das heißt?«, fragte er.

Das Erste, was mir in den Sinn kam, war, dass ich ihm nichts mehr erzählen durfte, was ich bei Madame hörte und sah. Doch ich schwieg.

»Ab sofort werde ich den Aufträgen nicht mehr nachjagen müssen. Ich werde ein festes Gehalt haben, und wir können uns vielleicht ein kleines Häuschen am Stadtrand kaufen.«

Ein Häuschen am Stadtrand ... Ich war eigentlich glücklich hier und wollte nicht umziehen.

»Das ist ... wunderbar!«, presste ich hervor. Dann lächelte ich. Tatsächlich war es wunderbar. Warum nur freute ich mich nicht wirklich darüber?

Ich fiel ihm um den Hals und küsste ihn, bevor ihm auffiel, was in mir vorging.

»Sie zahlen mir zehntausend Dollar im Jahr. Das ist ein Vermögen!«, berichtete er beim Essen weiter. »Als sie davon hörten, dass ich sowohl für Madame als auch für Miss Arden gearbeitet habe, waren sie ganz aus dem Häuschen!«

»Das glaube ich«, sagte ich, immer noch bemüht, meine Verwirrung abzuschütteln. Verdammt, warum konnte ich mich nicht für ihn freuen?

Ich schob meine Gedanken an Madame beiseite. Es ging sie doch eigentlich nichts an, was mein Mann machte. Normalerweise interessierte sie sich auch nicht dafür.

»Ich werde zunächst eine Kampagne für die Nagellacke entwickeln. Möglicherweise bekomme ich sogar ein paar Proben mit nach Hause.« Er funkelte mich begeistert an. Ich wusste, worauf er hinauswollte. Ich mochte Nagellack, und wäre ich nicht bei Madame beschäftigt, wäre ich begeistert gewesen, die Produkte zu testen. Aber so ... Wenn Madame nun auffiel, was für eine Farbe ich trug?

»Das haben sie dir schon gesagt?«, wunderte ich mich nur.

»Erwähnte ich bereits, dass sie von mir begeistert waren?«, gab er lachend zurück. »Den Arbeitsvertrag schicken sie mir Ende der Woche. Und ich soll zum 1. Mai anfangen!«

»Das ist schon bald!«

»Ja, und ich freue mich ehrlich gesagt sehr darüber, keine Verpackungen für Cornflakes oder Süßspeisen mehr designen zu müssen. Das hier ist eine echte Herausforderung!« Er griff nach meiner Hand. »Ich bin sicher, dass der Lack sehr gut aussehen wird an deinen Händen.«

»Vorausgesetzt, Madame bemerkt nicht, dass er von der Konkurrenz ist.«

»Es steht dir doch frei, deine Nägel zu lackieren, womit du möchtest.«

»Am Sonntag, ja. Aber im Büro ist es etwas anderes. Madame wittert ein Konkurrenzprodukt schon von Weitem. Es ist, als würde man mit dem falschen Duft zur Tür hereinkommen. Neulich hat sie eins der Mädchen zurechtgewiesen, weil es die falsche Lippenstiftfarbe trug. Sie kann die Rotnuancen bis ins kleinste Detail unterscheiden.«

»Ich wusste schon, warum ich sie manchmal gruselig fand.«

»Das Mädchen ist an ihr vorbeigelaufen, es waren nur wenige Augenblicke. Doch sie hat sie sofort aufgehalten und gefragt, was das für ein Zeug auf ihrem Mund ist.«

Darren küsste meine Fingerspitzen. »Hab doch keine Angst. Madames Arm mag weit reichen, aber sie wird nicht erfahren, dass ich für die Revsons arbeite. Dazu hat sie viel zu sehr mit Miss Arden zu tun – und mit Mr Jenkins.«

Ich hoffte, dass er recht hatte. Ich neigte nicht zu Small Talk, und es bestand keine Pflicht, meinen Kolleginnen etwas über den Job meines Mannes zu erzählen. Dennoch blieb ein ungutes Gefühl in mir.

Doch um Darren nicht die Freude an seinem Erfolg zu nehmen, lächelte ich und sagte: »Das stimmt, ich mache mir wahrscheinlich zu viele Gedanken. Also, willkommen im Schönheitsbusiness!«, ergänzte ich und prostete ihm mit einem Glas Limonade zu. Dann fiel mir wieder der Umschlag ein. »Übrigens, Madame hat uns beide zu ihrer Hochzeit eingeladen.«

Ich dachte daran, dass ich bei Hennys Hochzeit schon gefürchtet hatte, es würde die letzte sein, die ich für die nächste Zeit miterlebte.

Darren hob die Augenbrauen. »Sie hat uns ... eingeladen?«

»Warum denn nicht?«, fragte ich. »Immerhin bin ich ihre Angestellte. Und du bist mein Ehemann.«

Irgendwie wirkte Darren darüber nicht glücklich.

»Werden auch Reporter dabei sein?«

»Das habe ich sie nicht gefragt.« Ich sah ihn an und wusste plötzlich, warum er zögerte. Es war derselbe Grund, warum ich wegen seiner Anstellung bei Revlon skeptisch war. Und ich erkannte, dass es Unsinn war.

»Keine Sorge wegen deines neuen Chefs«, sagte ich. »Dass du auf der Hochzeit von Madame bist, heißt noch lange nicht, dass dich die Fotografen ins Visier nehmen. Und selbst wenn die Revsons dich sehen, was macht es denn? Du bist mein Ehemann, und es ist nichts dabei, wenn du mich begleitest.« Ich klopfte ihm auf die Schulter. »Du willst mich doch sicher nicht allein dorthin gehen lassen wie eine alte Jungfer?«

Ich sah, wie Darren mit sich rang, und verbarg ein Lächeln. Ich wusste, dass er mich nicht im Stich lassen würde. Und ich hoffte, er verstand, warum ich vorhin ein wenig verhalten reagiert hatte.

Zwei Wochen später trat Darren seine Stelle bei Revlon an. Stolz richtete ich ihm die silberfarbene Krawatte, die wir zusammen mit dem neuen blauen Anzug eigens zu diesem Anlass erstanden hatten.

»Du siehst aus wie ein Geschäftsmann«, sagte ich und strich ihm noch ein imaginäres Stäubchen von der Schulter. »Ich bin stolz auf dich!«

»Und ich auf dich!«, gab er zurück und küsste mich. »Hab einen guten Tag.«

»Du auch!«

Darren stieg in seinen Wagen, ich nahm wie immer die Subway.

Ein seltsames Gefühl begleitete mich in den Zug. Bisher war es irgendwie immer so gewesen, dass wir, zumindest wenn es um Kosmetik ging, zusammengearbeitet hatten. Ich versuchte, Revlon zu sehen wie eine seiner Lebensmittelfirmen, für die er wirklich hübsche Schachteln gestaltet hatte. Und ich hoffte, dass Madame nicht irgendwas zu Ohren kam, was mich in die Bredouille brachte.

Doch das war schnell vergessen, als ich das Büro betrat. Eine große Sitzung stand an. Die österreichische Chemikerin hatte ein erstes Muster ins Haus geschickt, und nun würden wir wahrscheinlich die Ehre haben, es zu testen.

Noch immer stach mich ein wenig der Neid, wenn ich daran dachte, dass sie die wasserfeste Wimperntusche entwickeln durfte und nicht ich. Dass ich die Werbung dafür machen sollte, war nur ein schwacher Trost. Lieber hätte ich mit der Kollegin am Labortisch gestanden.

»Dr. Breuer war so freundlich, mir eine ihrer vielversprechenden Proben zu schicken. Ich habe mir die Freiheit genommen, sie bereits zu probieren.« Sie deutete auf ihr Gesicht, doch dort war auf den ersten Blick nichts zu erkennen.

»Das Produkt braucht vielleicht noch ein wenig Schliff, und auf jeden Fall benötigt es die richtige Verpackung und eine richtige Werbekampagne. Ich denke, es ist vielversprechend.«

Sie ließ das Töpfchen durch die Reihen gehen. Die Leute rochen daran, tauchten die Finger hinein und waren fasziniert, dass sie das Schwarz nicht einfach wieder loswurden. Als mich das Gefäß erreichte, klopfte mein Herz wie vor einer Verabredung. Vom Geruch konnte ich nicht viel ablesen, fein gemahlener Kohlestaub war sicher darin, Öl und andere Stoffe, die die Farbe geschmeidig machten. Doch was war das Geheimnis der Wasserfestigkeit?

Ich schmierte mir einen dicken Streifen auf die Hand mit der Absicht, ihn später in meinem Büro irgendwie abzulösen und als Probe mit nach Hause zu nehmen. Chemische Verbindungen konnte man wieder trennen.

»Sie werden das nicht mehr von Ihrer Hand bekommen«, kommentierte Madame, die mich mit Adleraugen beobachtete, und erntete Gelächter.

»Ich gehe das Risiko ein«, entgegnete ich. »Ich muss schließlich wissen, ob es hält, was es verspricht.« Damit reichte ich das Töpfchen weiter. Die Paste auf meiner Hand trocknete, aber im Gegensatz zu den anderen in der Runde rührte ich sie nicht mehr an.

Auf das, was in den nächsten Augenblicken gesagt wurde, konnte ich mich nicht mehr so recht konzentrieren. Wieder und wieder fragte ich mich, wie die Paste beschaffen war, und ging alles durch, was ich im Studium gelernt hatte. Ich sehnte das Ende der Sitzung herbei.

Als es schließlich so weit war, beeilte ich mich, in mein Büro zu kommen. Dort griff ich nach dem Brieföffner und schabte den Streifen vorsichtig herunter. Tatsächlich ließ sich die Farbe selbst nur schlecht von der Haut entfernen. Die feinen Flöckchen sammelte ich auf einem sauberen Taschentuch. Vielleicht reichte die kleine Probe aus. Ich verpackte sie vorsichtig in Papier und freute mich darauf, sie am Abend zu analysieren.

Später holte ich zum großen Erstaunen von Darren meinen Experimentierkasten hervor und baute alles in der Küche auf.

»Was willst du damit?«, fragte er.

Ich scheute mich ein wenig davor, ihm von der Wimperntusche zu erzählen. Auch wenn ich ihm vertraute, schwang in mir die Angst mit, dass er bei Revlon unbedacht etwas über unser Projekt fallen lassen würde. Madame würde mir den Kopf abreißen, wenn sie es herausfand! Ohnehin hatten wir schon mit Spionen zu tun, die versuchten, hinter die Rezepturen unserer Produkte zu kommen.

»Ich habe etwas aus dem Büro mitgebracht, das ich gern analysieren würde«, gab ich zurück.

»Aha, und was?«, fragte er und kam zu mir. Ich umklammerte das zusammengefaltete Papier fester.

»Wir haben eine Probe erhalten. Madame lässt sie mich nicht im Labor untersuchen, also versuche ich es mit meinen eigenen Mitteln hier.«

Darren blickte auf meine Hand, ergriff sie und schaute sich den schwarzen Strich an. Dann grinste er.

»Ist das die Wimperntusche, für die du vor so langer Zeit die Idee hattest?«, fragte er.

Ein heißer Schauer durchfuhr mich. Vor mir stand der Mann, den ich liebte. Konnte ich ihn anlügen?

»Ja, nur leider hat sie sie nicht von mir entwickeln lassen.« Ich senkte den Kopf. Enttäuschung kroch in mir hoch.

Darren streichelte mir über die Wange. »So ist das bei Madame, nicht wahr? Es tut mir leid für dich. Aber vielleicht kannst du etwas von den Erkenntnissen, die du gewinnst, nutzen.«

»Wenn es mir gelingt, die Zutaten zu erkennen«, gab ich zurück.

Ein wenig schämte ich mich für mein Misstrauen, aber dennoch wünschte ich mir, dass er mich allein lassen würde, damit ich an die Arbeit gehen konnte.

»Das wird dir gelingen. Ich kann dir leider nicht helfen, denn ich habe keinen blassen Schimmer von Chemie.«

Zu meiner großen Erleichterung verschwand er daraufhin im Wohnzimmer.

In den folgenden Stunden versuchte ich fast schon verzweifelt, die Wimperntusche in ihre Einzelteile zu zerlegen. Sie hielt ihr Versprechen der Wasserfestigkeit hervorragend, aber ich hatte, wahrscheinlich, weil die Probe durchgetrocknet war, Mühe, einzelne Zutaten zu isolieren. Die Kollegin hatte jedenfalls großartige Arbeit geleistet!

Spät am Abend musste ich dann aufgeben. Ein paar Bestandteile konnte ich erkennen, andere lagen weiterhin im Dunkeln. Ich sah ein, dass ich auf das Rezept warten musste. Müde ging ich ins Schlafzimmer, wo Darren bereits wartete.

»Na, hast du einige Erkenntnisse gewonnen?«, fragte er, während ich unter die Decke schlüpfte.

»Nicht viele«, gab ich zurück. »Die Kollegin hat es gut verstanden, ihr Geheimnis zu wahren.«

»Das hättest du auch getan, nicht wahr?«

»Ja«, antwortete ich. »Aber ich hätte schon gern gewusst, wie sie es angestellt hat.«

»Vielleicht bekommst du eines Tages die Möglichkeit, sie zu fragen«, sagte er und schlang seine Arme um mich. »Und wenn du dich irgendwann entscheidest, Rubinstein zu verlassen, wirst du deine eigene Rezeptur finden.«

Ich schmiegte mich an ihn. Die Bitte, bei Revlon nichts von der Wimperntusche verlauten zu lassen, lag mir auf den Lippen, aber ich war nicht sicher, ob ihn das erzürnen würde. Also schwieg ich und genoss einfach seine Nähe.

35. Kapitel

An einem regnerischen Donnerstag Ende August überraschte mich Henny vor der Firmenzentrale. Sie war bisher noch nie hier gewesen.

»Was ist passiert?«, fragte ich erschrocken. Sie wirkte ein wenig blass um die Nase, und das Vordach, unter dem sie stand, hatte die Regentropfen, die wie Bindfäden vom Himmel fielen, nicht vollends von ihr abhalten können.

»Ich muss dich sprechen«, sagte sie und wirkte dabei, als würde sie frösteln. Dabei waren die Temperaturen trotz des Regens noch immer hoch, und ich fürchtete, dass die Erfrischung nur von kurzer Dauer sein würde.

Ich zog Henny mit mir ins Foyer. Dort, wo die Stimmen wie ein Bienenschwarm in der Luft hingen, konnten wir reden.

»Was gibt es denn? Es ist doch wohl nichts mit John?« fragte ich.

Henny schüttelte den Kopf. »Nein, das nicht. Es ist nur …« Sie blickte mir in die Augen. »Ich bin schwanger.«

Die Zeit schien stehen zu bleiben. Überrascht öffnete ich den Mund, brachte aber keinen Ton heraus. Henny war schwanger. Nur langsam sickerte die Information in mich ein. Dann brach die Freude aus mir heraus.

»Das ist wunderbar!«, sagte ich und schloss sie in meine Arme. »Du wirst ein Baby haben!«

»Ja«, sagte sie, noch immer ein wenig verwirrt, aber mit einem breiten Lächeln auf dem Gesicht.

Tränen stiegen mir in die Augen. Ich freute mich so sehr für sie! Dennoch spürte ich auch etwas Wehmut. Wenn ich nur auch solch eine Nachricht bekommen könnte!

»Weiß John schon davon?«, fragte ich und versuchte, mein Selbstmitleid beiseitezudrängen. Ich war sicher, dass er sich freuen würde, Vater zu werden.

»Nein, ich ... ich habe es ihm noch nicht gesagt.«

»Dann solltest du es tun!«, gab ich zurück. »Soll ich mitkommen für den Fall, dass er vor Freude das Bewusstsein verliert?«

»Ja, bitte«, antwortete sie ernst auf meinen Witz. »Es ist nicht so, dass ich Angst davor habe. Ich bin sicher, dass er mich liebt und sich auch freuen wird, aber dennoch ...« Sie blickte mich beinahe ängstlich an. »Was, wenn ich ... wenn ich ...« Sie stockte, als hinter uns drei Männer durch die Tür traten.

»Was meinst du?«, fragte ich ein wenig begriffsstutzig.

»Ich habe Angst, dass es mir so geht wie dir.«

»Wie mir?«, fragte ich erstaunt.

»Ich habe Angst ... dass ich es verliere.«

Für einen Moment stand ich da wie eingefroren. Die Sitzungen mit Dr. Rosenbaum hatten mir Kraft gegeben zu akzeptieren, dass andere Frauen schwanger sein konnten und ich nicht. Ich freute mich für Henny, auch wenn es überraschend kam.

Doch dass sie mich darauf stieß, was die erste Schwangerschaft bei ihr angerichtet hatte, und damit auch den Finger auf die Wunde in meinem Herzen legte, war beinahe etwas zu viel.

»Ich glaube nicht, das du das Kind verlieren wirst«, murmelte ich. »Wenn du Schäden zurückbehalten hättest, wärst du wahrscheinlich gar nicht erst schwanger geworden.«

Henny sah mich an und begriff. »Es tut mir leid, ich wollte nicht ...«

»Schon gut«, sagte ich und rang mir ein Lächeln ab. »Es sind so schöne Nachrichten! Ich freue mich sehr für euch.«

»Danke«, sagte sie. »Also, kommst du mit mir?«

»Ja, natürlich«, gab ich zurück.

John war zu Hause. Das schien Henny nicht erwartet zu haben, denn als sie es hinter der Tür rumoren hörte, stockte sie kurz. »Ich hab Angst«, gestand sie, und ihre Hand tastete nach meiner.

»Das brauchst du nicht«, redete ich ihr gut zu. »Es ist ja nicht wie bei mir damals, als hinter der Tür meine ahnungslosen Eltern standen. Bei dir wartet dein Mann und der Vater des Kindes.«

»Ich weiß«, sagte sie, ballte die Fäuste und atmete tief durch. »Also, wollen wir?«

»Auf jeden Fall!«

Henny holte die Schlüssel aus der Tasche und schloss auf.

»Hallo, Schatz!«, rief es aus den Tiefen der Wohnung, und wenig später schaute Johns Kopf durch die Tür. »Oh, hallo Sophia. Was machst du hier, ist etwas passiert?«

»Ich dachte, ich schaue mal bei euch rein«, sagte ich, denn ich wollte Henny die Überraschung nicht verderben.

»Magst du vielleicht schon mal im Wohnzimmer Platz nehmen?«, fragte sie und zwinkerte mir zu. Ich verstand. Sie wollte John offenbar doch erst einmal allein sprechen.

»Gern«, sagte ich, schälte mich aus meiner Jacke und ging dann ins Wohnzimmer. Henny hatte neue Gardinen aufgehängt, sonst hatte sich nicht viel verändert.

Ich ließ mich auf dem extravaganten Diwan nieder und versuchte, nicht zu offensichtlich zu lauschen. Henny sprach sehr leise, ich vernahm nur ein Wispern.

»Was!?«, tönte es wenig später laut aus der Küche. Was Henny darauf sagte, verstand ich nicht, aber wahrscheinlich wiederholte sie ihre Nachricht.

Wenig später ertönte ein Jubelschrei. »Das ist ja wunderbar!« Ein Rumpeln folgte. Ich wollte schon nachsehen, was da los war und ob John vielleicht vor Freude doch umgekippt war. Doch dann wurde mir klar, dass er Henny jetzt wahrscheinlich hochgehoben und ohne Rücksicht auf die Küchenstühle herumgewirbelt hatte.

Einige Minuten später tauchte er mit zwei Bierflaschen auf.

»Hier«, sagte er mit einem dicken Grinsen zu mir und reichte mir eine davon. »Henny darf ja jetzt nicht mehr, aber mit dir möchte ich anstoßen.«

Darren mochte Bier mehr als ich, doch ich tat John den Gefallen, stieß mit ihm an und trank einen Schluck.

»Du wusstest es, nicht wahr?«, fragte er. »Sie war erst bei dir.«

»Sie hatte Angst, dass du es nicht gut auffassen könntest.«

»Machst du Witze?«, fragte er und lachte. »Auf diese Nachricht habe ich schon gewartet! Ich liebe Kinder, am liebsten hätte ich eine komplette Fußballmannschaft.«

»Na, da bin ich mal gespannt, was deine Frau dazu sagt.«

Wenig später erschien Henny. Ihre Wangen glühten, und ihre Augen leuchteten.

»Na siehst du, war doch gar nicht so schlimm«, sagte ich.

»Warum hätte es denn schlimm sein sollen?«, wunderte sich John. »Henny ist mein Leben!«

Das glaubte ich ihm aufs Wort. »Dennoch gibt es manchmal Dinge, vor denen Frauen Angst haben. Schwangerschaften zu verkünden, gehört dazu.«

John nickte und verstummte für einen Moment, dann platzte er heraus: »Du wirst die Taufpatin! Nicht wahr, Schatz?«

Henny klatschte begeistert in die Hände. »Oh ja, bitte! Eine bessere Patentante könnte mein Kind nicht bekommen!«

»Ich …« Ich stockte kurz, dachte daran, dass ich das Kind in den Armen halten würde, bevor es getauft wurde, und fragte mich, ob die Narben in meiner Seele das aushalten würden. Dennoch lächelte ich. »Sehr gern«, sagte ich und entließ meine Anspannung mit einem Seufzer aus meiner Brust. »Danke, ich fühle mich geehrt.«

»Wir haben zu danken!« John drückte mir einen Kuss auf die Wange. Dann rannte er in den Flur. »Oh Mann, das muss ich meinen Eltern sagen! Ich rufe sie gleich mal an, ja, Schatz?«

»Grüß sie von mir!«, rief Henny ihm nach. Dann blickte sie zu mir. »Ist alles in Ordnung?«

»Ja«, antwortete ich, obwohl es nicht ganz stimmte. »Ich bin nur so überwältigt.«

»Das brauchst du nicht sein«, fragte Henny. »Du wirst sowieso so etwas wie eine Tante für das Kleine sein, da ich ja keine Geschwister habe. Abgesehen davon könnte ich mir keine bessere Patin vorstellen. Niemandem vertraue ich so wie dir. Und falls mir etwas passiert, weiß ich, dass John und du sich um mein Kind kümmern werden.«

Tränen stiegen in meine Augen. »Dir wird nichts passieren, dafür sorge ich«, gab ich zurück und umarmte sie.

John brauchte eine ganze Weile am Telefon. Offenbar musste er seinen Eltern wieder und wieder schildern, wie Henny mit mir hier aufgetaucht war.

»Du solltest nachher auch deinen Eltern Bescheid geben.«

»Das werde ich.« Henny seufzte. »Ach, wenn sie nur zur Taufe da sein könnten! Momentan läuft in Deutschland alles nicht so gut, wenn man sich die Nachrichten so anschaut.« Eine Sorgenfalte erschien zwischen Hennys Augenbrauen.

»Hast du etwas gehört?«, fragte ich besorgt.

»Na ja, meine Mutter weigert sich ein wenig zu sehen, was um sie herum vorgeht, aber Vater sagte neulich, dass man sich für den Krieg rüsten würde.«

Krieg? Ich schaute sie erschrocken an.

»Wie äußert sich denn das?« Ich dachte wieder an die Verhaftungen und hoffte, dass nicht noch mehr Leute abgeholt wurden.

»Die Bevölkerung wurde dazu angehalten, Luftschutzübungen durchzuführen. Für den Fall eines feindlichen Angriffs. Außerdem hat die Hausverwaltung begonnen, die Fenster zu verstärken. Und es gibt Luftschutzpläne. Das alles macht man doch nicht, wenn man keinen Krieg befürchtet, nicht wahr?«

Nein, das machte man nicht. Niemandem, der nicht wusste, dass Krieg kam, würde es in den Sinn kommen, solche Maßnahmen auszurufen.

Sorge stieg in mir auf. »Kannst du sie nicht doch bewegen herzukommen? Noch herrscht Frieden, noch könnten sie reisen.«

»Vielleicht kann mein Kind sie dazu bewegen«, sagte sie. »Das Kleine braucht seine Oma und seinen Opa. Möglicherweise lassen sie sich damit überzeugen.«

Henny seufzte, und ich fragte mich, warum sie mir nicht längst davon erzählt hatte.

»Wenn sie hier sind, werde ich ihnen auch noch einmal ins Gewissen reden«, sagte ich und hoffte, dass der Krieg noch eine Weile von uns fernblieb.

Als ich wieder nach Hause kam, fühlte ich mich seltsam. Henny war schwanger! Eine schöne Nachricht, doch gleichzeitig machte sie mich traurig. Ich hatte geglaubt, durch die Gespräche mit Dr. Rosenbaum über den Berg zu sein, was meine eigene Kinderlosigkeit betraf. Offenbar hatte ich mich geirrt.

Ich ging ins Wohnzimmer, setzte mich aufs Sofa und kickte

meine Schuhe weg. Eine ganze Weile blickte ich aus dem Fenster, gegen das immer noch Regentropfen prallten. Draußen auf der Straße rollte ein Wagen vorbei. Ich sah ihn nicht, hörte aber, wie seine Räder die große Pfütze vor dem Gehsteig durchpflügten.

Nun musste ich auch wieder an Hennys Eltern denken. Ob ihr Vater ihr mittlerweile erzählt hatte, was er mir kurz vor der Hochzeit offenbart hatte? Wahrscheinlich nicht, aber dass Häuser befestigt wurden und die Leute Luftschutzübungen machen mussten, beunruhigte mich zutiefst.

Als Darren heimkam, döste ich auf dem Sofa, so lange, bis er sich über mich beugte und mir einen Kuss gab.

»Du riechst nach Nagellack«, sagte ich und lächelte.

»Ich habe dir etwas mitgebracht«, sagte er und holte ein kleines Schächtelchen aus seiner Tasche.

»Das ist doch wohl keine Nagellackprobe?«

»Mach es auf, dann siehst du es.«

Ich öffnete das Päckchen und blickte auf einen silbernen Anhänger, in dessen Mitte ein violetter Stein schimmerte.

»Der ist wunderschön«, sagte ich.

»Ich habe ihn auf dem Heimweg gesehen. Heute habe ich das erste Mal in einem Meeting gesessen, in dem es um die Herbst- und Winterfarben ging. Eine von denen sah aus wie dieser Stein. Wenn du schon den Lack nicht tragen möchtest, trägst du ihn vielleicht.«

In meiner Brust breitete sich eine warme Welle aus. Ich küsste ihn und zog ihn ganz fest an mich. »Danke.« Tränen stiegen mir in die Augen. Eigentlich hätte ich diejenige sein müssen, die ihm zu seiner ersten Woche in der neuen Firma etwas mitbrachte. Ein schlechtes Gewissen überkam mich, und ich nahm mir vor, es irgendwie wiedergutzumachen.

»Ich war vorhin bei Henny«, berichtete ich, während Darren mir das Schmuckstück um den Hals legte. »Sie ist schwanger.«

»Oje«, platzte es aus Darren heraus. »John wird aus allen Wolken fallen. Hat sie es ihrem Schatz schon gestanden?«

John und Darren mochten sich, aber viel Kontakt zueinander hatten sie nicht. Bei gegenseitigen Besuchen redeten sie viel über Sport und Autos und stritten sich, welche die beste Baseballmannschaft war.

»Ja, und sie hatte so große Angst davor, dass sie mich gebeten hat mitzukommen. John will, dass ich Patentante werde.«

Darren strahlte mich an. »Eine bessere könnten sie gar nicht finden.«

»Das meinte er auch.« Ich küsste ihn, dann erhob ich mich und bedeutete ihm, mir in die Küche zu folgen.

Die Hochzeit von Madame mit Prinz Gourielli-Techkonia fand in einem überraschend kleinen Kreis statt – jedenfalls für ihre Verhältnisse. Sie hatte noch andere Angestellte eingeladen, und gemeinsam mit Künstlern, Musikern und einigen Politikern feierten wir auf der Dachterrasse ihrer New Yorker Wohnung. Es war verwunderlich, dass diesmal keine Leute aus der Wirtschaft dabei waren. Dafür hatten ausgewählte Journalisten die Erlaubnis erhalten, Fotos zu schießen und einen Bericht zu schreiben.

Zum ersten Mal konnte ich den Prinzen richtig in Augenschein nehmen. Er war groß und gut aussehend. Doch in ihrem Seidenkleid, mit den strahlend bunten Juwelen und den stets schwarz gefärbten Haaren machte Madame einen ganz wunderbaren Eindruck neben ihm.

»Miss Arden wird vor Neid aus der Haut fahren«, flüsterte Darren mir zu.

»Sie weiß sicher schon, dass Madame einen Prinzen hat. Ich frage mich, wie lange es dauern wird, bis sie selbst einen an Land zieht.«

»Gibt es denn so viele georgische Prinzen?«, fragte Darren.

»Wenn man Rita aus dem Büro glauben will, schon. Sie

meinte gelesen zu haben, dass man nur sechs Ziegen besitzen müsste, um sich in Georgien Prinz zu nennen.«

»Was glaubst du, wird Madame einen Heiratsvertrag aufsetzen? Als ihr Ehemann wäre er doch erbberechtigt.«

Ich musste gestehen, dass ich mir darüber noch keine Gedanken gemacht hatte.

»Ich weiß nicht, aber es geht auch keinen was an. Komm, wollen wir uns das Büfett ansehen? Ich habe gehört, ein Starkoch soll es hergerichtet haben.« Ich zog Darren zu den Speisen. Irgendwie fühlte ich mich hier nicht wohl. Die meisten Gäste kamen mir so fremd und fern vor. Ich wusste, dass ich nicht wirklich zu ihnen gehörte.

Aber das Essen war sehr gut, und als die Musik zu spielen begann, tanzte ich versunken mit Darren und vergaß, dass die Menschen um mich herum berühmte Künstler und reiche Leute waren.

Zwei Tage nach der Hochzeit rief Madame mich in ihr Büro.

»Ich möchte, dass Sie meine Firma bei der Weltausstellung vertreten«, eröffnete sie mir. »Ich habe Sie auserkoren, die neue Mascara vorzuführen.«

Vor meinem geistigen Auge tauchte eine Szene auf, in der ich meinen Kopf in einen Wassereimer steckte, um zu zeigen, dass die Wimperntusche wirklich nicht durch Wasser abgewaschen werden konnte.

»Ich habe eigens ein Wasserballett dafür engagiert. In einem Tank werden sie schwimmen, nein, ihre Kunststücke vorführen und damit der ganzen Welt zeigen, dass unsere Mascara die beste ist.«

Ich atmete erleichtert auf. Madame merkte das und lächelte. »Sie haben wirklich gute Arbeit geleistet, Sophia.«

»Das war ich nicht allein«, gab ich zurück. »Da waren ja auch noch die anderen.«

»Aber Sie hatten die Idee, es wasserfest zu machen. Jetzt haben wir die passende Waffe in der Hand, um die Schlacht für uns zu entscheiden.«

Die Schlacht ... Mir war schon vorher aufgefallen, dass sie sich immer mehr wie eine Kriegsherrin sah, die gegen eine mächtige Feindin kämpfte.

Doch sie konnte recht haben.

»Ha, wenn ich mir vorstelle, was für ein Gesicht diese Person ziehen wird!«, fuhr sie fort. »Sie dachte, indem sie einen meiner Leute anheuert, kann sie mich treffen, aber ich treffe sie viel härter. Tom Jenkins wird natürlich auch zugegen sein. Ich will, dass sie sieht, dass er für mich arbeitet. Nein, viel besser noch, sie soll ihm in die Augen sehen und ihren Fehler erkennen!«

Ich hielt es für keine gute Idee, Tom Jenkins auf Miss Arden treffen zu lassen. Vielleicht konnte ich dafür sorgen, dass die beiden sich nicht in die Quere kamen.

»Also, lassen Sie sich etwas für unseren Auftritt einfallen«, fuhr sie fort. »Vielleicht ... etwas mit Seerosen? Ich stelle mir die Mädchen vor, die aufgemacht sind wie schlanke Wasserpflanzen ... Das ist übrigens eine gute Idee für die Behälter.« Sie machte sich rasch ein paar Notizen.

»Werden Sie während der Ausstellung vor Ort sein?«, fragte ich. »Sie wären ein wunderbares Motiv für die Presse.«

»Oh, da schmeicheln Sie mir aber. Ich werde natürlich bei der Eröffnung zugegen sein, dann aber nach Europa abreisen. Artchil und ich müssen uns um die europäischen Niederlassungen kümmern.«

Ihre Augen leuchteten bei der Erwähnung des Prinzen. Die Ehe mit ihm schien ihr gutzutun, sie sprühte vor Kreativität. Leider blühte aber auch ihr Hass gegen Miss Arden.

»Außerdem ist mir zu Ohren gekommen, dass diese Frau dort anwesend ist. Mir ist nicht danach, ihr über den Weg zu laufen. Das wäre nämlich ein gefundenes Fressen für manche Journalisten.«

»Sie würden also vor ihr zurückweichen?« Ich wusste, dass ich sie damit provozierte. Doch vielleicht konnte ich sie damit aus der Reserve locken.

Madame funkelte mich kampfeslustig an. »Ich weiche vor niemandem zurück! Aber ich habe Besseres zu tun, als mich mit ihr anzulegen.« Sie machte eine Pause, blickte mir direkt in die Augen und fügte hinzu: »Außerdem werden Sie ja vor Ort sein.«

Ich nickte. »Ja, das werde ich. Und ich verspreche Ihnen, dass ich Sie gut vertreten werde.«

»Gut!« Madame klatschte in die Hände. »Sie wissen gar nicht, wie froh ich bin, dass Sie mir noch immer treu sind. Wenn ich an Europa denke …« Sie murmelte etwas auf Jiddisch, das ich nicht verstand. »Die Stimmung dort ist mehr als gewittrig. Niemand weiß, wann und wo dieser Hitler seinen ersten Schachzug machen wird, aber wir werden es bald erfahren. Bis dahin will ich in Paris alles gesichert haben.« Eine kurze Weile starrte sie brütend vor sich hin, doch dann erschien wieder ein Lächeln auf ihr Gesicht. »Nichtsdestotrotz werden wir es der Welt zeigen, nicht wahr?«

»Das werden wir!«, gab ich entschlossen zurück.

Darren war aus dem Häuschen, als er von meiner Aufgabe bei der Weltausstellung hörte. Ich ging nicht ins Detail, weil ich nichts über die Mascara verraten wollte, und Darren schien das zu spüren und fragte auch nicht nach.

»Das ist eine große Ehre!«, sagte er, zog mich in seine Arme und küsste mich.

»Ja, und ich hoffe, du hast nichts dagegen.«

»Was sollte ich denn dagegen haben?«, fragte er verwundert.

»Nun ja, immerhin arbeite ich für die Konkurrenz.«

»Revlon wird auch auf der Weltausstellung sein, das stimmt«, gab er zurück. »Mich hat man dem Team nicht zugeteilt, aber das macht nichts. Ich werde die Werbeplakate und das Druckmaterial für den Stand entwerfen.«

Das erleichterte mich im ersten Moment, doch im zweiten wurde mir klar, dass Darren davon überhaupt nichts erzählt hatte. Oder hatte ich es in der Hektik der vergangenen Wochen überhört?

36. Kapitel

1939

Der Beginn des neuen Jahres stand ganz im Zeichen der Weltausstellung, die Ende April ihre Tore öffnen sollte.
Schon seit einigen Jahren liefen die Vorbereitungen dafür. Bauarbeiten gehörten so sehr zum täglichen Leben in New York, dass ich kein besonderes Augenmerk auf den Flushing-Meadows-Park gerichtet hatte. Seit Madame mir den Auftrag gegeben hatte, die wasserfeste Wimperntusche dort zu vertreten, fuhr ich alle paar Wochen zum Ausstellungsgelände und sah nach unserem Pavillon.
An diesem Apriltag war es beinahe sommerlich, sodass ich für den Ausflug auf einen dicken Mantel verzichten konnte. Ich hielt mein Gesicht in Richtung Sonne und genoss einen Moment lang die warmen Strahlen, dann ging ich voran.
In diesem Teil von Brooklyn hatte früher eine Mülldeponie gestanden, niemand hatte sich wirklich dafür interessiert. Doch nun hatte sich das Gelände in eine Art Stadt verwandelt, die aus der Zukunft zu kommen schien. Das war passend zu dem ziemlich langen Motto: *Building the World of Tomorrow, For Peace and Freedom – all Eyes to the Future.*
Eine riesige Kugel und ein nadelspitzer Obelisk – Perisphere und Trylon genannt – dienten als Wahrzeichen der Ausstellung.

Innerhalb der Kugel entstand das Modell einer Zukunftsstadt, Democracity genannt. Davon hatte ich leider noch nichts zu sehen bekommen, dafür durfte ich zuschauen, wie der Pavillon, in dem wir ausstellen würden, wuchs und sich bei jedem meiner Besuche etwas mehr veränderte.

Ich zeigte beim Pförtner meinen Passierschein vor und betrat wenig später die Halle, in der wir ausstellen würden.

Das Becken, in dem das Wasserballett seine Kunststücke vorführen sollte, war bereits fertig und wartete darauf, gefüllt zu werden. Noch war bis auf die Arbeiter alles leer. Vor meinem geistigen Auge sah ich jedoch, wie die Leute hier entlangflanierten und versuchten, einen Blick auf die Zukunft zu erhaschen. Wie würde sie aussehen? So, wie wir sie erträumten? Man hatte die Aussteller angewiesen, Zukunftsvisionen für das Jahr 1960 zu erschaffen. Was Rubinstein anging, war die Mascara genau richtig dafür.

»Mrs O'Connor?«, sprach mich schließlich einer der Männer an und riss mich aus meinen Gedanken. Es war Mitch, der uns von der Ausstellungsleitung zugeteilt worden war und der dafür sorgte, dass unsere Stände aufgebaut wurden. »Haben Sie vielleicht einen Moment?«

Ich nickte und wandte mich ihm zu.

Bei der Rückkehr vom Ausstellungsgelände schaute ich bei Henny vorbei. Sie sah mittlerweile aus, als hätte sie einen Globus verschluckt. Acht Monate war es her, dass sie mir die freudige Botschaft überbracht hatte. Bald würde sie ihr Kind bekommen.

Ich freute mich für sie, doch gleichzeitig wurde mein Herz schwer. Auch wenn mir die Sitzungen bei Dr. Rosenbaum viel gebracht hatten, bedrückte es mich weiterhin, dass ich nie mehr das Glück erfahren würde, ein Kind zu haben.

Auch wenn das Urteil des Arztes eindeutig war, hatte ich

mich noch immer nicht damit abgefunden. Zudem spürte ich auch, dass es Darren belastete. Hennys Schwangerschaft zeigte ihm, was er mit mir nie haben würde. Ich spürte, dass er sich zurückzog, doch wenn ich ihn fragte, ob etwas nicht in Ordnung sei, wiegelte er ab.

»Wie geht es dir?«, fragte ich Henny, während ich ihr die Knöchel massierte. In den vergangenen Tagen waren sie massiv angeschwollen. Ich erinnerte mich noch gut daran, wie es bei mir gewesen war.

»Wie es einem eben geht, wenn man sich wie ein Fass vorkommt«, antwortete sie.

Und obwohl ihr die Anstrengung anzusehen war, beneidete ich sie. Sie hatte einen Ehemann, der sie verwöhnte. Sie würde nicht durch die Stadt laufen müssen auf der Suche nach einer Möglichkeit, das Kind zu ernähren.

Als Tanzlehrerin arbeiten konnte sie jetzt erst mal nicht mehr, aber der Besitzer des Studios zeigte sich kulant und wollte es ihr ermöglichen, später wieder anzufangen.

Selbst wenn das nicht klappte und sie sich vielleicht dafür entschied, ausschließlich Mutter zu sein, würde John dafür sorgen, dass sie ihr Auskommen hatte.

»Und wie sieht es bei dir aus?«, fragte sie.

»Die Vorbereitungen zur Weltausstellung sind in vollem Gange«, berichtete ich. »Du kannst dir gar nicht vorstellen, wie aufgeregt ich bin. All die Pavillons! Wenn du es irgendwie einrichten kannst, sollten wir sie uns gemeinsam anschauen.«

»Bis dahin wird das Kleine da sein«, gab sie zurück und streichelte sich über den Bauch.

»John könnte darauf aufpassen. Oder du nimmst es mit. Ich habe neulich in einer Zeitschrift wunderschöne Kinderwagen gesehen!«

»Vielleicht bekomme ich ja einen auf meiner Babyshower«, sagte sie.

Ich runzelte die Stirn. »Babyshower?«

Henny nickte. »Ja, das ist bei den Frauen der High Society neuerdings groß in Mode. Man gibt eine Party, und die Gäste bringen Geschenke für die werdende Mutter und das Kind mit.«

»Ist das nicht ein wenig voreilig?«, fragte ich. »Man weiß doch gar nicht, welches Geschlecht das Kind haben wird.«

»Das ist egal. Meine Kolleginnen meinten, dass sie die Geschenke neutral halten würden. Und ein Mädchen sieht doch in einem blauen Jäckchen ebenso reizend aus wie in einem rosafarbenen, nicht wahr?«

So wie Henny strahlte, konnte ich es ihr wohl nicht ausreden.

»Auf jeden Fall!« Ich lächelte sie an, dann fiel mir ein, dass ich lange nichts von den Wegsteins gehört hatte. Mein letzter Kenntnisstand war der, dass sie versuchen würden, zur Taufe da zu sein.

»Was ist mit deinen Eltern? Sie müssten doch eigentlich schon in den Startlöchern stehen.«

Hennys Gesicht verfinsterte ich. »Sie werden nicht kommen.«

»Was?«, fragte ich erschüttert.

»Sie erhalten kein Visum für die Ausreise. Mein Vater hat es mehrfach versucht, aber es ist, als wollten sie die Leute im Land behalten. Wenn ich daran denke, was das bedeuten könnte ...«

Ich wusste, was sie meinte. Auch mich überkam hin und wieder die Angst, doch ich versuchte, es zu verdrängen. Aber dass ihre Eltern nicht aus dem Land gelassen wurden, war alarmierend.

Aufgewühlt kehrte ich nach Hause zurück. Hennys Eltern gingen mir nicht mehr aus dem Sinn. Am liebsten hätte ich Darren davon erzählt und ihn gefragt, ob sein Bekannter vielleicht erneut in die Bresche springen würde. Doch als ich durch die Tür trat, war die Wohnung leer.

Seit Darren für Revlon arbeitete, war er immer später als ich zu Hause. Als Verantwortlicher für die Werbung hatte er allerhand zu tun, aber ich vermisste die Zeit, in der er mich erwartet hatte.

Außerdem bemerkte ich an ihm seit einiger Zeit eine gewisse Verschlossenheit. Ich schob es auf die Verantwortung, die er trug, und darauf, dass er sich mehr und mehr bewusst wurde, dass wir eigentlich Konkurrenten waren.

Wahrscheinlich arbeitete man bei Revlon ebenso fieberhaft daran, einen guten Auftritt auf der Weltausstellung zu haben, wie wir.

In der Küche goss ich mir ein Glas Wasser ein und ging dann zum Schreibtisch. Ich musste mir eine Liste machen, damit ich beim Einkauf für die Party nicht die Hälfte vergaß. Als ich die Schublade mit den Schreibutensilien aufzog, wurde mir klar, wie lange ich schon nicht mehr daran gesessen hatte. Ich fand nur noch einen völlig heruntergeschriebenen Bleistift.

Also ging ich in Darrens Arbeitszimmer. Eigentlich waren unsere Schreibtische tabu, aber ich nahm mir vor, den Stift zurückzulegen, sobald ich den Einkaufszettel fertig hatte.

Ich staunte über die Unordnung, die auf der Tischplatte herrschte. Ich wusste, dass Darren Arbeit mit nach Hause nahm, aber dass es so viel war, überraschte mich. Ich zog einen Bleistift aus dem Stifteköcher, dann wurde mein Blick fast magisch von einem farbigen Druck angezogen. Er zeigte eine Frau in einem pinkroten Kleid und mit einem riesigen Hut. Am Arm trug sie ein Perlenarmband. Ihre Lippen waren in demselben Farbton geschminkt, den das Kleid hatte. Und obendrein passten die lackierten Nägel perfekt zu der Lippenfarbe.

Die cremefarbene Fläche für den Text war noch blank, doch

ich konnte mir beinahe schon den Slogan vorstellen ... Waren das die Sachen, die Darren für die Weltausstellung designen sollte? Wenn ja, hatte ich allen Grund, stolz auf ihn zu sein.

Im nächsten Augenblick klappte die Tür. Ich hörte Schritte, und bevor ich reagieren konnte, erschien Darren in der Tür.

»Wie kommst du dazu, meine Unterlagen zu durchwühlen?«, rief er.

Ich starrte ihn erschrocken an. Das Blatt entglitt mir.

»Ich habe nach einem Stift gesucht, nichts weiter«, verteidigte ich mich.

»Und warum hast du dann das Papier in der Hand?« Darren schnaubte wütend. Seine Augen wirkten jetzt viel dunkler. So wie damals, als er meine Narbe entdeckt hatte.

»Entschuldige bitte, ich wollte nicht schnüffeln«, gab ich zurück. »Ich wollte wirklich nur den Stift, aber dieses Bild ... Es sieht so wunderschön aus.«

Mir wurde klar, dass es einer seiner Entwürfe für ein neues Produkt war. Sogleich setzte sich mein Verstand in Bewegung. Wie würden sie es nennen wollen? Dusty Rose? Pink Elegance?

»Verdammt, Sophia!«, fuhr er mich laut an. Erschrocken wich ich zurück. »Du hast an meinen Sachen nichts zu suchen, hörst du? Kümmere dich um deinen eigenen Kram!«

Seine Worte waren wie Ohrfeigen. Diesen Ton kannte ich noch nicht an ihm.

Ich spürte Tränen in meiner Kehle. Noch nie hatte er mich während unserer Ehe angeschrien. Wie sollte ich reagieren? Zurückschreien?

Nein, das wollte ich nicht. Und ich wusste auch nicht, was.

Einem Impuls folgend, setzte ich mich in Bewegung. Ich rannte an Darren vorbei, ohne ihn anzusehen. Für einen Moment fürchtete ich, dass er mich festhalten würde. Sein Zorn war im Vorbeigehen beinahe greifbar. Doch dann war ich im Flur und verschwand im Schlafzimmer.

Dort setzte ich mich auf die Bettkante. Wut und Enttäuschung wühlten in mir. Ich rang mit dem Verlangen, die Wohnung zu verlassen. Ich könnte zu Henny gehen, überlegte ich.

Aber ich hielt mich zurück. Es war das erste Mal seit Langem, dass wir uns stritten. Ich wusste nicht, woher das kam, und entsprechend verwirrt war ich. Machte man ihm in der Arbeit Druck?

Ich hatte ihm von der Wimperntusche erzählt und, auch wenn es mir ein wenig schwergefallen war, darauf vertraut, dass er nichts verriet.

Wie hatte sich die Arbeit nun zwischen uns stellen können?

Etwa zehn Minuten später klopfte es an die Schlafzimmertür. »Herein«, rief ich, drehte mich aber nicht um. Wenig später hörte ich Darrens Schritte.

»Entschuldige bitte«, sagte er, während er in der Tür stehen blieb. »Ich habe es nicht so gemeint.«

Ich nickte, aber im Innern fühlte ich mich wie betäubt. Was machte es schon, wenn ich etwas über Revlons neuen Nagellack wusste? Fürchtete er Verrat? Von seiner eigenen Ehefrau?

»Ich würde nie etwas, das ich in dieser Wohnung erfahre, hinaustragen zu Madame«, begann ich.

»Das weiß ich«, gab er zurück.

»Wirklich? Das weißt du?« Meine Stimme wurde schneidend. Eigentlich wollte ich das gar nicht, aber ich war wütend, weil er mir nicht vertraute. »Und warum hast du mir dann so eine Szene gemacht?« Ich bemühte mich um einen ruhigen Tonfall, obwohl es in mir wieder brodelte.

»Ich ...« Darren stockte, während er nach einer Erklärung suchte.

»Würdest du Mr Revson Informationen zukommen lassen, wenn du sie bei mir fändest?«, fragte ich weiter. »Würdest du ausnutzen, wenn ich dir etwas von meiner Arbeit erzähle?«

»Natürlich nicht«, sagte Darren. Die Erklärung für seinen Ausraster blieb er mir allerdings schuldig. »Aber du erzählst kaum etwas. Und bringst deine Arbeit auch nicht nach Hause.«

Die Erkenntnis, dass meine anfänglichen Bedenken sich als richtig herausstellen könnten, fühlte sich schal an und erfüllte meine Brust mit Leere.

»Ich bitte dich nur, mir zu vertrauen«, sagte ich. »Auch wenn unsere Unternehmen konkurrieren: Ich würde nie etwas tun, was dir schadet.«

Darren nickte und zog mich dann in seine Arme. Der Streit war vorbei. Dennoch schwor ich mir, am nächsten Tag Stifte zu kaufen und den Schreibtisch im Wohnzimmer aufzufüllen. Und sein Arbeitszimmer nie wieder zu betreten.

37. Kapitel

Bei den letzten Vorbereitungen zur Eröffnung der Weltausstellung ging es hoch her. Wir richteten den Stand ein, prüften zwei- oder dreimal, ob alles in Ordnung war, und gingen immer wieder den Ablauf durch.

Glücklicherweise war ich nur für einen kleinen Teil der Rubinstein-Präsentation zuständig. Einen wichtigen zwar, aber die Leitung der Gesamtpräsentation übernahm Madame persönlich, zusammen mit einigen Mitgliedern ihres Vorstands.

Bei der Generalprobe des Wasserballetts war auch Mr Jenkins zugegen. Mittlerweile war er in die Geschäftsleitung bei Rubinstein eingestiegen. Dass seine Ex-Frau hin und wieder in den Hallen auftauchte, schien ihn offenbar nicht zu stören. Glücklicherweise sahen und sprachen wir uns nur selten. Wenn wir uns über den Weg liefen, begegneten wir uns höflich und freundlich, mehr nicht. Ich wollte an die Zeit bei Miss Arden nicht mehr denken.

»Faszinierend, nicht?«, sagte er, während er sich neben mir auf das Geländer der Brüstung stützte, von der aus man das Becken von oben betrachten konnte. Dieser Platz würde nur ausgewählten Gästen zugänglich sein. »Diese Beweglichkeit. Ich könnte nicht so schwimmen.«

»Ich auch nicht«, gab ich zurück. »Aus diesem Grund sind wir hier oben und nicht da unten, nicht wahr?«

Ich spürte, dass er mich von der Seite her ansah und lächelte.

»Sie haben Ihren Sinn für Humor nicht verloren, wie ich sehe.«

Ich erwiderte seinen Blick und zog die Augenbrauen hoch. »Stimmt das denn nicht?«

Ein Platschen brachte mich dazu, den Blick wieder auf die Schwimmerinnen zu richten. Diese waren jetzt mit dem Oberkörper vollkommen untergetaucht, und als wäre die Schwerkraft kein Problem für sie, streckten sie die Beine aus dem Wasser und strampelten, als würden sie in der Luft Fahrrad fahren. Das war die ultimative Belastungsprobe für die Wimperntusche, aber ich war mittlerweile sicher, dass sie es aushalten würde.

»Außerdem könnte keiner von uns wohl so lange die Luft anhalten«, fuhr ich fort.

Es war seltsam, ihn neben mir stehen zu haben. Wir hatten uns stets nett unterhalten, und manchmal hatte ich das Gefühl gehabt, ihn mehr auf meiner Seite zu haben als Miss Arden.

»Das ist wohl wahr.«

Jetzt betrachtete ich ihn. Er wirkte immer noch ein wenig mitgenommen, aber man konnte ihm ansehen, dass ihm ein sicheres Einkommen guttat.

»Wie geht es Ihnen?«, fragte ich.

»Mir? Bestens!«, gab Jenkins ein wenig verwirrt zurück.

»Ich habe Sie seit einer Weile nicht mehr gesehen.«

»Haben Sie mich denn vermisst?«

Ich lächelte in mich hinein. »Nicht wirklich.« Eine Pause entstand. »Ich meine, nichts gegen Sie, aber ich habe viel zu tun.«

»Das weiß ich. Madame redet in den höchsten Tönen von Ihnen. Sie ist stolz, Sie bei sich zu haben.«

»Das gilt auch für Sie.«

»Wir sind eben beide kostbare Edelsteine.« Jenkins' Blick schweifte in die Ferne.

»Sie haben sehr gute Arbeit geleistet mit dem hier.« Er deutete auf das Bassin.

»Ich habe es nicht mit meinen eigenen Händen gemauert«, erwiderte ich trocken.

»Aber Sie haben dafür gesorgt, dass es eine wunderbare Präsentation wird. Genauso wie Sie für Miss Arden eine hervorragende Farm aufgebaut haben.«

Ich versteifte mich. Warum kam er wieder auf Maine Chance zu sprechen?

»Ich denke nicht mehr an die Farm«, behauptete ich, doch er durchschaute mich.

»Sie ist großartig geworden. Schade nur, dass sie mich und auch Sie fallen gelassen hat, bevor wir herausfinden konnten, wie gut sie wirklich läuft.«

»Sie hat mich nicht fallen gelassen«, sagte ich. »Ich bin gegangen.«

»Das stimmt, das sind Sie. Jedenfalls nach allem, was man hört.«

Wieder schwiegen wir. Die Mädchen im Bassin machten eine letzte Runde. Ich war fasziniert, dass sie immer noch lächelten, und das, obwohl ihre Vorführung ziemlich anstrengend sein musste.

»Haben Sie sich jemals gefragt, wie es damals wirklich gelaufen ist? Ich meine, zwischen Miss Arden und mir?«

Ich versteifte mich. Genau diese Art von Unterhaltung hatte ich befürchtet. »Nein«, antwortete ich und hoffte, dass er es dabei bewenden lassen würde. Doch er redete trotzdem weiter.

»Lizzie war in der Zeit vor unserer Scheidung nicht mehr sie selbst. Sie verstieg sich mehr und mehr in ihre Pferde und vernachlässigte die Firma. Sie sah sich selbst schon als Jockey über das Feld preschen.«

»Davon haben wir nichts bemerkt«, gab ich zurück. Ich hatte

keine Lust auf diese Konversation, spürte aber, dass ich ihr nicht entgehen konnte.

»Natürlich nicht, denn ich habe die Tagesgeschäfte geführt. Und in Maine waren Sie zu weit weg, um mitzubekommen, wie unberechenbar sie wurde. Indem ich die Salons aufgefordert habe, mir zu berichten, wollte ich ihrer Wankelmütigkeit entgegenwirken. Ich hätte es besser wissen müssen. Alles in ihrem Leben ist der Firma untergeordnet. Sie ist die Königin und lässt nicht zu, dass ihr jemand die Zügel aus der Hand nimmt.«

»Und Sie waren der König«, gab ich zurück, worauf Jenkins den Kopf schüttelte.

»Nein, ich war nur ihr Hofnarr. Den sie mit hundert Dollar abgefunden hat.«

Hundert Dollar? Entsprach das der Wahrheit?

Er schüttelte den Kopf, als müsste er einen Gedanken vertreiben, dann fügte er hinzu: »Miss Arden hat übrigens wieder eine Beziehung.«

Ich zog überrascht die Augenbrauen hoch. Davon hatte ich bisher nichts gehört. »Woher wissen Sie das?«

»Ich habe bei Arden noch einige Freunde. Sie haben mir erzählt, dass sie sich mit einem Prinzen trifft.«

»Einem Prinzen?« Ich erinnerte mich wieder an die Bemerkung, die ich auf der Hochzeit gemacht hatte. An das, was Rita gesagt hatte. Es war ein Scherz gewesen, dass ich behauptet hatte, sie würde sich auch einen Prinzen suchen.

»Ja, ein russischer Prinz. Beinahe wie Madame.«

Ich schüttelte ungläubig den Kopf. »Ist das unser Prinz, der die Pferde eingeritten hat?« Ich dachte zurück an den gut aussehenden Russen, der eigentlich in ihrer Puderfabrik gearbeitet hatte.

Jenkins lachte auf. Beinahe etwas zu fröhlich, um seine Verletztheit zu überdecken. »Wenn es der nur wäre. Aber nein, sie hat sich einen anderen geangelt.«

»Und woher hat sie ihn auf die Schnelle?«, fragte ich.

»Nun, vielleicht gibt es in Paris einen Laden für Prinzen, wer weiß.« Jenkins' Stimme nahm einen gehässigen Tonfall an. »Jedenfalls wird er noch sehen, was er an ihr hat.«

Ich fragte mich, ob er sie vermisste. Ob er sich wünschte, wieder zu ihr zurückzukehren. Möglicherweise war er eifersüchtig auf den Prinzen, wer auch immer er war.

»Mrs O'Connor?«, fragte eine Stimme. Die Trainerin des Wasserballetts war hinter uns aufgetaucht. »Waren Sie zufrieden?«

Da fiel mir auf, dass ich nur wenig von der Vorführung mitbekommen hatte.

»Ja«, antwortete ich. »Sehr.«

»Die kleinen Unsicherheiten werden wir bis zur Uraufführung ausgemerzt haben.«

»Davon bin ich überzeugt.«

Das schien die Frau zufriedenzustellen. Sie verabschiedete sich von mir und kehrte zu ihren Mädchen zurück.

»Ich muss gehen«, sagte ich zu Tom Jenkins. »Ich muss noch mit dem Standmanager reden.«

»Es war mir ein Vergnügen«, sagte Jenkins und verabschiedete sich mit einer kleinen Verbeugung.

Die Neuigkeit, dass Miss Arden jetzt auch einen Prinzen als Freund oder Geliebten hatte, begleitete mich den ganzen Weg nach Hause und ließ mich immer wieder grinsen. Miss Arden und ein russischer Prinz!

Kaum hatte ich die Wohnung betreten, klingelte das Telefon. Ich fragte mich, was das zu bedeuten hatte. War es jemand von der Arbeit? Oder Henny?

Ich ging ran und hörte wenig später die vollkommen aufgelöste Stimme von John.

»Henny ist im Krankenhaus!«

Die Worte schossen wie Feuer durch meine Adern. Aber wir hatten doch die Babyshower noch gar nicht ausgerichtet, war seltsamerweise das Erste, was mir einfiel.

»Was ist passiert?«, fragte ich, während mein Herz zu rasen begann. Hatte sie einen Unfall gehabt? Gab es doch Komplikationen mit dem Kind?

»Sie hat Wehen bekommen«, erklärte John. »Die Ärzte meinten, es sei zu früh, aber ...« Ich hörte ihn aufschluchzen und rechnete mit dem Schlimmsten. »Wir haben einen Sohn«, sagte er dann. »Einen kleinen Sohn!«

Mein Kopf brauchte eine Weile, um zu begreifen, dass das keine schlechte Nachricht war. Warum weinte John dann?

»Und Henny?«, brach es aus mir hervor.

»Ihr geht es gut. Sie ist noch ein bisschen mitgenommen von der Geburt, aber ...«

»In welchem Krankenhaus liegt sie?«

John nannte mir die Adresse, und ich machte mich sofort auf den Weg.

Die Klinik war nicht weit von Hennys und Johns Wohnung entfernt. Eine rundgesichtige Schwester empfing mich und geleitete mich zu Hennys Zimmer.

Sie in dem Bett zu sehen, erinnerte mich wieder an die Zeit, in der sie sich von der Lungenentzündung erholt hatte. Doch dann sagte ich mir, dass sie hier wegen ihres Babys war. Vor Sorge um sie hatte ich mich noch nicht gefragt, wie ihr kleiner Sohn aussehen würde. Sohn. Auch ich hatte einen Sohn gehabt.

Mein Mund wurde trocken, als ich wieder an damals zurückdachte. Es war schon so lange her.

Aber dieser hier lebte, und Henny lag nicht wie ich im Koma. Sie konnte ihn beschützen. Und ich freute mich auf diesen kleinen Jungen!

»Hallo, Henny!«, sagte ich leise. Sie schlug die Augen auf. Ihre Wangen waren leicht gerötet.

»Hallo, Sophia«, sagte sie erwachend.

»Was machst du denn für Sachen?«, fragte ich. »Kriegst dein Kind ohne mich!«

»Ich konnte dir nicht mehr Bescheid sagen. Im Tanzstudio ist meine Fruchtblase geplatzt, und dann ging alles sehr schnell. Ich habe nicht gedacht, dass ich ihn so bald sehen würde.«

»John meinte, er wäre etwas zu früh.«

»Der Kleine muss noch ein bisschen unter der Rotlichtlampe liegen, aber die Ärztin meinte, dass er vollkommen gesund sei. In einer Woche können wir ihn abholen.«

Ich küsste ihr die Stirn. »Das ist so schön! Herzlichen Glückwunsch!«

Wir hielten uns eine Weile, dann fragte ich: »Darf ich ihn mal sehen? Welchen Namen habt ihr ihm gegeben?«

»Michael«, antwortete sie. »Er schläft jetzt, aber sie bringen ihn mir zum Stillen. Wenn du noch ein bisschen bleiben magst ...«

»Natürlich bleibe ich! Beschreibst du ihn mir? Wie ist er so?«

»Das weiß ich noch nicht«, sagte Henny kichernd. »Er ist sehr klein, hat eine Stupsnase und ein Büschel rote Haare. Wie Darren.«

»Das vergeht vielleicht noch.«

»Ich will gar nicht, dass es vergeht«, entgegnete Henny. »Auch wenn die Leute vielleicht glauben, dass es euer Kind ist.«

Die Worte versetzten mir einen Stich. Henny meinte es nicht böse, doch der Gedanke, dass es Darrens und mein Kind sein könnte ...

Es klopfte an der Tür, und John kam herein. Seine Anwesenheit vertrieb den Schatten über diesem Augenblick.

»Sophia«, sagte er erstaunt.

»Hast du gedacht, ich lasse meine beste Freundin im Stich?« John wirkte ein wenig verlegen.

»Hast du deinen Sohn schon gesehen?«, fragte ich.

»Natürlich!«, antwortete er. »Immerhin habe ich im Wartesaal gesessen.«

Ich versuchte mir vorzustellen, wie John im Wartezimmer auf und ab tigerte. Wie er auf die erlösende Nachricht gewartet hatte. Henny hatte so unglaublich viel Glück!

Nur wenig später erschien die Schwester. Auf ihrem Arm trug sie ein in weiße Tücher gewickeltes Bündel. Ein leises Glucksen ertönte.

»Mrs Petersen, hier ist Ihr Junge.« Die Schwester legte das Kind in Hennys Arme. »Zeit fürs Essen«, fügte sie augenzwinkernd hinzu.

Henny strahlte den Kleinen an, und es war, als würde die Sonne in dem Raum aufgehen.

»Sollen wir dich mit ihm allein lassen?«, fragte ich. In meiner Brust zog sich etwas zusammen.

»Nein, bleib hier«, sagte sie. »Du sollst ihn erst sehen.«

Sie schob die zarte Decke vom Gesicht. Der Kleine blickte mich aus großen blauen Augen an und schielte dabei ein wenig. Seine Nase war so winzig, und der rote Haarschopf gab ihm das Aussehen eines Kobolds.

Es war so ein Jammer, dass seine Großeltern ihn nicht so bald zu Gesicht bekommen würden. Alle Bemühungen, ein Visum zu erhalten, waren bisher gescheitert.

»Schau mal«, sagte Henny zu dem Kleinen. »Das ist deine Tante Sophia. Sophia, das ist Michael Charles Petersen.«

»Hallo, Michael«, sagte ich und streichelte seine Finger, die so winzig und verletzlich wirkten. Er schielte mich ein wenig an, stieß dann ein Glucksen aus.

»Möchtest du ihn mal halten?«, fragte Henny.

Ich blickte sie verwirrt an. »Wirklich? Ich … ich fürchte, ich weiß nicht …«

Doch da reichte sie ihn mir schon, und mir blieb nichts anderes übrig, als ihn in Empfang zu nehmen. Ich hielt ihn ein wenig ungelenk, voller Angst, dass ich etwas an ihm zerbrechen könnte. Doch nach einer Weile fand ich instinktiv die richtige Lage.

»Hallo, Kleiner«, sagte ich sanft. »Willkommen auf dieser Welt.«

Michael schien mich zu betrachten, wobei ich mir nicht sicher war, ob er mich wirklich schon wahrnehmen konnte. Nach einer Weile fing er an zu greinen.

»Habe ich was falsch gemacht?«, fragte ich, doch Henny lachte. Es war seltsam, sie war gerade erst seit ein paar Stunden Mutter und schien bereits zu wissen, was zu tun war.

»Nein, keine Sorge. Er will nur sein Essen«, sagte Henny, und nachdem ich ihr den Kleinen zurückgereicht hatte, legte sie ihn sich an die Brust. Ich wollte nicht hinstarren, weil es mir so vorkam, als gehörte es sich nicht. Doch die Berührung des Kindes hatte etwas in mir entfacht, das ich seit einiger Zeit überwunden geglaubt hatte. So hätte sich Louis angefühlt. So hätte er in meinen Armen gelegen. Es war eine Schande, dass ich nie in den Genuss dieser Momente gekommen war.

Bevor der Zorn und die Trauer überhandnehmen konnten, riss ich mich zusammen. Ich durfte diesen glücklichen Moment nicht zerstören. Also ließ ich mich auf einen Stuhl nieder und überlegte, ob ich noch einmal bei Monsieur Martin nachfragen sollte.

Vielleicht gab es ja Neuigkeiten …

Erst als die Schwester erschien und das Ende der Besuchszeit verkündete, verabschiedete ich mich von Henny. Das Gefühl, den kleinen Jungen auf dem Arm zu halten, hatte mich die Zeit vergessen lassen.

Ich versprach, sie morgen wieder zu besuchen, und machte mich auf den Heimweg. Natürlich war Darren bereits da.

»Wo warst du denn?«, fragte er besorgt, als ich durch die Tür trat.

»Im Krankenhaus«, antwortete ich. »Henny hat ihr Baby zur Welt gebracht. Einen kleinen Jungen.«

Er schaute mich einen Moment lang verwirrt an, dann lächelte er. »Wirklich?«

Ich nickte. »Er heißt Michael und hat rote Haare wie du. Ich habe ihn auf den Armen gehalten, und er ... er war so wunderschön.«

Plötzlich kamen mir die Tränen. Die Sehnsucht in meiner Brust wurde auf einmal unerträglich. Ich wünschte mir so sehr, dass ich Louis hätte halten können. Ich wünschte mir so sehr auch ein Kind! Gleichzeitig wusste ich, dass ich es nie haben würde. Darren wusste es auch, und er kam sofort zu mir und schloss mich in seine Arme.

Später saßen wir beide nebeneinander auf dem Sofa, schweigend, ein jeder in seine Gedanken vertieft. Ich rang immer noch mit meinen Gefühlen. Für Henny freute ich mich so sehr, doch ich selbst fühlte mich wieder, als würde ich vor dem großen dunklen Loch stehen, das mich nach der Geburt von Louis zu verschlingen gedroht hatte.

»Was hältst du davon, wenn wir ein Kind adoptieren würden?«, fragte Darren plötzlich.

Ich sah ihn an. »Aus dem Kinderheim? Sind diese Kinder nicht ein bisschen zu groß?«

Er schüttelte den Kopf. »Nein, es kommen auch Babys dorthin. Hin und wieder werden welche ausgesetzt oder die Eltern können nicht für sie sorgen. Man muss natürlich eine Menge Voraussetzungen erfüllen, aber das würden wir hinbekommen.« Er blickte mich an. »Ich weiß, wie sehr du dir ein Kind wünschst.«

»Es wäre aber nicht unser Kind«, gab ich zu bedenken. »Es wäre irgendein Kind.«

»Spielt das denn eine Rolle? Wenn es ein Baby ist, kann es sich an seine Eltern nicht erinnern. Es wäre unser Kind.«

»Dem Papier nach«, entgegnete ich und merkte, wie bitter ich klang. »Aber würden wir nicht immer wissen, dass es nicht unseres ist?«

Darren schwieg.

Ich fragte mich, ob es wirklich so schlimm wäre. Wenn Louis noch lebte, wurde er auch von jemand anderes aufgezogen. Es war möglich, dass diese Leute ihn von ganzem Herzen liebten, auch wenn ihnen bewusst war, dass er nicht ihr eigenes Kind war.

Oder war es ihnen vielleicht nicht bewusst?

Und würde ich mich wirklich nicht an ein anderes Kind gewöhnen können?

Etwas sperrte sich in mir dagegen, und ich ahnte auch den Grund. Dieser trieb mich an den Schreibtisch und ließ mich zu Papier und Stift greifen, um einen Brief an Monsieur Martin zu verfassen. Ich wollte es einfach halten und schrieb ihm als Sophia Krohn. Ehe ich nicht Klarheit wegen Louis hatte, würde ich mich auf ein Adoptivkind nicht einlassen können.

38. Kapitel

In den nächsten Tagen sprachen wir das Thema Adoption nicht mehr an. Doch es geisterte durch meinen Verstand, und ich spürte auch, dass Darren davon eingenommen wurde. Dass ich Bedenken angemeldet hatte, schien ihm nicht recht zu sein. Wenn ich fragte, ob etwas nicht in Ordnung sei, behauptete er, dass dies nicht der Fall sei. Aber ich bildete mir seine Kühle nicht ein.

Zeit, um weiter darüber nachzudenken, hatte ich allerdings nicht, denn die Arbeit beanspruchte mich stark. In den letzten Tagen vor Eröffnung der Weltausstellung arbeiteten alle fieberhaft daran, dass die Premiere unserer Präsentation gelang. Manchmal blieb ich bis weit nach Mitternacht in der Firma, zusammen mit Madame und den anderen Mitarbeitern. Wenn ich dann nach Hause kam, schlief Darren bereits.

Die Eröffnung der Weltausstellung war ein grandioses, buntes Fest. Auf dem Gelände wimmelte es von Presse und Prominenz, und es tat mir beinahe leid, dass ich an unseren Stand gebunden war und nicht bei allen Veranstaltungen dabei sein konnte.

Madame war ganz in ihrem Element. Sie gab bereitwillig

Interviews und war der strahlende Mittelpunkt der Berichterstattung.

Das Wasserballett war schließlich einer der viel beachteten Höhepunkte und zog Tausende Zuschauer an.

Fasziniert beobachtete ich den Reigen der Schwimmerinnen. Die jungen Frauen sahen wunderschön in ihren Badeanzügen aus, und wie schon bei der Generalprobe bewunderte ich ihre Beweglichkeit.

Madame verabschiedete sich am Abend mit einer Party, bei der sie neben Reportern auch all ihre an der Ausstellung beteiligten Mitarbeiterinnen und Mitarbeiter zusammentrommelte. Es war ihr letzter Abend in New York vor der großen Reise nach Europa.

Ich fragte mich, ob es ihr angesichts des erfolgreichen Eröffnungstages nicht ein wenig leidtat, abreisen zu müssen. Doch selbst wenn, für Madame stand die Pflicht, sich um all ihre Filialen zu kümmern, an erster Stelle.

Nachdem sie uns auf das Ziel eingeschworen hatte, verabschiedete sie sich mit den Worten: »Ich weiß, dass unsere Präsentationen bei Ihnen in den besten Händen sind.«

Das machte uns stolz.

Es dauerte nicht lange, bis ich die ersten Besucher aus fernen Ländern bei uns begrüßen durfte. Das Presseecho war hervorragend, und viele Handelsvertreter interessierten sich für die Wimperntusche. Vorsichtig versuchte ich herauszubekommen, was Arden gezeigt hatte, doch eine Neuheit wie unsere hatte sie nicht aufzuweisen. Das befriedigte mich innerlich. Wir hatten sie endlich mal wieder überboten.

Doch wie ich schon bald erfahren musste, hatten sehr erfolgreiche Veranstaltungen eine Kehrseite. Nach einigen Wochen auf der Weltausstellung machte sich bei uns bleierne Müdigkeit breit. Das Wasserballett, das immer noch ein großer Publikumsmagnet war, nahm ich nur noch beiläufig wahr. Die

Präsentationen waren dermaßen eingeübt, dass es kaum noch irgendwelche Zwischenfälle gab, um die ich mich hätte kümmern müssen.

Die Unterhaltungen mit den Handelsvertretern konnte ich im Schlaf führen. Zeit, um die Weltausstellung selbst ein wenig zu genießen, hatten wir kaum. Wenn wir freihatten, ruhten wir uns aus.

Am Abend des 1. September kam ich erschöpft nach Hause. Ich freute mich auf mein Essen und ein wenig Musik aus dem Radio, mit dem ich das Stimmengewirr aus dem Pavillon verdrängen konnte. Vor lauter Müdigkeit schaute ich weder nach links noch nach rechts, auch die Zeitungsstände ignorierte ich.

Ich ließ mich auf das Sofa fallen, schloss die Augen und spürte, wie der Druck von meinem Körper wich.

Darren kam früh an diesem Abend. Ich hörte, wie er die Tür zuzog und seine Tasche im Flur abstellte.

»Die Deutschen haben einen Krieg mit Polen angefangen« war das Erste, was er sagte.

Ich riss die Augen auf und sprang hoch. »Was?«, fragte ich verwirrt.

»Es kam im Radio«, sagte Darren. »Sie sagen, es hätte einen Angriff auf einen Radiosender gegeben. Die Deutschen haben daraufhin Polen den Krieg erklärt.«

Ein mittlerweile verdrängtes Bild schoss in meinen Kopf zurück: die uniformierten jungen Männer, die ich gesehen hatte, nachdem ich das Büro des Notars Balder verlassen hatte.

Ich erinnerte mich auch an diese bedrückende Atmosphäre. An den Besuch im Kino, als die Wochenschau Bilder von der Olympiade in Berlin gezeigt hatte. Diese ganze militärische Attitüde, die man seit dem Großen Krieg nicht mehr zu Gesicht bekommen hatte ...

Und jetzt gab es wieder einen Krieg.

»Die gesamte Welt ist in Aufruhr«, fuhr Darren fort. »Rick aus dem Büro hat versucht, ein paar Sender von anderswo reinzukriegen. Es wird davon berichtet, dass die Leute in Europa anfangen, sich mit dem Nötigsten einzudecken. Einige meinen, dass es so wie damals werden könnte.«

Die Gedanken huschten durch meinen Kopf. Aus irgendeinem Grund hatte ich das Mottobanner der noch immer laufenden Weltausstellung vor Augen.

Building the World of Tomorrow, For Peace and Freedom – all Eyes to the Future.

Deutschland nahm nicht an der Weltausstellung teil. Soweit ich es mitbekommen hatte, war die Begründung gewesen, dass die Ausstellung »überwiegend von Juden« organisiert worden sei. Ob die Entscheider bereits gewusst hatten, dass Deutschland einen Krieg vom Zaun brechen würde?

»Sophia?«, fragte Darren sanft.

»Ja«, sagte ich, als wäre ich aus einer Trance erwacht.

»Ist alles in Ordnung?«

»Ja«, antwortete ich schnell, um zu überspielen, dass die Gedanken in meinem Kopf weiterrotierten. »Ich dachte nur an die Ausstellung und daran, ob die Deutschen wussten, was kommen würde.«

Darren schaute mich fragend an.

»Sie haben die Teilnahme abgesagt, genauso wie China. China führt Krieg gegen Japan, aber Deutschland?«

Auf einmal stürzte alles, was ich in den vergangenen Jahren über die Zustände in Deutschland gehört hatte, auf mich ein. Die Zeitungsartikel, die Unsicherheit, die Worte von Herrn Wegstein. Die Wegsteins! Was würde nun aus ihnen werden?

Ich sprang auf, lief zum Telefon und wählte Hennys Nummer.

Henny meldete sich rasch und in Tränen aufgelöst.

»Hier ist Sophia«, sagte ich. »Ich habe es gerade erfahren.«

»Es ist so schrecklich«, sagte sie weinend. »Meine Eltern … Sie werden nicht zur Taufe kommen können …«

Die Taufe war in meinen Augen noch das kleinere Übel. Das Schlimmste war, das sie den Kriegsfolgen ausgesetzt sein würden und dass es keine Möglichkeit mehr geben würde, sie von dort wegzuholen.

»Ach Henny, es tut mir so leid«, sagte ich.

»Sie hätten hierbleiben müssen«, schluchzte sie weiter. »Ich hätte sie überreden müssen.«

Ich erinnerte mich an das Gespräch mit ihrem Vater. »Das hätte nichts gebracht. Du hast es doch versucht. Und niemand konnte wissen, dass die Nazis angreifen würden.«

»Aber …« Die nächsten Worte gingen in einem Weinen unter. Auch mir standen die Tränen in den Augen.

»Henny, hör zu, vielleicht gibt es ja doch noch eine Möglichkeit, sie von dort fortzuholen. Wir werden es versuchen, irgendwie. Ich komme morgen vorbei, und dann beratschlagen wir, ja?«

»Okay«, erwiderte sie klagend. Im Hintergrund hörte ich Michael schreien. Offenbar hatte er sich von seiner Mutter anstecken lassen.

»Ist John bei dir?«, fragte ich.

»Er müsste gleich da sein. Und ich muss zu Michael.«

»In Ordnung. Wir sehen uns morgen.«

Als ich wieder aufgelegt hatte, wanderten meine Gedanken zu meinem Vater. Auch er würde dem Krieg ausgesetzt sein. Es war eine Illusion zu glauben, dass die Kugeln und Bomben nur in eine Richtung fliegen würden.

Sollte ich ihn anrufen?

Für einen Moment war ich versucht, es zu tun. Auch wenn ich die Nummer nicht hatte, wäre es bestimmt kein Problem, diese zu ermitteln. Doch dann hielt ich mich zurück. Mein Vater hatte sicher nicht die Szene vergessen, die ich ihm gemacht hatte. Und er würde meine Hilfe nicht wollen. Ich wusste, dass er zäh war und sich zurechtfinden würde. Darauf musste ich hoffen.

Später, als sich der erste Schrecken gelegt hatte, saßen wir im Wohnzimmer vor dem Radio. Wieder und wieder wurden die Nachrichten gesendet, doch deren Inhalt änderte sich nie.

Wie lange würde es dauern, bis sich die Welt wieder in Allianzen einteilte? Welches Land würde welchen Verbündeten in die Pflicht nehmen?

»Bei der Ausstellung ist alles so fröhlich und friedlich«, sagte ich in die beginnende Dunkelheit hinein. Keiner von uns hatte Lust, Licht zu machen. »Und wie wird es morgen sein?«

»Ich weiß es nicht.« Darren legte mir seinen Arm um die Schultern. Seine Nähe tröstete mich ein wenig.

Erneut schwiegen wir, bis Darren fragte: »Hast du noch Erinnerungen an den vorherigen Krieg?«

»Nicht viele. Ich war acht Jahre alt, als es begann, und dreizehn, als es aufhörte.« Ich erinnerte mich, dass viele Lebensmittel und andere Sachen knapp gewesen waren. Dass meine Eltern davon gesprochen hatten. Bilder in Zeitungen hatten meine Eltern vor mir verborgen, um mich zu schützen.

Was ich gesehen hatte, waren lediglich kleine Jungen, die irgendwelche Schlachten nachspielten.

»Was ist mit dir?« Soweit ich wusste, waren auch amerikanische Soldaten in die Kämpfe verwickelt gewesen. Später warf man ihnen vor, die verheerende Grippe eingeschleppt zu haben, die nach dem Krieg so viele Menschen umbrachte.

»Ich erinnere mich daran, dass einige Männer aus unserem Dorf in den Krieg gezogen sind. Zwei von ihnen kamen nicht wieder. In dem Augenblick, als ich die trauernden Familien sah, war ich froh, keine Geschwister zu haben. Ich hätte es nicht ertragen, einen meiner Brüder begraben zu müssen.«

Ich nahm ihn in meine Arme. Mochten wir in letzter Zeit auch nicht immer sehr liebevoll zueinander gewesen sein, so fühlte es sich jetzt doch an wie früher.

»Europa ist weit weg«, sagte er leise. »Ich bin sicher, dass unser Präsident klug genug ist, sich nicht einzumischen.«

Ich nickte, aber auch wenn Europa wirklich weit weg war und wir keinen Grund hatten, in den Krieg einzutreten, überkam mich die Angst. Was, wenn den Deutschen einfiel, ihre Flugzeuge auch über den Ozean zu schicken? New York wäre sicher eines ihrer ersten Ziele ...

39. Kapitel

Die Stimmung unter meinen Kollegen war, wie nicht anders zu erwarten, am nächsten Tag gedrückt. Oberflächlich schien sich nichts verändert zu haben. Natürlich strömte das Publikum weiterhin in Massen auf das Gelände, doch die Sorge auf den Gesichtern der Repräsentanten war nicht zu übersehen.

Schon als wir morgens zusammenkamen, um die Aufgaben des Tages zu besprechen, konnten wir kaum über etwas anderes reden als den Kriegsbeginn.

Mir tat die polnische Delegation furchtbar leid. Ihr wunderbarer, mit goldenen Scheiben verzierter Pavillon war ein Augenschmaus, und die Statue des Königs, der den Deutschorden besiegte, bekam nun eine unheilvolle Bedeutung. Ich war sicher, dass niemand von ihnen mit einem deutschen Überfall gerechnet hatte.

»Was Madame jetzt wohl tut?«, bemerkte eine der jungen Hostessen, Tanna, mit der ich an diesem Tag den Standdienst versah. »Immerhin lebt eine ihrer Schwestern noch in Polen.«

»Sie wird bestimmt dafür sorgen, dass sie aus dem Land fortgeholt wird.« Bisher hatte Madame keine Probleme gehabt, ihre Geschwister in ihren Filialen unterzubringen. Warum sie das mit ihrer Schwester in Polen noch nicht getan hatte, war mir allerdings ein Rätsel.

»Und wenn sie es nicht will?«, fragte Tanna. »Ich habe gehört, dass sie in dem Haus ihrer Eltern lebt.«

»Angesichts des Krieges wird sie sicher so vernünftig sein, Madames Ruf zu folgen.«

Ich wurde nachdenklich. Wenn man immer glücklich an einem Ort gelebt hatte, wann kam dann der Moment, in dem man einsah, dass man die Heimat nicht festhalten konnte? Wäre ich nach Paris oder New York gegangen, wenn mein Vater mich nicht aus der elterlichen Wohnung geworfen hätte? Ein Krieg war natürlich etwas völlig anderes, aber wäre ich einfach fortgegangen, solange keine direkte Gefahr drohte?

Am Nachmittag schaffte ich es, mich etwas früher vom Stand zu lösen und zu Henny zu fahren.

Diese wirkte ein wenig übernächtigt, was kein Wunder war, denn der kleine Michael forderte nicht nur sein Essen, sondern auch ihre Liebe ziemlich lautstark ein. Ihr Haar saß unordentlich, anstelle eines Kleides trug sie einen Bademantel und ein Handtuch über der Schulter. Offenbar hatte sie ihren Sohn gerade gestillt.

Sobald ich eingetreten war, reichte Henny mir den Kleinen. »Hältst du ihn bitte kurz? Ich muss unbedingt mal ins Bad.«

Ich sah ihr verwundert nach, wie sie hinter der Badezimmertür verschwand, dann trug ich das glucksende Bündel in die Küche und setzte mich auf einen Stuhl. In den vergangenen Monaten hatte er ordentlich zugelegt, und auch das Schielen wurde immer besser.

»Na, mein Kleiner, erkennst du deine Tante Sophia?«, fragte ich und streichelte ihm über die Wange. Einen Moment lang machte er große Augen, dann schenkte er mir ein zahnloses Lächeln.

In diesem Augenblick fiel die Anspannung von mir ab, und ich spürte, wie ich mich beruhigte. Darrens Vorschlag kam mir wieder in den Sinn. Wäre es vielleicht doch gut, ein Kind zu adoptieren?

Aber den Gedanken verwarf ich sogleich wieder. Es herrschte Krieg! Niemand konnte wissen, was kommen würde. Und eine Antwort von Monsieur Martin hatte ich auch noch nicht bekommen.

Gleich darauf war Henny wieder da. Sie hatte sich gewaschen und ein sauberes Kleid angezogen. Ihr noch nasses Haar hatte sie zu einem Knoten zusammengebunden. Doch die Müdigkeit um ihre Augen hatte das Bad nicht vertreiben können.

»Na, was macht mein kleiner Schatz?«, sagte sie und streichelte ihm über das Köpfchen, ließ ihn aber auf meinem Schoß.

»Er hat mich gerade angelächelt.«

»Das gehört sich doch so angesichts seiner Tante.«

Sie blickte ihn liebevoll an und ließ sich dann neben mir auf den Küchenstuhl fallen. »Bin ich müde!«, stöhnte sie. »Man könnte glauben, dass Michael in dem Alter noch gern schläft, aber ich habe offenbar ein sehr aktives Kind bekommen.«

»Möglicherweise wird er später mal ein Tänzer«, sagte ich.

»Oh ja, so wie er mich in den letzten Monaten getreten hat … John hofft darauf, dass er Sportler wird. Auch das halte ich nicht für ausgeschlossen.«

So leicht und locker, wie sie redete, hätte man sich einbilden können, dass es in der Welt keinen Krieg gab. Aber er war da. Und ich war hier, um zu erfahren, wie es ihr damit ging.

»Hast du schon versucht, deine Eltern zu erreichen?«, fragte ich, worauf sie die Lippen zusammenpresste.

»Per Telefon klappt es irgendwie nicht. Ich habe ihnen ein Telegramm geschickt und sie gebeten, mich wenn möglich anzurufen. Oder wenigstens eine Nachricht zu übermitteln, damit ich weiß, dass es ihnen gut geht.«

Ich nickte und versuchte, mir meine Beunruhigung nicht ansehen zu lassen. Es war möglich, dass es einen anderen Grund gab, weshalb die Wegsteins nicht erreichbar waren, aber an den wollte ich nicht denken.

»Und wie geht es dir?«, wollte Henny wissen. »Auch wenn wir nun hier leben, es ist unsere Heimat.«

Ich dachte wieder an meinen Vater, doch ich kam zu demselben Schluss wie gestern.

»Ich habe Angst«, gestand ich. »Angst, dass der Krieg herkommen wird. Angst, dass man Darren zur Armee einzieht.«

»Er ist kein junger Bursche mehr. Wenn, dann rufen sie ihn nur zur Reserve.« Henny überraschte mich, als sie hinzufügte: »Ich habe mit John darüber gesprochen, kurz nachdem wir es gehört haben. Er meint, dass Männer in seinem und Darrens Alter nicht unbedingt eingezogen werden würden, es sei denn, sie melden sich freiwillig. Und natürlich, wenn es hart auf hart kommt.«

Das hoffte ich auf keinen Fall. Der Ozean war immerhin groß, und bisher hatte Amerika keine Kriegserklärung abgegeben oder erhalten.

Aber was, wenn das nur eine Frage der Zeit war?

Der Kriegsbeginn schien die Stimmung der Handelsvertreter zu drücken. Nur wenige von ihnen tauchten noch bei uns auf. So konnte ich mich öfter vom Rubinstein-Stand lösen und die anderen Hallen auf dem Gelände erkunden.

Immer wieder fiel mein Blick auf die beeindruckende Kugel und den Obelisken, die von unseren Journalisten mittlerweile »das Ei und die Reißzwecke« getauft worden waren. Ich hatte noch keine Zeit gehabt, das Innere der Perisphere zu besuchen, doch ich hatte schon viel von der Democracity gehört. Scheinbar in der Luft schwebende Balkone drehten sich um das Zentrum der Kugel. Die Zuschauer erlebten dabei einen Tagesablauf in der Stadt, die von neuen Technologien nur so wimmelte.

Ich konnte es kaum abwarten, selbst einen Blick darauf zu werfen.

Hier und da lauschte ich den Gesprächen und erfuhr, dass der Krieg die Menschen aller Länder sehr beschäftigte. Besonders die Franzosen wirkten besorgt. Sie hatten in den vergangenen Kriegen sehr schlechte Erfahrungen mit den Deutschen gemacht und fürchteten einen baldigen Angriff. Ich musste wieder an Madame denken, die in Paris weilte. Wie mochte es ihr ergangen sein, als sie die Nachricht bekam?

Bei einem Abendessen mit Repräsentanten anderer Firmen erfuhr ich, dass New Yorks Bürgermeister Henry LaGuardia eigentlich vorgehabt hatte, auf der Weltausstellung eine »Schreckenskammer« einzurichten, die das wahre Gesicht des Naziregimes zeigen sollte. Als das keinen Anklang fand, wollte man dem immigrierten deutschen Schriftsteller Klaus Mann den Auftrag geben, zusammen mit anderen Immigranten einen »Freedom Palace« zu errichten, doch die Gruppe war sich uneins, was genau sie ausstellen sollte.

»Möglicherweise klappt es bei der zweiten Runde«, sagte der Ausstellungsleiter Grover Whalen, der ebenfalls mit an der Tafel saß. »Man weiß ja, wie Künstler sind. Jeder von ihnen muss erst mal mit seinem Ego fertigwerden, ehe er sich auf den Vorschlag seines Kollegen einlassen kann.«

Schreckenskammer. Freedom Palace. Die Künstler waren sich uneins, was sie zeigen sollten, weil es offenbar so viel gab, gegen das Widerstand geleistet werden musste ... Als ich zum ersten Mal den Flushing-Meadows-Park betreten hatte, hätte ich mir nicht träumen lassen, je so etwas zu hören. Mir wurde klar, das ich meine Augen verschlossen hatte.

Nie zuvor hatte es einen Augenblick gegeben, in dem ich

mich wirklich meiner Herkunft schämte, doch in diesem Moment war ich froh, dass nichts darauf hinwies, dass ich Deutsche war. Ich war sicher, dass mich die Leute, mit denen ich unbeschwert plauderte, ganz anders ansehen würden, wenn sie es wüssten.

Während des Essens gelang es mir, die Fassade zu wahren und nur hier und da eine Bemerkung zu machen. Meine Empörung über den Kriegsbeginn brauchte ich nicht zu spielen, die war echt. Und mein Zorn war viel größer, als die Leute annahmen.

Doch als ich nach Hause taumelte, hatte ich das Gefühl, dass meine Beine mich nicht länger tragen wollten. Was für eine Schuld luden sich meine Landsleute gerade auf?! Und was würde es für die Zukunft bedeuten, die wir uns auf der Weltausstellung erträumten? Wie lange würde der Krieg dauern, und was würde er uns kosten? Würde die Welt von 1960 wirklich die Chance erhalten, so auszusehen, wie wir es uns hier vorstellten?

Am liebsten hätte ich mich auf irgendeiner Parkbank niedergelassen, aber ich wusste, dass das zu gefährlich war. Während mein Kopf schwirrte und schmerzte, versuchte ich, den Weg zur Wohnung hinter mich zu bringen und dabei meine Umgebung und meine Gedanken auszublenden. Die Gesichter der wenigen Passanten, die ebenfalls noch unterwegs waren, hätte ich nach den kurzen Begegnungen nicht mehr beschreiben können, aber die Gedanken folgten mir, wirbelten herum. Fragen marterten mich, ohne dass ich eine Antwort finden konnte.

Schließlich erreichte ich unser Haus.

Die Wohnung war dunkel, offenbar hatte sich Darren bereits hingelegt. Da Geschäftsessen ziemlich lange dauerten und das Ende kaum absehbar war, hatten wir die Vereinbarung getroffen, nicht aufeinander zu warten.

Aber so elend und müde, wie ich mich fühlte, war es mir

recht, dass Darren mich nicht so sah. Ich wollte einfach nur schlafen und vergessen. So leise wie möglich schloss ich die Tür hinter mir, legte den Schlüssel auf die Kommode und schälte mich aus meiner Jacke. Dann schlich ich auf Zehenspitzen ins Schlafzimmer. Tatsächlich lag mein Mann bereits in den Federn. Gut so!

Noch in meinen Kleidern ließ ich mich aufs Bett sinken und schlief sofort ein.

Als ich am Morgen erwachte, lag ich ordentlich zugedeckt im Bett. Ich richtete mich auf und bemerkte, dass ich in einem Nachthemd steckte.

Die Tür öffnete sich, und Darren kam mit einem Tablett herein. Ich roch das würzige Aroma des Kaffees und den frischen Toast. Für einen Moment glaubte ich zu träumen.

»Guten Morgen«, sagte Darren und stellte das Tablett, das ausklappbare Standfüßchen hatte, über meinen Knien ab. Erst jetzt wurde mir klar, dass diese Szene real war.

Der Schreck fuhr mir siedend heiß durch die Glieder. Beinahe hätte ich das Tablett umgekippt, doch Darren hielt es geistesgegenwärtig fest.

»Ich komme zu spät zur Arbeit!«, rief ich, doch er legte mir beruhigend die Hand auf den Arm.

»Heute ist Sonntag. Hast du das vergessen?«, fragte er sanft.

Sonntag? Ich überlegte. Nach dem gestrigen Abend war ich so verwirrt gewesen, dass ich glatt vergessen hatte, dass ich ausschlafen konnte. Ich nickte und wischte mir mit der Hand über die Augen. Dann ließ ich mich gegen die Kissen sinken.

»Verdammt!«

»War wohl ein schlimmer Abend gestern?« Er strich mir ein paar Haarsträhnen aus der Stirn.

Ich musste mich erst einmal orientieren. »Hast du mich umgezogen?«, fragte ich verwundert.

»Ja. Nachdem du dich ins Bett hast fallen lassen, bin ich wach geworden, aber als ich dich ansprechen wollte, warst du schon so weit weg, dass du mich nicht mehr gehört hast. Also habe ich Hand angelegt und dich von den Klamotten befreit.«

»Ich muss wie ein Stein geschlafen haben«, sagte ich.

»Das hast du. Zwischendurch bist du einmal kurz wach geworden, aber ich glaube kaum, dass du das wahrgenommen hast. Danach habe ich dich zugedeckt, und du hast weitergeschlafen.«

Er gab mir einen Kuss, und ich streichelte ihm dankbar über die Wange.

Dann wurde mir klar, dass seine Frage immer noch im Raum hing.

»Ja, es war schlimm«, beantwortete ich sie nun. »Nicht weil die Leute mich irgendwie schlecht oder herablassend behandelt hätten. Doch die ganze Sache mit dem Krieg ... Sie hatten ursprünglich geplant, ein Schreckenskabinett zu zeigen, mit Nachrichten aus Deutschland und der Wahrheit über die Gräueltaten der Nazis. Und natürlich war auch der Krieg ein Thema. Ich habe mich so geschämt für das, was in meinem Land geschieht.«

Darren küsste mir die Stirn. »Aber du kannst doch nichts dafür. So lange, wie du schon nicht mehr in Deutschland lebst ... Du hast diesen Hitler ja nicht mal gewählt.«

»Aber meine Eltern könnten es getan haben.«

»Das weißt du nicht«, gab er zurück. »Und selbst dann ist es nicht deine Schuld.«

Ich schüttelte traurig den Kopf. »Ich weiß. Trotzdem ... Seit Monaten habe ich Tag für Tag die Zukunft vor Augen. Wir stellen uns vor, wie die Welt im Jahr 1960 sein wird. 1960! Da werde ich fünfundfünfzig Jahre alt sein. Ich kann mir das im Moment überhaupt noch nicht vorstellen.« Ich spürte, wie ich vor Aufregung zu zittern begann. »Und dann all das, was man sich für die Zukunft an Neuerungen denkt! Ich habe einen elektrischen Geschirrspüler gesehen. Menschen aus verschiedenen Landesteilen haben sich beim Anrufen durch einen Fernseher ins Gesicht geblickt. Und all die Fahrzeuge und sogar ein Roboter!« Bei der Erinnerung an den bronzefarbenen Robotermann und seinen ebenso bronzenen Hund musste ich lächeln, denn das war einfach zu ulkig gewesen. Doch mein Lächeln erstarb gleich wieder. »Und jetzt haben wir Krieg! Wie können Menschen, die Not und Verheerungen erst vor wenigen Jahren erlebt haben, jetzt wieder einen Krieg beginnen? Oder ihn gutheißen?«

Darren blickte mich lange nachdenklich an. »Du weißt, ich versuche immer das Gute in den Menschen zu sehen. Und auch wenn ich das, was die Oberen in Deutschland tun, zutiefst verurteile, und auch wenn ich in den Wochenschauen sehe, wie die Menschen auf der Straße die Hände zu diesem albernen Gruß recken, so bin ich doch davon überzeugt, dass es Deutsche gibt, die nicht einverstanden sind.«

»Möglicherweise, aber viele von denen sind bereits hier.« Ich erzählte ihm von dem Schriftsteller und dem Pavillon, der bisher an der Uneinigkeit der Gestalter gescheitert war.

»In deinem Land gibt es sie auch. Sie können ihre Ablehnung nur nicht öffentlich machen, weil es zu gefährlich ist. Aber ich bin sicher, es gibt sie.«

Wieder küsste er mich, dann sahen wir uns minutenlang an.

»Kann ich dich trotzdem zu einem Frühstück überreden?«, fragte er.

Ich lächelte ihn an. »Nur, wenn du wieder mit ins Bett kommst.«

»Auf diese Bedingung habe ich gewartet.«

40. Kapitel

In den folgenden Wochen schwebten die Kriegsnachrichten wie ein Damoklesschwert über all unseren Köpfen. Die Deutschen rückten beängstigend schnell vor. Polen unter ihre Kontrolle zu bringen hatte sie nur wenige Wochen gekostet. Immer mehr Länder, darunter auch Frankreich, wurden in den Krieg verwickelt.

Unsere Gedanken wanderten zu Madame und ihrem Prinzen. Die beiden waren in Paris geblieben, wohl um schneller vor Ort zu sein, falls etwas mit den europäischen Filialen geschah. Doch das Klima wurde immer bedrückender, und wir alle begannen uns zu sorgen, was drüben wohl passierte.

Die anfänglichen Telefonate, die Madame mit uns führte, um sich zu erkundigen, wie die Firma und die Vorbereitungen zum zweiten Teil der Weltausstellung liefen, blieben schließlich einfach aus.

Nachdem sie sich eine ganze Woche nicht gemeldet hatte, fürchteten alle, dem Paar sei etwas zugestoßen. Immerhin war Madame Jüdin, und man hatte Furchtbares über die Situation der deutschen Juden gehört.

»Vielleicht hat sie auch nur Probleme, eine Schiffspassage zu bekommen«, versuchte Jack aus dem Marketing uns zu beruhigen. »Sicher wollen unter diesen Umständen viele Leute aus dem Land raus. Möglicherweise meldet sie sich bald aus England.«

Doch die Telefone schwiegen weiterhin, und wir erhielten auch keine Post.

Nach einer Weile äußerten einige der leitenden Mitarbeiter Besorgnis um die Führung des Hauses. Tom Jenkins bestand auf einer Sitzung, um diese Frage zu klären. Mit beklommenem Gefühl saßen wir in der Runde und folgten seinen Ausführungen.

Sicher, ihre Nichte Mala war vor Ort und würde, wenn Madame etwas zustieß, die Geschäfte weiterführen. Doch man war sich unsicher, ob sie schon bereit war, in die großen Fußstapfen ihrer ikonischen Tante zu treten.

Jenkins schlug vor, selbst die Leitung zu übernehmen, jedenfalls so lange, bis sich die Verwandten über die Erbanteile im Klaren waren.

»Aber sie ist doch noch nicht tot!«, warf ich ein, denn ich konnte es nicht ertragen, dass das Erbe verteilt wurde, bevor man einen Leichnam hatte.

Jenkins blickte mich an, als erwartete er die Todesnachricht jeden Augenblick. Aber ich weigerte mich, daran zu glauben.

Außerdem, war es nicht so, dass er als Leiter der Rubinstein Inc. in eine ungeheuer große Machtposition kommen würde? Mir war nicht wohl dabei, denn besonders in den letzten Monaten hatte sich gezeigt, dass er die Erwartungen von Madame nicht mal ansatzweise erfüllte.

Glücklicherweise waren die Anwesenden klug genug, auf den Aufsichtsrat und die Aktionäre zu verweisen. Damit war Jenkins' Vorschlag fürs Erste vom Tisch.

Im April kam dann endlich ein Telegramm aus England. Madame teilte darin mit, dass sie sich schon bald auf den Weg nach Amerika begeben werde.

Wir waren erleichtert. Offenbar war ihr und ihrem Mann nichts passiert, jedenfalls schienen sie körperlich unversehrt zu sein.

Doch erst im Mai 1940, kurz vor Eröffnung der zweiten Saison der Weltausstellung, kehrten Madame und der Prinz zurück. Nur einen Tag nach ihrer Ankunft wurden wir alle in den Konferenzsaal gerufen. Wir rechneten damit, dass Madame uns keine guten Nachrichten aus Europa bringen würde.

Auf dem Weg dorthin fing mich Mr Jenkins ab. »Ich hoffe, es geht Ihnen gut«, sagte er.

Ich blickte ihn verständnislos an. »Ja, danke der Nachfrage.« Seit der Sitzung, in der er sich zum Leiter des Rubinstein-Imperiums aufschwingen wollte, waren wir uns nicht mehr über den Weg gelaufen.

»Ich meine, die Sache mit dem Krieg ... Sie haben doch sicher noch Verwandte in Deutschland.«

Er hatte nicht vergessen, woher ich stammte.

»Meine Mutter ist tot«, antwortete ich und fragte mich, warum er es nicht wusste. Doch dann fiel mir ein, dass seine Beziehung zu Miss Arden damals schon zerrüttet gewesen war und sie es ihm sicher nicht erzählt hatte.

»Und Ihr Vater?«, fragte er weiter.

»Ich habe keinen Kontakt mehr zu ihm«, gab ich zurück und blickte auf meine Schuhspitzen. »Seit dem Tod meiner Mutter habe ich nichts mehr von ihm gehört.«

»Oh, das ist bedauerlich«, sagte Jenkins und schob die Hände in die Hosentaschen. »Haben Sie sonst noch Angehörige dort?«

Ich schüttelte den Kopf. »Nein, niemanden. Glücklicherweise.« Ich dachte an Henny. Obwohl sie schon seit sechs Jahren hier in Amerika war, verspürte ich immer noch große Erleichterung, dass sie den Sprung nach Übersee geschafft hatte.

»Wollen wir hoffen, dass der Spuk bald vorbei ist«, meinte Jenkins mitfühlend. »Und dass er sich nicht auch auf unser Land ausweitet.«

»Ich habe gehört, dass sich einige Männer freiwillig melden«, sagte ich.

»Die armen Burschen. Wollen wir hoffen, dass man sie nicht einsetzen muss. Glücklicherweise bin ich zu alt zum Kämpfen.«

Nahm der Krieg wirklich Rücksicht darauf, dass jemand zu alt war? Ein Schauer lief über meinen Rücken. Was, wenn Darren eingezogen werden würde? Auch er war kein ganz junger Bursche mehr, aber vielleicht noch jung genug.

Doch dann drängte ich diesen Gedanken beiseite.

Gedämpftes Raunen drang uns aus dem Sitzungssaal entgegen. Beim Eintreten blickte ich in eine Reihe besorgter Gesichter. Nicht nur die Assistentinnen und Werbeleute waren anwesend, ich erkannte auch den Chef der Fabrik und seinen gut aussehenden Assistenten. Obwohl Madame noch nicht zugegen war, wagte niemand, seine Stimme zu heben. Stattdessen steckte man die Köpfe zusammen.

Ich begab mich an meinen Platz und nickte einigen Frauen über den Tisch hinweg zu. Die Texterinnen wirkten ein wenig derangiert und die Assistentinnen besorgt. Hatten sie bereits etwas gehört? Wenn ja, musste Madame sie gebeten haben zu schweigen.

Schließlich erschien sie, und augenblicklich verstummte das Wispern im Versammlungsraum.

Madame war wie immer perfekt gekleidet, und auch ihr Chignon saß makellos auf ihrem streng zurückgekämmten Haar. Doch ihr Gesicht wirkte zehn Jahre älter. Was mochte sie in den zurückliegenden Wochen erlebt haben? Die Überfahrt musste schrecklich gewesen sein!

»Meine Damen und Herren, Sie wissen gar nicht, wie sehr

ich mich freue, Sie zu sehen!«, begann sie, nachdem sie sich auf ihrem Platz am Kopfende des Tisches niedergelassen hatte.

Das waren recht ungewöhnliche Worte. Und seltsam war es auch, dass ihre Stimme leicht zitterte.

»Es ist keine Übertreibung, wenn ich sage, dass der Prinz und ich nur knapp einem schlimmen Schicksal entgangen sind. Die Nazis in Paris, wer hätte das gedacht!«

Natürlich hatten wir in den Nachrichten von dem Einmarsch der Deutschen in Frankreich gehört. Ihnen war kaum Widerstand entgegengesetzt worden. Ja, es hieß sogar, ein Teil der Franzosen hätte sie mit offenen Armen empfangen. Jetzt wehte über Paris die Hakenkreuzfahne.

»Sie haben uns alles genommen, wirklich alles«, fuhr Madame fort, während ihr Blick zu irgendeinem leeren Punkt im Raum wanderte. »Den Salon, die Wohnung am Quai de Béthune, das Haus in Grasse und sogar die alte Mühle ...«

Sie senkte bekümmert den Kopf. Die Mühle in Combs-la-Ville war ein zauberhaftes Schmuckstück, ich hatte sie auf einem Foto gesehen, das in einem Magazin abgedruckt wurde.

»Außerdem haben sie all meine Kunstgegenstände beschlagnahmt. Es war ein Wunder, dass sie uns nicht erwischt haben. Man mag sich gar nicht vorstellen, was dann geschehen wäre ...«

Ich brauchte es mir nicht vorzustellen, ich wusste es, nach allem, was ich bisher über die Verfolgung der deutschen Juden gehört hatte. Wahrscheinlich hätte man sie verhaftet, und sie wäre für immer verschwunden.

Schweigen erfüllte den Sitzungsraum. Man hätte eine Stecknadel fallen hören können.

Schließlich vertrieb Madame die Grabesstille mit einem Klatschen.

»Nun denn, das Leben muss weitergehen, nicht wahr?« Man

merkte ihr deutlich an, wie sie sich selbst davon überzeugen musste. »Deutschland und Frankreich sind als Markt vorerst verloren, auch in Italien sieht es unter diesem Mussolini nicht gut aus, aber wir haben ja noch andere Filialen. Darauf sollten wir uns konzentrieren.«

Jeder im Raum erkannte, wie der Kampfgeist in Madames Augen aufleuchtete. Nein, man würde sie nicht unterkriegen! Sie war nach Australien abgeschoben worden, hatte das Zerbrechen ihrer Ehe überstanden und immer wieder Rückschläge hinnehmen müssen. Ein Krieg mochte sie vielleicht erschüttern, aber aus der Bahn warf er sie nicht. Ich bewunderte sie in diesem Augenblick wie noch nie zuvor.

Müde und erschöpft kehrte ich nach Hause zurück. Darren war bei einem Geschäftstreffen. Auf einen Besuch bei Henny hatte ich keine Lust. Ich hätte sie anrufen können, aber auch danach stand mir nicht der Sinn. Sosehr ich mich über ihr Glück freute, wenn ich ehrlich war, ertrug ich es heute nicht, davon zu hören, welche Fortschritte ihr Sohn machte.

Es gab Tage, da übermannte mich die Eifersucht auf ihr Glück so sehr, dass ich es kaum aushielt.

Ich dagegen fühlte mich, als würde uns unsere Ehe mehr und mehr in eine Sackgasse führen.

Wir redeten nicht darüber, aber ich spürte, dass Darren es immer noch für eine gute Idee hielt, ein Kind zu adoptieren. Ich fragte mich hin und wieder, woher meine Abneigung gegen diesen Gedanken wirklich stammte. Natürlich wusste ich nicht, was mit Louis war, doch das war eigentlich kein Grund. Die Unsicherheit des Krieges erfuhr ein Waisenkind ebenso wie wir.

Dann wurde es mir eines Nachts, als ich darüber nachsann, klar: Ich hatte Angst davor, erneut ein Kind zu verlieren. Es könnte sterben, es könnte mir entrissen werden. All das wollte ich nicht noch einmal erleben. Lieber verzichtete ich darauf, als erneut diesen furchtbaren Schmerz zu spüren.

Vielleicht war es die Adoptionsfrage, vielleicht auch der Krieg, aber irgendwas belastete unser Verhältnis mehr und mehr.

Ich wusste nicht, wann es angefangen hatte. Hier und da ein leichtes Sticheln, ein unausgesprochenes Murren. Wir redeten kaum noch miteinander, schliefen kaum noch miteinander.

Manchmal fragte ich mich, ob er vielleicht eine andere hatte, doch ich verdrängte diesen Gedanken schnell wieder. Ich hatte ihn nie gefragt, ob es in der Zeit unserer Trennung eine andere Frau gegeben hatte, aber etwas Ernsthaftes konnte es nicht gewesen sein. Trotzdem blieb die Angst, dass sich da etwas in unsere Ehe drängen würde. Und wenn es der Krieg war ...

Schließlich hielt ich es nicht mehr aus. Ich musste mit jemandem reden. Jemandem, der kein Kind auf dem Schoß sitzen hatte und vor Glück platzte.

Ich erhob mich und holte mein Adressbüchlein aus der Schreibtischschublade. Es war recht dünn und nicht besonders gut gefüllt, aber wie ich Ray Bellows erreichen konnte, hatte ich mir dort aufgeschrieben. Ich ging damit zum Telefon und bat das Fräulein vom Amt um eine Verbindung mit Rays Telefonnummer.

Wenig später hob sie ab. Sie wirkte, als hätte sie einen Anruf erwartet, nur eben nicht meinen. Überrascht sagte sie: »Sophia? Was gibt es denn?«

»Ich wollte fragen, ob du Lust hast, dich mit mir zu treffen. Ich ... ich brauche jemanden zum Reden.«

»Aber natürlich!«, entgegnete sie. »Geht es um etwas Bestimmtes?«

»Nein ... ich brauche ganz einfach nur einen Drink. Und jemanden, dem ich mein Herz ausschütten kann.«

Ray war mir auch damals eine große Hilfe gewesen, als meine Beziehung zu Darren zerbrochen war.

»Okay, treffen wir uns bei Jackie's. Weißt du, wie du dahin kommst?«

Ich wusste es nicht, aber Ray erklärte es mir.

Jackie's war nicht weit vom Central Park entfernt und schien sehr beliebt zu sein. Ich fragte mich, warum Darren nie mit mir hierhergegangen war. Wir waren nach der Arbeit immer ziemlich erledigt, aber jetzt wurde mir klar, dass wir schon lange nicht mehr zusammen aus gewesen waren.

Beinahe hätte ich Ray nicht erkannt, so strahlend, wie sie aussah. Sie hatte ihr Haar platinblond gefärbt, und auch mit ihrem Make-up und ihrer Kleidung imitierte sie Mae West, die seit einiger Zeit ganz groß im Filmgeschäft war und von der ich öfter im Büro hörte. Sie trug ein königsblaues, eng anliegendes Kleid und atemberaubende Hackenschuhe.

»Hi, Sophia!«, rief sie und schloss mich in ihre Arme. »Wie schön, dich wiederzusehen!«

Neben ihr kam ich mir wie eine graue Maus vor. »Vielen Dank, dass du dir für mich Zeit nimmst«, gab ich zurück.

»Keine Ursache. Ich freue mich immer, von dir zu hören. Komm, lass uns reingehen!« Sie ergriff meine Hand und zog mich mit sich. Kaum hatten wir die Bar betreten, richteten sich die Blicke beinahe aller Männer auf uns. Nicht meinetwegen, sondern wahrscheinlich, weil sie sich fragten, ob es nun die echte Mae West war oder nur ein Double.

Wir suchten uns eine Nische und setzten uns an einen kleinen runden Tisch. Ich überließ Ray die Auswahl des Cocktails und spürte plötzlich eine bleierne Müdigkeit. Dennoch tat es gut, mal woanders als in meinem eigenen Wohnzimmer zu sein.

»Habt ihr im Labor das mit Madame mitbekommen?«, fragte ich, um nicht gleich mit der Tür ins Haus zu fallen.

»Eine furchtbare Sache!«, gab Ray zurück. »Nicht auszudenken, wenn sie es nicht rechtzeitig außer Landes geschafft hätten. Ich habe gehört, dass der Ex von der Arden versucht hat, die Zügel in die Hand zu nehmen.«

»Ja, er hat es versucht. Allerdings haben glücklicherweise noch andere Leute mitzureden.«

Ray nickte, dann entschied sie, dass es genug mit dem Small Talk war. Wir hatten uns nicht getroffen, um über die Arbeit zu sprechen.

»Also, schieß los, was liegt dir auf der Leber?«, fragte sie, während der Kellner erschien und uns die Cocktails brachte. Wie ich es von Ray nicht anders erwartet hätte, waren darin mindestens drei oder vier Alkoholsorten vermischt.

»Es ist ...« Ich wusste nicht, wo ich anfangen sollte. So viel war geschehen, und so lange hatten wir nicht mehr miteinander geredet. Also begann ich: »Es geht um meinen Mann. Er ...« Ich stockte. Machte Darren irgendwas, außer mürrisch und abwesend zu sein? Hin und wieder ließ er eine schroffe Bemerkung fallen. Ich erzählte ihr davon und auch von meiner Angst, dass er sich eine andere suchen würde.

»Ich bin keine Expertin, was Männer angeht«, sagte sie. »Aber ich glaube nicht, dass er sich eine andere suchen will.«

»Was macht dich so sicher?«

»Nach allem, was ihr zusammen hinter euch gebracht habt ... zusammen, getrennt, dann wieder zusammen, verheiratet ... Er hätte sicher Möglichkeiten gehabt, sich eine andere zu suchen.«

»Da wusste er aber noch nicht, dass ich keine Kinder mehr bekommen kann.«

Ray schaute mich überrascht an. Mir fiel ein, dass ich diesen Teil der Geschichte ausgelassen hatte.

»Du kannst nicht ...«, begann sie und versuchte offenbar, taktvolle Worte zu finden, mit denen sie ihr Bedauern ausdrücken konnte. Aber es wäre nicht Ray gewesen, wenn es ihr gelungen wäre.

»Mist«, sagte sie nur.

»Ja«, antwortete ich. »Das ist Mist. Wir wissen es mittlerweile seit drei Jahren. Darren hat mir klargemacht, dass es okay für ihn ist, aber wenn es das nun nicht ist?«

Eine ähnliche Unterhaltung hatte ich mit Henny geführt. Sie hatte mich beschwichtigt.

»Wenn es nicht okay für ihn gewesen wäre, hätte er dich sicher schon früher verlassen.« Sie nahm einen Schluck von ihrem Cocktail, überlegte kurz und sagte dann: »Versuche doch einfach, wieder ein bisschen Schwung in dein Eheleben zu bringen. Wann wart ihr das letzte Mal aus oder habt etwas Verrücktes gemacht?«

»Schon lange nicht mehr«, gab ich zu.

»Siehst du! Vielleicht fehlt ihm das. Wir wissen beide, wie grau der Alltag sein kann. Und wie sehr man sich in der Arbeit verliert. Besonders du.«

Ich wollte widersprechen, doch sie hatte recht. Meine Arbeit war wirklich wichtig für mich, auch wenn ich immer noch nicht an der Stelle war, die ich mir erträumte.

»Macht eine Reise, geht in eine Bar, vergesst, dass ihr schon mehrere Jahre verheiratet seid. Tut so, als würdet ihr euch das erste Mal sehen.«

Würde uns das gelingen? Wenn ich so auf mein Eheleben schaute, musste ich sagen, dass Darren und ich ein gutes, eingespieltes Team waren. Und hin und wieder gab es diese kleinen Momente der Innigkeit. Aber der kühle Wind, der zuweilen zwischen uns hindurchwehte, war deutlich zu spüren. Was konnte ich dagegen tun? Was nur?

Als ich aus der Bar heimkam, war es bereits nach Mitternacht. Auf Zehenspitzen schlich ich in die Wohnung. Darren schlief schon. Ich hatte ihm einen Zettel auf dem Küchentisch hinterlassen, damit er sich keine Sorgen machte.

Ich ging ins Schlafzimmer, entledigte mich so leise, wie ich konnte, meiner Kleider, doch anstatt mich neben ihn zu legen, stand ich vor dem Bett und betrachtete ihn.

Dabei hatte ich Rays Worte im Ohr.

War es wirklich so, dass alles wieder gut werden würde? Dass wir nur ein wenig an unserem Alltag ändern mussten, um die Beziehung wieder auf Vordermann zu bringen?

Ich wünschte so sehr, dass dem so wäre. Aber was, wenn nicht?

Während ich ihn so ansah, fragte ich mich, ob es nur an mir lag. Ob ich ihn nicht mehr liebte, jedenfalls nicht so wie früher. Wenn ich in mich hineinhörte, war da etwas, das mir fehlte, nur was war es? Liebe? Ein Kind? War unser Alltag zu öde geworden? Hatte ich mich zu sehr auf die Arbeit konzentriert?

Auch nach einigen Minuten wusste ich es nicht.

Ich dachte zurück an meine Eltern und stellte dabei fest, wie wenig ich doch über ihr Leben als Paar wusste. Vater war zur Arbeit gegangen, Mutter hatte das Haus versorgt und mich. Wenn wir unterwegs waren, dann immer zu dritt. Ich konnte nichts Außergewöhnliches feststellen, jede Familie, die ich kannte, war so. Ich hatte nie gesehen, wie meine Eltern sich innig küssten, auch ihr Schlafzimmer war tabu. Mir vorzustellen, dass es zwischen ihnen Akte der Leidenschaft gegeben hatte, fiel mir schwer. Aber ich wusste, wie es geendet hatte: So, dass mein Vater meine Mutter regelrecht beherrscht und ihr damit Kummer bereitet hatte.

Es schien, als wäre ihr ganzes Leben allein auf mich ausgerichtet gewesen. Solange ich die brave, problemlose Tochter war, schien alles gut zu sein. In dem Augenblick, wo ich skandalös wurde, wurde auch das Eheleben meiner Eltern schwer.

Darren und ich hatten kein Kind, das unseren Zusammenhalt stärken oder schwächen konnte. Brauchte er diesen Halt? Brauchte ich ihn?

Ich seufzte leise, ging dann ins Bett und versank in tiefem Schlaf.

41. Kapitel

Ich versuchte, Rays Empfehlungen zu folgen, und schlug Darren noch am nächsten Morgen vor, wieder einmal auszugehen, etwas jenseits der Gleichförmigkeit des Alltags zu unternehmen. Er war begeistert, doch als wir uns daranmachen wollten, einen Tag festzulegen, stießen wir auf Probleme. Die Arbeit nahm mich und ihn gleichermaßen ein.

Als es uns schließlich gelang, uns auf einen Tag zu einigen, freute ich mich sehr. Doch das Ende vom Lied war, dass wir, noch bevor wir uns aufhübschen konnten, auf dem Sofa einschliefen, als wären wir beide schon über achtzig.

Nach einer Weile wurde mir klar, dass es auch sonst kaum Möglichkeiten gab, Abwechslung in Darrens und mein Leben zu bringen. Wir verreisten, nur um gemeinsam abwesend am Strand zu sitzen und in die Ferne zu schauen. Wir machten den Versuch auszugehen, der aber scheiterte, als Darren eine neue Kampagne übertragen wurde, die ihn sehr lange im Büro hielt.

Bei mir sah es nicht besser aus. Trotz des Krieges war Madame wild entschlossen, die Umsätze ihrer Firma zu steigern, und stürzte sich in die Arbeit. Wohl auch, um beiseitezuschieben, dass sich ihre beiden Söhne freiwillig zur Army gemeldet hatten.

In Buenos Aires eröffnete sie einen weiteren Salon und suchte diesen natürlich auch persönlich auf. Als der Alkohol knapp wurde, richtete sie ihr Augenmerk auf Cremedeo, für das man diesen nicht benötigte. Beinahe zeitgleich mit Miss Arden brachte sie eine Flüssigkeit auf den Markt, mit der die Frauen vortäuschen konnten, Nylonstrümpfe zu tragen, die kriegsbedingt Mangelware geworden waren. Man färbte sich dazu die Beine leicht ein und malte sich eine Naht auf die Waden.

»Auch ein Krieg kann die Frauen nicht dazu bringen, sich hässlich fühlen zu wollen«, sagte sie und kurbelte die Werbung für ein neues Parfüm an, das den Namen »Heaven Scent« trug. Tagelang zerbrachen wir uns den Kopf darüber, wie wir die Aufmerksamkeit der Leute erringen konnten.

Ich war neidisch auf den »Werbemann«, der Madame auf die Idee brachte, kleine Probefläschchen an blauen Ballons über der Fifth Avenue abzuwerfen. Der Slogan »Ein Geschenk des Himmels« traf genau den Nerv der Kundschaft.

Der Erfolg machte sie allerdings nicht gnädiger.

Einmal erlebte ich sie, wie sie tobte, weil man ihr den Mietvertrag für eine neue Wohnung in der Park Avenue verwehren wollte, da sie Jüdin war.

»Was fällt diesen *Schmocks* ein?«, fauchte sie. »Ich werde das ganze Haus kaufen!«

Und das tat sie. Das Haus war ein Traum aus Marmor mit modernen Spielereien wie einem Bett aus Plexiglas, dessen unterer Teil beleuchtet wurde.

Sie gewöhnte sich an, uns zu den Besprechungen dorthin zu zitieren. So kamen wir alle in den Genuss der Kunstwerke, mit denen sie ihre Wohnung schmückte, und des wunderbaren Essens, das ihre Köche für sie zubereiteten.

Bei so viel Glanz, wie ich täglich erlebte, trat der Versuch, mein Leben mit Darren umzugestalten, schon bald in den Hintergrund.

Am 7. Dezember 1941 platzte eine Nachricht in unseren Büroalltag, die uns bis ins Mark erschütterte: Die Japaner hatten einen Luftangriff auf den hawaiianischen Truppenstützpunkt Pearl Harbor geflogen!

Im ersten Moment konnten wir es nicht fassen, dann, als die Nachricht sich gesetzt hatte, brachen einige Frauen in Tränen aus.

Teilweise hatten sie Verwandte auf Hawaii, teilweise waren sie schockiert, dass der Krieg nun seinen Weg zu uns gefunden hatte. Der Verlobte eines Mädchens aus der Produktentwicklung, Lisa war ihr Name, war in Pearl Harbor stationiert, wie ich herausfand. Obwohl sie nichts über den Verbleib ihres Geliebten wusste, brach sie zusammen und musste schließlich von einem Krankenwagen abgeholt werden.

Ich konnte in diesen Augenblicken nicht weinen, ich war eher schockstarr, versuchte zu trösten und Mut zuzusprechen. Keine Ahnung, woher ich diese Kraft nahm.

An Arbeit war von diesem Zeitpunkt an nicht mehr zu denken. Madame musste es bemerken, doch sie scheuchte uns nicht zurück an die Plätze. Sie, die dem Krieg nur haarscharf entkommen war, wusste nur zu genau, wie es sich anfühlte.

So schnell ich konnte, begab ich mich nach Feierabend zu unserer Wohnung und stellte das Radio an. Präsident Roosevelt verlas eine Erklärung zu dem Angriff auf Pearl Harbor. Ich legte meine Jacke ab und schlüpfte in bequeme Schuhe, dann setzte ich mich vors Gerät, gerade rechtzeitig, um zu hören, dass der Präsident als Konsequenz aus dem Angriff den Eintritt der Vereinigten Staaten in den Krieg ankündigte.

Ich saß da wie gelähmt. Natürlich war das die einzige Konsequenz, die der Präsident ziehen konnte.

Als Darren kam, hatte ich die Nachricht sicher schon mehr als ein Dutzend Mal gehört. Wieder und wieder tönte Präsident

Roosevelts Stimme durch meinen Verstand, doch dieser weigerte sich zu glauben, was ich hörte.

»Sophia?«, fragte Darren, als er eintrat.

»Ich bin hier«, antwortete ich. Im Hintergrund wiederholte der Sender die Rede.

»Du hast es also gehört.«

»Ja, das habe ich.« Ich blickte zu ihm auf. Er wirkte müde und abgespannt. Die Falten auf seiner Stirn schienen noch tiefer zu sein als sonst. »Wieder und wieder.«

Die Frage, wie es in der Arbeit war, stellte ich ihm nicht. Es widerstrebte ihm auch sonst, von Revlon zu erzählen, warum sollte er es jetzt tun?

»Einige Jungs wollen sich freiwillig melden«, sagte er, nachdem er sich neben mir auf dem Sofa niedergelassen hatte.

Ich nickte darauf nur. Bei uns war das nicht der Fall, aber wir waren auf der Etage fast nur Frauen.

»Es wäre besser, sie würden es nicht tun«, gab ich erschöpft zurück und spürte Darrens Blick an meiner Wange.

»Und wer soll die Nazis dann aufhalten?«, fragte er. »Wenn wir sie gewähren lassen, wird es nicht mehr lange dauern, bis sie in New York einmarschieren.«

»Es waren Japaner, die Pearl Harbor angegriffen haben«, gab ich zurück.

»Aber die sind Bündnispartner der Deutschen. Sie sind ihre Schoßhunde. Indem sie unsere Flotte vernichtet haben, haben sie uns geschwächt und alles für die Nazis vorbereitet!«

Ich spürte Darrens Aufgebrachtheit. Ich selbst fühlte mich eher innerlich taub. Den Wunsch, angesichts solch einer Attacke in den Krieg zu ziehen, konnten wohl auch nur Männer verspüren.

»Würdest du wollen, dass sie kommen?«, fuhr Darren fort.

»Nein, natürlich nicht«, entgegnete ich. »Aber die Männer in deinem Büro werden nicht reichen. Viele von ihnen haben

Familien. Wenn sie sich freiwillig melden, lassen sie ihre Frauen und ihre Kinder zurück. Und kehren möglicherweise nicht wieder, denn die Kugeln aus den Gewehren fliegen nicht nur in eine Richtung. Und die von der anderen Seite treffen vielleicht besser, weil der Soldat gegenüber mehr Übung hat als jemand, der sein bisheriges Leben als normaler Mensch verbracht hat.«

Ein seltsamer Ausdruck erschien auf Darrens Gesicht.

In den folgenden Tagen begannen der Angriff und die bevorstehende Mobilmachung nicht nur die Nachrichten zu überschatten. Auch unser Eheleben fühlte sich gespannter an denn je. Der Gedanke, dass Darren sich womöglich freiwillig melden würde, versetzte mich in Angst. Was würde ihn halten? Ich hatte meine Arbeit, kam zurecht, Kinder hatten wir nicht. Wenn er den Helden spielen wollte, hatte er die Gelegenheit dazu.

Darren zog sich zurück, redete kaum noch mit mir und blieb abends länger weg. Ich dachte mir zunächst nichts dabei, denn auch ich hatte lange zu tun, und mitunter genoss ich es sogar, die Wohnung für mich zu haben.

Doch dabei blieb es nicht. Wenn ich wissen wollte, wo er gewesen war, reagierte er mürrisch. Manchmal ging es so weit, dass er gereizt fragte, ob ich seine Aufpasserin sei.

»Nein, aber deine Ehefrau!«, gab ich zurück. Hin und wieder rückte ihm das den Kopf zurecht, doch manchmal erntete ich spöttisches Schnauben. Ich konnte mir sein Verhalten nicht erklären.

Nach einer Weile zog ich Henny ins Vertrauen. Auch wenn ihre schlimme Beziehung mit Jouelle eine ganze Weile zurücklag, erinnerte sie sich vielleicht noch, wann sie bemerkt hatte, dass er sich von ihr entfernte. Als ich ihr von Darrens mürrischen Bemerkungen erzählte, wurde sie hellhörig.

»Wie lange geht es schon so?«, fragte sie.

Seit der Sache mit Pearl Harbor, wollte ich antworten, doch ich sah ein, dass es nicht stimmte.

»Keine Ahnung, seit Kriegsbeginn. Ich weiß nicht, was mit ihm los ist. Er will es mir nicht sagen.«

Kaum hatte ich es ausgesprochen, wurde mir klar, dass es sogar noch länger so ging.

»Möglicherweise macht er sich Sorgen wegen der Einberufungen«, gab sie zurück.

»Aber könnte er mir das nicht sagen?«, fragte ich. »Außerdem, du hast doch erzählt, dass Männer in seinem Alter nur einberufen werden, wenn es sich nicht vermeiden lässt.«

»Dann ist es vielleicht doch etwas anderes.«

Henny griff nach meinen Händen und massierte sie leicht. Ich beobachtete dabei, wie es hinter ihrer Stirn arbeitete.

»Ich fürchte, er hat ein Problem damit, dass ich kein Kind adoptieren möchte«, gestand ich schließlich. »Ich habe Angst, dass er ...« Meine Stimme brach. Der Gedanke war zu schlimm, aber wenn ich ihn jetzt nicht rausließ, erstickte ich daran. »Ich habe Angst, dass er eine andere Frau will. Eine, mit der er ein Kind haben kann.«

Henny presste die Lippen zusammen. Ich hatte erwartet, dass sie so etwas sagen würde wie: »Glaubst du, er wäre so schäbig?«, doch sie sagte nichts. Wahrscheinlich, weil sie nur zu gut wusste, wie schnell eine Liebe erlöschen konnte.

Bei seiner Rückkehr an diesem Abend war Darren betrunken, wie öfter in den vergangenen beiden Monaten. Als ich ihn durch die Tür poltern hörte, zuckte ich unwillkürlich zusammen. Ich hasste es, wenn er so war. Der Alkohol machte ihn unberechenbar, und ehe man sichs versah, befand man sich in einem Streit über Kleinigkeiten, der zuweilen recht heftig werden konnte.

Darren erhob nie die Hand gegen mich. Doch wenn er mich verletzen wollte, wusste er genau, wo er anzusetzen hatte. Sobald der Alkoholrausch vergangen war, tat ihm leid, was er gesagt hatte, vorausgesetzt, er erinnerte sich noch daran. Aber die nächste spitze Bemerkung folgte, sobald er wieder einen über den Durst trank.

»Hallo Darren«, sagte ich, als ich ihn sah, und klammerte meine Hände um die Teetasse, die ich mir aus der Küche geholt hatte. Dabei ließ ich ihn nicht aus den Augen. Ich wollte den Streit kommen sehen, um ihn notfalls sofort zu entkräften.

Darren warf mir einen schalen Blick zu. Ich hoffte, dass er zu müde war, um noch über irgendwas zu reden. Ich konnte es jetzt wirklich nicht brauchen.

»Ich war noch bei Paul«, begann er da. »Er ist vor Kurzem Vater geworden, stell dir das vor!«

»Das ist schön für ihn«, gab ich zurück. Unwohlsein schwappte in mir hoch wie eine Welle im Ozean. Paul war einer seiner Kollegen bei Revlon, über die er nie viele Worte verlor. Dass er ihn erwähnte, bedeutete nichts Gutes.

»Aber wir werden nie Eltern sein«, fügte er düster hinzu. »Wenn wir in diesem gottverdammten Krieg krepieren, wird nichts von uns übrig bleiben.«

Mein Herz stolperte. Nein, bitte nicht, dachte ich, denn ich ahnte, worauf es jetzt wieder hinauslaufen würde.

»Es ist nicht gesagt, dass der Krieg zu uns kommt«, entgegnete ich, wusste aber sogleich, dass ich damit einen Fehler gemacht hatte.

»Ach ja?«, fuhr er mich gereizt an. »Und was ist mit Pearl Harbor? Sie haben auch nicht damit gerechnet, und jetzt haben diese Japsen die Flotte zerstört.«

Dass er den abwertenden Begriff für Japaner benutzte, erschreckte mich, denn ich erinnerte mich gut an die japanischen Handelsvertreter, mit denen wir bei Madame zu tun gehabt hatten. Es waren freundliche und höfliche Menschen gewesen, die nichts für die Politik ihres Kaisers konnten.

»Vielleicht ist es besser, wenn ich mich bei der Armee melde.«

»Nein!«, entfuhr es mir. »Das kannst du nicht tun!«

»Und warum nicht?«, fragte er. »Wir haben doch nichts. Kein Kind, gar nichts.«

»Und was ist mit mir?«, gab ich zurück und spürte, wie Verzweiflung in mir aufkam. »Was soll ich tun, während du im Krieg bist?«

»Du bist selbstsüchtig!« Darren sprang auf, schwankte ein wenig, dann sah er mich zornig an. »Du denkst immer nur an dich und wie es dir gehen würde.«

Das war ein Vorwurf, der mich überraschte.

»Glaubst du denn, es wäre besser, wenn wir ein Kind hätten?«, fragte ich bitter, doch Darren hörte mich nicht.

»Alles, was du liebst, ist deine Karriere!«, redete er weiter.

»Das ist nicht wahr! Ich bin immer für dich da, das weißt du!«

»Aber wo warst du in den letzten Jahren? Du bist nur auf der Arbeit, und was wird aus unserer Familie?«

»Wir können kein Kind adoptieren!«, entgegnete ich, denn ich wusste, dass dies der wahre Grund war. Ich hatte es die ganze Zeit gewusst.

»Und warum nicht?«

»Weil ...« Ich stockte. Sollte ich ihm meine Angst offenbaren? Die Angst davor, dieses Kind wieder zu verlieren, wie ich Louis verloren hatte?

»Du glaubst immer noch daran, dass dein Sohn noch lebt, nicht wahr?«, fuhr Darren mich an. »Aber ich sag dir was, er ist tot! Dieser Detektiv hat dich belogen, und du versteigst dich in eine falsche Hoffnung. Der Junge ist tot und wird nie wieder zu dir zurückkommen!«

Seine Worte stachen wie Dolche auf mich ein. Was war nur los? Was hatte man ihm in der Arbeit gesagt, dass er sich auf diese Weise an mir abreagieren musste?

Und dann brachte er Louis auf ... Als ob ich nicht wüsste, dass ich ihn nie erreichen konnte, egal, ob er tot war oder noch lebte.

Tränen stiegen mir in die Augen. Ich wollte nicht schwach erscheinen, aber dieser Streit raubte mir die Kraft.

Darren brütete eine Weile vor sich hin, dann fuhr er finster fort: »Du hättest dich nicht mit diesem Kerl einlassen dürfen! Er hat dir alles verdorben. Er hat uns alles verdorben.«

»Ich dachte, darüber wären wir hinweg!«, gab ich zurück. Zorn erwachte in mir. All die Jahre, die wir zusammen waren, hatten wir die Sache ruhen lassen. Und jetzt fing er wieder damit an. Was fiel ihm ein!?

»Wir werden nie darüber hinweg sein! Wegen dieser Sache wirst du nie Kinder haben!«

»Brauche ich das denn?«, fauchte ich. »Bin ich nur dann eine Frau, wenn ich Kinder bekomme?«

»Für mich schon!«

Dieser Satz traf mich wie eine Ohrfeige. Unfähig, etwas darauf zu erwidern, wirbelte ich herum und verschwand im Schlafzimmer. Das Herz schlug mir bis zum Hals. Die Tränen würgten mich, und schließlich konnte ich mich nicht mehr auf den Beinen halten. Schluchzend und stöhnend sank ich auf die Knie, krümmte mich zusammen und versuchte so, gegen den Schmerz anzugehen, der durch meinen Körper jagte.

42. Kapitel

Auch nachdem die Tränen wieder versiegt waren, kauerte ich noch eine Weile auf dem Boden. Diesmal machte Darren keine Anstalten, nach mir zu sehen, sich bei mir zu entschuldigen. Möglicherweise war er über seiner Trunkenheit eingeschlafen, möglicherweise hatte sie ihn zu diesem Streit verleitet.

Aber irgendwas sagte mir, dass er das, was er mir an den Kopf geschleudert hatte, schon lange mit sich herumtrug. Die Sache mit dem Kind und jetzt der Gedanke, sich freiwillig zu melden. Wollte er so dringend weg von mir? Konnte er das Leben mit mir so wenig ertragen, dass er in Kauf nahm, sich eine tödliche Kugel einzufangen?

Ein zentnerschweres Gewicht schien auf meiner Brust zu liegen. Wie sollte ich mich verhalten? Morgen seine Entschuldigung annehmen und wieder so tun, als wäre nichts gewesen?

Wenn ich ehrlich war, hatte ich im Moment auch keine Lust mehr auf ihn. Ich wollte wieder frei sein, allein leben, keine Sorgen haben, keinem Druck ausgesetzt sein als dem, den ich von Madame abbekam. Plötzlich erwachte der Trotz in mir. Ich musste ihm zeigen, dass es so nicht weiterging. Worte würden jetzt nichts bringen, ich brauchte Abstand. Ich brauchte einen

Ort, an dem ich darüber nachdenken konnte, welche Konsequenzen seine Worte haben würden.

Ich rappelte mich auf und ging zum Kleiderschrank, wo meine Reisetasche langsam, aber sicher verstaubte. Ich raffte ein paar Sachen zusammen, stopfte sie hinein. Ich würde nicht für immer wegbleiben, aber in dieser Nacht musste ich ohne Darren sein. Und ihm wäre es vielleicht auch recht, ohne mich zu sein.

Als ich das Schlafzimmer verließ, saß er auf dem Sofa und starrte brütend den Teppich an.

»Ich werde zu Henny fahren«, sagte ich und umklammerte den Griff meiner Tasche. »Ruf mich an, wenn es etwas Wichtiges gibt.«

Darren antwortete nicht und wandte mir auch den Blick nicht zu. Kälte breitete sich in meiner Brust aus. Für einen Moment war ich versucht, meinen Entschluss rückgängig zu machen, doch was sollte das bringen? Darren zeigte mir gerade deutlich, dass er mich nicht mehr sehen wollte. Also wandte ich mich um und ging zur Tür.

Ein wenig hoffte ich darauf, dass er mir nachlaufen würde, dass er nach mir rufen oder in anderer Weise versuchen würde, mich aufzuhalten. Aber er tat es nicht.

Ich stieg die Treppe hinunter, verließ das Haus. Es war nicht die beste Zeit, um in der Stadt unterwegs zu sein, doch ich konnte hier nicht bleiben.

Kurz spielte ich mit dem Gedanken, ins Büro zu fahren. Im nächsten Augenblick erschrak ich darüber. Das Büro war nicht mein Zuhause!

Hatte Darren vielleicht recht? Kümmerte ich mich nur noch um die Arbeit?

Natürlich war ich viele Stunden im Büro, das forderte Madame von mir. Kürzerzutreten kam nicht infrage. Jetzt, wo der Krieg den größten Teil der Einnahmen auffraß, brauchten wir kluge Strategien in Gebieten, die der Krieg nicht allzu sehr mitnahm. Frauen wollten sich immer noch etwas Hübsches leisten. Besonders die Frauen in diesem Land.

Stopp!, sagte ich mir. Lass Madame außen vor. Du hast dich gerade mit deinem Ehemann gestritten und kannst dich jetzt nicht darum kümmern, wie es anderen Frauen geht. Frauen, die Kinder haben und Ehemänner, die ihnen nicht ihre Vergangenheit an den Kopf schleudern.

Vor Hennys Tür kam ich mir beinahe vor wie damals, als Vater mich aus unserer Wohnung geworfen hatte. Doch ich war keine zwanzig mehr und auch nicht schwanger. Ich war erwachsen und stinksauer auf meinen Ehemann.

Ich klingelte und hörte wenig später ihre Stimme.

»Ich bin's, Sophia«, sagte ich. »Darf ich heute Nacht bei dir bleiben?«

Die Tür öffnete sich. Ich erklomm die Treppe und wurde oben von Henny erwartet. Sie trug einen rosa Morgenmantel und ihr Haar unter einem gleichfarbigen Turban.

»Habe ich dich etwa geweckt?«, fragte ich erschrocken. »Es tut mir leid ...«

»Komm rein und erzähl mir, was los ist«, sagte sie und bugsierte mich in die Küche.

Bei einem Glas Limonade, das sie mir hinstellte, erzählte ich ihr von dem Streit.

John rumorte im Hintergrund, ließ sich wenig später aber blicken. Offenbar hatte er nach seinem Morgenmantel gesucht.

»Hi, Sophia«, sagte er, worauf Henny ihn wieder hinauswinkte.

»Wir haben Frauensachen zu bereden. Schau du doch vielleicht mal nach Michael.«

John nickte und kehrte ins Schlafzimmer zurück.

»Ich verstehe nicht, warum er so ist. Du weißt ja selbst, dass es schon eine ganze Weile so geht. Und jetzt kommt er mit der Army an.«

»Möglicherweise diskutiert man das gerade im Büro«, gab Henny zurück. »Aber das erklärt nicht, warum er dich unbedingt zur Adoption drängen will.«

»Es ist ja nicht so, dass ich keine Kinder will. Wenn ich schwanger geworden wäre, wäre das alles kein Problem gewesen. Aber ein Kind adoptieren? Nach welchen Gesichtspunkten entscheidet man da? Reicht es, ein Kind hübsch zu finden? Sich von seinem Schicksal anrühren zu lassen? Aber könnte ich dann eine Bindung aufbauen?« Ich senkte den Kopf. »Und dann ist da noch etwas. Etwas, das mich nahezu panisch werden lässt.«

»Was denn?«, fragte Henny.

Ich sah sie wieder an. »Was, wenn ich das Kind, für das ich mich entschieden habe, wieder hergeben muss? Wenn es stirbt? Wenn der Krieg es mir nimmt?«

Zwischen Hennys Brauen erschien eine Falte. »Das könnte dir auch mit einem leiblichen Kind passieren.«

»Ja, aber ...« Ich verstummte. Auf einmal wurde mir klar, dass ich mir eigentlich nur wegen Darren ein Kind gewünscht hatte. Mir wurde klar, dass diese Angst seit Louis' Verlust bei mir war. Wenn ich schwanger geworden wäre, hätte ich keine Wahl gehabt, als mich ihr zu stellen. Aber bei einer Adoption konnte ich es mir aussuchen. Und ich zog es wohl vor, dieser Furcht nicht zu begegnen.

Henny streichelte mir über den Arm. »Ich bin sicher, dass Darren morgen wieder normal ist und du mit ihm reden kannst. Vielleicht solltest du dich wegen der Adoption nicht ganz so abweisend zeigen.« Sie machte eine Pause und fügte hinzu: »Und möglicherweise hilft es auch, ihn direkt zu fragen, was los ist.«

»Das habe ich doch schon, aber er gibt mir keine Antwort darauf. Wahrscheinlich weiß er es selbst nicht.«

»Doch, das weiß er, davon bin ich überzeugt. Nur kaut er lieber allein darauf rum, aus irgendeinem Grund.«

Ich presste die Lippen zusammen. War das Leben nicht schon kompliziert genug?

Während ich auf dem Sofa lag, dachte ich hin und her. Wie würde unser Leben mit einem adoptierten Kind aussehen? Würde Darren dann ruhiger, zufriedener sein? Wie sollte es mit der Arbeit laufen? Der Vertrag, den ich mit Madame geschlossen hatte, galt noch bis Sommer 1944. Ihn zu verlängern war für mich eigentlich selbstverständlich gewesen, aber nun ...

Was, wenn ich meine Angst beiseiteschob und mich auf eine Adoption einließ? Würde ihn das zufriedenstellen?

Am folgenden Morgen fühlte ich mich wie gerädert, dennoch schleppte ich mich ins Büro. Das Make-up verdeckte kaum die dunklen Schatten unter meinen Augen, doch das schien niemandem aufzufallen.

Bei der heutigen Sitzung sprühte Madame nur so vor Ideen, was irgendwie an meinen Nerven zerrte. Ich wünschte mir, in mein stilles Kämmerchen verschwinden zu können.

Aber das ging nicht, denn Madame hatte einen großartigen Einfall, wie sie uns verkündete. Nichts hätte mich in diesem Augenblick weniger anrühren können.

»Wir werden einen Salon für Männer eröffnen«, sagte sie. »Es wird ohnehin Zeit, dass sich die Herren ein wenig mehr der Schönheit und Körperpflege widmen. Jetzt werden sie dazu die Gelegenheit bekommen.«

Während andere zustimmend nickten, sah ich Madame an, als hätte sie den Verstand verloren. Es war Krieg. Der Angriff auf Pearl Harbor lag erst wenige Wochen zurück. Viele Männer meldeten sich zur Army, am anderen Ende der Welt wurde gekämpft, und die Deutschen machten weiter Boden gut. Und da sollten die Männer an ihr Aussehen denken?

»Was meinen Sie, Sophia?«, drängte sich Helena Rubinsteins Stimme in meine Gedanken.

Ich biss mir auf die Zunge, um aus Müdigkeit nicht die Wahrheit zu sagen.

»Das ist eine gute Idee«, antwortete ich, wie sie es von mir erwartete.

Madame wirkte nicht überzeugt. »Was ist mit Ihnen, Sophia, wo bleibt Ihr Feuer?«

Ich konnte ihr unmöglich antworten, dass ich dieses beim Streit mit meinem Ehemann aufgebraucht hatte, also erwiderte ich: »Ich habe vergangene Nacht nicht gut geschlafen. Aber es ist wirklich eine wunderbare Idee, die Männer werden es lieben.«

Während Madame sich jetzt wieder einem anderen Mitarbeiter zuwandte, fragte ich mich, was Darren dazu sagen würde. Ein Salon für Männer ... Dann fiel mir wieder ein, dass wir schon seit einer Weile nicht mehr miteinander über Berufliches redeten.

Konnten wir das ändern? Würden wir so wieder zueinanderfinden?

Oder wäre die einzige Möglichkeit für uns, wenn ich wirklich in der Arbeit kürzerträte?

»Die Werbekampagne für den Salon wird Mr Jenkins übernehmen«, fuhr Madame fort. »Er ist heute nicht zugegen, aber ich habe ihn bereits eingeweiht. Er hat als Namen ›House of Gourielli‹ vorgeschlagen. Ich würde sagen, das trifft das Image, das wir dem Salon verleihen wollen, sehr gut. Der Prinz wird auf jeden Fall als Werbebotschafter fungieren.«

Die Worte weckten meine Eifersucht. Madame hatte offenbar einen Mann gefunden, der sie vollständig unterstützte. Mr Titus hatte nie etwas für ihre Arbeit übriggehabt, doch der Prinz schien aus ganz anderem Holz geschnitzt zu sein.

Bei Darren war das anfänglich auch der Fall gewesen, aber

die Stelle bei Revlon veränderte ihn immer mehr. Doch vielleicht lag es auch wirklich nur an mir. Vielleicht musste ich auf ihn zugehen.

Abends kehrte ich nach Hause zurück, den Kopf voller Worte, die ich Darren sagen wollte. Mein Arbeitsvertrag lief noch dreieinhalb Jahre, danach konnte ich da raus. Dreieinhalb Jahre, in denen ich versuchen würde kürzerzutreten. Dreieinhalb Jahre, in denen ich mich meiner Angst stellen und mich darauf vorbereiten konnte, ein Kind zu adoptieren. Solch ein Schritt musste gut überlegt sein. Meine Gefühle waren immer noch gemischt, und ich wusste, dass es nicht leicht sein würde. Doch ich war zuversichtlich, dass ich es schaffen würde. Ich hatte noch viel schwierigere Dinge durchgestanden, warum also nicht das? Vielleicht würde das Kind uns unser Glück zurückgeben können.

Als ich eintrat, spürte ich Darrens Anwesenheit. Das verwunderte mich ein wenig, doch möglicherweise ging es ihm wie mir, und er wollte mir etwas sagen. Da ich ihn in der Küche nicht fand, ging ich ins Wohnzimmer.

Dort stand er, als hätte er nur auf mich gewartet.

Ich taumelte zurück und schüttelte ungläubig den Kopf.

Darren steckte in der grüngrauen Uniform der U.S. Army.

»Ich habe mich freiwillig gemeldet«, erklärte er unnötigerweise.

Ich brauchte eine Weile, um diesen Anblick zu verdauen. Der Alkohol musste doch jetzt aus seinem Kopf heraus sein, was hatte er sich dabei gedacht?

Ich ließ mich auf das Sofa sinken. Eine Ohrfeige hätte mich nicht schlimmer treffen können. Für eine ganze Weile war ich nicht in der Lage, etwas zu sagen. Ich konnte mich nur erschüttert fragen, warum er nicht vorher mit mir geredet hatte. War es vielleicht doch nur ein Scherz? Wollte er sich für mein Weglaufen rächen?

»Aber ... warum?«, presste ich hervor. »Du könntest getötet werden!«

Darren stieß ein Schnauben aus. »Und wenn schon. Es macht keinen Unterschied.«

»Für mich schon!«, gab ich zurück. »Wenn du stirbst ... Ich bin deine Frau.«

»Und dann wärst du meine Witwe.« Darren sah mich kalt an.

Ich spürte förmlich die Säure, die in ihm brodelte, und den Wunsch, mir wehzutun. So war es damals schon gewesen, bei unserem allerersten Streit. »Wir werden nie eine richtige Familie sein, wenn du nicht bereit bist, deine Arbeit loszulassen. Du bist genauso eine Arbeitssüchtige wie Helena Rubinstein.«

Ich hätte anmerken können, dass sie recht wohl Kinder hatte. Doch das hätte jetzt zu nichts geführt.

»Aber ich brauche dich«, sagte ich und schluckte meinen Stolz hinunter.

»Mein Land braucht mich auch«, gab er zurück. »Außerdem werde ich Zeit haben, mir zu überlegen, wie es mit uns weitergehen soll. Und du auch.«

Ich presste die Lippen zusammen und drehte den Kopf zur Seite. Die Tränen quollen über, liefen über meine Wangen. Ich hatte große Lust, ihm die Ohren lang zu ziehen, doch ich hatte nicht die Kraft dazu.

Dann geh doch!, hätte ich ihm am liebsten entgegengeschleudert, aber ich konnte nicht. Kein Streit, und sei er auch noch so ätzend, konnte mich dazu bringen, ihn ins Verderben zu schicken.

Mein Schweigen machte ihn nervös. Er begann ungeduldig auf der Stelle zu treten. Er wollte, dass ich etwas sagte, doch was sollte ich sagen?

»Bitte überlege es dir noch einmal«, begann ich schließlich, so ruhig ich konnte. Meine Stimme zitterte, aber was machte das schon? »Der Krieg kann dich verschlingen. Er kann uns mehr ins Unglück stürzen als unsere Kinderlosigkeit. Und ich ... ich bin zu dem Schluss gekommen, dass ich kürzertreten muss. Der Vertrag mit Madame gilt nur noch für dreieinhalb Jahre, dann ...«

»Ich kann es mir nicht mehr überlegen«, unterbrach er mich. »Die Meldung ist verpflichtend. Wenn ich jetzt meine Entscheidung zurücknehme, kann ich wegen Fahnenflucht belangt werden.«

Das war ein weiterer Schlag in meine Magengrube. Natürlich. Auf Fahnenflucht stand der Tod.

»Würdest du es denn wollen?«, fragte ich.

»Nein«, antwortete er und sah mir direkt in die Augen. »Mein Entschluss steht fest. Ich will helfen, diesen Krieg zu beenden. Und dann sehen wir weiter.«

Den Krieg beenden ... Beinahe hätte ich aufgelacht. Stattdessen schossen mir die Tränen in die Augen.

»Nachher wird mich ein Wagen abholen. Ich wollte es dir nur noch sagen. Oder dir einen Zettel hinlegen, falls du nicht auftauchst.«

Ich hätte ihm am liebsten entgegengeschleudert, dass er mich auch bei Henny hätte anrufen können. Aber das war sinnlos.

Ich presste meine Faust gegen meinen Mund, biss regelrecht hinein, damit ich nicht losheulte. Es würde nichts bringen. Wenn Darren sich etwas in den Kopf gesetzt hatte, dann zog er es durch. So war es damals, als er mich das erste Mal verlassen hatte, auch gewesen.

Nur wenige Augenblick später hupte es.

»Das ist der Wagen«, sagte er.

Ich konnte es noch immer nicht glauben. Verzweifelt suchte mein Verstand nach einem Ausweg aus der Situation, doch es schien keinen zu geben. Ich wusste, dass ich jetzt etwas sagen müsste. Ich wusste, dass ich mich ihm an den Hals werfen sollte, aber was würde es ändern?

»Ich werde dir schreiben«, sagte er und griff nach seinem Barrett.

Ich fühlte mich, als würde sich der Boden unter mir auftun.

Ich hatte in der Wochenschau gesehen, wie andere Frauen ihre Männer, die in den Krieg zogen, verabschiedeten. Sie fielen ihnen um den Hals, küssten sie, baten sie, auf sich achtzugeben. Doch mir war es unmöglich, mich von meinem Sofa zu erheben.

»Pass auf dich auf«, brachte ich lediglich hervor.

»Das mache ich«, erwiderte er. Dann ging er. Ich hörte, wie seine Schritte auf der Treppe verklangen, wenig später schlug eine Tür.

Dies war die letzte Gelegenheit, ihn zu sehen, doch ich trat nicht ans Fenster.

Als der Wagen anfuhr, brach ich weinend zusammen.

43. Kapitel

1944

Sonnenlicht fiel mir aufs Gesicht und riss mich aus dem Schlaf. Was auch immer ich geträumt hatte, verblasste schlagartig. Ich erhob mich und spürte, dass mir das Nachthemd am Körper klebte. Der Juni neigte sich dem Ende zu, und es schien ein heißer Juli zu werden.

Mühsam erhob ich mich. In letzter Zeit endeten die Tage für mich immer später. Nicht weil ich viel zu tun hatte, sondern weil ich einfach nicht in den Schlaf fand. Weil mich die Angst um Darren beinahe umbrachte.

Über zwei Jahre war es nun her, dass er sich zur Armee gemeldet hatte mit dem Ziel, gegen die deutsche Wehrmacht zu kämpfen.

Jede Nacht wiederholte mein Verstand all das, was er zuletzt gesagt hatte. Nacht für Nacht machte ich mir Vorwürfe, dass ich nicht ans Fenster gegangen war und ihm nachgesehen hatte. Sehr oft brach ich in Tränen aus, die mich dann erst recht nicht in den Schlaf finden ließen.

Die zurückliegende Zeit war wie im Nebel an mir vorbeigezogen. An das Gespräch mit Henny am Tag nach Darrens Abreise erinnerte ich mich kaum noch. Ich wusste nur noch, dass sie außer sich war vor Ärger, besonders nach der Nacht, die ich bei ihr verbracht hatte. John hatte sich zurückgehalten, aus Angst, etwas Falsches zu sagen. Darren war kein besonders guter Freund, aber beinahe so etwas wie ein Schwager für ihn. Dementsprechend machte er sich natürlich Sorgen.

Die Arbeit, die ich zuvor noch hatte herunterschrauben wollen, wurde mein Halt. Im Büro wusste niemand von meinem Streit mit Darren, aber natürlich gab ich Bescheid, dass er sich an die Front gemeldet hatte.

Einmal fuhr ich zur Niederlassung von Revlon, in der Hoffnung, eine Erklärung für sein Verhalten zu finden. Hatten die Männer sich untereinander aufgehetzt? Oder war es wirklich nur seine Unzufriedenheit mit mir gewesen?

Antworten erhielt ich nicht, und ich wagte auch in der Feldpost nicht zu fragen. Briefe kamen ohnehin nur selten. Darren hielt sein Versprechen und schrieb mir, allerdings nur kurz und knapp, damit ich wusste, wie es ihm ging.

Obwohl ich wütend und verletzt war, antwortete ich ihm, da ich wusste, wie schlimm es war, keine Antwort zu erhalten. Doch wenn ich den Brief abschickte, fühlte ich mich seltsam betäubt, denn ich konnte ihm nicht wirklich sagen, wie es um mich stand.

An diesem Vormittag wurde ich im House of Gourielli erwartet. Obwohl der Herrensalon und die eigens dafür entwickelten teuren Kosmetiklinien für viel Aufsehen in der Presse gesorgt hatten, blieb der finanzielle Erfolg aus. Natürlich gab es Männer, die sich um ihr Aussehen kümmern wollten. Auch einige Filmstars hatten wir als Kunden gewinnen können.

Doch meine Sorge, dass die Männer zu Kriegszeiten andere Dinge im Kopf haben würden, schien sich zu bewahrheiten. Ich sollte mir den Betrieb nun anschauen und Vorschläge erarbeiten, was dort verbessert werden konnte. Eine nicht ganz leichte Aufgabe, aber es war mir nur recht, denn so dachte ich nicht ständig an Darren.

Als ich fertig angezogen war, betrachtete ich mich im Spiegel. Würde ich die dunklen Augenringe je wieder loswerden? Ich sehnte mich danach, wie früher ungeschminkt herumlaufen zu können, aber das war nicht möglich.

Ich hatte mir gerade eine Tasse Kaffee gemacht, als es an der Tür klingelte. Ich erhob mich und öffnete.

Es war ungewöhnlich, dass jemand von der Post zu solch früher Stunde erschien.

»Ein Brief für Sie«, sagte die Briefträgerin mit betroffener Miene. Im nächsten Augenblick verstand ich. Der Brief kam von der U. S. Army.

Erschrocken sog ich die Luft ein. Der 8. Juni lag nur wenige Wochen zurück. Die Invasion in Nordfrankreich schien gut zu laufen, jedenfalls wenn man den Berichten in der Wochenschau glauben konnte. Die Deutschen wehrten sich erbittert, aber man hatte das Gefühl, dass die Alliierten keine schlechte Ausgangsposition erreicht hatten.

Und jetzt hielt ich diesen Brief in der Hand.

»Danke«, sagte ich und ignorierte den erwartungsvollen Blick der Frau. Ich spürte ihre Neugierde, denn auch sie wusste, was solche Briefe normalerweise bedeuteten. Kam gewöhnliche Feldpost, stand der Name des Absenders darauf. Doch das war hier nicht der Fall.

Ich wünschte der Postfrau einen guten Tag und schlug ihr die Tür vor der Nase zu. Während mein Herz zu rasen begann, trug ich den Brief in die Küche und holte ein Messer aus der Schublade. So, wie meine Hände zitterten, zerriss ich den Umschlag fast und zog dann das Schreiben hervor, das vom Wappen der amerikanischen Streitkräfte gekrönt wurde.

Sehr geehrte Mrs O'Connor,

ich bedaure, Ihnen mitteilen zu müssen, dass Sergeant Darren O'Connor als vermisst gemeldet wurde. Er hat an der Landung in der

Normandie, Frankreich, teilgenommen, verlor allerdings die Verbindung zu seiner Kompanie. Sobald mehr über seinen Verbleib bekannt ist, werden wir uns mit Ihnen in Verbindung setzen.

Die Unterschrift verschwamm vor meinen Augen. Darren war nicht tot, wie ich befürchtet hatte, er war nur vermisst. Doch was bedeutete das? Es konnte heißen, dass er noch am Leben war. Er konnte in Gefangenschaft geraten sein. Er konnte trotz allem tot sein. Dass er vermisst war, bedeutete nur, dass seine Kameraden ihn verloren hatten.

Einen Moment lang wusste ich nicht, was ich tun sollte. Der Impuls, selbst nach ihm suchen zu wollen, überkam mich. Doch ich wusste nur zu gut, dass das unmöglich war. Außerdem hatte ich nicht mal die Kraft, mich von der Stelle zu bewegen!

Wieder las ich den Brief, doch die Botschaft veränderte sich nicht.

Jetzt hatte ich schon zwei geliebte Menschen in Frankreich verloren. Kraftlos sank ich auf die Knie und begann zu weinen.

Irgendwann wurde der innere Schmerz stumpf, und die Tränen versiegten, doch von meinem Platz hinter der Tür erhob ich mich erst, als das Telefon klingelte.

Schwerfällig stand ich auf und ging zum Apparat. Es war Gladys.

»Ist alles in Ordnung bei Ihnen, Sophia?«, fragte sie besorgt. »Die Leute vom Salon haben angerufen, weil sie Sie vermissen.«

Verdammt, ich hatte das Treffen im House of Gourielli vergessen!

»Ich habe heute morgen Post von der Army bekommen«, antwortete ich ehrlich und mit kratziger Stimme. »Mein Mann wird vermisst.«

»Oh nein«, kam es aus Gladys' Mund. »Das tut mir so leid.«

»Ich habe den Brief vorhin erst erhalten. Aber ich bin gleich dort. Geben Sie mir nur eine Minute.«

»Sie sollten zu Hause bleiben«, erwiderte Gladys. »Ich werde Madame Bescheid sagen.«

Ich widersprach nicht. Ja, ich war sogar froh, dass mir jemand diese Worte sagte. Madame würde sicher Verständnis haben.

»Danke, Gladys«, sagte ich. »Wir sehen uns morgen.«

»Wenn Sie etwas brauchen, rufen Sie mich ruhig an«, sagte sie. »Ich sehe, was ich machen kann.«

Ich bedankte mich erneut und legte auf. Dann trug ich den Brief in die Küche.

Das Radio spielte gerade einen heiteren Song, doch ich drehte ihn rasch ab. Ich konnte keine Heiterkeit vertragen, nicht in diesem Moment.

Zwei Jahre schon wurde ich die Angst um Darren nicht los. Mochte geschehen sein, was wollte, ich sehnte mich nach ihm. Ich wollte ihn unbedingt lebend wiedersehen!

Doch dieser Brief saugte die Hoffnung aus mir heraus. Ich ließ mich auf einen der Stühle sinken und starrte leer aus dem Fenster. Von unten hörte ich Gelächter. Eine Frau schien sich köstlich über etwas zu amüsieren. Hatte sie gute Nachrichten erhalten? Hatte ihr jemand einen Witz erzählt? Oder lachte sie einfach nur deswegen, weil ihr Mann nicht bei der Army war? Weil er nicht fortgezogen war, um sein Land zu retten?

Ich presste die Hände auf die Ohren und lauschte meinem eigenen Herzschlag.

Henny, ging es mir durch den Kopf. Ich musste es Henny sagen.

Ich erinnerte mich noch gut daran, wie schockiert sie gewesen war, dass er sich so Knall auf Fall bei der Army gemeldet hatte. Sie hatte seine Reaktion ebenso wenig verstanden wie ich. John hatte sich die Mühe gemacht nachzufragen, wie bindend so eine Meldung beim Militär war, doch er hatte nur in Erfahrung gebracht, dass dieser Entschluss nicht mehr rückgängig gemacht werden konnte.

Und jetzt wurde Darren vermisst.

Mühsam erhob ich mich, dann ging ich zum Telefon und wählte Hennys Nummer.

Eine halbe Stunde später klingelte es an der Tür. Wie betäubt erhob ich mich und öffnete. Henny stürmte mir entgegen. »Du Arme! Das ist ja furchtbar!« Sie drückte mich an sich. Ihre Vitalität wirkte verwirrend auf mich. Ich fühlte mich leer und kalt. Die Wärme ihres Körpers drang nicht zu mir durch. Dennoch war es schön, dass sie da war.

»Danke, dass du gekommen bist«, sagte ich in ihr Haar, das sie nun lockig und viel länger als früher trug.

»Das ist doch selbstverständlich«, gab sie zurück. »Soll ich dir eine Tasse Tee machen? Oder Kaffee?«

»Kaffee«, antwortete ich und ging mit ihr in die Küche. Auf dem Tisch lag noch immer der Brief.

Ich legte meine Hände darauf, als könnte ich auf diese Weise Darren spüren. Henny wandte sich meinem Küchenschrank zu, holte die Kaffeedose heraus und setzte Wasser auf. Dann kam sie zu mir.

Ich schob ihr den Brief zu, und sie las.

»Er wird vermisst«, sagte sie. »Das muss überhaupt noch nichts heißen. Schau mal, wie lange der Brief gebraucht hat.« Sie drehte den Umschlag herum.

»Aber die Invasion ...« Wir beide hatten in den *Fox Movietone News* gesehen, wie die Soldaten in der Normandie gelandet waren. Mein Blick hatte an der Leinwand geklebt, in der Hoffnung, Darren zu Gesicht zu bekommen. Doch das war nicht der Fall gewesen. War er da überhaupt noch bei seiner Truppe?

Ich hatte wieder die Männer mit den Stahlhelmen vor mir, die Boote, die Panzer. Während viele im Publikum die Bilder euphorisch beklatscht hatten, war ich einfach nur verängstigt gewesen.

Seitdem hatte ich das Kino gemieden, denn die Bomben, das Geschossfeuer und der Anblick der Toten hatten mich in meine Albträume verfolgt.

»Wenn er dabei gefallen wäre, hätten sie ihn gefunden«, holte mich Hennys Stimme zurück.

»Ich frage mich, was passieren wird, wenn er ...« Ein Schluchzen erstickte meine Stimme.

Henny griff nach meiner Hand. »Es ist doch gar nicht gesagt, dass er tot ist, nicht wahr?«

»Aber glaubst du, Gefangenschaft wäre besser?«

»Er ist nicht in Gefangenschaft. Möglicherweise schlägt er sich jetzt allein durch die Wildnis. Er wird sich zu helfen wissen, da bin ich sicher.«

Mein Herz zog sich zusammen. Natürlich würde er das. Aber es war Krieg. Überall lauerte Gefahr. Wer wusste schon, wer ihn fand! Möglicherweise war er auch verletzt und brauchte Hilfe. All die schrecklichen Möglichkeiten brachten mich erneut zum Weinen.

Henny hielt mich im Arm, bis der Wasserkessel zu pfeifen begann. Da ließ sie mich los, goss das Wasser in eine Kaffeekanne, und wenig später erfüllte der Duft den Raum.

Ich schloss meine Hände um die Tasse, die sie mir eingoss, dann starrte ich eine Weile in die dunkle Flüssigkeit.

Erst mein Sohn und jetzt Darren. In meiner Brust brannte es vor Sorge und auch schlechtem Gewissen. Was sollte ich ohne ihn tun? Ich hätte eher erkennen müssen, was mit ihm los war. Ich hätte dafür sorgen sollen, dass er sich nicht meldete. Ja, ich hätte in der Nacht dableiben sollen, anstatt zu Henny zu gehen.

Aber nichts davon hatte ich getan, und jetzt wurde ich vom Schicksal dafür bestraft.

Henny blieb den ganzen Tag bei mir, doch am Abend verabschiedete ich sie fürs Erste. Sie musste sich um ihren Sohn und ihr eigenes Leben kümmern.

Mittlerweile hatte ich mich davon überzeugen können, dass es noch Hoffnung gab. Eine kleine zwar, aber solange die Nachricht von Darrens Tod nicht kam, konnte ich an seine Rückkehr glauben. Irgendwann, wenn dieser unselige Krieg endlich vorbei war.

Wenn ich darum gebeten hätte, hätte man mir sicher ein paar freie Tage gewährt, aber ich fürchtete, dass mir dann die Decke auf den Kopf fallen würde. Also machte ich mich am nächsten Morgen auf den Weg zur Arbeit.

Gladys empfing mich mit einem mitleidigen Gesichtsausdruck.

»Es tut mir so leid«, sagte sie, kam hinter ihrem Tresen hervor und umarmte mich. Diese Geste überraschte mich ein wenig, doch seit der Krieg immer heftiger tobte, war nichts mehr wie sonst. Die Menschen rückten zusammen, auch wenn sie sich nicht gut kannten.

»Danke, Gladys«, sagte ich und löste mich von ihr. »Ich bin sicher, dass er noch am Leben ist. Eine Vermisstenmeldung bedeutet doch eigentlich noch nichts, nicht wahr?«

»Natürlich nicht«, entgegnete Gladys, doch in ihren Augen sah ich etwas anderes. So viele Männer waren in dem Krieg verloren gegangen. So viele Vermisste hatten sich letztlich als tot herausgestellt oder waren in der Gefangenschaft umgebracht worden.

Als Madame mich wenig später in ihr Büro rief, rechnete ich damit, dass sie mich wegen des House of Gourielli rügen würde.

»Sie Arme, ich habe gehört, was passiert ist«, sagte sie mitfühlend, nachdem ich Platz genommen hatte. »Ihr Mann ist so ein netter Mensch gewesen.«

Er ist nicht tot, dachte ich und spürte beinahe ein bisschen Wut in meiner Magengrube. Doch dann rief ich mir ins Gedächtnis zurück, dass Madame ihre Schwester in Polen verloren hatte. Die Nazis hatten sie umgebracht. Seit dem Tod ihrer Eltern hatte ich Madame nicht mehr so traurig gesehen. Sie wusste genau, wie ich mich jetzt fühlte.

»Danke, das ist sehr nett von Ihnen«, sagte ich und versuchte, die Fassung zu wahren, denn die Tränen stiegen erneut in mir auf. Ich trug zwar die wasserfeste Wimperntusche, doch ich wollte nicht verheult aus dem Raum kommen.

»Ich bin sicher, dass man ihn finden wird«, fuhr sie fort.

Madame ließ mir einen Moment, dann sagte sie: »Ich habe vielleicht einen Auftrag für Sie, der Ihnen gefallen wird.«

Ich blickte sie überrascht an. »Ich denke, ich sollte mich um das House of Gourielli kümmern.«

Madame nickte. »Ja, aber nun gibt es etwas Wichtigeres. Haben Sie schon mal etwas von dem Namen Estée Lauder gehört?«

Ich schüttelte den Kopf.

»Hm«, machte Madame. »Ich dachte, das wäre der Fall gewesen. Mir kommt der Name in letzter Zeit immer wieder unter. Sie hat eine Konzession im Laden von Mrs Morris. Nicht mit uns zu vergleichen, natürlich, doch Plagen beginnen im Kleinen. Ich brauche keine weitere Konkurrentin vom Kaliber dieser Frau!«

War diese Estée Lauder wirklich auf dem Weg, eine zweite Elizabeth Arden zu werden? Das bezweifelte ich. Gleichzeitig fühlte ich mich ein wenig vor den Kopf gestoßen. Mein Mann war vermisst, und um mich zu trösten, gab sie mir den Auftrag, einen fremden Salon zu besuchen?

Nach dem Tod ihrer Schwester in Polen hatte sie sich in die Arbeit gestürzt. Doch wie konnte sie erwarten, dass dies auch für mich galt? Oder glaubte sie ebenfalls, dass Darren nichts passiert war?

Verwirrt sah ich sie an. »Und wie soll ich das anstellen?«

»Na, wie schon?«, fragte Madame. »Gehen Sie zu ihr. Lassen Sie sich als Kundin von ihr behandeln. Ich muss wissen, was sie macht, dass die Frauen von ihr reden. Und dass sogar die Tochter eines Managers bei Saks sowie eine Einkäuferin von ihr begeistert sind.«

Sie blickte mich an. Ihre Miene wirkte gönnerhaft, doch darunter war sie hart wie Marmor. Mir wurde klar, dass dies hier kein Tröstungsversuch war. Hätte ich den Brief nicht erhalten, wäre sie mit derselben Anweisung auf mich zugekommen.

Ich versuchte, meine Enttäuschung zu verbergen.

»Und wann soll ich das tun?«

»So bald wie möglich!«, gab sie zurück. »Nehmen Sie sich einfach einen Tag, und lassen Sie sich behandeln. Analysieren Sie, was Mrs Lauder macht. Ich werde dann entscheiden, ob wir uns Sorgen machen müssen oder nicht.«

»In Ordnung. Danke«, sagte ich und erhob mich.

Als ich in mein Büro zurückkehrte, starrte ich minutenlang auf die Wand. Gestern noch sollte ich mich des schlecht laufenden Herrensalons annehmen, heute nun hatte Madame mich zu ihrer Spionin gemacht. War das eine Degradierung? Eine Strafe dafür, dass ich den Termin hatte sausen lassen?

War das Mitgefühl, das sie mir gezeigt hatte, letztlich doch falsch?

44. Kapitel

An diesem Morgen fühlte ich mich, als müsste ich wieder bei Miss Arden vorstellig werden. Seit meinem Ausscheiden in ihrer Firma hatte ich sie nur noch auf Fotos gesehen, die in Magazinen abgedruckt wurden. Sie machte Furore mit ihrem Reitstall.

Ich hatte mitverfolgt, dass ihre Schwester im Konzentrationslager Ravensbrück interniert worden war und dass es in ihrer Ehe mit dem russischen Prinzen kriselte.

Mr Jenkins hatte damals hämisch kommentiert, dass diese Beziehung nicht lange halten werde. Sobald der Prinz merke, wer sie wirklich sei, werde er verschwinden.

Er hatte recht behalten, in diesem Frühjahr war Miss Arden von dem Prinzen geschieden worden. Allerdings weil sie herausgefunden hatte, dass ihr neuer Ehemann ihr Geld zum Fenster hinauswarf.

Es war nicht Miss Arden, die hinter der Salontür von Florence Morris wartete. Miss Arden hätte nie einen Platz in einem fremden Salon eingenommen. Doch wenn ich mich an Madames Worte recht erinnerte, hielt sie Estée Lauder für ähnlich gefährlich wie ihre langjährige Konkurrentin.

Es kostete mich eine ganze Weile, bis ich den Salon betreten konnte. Angesichts der Kundschaft, die dort ein und aus ging, war es unwahrscheinlich, dass ich sofort drankam. Doch ich wollte es versuchen. Je eher ich diese Aufgabe hinter mir hatte, desto besser.

Der Duft von Haarwasser und Pomade strömte mir entgegen, als ich durch die Salontür trat. Sofort bemerkte ich, dass die einzelnen Kosmetikerinnen ihre eigenen Behandlungsplätze hatten. Das war neu. Wie regelte Mrs Morris die Einnahmen? Ließ sie sich einen Anteil bezahlen oder lief alles über Kommission? Und welche von den Frauen war es? Die hübsche Dunkelhaarige mit den krausen Locken und dem kleinen Kirschmund? Die große Rothaarige, die sich gerade lachend über eine ihrer Kundinnen beugte?

Bevor ich mich weiter umschauen konnte, trat mir eine junge Frau entgegen. Sie trug ihr braunes Haar locker hochgesteckt und hatte einen bezaubernden Schönheitsfleck auf der rechten Wange.

»Was kann ich für Sie tun, Ma'am?«, fragte sie.

»Ich würde gern eine Behandlung von Mrs Lauder erhalten«, antwortete ich. »Hat sie noch einen Termin frei?«

Die Empfangsdame runzelte die Stirn. »Da müsste ich nachfragen. Einen Moment bitte.« Sie wandte sich um und verschwand im Gewirr der mit Paravents abgetrennten Plätze.

Ich ließ meinen Blick über den kleinen Tresen schweifen. Wie es aussah, hatte jede Kosmetikerin hier ihr eigenes Kärtchen.

Während ich wartete, kam mir ein Gedanke. Was, wenn ich es damals auf die gleiche Weise versucht hätte? Ich hatte keine Ahnung, wie die Geschäfte hier abgewickelt wurden, aber durch den bestehenden Salon kam man an Kundinnen, musste die Miete nicht allein zahlen und konnte sich bei der Konkurrenz umschauen.

Allein einen Salon nach oben zu bringen war in diesen Zeiten beinahe unmöglich.

Wenig später erschien die Empfangsdame wieder. Begleitet wurde sie von einer Frau, die auf den ersten Blick wie ein Filmstar aussah: schlank, mit aschblondem Haar und einem ebenmäßigen Gesicht, das von einer schmalen Nase und wunderschönen großen Augen dominiert wurde. Ihre rot geschminkten Lippen hatten die Form eines Herzens. Überraschend war, dass sie in meinem Alter sein musste.

»Guten Morgen«, sagte sie freundlich und reichte mir die Hand. »Ich bin Estée Lauder.«

»Sophia Krohn«, stellte ich mich vor und erschrak im nächsten Augenblick darüber, dass ich meinen Mädchennamen benutzte. Aber vielleicht war das nur gut so. Wenn man schon spionierte, sollte man besser nicht seinen richtigen Namen angeben.

Mrs Lauder hob kurz die Augenbrauen. »Der Name klingt deutsch.«

»Meine Vorfahren stammen von dort«, antwortete ich ausweichend.

»Nun, dann lassen Sie uns schauen, was wir für Sie tun können.«

Sie begleitete mich zu ihrem Kosmetikstuhl, der vor einem großen Spiegel aufgebaut war. Eine Palette von Cremedöschen und Make-up war auf einer Kommode aufgereiht. Ich erkannte sofort, dass es Produkte aus ihrer eigenen »Küche« sein mussten, denn die Gläschen wirkten wenig professionell. Beinahe wie jene, die ich in meiner Anfangszeit in Paris benutzt hatte.

»Ich habe gesehen, dass Sie alle eigene Visitenkarten haben«, sagte ich, als ich auf dem Stuhl Platz nahm. »Arbeiten Sie denn nicht für Mrs Morris?«

»Wir arbeiten hier alle auf eigene Verantwortung, Mrs Morris vermietet uns lediglich den Platz«, erklärte sie mir. »Deshalb die unterschiedlichen Karten.« Sie machte eine Pause, dann fragte sie: »Wie finden Sie meine?«

Ich nahm mir einen Moment Zeit, um mir die Details der Kärtchen ins Gedächtnis zu rufen.

»Sie sind gut gemacht, allerdings fehlt Ihnen noch eine Farbe.«

»Eine Farbe?« Sie blickte mich im Spiegel fragend an.

»Eine Farbe, an der man Sie erkennt. Wie die rote Tür von Elizabeth Arden.«

Ich fühlte mich, als würde ich auf dünnem Eis stehen. Würde Mrs Lauder Verdacht schöpfen? Oder glauben, Miss Arden hatte eine Spionin geschickt? Wenn ja, gut so ...

»Und welche Farbe würden Sie vorschlagen?«, fragte sie interessiert, während sie begann, mir sanft die Haare aus dem Gesicht zu streifen und mit Klammern festzustecken. Dasselbe hatte ich damals in Miss Hodgsons Salon getan ...

»Eine, die bisher noch niemand verwendet hat.«

»Also kein Rot.« Sie lachte auf.

»Kein Rot. Vielleicht Himmelblau?«

Sie schien zu überlegen. »Dunkelblau wäre mir lieber.«

Dunkelblau war eine der Farben von Madame. Zwischenzeitlich war sie auf Weiß und Gold umgestiegen, aber einige der Cremetöpfe waren immer noch blau.

Die Erinnerung, wie ich Darren bei einem unserer ersten dienstlichen Treffen Madames Farben nahezubringen versucht hatte, traf mich wie ein Schlag. Ich war froh, dass ich jetzt die Augen schließen konnte.

Du darfst nicht an ihn denken, hämmerte ich mir ein. Wenn dir jetzt die Tränen kommen, ist alles verloren, dann kann sie dich nicht schminken.

»Dunkelblau wäre auch schön«, gab ich zurück, und indem ich mich auf ihre warmen, massierenden Hände konzentrierte, schaffte ich es, Darren in den Hintergrund zu drängen. »Darf ich Ihnen eine Frage stellen?«

»Was möchten Sie wissen?«, fragte sie zurück, während sie

weiterhin ihre Hände mit sanftem Druck über mein Gesicht gleiten ließ.

»Wie kommt man dazu, als Kosmetikerin in einem Salon wie diesem anzufangen? Ich meine, mit einer Konzession? Sie hätten sich doch auch selbstständig machen können.«

Mrs Lauder hielt kurz inne, dann antwortete sie: »Es bedeutet wesentlich weniger Risiko für uns. Wir müssen nur die Miete zahlen, die Einnahmen gehen an uns selbst.«

»Und lohnt sich das?«, fragte ich weiter.

Sie lachte auf. »Ja, natürlich! Stellen Sie sich vor, man müsste ein Büro und eigene Salons unterhalten! Die Kosten wären gar nicht tragbar. Abgesehen davon sind die meisten Immobilien in fester Hand, und die Mieten werden höher, je besser die Lage ist.«

Ich öffnete meine Augen einen Spalt, um ihr Gesicht im Spiegel zu sehen. Schöpfte sie angesichts meiner Fragen Verdacht oder hielt sie mich einfach nur für eine besonders neugierige Kundin?

»Dies hier ist aber nicht der einzige Salon, in dem ich eine Dependance habe«, fuhr sie fort. »Mittlerweile gibt es noch zwei andere. Sie können sich vorstellen, dass ich nicht an mehreren Orten gleichzeitig sein kann, also habe ich begonnen, Kosmetikerinnen einzustellen. Ich wäre beinahe umgefallen, als ich gesehen habe, dass mein erster Aufruf gleich zwanzig Bewerberinnen angelockt hat!«

Plätze in drei Salons. Zwanzig Bewerberinnen. Das war nichts, was Madame in Unruhe versetzen musste. Wenn sie inserierte, drängten sich Dutzende Frauen und Männer.

Dennoch schien Mrs Lauder auf einem Kurs zu sein, der Madame eindeutig beunruhigte.

»Und wie sind Sie darauf gekommen, Cremes herzustellen?«, fragte ich. Mein Herz pochte heftig. Es war ein wenig, wie mit einer Schwester zu sprechen, jener Schwester, die das

Leben besser im Griff hatte als ich. Auch wenn ich bei einer der reichsten Frauen von New York arbeitete.

»Mein Onkel war Chemiker«, antwortete sie freimütig. »Ein faszinierender Mann. Er hatte seine eigene kleine Apotheke. Wenn ich bei ihm zu Besuch war, probierte ich immer ein paar Sachen aus. Später dann begann ich, in der Küche meiner Mutter eigene Cremes zu mischen. Was für ein Wirrwarr ich da stiftete!«

Ihre Worte trafen mich wie eine Faust in den Magen. Sie war offenbar nicht nur in ähnlichem Alter wie ich, auch ihre Anfänge klangen ähnlich, nur dass mein Vater keine Apotheke, sondern eine Drogerie besessen hatte. Was würde noch folgen?

»Ich habe versucht, Frauen in der Nachbarschaft von meinen Cremes zu überzeugen. Irgendwie ist es mir auch gelungen. Dann habe ich Mrs Morris kennengelernt. Nun ja, und hier stehe ich!«

Dazwischen lagen sicher noch weitere Episoden, doch ich war wie gebannt. Diese Frau hier war so etwas wie mein Zwilling, jedenfalls was unsere Leidenschaft anging.

»Was machen Sie beruflich?«, riss sie mich aus meiner Starre.

Ein Hitzeschauer überlief mich. »Ich bin Chemikerin«, antwortete ich.

»Wirklich!«, rief sie aus und strahlte mich an. »Was für ein Zufall!«

Sie würde gewiss nicht strahlen, wenn sie wüsste, wer mich geschickt hatte.

»Wo arbeiten Sie denn?«

»Am College«, schwindelte ich. Ich war nicht gut im Geschichtenerfinden, wollte aber auf keinen Fall auffliegen. Erst recht nicht, weil ich sie wirklich charmant und nett fand.

»Haben Sie nie den Wunsch verspürt, sich selbstständig zu machen?«, fragte sie weiter. »Als Chemikerin könnte man doch sicher vieles anfangen. Reinigungsmittel erfinden zum Beispiel.«

Oder Kosmetik herstellen.

»Doch, aber es hat sich nicht ergeben«, antwortete ich.

»Was ist denn Ihr Fachgebiet?«

Plötzlich verspürte ich den Wunsch, einfach aufzuspringen und davonzulaufen. Konnte sie in meine Gedanken schauen? War sie dabei, den Spieß umzudrehen?

»Organische Chemie«, antwortete ich ausweichend und hoffte, dass sie nicht weiter darauf eingehen würde. Doch offenbar faszinierte ich sie genauso wie sie mich.

»Könnten Sie sich vorstellen, für die Kosmetikbranche zu arbeiten? Wenn ich eines Tages einen eigenen Salon habe, könnte ich jemanden wie Sie gut brauchen.«

Jetzt wurde mir heiß. Möglicherweise war ich zu weit gegangen. Aber wenn es stimmte? Wenn sie sich vergrößerte, eine Chemikerin anstellte ... Bei ihrem Geschäftssinn wäre es zu vermuten, das sie mehr wollte als eine Präsenz in einem bestehenden Laden ...

»Danke für das Angebot«, sagte ich. »Sollte ich irgendwann von meiner jetzigen Stelle die Nase voll haben, wer weiß ...«

»Wer weiß«, echote sie. »Melden Sie sich einfach bei mir.«

Unsere Blicke trafen sich im Spiegel. Sie lächelte, und ich fragte mich, ob sie mich durchschaute.

Das, was hinter ihrer Stirn vorging, blieb mir verborgen, doch ihr Können nicht. Auch wenn sie noch gar nicht zum Make-up gekommen war, sah meine Haut so strahlend aus wie schon lange nicht mehr. Ich fragte mich, was das Geheimnis war, und wünschte mir, eine Probe zu nehmen.

»Verkaufen Sie diese Cremes eigentlich auch?«, fragte ich, während ich mich wieder zurücklehnte.

»Oh ja, natürlich!«, gab sie zurück. »Aber Sie sind ja noch gar nicht fertig.«

»Was auch immer Sie da verwendet haben, brauche ich für zu Hause«, gab ich mit ehrlicher Begeisterung zurück.

Als ich den Salon verließ, war mir schwindelig, nicht nur von der Wärme, sondern auch von dem, was ich hier erfahren hatte.

Estée Lauder war wirklich eine reizende Frau. Der Weg, den sie eingeschlagen hatte, war ein ganz anderer als meiner, und ich spürte deutlich, dass ich neidisch auf sie war.

Ich hatte mich an Madame gebunden, weil ich keine andere Möglichkeit gesehen hatte, doch wie ich nun feststellen musste, gab es immer Alternativen. Was, wenn auch ich mich mit meinen eigenen Cremes in einem fremden Salon eingemietet hätte? Wenn ich von Anfang an unabhängig geblieben wäre?

In meiner Handtasche spürte ich das Gewicht des Cremetiegels, den sie mir verkauft hatte. Es hätte genauso gut mein Cremetiegel sein können.

Natürlich war Estée Lauder nicht ich. Sie war sicher nicht mitten im Studium schwanger geworden. Und sie lebte auch nicht in Berlin. Dennoch war es für mich, als hätte ich in einen Spiegel gesehen.

Estée Lauder war eindeutig auf einem guten Weg. Auf einem moderneren. Ich fühlte mich auf einmal alt und rückschrittlich. Als hätte ich den Weg, den ich gehen wollte, vor meinen Augen verloren.

Was sollte ich jetzt tun? Die Creme war wunderbar, und es würde mir nicht schwerfallen, sie zu analysieren. Doch wollte ich das? Wollte ich Madame die Handhabe geben, diese aufstrebende Kosmetikerin zu vernichten?

Als ich zu Hause ankam, fiel mir die Leere der Räume mehr denn je auf. Den Brief von der Army hatte ich in meinem Schreibtisch verschwinden lassen. Die Zeilen hatten sich in meine Augen eingebrannt, ich brauchte sie nicht erneut zu lesen.

Eine seltsame Unruhe erfasste mich.

Ich holte den Tiegel hervor und stellte ihn auf der Tischplatte ab. Lange betrachtete ich ihn und fragte mich, wie mein Leben ausgesehen hätte, wäre ich an ihrer Stelle gewesen.

Hätte ich den Mut gehabt, mich in einem Salon einzumieten? Einfach so, ohne besondere Kenntnisse?

Erst durch meine Tätigkeit für Miss Arden wusste ich, wie es in einem Salon zuging. Und auch in Madames Labor hatte ich einiges gelernt. Madame hatte dafür gesorgt, dass ich mein Studium hatte abschließen können und obendrein auch Kenntnisse in der Wirtschaft erlangte.

Meine Creme mochte in der Nachbarschaft von Madame Roussel Anklang gefunden haben, aber ich besaß nicht den Charme von Mrs Lauder.

Ich griff nach dem Tiegelchen und wog es in der Hand. Dabei kam mir ein weiterer Gedanke. Die Laufzeit meines Vertrages endete bald. Und wenn ich nun absprang?

Ich wäre bereit gewesen, es für Darren und ein Adoptivkind zu tun. Wenn ich nun versuchte, etwas anderes zu machen? Möglicherweise gab es noch mehr Salons, die einer Kosmetikerin einen Stuhl vermieteten. Und möglicherweise benötigte Mrs Lauder schon bald meine Unterstützung ...

Doch jetzt wollte ich erst einmal wissen, worin das Geheimnis der Creme bestand.

Ich holte meinen Experimentierkasten und machte mich wenig später an die Arbeit.

Die Zeit verflog, und ehe ich michs versah, dämmerte bereits der neue Morgen herauf. Meine Analyse war mittlerweile sehr weit vorangeschritten. Ich war erstaunt, wie Mrs Lauder die feine Textur hinbekommen hatte – und das mit offensichtlich so einfachen Mitteln. Ich war mir sicher, dass ihr eine große Karriere bevorstand.

Und mir? Würde ich jemals so ein Produkt herstellen können? Ich musste, wenn ich mithalten wollte.

Ein wenig gerädert, aber zuversichtlich wie schon lange nicht mehr, machte ich mich einige Stunden später auf den Weg zum Büro.

Es war vereinbart gewesen, dass ich Madame unmittelbar nach meinem Besuch bei Mrs Lauder berichtete. Doch aus irgendeinem Grund graute mir davor.

Wie konnte ich dieser Frau schaden, wo ich mich so sehr in ihr wiedererkannte?

Meine Gliedmaßen fühlten sich unheimlich schwer an, als ich mich auf den Weg zu Madames Büro machte. Ich hatte das Gefühl, eine Freundin zu verraten. Es war absurd.

Ein wenig hatte ich die Hoffnung, dass Madame über der wöchentlichen Sitzung, die diesmal wieder in ihren privaten Räumen in der Park Avenue stattfand, vergessen würde, nach Estée Lauder zu fragen. Doch das tat sie, und zwar vor versammelter Mannschaft all ihrer Werbeleute und der Geschäftsleitung, zu der auch Mr Jenkins gehörte.

»Nun, zu welchem Ergebnis sind Sie bei dem Besuch von Mrs Lauder gekommen?«

»Eigentlich ist es nichts Besonderes«, sagte ich und versuchte, so unbeeindruckt wie möglich zu klingen. »Ihre Creme ist wie jede andere. Allerdings hat sie ein großes Gespür für die Wünsche der Kunden und auch ein gutes Auge für Farbe.«

Madame nahm meine Worte mit einem Nicken hin. »Dann glauben Sie, dass sie harmlos für uns ist?«

»Ja«, antwortete ich. »Sie hat zwar einen Stuhl bei Miss Morris, aber auch daran ist nichts Besonderes. Es sind noch zahlreiche andere Kosmetikerinnen dort, und wie es aussieht, zahlt Mrs Lauder Miete an die Saloninhaberin.«

»Drei«, verbesserte sie mich da. Offenbar hatte sie auch von anderer Seite her Informationen eingeholt. »Sie hat insgesamt drei Stühle, zwei noch bei Albert und Carter. Außerdem habe ich gehört, dass sie mit Saks verhandelt.«

Ich fühlte mich ertappt und spürte, wie meine Wangen heiß wurden. Dabei hatte ich ihr die Information nicht wissentlich vorenthalten wollen.

»Haben Sie eine Probe der Creme mitgenommen?«, fragte Madame. Ich wusste, worauf sie hinauswollte. Auch sie würde die Creme analysieren wollen.

Erneut stieg Widerwillen in mir auf.

»Ja, das habe ich«, gab ich zu. »Und ich habe sie sogleich einer Analyse unterzogen.«

Madame schnaufte missmutig. Natürlich hätte sie die Analyse gern ihren Chemikern überlassen. Doch ich war auch Chemikerin.

»Haben Sie von der Probe noch etwas übrig?«, fragte sie.

»Nein«, schwindelte ich, denn ich ahnte ihre Absicht. »Es war nur sehr wenig, und der Rest ist eingetrocknet. Davon kann man nichts mehr ablesen.«

»Sie hätten einen Tiegel kaufen sollen!«, fuhr Madame mich ärgerlich an. »Wie soll ich hinter das Geheimnis dieser Creme kommen, wenn ich keine Analyse machen kann?«

»Ich lege Ihnen die Ergebnisse so schnell wie möglich vor«, sagte ich rasch. »Ich bin sicher, dass Sie damit zufrieden sein werden.«

Sie schaute mich prüfend an, dann nickte sie. Und wandte sich zu meiner Erleichterung einem anderen Thema zu.

Nach der Sitzung verpasste ich den Fahrstuhl und musste auf den nächsten warten. In diesem Augenblick trat Mr Jenkins zu mir.

»Ich habe das von Ihrem Mann gehört«, begann er. »Es tut mir leid.«

»Danke«, sagte ich kurz angebunden. Ich hatte keine Lust, mit ihm über Darren zu sprechen. Nicht jetzt.

»Ich hoffe, sie finden ihn lebendig. Es ist wahrscheinlich, dass sie ihn, sollte er verletzt sein, nach Hause schicken.«

Ich wusste nicht, ob ich mir das wünschen sollte. Am liebsten hätte ich ihn unversehrt zurückgehabt. Am liebsten wäre es mir gewesen, der Krieg würde ein Ende finden.

»Ich hoffe sehr, ihn bald wiederzusehen.« Nervös blickte ich auf den Zeiger über der Tür, der die Position des Fahrstuhls anzeigte.

Konnte er sich nicht ein bisschen beeilen? Schlimm genug, dass ich mit Jenkins noch nach unten fahren musste.

»Schade, dass Sie keine größere Probe von Mrs Lauders Wunderelixier bekommen konnten«, fuhr er fort.

Diese Worte ließen meine Alarmglocken schellen. Ich blickte Jenkins direkt in die Augen. »Ja, ich sehe ein, das war ein Fehler.«

Nahm Madame mir nicht ab, dass ich keinen Tiegel gekauft hatte, und hatte sie Jenkins aufgetragen, mich auszuhorchen? Wenn ja, musste ich wohl allmählich an ihrem Verstand zweifeln. Solch einen Verfolgungswahn legte sie ja nicht einmal Miss Arden gegenüber an den Tag.

»Vielleicht gehen Sie noch einmal dorthin und holen ihn«, schlug Jenkins vor. »Unsere Chemiker würden sich freuen.«

»Wenn es meine Zeit zulässt, mache ich das«, gab ich zurück. »Bis dahin werden unsere Chemiker sicher Freude an meiner Analyse haben. Wie Sie ja wissen, habe ich mittlerweile meinen Abschluss in Chemie gemacht.«

»Das haben Sie«, gab Jenkins zurück, und ich spürte, dass er etwas auf dem Herzen hatte. Nur was?

In diesem Augenblick erreichte uns der Fahrstuhl. Ich fürchtete schon, dass ich jetzt mit Jenkins allein sein würde, doch kurz bevor die Türen geschlossen wurden, kamen noch zwei

Männer herein. Ihre Anwesenheit sorgte dafür, dass Jenkins während der Fahrt schwieg. Lediglich sein Blick wanderte an mir auf und ab, als würde er etwas suchen.

Unten verließen wir den Fahrstuhl. Was auch immer Jenkins hatte sagen wollen, schien jetzt nicht mehr so wichtig zu sein.

»Geben Sie auf sich acht, Sophia«, sagte er nur, dann huschte er zur Tür hinaus.

»Sie auch auf sich«, erwiderte ich, leicht verwirrt über diese Szene.

45. Kapitel

In den folgenden Wochen verbrachte ich die Sonntage bei Henny und ihrer Familie. Gemeinsam hörten wir die Nachrichten im Radio und erfuhren so, dass die amerikanischen Soldaten weiter auf dem Vormarsch waren. Hitlers Soldaten, aus Frankreich verjagt und eingekesselt zwischen den Russen und den westlichen Alliierten, blieb oftmals nichts anderes übrig als der Rückzug. Und dieser vollzog sich schneller, als wir schauen konnten.

Ich sog die Worte der Nachrichtensprecher so begierig auf, als könnten sie mir Auskunft darüber geben, was mit Darren passiert war. Beinahe spielte ich mit dem Gedanken, mir doch die *Fox Movietone News* im Kino anzuschauen, doch dann fiel mir wieder ein, dass der Anblick toter Soldaten und das Geräusch von Bombeneinschlägen alles andere als zuträglich für einen gesunden Schlaf waren.

Auch Henny schien keine große Lust dazu zu haben. Ihre Eltern waren vor Kurzem ausgebombt worden und bei Bekannten in Berlin untergekommen. Jedenfalls stand dies so in dem letzten Brief, den sie erhalten hatte. Dieser lag mittlerweile auch schon wieder ein Vierteljahr zurück, und ich wusste, dass meine Freundin sich Sorgen um Vater und Mutter machte.

Ich hingegen wartete vergeblich auf Post. Jeden Tag schaute

ich voller Erwartung in den Briefkasten, doch immer war es das gleiche Bild: Reklame, Rechnungen, sonst nichts. Wenn ich doch mal die Briefträgerin sah, zog sich mein Magen zusammen. Sosehr ich mir einen Brief von Darren wünschte, so groß war meine Angst, dass es erneut ein Schreiben von der Army war, in dem sie mir seinen Tod mitteilten.

An diesem Montag im November 1944 wurde ich wieder zu Madame bestellt. Obwohl wir sehr viele andere Dinge zu tun hatten und das House of Gourielli weiterhin rote Zahlen schrieb, spürte ich, dass sie Estée Lauder noch nicht vom Haken gelassen hatte. Natürlich hatte ich ihr meine Analyse zukommen lassen, allerdings einige feine Details, die ich bemerkt hatte, herausgelassen.

Doch heute hatte ich einen Punkt, über den wir von meiner Seite aus reden mussten. Beim Durchsehen von Unterlagen war mir aufgefallen, dass der Ablauftermin meiner Anstellung mittlerweile überschritten war, ohne dass Madame Anstalten gemacht hätte, mir einen neuen Vertrag vorzulegen.

Zunächst hatte mich Panik überkommen. Hatten wir etwa festgelegt, dass der Vertrag in stillem Einvernehmen fortgeführt wurde? Aber dem war nicht so. Eigentlich arbeitete ich schon seit Monaten ohne einen offiziellen Vertrag bei ihr. Ich schob es darauf, dass Madame viel zu sehr beschäftigt war, und sah davon ab, sie zu erinnern. Doch heute hatte ich vor, es zu tun, denn ich brauchte Sicherheit für die kommenden Monate.

Aber Madame hatte zunächst etwas ganz anderes im Sinn.

»Was würden Sie davon halten, wenn wir dieser Kleinen aus Mrs Morris' Salon ein wenig in die Parade fahren?«, fragte sie mit einem listigen Lächeln, nachdem ich Platz genommen hatte.

Ich hätte sie am liebsten daran erinnert, dass die »Kleine« in Mrs Morris' Salon Ende dreißig war, weit entfernt davon, ein junges Mädchen zu sein.

Was sie allerdings da vorschlug, nahm mir für einen Moment den Atem.

»Warum?«, fragte ich schließlich. »Sie tut Ihnen doch nichts.«

»Noch nicht«, gab sie zurück. »Aber sie ist tüchtig und könnte zu einer Gefahr werden. Ich habe gehört, dass sie mit dem Gedanken spielt, mit ihrem Mann eine eigene Marke aufzubauen.«

Das war mir neu, aber Madame hatte natürlich viel bessere Quellen.

Allerdings wollte es mir immer noch nicht in den Kopf, warum sie so erpicht darauf war, Estée Lauder zu schaden.

»Wir können versuchen«, fuhr sie fort, »ein paar Reporter dazu zu bringen, sie in Misskredit zu bringen.«

Ich starrte sie entgeistert an. Dann schüttelte ich den Kopf. »Madame, das geht nicht. Das wäre unfair!«

»Unfair!«, brauste sie auf. »Was soll daran unfair sein? So ist das Geschäft!«

»Aber wir müssen doch keine dreckigen Mittel anwenden!«

Im nächsten Augenblick wurde mir bewusst, dass ich gerade mit meiner Anstellung spielte. Madame hinsichtlich einer Konkurrentin zu widersprechen kam in ihren Augen Hochverrat gleich.

Ich wusste selbst nicht, was in mich gefahren war. Plötzlich hatte ich eine derartige Abneigung gegen Madame, dass ich am liebsten aus dem Raum gelaufen wäre.

Da sah ich, wie sie langsam einen Ring nach dem anderen von ihren Fingern zog. Ein Schauder lief über meinen Nacken. Ich selbst hatte es nicht erlebt, aber einer der Werbemänner hatte mal behauptet, dass sie das nur täte, um entweder mit der Faust auf den Tisch zu hauen oder einen ihrer Angestellten zu schlagen.

Wir können immerhin selbst entscheiden, ob wir uns zu Fußsoldaten machen lassen oder nicht.

Ich dachte wieder an die Worte meiner ehemaligen Kollegin Sabrina, die sie mir während meiner Hochzeit zugeraunt hatte. So lange war es her, und ich hatte sie zwischendurch vollkommen vergessen. Doch jetzt kehrten sie so klar und laut in meinen Verstand zurück, als wäre es gestern gewesen.

»Madame, ich bleibe dabei«, entgegnete ich mit fester Stimme und versuchte, mir meine Furcht nicht anmerken zu lassen. Ein Schlag, was machte das schon! »Wir dürfen Mrs Lauder nicht in der Presse angehen. Das würde ein schlechtes Licht auf uns werfen. Und es wäre, als würden wir mit Kanonen auf Spatzen schießen.«

Ich hob das Kinn und blickte sie herausfordernd an. Der Zorn in mir brodelte, und beinahe wünschte ich mir, sie würde zuschlagen. Dann hatte ich die Möglichkeit, sie zu verklagen. Bestimmt fände sich ein Anwalt, der in der Vertretung meines Falls eine Chance erkannte.

»Wie Sie wollen«, knurrte sie schließlich kalt und steckte die Ringe wieder an ihre Finger. »Offenbar habe ich mich in Ihnen geirrt.«

Was hatte das zu bedeuten? Ich hatte heute eigentlich vorgehabt, sie um die Verlängerung meines Vertrages zu bitten. Doch jetzt war es mir plötzlich egal, ob sie es tat. Innerhalb weniger Sekunden wurde mir klar, dass ich nicht weiter für Madame arbeiten konnte. Ich war lange Jahre ihr Fußsoldat gewesen, aber das konnte vorbei sein, wenn ich es nur wollte.

»Vielleicht«, antwortete ich und kam mir seltsam unbeteiligt vor. »Aber denken Sie dran, irgendwann muss jeder Krieg zu Ende gehen. Eine neue Front kann sich niemand leisten, auch Sie nicht. Lassen Sie es gut sein, und tun Sie, was Sie am besten können.«

Ich wusste, dass Madame Ratschläge hasste. Besonders in letzter Zeit hatte sie immer weniger davon angenommen.

Madames Augen wurden schmal. »Das wäre alles«, sagte sie kühl und bedeutete mir zu gehen.

Erst draußen auf dem Gang realisierte ich, was soeben geschehen war. Ich hatte mich nicht auf die Forderung von Madame eingelassen! Ich hatte mich gegen sie durchgesetzt!

Welche Folgen würde das haben? Ich war nicht gewillt, es herauszufinden, denn nun, als hätte es mir eine kleine Stimme eingeflüstert, wusste ich, was ich zu tun hatte.

Am nächsten Tag reichte ich meine Kündigung ein. Ich hätte es eigentlich nicht tun müssen, denn mein Vertrag war ohnehin ausgelaufen. Aber ich tat es dennoch, allein schon wegen der Tatsache, dass Madame mich gefördert und mir das Studium ermöglicht hatte. Ein schlechtes Gewissen hatte ich allerdings nicht. Ja, mich überkam geradezu Erleichterung. Die zehn Jahre bei ihr hatten ausgereicht, um meine Schuld abzubezahlen. Und ich hatte genug von Konkurrenz und Puderkrieg.

Ich machte nicht viel Aufhebens darum, sondern gab den Brief einfach Gladys mit der Bitte, ihn weiterzuleiten. Ein wenig tat es mir leid, all meine Kolleginnen hinter mir lassen zu müssen. Doch ich wusste auch, dass es das Richtige war.

Gladys starrte mich erschrocken an, woraufhin ich sie spontan umarmte. »Danke für alles«, sagte ich, setzte ein Lächeln auf und machte dann kehrt.

Ich fühlte mich irgendwie euphorisiert. An das Gehalt, das ich nun nicht mehr bekommen würde, dachte ich erst einmal nicht. Ich fühlte nur eine unbändige Freiheit.

Henny sah mich erschrocken an, als sie die Tür öffnete. Seit einiger Zeit arbeitete sie an manchen Tagen erst ab dem späteren Nachmittag, und ich hatte das Glück, sie anzutreffen. Nachdem ich eine Weile wie benommen durch Manhattan getaumelt war, hatte ich mich entschlossen, zu ihr zu fahren und ihr von meiner Kündigung zu berichten.

Michael machte gerade seinen Mittagsschlaf, wir mussten also leise sein. Vorsichtig drückte Henny die Küchentür ins Schloss.

»Erzähl«, sagte sie. Und das tat ich. Ohne viele Interna preiszugeben, berichtete ich von dem Auftrag, einer Konkurrentin zu schaden, die ich eigentlich sehr sympathisch fand. Und dass ich eingesehen hatte, dass ich an dem Krieg nicht länger teilnehmen wollte.

»Es ist mit den Jahren immer schlimmer geworden. Zunächst hatte ich noch gedacht, dass wir auf der richtigen Seite wären. Beim ersten Mal wurde mir von Leuten gekündigt, die Rubinstein frisch übernommen hatten. Da war ihr nichts anzulasten. Ich ging zu Miss Arden, denn ich sah keinen anderen Weg. Doch sie entpuppte sich als kalte Königin. Und jetzt, beim zweiten Mal Rubinstein, muss ich einsehen, dass keine von ihnen besser ist als die andere.« Ich hielt einen Moment inne. »Diese Sache bei Mrs Lauder hat mir die Augen geöffnet. Sie hat getan, was ich immer wollte! Und vielleicht ist es an der Zeit, jetzt neu anzufangen.«

Schweigen folgte meinen Worten. Henny brauchte eine Weile, um sie zu verdauen.

»Darren würde mir die Ohren lang ziehen«, sagte ich, worauf sie den Kopf schüttelte.

»Darren würde es verstehen«, gab sie zurück. »Und möglicherweise auch begrüßen. Ich glaube, auch Helena Rubinstein hatte einen Anteil an euren Problemen. Du warst drauf und dran, wie sie zu werden. Den Job über alles zu stellen.«

Das stimmte. Ich hatte den Job lange über alles gestellt. Und ich würde meine Leidenschaft weiter hochhalten. Aber nicht mehr um jeden Preis.

»Ich glaube, ich werde einen kleinen Ausflug unternehmen«, sagte ich, denn darüber hatte ich nachgedacht, während ich die Kündigung schrieb. »Allein, um nachzudenken.«

Mir kam die Pirateninsel in den Sinn, auf der ich mit Darren gewesen war. Dorthin zu gelangen würde ohne seinen Wagen, der mittlerweile ungenutzt auf der Straße verstaubte, allerdings schwierig sein. Und dann war da auch noch die Erinnerung an ihn.

Doch die Küste war auch per Zug zu erreichen. Ich überlegte nicht lange. Zu Hause angekommen, packte ich eine kleine Reisetasche, ging damit zur Central Station, kaufte mir ein Ticket und machte mich auf den Weg.

46. Kapitel

Eine Woche später kehrte ich in meine Wohnung zurück. Der Aufenthalt an der See hatte mir Kraft gegeben, und ich war fest entschlossen, mein Schicksal erneut in die Hand zu nehmen. Außerdem stand für mich fest, dass es an der Zeit war, endlich meinen Führerschein zu machen. So konnte ich selbst Bestellungen ausliefern oder Materialien heranschaffen.

Ich dachte wieder an Estée Lauder und ihre Taktik, in der Branche Fuß zu fassen. Wahrscheinlich würde Madame versuchen, ihr auch ohne mein Zutun zu schaden. Dennoch wurde sie in den langen Nächten des Nachdenkens mein leuchtendes Vorbild. Sie ging auf eine Weise vor, die Madame ebenso wie Miss Arden fremd war: durch Freundlichkeit. So würde ich es auch machen. Was mir fehlte, war ein Geschäft.

Über die Jahre hatte ich etwas Geld zurücklegen können. Ich lebte sparsam, meist hatte ich nicht die Zeit gehabt, etwas Neues anzuschaffen. Ich würde ein gutes Jahr aushalten können. Vielleicht länger. Bis dahin wusste ich, was zu tun war.

Mit diesem Gedanken trat ich an den Briefkasten. Auch wenn ich nur selten Post erhielt, war es erstaunlich, was sich innerhalb einer Woche ansammeln konnte. Werbeprospekte,

Zeitungen, Rechnungen. Ich trug alles nach oben und begann es zu sortieren.

Ein wenig fürchtete ich, dass ein Schreiben von Madame dabei sein würde. Sie musste mir die Kündigung nicht bestätigen, denn unser Vertrag war ohnehin nicht mehr gültig. Dennoch wappnete ich mich, dass irgendetwas von ihr kommen würde.

Im nächsten Augenblick zog ich zwischen zwei Zeitungen einen Brief mit blau-rotem Rand hervor. *Par avion.* Ich erstarrte, als ich den Absender las: Luc Martin.

Sofort riss ich den Umschlag auf.

Chère Madame O'Connor,

voranschicken möchte ich meine Hoffnung, dass Sie wohlauf sind. Sie fragen sich vielleicht, woher ich Ihren jetzigen Namen weiß. Dazu komme ich gleich.

Wie Sie sich vielleicht denken können, waren die vergangenen Jahre, besonders aber die letzten Monate recht schwierig für alle, denen unser Vaterland am Herzen liegt.

An einem Freitag kurz nach dem Beginn der amerikanischen Invasion kontaktierte mich einer meiner Verbindungsleute aus der Normandie. Da ich für den Kontakt zu den alliierten Streitkräften, insbesondere zu denen der USA, verantwortlich bin, benachrichtigte man mich, man habe einen Mann gefunden, einen amerikanischen Soldaten, der während der ersten Kampfhandlungen verwundet worden war. Möglicherweise hatten die Deutschen keine Gelegenheit mehr, nach Material für ihre Gefangenenlager zu suchen. Und die Amerikaner schienen in der Hast ihres Vorrückens einen der ihren vergessen zu haben. Jedenfalls sei ein Amerikaner bei ihm, der Hilfe benötige. Ich machte mich sofort auf den Weg.

Eine Ahnung brachte mich dazu, hörbar aufzuschluchzen. Tränen rannen mir übers Gesicht, doch ich wischte sie rasch weg.

Als ich bei meinem Freund angekommen war, hatte sich der Verwundete schon ein wenig erholt. Er stellte sich mir als Sergeant Darren O'Connor vor.

Jetzt konnte ich meine Tränen nicht mehr länger im Zaum halten. Mit einem leisen Wimmern presste ich die Hand auf den Mund, sank auf die Fliesen der Küche und begann hemmungslos zu weinen. Darren lebte!
Erst viele Minuten später war ich imstande, den Brief weiterzulesen.

Sergeant O'Connor hatte zwei Treffer in den Oberkörper abbekommen, die von Helfern meines Freundes, darunter ein Arzt, versorgt worden waren. Wie durch ein Wunder waren die Geschosse in den Rippen stecken geblieben. Sie hatten sie gebrochen, doch Lebensgefahr bestand schon bald nicht mehr. Als ich mich ihm vorstellte, runzelte er die Stirn.
»Luc Martin?«, fragte er. »Meine Frau kannte mal einen Detektiv dieses Namens.«
Ich fiel aus allen Wolken. »Ich war mal Detektiv«, gab ich zu. »In Paris. Doch ich kenne keine Frau mit dem Nachnamen O'Connor.«
Dann nannte er mir Ihren Mädchennamen. Vielleicht können Sie sich vorstellen, wie ich mich fühlte. Obwohl katholisch erzogen, hatte ich lange Zeit nicht viel mit Gott und der Kirche anfangen können. In Kriegszeiten hat sich das geändert. Ich kann es nur göttlicher Fügung zuschreiben, dass sein Weg und der meine sich gekreuzt haben.

Wir haben ein wenig über Sie gesprochen, unser Wissen ausgetauscht. Ich erzählte ihm von Ihrer verzweifelten Suche nach der Wahrheit über Ihren Sohn und musste auch eingestehen, dass mein detektivisches

Können in der Sache nicht viel gebracht hat. Als ich hörte, dass Sie Ihr Glück gefunden haben, war ich sehr froh.

Doch es ist nicht nur meine Aufgabe, Ihnen zu schreiben, dass Ihr Mann am Leben ist.
Als wir nach Paris zurückkehrten, in der Hoffnung, Mr O'Connor wieder mit seiner Kompanie zu vereinen, wurde ich von einem Verbündeten ins Hôpital Lariboisière gerufen. Man hatte gerade verhindert, dass ein Kollaborateur Akten vernichtete. Dabei war der Résistance eine Liste in die Hände gefallen. Auf dieser Liste waren Namen und Geburtsdaten von Kindern verzeichnet worden, etwa drei Dutzend in den Jahren 1919 bis 1935 und dann weitere aus den Jahren 1939 bis 1944. Zunächst wussten wir nichts damit anzufangen, doch dann entdeckte ich einen Namen, der mich stutzig gemacht hat: Louis K., geb. 2. August 1926. Dahinter der Vermerk RP 4. 8. (Leduc).

Nachforschungen ergaben, dass am 2. August – das Datum ist Ihnen ja wohlbekannt – nur ein Junge in dieser Klinik entbunden wurde. Doch warum tauchte Ihr Sohn in der Liste auf? Wenn es ein Totenregister war, warum stand hinter dem 2. August, der das Geburtsdatum markierte, der 4. August, wenn das Leben Ihres Sohnes doch angeblich einen Tag nach seiner Geburt verloschen war? Und was hatte das RP zu bedeuten? Wie Sie ja wissen, heißt verstorben auf Französisch décédé.
Die Annahme, dass der Arzt, der diese Liste führte, in kriminelle Handlungen verwickelt war, hängt in der Luft. Sie erinnern sich vielleicht, dass ich Ihnen davon berichtete, dass einige Familien versuchten, den im Großen Krieg verlorenen Nachwuchs zu ersetzen.

Fakt ist, dass der Verfasser der Liste auch ein kleines Tagebuch mit Adressen geführt hat. Wir durchsuchen sie noch, und ich werde Ihnen berichten, sobald ich etwas Genaueres weiß. Ich kann mir denken, dass

Sie darauf brennen, Ihren Sohn zu sehen, doch wir werden wohl noch etwas Zeit benötigen, um Klarheit zu schaffen.

Ihr Ehegatte befindet sich nun wieder bei seiner Kompanie, die mittlerweile in Deutschland ist. Ich bin in Paris. Ich weiß nicht, inwiefern für Sie eine Reise hierher möglich ist, doch sollten Sie Fragen haben, erreichen Sie mich unter der Telefonnummer, die Sie am Ende des Briefes finden. Postalisch erreichen Sie mich ebenfalls dort.
Fühlen Sie sich frei, mich jederzeit zu kontaktieren. Ich freue mich auf ein Wiedersehen mit Ihnen!

Luc Martin

Inzwischen dunkelte es, doch ich hatte keine Kraft aufzustehen. Darren lebte und Louis auch! Jedenfalls war das zu vermuten nach dem, was der Detektiv zutage gefördert hatte.
 Zorn schwelte in mir darüber, dass man mich belogen und betrogen hatte. Gleichzeitig verspürte ich Glück. Letztlich war das unfassbare Gefühl der Erleichterung dafür verantwortlich, dass ich mich nicht rühren konnte. Ich starrte auf den Brief in meiner Hand, dessen Buchstaben durch das schwindende Licht immer unleserlicher wurden. Doch ich brauchte die Tinte auf dem Papier nicht mehr zu sehen. Die Worte hatten sich in meinen Verstand eingebrannt. Es war mehr, als ich mir erträumt hatte, mehr, als ich mir hätte wünschen können.

Am nächsten Vormittag machte ich mich auf den Weg zu Henny. Die Nachricht hatte mich die ganze Nacht wach gehalten. Wieder und wieder las ich sie, als hätte ich Angst, dass sich die Worte verändern könnten.
 Ungeduld erfasste mich. Der Krieg war noch nicht zu Ende, eine Passage über den Ozean erschien nach wie vor unmöglich. Doch wenn ich die Nachrichten im Radio richtig deutete, wenn

die Alliierten weiterhin so voranmarschierten, konnte es nicht mehr lange dauern.

Diesmal öffnete mir John. Er trug seine Arbeitskleidung, offenbar war er auf dem Sprung. Mehr denn je war ich froh darüber, dass er untauglich gemustert worden war. So hatte er sich und Henny den Schrecken, der hinter Darren lag und der immer noch nicht vorüber war, erspart.

»Hallo, Sophia«, begrüßte er mich. »Was führt dich zu uns?«

»Ich habe Neuigkeiten!«, sagte ich und zerrte den Brief aus meiner Handtasche. »Darren ist am Leben! Ein Detektiv aus Paris hat mir geschrieben! Wie es aussieht, hat er auch meinen Sohn gefunden!«

Die Worte sprudelten nur so aus meinem Mund.

John blickte mich zunächst verwirrt an. Natürlich wusste er von Darrens Verschwinden, und Henny hatte ihm auch vom Schicksal meines Sohnes erzählt. Doch mit solch einem Überfall hatte er wohl nicht gerechnet.

Dann flammte ein breites Lächeln auf seinem Gesicht auf. »Das ist ja wunderbar!«, rief er und schloss mich in seine Arme. »Die beste Nachricht seit Tagen!«

»Das finde ich auch. Wo ist Henny?« Ich blickte mich um.

»Sie ist mit Michael beim Arzt«, antwortete John. »Er hat gestern angefangen zu husten. Nichts Ernstes, aber sie will sichergehen. Bitte kommen Sie herein.«

Ich nickte und hatte das Gefühl, mich auf einen Stapel glühender Kohlen zu setzen. Das Sofa war sehr bequem, aber meine Ungeduld quälte mich.

Ich umschlang meine Schultern und schaute John nach, als dieser sich auf den Weg machte. Mein Bauch kribbelte, und es fiel mir schwer, die Füße still zu halten. Nach einer Weile begann ich auf und ab zu gehen.

War es vielleicht doch etwas Ernstes mit Michael? Husten konnte in seinem Alter alles Mögliche bedeuten.

Als der Schlüssel ins Schloss gesteckt wurde, sprang ich auf.
»Henny?«

»Sophia?«, fragte sie zurück und trat im nächsten Augenblick durch die Tür, Michael an der Hand. »Was machst du denn hier? Bist du von der Reise wieder zurück?«

»Ja, und ich habe großartige Neuigkeiten. Darren lebt! Und der Detektiv hat Hinweise zu Louis gefunden. Auch er ist am Leben!«

Ich schluchzte auf und vergaß zu fragen, wie es Michael ging.

»Oh mein Gott, wirklich?«, rief Henny aus und setzte Michael in einen Sessel.

»Warum weint Tante Sophia?«, wollte er wissen.

»Manchmal weinen Menschen auch, wenn sie glücklich sind«, antwortete Henny sanft und umarmte mich dann.

»Es ist so schön, dass er noch lebt«, sagte sie und rieb mir sanft über den Rücken.

Ich schluchzte weiter, und die Tränen liefen nur so über meine Wangen und versickerten im Stoff von Hennys Kleid.

»Er war verletzt, und Franzosen haben ihn wieder gesund gepflegt«, erklärte ich. »Jetzt ist er in Deutschland.«

Damit war er keineswegs außer Gefahr. Der Krieg war noch immer in vollem Gange, wie leicht konnte ihn erneut eine Kugel treffen! Aber ich war mir nun sicher, dass er einen Schutzengel hatte, der über ihn wachte.

»Und Louis«, fuhr ich fort. »Der Detektiv hat nicht aufgegeben! Er hat einen Hinweis darauf bekommen, dass er noch lebt. Ich ... ich müsste nach Paris fahren, aber wie soll das jetzt gehen?«

»Ein Schritt nach dem anderen«, sagte Henny. »Setz dich erst einmal. Ich bringe Michael ins Bett und mache uns beiden dann einen Kaffee.« Sie stieß ein Seufzen aus und wandte sich ihrem Sohn zu.

»Was hat Michael?«, fragte ich, während ich mir die letzten Tränen aus dem Gesicht tupfte. »John sagte, er würde husten.«

»Nur eine leichte Erkältung«, sagte sie und half dem Jungen aus der Jacke. »Deshalb kommt er jetzt auch ins Bett und kriegt einen warmen Kakao.«

»Ich will bei Tante Sophia bleiben!«, sagte Michael, doch Henny war unerbittlich.

»Nein, das geht leider nicht, wir wollen doch nicht, dass Tante Sophia auch hustet, nicht wahr?«

Der Kleine nickte, und wenig später trug seine Mutter ihn ins Schlafzimmer.

Ich schaute ihr lächelnd und gleichzeitig wehmütig nach.

47. Kapitel

Die Nachricht, dass Darren am Leben war und möglicherweise auch Louis gefunden wurde, warf mich aus der Bahn, allerdings in guter Weise. Ich ertappte mich dabei, durch den nahe gelegenen Park zu laufen, ohne Ziel, aber mit einem breiten Lächeln auf dem Gesicht. Kleine Szenen erschienen in meinem Kopf, in denen ich mir vorstellte, wie wir uns in die Arme fallen würden. Dann überwältigte mich zwischendurch der Gedanke, Louis zu sehen, und Tränen der Freude rannen über mein Gesicht. Ungeduldig fragte ich mich, wann es endlich so weit sein würde. Wann dieser unselige Krieg endlich ein Ende fand.

All diese freudige Unruhe beflügelte mich im Alltag geradezu. Da ich jetzt endlich die Zeit dazu hatte, meldete ich mich bei einer Fahrschule an. Wenn ich ein Geschäft eröffnete, würde ich auch einen Wagen haben müssen, mit dem ich Zutaten besorgen konnte.

Die Fahrstunden waren zunächst anstrengend, aber mit der Zeit erhielt ich ein Gefühl für den Wagen. Darren hatte mir auf Maine Chance bereits gezeigt, wie man fährt, so war es mir nicht vollkommen neu, ein Fahrzeug zu bedienen.

Bei der Prüfung schwitzte ich Blut und Wasser, doch es gelang mir, heil und ohne Fehler durch die Stadt zu kommen.

Schließlich in Darrens Wagen zu steigen, der nun schon eine Weile vor sich hin gestanden hatte, war seltsam. Alles roch nach ihm, und ich meinte seine Stimme zu hören, mit der er mir Anweisungen gab.

Er lebt, dachte ich und drehte den Zündschlüssel herum. Der Wagen stotterte, und fast schon rechnete ich damit, ihn in eine Autowerkstatt schleppen lassen zu müssen, dann aber erwachte der Motor mit lautem Dröhnen. Ich fuhr zu Henny, und wenig später unternahmen wir mit Michael die erste Spritztour aus der Stadt hinaus, vorbei an bunt belaubten Herbstwäldern und kahlen Feldern.

Die Wochen zogen sich dahin, doch ich verbrachte sie damit, das Haushaltsgeld einzuteilen, Rezepte für Kosmetika zu entwerfen und mich umzuhören, was Beteiligungen an Salons betraf. Ich wusste, dass ich als Chemikerin zu Mrs Lauder gehen könnte, doch ich wollte mich nicht noch einmal abhängig machen. Wenn ich das nächste Mal einen Salon betrat, würde mein eigener Behandlungsstuhl dort auf mich warten, meine eigenen Pinsel und die Produkte, die ich hergestellt hatte.

Zum ersten Mal, seit ich Paris verlassen hatte, stand ich wieder in der Küche und rührte Cremes. Es fühlte sich seltsam an, aber doch sehr befreiend. Ich erkannte, welche Fehler ich früher gemacht hatte, und arbeitete beständig daran, Textur und Duft weiter zu verbessern. Nach einer Weile hatte ich ein paar funktionierende Rezepte und einige Tiegel für meinen eigenen Gebrauch. Auch Henny versorgte ich, doch sie war keine gute Anlaufstelle für eine Beurteilung, weil ihr ohnehin alles gefiel, was ich machte.

Als Weihnachten nahte, hoffte ich auf ein Lebenszeichen von Darren, aber es kam keine Post aus Übersee. Waren die Verbindungen gekappt? Befand man sich gerade im Endkampf? Konnten die Soldaten deswegen nicht schreiben oder ... Nein, ich wollte nicht daran denken. Ich wünschte mir nur, dass dieser verfluchte Krieg bald aufhören würde.

An Heiligabend schaute ich gen Himmel, in der Hoffnung, dass sich doch noch ein paar Schneeflocken zeigen würden. Das Feuer im Ofen knackte, aber die Wärme, die ihm entströmte, erreichte mich nicht. Im Sommer des vergangenen Jahres hatte ich mich gefragt, ob mein Mann überhaupt noch lebte. Dass ich dies jetzt wusste, machte es kaum besser. Nun fragte ich mich, wie es ihm erging. Ob er einen warmen Mantel und genug zu essen hatte. Ob er an mich dachte.

Wieder grübelte ich, warum er mir nicht selbst geschrieben hatte. Grollte er mir immer noch wegen meiner Weigerung, ein Kind zu adoptieren?

Ein Klingeln holte mich aus meinem Nachdenken. Sofort fragte ich mich, wer das sein könnte. Für einen Moment hoffte ich, dass es Darren wäre, den man aufgrund seiner Verletzung nach Hause geschickt hatte.

Mit pochendem Herzen rannte ich zur Tür und blickte in das Gesicht einer Postfrau, die ich hier noch nie gesehen hatte. Blonde Löckchen umkränzten ihr Gesicht, ihre Uniform passte nicht richtig, und sie wirkte, als wäre sie gerade erst vierzehn. Kurz war ich versucht zu fragen, was sie hier wolle, da streckte sie mir auch schon einen Brief entgegen.

»Ich bin das erste Mal hier, Ma'am«, erklärte sie. »Frohe Weihnachten!«

»Frohe Weihnachten!«, gab ich zurück und schaute ihr verwundert hinterher. Dann fiel mein Blick auf den Brief. Und augenblicklich verschwand die Welt um mich herum.

Darren! Natürlich kam der Brief mit der Feldpost, aber diesmal war es kein offizielles Schreiben. Ich war versucht, ihn sofort aufzureißen, doch ich zügelte mich und ging in die Küche. So vorsichtig, als könnte ich sein Inneres beschädigen, öffnete ich den Umschlag. Viel enthielt er nicht, lediglich zwei kleine Blätter recht schlechten Papiers, aber für mich war es das schönste Weihnachtsgeschenk.

Datiert war der Brief auf den 14. Oktober 1944. Ich wusste nicht, was ihn aufgehalten hatte, doch nun, nach mehr als zwei Monaten, war er endlich bei mir.

Ich strich mit dem Finger über die mir nur allzu bekannte Handschrift, und unter Tränen begann ich zu lesen.

Meine geliebte Sophia,

in der Hoffnung, dass sie Dich bei Gesundheit erreichen, schreibe ich Dir diese Zeilen. Ich weiß nicht, ob Du mittlerweile Nachricht von Luc Martin erhalten hast. Er hatte mir versprochen, Dir zu schreiben. Wenn sein Brief angekommen ist, weißt Du vielleicht schon, was passiert ist. Wenn nicht, werde ich versuchen, es Dir kurz zu erklären.
Ich schreibe Dir auf dem Weg zu meiner alten Kompanie, die jetzt in Richtung Deutschland unterwegs ist. Zuvor war ich in Frankreich. Kurz nach der Landung in der Normandie wurde ich verwundet und von meiner Truppe getrennt. Meine Verwundung war ernst. Die Leute, die mich aufnahmen, waren Bauern, die zur Résistance gehörten. Sie trieben von irgendwoher einen Arzt auf, der mir die Kugeln aus dem Körper holte und mich mit Verbänden versorgte.

Es vergingen einige Wochen, in denen ich versuchte, wieder auf die Beine zu kommen. Die Bauern, Madame und Monsieur Morell, kontaktierten ihren Verbindungsmann in Paris in der Hoffnung, dass er herausfinden könnte, was aus meiner Einheit geworden war.
So traf ich auf Luc Martin, den Mann, der Verbindung mit den amerikanischen Truppen hielt. Die Tage des Fiebers hatten meinen Verstand ausgehöhlt, sodass ich mich an den Namen nicht erinnerte. Der Mann, der mir entgegentrat, trug dunkle Zivilkleidung, auf den

ersten Blick schien er nichts Besonderes an sich zu haben. Es gab da einen leichten Nachhall von irgendwas in meinem Verstand, doch ich konnte die Information nicht greifen.

Monsieur Martin und ich unterhielten uns eine Weile. Dabei wurde uns beiden klar, dass wir etwas gemeinsam hatten – Dich. Da lüftete sich der Schleier über meiner Erinnerung. Er war der Detektiv, von dem Du mir erzählt hattest!
Du hattest recht, er ist wirklich ein ehrlicher und guter Mann, der dafür gesorgt hat, dass ich in Sicherheit war, solange die Deutschen in Frankreich auf der Suche nach versprengten Amerikanern waren. Viele meiner Kameraden hatten nicht das Glück, sie wurden gefunden und entweder an Ort und Stelle getötet oder in Gefangenschaft verschleppt. Die Résistance behielt mich bei sich, bis ich wieder einigermaßen genesen war. Da meine Kompanie nicht auffindbar war, beschloss man, dass ich erst einmal bei den Franzosen bleiben sollte, während man versuchte, meinen Kommandeur zu kontaktieren. Das gelang irgendwann. Bis ich mich ihnen wieder anschließen konnte, vergingen allerdings noch einige Wochen.

Während ich wartete, konnte ich nur daran denken, wie schön es wäre, Dich bei mir zu haben. Zum ersten Mal wurde mir klar, was für ein Fehler es war, Dich einfach zu Hause zurückzulassen. Ich fragte mich, wie Du Dich fühltest, denn sicher hattest Du Nachricht von der Army bekommen, dass ich vermisst wurde. Ich frage mich immer noch, wie Dein Leben jetzt aussieht.
Es tut mir so leid, dass wir ohne viele Worte voneinander geschieden sind. Ich wünschte, ich könnte es rückgängig machen. Ich wünschte, ich wäre nicht geflohen vor dem Streit, vor den Dingen, die wir hätten klären müssen. Ich sagte Dir, dass ich die Zeit brauchen würde, um nachzudenken. Diese Zeit hatte ich nun, und mir ist klar geworden, wie sehr ich Dich verletzt habe. Auch durch meine Meldung bei der Army. Wir hätten darüber reden müssen. Stattdessen habe ich mit meinen

Kollegen gesprochen. Habe mich von deren Meinung anstecken lassen. Dabei warst Du diejenige, mit der ich meine Gedanken hätte teilen müssen.

Doch nach allem, was ich hier in Europa gesehen und gehört habe, all den Schrecken, auf die meine Kameraden und ich gestoßen sind, war es eine gute Entscheidung, zur Army zu gehen. Ich habe das Gefühl, dass wir vielen Menschen geholfen haben. Aber noch immer wünschte ich mir, dass ich Dich beim Abschied umarmt und geküsst hätte. Ich wünschte mir, Dein Gesicht noch einmal gesehen zu haben. Es hätte mir die Zeit an der Front leichter gemacht.

Ich hoffe sehr, dass dieser ganze Schrecken schon bald ein Ende hat und ich wieder zu Dir zurückkehren kann. Ich hoffe, dass Du mir verzeihen kannst und dass es Dir gut geht.

In Liebe,
Darren

Nachdem ich den Brief noch zweimal gelesen hatte, setzte ich mich im Wohnzimmer vor das Fenster und schaute hinaus. Schnee hatten wir noch immer keinen, aber den ganzen Tag Wolken, die aussahen, als würden sie welchen bringen.

Mittlerweile war es dunkel, und ringsherum flammten die ersten Lichter auf. Ich versuchte mir vorzustellen, wie jetzt die Kinder Milch und Kekse auf den Küchentisch stellten, in der Hoffnung, dass morgen Santa Claus etwas für sie gebracht hatte.

Ich dachte an Darren und hoffte, dass es nicht nur einen Waffenstillstand über die Feiertage gab, sondern auch etwas, das den Soldaten das Herz und den Magen wärmte.

Seine Worte brannten in mir, auch wenn sie mittlerweile schon wieder fast ein Vierteljahr alt waren. Möglicherweise waren weitere Briefe unterwegs, möglicherweise wartete er auf eine Antwort von mir und glaubte, dass ich ihm nicht verziehen hätte.

Ich würde ihm schreiben. Was gäbe es für eine bessere Beschäftigung über die Feiertage? Ich würde ihn wissen lassen, dass ich ihm schon lange verziehen hatte. Dass ich mir Sorgen gemacht hatte und dass ich Madame verlassen hatte.

Madame. Sie hatte sich auf meine Kündigung nicht mehr gemeldet. Vielleicht war sie explodiert, als sie davon hörte. Vielleicht hatte sie es auch nur mit einem Schulterzucken hingenommen.

Als das Telefon klingelte, erhob ich mich. Henny war am Apparat.

»Frohe Weihnachten!«, sagte sie. »Wie geht es dir?«

»Ich habe Post von Darren bekommen«, sagte ich, und in meiner Brust explodierte das Glück. »Er hat mir tatsächlich geschrieben. Keine von diesen kurzen Postkarten, sondern einen richtigen, langen Brief.«

»Oh Sophia, das ist ja wunderbar«, gab Henny zurück. »Hat er dir erklärt, was passiert ist?«

»Ja, und er hat mir geschrieben, dass er mich vermisst.« Mir stiegen Tränen in die Augen, und das, obwohl ich doch tief in meinem Innern ruhig und glücklich war. »Es ist das schönste Geschenk, das er mir machen konnte. Auch wenn der Brief fast drei Monate gebraucht hat, um mich zu erreichen.«

Henny schwieg einen Moment, dann fragte sie: »Warum kommst du nicht zu uns? Ich meine, jetzt gleich. Ich weiß, wir haben dich für morgen eingeladen, aber nach deutscher Tradition ist heute Heiligabend. Ich schicke Michael ins Bett, und wir drei können uns einen schönen Abend machen. Was meinst du dazu?«

»Das würde mich sehr freuen«, sagte ich.

»Gut, dann bis später. Und vergiss die Geschenke für Michael nicht. Er hat mich schon die ganze Zeit über damit gelöchert, ob der Weihnachtsmann auch etwas von dir abholt, um es ihm zu bringen.«

Ich lachte auf. »Ist gut.« Ich hatte nicht nur Geschenke für meinen kleinen Patensohn, sondern auch für Henny und John. Es waren keine großen Dinge, denn der Krieg war zwar fern, doch wir konnten den Mangel auch hier spüren. Aber ich war sicher, dass sie sich freuen würden.

»Und bring den Brief mit, wenn du magst. Auf diese Weise kann Darren bei uns sein.«

»Ja, das wäre schön«, sagte ich und verabschiedete mich.

48. Kapitel

1945

Auch den Wechsel ins neue Jahr verbrachte ich mit Henny, ihrem Sohn und ihrem Mann. Es war eine kleine, ruhige Feier mit viel Bowle und einem leichten Schwips. Wir lauschten der Musik aus dem Radio und gingen nach draußen, als die Glocken zwölf Uhr läuteten. Während ich in den Himmel schaute, von dem uns die Sterne anfunkelten, wünschte ich mir das Ende des Krieges und die Rückkehr von Darren. Ich wollte ihn endlich wieder bei mir haben, wollte seinen klugen Rat zu meiner Selbstständigkeit hören. Ich hatte das Gefühl, erst dann richtig durchstarten zu können.

Vier Monate gingen ins Land, ohne dass sich viel bei uns tat. Zwischendurch traf ich mich mit Ray in unserem alten Café. Durch sie erfuhr ich, welches Donnerwetter mein Weggang ausgelöst hatte.

Madame war außer sich gewesen, weil sie befürchtete, ich sei zurück zu Miss Arden gewechselt. Erst Wochen später und wahrscheinlich nachdem sie versucht hatte herauszufinden, ob ihre Annahme stimmte, beruhigte sie sich wieder.

»Kurios«, sagte ich dazu. »Ich hätte gedacht, dass sie sich bei mir melden würde, aber so …«

»Sie wollte nur, dass du nicht zur Arden gehst, das ist alles.

Ach ja, und falls es dich interessiert, das House of Gourielli ist geschlossen worden. Und mit Jenkins ist sie sich auch nicht mehr grün. Sie soll ihn eine Enttäuschung genannt haben. Aber das behalte lieber für dich.«

Die erste Nachricht kam nicht unerwartet, und das mit Jenkins bestätigte nur meine Befürchtung. Bei Miss Arden war er hervorragend gewesen, weil ihn die Liebe zu seiner Frau angetrieben hatte. Hass, hatte ich befürchtet, würde eine schlechte Motivation sein, und so schien es gekommen zu sein. Aber das ging mich nichts mehr an. Ich bereute meine Entscheidung kein bisschen. Das Einzige, was mir leidtat, war, dass ich keine Kolleginnen mehr hatte, mit denen ich reden konnte. Und Ray fehlte mir auch.

Wir verabschiedeten uns mit dem Vorhaben, uns bald wiederzusehen.

Da ich meine Ersparnisse nicht allzu sehr angreifen wollte, verdingte ich mich im Februar als Aushilfsverkäuferin bei Macy's. Als die Personalfrau hörte, wo ich gearbeitet hatte, staunte sie nicht schlecht, doch dann gab sie mir den Job.

Dort anzutreten, mit einem Lächeln auf dem Gesicht und bereit, auch aus dem unscheinbarsten Mauerblümchen eine Königin zu machen, bereitete mir viel Vergnügen, auch wenn das Gehalt keineswegs an das herankam, was Madame mir gezahlt hatte. Aber ich war frei und nicht mehr gefangen in einem Krieg, den keine Seite gewinnen konnte.

Natürlich bekam ich ebenso Madames Produkte wie die von Miss Arden in die Hand, aber ich lernte auch die zahlreicher anderer Firmen besser kennen. Firmen, die ebenfalls erfolgreich waren. Firmen wie die von Mrs Lauder. Das brachte mich an einem sonnigen Nachmittag im April auf eine Idee.

Mit entschlossenem Schritt betrat ich den Salon. Estée Lauder stand am Tresen und unterhielt sich mit der Empfangsdame. Offenbar hatte sie Pause.

»Mrs Lauder, hätten Sie vielleicht einen Moment?«, fragte ich. Die Blicke der beiden richteten sich auf mich.

»Ah, die Chemikerin!«, erkannte sie mich wieder. »Wie war noch mal Ihr Name? Crown?«

»Krohn«, entgegnete ich lächelnd.

»Schön, Sie wiederzusehen«, sagte Mrs Lauder. »Möchten Sie eine Behandlung?«

»Nicht heute«, antwortete ich. »Es ist ... privat.«

Estée Lauder zog ihre feinen Augenbrauen hoch. Dann bedeutete sie mir mitzukommen. Wir gingen an ihren Platz, und nachdem sie den Vorhang geschlossen hatte, sagte ich: »Ich muss Ihnen etwas beichten. Ich bin nicht nur eine einfache Chemikerin.«

Sie schüttelte verständnislos den Kopf.

»Als ich zu Ihnen kam, hatte ich den Auftrag, mir Ihre Arbeit genau anzusehen. Im Auftrag von Madame Rubinstein.«

Die Züge von Mrs Lauder verhärteten sich. »Nun ... das ist sehr unerfreulich.«

Ich sah ihr deutlich an, wie sehr sie sich um Fassung bemühte. Wahrscheinlich hielt sie nur die Nachbarschaft zu den anderen Kosmetikerinnen davon ab, einen saftigen Fluch auszustoßen oder mir die Meinung zu sagen.

»Ich bin hier, um mich zu entschuldigen«, fuhr ich fort. »Nicht, dass ich viel erfahren hätte, aber ich habe versucht, Madame keine Details zu nennen, die sie gegen Sie verwenden könnte.«

»Das wiederum ... ist sehr anständig von Ihnen.« Ich spürte, wie der Zorn immer mehr in ihr hochkochte.

»Ich wollte Sie einfach nur warnen: Halten Sie sich von Helena Rubinstein und auch von Elizabeth Arden fern. Die beiden sind Harpyien, die versuchen werden, Sie mit einem Bissen zu verschlingen, sollten Sie sich zu nahe an sie heranwagen.«

Mrs Lauder legte den Kopf schräg. Ihre Augen blitzten. »Und

was soll ich Ihrer Meinung nach tun?« Ihre Stimme klang rau. »Aufgeben vielleicht, weil das Ihrer Chefin zupasskommen könnte?«

Ich schüttelte den Kopf. »Sie ist nicht mehr meine Chefin«, erwiderte ich. »Und Sie sollen auch nicht aufgeben. Versuchen Sie, sie da zu packen, wo sie beide nicht hinkönnen.«

»Und das wäre?«

»Werben Sie um die sehr jungen Kundinnen. Schreiten Sie voran in die Moderne. Den beiden fällt es mehr und mehr schwer, innovativ zu sein. Versuchen Sie, anders zu denken als sie. Immer.«

Mrs Lauder musterte mich eine Weile. »Warum sagen Sie mir das alles? Soll das ein Trick sein?«

»Kein Trick«, erwiderte ich. »Nur ein Hinweis. Wenn Sie in den Puderkrieg zwischen den beiden hineingeraten, werden sie Sie zermalmen. Helena Rubinstein sind Sie bereits ein Dorn im Auge. Und nach allem, was ich über Elizabeth Arden gelernt habe, wird auch sie nicht mehr lange still zusehen, wie Sie Ihre Schwingen ausbreiten. Bislang sind die beiden aufeinander eingeschossen. Das könnte Ihre Chance sein. Bewegen Sie sich an ihnen entlang nach oben. Und lassen Sie Ihre Schritte nie allzu laut werden.«

Mrs Lauder verschränkte die Arme vor der Brust. Sie wirkte sichtlich mitgenommen. Wer erfuhr auch schon gern, dass er ausspioniert worden war? Und dass er, ohne sie jemals kennengelernt zu haben, zwei Feindinnen hatte.

»Glauben Sie nicht, dass ich einen Kampf scheuen würde«, sagte sie dann. »Wenn jemand meine Arbeit bedroht, werde ich ihn mit allen Mitteln zurückschlagen.«

Ich nickte. »Ähnlich denke ich auch. Und ich wünsche Ihnen viel Glück dabei.« Ich wandte mich um, bereit zu gehen, doch als ich mich dem Vorhang näherte, fragte sie: »Was ist mit Ihnen?«

Ich wandte mich um.

»Würden Sie für mich arbeiten?«

Ich schüttelte den Kopf. »Nein. Vielmehr möchte ich sein wie Sie. Und das werde ich.«

Damit verabschiedete ich mich von ihr und kehrte dem Salon von Mrs Morris den Rücken.

Der Mai nahte mit kühlem Wetter, aber auch explodierendem Grün im Central Park. Von Darren hatte ich nichts mehr gehört, und ich konnte nur hoffen, dass mein letzter Brief ihn noch erreicht hatte.

Mehr und mehr häuften sich die Gerüchte, dass der Zusammenbruch Nazideutschlands kurz bevorstand. Henny und ich gingen am Sonntag wieder regelmäßig ins Kino, um die *Fox Movietone News* anzuschauen.

Danach klebten wir noch ein Weilchen am Radiogerät. Als bekannt wurde, dass Hitler sich in seinem Bunker erschossen hatte, holte John Bier aus einem benachbarten Laden und stieß mit uns an. »Soll der Mistkerl zur Hölle fahren!«, rief er.

»Ist es jetzt vorbei?«, fragte Henny, aber ich schüttelte den Kopf.

»Deutschland hat nicht kapituliert. Einer seiner Leute wird nachrücken.«

Doch mein Innerstes vibrierte vor Erwartung. Vielleicht bedeutete dies wirklich das Ende. Vielleicht war es nur noch eine Frage der Zeit.

Einige Tage später kam ich früher als sonst aus dem Kaufhaus. Eine seltsame Stimmung hatte heute geherrscht. Nur wenige Kunden waren da gewesen. Es wirkte fast so, als gäbe es Wichtigeres, als einzukaufen.

Kaum war ich durch die Tür, klingelte auch schon das Telefon.

»Schalt dein Radio an!«, forderte eine aufgeregte Henny. »Sofort!«

»Was ist los?«, fragte ich und wünschte mir beinahe, das Radio im Flur stehen zu haben.

»Hör es dir an und komm dann wieder ans Telefon. Ich warte solange.«

Ich tat wie geheißen, und kaum hatte ich das Gerät angestellt, vernahm ich Musik und wenig später die Stimme eines Sprechers, der die deutsche Kapitulation verkündete.

Ich prallte zurück. War es möglich? Ich hörte noch ein paar Minuten lang zu und erfuhr, dass russische Soldaten ihre Fahne auf dem Reichstag gehisst hätten. Dann kehrte ich zu Henny zurück.

»Es ist vorbei«, sagte ich wie betäubt. Beinahe war ich versucht, mich zu kneifen. Obwohl ich es mit eigenen Ohren gehört hatte, fiel es mir schwer, daran zu glauben.

»Ja, es ist vorbei!«, jubelte Henny. »Endlich können wir wieder aufatmen. Endlich sehen wir unsere Lieben wieder!«

Ich war immer noch ein bisschen skeptisch, doch ich hatte es gehört. Einer meiner Wünsche, die ich zu Neujahr gen Himmel geschickt hatte, war erfüllt. Und was war mit dem zweiten?

Ich beschloss, nicht darauf zu warten, sondern zu handeln, sobald es möglich war.

49. Kapitel

Es war nicht einfach, eine Schiffspassage nach Europa zu bekommen. Der Krieg war vorüber, doch die Welt war nach wie vor im Chaos versunken.

Es war ein Wunder, dass ich Ende Juli einen Platz auf einem Transportschiff ergatterte, das sich bereit erklärte, auch Passagiere zu befördern. Ich musste die Kabine mit fünf anderen Frauen teilen, aber was machte das schon?

Alles, was ich wollte, war Darren sehen und mit Monsieur Martin sprechen. Der geheime Wunsch, Louis zu finden, war ebenfalls in meinem Herzen, doch ich versuchte, ihn so klein wie möglich zu halten. Das fiel mir nicht leicht, aber ich hatte verstanden, dass es jetzt notwendig war, einen kühlen Kopf zu bewahren. Immerhin war es möglich, dass sich die Aufzeichnungen irrten. Und wenn nicht, dann ergaben sich andere Probleme. Mittlerweile war Louis ein junger Mann von neunzehn Jahren. Er hatte keine Ahnung von seiner Herkunft. Und seinen leiblichen Eltern ...

Leduc, ging es mir durch den Sinn. Louis Leduc. Sicher hatten ihm seine neuen Eltern einen anderen Vornamen gegeben. Was waren sie eigentlich für Leute, und welchen Anteil hatten sie an der Entführung meines Sohnes?

Je weiter ich darüber nachdachte, desto unruhiger und auch wütender wurde ich.

Nach zwei unbequemen Wochen in der engen Kabine kam endlich die englische Küste in Sicht.

Dover war schwer getroffen worden. Überall spürte man den Zorn auf die Deutschen. Glücklicherweise hatte ich amerikanische Papiere. Meinen Geburtsort bemerkte der Zöllner nicht, und wenn doch, glaubte er vielleicht, ich sei vor den Nazis geflohen.

Die Weiterreise nach Paris war allerdings alles andere als angenehm. Die Fähre war überfüllt, und überall kursierten Geschichten von deutschen Seeminen, die angeblich im Kanal trieben. In den Zügen sah es nicht viel besser aus. Ich blickte in so viele traurige, müde und hungrige Gesichter, dass ich mich beinahe schämte, die Kriegszeit in relativem Wohlstand verbracht zu haben.

Der Bahnhof, auf dem ich vor beinahe zwanzig Jahren mit Henny angekommen war, wimmelte von Soldaten.

Da die Adresse nicht weit von hier entfernt war, beschloss ich, zu Fuß zu gehen und die wenigen Taxis jenen zu überlassen, die es eiliger hatten. Überall waren Menschen auf der Straße. Vielen von ihnen sah man das Leid, das sie im Krieg erlebt hatten, an. Ihre Kleidung wirkte zerschlissen, Sorge und Angst hatten tiefe Spuren auf ihren Gesichtern hinterlassen.

Von einem Laternenmast schnitten gerade ein paar Uniformierte einen Mann herunter, der offenbar dort erhängt worden war. »Collaborateur« stand auf einem Schild um seinen Hals.

Das Grauen schickte eisige Wellen durch meinen Körper. Rasch wandte ich meinen Kopf zur Seite und ging weiter. Angst und Scham würgten mich. Wie mussten die Deutschen hier gewütet haben!

Vor der Polizeistation brauchte ich ein paar Sekunden, um mich zu fassen. Mir fiel wieder ein, wie ich hier vor so vielen

Jahren versucht hatte, eine Aufenthaltserlaubnis zu bekommen. Damals hatte ich geglaubt, dass dies mein größtes Problem wäre. Und eigentlich war es das ja auch gewesen. Doch mit der Zeit waren neue entstanden.

Der Mann in Uniform, der mich hinter der Tür erwartete, war kein Polizist. Er blickte mich verwundert an, als hätte er schon lange keine Frau in unverschlissenen Kleidern mehr gesehen.

»Ich möchte zu Monsieur Martin. Luc Martin. Ob er wohl im Hause ist?«

Es war merkwürdig, nach all der Zeit wieder Französisch zu sprechen. Ich fühlte mich eingerostet und merkte, dass ich einen amerikanischen Akzent hatte.

Der Uniformierte betrachtete mich noch einen Moment lang, dann fragte er: »Wie ist Ihr Name?«

»Sophia O'Connor. Ich komme aus Amerika. Monsieur Martin schrieb mir, dass ich ihn jederzeit kontaktieren dürfe. Es geht um meinen Sohn. Und um meinen Mann.«

Er brummte etwas Unverständliches, wandte sich um und verschwand hinter einer der Türen, die vom Foyer abgingen.

Wenig später kehrte er mit einem ebenfalls uniformierten Mann zurück.

Er war älter geworden und seine Schläfen mittlerweile ergraut. Doch die Augen versprühten immer noch den Eifer, mit dem er damals an mich herangetreten war, um mir zu helfen.

»Madame O'Connor!«, rief er aus und kam mir mit ausgestreckter Hand entgegen. »Es ist eine Freude, Sie hier zu sehen.«

»Monsieur Martin«, gab ich zurück. »Die Freude ist ganz meinerseits. Die Uniform steht Ihnen gut.«

»Ach was!«, winkte er ab. »Glauben Sie mir, ich bin froh, wenn ich da wieder rauskann. Aber ich fürchte, wir haben hier noch viel zu tun.«

Er bedeutete mir mitzukommen. Sein Büro lag am Ende eines engen Ganges. Irgendwo klapperte eine Schreibmaschine. Die Wände des kleinen Raumes waren mit erstaunlich hohen Bücherregalen zugestellt. Der Schreibtisch dazwischen wirkte wie reingequetscht. Durch das halb offene Fenster drang träger Sommerwind, der die leicht vergilbte Gardine sanft bewegte.

»Setzen Sie sich bitte«, sagte er und zog einen Stuhl mit Armlehnen heran. Er selbst ließ sich auf einem Hocker nieder. Eine Weile betrachtete er mich, dann lächelte er.

»Es ist wirklich schön, Sie zu sehen. Ich bin froh, dass Sie während des Krieges drüben waren. Und froh war ich auch, dass ich Ihre Freundin rüberschicken konnte.«

Ich nickte. »Danke, dass Sie sich um sie gekümmert haben.«

»Ich hoffe, es geht ihr wieder besser.«

»Es geht ihr sehr gut. Mittlerweile ist sie verheiratet und unterrichtet an einer Tanzschule. Sie hat sogar einen Sohn.«

Martins Lächeln wurde strahlender. »Das freut mich zu hören. Wissen Sie, als mir klar wurde, dass Sergeant O'Connor Ihr Ehemann ist, dachte ich für einen Moment: Schade.«

»Warum das?«, fragte ich.

»Weil ich Sie mir auch gut als meine Gattin hätte vorstellen können. Aber wahrscheinlich bin ich nicht Ihr Typ.« Er lachte auf.

Ich betrachtete ihn. Er war noch immer ein gut aussehender Mann, auch wenn der Krieg bei ihm ebenfalls Spuren hinterlassen hatte.

»Wir hatten nie Gelegenheit, es rauszufinden«, gab ich zurück.

Eine Pause entstand zwischen uns. Hätte wirklich etwas aus uns werden können? Möglicherweise scherzte Monsieur Martin nur.

»Ihr Mann ist nach Deutschland verlegt worden«, sagte er

schließlich. »Soweit ich weiß, befindet er sich jetzt im Saarland, das von uns besetzt wurde.«

»Gibt es eine Möglichkeit, dorthin zu reisen?« Ich fragte mich, warum das Oberkommando mir noch keine Nachricht über Darren geschickt hatte. Oder war er in der Zwischenzeit angekommen?

»Ich könnte versuchen, etwas für Sie zu arrangieren. Aber ich kann nichts versprechen. Viele Telegrafenleitungen sind zerstört. Und ich weiß auch nicht, ob es ratsam wäre, sich persönlich in diese Gegend zu begeben. Die Lage ist noch immer etwas angespannt.«

»Ich muss ihn sehen«, erwiderte ich. »Seit Monaten hat mich niemand informiert. Ihr Brief war das erste Lebenszeichen überhaupt.«

Martin nickte. »Ich war es Ihnen schuldig, nachdem ich all die Jahre über so versagt habe.«

»Das haben Sie nicht«, sagte ich. »Wenn die einzige Möglichkeit, etwas über meinen Sohn herauszufinden, ein Tagebuch im Schreibtisch eines Arztes war, wie hätten Sie da rankommen sollen?«

»Da mögen Sie recht haben. Dennoch habe ich ein schlechtes Gewissen …« Er betrachtete mich eine Weile nachdenklich, dann fuhr er dort: »Aber jetzt haben wir, was wir wollten. Ich habe selbst schon nicht mehr daran geglaubt und es für einen Witz gehalten, als einer meiner Kameraden mir das Büchlein in die Hand drückte.«

Er erhob sich, zog eine Schublade auf und nahm ein kleines Notizbuch heraus. Es war an den Rändern vergilbt, und die meisten Seiten schienen unbeschrieben zu sein. Die Seiten, die benutzt worden waren, wirkten abgegriffen.

»Darf ich reinschauen?«, fragte ich.

»Bitte!«, sagte er und beobachtete mich, wie ich durch die ersten Seiten blätterte.

Es war eine Auflistung von Namen und Geburtsdaten. Geführt wurde diese seit dem 14. Oktober 1919. Als mir Louis genommen wurde, musste der Verfasser dieser Liste bereits seit sieben Jahren tätig gewesen sein.

Irgendwann fand ich den Eintrag, von dem mir Monsieur Martin im Brief berichtet hatte.

Ich strich mit dem Finger über die Tinte.

Louis K., geb. 2. August 1926, RP 4. 8. (Leduc).

Martin hatte recht, das hier musste mein Sohn sein.

»Haben Sie schon weitere Erkenntnisse?«, fragte ich. »Ich meine, was bedeutet das hier?« Ich deutete auf den Eintrag und ließ meinen Blick über die anderen Zeilen schweifen.

Monique S., geb. 16. Oktober 1926, RP 17. 10. (Vidalec)

Richard N., geb. 31. März 1927, RP 2. 4. (Duval)

Und die Einträge gingen noch weiter. Waren das alles Namen von geraubten Kindern? Waren die Frauen wirklich verstorben, oder hatte man ihnen gegenüber behauptet, dass ihre Kinder gestorben wären?

Eis schien in diesem Augenblick durch meine Adern zu rinnen. Das alles kam mir wie ein böser Traum vor.

»Wir haben natürlich das Geburtenregister des Krankenhauses überprüft. Dort zeigte sich immer dasselbe Bild: Es sind Namen von Kindern, deren Mütter entweder bei der Geburt verstorben oder anderweitig in Mitleidenschaft gezogen worden waren. Alle Frauen waren sehr arm, sodass sie in der dritten Klasse der Patientenzimmer lagen. Keine von ihnen nahm ihr Kind mit sich. Die Toten konnten es natürlich nicht, und den anderen teilte man mit, dass ihre Kinder gestorben seien. Wir können es noch nicht mit Gewissheit sagen, aber wir nehmen an, dass die Kinder da bereits bei einer anderen Frau waren.«

Ich schüttelte fassungslos den Kopf. »Dann haben sie auch Louis einer anderen Frau untergeschoben ...«

Martin nickte. »So könnte man es ausdrücken.«

»Aber warum? Was waren das für Frauen?« Mein Herz begann zu rasen.

»Sie meinen, die Empfängerinnen?«, fragte Martin und erriet damit meine Gedanken.

»Ja.«

»Nun, sie kamen vorwiegend aus wohlhabenden Familien. Manche stammten nicht aus Paris, sie waren nur hier, um zu gebären. Dann kehrten sie nach Hause zurück. Mit dem Kind einer anderen. Ob das nun wissentlich geschah oder unwissentlich, müssen wir erst noch herausfinden.«

»Es wäre auch möglich, dass die Leute gar nicht wussten, dass sie ein falsches Kind erhalten hatten?«

»Ja, möglich wäre das. Wir gehen von zwei Szenarien aus. Zum einen dem, dass die Klinik fürchtete, das Honorar der gut betuchten Patientin zu verlieren, wenn diese ohne Kind nach Hause gehen musste. Denkbar wäre aber auch, dass irgendwer um einen Ersatz gebeten hatte, möglicherweise der Vater, der einen Erben brauchte oder seiner Frau nicht den Verlust antun wollte.«

Und dabei hatten diese Menschen nicht daran gedacht, was sie der rechtmäßigen Mutter antaten. Dieser Gedanke verleitete mich beinahe dazu, mit der Faust irgendwo dagegen zu schlagen.

»Wer ist dafür verantwortlich?«, fragte ich, und meine Hände begannen vor Groll zu zittern. Was dieser Mensch verbrochen hatte, war durch nichts wiedergutzumachen. »War es Dr. Marais?« Ich hatte noch genau vor mir, wie er mich abgewiesen hatte.

»Sein Name war Roderick. Dr. Auguste Roderick. Wahrscheinlich sagt er Ihnen nichts.«

Ich schüttelte überrascht den Kopf. Diesen Namen hatte ich wirklich nicht zu Ohren bekommen.

»Er leitete die Gynäkologie und trat nur bei Patientinnen der ersten Klasse in Erscheinung: Adelige, Gattinnen von Regierungsbeamten, Industriellen, Professoren und ähnlich hochgestellten Leuten. Wir müssen den gesamten Fall noch genauer recherchieren, besonders hinsichtlich der Kriterien, wonach entschieden wurde, ein Kind auszutauschen.« Er machte eine Pause, blickte mich an, als wollte er ermessen, wie viel er mir noch zumuten konnte. Dann fuhr er fort: »Auf jeden Fall hatte er Komplizinnen.«

»Wie diese Hebamme?«

»Möglicherweise. Leider können wir Roderick selbst nicht dazu befragen, denn er hat sich kurz nach dem Rückzug der Nazis mit Gift das Leben genommen. Diese Kinder zu vertauschen war nicht sein einziges Verbrechen.«

Martin machte eine kurze Pause, dann sagte er: »Wir werden alles tun, damit Sie zu Ihrem Recht kommen und aufgedeckt wird, was geschehen ist.«

Enttäuscht nickte ich. Unter den Umständen hätte ich diesen Arzt ebenso hängen sehen wollen wie diesen Kollaborateur. Doch jetzt konnte er nicht einmal mehr bestraft werden. Aber das bedeutete nicht, dass niemand dafür zur Rechenschaft gezogen werden konnte.

»Was sind das für Leute?«, fragte ich schließlich, während die Flamme des Hasses weiter in mir loderte. »Die Leducs. Wissen Sie etwas über sie?«

»Genaue Nachforschungen haben wir noch nicht angestellt. Monsieur Leduc ist ein Stofffabrikant im Elsass, der ursprünglich aus Paris stammt und dort vermutlich auch die Bekanntschaft von Roderick gemacht hat. Die beiden verkehrten wohl in gehobeneren Kreisen. In Verbindung mit den Nazis scheint er nicht gestanden zu haben. Doch er ist einer der Sponsoren des Krankenhauses. Leduc und der Doktor müssen sich gekannt haben.«

»Dann hat er es also gewusst.«

»Nicht unbedingt. Es wäre, wie bereits erwähnt, auch denkbar, dass das Kind ohne das Wissen dieser Leute getauscht wurde. Wir werden es herausfinden. Bis dahin würde ich Sie bitten, die Familie nicht aufzusuchen und abzuwarten. Möglicherweise sind sie über das Geschehen genauso schockiert wie Sie.«

Es fiel mir schwer, doch ich nickte. Wenn diese Familie meinen Sohn wissentlich genommen hatte ... Tja, was konnte ich dann tun? Rachegedanken überkamen mich, doch schließlich sagte ich mir, dass dies an den vergangenen neunzehn Jahren nichts ändern würde. Louis würde nicht wissen, dass ich seine Mutter war. Und wenn er erfuhr, was geschehen war, würde ihn das nicht aus der Bahn werfen? Sein Leben zerstören?

Es gab vieles, was ich heute Abend zu durchdenken hatte.

»Sagen Sie, Monsieur Martin, wie viele Frauen sind sich dessen bewusst, dass ihnen ihre Kinder geraubt wurden?«, fragte ich.

»Nicht sehr viele«, gab er, ohne lange nachzudenken, zurück. »Einige Anzeigen bei der Polizei gab es, aber die wurden nicht weiterverfolgt. Sie sind die Einzige, die einen Detektiv angeheuert hat.«

Ich erinnerte mich daran, dass mich Monsieur Martin gebeten hatte, ihn ermitteln zu lassen. Das war offenbar mein Glück gewesen.

»Hätten Sie mich damals nicht beauftragt, nach Ihrem Sohn zu suchen, hätten wir diese Notizen hier wahrscheinlich erst einmal beiseitegelegt«, fuhr er fort. »Doch als ich sie sah, wusste ich sofort, inwiefern sie einen Sinn ergaben.«

Dann sollte ich wohl der Verfasserin des Briefes danken.

»Ich frage mich immer noch, ob die Hebamme Aline DuBois mir diesen Brief geschrieben hat, in dem stand, dass mein Sohn leben würde«, sinnierte ich laut.

»Es könnte genauso gut jemand anders gewesen sein«, gab Martin zurück. »Vielleicht auch Dr. Marais.«

»Marais?«, fragte ich verwundert. »So abweisend, wie er mir gegenüber gewesen ist ...«

»Dr. Roderick war sein Vorgesetzter. Was wäre wohl passiert, wenn Sie die Wahrheit erfahren hätten?«

»Roderick hätte angeklagt werden können?«

Martin schüttelte den Kopf. »Wer hätte Ihnen glauben sollen ohne diese Unterlagen? Marais allerdings hätte seine Stellung aufs Spiel gesetzt. Man hätte ihn rausgeworfen, und bei den vielen Bekannten, die Roderick vermutlich in anderen Kliniken hatte, wäre er nie wieder in einem Krankenhaus untergekommen. Wenn ich Marais vor mir habe, werde ich ihn fragen.«

Mir kam in den Sinn, dass ich es tun könnte.

»Derzeit sitzt Marais in Haft, wir prüfen, ob er mit den Deutschen kollaboriert hat. Ich weiß nicht, inwiefern Sie über die Euthanasie in deutschen Kliniken Bescheid wissen.« Mein fragender Ausdruck auf dem Gesicht schien ihm zu bestätigen, dass dies nicht der Fall war. »Auf jeden Fall hat man auch hier in Frankreich begonnen, vermeintlich ›unwertes‹ Leben zu vernichten. Ob Marais darin involviert war, müssen wir prüfen. Wie alles andere auch. Aber möglicherweise wird er mit der Zeit gesprächiger und hat das Bedürfnis, etwas zu erzählen. Erst dann kann ich Ihnen sagen, was wirklich geschehen ist.«

»Danke«, sagte ich. »Danke für alles, was Sie für mich getan haben.«

»Ich bin es über die Jahre nie losgeworden, wissen Sie. Das schlechte Gewissen darüber, dass ich Ihnen nicht helfen konnte. Ich hätte Ihnen so gern geholfen.«

»Das haben Sie doch.«

Martin nickte. »Ich hoffe es. Ich kann nicht ermessen, wie sehr es Sie über all die Jahre mitgenommen hat, es nicht genau zu wissen. So dankbar wir dem Absender des Briefes sein können, gnädiger wäre es gewesen, Sie im Unklaren zu lassen.«

»Nein«, widersprach ich. »Es war gut so. Die Wahrheit musste ans Licht kommen.« Ich machte eine Pause, dann fügte ich hinzu: »Wenn Sie mich in irgendeiner Weise brauchen, um gegen die Schuldigen auszusagen, lassen Sie es mich wissen.«

Mochte Roderick auch tot sein, vielleicht gab es jemanden, der ihm geholfen hatte. Jemanden, dem ich in die Augen blicken und ihn nach dem Warum fragen konnte.

Martin begleitete mich nach draußen und nahm sich dann noch einen Moment, um vor der Tür des Reviers mit mir zu sprechen.

»Was werden Sie jetzt tun?«, fragte er, während er sich eine Zigarette ansteckte.

»Erst einmal eine Unterkunft suchen, nehme ich an. Sie wissen nicht zufällig, ob Madame Roussel noch lebt? Die Hauswirtin der Pension, in der ich damals gewohnt habe.«

Ein wissender Ausdruck erschien in seinen Augen. »In der Nähe des Café Amateur, nicht wahr?«

»Ja.«

»Sie ist vor zwei Jahren gestorben«, gab er zurück. »Es tut mir leid.«

Ich presste die Lippen zusammen und senkte den Kopf. Also hatte sie es nicht geschafft. Und was war mit Genevieve? Würde ich je erfahren, was aus ihr geworden war? Es tat mir leid, dass ich den Kontakt zu ihr nicht aufrechterhalten hatte.

»Immerhin ist sie nicht an den Folgen des Krieges gestorben, soweit ich weiß«, fuhr Martin fort. »Sie war krank. Da sie keine Jüdin war, haben die Deutschen sie weitgehend in Ruhe gelassen, auch wenn sie bei ihr wohnten.«

»Und woher wissen Sie von ihrem Tod?«, fragte ich.

»Es ist meine Aufgabe, Dinge zu wissen. Besonders weil das

Café Amateur einer der Orte war, an denen die Résistance Nachrichten ausgetauscht hat.« Er lachte wieder auf. »Der Laden war selbst den Deutschen zu schäbig, die sich ansonsten wirklich überall festgesetzt haben.«

Ich betrachtete ihn eine Weile, dann griff ich nach seiner Hand. »Danke. Danke, dass Sie nie aufgegeben haben. Dass Sie mich und Louis nie vergessen haben.«

»Wie könnte ich denn?«, fragte er. »Außerdem ist der Fall nach wie vor interessant. Nun haben wir die Gelegenheit, allen Betroffenen, auch wenn sie nichts davon ahnen, zu ihrem Recht zu verhelfen.«

Martin atmete tief durch. »Es liegt jetzt an Ihnen, Sophia. Sie können zu Ihrem Sohn gehen und ihm die Wahrheit offenbaren. Ob er sie glaubt, steht auf einem anderen Blatt. Sie können von dem Krankenhaus eine Entschädigung verlangen. Ich werde mich dafür einsetzen, dass geschädigte Frauen abgefunden werden. Natürlich wird das eine Weile dauern.« Martin machte eine kurze Pause. »Besprechen Sie sich vielleicht mit Ihrem Mann. Wenn ich Ihnen einen Rat geben darf, dann den, nicht voreilig zu handeln. Denken Sie immer daran, dass Ihr Sohn diese Familie als die seine kennt. Es könnte ein Schock für ihn sein. Und die Möglichkeit, dass Sie ihn erneut verlieren, besteht.«

Wie konnte ich etwas verlieren, das ich gar nicht hatte? Doch ich kämpfte die Flamme des plötzlich in mir aufschießenden Zorns nieder. Martin hatte recht. Ich musste mit Darren sprechen.

»Ach ja, melden Sie sich bei dieser Adresse, wenn Sie möchten«, fuhr er fort und zog eine Visitenkarte aus seiner Jackentasche. »Eine Freundin von mir vermietet Zimmer. Ich werde sie anrufen und ihr Bescheid geben, dass Sie kommen. Sie werden glänzend miteinander auskommen.«

Ich nickte. Da Madame Roussel nicht mehr lebte, wollte ich

auch nicht zu ihrer Pension gehen. Genevieve war bestimmt nicht mehr dort, und gerade jetzt wollte ich keine Erinnerungen an damals haben. Es gab auch so schon genug, worüber ich nachdenken musste.

»Vielen Dank.«

»Wenn Sie noch etwas brauchen, sagen Sie mir Bescheid. Sobald ich Kontakt zur Kompanie Ihres Mannes habe, werde ich Ihnen eine Nachricht zukommen lassen.«

Ich nickte, dann umarmte ich ihn spontan zum Abschied und ging die Straße hinunter.

Die Bekannte von Monsieur Martin war eine dunkelhaarige Frau Mitte dreißig mit einem Puppengesicht. Jedenfalls würde Madame es so nennen. Ihre Haut war makellos, und obwohl sie gewiss nicht viel Geld hatte, trug sie Schminke und ein leichtes Parfüm. Sogar die Strümpfe an ihren Beinen schienen echt zu sein.

Ich fragte mich, ob sie für Monsieur Martin wirklich nur »eine« Freundin oder mehr war.

Auf jeden Fall hatte Helena Rubinstein in einer Sache recht: Schönheit überstand alles und setzte sich immer durch.

Sie führte mich zu einem Zimmer in der dritten Etage.

»Mein Vater hat nie gewollt, dass das Haus vermietet wird«, erklärte sie mir beinahe fröhlich. »Doch was soll ich mit so einem großen Kasten? Die Zeiten von damals sind vorbei, und meine beiden Brüder leben nicht mehr. Also mache ich daraus das Beste.«

Die Frage, was ihr Vater war, dass er ein zwar schmales, aber immerhin dreistöckiges Haus benötigte, lag mir auf der Zunge, doch ich sprach sie nicht aus. Alles deutete darauf hin, dass es sich um eine ziemlich wohlhabende Familie gehandelt haben musste. Auch die Möblierung war vom Feinsten und nicht beschädigt.

»Abendessen gibt es um sieben«, erklärte sie. »Wenn Sie irgendetwas brauchen, lassen Sie es mich wissen.«

»Danke«, sagte ich und legte meine Tasche ab. Irgendwie fühlte es sich unwirklich an. So ein Ort inmitten all dieser Zerstörung ...

Es war das deutliche Zeichen, dass das Leben immer weiterging und dass sich im Leid auch schöne Dinge erhalten konnten.

Die ganze Nacht über saß ich am Fenster und schaute über die Dächer von Paris. Die Sonne versank als roter Feuerball und färbte den Himmel zunächst orange, dann rot, violett und blau. Farben, wie sie auch in den Auslagen der großen New Yorker Kaufhäuser zu finden waren. Farben, wie Madame und Miss Arden sie liebten.

In diesem Augenblick verspürte ich eine nie gekannte Freiheit.

Ich hatte mich von diesen beiden Frauen gelöst und wollte auf keinen Fall wieder zu ihnen zurück.

Und jetzt hatte ich endlich auch Gewissheit, dass Louis noch lebte. Die Last der Unsicherheit, die ich all die Jahre mit mir herumgeschleppt hatte, war fort.

Vielleicht konnte ich mit Darren nun endlich unbelastet von vorn anfangen.

50. Kapitel

Obwohl ich den Drang verspürte herauszufinden, was mit Genevieve passiert war, verbrachte ich den nächsten Tag weitgehend in meinem Zimmer, denn ich fürchtete mich, Zeugin weiterer Szenen wie der mit dem toten Kollaborateur gestern zu werden.

Beim Abendessen hatte ich gehört, dass in der Stadt, ja im gesamten Land Kollaborateure aufgespürt wurden. Die meisten von ihnen steckte man hinter Gitter, um ihnen den Prozess zu machen. Doch einige hatten nicht so viel Glück und wurden von einer wütenden Meute an Ort und Stelle aufgeknüpft.

Monsieur Martin meldete sich am folgenden Abend noch einmal bei mir. Er hatte in Erfahrung gebracht, wo Darren genau stationiert war: Seine Kompanie befand sich nahe Saarlouis, stand aber kurz vor der Abreise nach Berlin.

»Wenn Sie ihn sehen wollen, müssen Sie gleich morgen aufbrechen«, erklärte er mir. Das Angebot, mich mit einem Militärtransport fahren zu lassen, nahm ich sehr gern an.

Der Soldat, neben dem ich in dem klobigen Lastwagen saß, war noch sehr jung, gerade mal zwanzig, wie er mir auf Nachfrage bestätigte. Er erzählte mir von seiner Familie im Süden und dass er seine Großmutter vermisse.

Ich konnte nicht anders, als mir vorzustellen, dass es Louis war. Ob er auch im Krieg gekämpft hatte?

In all meiner Sorge um Darren hatte ich nicht daran gedacht, dass eventuell auch mein Sohn hätte betroffen sein können. Ich verspürte einen Stich in der Magengrube. Was hatten meine Landsleute nur getan? Welchen Sinn hatte dieser Krieg gehabt? Ich konnte nur den Kopf schütteln über das, was ich sah, all die Zerstörung ringsherum. Würden diese Narben je wieder heilen?

»Die *boches* haben ziemlich gewütet«, erklärte mir der junge Soldat. »Als sie merkten, dass der Krieg für sie verloren war, haben sie die Häuser ihrer eigenen Leute angesteckt.«

Boches. Dieses Schimpfwort hatte ich nicht mehr gehört, seit Genevieve mich einmal so genannt hatte. Sie hatte es damals beinahe liebevoll gemeint, doch aus der Stimme des jungen Mannes neben mir hörte ich blanken Hass. Ich war froh, dass er nicht wusste, dass ich gebürtige Deutsche war, denn ich verstand sehr gut, woher der Abscheu rührte.

Schließlich trafen wir in Saarlouis ein, und das Haus kam in Sichtweite, in dem die Soldaten Quartier genommen hatten. Ich bedankte mich bei meinem Chauffeur und wünschte ihm eine sichere Weiterreise. Wie ich von hier aus zurückkommen sollte, wusste ich nicht. Aber bis mein Schiff aus Dover ablegte, würde noch ein wenig Zeit vergehen.

Ich wandte mich an den ersten amerikanischen Soldaten, der mir über den Weg lief, und auf meine Frage nach Darren schickte er mich zum Hinterhof des Hauses.

Da sah ich ihn!

Er war schmaler, als ich ihn in Erinnerung hatte. Seine Haut war braun und sein Haar militärisch kurz geschnitten, viel kürzer als damals. Wie würde er reagieren?

Mein Puls raste vor Aufregung, als wäre es unsere erste Verabredung.

Ein Pfiff ertönte hinter mir, die Sorte von Pfiffen, die man eigentlich Frauen mit Nahtstrümpfen und hohen Pumps hinterherschickte. Hatten die Männer hier wirklich schon so lange keine Frau mehr gesehen, dass mein Anblick genügte, sie zu solch einer Reaktion zu reizen?

Das Geräusch brachte Darren dazu, sich umzuwenden. Da trafen sich unsere Blicke. Ich erstarrte und er ebenso. Ein paar Sekunden vergingen.

»Sophia?«, fragte er, als könnte er nicht glauben, was er da sah.

»Ja, ich bin es«, gab ich zurück und wusste nicht, ob ich vor Glück weinen oder jubeln sollte.

Dann stürzte er auf mich zu, schloss mich in seine Arme und riss mich beinahe von den Füßen.

Ich spürte seine Wärme, seinen Körper, und wenig später schmeckte ich seinen Kuss. Darren. Wie sehr hatte ich ihn vermisst. Wie sehr hatte er mir gefehlt. Mein gesamter Körper reagierte auf ihn, wollte ihn nie wieder loslassen.

Rings um uns herum johlten ein paar Männer auf, manche klatschten oder pfiffen. Darren und mir war das egal. Wir küssten uns fast verzweifelt, und ich merkte dabei, dass auch Darren aufschluchzte. Vier lange Jahre hatten wir uns nicht mehr gesehen, und es hatte oft Momente gegeben, in denen ich ihn verloren geglaubt hatte. Doch hier war er. Und ich wollte ihn nie wieder verlassen.

»Sergeant O'Connor!«, peitschte eine Stimme über den Hof. Augenblicklich versteifte sich Darrens Körper. Er wirbelte herum und salutierte.

»Ja, Sir!«

Der Mann, der nach ihm gerufen hatte, war Ende vierzig, trug einen breiten Schnurrbart, und seine Uniformjacke zierte ein silberner Adler.

»Wer ist denn die junge Dame da?«

»Meine Ehefrau, Sir!«, antwortete Darren.

Der Uniformierte unterdrückte ein Lächeln. »Dann stellen Sie mich ihr mal vor, Sergeant!«

Darren nickte. »Sophia, das ist Colonel Peters. Colonel, das ist Sophia O'Connor, meine Frau.«

»Freut mich, Sie kennenzulernen«, sagte der Mann und reichte mir die Hand. »Es ist zwar ungewöhnlich, dass die Ehefrauen hier auftauchen, aber wenn Sie schon mal da sind ...«

»Ich hatte in Paris zu tun«, entgegnete ich. »Dort sagte man mir, dass ich meinen Mann hier finden könnte.«

»Sie haben großes Glück, dass Sie uns noch antreffen«, sagte der Colonel. »In der Nacht brechen wir nach Berlin auf, um uns anzusehen, was die Russen übrig gelassen haben.«

Ich zuckte ein wenig zusammen. Was die Russen übrig gelassen hatten. Hennys Eltern waren immer noch in Berlin. Da es keine Möglichkeit gegeben hatte, sie zu erreichen, versuchte Henny es übers Rote Kreuz.

»Ich hoffe, dass der Anblick nicht allzu schrecklich ist«, gab ich zurück. »Wir haben drüben die Wochenschauen angesehen, und allein, was dort gezeigt wurde ...«

»Die Berichterstatter verwenden glücklicherweise nur einen Bruchteil der Aufnahmen für diese Vorführungen. Wir haben wesentlich mehr gefilmt. Aber es ist besser, dass wir es der Bevölkerung erst später zeigen. Wenn wir selbst verstanden haben, welcher Schrecken uns da begegnet ist.«

Ich blickte zu Darren und spürte die Sorge erneut in die Höhe schießen.

»Nun, ich will Sie nicht beunruhigen. So schön wie Paris ist dieser Ort hier nicht, doch wenn Sie schon mal da sind, sollen Sie auch die Gelegenheit haben, mit Ihrem Mann zu reden.« Er wandte sich wieder an Darren. »Sergeant, Sie haben eine Stunde.«

»Danke, Sir!« Darren salutierte und bedeutete mir mitzukommen.

Wir gingen auf die Dachterrasse des Hauses, und ich berichtete ihm von meiner Reise und dem Gespräch mit Monsieur Martin.

»Ein toller Kerl«, sagte Darren. »Er hat so etwas Verwegenes.«

»Wirklich?«, fragte ich. »Das ist mir gar nicht aufgefallen.«

»Gut für mich«, scherzte er.

Ich schmiegte mich an seine Brust. »Du weißt gar nicht, wie sehr ich dich vermisst habe!«

»So sehr wie ich dich. Ich war so ein Idiot.«

»Kein Idiot. Aber immer noch so sturköpfig wie damals. In einer Sache hattest du allerdings recht: Ich habe zu viel an die Arbeit gedacht. Deshalb habe ich den Vertrag mit Madame nicht mehr verlängert.«

Davon hatte ich ihm noch nicht geschrieben. Darren blickte mich überrascht an. »Sie hat dich einfach gehen lassen?«

»Sie hat von mir gefordert, eine Konkurrentin auszuspionieren. Das wollte ich nicht länger tun. Außerdem schien es ihr egal zu sein, was mit meinem Vertrag ist. Er war längst überzogen, als ich mich entschieden habe zu kündigen.«

»Und nun?«, fragte er.

»Wir werden sehen«, entgegnete ich. »Ich habe noch Geld und viele Ideen. Aber bevor ich anfange, will ich Klarheit bezüglich Louis.«

Ich erzählte ihm nun auch von meinem Sohn. Davon, dass man sogar wisse, bei welcher Familie er untergekommen sei.

»Schade, dass dieser Mistkerl sich umgebracht hat«, sagte Darren wütend. »Ich hätte ihm gern selbst den Hals dafür umgedreht.«

»Das geht mir ähnlich. Aber wer weiß, was alles ans Licht

kommt und wer zur Verantwortung gezogen werden kann. Ich will ihn nur einmal sehen. Louis. Er ist mittlerweile neunzehn. Möglicherweise ist er auch bei der Armee.«

»Möglicherweise«, sagte Darren und küsste meine Stirn. »Mach dir keine Sorgen, er wird noch am Leben sein. Vielleicht hat er gar nicht in den Kampf ziehen müssen.«

Hatte der Einfluss seines »Vaters« ausgereicht? Für mich waren die Leducs bisher nur die Räuber meines Kindes gewesen, aber wenn Louis die Schrecken der Front erspart geblieben waren, konnte man ihnen wenigstens das zugutehalten.

»Ich hoffe sehr, dass du ihn bald sehen kannst.«

»Monsieur Martin meinte, dass ich damit warten muss, bis die Ermittlungen fortgeschritten sind.«

»Das ist sehr klug von ihm. Schau mal, der Junge ist neunzehn Jahre lang mit einer Lüge aufgewachsen. Es ist besser, er hört von einer amtlichen Stelle die Wahrheit, bevor du zu ihm kommst.«

»Es wird seine Welt zerstören«, murmelte ich nachdenklich. »Vielleicht wäre es besser, wenn ich ihn nicht treffe.«

»Möglicherweise wird es seine Welt auch vervollständigen, wer weiß. Er ist mittlerweile ein erwachsener Mann, und ihm sollte die Wahrheit nicht vorenthalten werden.«

Das stimmte, dennoch fühlte ich mich irgendwie selbstsüchtig. Ich wollte ihn an mich drücken, ihn halten, spüren, dass es ihn gab. Dadurch, so hoffte ich, würde diese leere Stelle auf meiner Seele endlich ausgefüllt werden. Doch als Mutter, auch wenn ich nie die Gelegenheit gehabt hatte, eine zu sein, musste ich an sein Wohl denken …

Minutenlang schwiegen wir. Ich wusste, dass ich in den kommenden Wochen und Monaten viel zu überlegen hatte.

»Berlin also«, sagte ich nachdenklich. »Ich wünschte mir so sehr, ihn begleiten zu dürfen.

»Wenn ich ehrlich bin, fürchte ich mich ein wenig davor. Ich erinnere mich noch gut daran, wie wir beide durch die Straßen gegangen sind.«

»Schon damals war es nicht mehr das Berlin, das ich von früher kannte. Und ich weiß nicht, ob es dieses Berlin je wieder geben wird.«

»Ein Anfang ist gemacht«, sagte Darren. »Die Menschen dort werden wieder auf die Beine kommen, da bin ich sicher. Und sie werden erkennen, welchen großen Fehler sie mit ihrem Führer begangen haben.«

»Das hoffe ich so sehr.« Ich blickte ihn an. Der Krieg hatte Furchen in sein Gesicht gegraben, die vorher nicht dagewesen waren. Und auch wenn ich Angst vor dem Anblick hatte, fragte ich: »Darf ich deine Narben sehen?«

Ein zweifelnder Ausdruck trat auf sein Gesicht. »Willst du das wirklich?«

»Wenn du zu mir zurückkommst, sehe ich sie ohnehin«, gab ich zurück und legte meine Hände auf seine Brust. Darren zögerte einen Moment lang, dann nickte er und begann sein Hemd aufzuknöpfen. Ich half ihm dabei und blickte wenig später auf zwei blau-rote Narben am mittleren und unteren Rippenbogen. Man sah, dass jemand die Wunden erweitert hatte, um die Kugeln herauszuziehen, und sie dann wieder vernäht hatte.

Ein Schauder rann über meinen Körper. Ich brauchte kein Mediziner zu sein, um zu erkennen, dass jede dieser Kugeln leicht Darrens Tod hätte bedeuten können.

Vorsichtig berührte ich die empfindlichen Wülste, strich um die Haut darum. Jetzt hatte auch er Narben, so wie ich. Meine Narbe war beinahe nicht mehr zu erkennen, und ich war sicher, dass auch von seinen Narben irgendwann nur weiße Striche übrig sein würden, wie Markierungen auf einer Landkarte.

Ich spürte, dass Darren auf meine Berührung reagierte. Er seufzte auf, griff dann sanft nach meiner Hand und hielt sie fest. »Wenn du so weitermachst, kann ich für nichts garantieren«, flüsterte er und küsste mich. »Und wenn uns einer der Jungs dabei erwischt ...«

Ich lachte auf. Das war es nicht, was ich im Sinn gehabt hatte, als ich die Wunde sehen wollte. Aber jetzt, wo er es ansprach, war ich nicht abgeneigt. Die Berührung seiner Haut entfachte mein Begehren, doch er hatte recht. Wir konnten jetzt nicht weiter gehen. Nicht hier, wo man uns jederzeit überraschen könnte.

»Würdest du mir einen Gefallen tun?«, fragte ich, während ich ihm das Hemd vorsichtig wieder verschloss.

»Aber natürlich, wenn es denn in meiner Macht steht.«

»Schau doch bitte, ob du herausfinden kannst, was mit Hennys Eltern geschehen ist. Sie vermisst sie, und die letzte Nachricht, die wir hatten, war, dass sie ausgebombt worden waren. Du erinnerst dich doch noch an die Wegsteins?«

»Natürlich«, gab Darren zurück. »Und was ist mit deinem Vater?«

Ich presste die Lippen zusammen. An ihn hatte ich nicht gedacht, und jetzt kam ich mir ziemlich kaltherzig vor.

»Wenn du etwas über ihn in Erfahrung bringen könntest ...«

»Ich werde es versuchen.« Darren machte eine Pause, dann fuhr er fort. »Ich weiß, dass du ihn zur Hölle gewünscht hast, aber ...«

Ich legte ihm einen Finger auf die Lippen. »Es ist gut so. Wenn du herausfinden kannst, ob er noch lebt, würde ich mich freuen. Er muss es ja nicht wissen, nicht wahr?«

»Nein, ich werde mich ihm nicht aufdrängen.«

Darren küsste mich.

»Die Stunde ist um!«, hörte ich von unten.

Darren wollte mich loslassen. »Nein!«, rief ich, zog ihn mit all meiner Kraft an mich und küsste ihn so leidenschaftlich ich nur konnte.

»Wir sehen uns bald wieder«, versprach er. »Und ich werde dir schreiben, sooft ich kann.«

»Pass auf dich auf, ja?«, sagte ich und hatte das Gefühl, dass diese Worte ein wenig spät kamen, denn der Krieg war Geschichte.

Zu gern hätte ich versucht, ins Elsass zu reisen und zumindest aus der Ferne einen Blick auf Louis zu wagen, doch das Militärfahrzeug wartete nicht, und Sonderwünsche wurden mir aus logistischen Gründen nicht gestattet. So fuhr ich nach Calais und ging an Bord des Frachters, der mich nach Amerika zurückbringen sollte.

Zwei Wochen später erreichten wir den Hafen von New York. Von dort aus machte ich mich sofort auf den Weg zu Henny.

Ich traf sie in der Tanzschule an, wo sie gerade wieder einen Kurs unterrichtete. Die jungen Frauen in ihrer knappen Sportkleidung hätten bei den Soldaten in Saarlouis wahre Begeisterungsstürme ausgelöst.

»Du meine Güte, Sophia!«, rief sie aus und rannte zu mir. Die Blicke ihrer Tanzschülerinnen folgten ihr. »Du bist wieder hier!«

Ich ließ die Tasche fallen, und wenig später fielen wir uns in die Arme.

»Ja, ich komme gerade vom Hafen. Aber ich will eigentlich nicht stören ...«

»Du störst nicht. Setz dich doch einfach auf eine Bank und schau uns zu. Dies ist mein letzter Kurs für heute, dann feiern wir deine Rückkehr.«

Ich nahm auf der Bank an der Seite Platz, dort, wo sich sonst die Elevinnen ausruhten. Während ich den jungen Frauen bei den Bewegungen zusah, fühlte ich, wie die Schwere der vergangenen Wochen von mir abfiel. Nach all der Zerstörung, die ich zu Gesicht bekommen hatte, war es schön, etwas so Leichtem, so Harmonischem wie einem Tanz zuzuschauen. Ich vertiefte mich in die Bewegung und spürte Glück in meiner Brust. Glück und Zuversicht.

Bis spät in die Nacht berichtete ich von meinen Erlebnissen und vor allem von Darren und der Gewissheit, dass Louis am Leben war. Während ich sprach, hatte ich das Gefühl, all das aufschreiben zu müssen, um es für die Nachwelt zu erhalten, so unglaublich erschien es mir jetzt im Rückblick. Ich dachte wieder an den Schriftsteller, den ich vor langer Zeit während der Überfahrt nach Paris kennengelernt und der mir angeboten hatte, meine Geschichte aufzuschreiben. Möglicherweise hätte ich sie ihm jetzt erzählt. Aber diese Chance war vergangen.

»Ich habe Darren gebeten, nach deinen Eltern Ausschau zu halten«, schloss ich weit nach Mitternacht. »Wenn er denn schon mal in Berlin ist ...«

Bekümmerung trat auf Hennys Gesicht.

»Du hast noch keine Nachricht von ihnen bekommen?«

Sie schüttelte den Kopf. »Nein. Wer weiß, ob sie noch in Berlin sind. Ob sie überhaupt noch leben.«

»Ich bin sicher, dass sie sich bei dir melden werden, sobald es ihnen möglich ist«, sagte ich, doch tief in meinem Herzen hatte ich ebenfalls Angst. Mehr Angst um die Wegsteins als um meinen eigenen Vater. Aber ich war sicher, dass Darren nach allen schauen würde.

Zwei Tage später erschien ich wieder im Kaufhaus. Meine Kolleginnen, die bisher nur wenig Notiz von mir genommen hatten, umringten mich und wollten wissen, wie es in Europa war und ob ich dort auch Nazis gesehen hätte.

Ich verneinte, doch ich erzählte ihnen von Paris und meinem Ehemann. Von meinem Sohn wusste keine von ihnen etwas, auch ließ ich den Schrecken aus, den mir der Anblick des erhängten Kollaborateurs versetzt hatte.

Als ich wieder an die Arbeit ging, fühlte ich mich seltsam leicht. Es war, als hätte mich jemand von einer schweren Rüstung befreit. Bald, da war ich sicher, würde ich mein Vorhaben, einen eigenen Salon zu eröffnen, in Angriff nehmen. Ich wollte nur noch warten, bis Darren zurück war.

51. Kapitel

1946

Der Jahreswechsel brachte viel Schnee und trotz des wiedergewonnenen Friedens keine besonders guten Nachrichten aus Europa. Man nannte es dort den »Hungerwinter«, und viele Menschen hatten nun nach überstandenem Krieg mit neuerlicher Not zu kämpfen.

Wie versprochen schrieb Darren mir häufiger und berichtete, dass sie alle Hände voll zu tun hatten, Hilfsgüter unter die Leute zu bringen. Vielen Deutschen, die den Krieg überlebt hatten, fehlte eine sichere und warme Bleibe, andere, die eine Bleibe hatten, konnten nicht heizen und hatten keine Nahrungsmittel. Ich spürte das Mitgefühl für die Menschen in jeder seiner Zeilen, und ich bewunderte, dass er ihnen keine Schuld an ihrer Lage zuschrieb, sondern versuchte, ihnen mit seiner Arbeit eine Zukunft zu bereiten.

Ende Januar gab es dann einen erlösenden Anruf für Henny. Ihre Mutter berichtete, dass ihr Vater in den letzten Kriegstagen schwer erkrankt war und sie aufgrund der Bomben und der einrückenden Russen keine Möglichkeit gehabt hatten, sich zu melden. Mittlerweile wurde der Stadtteil, in dem sie lebten, von den Franzosen verwaltet, die sich ihrem Erleben nach recht anständig zu den Leuten verhielten.

Henny weinte vor Erleichterung in meinen Armen. Auch wenn es ihrem Vater noch immer nicht besonders gut ging und sie in einer Notunterkunft wohnten, weil auch die Bekannten, bei denen sie Unterschlupf gefunden hatten, ihr Haus verlassen mussten, wusste sie doch, dass ihre Eltern den Krieg überstanden hatten und Michael irgendwann die Gelegenheit haben würde, seine Grandma und seinen Grandpa richtig kennenzulernen.

Monsieur Martin war derweil dabei, die Fälle der geraubten Kinder aufzuklären. Er hielt mich auf dem Laufenden, blieb aber dabei, dass es besser sei, meinen Sohn noch nicht zu kontaktieren.

Als der Frühling kam, packte mich die Ungeduld. Wann würde Darren endlich entlassen werden? Er hatte zwar den Rang eines Sergeant First Class erreicht, doch er war eigentlich kein Militär. Beinahe neidisch beobachtete ich in den *Fox Movietone News*, wie Soldaten heimkehrten und von ihren Ehefrauen und Freundinnen, von Eltern und Freunden am Hafen begrüßt wurden.

Gleichzeitig hieß es in den Tageszeitungen, dass amerikanische Truppen dauerhaft in Deutschland stationiert werden sollten, um die letzten Wurzeln des Faschismus auszureißen.

Eines Morgens Ende März klingelte unser Telefon. Ich hatte mich gerade mit dem nicht ziehenden Ofen herumgeplagt und warf ein wenig ärgerlich den Schürhaken auf den Boden. Eigentlich rief Henny immer erst am Nachmittag an, aber vielleicht gab es etwas Wichtiges.

Als ich abnahm, meldete sich die Stimme eines jungen Mannes. Er nannte seinen Namen und Dienstrang und sagte dann: »Ihr Ehemann möchte Sie sprechen.«

»Danke«, erwiderte ich etwas atemlos.

Ein Gespräch aus Deutschland! Sofort stieg Sorge in mir auf. War Darren etwas zugestoßen? Es gab Gerüchte, dass versprengte deutsche Soldaten sich immer noch herumtreiben und jeden töten würden, der ihnen mit einer ausländischen Uniform unter die Augen kam.

Wenig später vernahm ich seine Stimme, wohltuend wie ein Sonnenstrahl, der durch dunkle Wolken brach.

»Hallo, Liebling«, sagte er. »Geht es dir gut?«

»Ja«, antwortete ich. »Und dir? Ist alles in Ordnung?« Die leise Hoffnung, er würde mir jetzt mitteilen, dass er nach Hause käme, ließ mein Herz höherschlagen.

»Ich habe Nachricht von deinem Vater bekommen«, sagte Darren stattdessen.

»Meinem Vater?« Ich hatte ganz vergessen, dass er auch nach ihm suchen wollte.

»Er liegt in einem Krankenhaus im Südwesten von Berlin.«

Ich schwieg geschockt. Was war geschehen?

»Er ist sehr schwer krank«, fuhr Darren fort. »Man fürchtet, dass es mit ihm zu Ende geht.«

Ich versuchte, diese Nachricht zu verdauen. Beinahe schämte ich mich, dass ich keinen Kontakt zu ihm gesucht hatte.

»Woher weißt du das?«, fragte ich.

»Sie haben mich General Lucius D. Clay zugeteilt. Wir schauen uns unter anderem Patientenlisten von Berliner Krankenhäusern an, auf der Suche nach flüchtigen Nazis. Und da sah ich seinen Namen. Als ich mich erkundigte und angab, sein Schwiegersohn zu sein, hat man mir Auskunft erteilt.«

Mein Vater war schwer krank und lag in einem Krankenhaus im Südwesten. Zehlendorf, nahm ich an, wo er auch wohnte.

»In welchem Krankenhaus ist er?«, fragte ich.

»Waldfriede.«

Der Name sagte mir nichts. Bevor meine Mutter schwer krank geworden war, war niemand aus unserer Familie je im Krankenhaus gewesen.

»Hast du mit ihm gesprochen?«

»Nein«, antwortete Darren. »Nur mit dem Arzt. Er sagte, dass es Krebs sei. Und dass er wahrscheinlich nicht mehr lange zu leben hat. Außerdem möchte dich der Arzt so bald wie irgend möglich sprechen.«

Diese Nachricht bekümmerte mich. Vater hatte die Wirren des Krieges, die Bombardierungen überstanden, um jetzt an Krebs zu sterben?

»Ich dachte mir, dass du das wissen solltest. Und ihn vielleicht noch einmal sehen möchtest.«

Ich seufzte tief und schwer. »Ich werde schauen, ob ich eine Schiffspassage bekomme.« Auch wenn der Krieg vorbei war, fuhren noch nicht wieder so viele Passagierschiffe wie früher.

»In ein paar Tagen geht ein Militärflug nach Deutschland«, sagte er. »Wenn du dich zu fliegen traust, könnte ich meinen Vorgesetzten darum bitten, dich mitnehmen zu lassen.«

»Ich soll über den Ozean fliegen?«, fragte ich. War das nicht alles ein bisschen viel Aufwand für eine einfache Frau wie mich?

»Ja, warum denn nicht? Meine Ehefrau ist doch mutig, nicht wahr?«

»Ich weiß ja nicht, wen du in der Zwischenzeit geheiratet hast, aber ich kann mir einen Flug in einem Flugzeug nicht so recht vorstellen.«

»Komm schon!«, sagte er. »Erinnerst du dich daran, als du mich fragtest, ob wir irgendwann schneller über den Ozean reisen würden?«

»Du meinst die Sache mit den Zeppelinen?« Mich überlief immer noch ein Schauer, als ich an die Bilder aus der Wochenschau dachte, die die ausbrennende Hindenburg zeigten.

»Ja. Nur dass es jetzt kein Zeppelin ist und wesentlich schneller geht. Man würde dich zu mir nach Berlin bringen, und dann könntest du ihn besuchen.«

Ich zögerte. Die Aussicht, bei Darren zu sein, war sehr reizvoll. Doch wollte ich wirklich zu meinem Vater?

»Ich bin nicht sicher«, begann ich schließlich. »Was, wenn er mich nicht sehen will?«

»Ich glaube, dass er genau das möchte«, sagte Darren. »Außerdem, willst du nicht Frieden mit ihm schließen? Es ist die letzte Gelegenheit.«

»Du weißt, wie er sich verhalten hat.«

»Ja, das weiß ich. Aber er ist dein Vater. Sogar ich würde in so einer Situation meinen alten Herrn aufsuchen. Und glaube mir, er hat mich wie ein Stück Dreck behandelt.«

Er schwieg einen Moment lang, dann fuhr er sanft fort: »Ich kenne dich, Sophia. Ich weiß, dass du es bereuen wirst. Es mag dir vielleicht schwerfallen, daran zu glauben, aber ich denke, dass du ihn noch einmal besuchen solltest. Sonst machst du dir womöglich Vorwürfe, es nicht getan zu haben.«

Ich rang mit mir. Die Nachricht, dass Vater krank war, hätte eigentlich gereicht.

Aber Darren hatte recht. Wer konnte schon wissen, ob es mir später nicht doch leidtat?

»Also gut«, sagte ich. »Was soll ich tun?«

Zwei Tage später wurde ich, wie von Darren angekündigt, mit einem Militärjeep abgeholt. Der Soldat, der als mein Fahrer fungierte, salutierte und öffnete mir die Wagentür. Dann lud er mein Gepäck auf. Henny hatte mir ein wenig Proviant mitgegeben, selbst gebackene Cupcakes und Cookies mit Schokoladenstückchen.

Das Rezept hatte sie von einer ihrer Schülerinnen erhalten. Sie dufteten himmlisch, doch ich hatte keinen Appetit. Meinem Fahrer etwas anzubieten, wagte ich nicht, denn ich spürte, dass ihm die Zeit im Nacken saß. An der Militärbasis angekommen, brachte man mich umgehend auf den Flugplatz.

Die Maschine, mit der ich fliegen sollte, war groß wie ein Wal. Jedenfalls kam es mir so vor. Bisher hatte ich Flugzeuge wie dieses nur in der Wochenschau gesehen. In die Frachtluke wurden riesige Pakete eingeladen. Ich fragte mich, wo ich sitzen würde.

Ein weiterer Soldat erschien. Welchen Dienstrang er hatte, wusste ich nicht, denn ich kannte mich mit den Sternen und Zeichen auf den Schulterklappen nicht aus. Anstelle einer normalen Uniform trug er einen Overall.

»Mrs O'Connor?«, fragte er.

»Ja, die bin ich.« Selten war ich mir so fehl am Platz vorgekommen wie in diesem Augenblick.

»Sie haben hoffentlich keine Flugangst?«

»Keine Ahnung«, gab ich zurück. »Ich bin noch nie geflogen.«

»Dann schauen wir mal, wie Sie sich schlagen.« Er bedeutete mir mitzukommen. Ich konnte die Augen nicht von dem riesigen Vogel lassen, der mich über den Ozean tragen würde.

»Wenn Sie wollen, können Sie noch einmal auf die Toilette gehen«, sagte der Soldat. »Ich würde Ihnen dazu raten, denn Flugzeuge wie diese sind eigentlich nicht für den Transport von Personen ausgerichtet.«

»Aber mit mir fliegt doch noch jemand, nicht wahr?«

»Natürlich«, sagte der Soldat. »Annehmlichkeiten können wir Ihnen allerdings leider nicht bieten.«

»Die brauche ich nicht«, gab ich zurück. »Solange das Flugzeug in der Luft bleibt und erst dann auf dem Boden aufkommt, wenn es das soll, bin ich zufrieden.«

Der Soldat lachte auf. »Keine Sorge, unsere Piloten haben den Beschuss durch die Krauts ausgehalten. Die jetzigen Flüge sind wie Urlaub.«

Der Begriff »Kraut« für die Deutschen war mir aus den Gesprächen in der Subway und auch anderenorts bekannt. Man spielte darauf an, dass die Deutschen oft Sauerkraut aßen, jedenfalls schienen die Soldaten diesen Eindruck zu haben.

Während wir zu einem der Gebäude gingen, betrachtete ich den jungen Mann. Was würde er dazu sagen, dass ich ebenfalls eine »Kraut« war, jedenfalls der Geburt nach?

»Haben Sie eine Ehefrau oder ein Mädchen, das auf Sie wartet?«, fragte ich.

»Nein«, antwortete er. »Zum Glück. Ich will gar nicht wissen, wie es gewesen wäre, wenn ich eins hätte. Die wäre doch vor Angst umgekommen. Jedenfalls war das bei Becky so, der Braut von meinem Bruder.«

»Geht es Ihrem Bruder gut?«, fragte ich vorsichtig. Viele Amerikaner waren gefallen, auch Männer der Arbeiterinnen in Madames Fabrik und der Assistentinnen.

»Er ist verwundet worden, hat ein Bein verloren.«

»Das tut mir leid.«

»Er hat Glück gehabt. Er ist am Leben. Immerhin.«

Der Soldat begleitete mich zum Hauptgebäude, wo ich mich noch einmal frisch machte. Dann wurde ich von einem seiner Kameraden abgeholt und zu der Maschine gebracht.

Dieses überdimensionale Gebilde aus Metall wirkte bedrohlich und faszinierend zugleich. Die Soldaten, die bereits im Innern des Frachtraums saßen, bedachten mich mit verwunderten Blicken. Ich bekam einen Platz zugewiesen und schnallte mich an.

Wenig später, eingezwängt zwischen Soldaten und einer riesigen Menge Frachtgut, erlebte ich, wie das Flugzeug abhob und sich in die Lüfte schwang. Meine Ohren fühlten sich verstopft an, daran änderte auch der Kaugummi, den mir einer der Männer zusteckte, nichts. Ich hatte Mühe, mein Zittern zu verbergen. Das erste Mal flog ich! Mein Magen kribbelte, ich war euphorisch, gleichzeitig war mir übel.

Als ein harter Ruck durch das Flugzeug ging, schrie ich kurz auf. Die Soldaten, die offenbar nichts mehr schreckte, blickten mich an.

»Entschuldigung«, rief ich durch das Brummen der Motoren, wusste aber nicht genau, ob sie mich verstehen konnten.

»Machen Sie sich nichts draus, Miss«, brüllte einer der Männer zurück. »Das sind nur Luftlöcher. Tyrell ist ein guter Pilot, der würde uns nicht abstürzen lassen.«

Ich spähte durch die kleinen Fenster auf die Propeller. Soweit ich es einschätzen konnte, versahen diese vorschriftsmäßig ihren Dienst.

Madame kam mir in den Sinn, zum ersten Mal nach meiner Kündigung. Sie reiste immer noch per Schiff. Wann würde es so weit sein, dass jeder mit dem Flugzeug flog?

Nach einer Zeit voller Turbulenzen und einem Zwischenstopp in Irland, bei dem das Flugzeug aufgetankt werden musste, erreichten wir schließlich den Flughafen Tempelhof oder Tempelhof Air Base, wie er von den Amerikanern genannt wurde.

Als ich das Flugzeug verließ, blendete mich die Sonne.

Zwei Jahre vor der Sache mit Georg war ich mit Henny einmal in der Nähe der Baustelle gewesen. Wir wollten uns die neu entstehenden Flughafenhallen anschauen. Damals waren die meisten Gebäude gerade erst angelegt worden.

Uns vorzustellen, mit einer dieser Maschinen zu fliegen, fiel Henny und mir damals schwer. Flieger kannten wir nur aus dem Lichtspieltheater.

Auf dem Rollfeld erwartete uns ein graugrüner Militärjeep, der an den Seiten offen war. Der Fahrer nahm mich und zwei Männer mit einem zackigen Salut in Empfang und erklärte uns, dass wir jetzt zum Haus des Kommandanten fahren würden.

»Sie sind Mrs O'Connor, nicht wahr?«, fragte er, worauf ich nickte.

»Ich soll Sie von Ihrem Mann grüßen. Er freut sich darauf, Sie zu sehen.«

Während der Fahrt blickte ich mich um. Zunächst kamen wir an weiteren imposanten Flugzeugen vorbei, dann näherten wir uns den Hallen. In den vergangenen Jahren musste der Flughafen erweitert worden sein, denn es waren wesentlich mehr Gebäude vorhanden, als wir damals gesehen hatten. Einige von ihnen schienen als Werkstatt genutzt zu werden. Seltsamerweise standen vor einem der Häuser zahlreiche Automobile in unterschiedlichstem Zustand. Während einige noch recht gut aussahen, waren andere vollkommene Wracks.

Überall hing der Geruch nach Öl und Kerosin in der Luft.

Ich hoffte, dass wir die große Halle durchqueren würden, doch der Jeep fuhr daran vorbei. Alles, was ich sah, war die breite Fensterfront, in der einige Scheiben beschädigt worden waren.

»Eigentlich wollte Hitler, dass der Flughafen bis zum Letzten verteidigt wird«, erklärte der Soldat, der meinen interessierten Blick bemerkte. »Doch der Mann, der hierfür zuständig war, hat lieber ein Feldlazarett eingerichtet. Böttger hieß er, glaube ich.«

Er sprach den Namen irgendwie seltsam aus.

»Auf jeden Fall wurde der Flughafen nicht zerstört. Der Kommandant hat sich aus Angst vor Strafe erschossen, aber nur ihm haben wir es zu verdanken, dass wir nicht auf einem Acker landen müssen.«

Ich dankte dem Unbekannten still, denn die Landung auf dem Rollfeld war schon holprig genug gewesen.

Eine halbe Stunde später erreichten wir Darrens Unterkunft.

Unterwegs bekam ich nicht nur die zerstörten Häuser zu Gesicht, sondern auch mit Kittelschürzen bekleidete Frauen, die damit beschäftigt waren, die Trümmer beiseitezuräumen.

Einige größere Kinder halfen dabei, kleinere standen am Wegrand und beobachteten die Erwachsenen.

Ein Mädchen in einem zerlumpten Kleidchen starrte mich mit großen Augen an, während es auf dem Ohr eines struppigen Teddys herumkaute. Wie die meisten Menschen hier wirkte es mager, daran hatten auch die Hilfslieferungen nur wenig ändern können. Mir schnürte es das Herz zusammen.

Dann fiel mir das Proviantpaket ein, das Henny mir mitgegeben hatte. Aufgrund des turbulenten Fluges hatte ich keinen Hunger gehabt und es nicht angerührt.

»Können wir kurz halten?«, fragte ich.

»Klar«, antwortete der Soldat. »Was ist denn? Ist Ihnen übel?«

»Nein, ich will nur kurz etwas abgeben.« Ich zog das Päckchen aus der Tasche und ging zu dem Mädchen. »He du«, sprach ich sie an. »Hast du Lust auf Kekse?«

Die Kleine starrte mich mit großen Augen an, traute sich aber nicht, etwas zu sagen. Der Duft der Cupcakes drang durch das Pergamentpapier, und ich sah, wie das Mädchen hungrig schluckte.

»Was wollen Sie von meiner Tochter?«, fragte eine Frau misstrauisch.

Ich erhob mich und wandte mich um. »Ich möchte ihr nur diese Kuchen und Kekse schenken. Ist das in Ordnung?«

Ich streckte der Frau das Päckchen hin. Sie zögerte. »Bitte, nehmen Sie es. Es sind gute Sachen, meine Freundin hat sie mir mitgegeben für den Flug hierher. Ihre Tochter kann es mehr brauchen als ich.«

Das Misstrauen schwand nicht ganz aus dem Blick der Frau, doch sie griff nach dem Päckchen. »Danke«, sagte sie ein wenig überrumpelt.

»Gern geschehen«, gab ich zurück und stieg wieder in den Jeep.

Darrens Unterkunft befand sich nicht, wie ich zunächst angenommen hatte, in einer Militärbaracke, sondern in einer Villa in Zehlendorf. Wie der Fahrer mir berichtete, hatte man hier den gesamten Stab von General Clay untergebracht. Dass Darren dazugehörte, verwunderte mich ein bisschen, gleichzeitig war ich auch stolz auf ihn.

Es dauerte eine Weile, bis man ihn aufgetrieben hatte. Ich wartete derweil im Foyer des Gebäudes und staunte über die gut erhaltene Einrichtung. In diesem Teil von Berlin schien man von den Bomben verschont geblieben zu sein.

Als ich ihn endlich sah, fiel ich ihm um den Hals. Dabei war es mir egal, dass seine Kameraden uns mit einer Mischung aus Neugier, Belustigung und auch ein wenig Neid beobachteten. Ich küsste ihn und legte meinen Kopf auf seine Schulter. »Ich habe dich so vermisst!«

»Dann war es wohl doch eine gute Idee, dich mit dem Flieger kommen zu lassen«, entgegnete er mit einem breiten Lächeln.

»Ich weiß nicht, ob ich für die Rückreise nicht doch lieber ein Schiff nehmen möchte«, sagte ich. »Aber jetzt, wo ich bei dir bin, ist es gut.«

Darren nahm mich bei der Hand und führte mich hinauf zu meinem Quartier. Es musste früher einmal einer der Damen des Hauses gehört haben. Es gab ein breites Himmelbett mit rosafarbenen Steppdecken, das auf einem wunderschön gemusterten Teppich stand. Die Tapeten waren ein wenig verblichen, doch man konnte das Pfingstrosendekor noch gut erkennen.

Offenbar war dieses Gebäude von Plünderungen und Beschuss verschont geblieben, denn ich entdeckte keinen Schaden. Nicht mal Fensterscheiben waren zerbrochen.

»Unser Fahrer nimmt dich mit zum Krankenhaus, er hat morgen in der Gegend zu tun«, erklärte Darren.

»Das ist sehr nett von ihm.« Ich gähnte und kam mir vor, als hätte ich keinerlei Spannkraft mehr.

»Du solltest dich ein wenig ausruhen«, sagte Darren. »Ich höre es häufiger, dass Leute, die geflogen sind, danach hundemüde sind. Das muss am Zeitunterschied liegen. Ich bin auf dem Schiff gereist, da ist es nicht so schlimm.«

Am liebsten hätte ich ihn gefragt, ob er nicht ein Weilchen bei mir bleiben könnte. Aber mir war klar, dass er arbeiten musste.

Ich streichelte über seine Wange. »Danke, dass du das alles für mich tust.«

»Ich bin dein Mann«, gab er zurück. »Ich möchte, dass du glücklich bist. Auch wenn der Grund deiner Anwesenheit hier kein besonders schöner ist.«

»Dass du da bist, macht mich allein schon glücklich.«

»Ruh dich ein wenig aus«, sagte Darren und stellte meine Tasche neben das Bett. »Ich sag dir Bescheid, wenn es Zeit fürs Abendessen ist.«

»Danke«, sagte ich und küsste ihn. Während er den Raum verließ, ließ ich mich auf die weichen Decken sinken.

Angesichts der schönen Möbel und des Himmelbetts fragte ich mich, ob hier die frühere Hausherrin oder eine ihrer Töchter gewohnt hatte. Was war aus ihnen geworden? Hatten sie den Krieg überstanden?

Eigentlich hatte ich erst auspacken wollen, doch die Reise steckte mir in den Knochen, und die Kissen übten einen regelrechten Sog aus, sodass es nicht lange dauerte, bis ich einschlief.

52. Kapitel

Am folgenden Morgen wurde ich von Darren geweckt. Er hatte in seinem Quartier geschlafen, doch nun brachte er mir Frühstück und blieb eine Weile bei mir, um sich anzuhören, wie mein Flug gewesen war. Er lachte, als ich ihm von meinem Aufschrei erzählte.

»Glaub mir, als ich das erste Mal in so einem Vogel saß, ist mir das Herz gehörig in die Hose gerutscht«, gestand er dann. »Und so ging es auch den meisten anderen. Aber nach allem, was wir zwischenzeitlich gesehen haben, erscheint es uns nicht mehr so schlimm.«

Ich fragte mich gerade, ob ich mich je daran gewöhnen würde, da sagte Darren: »Möglicherweise werden die Leute eines Tages keine Angst mehr vor dem Fliegen haben. Es wird etwas Normales werden, genauso wie eine Schiffspassage.«

Ich musste wieder an die Weltausstellung denken, auf der die Welt im Jahr 1960 gezeigt werden sollte. Von dieser Welt waren wir so weit entfernt, der Krieg hatte uns zurückgeworfen, und es war fraglich, wann wir so weit sein würden, um all die Visionen von damals zu verwirklichen.

Aber ein Reiseverkehr mit Flugzeugen erschien mir denkbar,

wenn man die Passagiere nicht zwischen Fracht und Soldaten transportierte.

»Wäre es möglich, dass du bei mir schläfst?«, fragte ich. »Gestern war ich sehr müde, aber heute würde ich dich vermissen. Und ich habe dich lange genug vermisst!«

Darren beugte sich zu mir und küsste mich. »Natürlich werde ich bei dir sein. Sie werden nichts dagegen haben, da bin ich sicher.«

Eine Stunde später saß ich in demselben Jeep wie am Vortag. Der Fahrer war heute etwas wortkarg und wirkte auch ein wenig gehetzt. Ich sah davon ab, ihm ein Gespräch aufzudrängen, obwohl ich innerlich äußerst nervös war.

Wir fuhren über eine breite Allee mit riesigen Bäumen, erneut vorbei an den Narben, die der Krieg in das Antlitz der Stadt gerissen hatte. Überall waren Häuser abgedeckt oder zerstört. Die Menschen hatten begonnen, zum normalen Leben zurückzukehren, aber ich war sicher, dass es noch eine Weile dauern würde, bis alle Wunden verheilt waren.

Wir passierten den Friedhof, auf dem sich das Grab meiner Mutter befand, und näherten uns schließlich der Klinik, die an einer Straßenkreuzung lag.

Das Krankenhaus Waldfriede verdankte seinen klangvollen Namen offenbar dem sattgrünen Nadelwald in der Nachbarschaft. Es handelte sich um ein großes, villenähnliches Gebäude mit zahlreichen Erkern und Nebengebäuden. Die Aufschrift »Bäder«, prangte auf einem der kleineren Gebäudeteile. Efeu und wilder Wein rankten sich an der Fassade hinauf, einige Sonnenblenden waren ausgefahren worden, um die Fenster zu schützen.

Offenbar war das Haus nur knapp der Zerstörung entkommen, wie das riesige Loch neben dem Gebäude bewies. Ich nahm an, dass es ein Bombentrichter war, und erschauderte, als ich mir vor Augen führte, was passiert wäre, hätte der Wind ungünstiger gestanden.

Ich fragte mich, wie groß wohl der Aufwand gewesen sein musste, die Patienten in die Luftschutzbunker zu schaffen. Wie viel Angst mussten die Angriffe gebracht haben!

Doch auch hier hatte das Leben wieder begonnen. Handwerker waren gerade dabei, Fenster in einem der hinteren Gebäudeteile abzudichten, andere Abschnitte des Hauses waren unter Planen verborgen, doch auch dort wurde hörbar gebaut. Eine Schwester in blau-weißer Tracht schob einen Patienten im Rollstuhl durch den Park.

Als ich durch das Tor an der Fischerhüttenstraße schritt, erblickte ich links von mir eine kleinere Villa, deren Dach teilweise abgedeckt war. Auch hier versuchten Handwerker zu flicken, was ging. Eine Freifläche daneben wurde als Garten genutzt, ich erkannte einige Gewächshäuser, deren Scheiben ebenfalls wie durch ein Wunder heil geblieben waren.

Konisch geschnittene Taxusbüsche säumten den Weg zum Eingang. Ich erklomm die Treppe und trat ein.

Am Empfang erwartete mich eine freundlich lächelnde Schwester. Ich stellte mich vor und fragte nach Heinrich Krohn, worauf sie sagte: »Der Chefarzt unserer Inneren Abteilung, Dr. Meyer, würde Sie gern sprechen.«

»Gern«, antwortete ich überrascht und folgte ihr durch einen langen Gang. Der Desinfektionsmittelgeruch war hier allgegenwärtig. Vor einem der Sprechzimmer saßen ein Mann mit einem geschienten Arm und eine Frau, die unruhig an ihrer Reisetasche nestelte, doch die Schwester führte mich an ihnen vorbei zu einer Tür, vor der niemand wartete. Sie klopfte, betrat den Raum, und ich hörte, wie sie mich ankündigte. Wenig später wurde ich hereingebeten.

Dr. Meyer musste hoch in den Sechzigern sein. Er trug eine Brille mit runden Gläsern und einen Spitzbart, der ebenso grau meliert war wie sein noch immer dichtes Haupthaar. Mit einem herzlichen Lächeln reichte er mir die Hand. »Mrs O'Connor«, begann er. »Nice to meet you.«

Ich blickte ihn verwundert an. Sein Englisch war akzentgefärbt, doch er machte den Eindruck, als würde er es hin und wieder sprechen.

»Freut mich ebenfalls«, gab ich zurück. »Sie können ruhig auf Deutsch mit mir reden, ich habe es nicht verlernt.«

»Oh, verzeihen Sie, ich wollte Sie nicht beleidigen«, gab er zurück.

»Das haben Sie nicht, Dr. Meyer, es war sehr … zuvorkommend von Ihnen.«

Während ich Deutsch sprach, fiel mir auf, dass mir das Finden der Worte ein wenig schwerfiel. Sie waren wie ein Echo in meinem Kopf, das ich erst mal selbst wieder verstehen musste.

»Ich nehme an, Ihr Ehemann hat Sie bereits in Kenntnis gesetzt?«

Ich nickte und sah, wie er nach seiner Akte griff. »Ich weiß, dass mein Vater Krebs hat.«

»Ja, bedauerlicherweise ist es Magenkrebs«, gab er zurück. »Wir haben eine Operation vorgenommen, dabei allerdings festgestellt, dass sich sehr viele Metastasen gebildet haben. Unter diesen Umständen hatte es keinen Sinn, die Operation fortzuführen. Wir behandeln jetzt vorrangig seine Schmerzen.«

Ich nickte erneut und spürte tiefe Erschütterung. Insgeheim hatte ich an einen Irrtum geglaubt. Doch der Arzt vor mir zerstreute meine kleine Hoffnung.

»Wie viel Zeit bleibt ihm noch?«, fragte ich.

»Leider nicht sehr viel. Wir tun alles Menschenmögliche für ihn, doch die Krankheit schreitet voran.«

Das bekümmerte mich mehr, als ich es noch vor einem Jahr für möglich gehalten hätte.

»Ihr Vater hat Sie einige Male im Gespräch erwähnt und auch angedeutet, dass zwischen Ihnen ein Konflikt schwelt«, fuhr der Arzt fort.

Hatte mein Vater ihm etwa von meinem Rauswurf erzählt?

»Ja, das stimmt«, antwortete ich ausweichend. »Es ... ist kompliziert.«

»Nun, Ihr Vater ist nicht ins Detail gegangen, doch ich spüre, dass etwas Tiefgreifendes zwischen Ihnen vorgefallen sein muss.« Er faltete die Hände vor sich auf der Tischplatte. »In diesem Haus glauben wir an Gott und die heilende Kraft der Vergebung. Natürlich würde ein Gespräch mit Ihnen kein Wunder in medizinischer Hinsicht bewirken, denn die Krebsgeschwüre haben sich mittlerweile im gesamten Körper ausgebreitet. Aber es würde ihm vielleicht den Weg in die Ewigkeit erleichtern, wenn er weiß, dass Sie ihm vergeben haben.«

»Glauben Sie denn, er wäre bereit, mir zu vergeben?«, fragte ich.

»Er ließ durchaus erkennen, dass er bereit ist, Frieden mit Ihnen zu schließen. Es läge an Ihnen, meinte er.«

Ich senkte den Kopf. Wie sehr hatte ich mich in meinen jüngeren Jahren danach gesehnt, dass er mir vergeben würde. Dass er sich melden würde.

Wenn Darren nicht gewesen wäre, hätte ich vielleicht nie erfahren, was mit ihm los war. Oder doch? Hätte er versucht, mich zu erreichen?

»Ich spreche mit ihm«, verkündete ich schließlich. »Aus diesem Grund bin ich ja schließlich hier.«

Dr. Meyer lächelte. »Das freut mich. Und es wird auch ihn freuen. Vergebung ist eine göttliche Tugend. Nicht nur er wird seinen Frieden finden, sondern auch Sie. Ich sage Schwester Rosa Bescheid, dass sie Sie zu ihm führen soll.« Damit erhob er sich und ging zu seinem Telefon, um die Anweisung durchzugeben.

Zum Abschied reichte er mir wieder die Hand. »Alles Gute und Gottes Segen, Mrs O'Connor«, sagte er. »Wenn Sie Fragen haben, melden Sie sich ruhig bei mir oder bei unseren Schwestern.«

»Das mache ich. Haben Sie vielen Dank. Ihnen auch alles Gute.«

Am Ende des Ganges wurde ich von einer jungen, recht hübschen Schwester erwartet. »Folgen Sie mir bitte«, sagte sie und führte mich dann zu einer Treppe. Wir brauchten eine Weile, bis wir die Männerstation erreichten. Essensduft hing in den Gängen, kein Wunder, denn es war um die Mittagszeit.

Durch die Fenster konnte man das riesige Loch neben dem Toreingang sehen. »Sie haben sehr großes Glück gehabt«, wandte ich mich an die Schwester.

»Gott hat seine Hand schützend über uns gehalten«, gab sie zurück. »Zwei meiner Kolleginnen sind in einen Angriff hineingeraten und in die Luft geschleudert worden, blieben aber unversehrt.«

Eine Gänsehaut überlief mich.

»Hier sind ebenfalls Bomben gefallen, aber dank Gottes Hilfe haben sie das Haus stets verfehlt«, fuhr Schwester Rosa fort. »Natürlich ist einiges zu Bruch gegangen, doch wir sind sehr dankbar, dass nichts Schlimmeres geschehen ist.«

Vor dem Zimmer meines Vaters machten wir halt. Als die Schwester die Tür öffnete und meinen Besuch ankündigte, klopfte mir das Herz bis zum Hals. Wie würde er es aufnehmen? Dem Arzt gegenüber mochte er Gesprächsbereitschaft signalisiert haben, doch was, wenn er es sich wieder anders überlegt hatte?

Was er auf die Worte der Schwester antwortete, verstand ich nicht, denn seine Stimme war sehr leise. Im nächsten Augenblick erschien sie und bat mich herein.

Mein Vater lag allein in dem Zimmer, das Bett neben ihm war unberührt. Ein Fenster stand offen. Die Frühlingsluft bewegte die bereits leicht verschlissene Gardine. Das Zimmer war grün und weiß gestrichen, der Linoleumfußboden frisch gescheuert.

Unter der Decke schien er so klein und schwach, wie ich ihn nie zuvor erlebt hatte. Seine Wangen waren eingefallen, und seine Augen wirkten wesentlich größer. Sein Haar war nun vollends grau, und die Haut seiner Hände sah aus wie Zellophan. Von dem ehemals so imposanten und wütenden Heinrich Krohn, der sich vor mir aufgebaut und mich der Wohnung verwiesen hatte, war nichts mehr übrig geblieben.

Die Schwester trat zu ihm, half ihm hoch und schüttelte das Kissen hinter ihm auf, damit er bequemer sitzen konnte. Dann lächelte sie mich noch einmal an und verließ das Zimmer.

Beklommenheit ergriff mich. Was sollte ich sagen? Dieser Mann hatte mich aus dem Haus geworfen. Er hatte verhindert, dass meine Mutter mit mir Kontakt aufnahm. Bei unserem letzten Treffen hatten wir uns angeschrien, und ich hatte ihn zur Hölle gewünscht.

All das konnte nicht ungeschehen gemacht werden.

Doch der freundliche Arzt hatte mich darum gebeten.

»Hallo, Vater«, brachte ich schließlich hervor und blieb vor seinem Bett stehen.

Seine Augen blickten mich etwas glasig an, was wahrscheinlich an dem Morphium lag, das man ihm gegen die Schmerzen verabreichte. Doch nach einer Weile schlich sich Erkennen in seinen Blick.

»Sophia«, sagte er beinahe unhörbar.

Ich nickte. Noch immer fehlten mir die Worte. Sein Zustand war schlimm, und beinahe wünschte ich mir, nicht gekommen zu sein. Aber er hatte nach mir gefragt.

»Es ist schön, dich zu sehen«, sagte er.

»Ich habe mit Dr. Meyer gesprochen«, gab ich zurück, denn meine Empfindungen lagen jenseits von »schön«.

»Ein netter Mensch. So ruhig. Leider kann er nichts mehr für mich tun.«

Für einen Moment fragte ich mich, ob er mich hätte sehen wollen, wenn er gesund geblieben wäre. Auch als die Bombenangriffe Berlin erschütterten, hatte er keinen Kontakt zu mir gesucht. Oder doch? Hatte er nur nicht gewusst, wo er mich finden sollte?

Aber dann sagte ich mir, dass er es hätte rauskriegen können, wenn er gewollt hätte.

Ich atmete tief durch. Ich wollte dem alten Groll keinen Raum bieten.

»Du siehst gut aus«, fuhr er fort. »Gesund.«

»Das bin ich auch.«

Eine Pause entstand. Seinem Blick entnahm ich, dass er mehr wissen wollte. Doch irgendwie zögerte ich.

Was sollte ich ihm erzählen? Dass mein Mann an der Front gewesen war und dazu beigetragen hatte, dass Deutschland besiegt worden war? Ich erinnerte mich noch gut an seine Ressentiments nach dem ersten großen Krieg. Wie stünde er jetzt den Amerikanern gegenüber?

»Ich habe geheiratet«, sagte ich knapp. »Vor zwölf Jahren.«

Vater nahm es mit einem Nicken hin. Was mochte er denken? Dass ich ihn hätte einladen können? Nein, das erwartete er sicher nicht.

Wieder Schweigen. Meine Füße kribbelten, und ich hätte mich gern hingesetzt. Nicht, dass es keinen Stuhl gab, doch irgendwie war mein Körper gespannt, als müsste ich jeden Augenblick die Flucht ergreifen.

»Es tut mir leid«, begann er plötzlich und brach im nächsten Moment in Tränen aus. »Ich habe nur noch dich, und ich hätte dankbar sein sollen, aber ich …«

Mir liefen ebenfalls die Tränen aus den Augen.

»Ist ja schon gut, Papa«, sagte ich und setzte mich neben ihn auf die Bettkante. Er streckte seine magere Hand nach mir aus, und ich ergriff sie. Seine Finger fühlten sich wie ein zerbrechlicher Vogel an.

»Ich hätte dich nicht aus dem Haus werfen sollen. Ich hätte dich benachrichtigen sollen. Und deine Mutter ...« Wieder brach er in Tränen aus. »Bitte verzeih mir, mein Kind! Bitte verzeih mir!«

Er schluchzte so heftig, dass ich nicht anders konnte, als ihn in meine Arme zu ziehen. Ich selbst weinte und fragte mich, ob ich anders hätte reagieren sollen.

Doch alles erschien jetzt so unwichtig. Ich hielt ihn fest, schloss die Augen und verdrängte jede Empfindung. Er brauchte mich, nur das war wichtig. Wie konnte ich ihm in dieser Situation den Trost verwehren? Trotz allem war er immer noch mein Vater.

»Ich habe Herrn Dr. Balder gebeten, mein Testament zu ändern«, sagte er, als er wieder auf dem Rücken lag und an die Decke schaute. Das Weinen hatte ihn sichtlich mitgenommen, er wirkte nun noch hinfälliger. »Du erinnerst dich doch an meinen Laden, nicht wahr?«

»Ja«, antwortete ich, und in meinem Innern hallte noch immer das gefühlsmäßige Erdbeben nach.

»Ich möchte, dass du etwas aus ihm machst. Sicher wird nicht viel davon übrig sein. Ich hatte ihn notdürftig gesichert, aber nachdem die Scheiben bei dem Angriff geborsten waren, haben Plünderer ihn leer geräumt. Ich konnte nichts tun.«

Hatte sich die Krankheit damals schon angekündigt?

»Du siehst aus wie deine Mutter, weißt du das?«, sagte er nach einer Weile.

»Wirklich?«, fragte ich. Wenn ich mich im Spiegel ansah,

sah ich weder sie noch ihn, was aber wohl am fehlenden Kontakt lag.

»Ja. Du siehst ihr sehr ähnlich. Ich wünschte, ich wäre nicht so dumm gewesen, sie von dir wegzuhalten ... Sie hätte dich gebraucht.«

Das stimmte, das hätte sie. Und es fiel mir schwer, ihm dafür Absolution zu erteilen. Vielleicht würde es mir niemals möglich sein.

»Ich würde deinen Mann gern kennenlernen«, fragte er schließlich. »Ist er hier?«

Ich nickte. »Ja, er ist hier. Er arbeitet für den stellvertretenden Militärgouverneur hier in Berlin.«

»Amerikaner, nicht wahr?«

»Ja«, antwortete ich und suchte in seinem Gesicht nach Abscheu oder Verachtung, doch da war nur Müdigkeit in seinen Zügen.

»Nun, vielleicht hat er ja mal ein wenig Zeit. Er scheint dir gut zu bekommen, er kann also nicht schlecht sein.«

»Er ist der Beste«, antwortete ich, worauf Vater nickte.

Auf einmal kam mir ein Gedanke: Was wohl aus Georg geworden war? Hatte er den Krieg überstanden? Sollte ich zu ihm gehen und ihm zeigen, was aus mir geworden war?

Eine Berührung schreckte mich aus meinen Gedanken. Mein Vater griff nach meiner Hand.

»Es ist schön, dass ich dich noch einmal sehen durfte. Aber du solltest jetzt gehen. Ich bin müde und kann jetzt endlich schlafen.«

»Ja«, sagte ich und erhob mich.

»Komm doch morgen noch einmal vorbei, mit deinem Mann, wenn es geht.« Seine Augen fielen ihm langsam zu.

Als ich das Zimmer wieder verließ und die Treppe hinabstieg, kam mir eine Schwester in ihrem blau-weißen Kleid und ihrer weißen Schürze entgegen. Ihr Häubchen saß ein wenig schief auf ihrem Kopf. Zunächst sah es so aus, als trüge sie einen Stapel Tücher auf ihren Armen, doch dann sah ich, dass ein Baby in die Stoffschichten eingewickelt war. Es hatte rotblonden Flaum auf dem Köpfchen und schaute mit großen blauen Augen in die Welt.

Ich trat zur Seite und ließ sie vorbei, worauf sie mich scheu anlächelte. »Danke.«

»Keine Ursache«, gab ich zurück und blickte ihr hinterher. Das Baby stieß einen kleinen Gluckser aus, als sie die Etage erreicht hatte. War sie mit dem Kind auf dem Weg zur Mutter?

Ich konnte nicht anders, als lächelnd auf der Treppe stehen zu bleiben, bis ich sie nicht mehr sah. Ein Leben ging aus der Welt, ein anderes kam hinein. So war es schon immer und würde auch weiterhin so sein. Nicht einmal der Krieg hatte daran etwas ändern können, und das machte mir Hoffnung.

Draußen wurde ich überraschenderweise von Darren erwartet. Eigentlich hätte mich der junge Soldat auf dem Rückweg von seinen Aufträgen mitnehmen sollen, doch offenbar hatte sich der Plan geändert.

Darren stand neben einem der runden Taxusbüsche und rauchte. Als er mich sah, schnippte er den Zigarettenstummel fort.

»Er möchte dich kennenlernen«, sagte ich und versuchte, die Erschütterung abzustreifen, die der Besuch in mir hinterlassen hatte. »Wir sollten morgen noch einmal zu ihm gehen.«

»Das können wir gern tun.« Darren zog mich in seine Arme, und ich schmiegte mich an seine Uniformjacke.

»War es sehr schlimm?«, fragte er in mein Haar.

»Ja«, antwortete ich. »Es ist Magenkrebs, sagte Dr. Meyer. Aber es war wichtig, dass ich hergekommen bin. Was er meiner Mutter angetan hat, war falsch, aber als ich ihn jetzt so gesehen habe, so schwach und zerbrechlich ... Er wünschte sich Frieden, und einem Sterbenden konnte ich den Wunsch nicht abschlagen.«

»Das hast du richtig gemacht«, sagte Darren und küsste mich.

»Wann kannst du endlich dieses grässliche Kleidungsstück loswerden?«, sagte ich und zupfte an seinem Ärmel, um die erneut aufkommende Trauer ein wenig zurückzudrängen.

»Ich habe mich daran gewöhnt«, gab er zurück, nahm meine Hand, und wir gingen durch den Krankenhauspark. Ein Großteil der Fläche war mit Nutzpflanzen bebaut, außerdem gab es hier Gewächshäuser. Die Patienten schienen gut versorgt zu werden.

»Ich glaube, wir sollten über etwas reden«, sagte Darren, als wir uns dem Waldstück näherten. Jetzt waren die Schäden an den Bäumen noch offensichtlicher, und man erkannte auch die Einschläge der Bomben.

»Und worüber?«

»Darüber, dass ich vielleicht hierbleiben möchte. Und dass du vielleicht wieder herkommen könntest.«

Ich dachte an die Worte meines Vaters. Die Sache mit seinem Geschäft.

Doch noch gehörte es mir nicht, er war noch am Leben. Und ein wenig hoffte ich, dass er vielleicht doch noch ein paar Wochen oder Monate hatte.

»Und was willst du hier?«

»General Clay hat mir angeboten, in seinem Stab zu bleiben. Wir würden die staatlichen Behörden neu aufbauen und entnazifizieren. Es könnte ein Engagement über Jahre hinweg werden.«

»Und was ist mit dem, was du eigentlich machen wolltest?«, fragte ich.

»Du meinst, ob ich zu Revlon zurückwill?« Er schüttelte den Kopf. »Nein, das auf keinen Fall. Doch ich muss nicht darauf verzichten, Dinge zu designen.«

»Will die Army Werbeplakate aufhängen?«, fragte ich scherzhaft.

»So ähnlich. Sie brauchen jemanden, der mithilft, Informationen an die Bevölkerung zu bringen. Flugblätter, Hinweisschreiben, Formulare, Broschüren. Ich erscheine dem General geeignet.« Er blickte mich an. »Als meine Frau hättest du das Recht, hier zu sein. Und wer weiß, vielleicht könntest du deinen Laden in Berlin aufmachen. Neben Essen und Wärme fehlen den Menschen hier schöne Dinge. Diese könntest du ihnen geben.«

Ich wusste nicht, was ich dazu sagen sollte. Für immer aus Amerika fortzugehen war mir bisher nicht in den Sinn gekommen. Und was war mit Henny? Ich war froh gewesen, dass kein Ozean mehr zwischen uns war. Das würde wieder der Fall sein, und es war ungewiss, wann wir uns wiedersehen würden.

Aber dann schaute ich auf Darren. Ich spürte, dass ihm diese Sache wichtig war. Und ich wollte nicht länger von ihm getrennt sein.

»Mein Vater hat davon gesprochen, dass er sein Testament geändert hat«, begann ich. »Ich würde sein Geschäft bekommen.«

Darren stockte, dann strahlte er mich an. »Ich will nicht unhöflich erscheinen, aber das passt doch wie die Faust aufs Auge!«

Ich nickte. »Ja. Es würde ganz wunderbar passen. Natürlich wird es viel Arbeit, aber … in New York wusste ich ohnehin nicht mehr, wo ich hinsollte. Das hier könnte eine Gelegenheit sein. Für uns beide.«

Darren lächelte mir zu, zog mich erneut in seine Arme und küsste mich.

53. Kapitel

Wir kehrten in unsere Unterkunft zurück. Ich war einerseits müde und traurig, andererseits auch von erwartungsvoller Unruhe und Freude beseelt.

Es stimmte, was Dr. Meyer gesagt hatte. Versöhnung erleichterte. Sie öffnete eine Tür, durch die der Groll entweichen konnte.

Gleichzeitig vibrierte die Möglichkeit, nach Deutschland zurückzukehren, in mir. Während der Heimfahrt war mir klar geworden, dass es mir schwerfiel, in New York Fuß zu fassen. Das war wahrscheinlich der wahre Grund, weshalb meine Pläne nicht vorankamen. Madame Rubinstein und Miss Arden hatten den Markt fest im Griff. Und da waren auch noch die Revsons und Mrs Lauder, bei der ich mir sicher war, dass sie eines Tages eine Größe im Geschäft darstellen würde.

Wo blieb ich da?

Darren hatte recht: Besonders wenn es den Menschen schlecht ging, brauchten sie schöne Dinge. Ich hatte immer noch die Worte von Madame im Ohr, dass auch ein Krieg kein Grund sei, die Menschheit nicht mit Schönheit zu versorgen.

Der Krieg war vorbei, und möglicherweise würden die Frauen die Kittel und Turbane schon bald wieder gegen Kleider und schwungvolle Wellen im Haar austauschen. Und Lippenstift tragen. Ich konnte mir vorstellen, dass Miss Arden und auch Madame bereits daran arbeiteten, wieder hier Fuß zu fassen.

Aber Berlin war meine Heimat. Ich würde mich hier sicher eher durchsetzen als drüben.

In dieser Nacht kam Darren zu mir, und endlich konnte ich ihn wieder als seine Frau, als seine Geliebte in die Arme schließen. Wir durften nicht allzu laut sein, aber das entfachte unser Begehren noch mehr, und als wir schließlich am Höhepunkt unserer Leidenschaft ankamen, war es, als hätten zwischen unserem Wiedersehen nur Stunden und nicht Jahre gelegen.

Später, als der Rausch abgeklungen war und Darren seelenruhig neben mir schlief, ging ich dennoch wieder und wieder die Begegnung mit meinem Vater durch.

Wenn mein Vater schon damals einsichtig gewesen wäre, wenn er mit mir geredet hätte, vielleicht wären wir uns dann wieder nähergekommen. Das würden wir jetzt nicht mehr schaffen, nicht mehr so wie früher. Doch es war immerhin etwas. Ich konnte ihm verzeihen, und er verzieh mir. Wenn er diese Welt verlassen musste, würde er es nicht im Zorn tun.

Dann dachte ich an seinen Laden und fragte mich, in welchem Zustand er jetzt war. Würde man daraus noch etwas machen können?

Es musste schon nach Mitternacht sein, als mich ein Klopfen aus dem beginnenden Dämmerschlaf riss.

»Mrs O'Connor?«, fragte eine Männerstimme.

Unwillig wälzte ich mich herum. Ein erneutes Klopfen folgte.

»Mrs O'Connor, es ist dringend.«

Augenblicklich schreckte ich hoch und weckte damit auch Darren, der tief und fest geschlafen hatte.

Ich schälte mich aus der Bettdecke, griff meinen Morgenmantel und warf ihn mir über. Als ich die Tür öffnete, blickte ich ins Gesicht eines der Wachhabenden.

»Gerade hat jemand aus dem Krankenhaus angerufen«, sagte er. »Mit Ihrem Vater scheint es zu Ende zu gehen. Man fragt, ob Sie kommen und sich verabschieden wollen.«

Ich riss erschrocken die Augen auf. Gerade noch hatte ich ihn gesehen! Und wir hatten uns für den folgenden Tag verabredet. Wie konnte es nun so schnell passieren?

»Danke. Ich wecke nur schnell meinen Mann.«

Der Soldat nickte und zog sich zurück. Ich schloss die Augen. Eine tiefe Traurigkeit überkam mich. Dann aber wandte ich mich Darren zu.

Er war schon wach, und ich erklärte ihm kurz, was vor sich ging. Gewohnt, auf plötzliche Geschehnisse zu reagieren, sprang er aus dem Bett und schlüpfte in seine Uniform. Auch ich zog mich an, und wenig später waren wir auf dem Weg nach unten.

Darren fuhr auch diesmal selbst. Schweigend und angespannt erreichten wir das Krankenhaus, in dessen Fenstern nur noch vereinzelt Lichter brannten.

Kurz nachdem wir die Aufnahme betreten hatten, kam uns ein Arzt entgegen. Er war recht groß, hatte eine Glatze und einen Schnurrbart. Auch er war schon älter. Die dunklen Schatten unter seinen Augen deuteten auf Not und eine vielleicht nicht mehr ganz so gute Gesundheit hin. Doch die Achtung, die ihm die beiden Schwestern entgegenbrachten, konnte ich deutlich spüren.

»Ich bin Dr. Conradi«, stellte er sich vor. »Eigentlich bin ich der Chefarzt der Frauenstation, aber Dr. Meyer ist heute Abend nicht da.«

»Sophia O'Connor«, brachte ich hervor. »Freut mich, Sie kennenzulernen. Das ist mein Mann Darren.«

Dr. Conradi begrüßte ihn auf Englisch, und in dieser Sprache setzten wir auch unsere Unterhaltung fort.

»Sie sind aus Amerika, nicht wahr? Ich habe selbst meine Verbindungen dorthin. Ich wurde dort geboren.«

»Wo denn?«, fragte Darren interessiert.

»Battle Creek. Ich fürchte, die Stadt kennen Sie nicht.«

»Der Name sagt mir etwas. Stammt Mr Kellogg nicht von dort?«

Conradi wirkte überrascht. »Kennen Sie ihn?«

»Nein, aber seine Cornflakes haben in den vergangenen Jahren in den Staaten viele Nachahmer gefunden. Ich habe vor dem Krieg Werbung für eine Firma gemacht, die ein vergleichbares Produkt auf den Markt gebracht hat.«

Der Arzt nickte. »Nun, kommen wir zu Herrn Krohn«, sagte er und bedeutete uns, ihm zu folgen. »Mrs O'Connor, Ihr Vater ist vor einer Stunde leider in die Bewusstlosigkeit gefallen. Alles deutet darauf hin, dass er die nächsten Stunden nicht überleben wird. Ich sah mich veranlasst, Ihnen umgehend Bescheid zu geben, nachdem Dr. Meyer mir von Ihrem Besuch berichtet hat.«

Ich erzitterte innerlich. »Wie hat sich sein Zustand so schnell verschlechtern können?«, fragte ich.

»Hin und wieder geschieht das, wenn ein Patient noch von weltlichen Dingen gehalten wird. Nachdem Sie mit Ihrem Vater gesprochen haben, hat er möglicherweise losgelassen. Eine Krankheit wie die seine kann sehr rasch voranschreiten, wenn ein gewisser Punkt erreicht ist.«

Er führte uns durch die Gänge des Hauses, in dessen Luft der Geruch von Desinfektionsmittel und Gemüsebrühe hing. Irgendwo klapperte es, als würden Bettpfannen eingesammelt werden. Ansonsten war es still.

Das Zimmer meines Vaters war hell erleuchtet. Er lag auf dem Bett, ganz still und ruhig. Sein Gesicht wirkte noch eingefallener als heute Mittag. Um den Mund und die Nase herum war er ganz weiß. Es wirkte, als würde das Blut und damit das Leben bereits aus seinem Körper weichen.

Dr. Conradi trat an sein Bett und maß seinen Puls. Mit dem Stethoskop hörte er ihn ab und prüfte noch einmal seine Pupillen.

»Wir lassen Sie einen Moment allein. Wenn Sie so weit sind, kommt eine Schwester zur Wache.«

Ich bedankte mich und schaute Dr. Conradi nach, als er das Zimmer verließ.

Dann richtete ich den Blick auf meinen Vater. Sein Atem ging rasselnd.

Darren legte seine Hand auf meinen Arm und umschlang meine Schultern.

»Was meinst du, wie lange hat er noch?«

»Nicht mehr lange«, sagte Darren leise. »Ich habe Kameraden gesehen, die schwer verletzt waren. Die hatten auch dieses helle Dreieck auf dem Gesicht, kurz bevor sie ihren Verletzungen erlagen.«

So viel Tod hatte Darren gesehen. So viel Leid. Ich fühlte mich dagegen hilflos, ohne Erfahrung. Ich hatte noch nie einen Toten gesehen, nicht so. Mr Parker und meine Mutter waren in meiner Abwesenheit gestorben. Und jetzt stand ich hier vor meinem Vater.

Ich löste mich von Darren, setzte mich aufs Bett und griff nach der Hand des Mannes, der stets gewollt hatte, dass ich seine Nachfolgerin werde. Des Mannes, der mich so furchtbar verraten hatte und dem ich diesen Verrat glücklicherweise noch verzeihen konnte.

Einige Minuten vergingen. Nach einer Weile fing ich an, mich mit Darren über Belanglosigkeiten zu unterhalten, und hatte das Gefühl, dass mein Vater davon ein wenig ruhiger wurde. Sein Atem rasselte nicht mehr so stark wie zuvor. Ob er spürte, dass ich da war?

Dann vernahm ich das Rasseln plötzlich gar nicht mehr. Und auch sonst keine Atemgeräusche. Ich wandte mich um und sah, dass sich die Brust meines Vaters nicht mehr hob und senkte. Der weiße Fleck auf dem Gesicht wurde größer, als würde sich das Blut nun ganz zurückziehen.

»Doktor!« Ich stürzte aus der Tür. Der Arzt stand noch am Ende des Ganges und besprach sich mit einer Schwester. »Doktor, kommen Sie bitte. Schnell!«

Dr. Conradi folgte meinem Ruf und stand wenig später am Bett meines Vaters. Er fühlte seinen Puls, holte sein Stethoskop hervor, horchte nach dem Herzschlag. Wenig später setzte er das Instrument ab.

»Ihr Vater ist in die Gnade Gottes übergegangen«, sagte er leise und reichte mir die Hand. »Mein Beileid.«

Dann wandte er sich an Darren und drückte ihm ebenfalls mitfühlend die Hand.

Die nächsten Augenblicke zogen an mir vorbei, ohne dass ich sie wirklich mitbekam. Der Arzt sprach noch mit uns, doch seine Worte blieben nicht in meinem Verstand hängen.

Darren führte mich nach draußen auf den Gang, dann in eine Nische mit Stühlen. Dort setzten wir uns schließlich.

»Ich wollte, dass er dich kennenlernt«, sagte ich.

»Nun, wer weiß, was er in seinen letzten Momenten noch mitbekommen hat«, gab Darren zurück. »Ich habe mal von einem Mann gehört, der mit einem Bein bereits im Grab stand. Er behauptete, sich selbst und seine Angehörigen von oben gesehen zu haben. Ganz so, als hätte seine Seele den Körper bereits verlassen.« Er machte eine Pause, dann fügte er hinzu: »Möglicherweise hat er uns gesehen. Wer weiß.«

»Wer weiß«, echote ich.

»Jedenfalls wirkte er sehr friedlich. Ich habe nicht den Eindruck, dass er sich gequält hat.«

Ich war gewillt, ihm zu glauben.

Als der Morgen graute, brachten zwei Pfleger meinen Vater in die Leichenhalle hinter dem Krankenhaus. Wir blieben noch eine Weile in dem kleinen Vorraum, der wohl fürs Abschiednehmen gedacht war.

Freundlicherweise gestattete man uns, einen Bestatter anzurufen, der die weiteren Formalitäten übernehmen würde. Bis dieser kam, blieben Darren und ich dort sitzen. Die kühle Luft vertrieb die bleierne Müdigkeit in unseren Knochen.

Der Bestatter tauchte schließlich mit einem Pferdewagen auf, auf dessen Ladefläche ein Sarg stand.

Er begrüßte uns und sprach uns sein Beileid aus. Wenig später wurde mein Vater aus der Leichenhalle getragen. Wir folgten dem Gespann mit dem Wagen, und im Büro des Bestatters sprachen wir über das Begräbnis.

Ich fühlte mich elend und traurig und war so unfassbar müde. Damit, dass er sterben würde, hatte ich mich abgefunden gehabt, aber dass es so schnell gehen würde, hatte ich nicht erwartet.

Als wir schließlich in die Villa zurückkehrten, musste ich mich hinlegen. Darren konnte nicht bei mir bleiben, denn sein Dienst rief, doch ich wollte jetzt ohnehin schlafen, nur noch schlafen.

54. Kapitel

Die Beerdigung fand drei Tage später statt. Außer Darren, dem Pastor und mir war niemand zugegen. Gern hätte ich meinem Vater ein größeres Geleit geboten, aber ich wusste nicht, wie ich seine Bekannten erreichen konnte. Unsere Familie hatte nur wenige Freunde gehabt, nicht einmal die Wegsteins gehörten wirklich dazu. So hielt ich Darrens Hand, während die Sargträger den einfachen Holzsarg mit Seilen ins Grab senkten. Nun war er wieder mit meiner Mutter vereint.

Und ich begriff, dass ich von nun an eine Waise war. Wie sehr wünschte ich mir, dass alles anders gekommen wäre.

Doch dann fiel mir ein, dass ich wohl Darren niemals kennengelernt hätte, wenn ich damals nicht schwanger geworden wäre. Ich hätte im Laden meines Vaters gearbeitet, möglicherweise einen Kommilitonen oder den Sohn eines Bekannten geheiratet und wäre hiergeblieben.

Ich hätte nichts vermisst, wenn es so gewesen wäre, aber ich musste zugeben, dass mein wirkliches Leben um einiges aufregender war, auch wenn das Leid und der Kummer immer wieder zuschlugen.

Am nächsten Tag stand die Eröffnung des Testaments an.

Dr. Balder, der mittlerweile dem Ruhestand nahe sein musste, erkannte mich auf Anhieb.

»Freut mich, Sie wiederzusehen, Fräulein Krohn«, sagte er. »Es tut mir aufrichtig leid um Ihren Vater.«

Ich wusste, dass er höflich sein wollte. Sicher hatte auch er nicht vergessen, was mein Vater getan hatte. Aber ich hatte ihm vergeben, und der Tod hatte seine Schuld ausgelöscht.

»Danke, Herr Dr. Balder«, gab ich zurück, und nach einer angemessenen Pause fügte ich hinzu: »Ich habe mittlerweile geheiratet. O'Connor ist jetzt der Nachname.«

»Das ist schön. Ich hoffe, Ihr Mann ist noch am Leben.«

»Das ist er. Gott sei Dank.«

Er winkte ab. »Gott hat derzeit wenig mit irgendwas zu tun, was auf der Welt geschieht. Und gäbe es ihn wirklich, hätte er nicht all dieses Unheil verhindert?«

Dr. Balder begab sich nun hinter seinen Schreibtisch. Dabei bemerkte ich, dass er humpelte.

»Ein Andenken von einer der Bombennächte«, sagte er, als er meinen Blick wahrnahm. »Ich habe es nicht mehr rechtzeitig in den Luftschutzkeller geschafft und musste mich verstecken. Als Resultat hat mich ein Steinblock erwischt, der mein Bein zertrümmert hat. Ich habe jetzt eine Prothese, mit der ich mich beinahe wie ein Pirat fühle.« Er lachte kurz und freudlos auf. »Aber man muss den Amerikanern lassen, dass sie sich anständig verhalten. Und genau genommen haben wir verdient, was wir zurückbekommen haben.«

Ich hatte keine Ahnung, wie Dr. Balder sich zu Kriegszeiten betragen hatte. Aber er war mir immer anständig erschienen.

»Ich habe das Glück, dass man mich meinen Beruf weiter ausüben lässt«, fuhr er fort. »Das ist dieser Tage keine Selbstverständlichkeit. Kollegen, die der Partei angehörten, wurden abgeholt und in Gefangenenlager gebracht. Sie können sich denken, wie froh ich bin, dass ich mir kein Parteibuch habe andrehen lassen.«

Er begann nun, die letzte Version des Testaments zu verlesen. Sie war sehr knapp gehalten und besagte nur, dass mein Vater mir all sein Vermögen als Alleinerbin überschrieb. Dahinter befand sich eine Auflistung, doch außer dem Laden gab es nichts, was noch größeren Wert gehabt hätte. In die Wohnung war mein Vater nur eingemietet gewesen, und die Möbel waren verschlissen. Ohnehin war es nicht mehr die Wohnung, in der ich aufgewachsen war. Erinnerungsstücke von dort brauchte ich nicht.

Ich dachte wieder zurück an den Nachmittag, an dem ich zur Verlesung des Testaments meiner Mutter zugegen gewesen war. Wenn sie noch lebte, wie wäre es ihr ergangen? Möglicherweise war es ein Segen, dass sie den Schrecken des Krieges nicht mitmachen musste.

Am Ende der Testamentseröffnung unterschrieb ich die Formulare, bei denen sorgsam die Hakenkreuze und die Adler herausgeschnitten oder überklebt waren.

»Noch haben wir keine neuen Vordrucke, die werden aber bald kommen. Gültig ist das, was wir jetzt verwenden, dennoch.« Er machte eine Pause. »Es wird eine Weile dauern, bis sich alles wieder normalisiert hat. Ich kann gar nicht glauben, in welchen Albtraum wir hineingeraten sind. Aber nun wird es besser, nicht wahr? Alles wird besser.«

Die letzten Worte klangen, als würde er sie zu sich selbst sprechen.

»Das wird es«, hörte ich mich sagen. »Man kann immer neu anfangen, auch nach dem tiefsten Fall.«

Der Krieg hatte Charlottenburg verändert. Die Straßen, durch die einst die Leute flanierten oder mit dem Auto fuhren, waren nicht mehr wiederzuerkennen. Viele Gebäude waren verschwunden, andere bis zur Unkenntlichkeit zerstört.

Während Darren den Jeep steuerte, hatte ich Zeit, die Leute auf den Gehsteigen zu beobachten. Wieder dachte ich an das kleine Mädchen, dem ich meinen Proviant geschenkt hatte. Einige Stellen sahen schon recht aufgeräumt aus, an anderen ragten die Ruinen empor, als wären die Bomben gestern erst gefallen. Wiederzuerkennen war die Stadt nicht mehr. Ganze Straßenzüge waren verloren.

In der Straße, in der mein Elternhaus gestanden hatte, hielten wir an.

Das Haus gab es noch, aber es war schwer beschädigt. Nicht durch eine Bombe, sondern durch Beschuss. Einige der Stuckverzierungen waren zerstört, in den Wänden prangten Einschusslöcher. Die zerstörten Scheiben waren durch Bretter ersetzt worden. Ob jemand darin lebte? Ich dachte an den Kommerzienrat und seine Musik. Ich sah mich selbst wieder die Straße entlanglaufen, damals, an dem Abend, als ich von meiner Schwangerschaft erfahren hatte.

»Woher wusstest du, dass ich hier gewohnt habe?«, fragte ich.

»Du hast es mir mal erzählt. Ist schon sehr lange her. Ich dachte, du wolltest es noch einmal sehen.«

»Ja«, sagte ich. »Das wollte ich.« Ein vertrautes Gefühl durchströmte mich. Manchmal hatte ich von diesem Ort geträumt. Manchmal hatte ich mich zurückgewünscht.

Meine Eltern waren zwischenzeitlich von hier weggezogen, in unserer alten Wohnung war sicher nichts mehr so, wie ich es verlassen hatte. Und doch sehnte ich mich danach hineinzugehen. Es anzuschauen. Gleichzeitig fürchtete ich mich davor. All die Erinnerungen an damals ...

»Wir können versuchen reinzukommen«, erriet Darren meinen Gedanken.

Ich war mir auf einmal nicht mehr sicher.

»Nicht heute«, gab ich zurück. »Jetzt reicht es mir erst einmal, es gesehen zu haben.« Ich streichelte seinen Arm. »Danke.«

»Wenn du es dir anders überlegst, sag mir Bescheid.« Er lächelte und fuhr wieder an.

Das Gebäude, in dem mein Vater sein Geschäft hatte, war überraschend intakt angesichts des Trümmerfelds ringsherum. Die Scheiben waren natürlich zerborsten, aber die Bausubstanz wirkte stabil. Überall wurden Schutt und Steine weggeschafft, der Gehweg vor der Drogerie sah schon einigermaßen passabel aus.

Mir wurde das Herz schwer, als ich mich an früher erinnerte. Wie ich mich zwischen den Regalzeilen versteckt hatte oder mit Henny auf dem kleinen Hinterhof gespielt hatte.

Vorsichtig näherte ich mich dem Fenster, aus dem Glassplitter drohend aufragten.

Der Verkaufsraum war komplett leer, nicht einmal mehr die Regale waren noch da. Auf dem Boden lagen Scherben und Holzsplitter verstreut, denen ein feiner Duft nach Haarwasser und einem undefinierbaren Parfümgemisch entstieg. Ich sah den Vorhang zu den hinteren Zimmern in Fetzen herabhängen.

Ich war entsetzt, doch im nächsten Augenblick kam mir ein seltsamer Gedanke: Jetzt brauchst du nicht mehr auszuräumen.

Natürlich musste ich alles säubern und neue Fenster einsetzen lassen. Es würde eine Weile brauchen, bis aus der Drogerie ein Salon wurde. Doch da meinem Vater der Laden gehört hatte und er nun mein war, brauchte ich niemanden um Erlaubnis zu fragen. Als er so offen und leer vor mir lag, füllte mein Verstand das Rechteck mit Ideen. Auf der linken Seite könnte ich Regale errichten lassen, in denen meine Produkte angeboten wurden. Rechts würden ein paar Behandlungsstühle stehen. Vielleicht war es sinnvoll, den einen oder anderen Platz an eine Kosmetikerin zu vermieten, wie Mrs Morris es tat.

»Sieht ganz so aus, als würde aus diesem Ort etwas werden können«, sagte Darren zuversichtlich.

»Ja, sobald neue Scheiben darin sind und alles aufgeräumt ist.«

Ich betrachtete die Unordnung noch eine Weile, dann wandte ich mich ihm zu. Seit dem Spaziergang durch den Park der Klinik hatten wir nicht mehr über das Angebot von General Clay gesprochen.

Ich strich über das Revers seiner Uniformjacke und sagte: »Ich glaube, es wäre eine gute Idee, wenn du General Clay eine Zusage geben würdest.«

Darrens Blick weitete sich. »Wirklich?«

Ich deutete über meine Schulter. »Ich werde schon bald einen Salon hier besitzen. Und ich habe nicht vor, meinen Mann noch länger in diesem fremden Land allein zu lassen.«

Ein Lächeln flammte auf Darrens Gesicht auf, dann zog er mich in seine Arme und küsste mich.

»Ich sage dir, du wirst es nicht bereuen! Ich werde deinem Laden eine Marketingkampagne schenken, die sich gewaschen hat. Arden und Rubinstein werden sich festhalten müssen!«

»Das klingt wunderbar, ich hoffe nur, dass dein General nichts dagegen hat.«

»Das wird er nicht, solange ich meinen Dienst gut versehe.« Darren drückte mich erneut an sein Herz, das aufgeregt klopfte. »Wir werden es schaffen, du und ich. Wir werden wieder glücklich sein!«

»Das werden wir.«

Wir küssten uns, bis hinter uns eine Stimme ihr Missfallen darüber kundtat. Dann warf ich noch einen Blick auf den Laden, griff nach Darrens Hand und kehrte mit ihm zum Wagen zurück.

Es war eigentlich nicht geplant, aber zu Beginn der neuen Woche, kurz vor meiner Abreise, kam es mir in den Sinn, nach Georg zu schauen. All die Zeit hatte ich, wenn überhaupt, nur flüchtig an ihn gedacht. In den letzten Jahren gar nicht mehr. Doch an Vaters Krankenbett war er wieder aufgetaucht, und mir war inzwischen klar geworden, dass ich mit diesem Teil meines Lebens ebenfalls abschließen musste.

Ich erzählte Darren nichts davon, wohin ich gehen wollte, als ich die Villa an diesem Vormittag verließ. Ich sagte ihm nur, dass ich mich ein wenig in der Stadt umsehen wolle.

Ich hatte Glück, einen der wenigen noch fahrenden Autobusse zu erwischen. Nach etwa einer halben Stunde erreichte ich die Straße, in der Georg sein Labor gehabt hatte. Auch hier hatte der Krieg Spuren hinterlassen, aber nur geringfügige. Wenn man nicht allzu genau hinschaute, konnte man denken, dass alles noch wie früher war.

Ob er immer noch sein Labor unterhielt?

In mir spürte ich ein Echo des Herzklopfens, das ich damals hatte, wenn ich mich mit ihm traf. Lange Zeit waren meine Empfindungen unter einem Haufen von Enttäuschung, Frustration und sogar Hass verborgen gewesen. Doch jetzt fühlte ich nichts Negatives mehr.

Vor dem Haus blieb ich stehen, suchte aber vergeblich nach dem Namen Wallner auf den Klingelknöpfen. Vor den Fenstern der Laborräume im Kellergeschoss hingen nach wie vor Gardinen, aber das musste nichts heißen. Der Krieg hatte so viel umgeworfen.

»Zu wem wollen Se denn, junge Frau?«, fragte eine Stimme über mir. Ich blickte hinauf und sah eine Frau am Fenster.

»Professor Georg Wallner«, antwortete ich. »Ich war vor zwanzig Jahren seine Studentin und wollte mal schauen, ob er noch hier ist.«

»Da müssen Se wohl uff 'n Friedhof jehen«, gab sie schroff

zurück. »Der kiekt sich schon seit langer Zeit de Radieschen von unten an.«

Ich starrte sie geschockt an. Georg war tot? Hatte ihn der Krieg hinweggerafft? War er wie so viele andere freiwillig zur Armee gegangen und dort verschlungen worden?

»Wissen Sie, was passiert ist?«, fragte ich. Ich hatte Georg verabscheut und gehasst, aber den Tod gewünscht hatte ich ihm nicht.

»Hat sich uffjehängt, soweit ick weeß. Kurz bevor Hitler an de Macht kam. Irjendwat war da mit seine Frau. Jab 'n jroßet Trara, und wenig später war er futsch.«

Die mitleidlose Schilderung der Frau ließ einen Schauer über meinen Rücken rinnen. Etwas mit seiner Frau. Hatte es einen Skandal gegeben? War er diesmal mit der Beziehung zu einer Studentin zu weit gegangen?

Ich bezweifelte, dass die Nachbarin mir Details nennen konnte. Und ich wollte auch nicht mehr mit ihr reden.

»Haben Sie vielen Dank!«, rief ich ihr zu und machte kehrt.

Es dauerte eine Weile, bis mein Verstand die Informationen aufgenommen hatte. Georg war tot, schon seit so vielen Jahren. Er hatte nie erfahren, dass er einen Sohn gehabt hatte. Hatte nie erfahren, was aus mir geworden war. Ob er sich das je gefragt hatte? Oder hatte er mich seit dem letzten Zusammenstoß im Theater aus seinem Leben gestrichen?

Wahrscheinlich würde ich es nie erfahren. Und wollte ich es denn?

Ich horchte in mich hinein. Dachte daran, dass Louis sich vielleicht nach seinem Vater erkundigen könnte – sollte es je dazu kommen, dass ich ihn zu Gesicht bekam.

Doch die Antwort war eindeutig. Ich beschloss, ihm seinen Frieden zu lassen und Georg endgültig zu vergessen.

55. Kapitel

Die Rückreise nach New York trat ich mit einem Passagierschiff aus Hamburg an. Ich wusste, dass ich, wenn ich das nächste Mal nach Deutschland kam, nicht mehr so schnell wieder nach Amerika zurückkehren würde.

Als ich unsere Wohnung betrat, erwartete mich ein Schreiben von Monsieur Martin. Dieser teilte mir mit, dass man die betroffenen Kinder benachrichtigt hätte, auch meinen Sohn. Ihnen wurde der Sachverhalt mitgeteilt, und es wurde ihnen freigestellt, Schadensersatzansprüche zu erheben. Außerdem wurde ihnen und ihren Müttern die Möglichkeit gegeben, Kontakt zueinander aufzunehmen.

Die beigefügte Adresse brannte sich in meine Augen.

Zwischenzeitlich hatte sich herausgestellt, dass die Leducs nichts von dem Vertauschen ihres Kindes wussten. Offenbar war Dr. Rodericks Absicht tatsächlich die gewesen, das Honorar des Paars und das gute Ansehen bei ihnen nicht zu verlieren. Auch wenn ich nicht besonders gläubig war, wünschte ich ihn zur Hölle.

Henny war überrascht, als ich ihr erzählte, wieder nach Deutschland ziehen zu wollen, doch sie freute sich, dass ich mit meinem Vater Frieden schließen konnte.

»Das Einzige, was mir missfällt, sind die vielen Kilometer, die dann zwischen uns sind.«

Das stimmte, es würde ein ganzer Ozean zwischen uns liegen. Aber im Herzen würde sie mir immer nahe sein.

»Ihr könnt mich jederzeit besuchen«, gab ich zurück. »Und wir schreiben uns ganz oft! Außerdem würden sich deine Eltern sicher sehr freuen, wenn du hin und wieder zu Besuch kämst. Ich kann ein Auge auf sie haben.«

»Und was ist mit dir?«, fragte Henny und griff nach meiner Hand. »Wer ist für dich da?«

»Ach, Darren wird schon auf mich aufpassen«, sagte ich. »Und ich habe dann ja auch einiges zu tun und habe keine Zeit, mich in windigen Ecken aufzuhalten.« Ein breites Lächeln huschte über mein Gesicht. »Ich habe das Gefühl, dass ich etwas Großartiges erschaffen könnte. Ohne den Schatten von Madame oder Miss Arden über mir zu haben.«

»Das wirst du«, sagte Henny. »Und ich freue mich darauf, eine deiner ersten Kundinnen zu sein.«

Wir fielen uns in die Arme und hielten uns. Tränen stiegen mir in die Augen, und ich konnte ein Schluchzen nicht unterdrücken. Ich wusste, dass ich Henny schrecklich vermissen würde.

»Tante Sophia, warum weinst du denn?«, fragte Michael, der plötzlich ins Zimmer gekommen war. Offenbar hatte er sein Nickerchen schon beendet, und seinen scharfen Kinderaugen entging nichts.

»Ach Schatz, es ist nichts«, sagte ich und wischte mir schnell übers Gesicht.

»Tante Sophia wird umziehen«, erklärte Henny näselnd. Auch sie versuchte, ihre Tränen zu trocknen.

»Warum?«, fragte Michael mit großen Augen.

»Weil Sophia etwas von ihrem Papa geschenkt bekommen hat. Einen Laden. In dem wird sie jetzt arbeiten.«

»Ist der weit weg?«

»Ja«, antwortete ich. »Ich fahre über das Meer.«

Der Junge hob fragend die Augenbrauen. »Wirst du uns denn besuchen?«

»Natürlich!«, versprach ich. »Sooft ich kann. Und ihr könnt mich besuchen. Dann siehst du mal die Stadt, aus der deine Mama kommt.«

»Das klingt toll!« Michael lächelte, kam zu mir gelaufen und umarmte mich fest.

Wir saßen noch eine Weile beisammen, bis John zurückkehrte und ich auch ihm die Neuigkeit mitteilen konnte. Er wirkte ein wenig betreten, besonders als er erfuhr, dass auch Darren in Deutschland bleiben würde, doch dann umarmte auch er mich fest und wünschte mir alles Gute. Gleichzeitig freute er sich darauf, Deutschland kennenzulernen und den Wiederaufbau mit anzusehen, den er bisher nur aus den *Fox Movietone News* kannte.

Beim Abschied flossen wieder Tränen, und mir wurde klar, dass ich Henny, John und auch mein Patenkind sehr lange nicht sehen würde. Ich hielt alle in meinen Armen und wünschte mir so, dass ich sie mitnehmen könnte. Aber das ging nicht. Henny hatte ihr Leben hier aufgebaut, zusammen mit John und Michael. Ich wusste sie in guten Händen. Und mich selbst auch. Ich verließ sie also und kehrte nach Hause zurück, um meine Taschen zu packen und alle Angelegenheiten hier zu regeln, denn vor mir lagen der Ozean und Berlin.

Im Herbst 1946 fuhren wir ins Elsass zu dem kleinen Ort, den mir Monsieur Martin als Louis' letzten Aufenthaltsort genannt hatte. Inzwischen hatte Louis sicher schon Post von Monsieur Martin erhalten, doch er hatte sich nicht bei mir gemeldet.

Ich war nicht sicher, ob er mich überhaupt sehen wollte, ob die Leute, bei denen er aufgewachsen war, ihm nicht davon abgeraten hatten, den Kontakt zu suchen. Vielleicht hatten sie ihm das Schreiben auch nicht gezeigt, immerhin war er noch nicht volljährig.

Aber ich wollte ihn sehen. Wenigstens ein Mal. Auch mit diesem Teil meines Lebens wollte ich abschließen, bevor ich mich meiner Zukunft in Berlin zuwandte.

Als wir die Ortsgrenze überquerten, fiel uns eine Villa auf, die wohl den Leducs gehören musste. Sie war nicht riesig, aber dennoch nobel. Ich freute mich einerseits, dass Louis die Chance erhalten hatte, ein gutes Leben zu führen, wo ich ihm doch besonders in der Anfangszeit kaum etwas hätte bieten können. Andererseits überkam mich wieder tiefe Traurigkeit. Darren bemerkte dies und beschleunigte ein wenig.

Wir kamen bei einer älteren Dame unter, die die einzige Pension im Ort führte. Sie war sehr freundlich, denn für sie waren wir einfach nur Amerikaner auf der Durchreise. Ich hörte sie gegen die Deutschen wettern, die ihr das Geschäft verdorben hätten, und schwieg betreten und beschämt.

Das Zimmer war jedenfalls recht gut, wenn auch ein wenig altmodisch eingerichtet. Ohnehin waren wir nur zwei Tage hier, denn ich war sicher, dass sich aus dem kurzen Kontakt nicht mehr ergeben würde. Louis führte sein eigenes Leben, er hatte seine eigene Vergangenheit. Ich gehörte nicht dazu. Ich hatte folglich auch kein Recht darauf, mich in sein Leben zu drängen.

Diese Einsicht war das Ergebnis langen Nachdenkens, indem ich mit meiner Sehnsucht nach ihm und der Vernunft gekämpft hatte. Ich war zu dem Schluss gekommen, dass es reichte, dass er überhaupt lebte. Und dass ich ihn zumindest hin und wieder sehen konnte, auch wenn er mich nicht wahrnahm.

»Bist du bereit?«, fragte Darren, während wir aus dem Wagen heraus das kleine Geschäft musterten, in dem laut den Ermittlungen von Monsieur Martin mein Sohn arbeitete. Etwas ungewöhnlich für den Sohn eines Stofffabrikanten, aber vielleicht wollte sein Vater, dass er das Geschäft von Grund auf kennenlernte.

Man sah, dass sich jemand hinter der Scheibe bewegte, doch einen genauen Blick konnte man nicht erhaschen.

»Ich weiß nicht«, antwortete ich. Meine Hände waren eiskalt, und mein Magen krampfte sich bang zusammen. In den vergangenen Tagen war ich immer wieder durchgegangen, wie ich ihm begegnen sollte. Ich hatte fantasiert, dass er in meinem Gesicht vielleicht eine Ähnlichkeit finden würde. Dass sein Instinkt ihm sagte, dass ich seine Mutter war.

Doch dann hatte mich wieder die Angst erfasst, dass er böse reagieren würde. Dass er mich für eine Betrügerin hielt. Dass er mich nicht in seinem Leben haben wollte. Also hatte ich beschlossen, ihn einfach in dem Laden zu besuchen.

»Wenn du jetzt nicht willst, können wir es nachher versuchen.«

Ich überlegte eine Sekunde. Jetzt war genauso gut wie jeder andere Moment. Es würde mir nie leichtfallen. Also atmete ich tief durch und riss mich zusammen.

»Nein, ich versuche es jetzt.«

Ich stieg aus dem Wagen, einer Leihgabe aus der Autowerkstatt am Flughafen Tempelhof, strich meine Kleider glatt und schritt dann zur Ladentür. Das Gebimmel eines Glöckchens begleitete mich beim Eintreten. Der junge Mann war nicht zu sehen. Ich wusste nicht, ob ich froh oder enttäuscht sein sollte.

Vielleicht ist er ja auch gar nicht hier, ging es mir durch den Sinn.

Dann wurde der Vorhang zum Hinterzimmer zurückgeschoben, und im nächsten Augenblick sah ich ihn.

Kein Zweifel, er war es. Sämtliche meiner Sinne reagierten auf seine Erscheinung. Meine Brust schmerzte, mein Herz raste, und ich spürte, wie ein dicker Kloß meine Kehle verschloss.

Aus seinem Gesicht blickten mich Georgs Augen an. Von mir hatte er Nase und Mund. Sein Haar war karamellfarben wie meines.

»Was kann ich für Sie tun, Madame?«, fragte er freundlich. Georgs Stimme. Ein wenig weicher und jugendlicher noch, aber unverkennbar.

Glück explodierte in meiner Brust, aber auch tiefe Trauer.

»Ich würde gern ...«, begann ich selbstvergessen auf Englisch, doch bevor ich sie auf Französisch wiederholen konnte, versiegten die Worte in meiner Kehle. Ich wollte ihn einfach nur anschauen. Nein, mehr noch, ich wollte seine Wange streicheln, ihn in meine Arme nehmen, ihn spüren. All das, wonach ich mich schon im Krankenhaus gesehnt hatte. Doch jetzt konnte ich mich nicht rühren.

»Entschuldigen Sie mich«, sagte ich, und während ich mit den Tränen kämpfte, stürmte ich aus dem Geschäft.

Darren fing mich auf. »Was ist geschehen?«, fragte er besorgt.

Ich rang nach Luft. Panik erfasste mich, und ich krallte mich an seinem Jackenärmel fest. »Ich kann es nicht«, sagte ich. »Lass uns gehen.«

Ich spürte, dass er wissen wollte, was geschehen war. Doch ich konnte ihm diese Frage jetzt nicht beantworten. Auf seinen Arm gestützt kehrte ich zum Auto zurück. Darren ließ den Motor an, und wir fuhren zur Pension.

Dort saß ich lange auf dem Bett und starrte zum Fenster hinaus. Das Bild meines Sohnes brannte vor meinen Augen. Ich ärgerte mich über meine Unfähigkeit, einfach mit ihm zu sprechen. Gleichzeitig wusste ich, dass ich bei einem erneuten Versuch wieder so reagieren würde.

»Er ist so wunderschön«, brachte ich schließlich hervor.

Darren, der mir Raum gegeben und sich am anderen Ende des Bettes niedergelassen hatte, rückte nun zu mir und legte seine Hand auf meinen Rücken. Die Wärme durchdrang mich sofort und beruhigte mich ein wenig. Doch das Bild meines erstaunt dreinblickenden Sohnes blieb bei mir.

»Auch wenn es mich ein wenig schmerzt, dass er so viel von Georg hat ... Ich bin glücklich, dass er lebt. Glücklich, dass so ein schöner Mann aus ihm geworden ist.«

Ich pausierte, als die Tränen wieder zu laufen begannen. Hastig wischte ich sie weg, ohne das Geringste gegen sie ausrichten zu können.

Kurz vor unserer Abreise am folgenden Nachmittag klopfte es an unsere Zimmertür. In der Annahme, dass es die Wirtin war, öffnete ich, um nur wenig später in das Gesicht des jungen Mannes aus dem Kurzwarengeschäft zu blicken.

»Entschuldigen Sie bitte die Störung«, sagte er und fingerte nervös an einem Brief herum. »Sie sind Madame O'Connor, nicht wahr? Sophia O'Connor.«

»Ja«, bestätigte ich ihm, während mir mein rascher Herzschlag beinahe den Atem nahm.

»Ich ...«, begann er, dann senkte er verlegen den Blick. »Mein Name ist André Leduc.«

André. So war jetzt also sein Name. Das Wort hallte in mir nach. Auch Louis war nicht der Name gewesen, den ich ihm eigentlich geben wollte. Ich würde mich daran gewöhnen.

»Als Sie bei mir waren, habe ich mich sehr über Ihr Verhalten gewundert«, fuhr er fort, als ich nicht imstande war, etwas zu erwidern. »Der Ort ist klein, verstehen Sie, hierher kommen nicht häufig Fremde. Madame Clelis erzählte gestern meiner Mutter auf dem Markt von Ihnen und nannte auch Ihren Namen. Und da fiel mir etwas auf.« Er hob den Brief in seiner Hand.

Das Wort Mutter ließ mich zusammenzucken. Ich bin deine Mutter, hätte ich am liebsten gesagt, aber das wusste er wohl schon längst.

»Möchten Sie nicht reinkommen?«, fragte ich, worauf er den Kopf schüttelte.

»Ich würde gern mit Ihnen spazieren gehen.«

»In Ordnung«, sagte ich sanft und spürte trotz der Nervosität eine tiefgreifende Ruhe, die sich in meiner Brust ausbreitete. Es war so weit, das spürte ich. Jetzt würden wir über alles reden können.

Wir verließen die Pension und gingen eine Weile die staubige Straße entlang, die zu einem kleinen Park führte. Dieser hatte einst zu einem Gutshaus gehört, doch wie uns die Pensionswirtin erzählt hatte, waren die Herrschaften schon im Krieg von 1870 verschwunden.

Wir ließen uns auf einer Bank nieder. Ich spürte, dass Louis', nein, Andrés Herz voller Fragen war, doch es fiel mir schwer, einen Anfang zu finden. Auch er schien nicht so recht zu wissen, womit er beginnen sollte.

»Monsieur Martin hat Ihnen also geschrieben«, sagte ich und blickte aus dem Augenwinkel heraus auf den Brief, den er noch immer in der Hand hielt und beinahe zerknüllt hatte.

»Ja, das hat er. Wir sind aus allen Wolken gefallen.« Seine Ehrlichkeit brachte mich zum Lächeln.

»Das glaube ich.«

Er dachte eine Weile nach, dann sah er mich direkt an. »Meine Eltern sind keine schlechten Leute«, sagte er. »Sie ... sie haben nichts davon gewusst.«

»So etwas Ähnliches sagte Monsieur Martin mir auch.«

Ich spürte Andrés Anspannung. Fürchtete er, dass ich seine Eltern zur Rechenschaft ziehen wollte? Martin hatte mir mitgeteilt, dass sie befragt worden waren, aber eine Schuld hatte ihnen nicht nachgewiesen werden können.

»Was haben Ihre ... Eltern dazu gesagt?«, fragte ich. »Sie haben es sicher mit ihnen diskutiert, nicht wahr?«

»Nicht wirklich«, gab er zurück. »Meine Eltern waren schockiert, als das Schreiben eintraf. Mein Vater behauptete, dass es gelogen sei, und fuhr noch am selben Nachmittag nach Paris. Als er zurückkehrte, war er blass und sehr still. Nur zögernd berichtete er uns von Dr. Roderick und dem, was er angerichtet hatte. Ich ... ich wusste nicht, was ich tun sollte. Ich habe mich nie fremd gefühlt, und meine Haarfarbe ... Meine Mutter sagte immer, dass mein Urgroßvater Auguste dieselben Haare gehabt habe ...«

Ich nickte und fühlte große Traurigkeit. Ein Teil von mir hatte gehofft, dass er es spüren würde. Doch das konnte man von einem Kind, das offensichtlich geliebt wurde, nicht verlangen.

»Tja«, sagte er. »Und jetzt weiß ich, dass er nicht mein Urgroßvater ist. Und meine Eltern nicht meine Eltern sind.«

Er senkte den Kopf. Ich konnte nur ahnen, welchen Schmerz ihm diese Erkenntnis bereitete. In dem Impuls, ihn zu trösten, berührte ich sanft seinen Arm. Als mir klar wurde, was ich da tat, fürchtete ich, dass er zurückzucken würde. Doch er ergriff seinerseits meine Hand.

Mein Sohn hielt meine Hand!

Die Worte blieben in meiner Kehle stecken. Ich konnte ihn nur ansehen, während die Gefühle wild in mir herumwirbelten.

»Diese Leute sind Ihre Eltern«, brachte ich schließlich hervor. »Sie haben all die Jahre für Sie gesorgt, als ich es nicht tun konnte.«

»Dann sind Sie Ihnen nicht böse?«

»Nein«, antwortete ich, und es war die Wahrheit. Ich grollte den Leducs nicht, wenn es stimmte, dass sie unbeteiligt waren. »Ich bin wütend auf den Mann, der es mir angetan hat. Der es uns allen angetan hat.« Die Leducs waren ebenso Opfer wie ich, denn man hatte ihnen die Möglichkeit genommen, ihr eigenes Fleisch und Blut zu betrauern. Der Tod ihres Kindes hätte sie sicherlich schwer erschüttert, aber sie hätten nicht mit einer Lüge leben müssen.

Ich ließ André wieder los und lauschte einen Moment lang dem Raunen des Windes. So viel gab es zu erzählen, doch die ganze Situation war so neu, dass keinem von uns ein Beginn einzufallen schien.

»Sie sind nicht wirklich Amerikanerin, nicht wahr?«, fragte er schließlich. »Dieser Mann, Monsieur Martin, schrieb, dass Ihr Mädchenname Krohn sei.«

»Ja, das ist er«, antwortete ich. »Ich komme ursprünglich aus Deutschland, doch als ich dich empfangen hatte …« Ohne es zu merken, hatte ich zur vertrauten Anrede gewechselt. André schien mir das nicht übel zu nehmen. »Dein Vater war mein Dozent an der Universität. Er war verheiratet und hatte nicht vor, mich zu heiraten.« Ich brachte es nicht über mich, ihm zu erzählen, dass Georg mir geraten hatte, eine Engelmacherin aufzusuchen.

»Sie waren in Schande«, sagte André.

»Ja. Mein Vater, dein Großvater also, hat mich aus dem Haus gewiesen.« Ich stockte und dachte wieder an meinen Vater. Die Wut in seinen Augen damals und der Anblick seines Körpers in dem schmalen Sarg wechselten sich ab. »Ich bin zu meiner Freundin Henny gegangen, die übrigens auch in Amerika lebt. Wir waren zunächst in Paris, wo ich dich bekommen habe, und dann, nachdem man mir sagte, dass du tot seist …« Wieder hielt ich inne, doch diesmal, um zu sehen, welchen Effekt die Worte auf ihn hatten. Wie viel mochte Monsieur Martin ihm geschrieben haben?

»Sie haben gesagt, dass ich tot sei?«
Ich nickte.
»Ja. Ich hätte nie zugelassen, dass sie dich mir wegnehmen.

Sie haben es ausgenutzt, dass es mir nach der Geburt sehr schlecht ging. Wahrscheinlich haben sie geglaubt, dass ich sterben würde, aber das war nicht der Fall.«

Kurz versuchte ich mir vorzustellen, wie das Leben mit ihm ausgesehen hätte, doch es war, als würde ich vor einem Vorhang stehen, den ich nicht imstande war aufzuziehen.

»Danach bin ich nach Amerika gegangen, in der Hoffnung, Arbeit zu finden. Und die habe ich gefunden. Mittlerweile konnte ich mein Studium beenden und habe mir ein Leben aufgebaut, zusammen mit Darren, meinem Mann, den du vorhin gesehen hast. Er ist ein guter Mann.«

»Und haben Sie Kinder?«, fragte André.

»Nur dich«, antwortete ich und verspürte wieder einen Stich, der allerdings nicht lange währte, denn ich hatte nun bei mir, wonach ich zwanzig Jahre lang gesucht hatte. »Aber es freut mich so sehr, dass ich dich kennenlernen darf. So sehr, dass du lebst.«

»Es ist gut, dass Sie drüben waren«, sagte er nachdenklich. »Die Deutschen haben hier so viel Schaden angerichtet.«

»Das haben sie. Und ich schäme mich sehr dafür.«

»Das brauchen Sie nicht«, gab er zurück. »Sie trifft keine Schuld. Dennoch würde ich das Land gern mal besuchen. Besonders Berlin. Ich möchte wissen, woher ich komme ...«

»Es wird dir dort gefallen. Allerdings solltest du der Stadt ein wenig Zeit geben. Sie muss sich erst von den Wunden des Krieges erholen.«

Ich betrachtete ihn eine Weile, dann fragte ich: »Hast du in den Krieg ziehen müssen?«

»Nein, zum Glück nicht«, antwortete er. »Ich war eine Weile ziemlich krank. Man hat mich untauglich gemustert. Also blieb ich hier.«

Was hätte die Wehrmacht mit ihm angestellt, wenn sie gewusst hätten, dass er von Geburt her eigentlich Deutscher war?

Ich wollte daran nicht denken. Dieser Moment, diese Gelegenheit war zu kostbar, um die Schatten hereinzulassen.

»Es war eine schlimme Zeit«, sagte er. »Die Nazis haben uns wie Dreck behandelt.« Er schüttelte den Kopf. Ihm schien es genauso zu gehen wie mir, denn er fügte hinzu: »Ich möchte jetzt nicht darüber reden.«

»In Ordnung«, sagte ich, und wir schwiegen eine Weile.

Schließlich blickte er mich an, und wieder stellte ich fest, wie sehr er Georg ähnelte und wie schön er war. »Was ist aus meinem Vater geworden?«, fragte er, als hätte er meine Gedanken erraten.

»Ich habe vor Kurzem herausgefunden, dass er schon vor Kriegsbeginn gestorben ist«, antwortete ich. »Wir hatten keinen Kontakt mehr zueinander. Das ist auch der Grund, warum Dr. Roderick glaubte, dich mir wegnehmen zu können. Ich war eine gestrandete, arme junge Frau, schwanger, ohne Perspektive in einem fremden Land. Er hat nicht wissen können, dass aus mir eines Tages jemand werden würde, der für zwei der reichsten Frauen Amerikas arbeitet und einen Detektiv engagieren würde, um dich zu finden.«

Ich machte eine Pause und wurde mir wieder bewusst, wie viel ich Madame Rubinstein und Miss Arden zu verdanken hatte.

»Was ist mit dir?«, fragte ich. »Fühlst du dich in dem Nähladen wohl?«

»Ja«, antwortete er. »Sehr sogar. Mein Vater möchte natürlich, dass ich irgendwann seine Firma übernehme. Aber bevor ich in seinem Arbeitszimmer und den Belangen der Stofffabrik verschwinde, wollte ich sehen, wie es ist, in einem Laden zu stehen. Mama ...« Er zögerte, als wüsste er nicht, ob er dieses Wort in meiner Gegenwart gebrauchen durfte. »Mama meinte, dass ich damit keine Zeit verschwenden solle. Aber ich möchte sehen, wie das einfache Leben ist. Das Leben jenseits unserer Villa mit den Dienstmädchen und der Köchin ...«

Stolz explodierte in meiner Brust. Mein Sohn, der Erbe eines Stofffabrikanten, hatte genug Herz und Verstand, um ein einfaches Leben zu würdigen. Und das, obwohl er doch in sehr privilegierten Verhältnissen aufgewachsen war.

»Das wirst du.« Ich lächelte ihn an. »Und wenn du mal die Nase voll hast von Stoffen oder merkst, dass die Firma deines Vaters nicht das Richtige ist, kannst du gern zu mir nach Berlin kommen.«

»Wirklich?«

»Du bist mir jederzeit willkommen, André«, sagte ich und reichte ihm meine Visitenkarte. Diese hatte ich anfertigen lassen, kurz nachdem ich mein Gewerbe in Berlin angemeldet hatte. »SOPHIA KROHN« stand in Großbuchstaben darauf. Ich hatte für den Salon meinen Mädchennamen verwendet, als Andenken an meinen Vater. »Wenn sich der Staub des Krieges gelegt hat, würde ich mich sehr freuen, wenn du mich besuchen kämst.«

André nickte. »Das werde ich sehr gern, Madame.« Er zögerte, als er meine Reaktion sah. »Darf ich Sie Mama nennen? Ich sage so auch zu Madame Leduc, aber ...«

»Du«, sagte ich. »Sag ruhig du zu mir.«

»Gut. Du ... du bist ebenso meine Mutter, nicht?«

Die Tränen stürzten regelrecht aus meinen Augen.

»Ja, das bin ich«, sagte ich, und wir beide umarmten uns. »Und du darfst mich sehr gern so nennen.«

Wir hielten uns eine Weile. Auch wenn uns nichts drängte, wusste ich, dass es besser sein würde, ihn jetzt gehen zu lassen. Er brauchte Zeit, um das Erlebte zu verarbeiten, genauso wie ich.

»Ich habe dich so sehr vermisst«, schluchzte ich, und es war mir beinahe peinlich.

Doch als ich André wieder freigab, sah ich, dass auch in seinen Augen Tränen schimmerten.

»Wir werden uns schreiben, ja?«, sagte er. »Ich würde gern alles über dich erfahren.«

»Und ich über di...« Meine Stimme versagte, doch ich rief mich zur Ordnung. »Und ich über dich.«

Wir lächelten uns zu, dann erhob er sich. »Au revoir, Mama.«

»Au revoir, André.« Ich spürte dem Klang seines Namens nach und schloss ihn in mein Herz ein.

Kurz noch berührten sich unsere Hände, dann wandte er sich um. Ich schaute ihm nach, wie er die Straße entlangging. Schließlich erhob ich mich ebenfalls, um zu Darren zurückzukehren.

Bei meiner Rückkehr platzte Darren förmlich vor Neugierde. Ich berichtete ihm unter Tränen von unserem Gespräch, aber es waren keine Tränen des Leids, es waren Tränen der Freude. Ich hatte mehr erhalten, als ich zu erbitten gewagt hatte. André hatte versprochen, mir zu schreiben. Und er wollte mich besuchen, sobald ich meinen Salon eröffnet hatte.

Es war der Anfang einer Beziehung zwischen uns. Ich konnte nicht sagen, wohin sie führen würde, ich konnte nicht sagen, ob sie Bestand hatte. Aber ich wusste nun, dass mein Sohn lebte, gesund und in Sicherheit war.

Und vor mir lag Berlin. Ich hoffte, dass ich André eines Tages zeigen konnte, wo seine Großeltern gewohnt hatten. Ich hoffte, ihm Henny vorstellen zu können. Ich musste ihr unbedingt schreiben, was ich mit meinem Sohn erlebt hatte.

Bis dahin würden wir versuchen, das Beste aus unserer Zeit zu machen.

Wenig später verabschiedeten wir uns von Madame Clelis. Ich dankte ihr für alles, im Stillen auch dafür, dass sie den Leducs von mir erzählt hatte.

Als wir das Gepäck eingeladen hatten, stiegen wir in den Wagen.

»Wie wär's, wenn du mich fahren lässt«, sagte ich. »Ich könnte ein wenig Übung brauchen.«

»Meinetwegen.« Darren ging zur Beifahrertür, während ich auf die Fahrerseite wechselte. Das Fahrzeug fuhr sich bestimmt anders als Darrens Wagen, aber ich war sicher, dass ich es meistern konnte.

»Du lächelst«, bemerkte Darren, als er Platz genommen hatte.

Meine Hände lagen auf dem Lenkrad. Wie gut sich das anfühlte!

»Ja«, sagte ich. »Weil ich glücklich bin. So glücklich wie schon lange nicht mehr.« Ich blickte ihn an. »Ich danke dir. Dafür, dass du an meiner Seite bist.«

»Das ist doch selbstver...«

Ich legte ihm einen Finger auf die Lippen. »Es ist ein so großes Geschenk. Wie alles, was ich in den letzten Monaten erhalten habe.«

Darren beugte sich vor und küsste mich. »Dann hoffe ich, dir schon bald weitere Geschenke machen zu können. Und ich hoffe, dass du mir eines Tages deinen Sohn richtig vorstellst. Wo ich ja so was wie sein Stiefvater bin.«

»Das werde ich«, versprach ich, und nachdem ich ihn erneut geküsst hatte, sagte ich: »Lass uns fahren.«

Der Motor erwachte unter meinen Händen mit einem Brummen, und wenig später rollten wir zur Stadt hinaus. Vor uns, im Schein der Abendsonne, lag die offene Straße und die Zukunft.

Bestsellerautorin Corina Bomanns große Frauen-Saga
Die Farben der Schönheit

Sophias Hoffnung
1926. Die Berlinerin Sophia Krohn folgt der charismatischen Helena Rubinstein nach New York. Die Kosmetik-Unternehmerin gibt ihr eine einzigartige Chance, doch der Preis dafür scheint Sophias große Liebe zu sein.

Sophias Träume
1932. Sophia wird in den »Puderkrieg« zwischen Helena Rubinstein und Elizabeth Arden hineingezogen. Sophia muss sich entscheiden, denn für sie steht alles auf dem Spiel: ihre Zukunft, ihr Glück und ihre einzige Liebe.

Sophias Triumph
1942. Als ihr Mann in Frankreich als verschollen gilt, stellt Sophia alle Pläne zurück. Sie wird ihren Traum eines eigenen Unternehmens nicht aufgeben, aber für die große Liebe ist sie bereit, alles Erreichte zu opfern.

Alle Titel sind auch als E-Book erhältlich.

www.ullstein.de

Die große Familiensaga von Bestseller-Autorin Corina Bomann:
Die Frauen vom Löwenhof

Agnetas Erbe
1913: Unerwartet erbt Agneta den Löwenhof. Dabei wollte sie als moderne Frau und Malerin in Stockholm leben. Als ihre große Liebe sie verlässt, steht Agneta vor schweren Entscheidungen.

Mathildas Geheimnis
1931: Agneta nimmt die elternlose Mathilda auf dem Löwenhof auf. Sie verschweigt ihr den Grund. Als Mathilda ihn erfährt, verlässt sie das Landgut im Streit. Doch im Krieg begegnen sie sich wieder.

Solveigs Versprechen
1967: Der Löwenhof hat bessere Zeiten gesehen. Mathildas Tochter Solveig beginnt mutig, das jahrhundertealte Gut der Familie durch die stürmischen 60er-Jahre zu führen.

Alle Titel sind auch als E-Book erhältlich.

www.ullstein-buchverlage.de

Martina Sahlers große Saga über
Die englische Gärtnerin

Ein verwildertes Anwesen und eine Frau zwischen alten Wünschen und neuer Liebe

Blaue Astern
1920: Charlotte Windley träumt davon, in Englands prächtiger Parkanlage Kew Gardens zu arbeiten. Als erste Botanikerin überhaupt. Da zerstört ein furchtbarer Unfall alle ihre Hoffnungen.

Rote Dahlien
Charlotte steckt all ihre Fantasie in den verwilderten Garten von Summerlight House. Charlottes Blumenpracht wird eine Attraktion. Nur das allein reicht nicht aus. Ihr Herz will etwas Größeres.

Weißer Jasmin
1929: Charlotte ist eine anerkannte Rosenzüchterin, ihr Anwesen Summerlight House gilt als Inbegriff englischer Gartenkunst. Doch unvermittelt droht Charlotte alles zu verlieren, was sie sich aufgebaut hat.

Alle Titel sind auch als E-Book erhältlich.

www.ullstein.de